U0117278

民国武侠小说典藏文库·还珠楼主卷

蜀山剑俠传

还珠楼主◎著

（第七卷）

中国文史出版社

目　录

1

第二二八回

小住碧云塘　历劫丹砂谈霞举
独探红木岭　冲霄剑气化龙飞

其实红发老祖元神早已到了中枢法台上，四外红光一起，众妖徒已知乃师出阵，本该退去。二女稍迟一会发动，便不致杀伤多人。只因众妖徒见二女已吃围困，一念轻敌，仍逞凶威。为首数人，又各起贪心，见乃师没有发令命退，妄想少时妖法发动，敌人必要昏迷倒地，便可夺取二女空中法宝。却不知乃师已因二女护身法宝和飞剑厉害神奇，便照预计行事，也未必全能如愿收功，在法台上盘算制胜之策，忘令妖徒先行退下，等到发令，妖徒已多伤亡了。

英琼见众妖徒退得这样快，一面收回法宝，方笑敌人无用，易静却看出妖徒中颇有能者，力尚未尽。退时众声叫嚣中，隐闻一种啸声，由东南方出路一面传来。虽为四面鬼声魅影所混，听不甚真，但众妖徒去势太骤，个个凶野，悍不畏死，决无如此容易，定是中枢号令无疑。料知祸已闯定，老怪行即出场，大难已发，方兴未艾。且喜中枢法台，必在东南啸声发处，可以径直冲去，省事不少。易静见英琼面上有得意之色，忙警告道："敌人并非真败，琼妹留意，且随我往东南闯去。"

语声才住，耳听空中一声断喝，一阵阴风黑影飘过，眼前一花，上下四外顿成了一片血海。二女身在当中，云幢以外满是暗赤如火的光华。才往前略一冲荡，那血光越压越紧，竟将云幢滞住，不能再进。只两道剑光不曾收回，但也添了一些阻力，不再似前飞跃。这一惊真非同小可。易静忙令英琼速将剑光招回开路，自己又取出牟尼散光丸发将出去，满以为可以震开十里方圆一片，再用二剑护住云幢，加急前驶。每一遇阻，再发散光丸，至多费去五六粒。只要冲到中枢要地，破了主幡，仍可破空遁走。哪知这次功效太差，散光丸发出一声雷震，光雨星飞，只将前面血光震开了数十丈大一个血洞。前进没有数步，血光又复压拥上来，依旧滞住。试用两道剑光开路，

1

也只在血海中缓缓冲行前进。二女见状，自是忧急。易静方想主意，英琼忽道："白眉师祖所赐牟尼珠，持以通行火宅尚且不难，何况妖法，待我取出一试。只是此宝尚须运用玄功，方能发挥威力。姊姊留神戒备，待我施为。"

说时忽见对面血光分合飞舞中，现出红发老祖，赤身披发，相貌比前越发狞恶。戟指二女大喝："贱婢，杀我门人，少时擒到，叫你等化身成灰，永劫沉沦！"易静知机，见红发老祖相貌未变，身却矮了多半，心疑元神幻化。又见红发老祖话一说完，忽又隐去，越猜不妙。心想："对方又非不知自己护身法宝和双剑的神妙，就算被困在此，那血光也难近身，既然口出大言，必有暗算。"方在留神戒备，猛听当空又是一声尖锐的厉啸，一只形似大手的五条碧森森的暗影，正向云幢上抓到。易静知是敌人元神玄功变化，厉害非常，非是仇深恨重，强敌当前，立意一拼，决不出此，不由又惊又怒。正忙将法宝向上施为，英琼牟尼珠已发生妙用，栲栳大一团雪亮银光由宝伞外飞出，迎着那五条暗绿影子，飞向云幢之上悬住。流光四射，祥辉灿烂，四外血光虽仍未散，立即暗淡了许多。那绿影想似知道厉害，两下里还未接触，便似电一样缩退回去。易静原是迫不得已，才用法宝一拼，见状大喜。那绿影忽又在前出现，来势神速已极，才一照面，便向两道剑光抓去。

英琼一心运用牟尼珠，不暇兼顾，紫郢剑先被抓走。还算易静应变神速，阿难剑虽比紫郢剑稍差，但也是佛门异宝，再加易静两世修为，功力比较要深得多，忙即收回，未被夺去。眼看一道紫虹，被五条绿影抓去，没入血海深处。英琼见状，心中万分痛惜，连忙运用玄功回收，剑光似被极大力量吸住，竟收不转。一时情急，便要飞出，仗牟尼珠前往拼命。易静再三力阻，说："此剑乃本门至宝，外人决难收用。老怪也是情急无赖，聊以遮羞，勉强运用元神收去。以此剑威力妙用而论，其势不能长久把握，稍一疏神，决保不住，终于被你收回，心急什么？此时全身脱出要紧。"英琼无奈，只得含愤应诺。

忽听四方异声沸腾，宛如万千天鼓齐鸣，往中央袭来。正不知敌人用甚毒恶妖法陷害，想仗牟尼珠之力冲出一条血衢，仍往中枢法台杀去。红发老祖元神重又出现，怒喝："贱婢，急速束手就擒。你那佛门定珠，保得上方，保不得下方。"话未说完，忽听有人应声喝道："老怪物，不要脸！谁信你的鬼话？"跟着眼前一亮，由斜刺里血海中，冲来一幢青莹莹的光华，宛如一幅光网，中间裹住三人，癫姑居中，前见男女二童分立左右。手中各持一个形似风车的法宝，大才数寸，连柄不过尺许，却发出数十丈长的银光，飘轮电驱，与杨瑾所用法华金轮大略相似。来路身后竟被冲开一条血衔，前面血光也被冲得波翻浪滚，荡漾起来，来势更是神速异常。一到，癞姑便回头说道："琼妹，快收定珠，好联合一起，取老怪物的性命。他说下面难防，我们不会由上面走么？"

易静见她说完，眼看地面，心中会意，知她定有脱身之策，必因定珠在外，恐伤那男女二童法宝，不便会合一起，忙令英琼将牟尼珠速急收回。英琼将手一招，珠光才落，男女二童手指处，那光网倏地展大，将易、李二人连云幢一起裹住，合在一起。同时癞姑又向红发老祖发话道："你那中枢法台已吃我这两个朋友破去，此事不能怨我三人，我们暂且失陪了。易姊姊且不要动，待我施为。"说时迟，那时快，红发老祖原认二女为网中之鱼，也和妖徒一样，见宝起意，欲以全力发挥妖阵凶威，强逼二女献宝赎命，下手不猛。正在发话恫吓，忽见青光飞来，冲行血海之中，如无其事，心中奇怪。定睛一看，竟有两个对头在内，为首一个小癞尼姑还未见过，大吃一惊。情知不妙，忙即行法催动妖阵。敌人应变特快，晃眼即合，竟不俟妖法发动。癞姑口说着话，由男女二童各持手中光轮，分指上下，自己把手一挥，便纵遁光向上飞起。

红发老祖看那意思，是想冲破上空遁去，还当敌人自投罗网，正合心意。刚手一指，待要加紧施为，不料敌人声东击西，明里故意上升，暗中却准备施展那威力剧烈的法宝。癞姑率众上升时，四外血光越发厚密，虽有光轮开路，也没有来时神速。易静料有用意，示意英琼勿动，自运玄功，准备相机相助。英琼见状，已经省悟。众人刚飞升了二三十丈，男女二童倏地左手朝红发老祖一扬，立有一片青光，箭雨一般朝前射出。红发老祖满面怒容，咬牙切齿，刚纵元神避开，雨光箭雨也似，连珠霹雳纷纷爆发。同时癞姑手指处，发下一团金光，直落地上，一声大震，地面禁制便被震破，裂开一个深穴。二幼童光轮也齐向下指，冲得脚底血光四散。癞姑忽把手一挥，遁光往下一沉，改升为降，五人一同奋力冲下。红发老祖被青光惊退出去，又见敌人向上飞冲，所有法力全加在上空，急切间万没想到会有此事。等到回身追来，敌人已比电还疾，由地穴中遁去，拦阻无及了。

癞姑率领众人降到地穴深处，回手向上一扬，先用法力将地穴封闭，然后行法。一面开出两条歧路，以为疑兵之计；一面加紧飞驶。易静虽是行家，见她随手指处，无论山石泥土、水火煤铁，全都纷如雪崩，现出一条孔道。飞遁那等迅速，竟无阻滞，自愧弗如，好生赞佩。英琼见红发老祖不曾追来，便问癞姑经过。癞姑答道："话长着呢。谷口还有妖人所约党羽埋伏在彼，虽然不在话下，到底惹厌，我们必须赶到这两位道友仙居前面，方能出土。且等少时，到了再说罢。"说罢，加紧前驶。

约有半个多时辰，癞姑笑问二童："我们已行有四百余里，算计快到了，你俩看是到了不是？不要走过了头，岔向别处。"女的一个闻言，便从腰间取出一面小镜，呵了一口气，朝上注视了一会，笑道："还有二十多里路程，已然入了我们禁地，此时出土也可。"癞姑含笑点头，将手一搓，往上一扬，一声雷震，头上石土便自爆裂，向上飞起。众人也跟着由沙石惊飞中飞身直上，晃眼便出地面，见了天光，现出一片清明境界。众人见那地方乃万山中的一片盆地，约有三二十里方圆，四面俱是连崖叠嶂，环拱若城，高可排天，内外隔绝，无路可通。靠着北方是一月牙形的大湖，湖水涟涟，清澈见底，把全境占了多半去。下余地面上，乔木清森，疏林掩映。不时发现虎、豹、狮、象等猛兽三五成群，游行往来，见人不惊，甚是驯善。湖岸宽广，一边是水，一边尽是粗若盆盎的修竹，碧森森干霄拂云，苍翠欲滴，映得人面皆青。对湖危崖千仞，壁立水上。中间独有一处，宛如用神工鬼斧，自顶下削，雕琢出数十丈大小一片平地，看似石崖，上面却疏落落种着二三十株苍松翠柏。端的水木清华，景物幽绝。

这时癞姑已将出土地穴行法掩没，复了原状，一同走向湖边。女童笑道："嘉客初来，莫非还要请人家自己先飞过去么？"男童笑道："妹子又想班门弄斧了。"女童道："嘉客光临，我不敢劳她们云步，接渡过去乃是敬意，怎说班门弄斧？癞姊姊的同门姊妹，和我们还不是自家人一样，难道还会见笑不成？"易静正测不透男女二童来历家数，以前又从未听人说过，巴不得她再卖弄。笑道："癞师妹的好友，自非外人，道友请行法吧。"女童道："诸位姊姊莫笑，妹子献丑了。"说罢，手朝崖一扬，匹练也似飞起一道白光，抛向对崖，晃眼化作一道极壮丽的白玉长桥，由湖边起直达对面崖腰之上。

易静看出这是旁门中的飞虹过渡之法。暗忖："旁门之中也有这等人物，看年纪又不大，不知师长是谁？癞姑怎会与她相识？"心中好生惊异。方在寻思，二童已举手肃客，同往桥上走去，刚一离岸，身后一段便随着人走过处收缩起来。一童当先引导，相隔众人约有丈许，走得甚快。易、李二人方笑二童稚气，身是主人，怎不陪客同行，心急则甚？忽见一童走着走着，手似捏有灵诀，不时向前、左、右三面比划连指。定睛一看，每指一处，必有一片光云明灭飞散，同时天空便有大小灵旗隐现。易静再定睛一看，原来由湖岸

4

起直达对崖,湖水上空竟埋伏得有道家极厉害的禁制十二都天九宫神煞。这二人年纪不大,隐居在这类边山荒僻之区,有谁向他们寻仇,何用如此严密防备?尤可怪是所学颇杂,既精通旁门法术,又习有玄门正宗降魔大法,并还是最高的法术,心中好生不解。一会将湖过完,到了对崖。那座虹桥随过随收,众人登岸,也已收完,投入女童衣袖之中。二童到了崖上,重又禹步行法,同向来路比划。忽然云光杂沓,布满湖面,什么也看不见。二童再举手一揖,数十面灵旗在云影烟光中闪了两闪,一齐隐去,全境忽又出现。

二童行法停当,重又揖客前行,穿过松林,到了尽头崖洞,二童引了众人,由一极高大平整的石门走进。这洞府又高又大,共分前后三层,约有十余间大小石室,到处通明雪亮。所有墙壁、门户,竟和新建立的凝碧五府相似,无一不是平整圆滑,严丝合缝。便人工雕琢,也无如此整齐修洁。与寻常所见山洞,大不相同。估量这崖原是片整崖,通体实质,由内洞到外面石坪,俱由主人用法力驱遣六丁,就崖腰先挖出一片广坪,再就尽头处开一石门,往内挖进,把一座实质的石崖,硬雕琢出这么广大宏敞的一座仙府。法力固非寻常,心思尤为灵巧细密。

二人暗中正在赞佩,二童已引进内层左边丹室以内。室中陈设用具,更比别室所见精巧古雅,但多石制。全室大约五丈,比较别室小些,除丹炉、药灶、几案陈设以外,当中只设有一个圆形石榻。未入门以前,女童当先跑往别室,运来三个石鼓,放于榻前,请众落座。笑向易、李二人道:"此是小妹平日修道炼丹之室。愚兄妹避仇居此才十余年,这里又本无洞穴可以栖身,暂时没有适当地方,只得在崖腰上现开一洞居住,一切均属草创,荒僻简陋,日常又无宾客枉临,所以室中连个坐处都没有,易、李二位姊姊不要见笑吧。"

易静听她只和自己及英琼客套,对于癫姑神情亲切,极似故交好友异地重逢。再听那语意,分明他兄妹自身便是山主,并无师长在此,又有避地之言,年纪虽轻,口气却老,又不似道家元婴炼成。忍不住问道:"二位道友道法高深,令人敬佩。适才蒙鼎力相助,得以出险,地行匆遽,尚未及致谢请教呢。"说罢,便和英琼起立,为礼相谢。二童俱谦逊道:"如非癫姊姊主持指点,休说难效绵薄,连兄妹多年强忍的这口恶气,也没法出呢。区区随行微劳,又是自家人,二位姊姊何客气乃尔?"

易静正要接口请问二童姓名、来历,癫姑已笑嘻嘻先向四人说道:"你们怎么俗套起来?易师姊和琼妹为人、来历,适在老怪山中已然抽暇说了。他两个的姓名、来历,易师姊和琼妹等还不知道。看他两个年纪这么轻,能有这等法力，又是正邪两途都有门道，必定觉着奇怪。有些话，你们不好意思问，他两个也未肯尽情说出，还是等我说吧。"女童笑道："癞姊姊，我们一别三十年，这张快嘴仍和从前一样。少说两句，莫要我们丢人吧。"癞姑道："这有什么不能告人的事？休看易姊姊见多识广，似你两个这等异人，我便全说出来，只恐也未必知道呢。"二童微笑不语。易静笑道："我本莫测高深，师妹说吧。"癞姑遂把二童来历说出，易、李二人好生惊喜。

原来二童一名方瑛，一名元皓，俱是童身。未出家以前，便是志同道合的好友，自幼好道。二十多岁上，正是明季逆阉柄权，天启昏庸。二人灰心世事，无志进取，一同商议弃家学道。千里裹粮，到处寻访仙人未遇，后又分途寻访。二人一同向天立誓，谁先成道，便来度另一人。

方瑛心志最为坚决，终于寻到西崆峒广成子旧居仙府，得到一部道书玉页金简，上面尽是漆书古篆，一字不识。仗着她向道精诚，以前流转各地名山胜域，遇见过几个做下乘功夫的炼气之士，因非意想中的仙师，未曾拜门，却学会了些服气辟谷，以及山行防御虎狼蛇虫等小术。又练过一二十年的武功，多年跋涉，精力强健。说文篆引，读书时也曾研究，便在洞中住下。早晚二次朝天虔诚跪拜，口称广成子的法号，通诚求告，请示玄机。一面照以前所学吐纳之术，打坐修炼。除采办山粮外，轻易不出洞门一步。如是者三四年。那道书共只五十四片玉页，七章金简。古篆而外，还有好些符箓在上。因常观玩，年月一久，方瑛全都默记下来。又以本通小学，有些古篆已渐解悟，只不过有的只识大意，有的词意秘奥，字虽认得，尚难索解，心中拿它不定，不敢尝试演习。

这日黎明起身，照例对书跪祝之后，将书藏起，出洞闲眺。想起好友元皓，久别无音，好生悬念。自己每去一地，必然设法留话或是字迹，告以所去之地，人在西崆峒，不会不知。如已成道，或遇仙师，定必寻来。如今音信杳无，可知尚无遇合。自己枉在此洞得到这部天书，偏是古篆难解。如说无福，到手之时，又有佳兆。先是宝光上腾，引来此洞，好些灵异之迹。得时又似有人在耳边警告，此山精光上烛霄汉，只在东偏石室藏看无妨。将书出洞，或往别室观看，均不免有奇祸。方瑛为此，苦志虔求拜观，以为精诚所至，金石为开，终可感动仙灵下降。历时将近四年，毫未松懈，全书符箓早已默记在心，终无感应。

日前好似无师自通，解悟出一些字义、符箓用法，仍是不会照符演习。因有一次闲中无聊，偶然照本闲画，才画没几笔，忽然山摇地震，全洞似欲崩

6

裂,人也被震晕过去。由此胆寒,在无人指教尽行通解以前,不敢妄动。前晚无意之中,又解出了多半章,照那词意,有"风雷辟魔"字样,与前半似乎是指修炼静功之法不同。昨日几次想出洞外择地演习,恐蹈前辙,欲行又止。似此岁月悠悠,人将老大,万一终不领悟,老死空山,岂不冤枉?想了想,觉着书上古篆,除符箓外,相同的字十居二三,现时不识的字只占全书十之一二。只要试出一两页,再加苦思,或可以触类旁通。长此胆小畏难,终无解悟之日。方瑛自问生平无过,向道又如此坚诚,定蒙仙佛怜鉴。命中如该成仙,决不致为此惨死。如若无缘,这类古仙人所遗留的道书,也到不了自己的手内。越想越对,正打算壮着胆子,走往远处一试,以免有甚风雷地震之异,灾及洞府,无处栖身,还将道书失去。忽见阴霾满山,腥风大作,由侧面岭头上横袭过来。

方瑛居山年久,知道岭那面泥壑中,藏有一条毒蟒,每年春夏之交,必要率领族类游行山阴一带,并去山阳晒鳞,吞食野兽。山中另有一种形似野牛的猛兽,牙利如锯,角锐如矛,碗口粗的巨竹,合抱不交的大树,犯起性来,一咬立折,一触便断。性又合群,过时成千成百,漫山盖野,黑压压一大片。专与大蟒恶斗,因那为首大蟒长大凶毒,结局自占上风。可是野牛数多,凶猛力大,又不怕死,丈许长的蛇蟒,张口一咬便成两段。纵跃又极灵快矫捷,有时连为首大蟒也受了伤。尽管吃大蟒长尾打肉成饼,或被咬死吞噬,极少自行败退,一味地拼死凶斗。初斗时,蛇兽纷纷,互有伤亡。直到大蟒吞食了太多,为兽血所醉,势衰体倦,不愿再斗,自率子孙先自掉头,收势回转,其去如风。牛群分明追不上,依然不肯甘休,一直追到岭下才罢。双方以岭为界,成了世仇,每年必要恶斗几次,已然见惯。

当年想因天暖草长,故此提前了半月。双方一去一来,距离洞前不远,尘沙蔽空,风云变色,声势至为惊人。先是老远便有腥风卷到。接着便是宛如数万道大小匹练,满山抛掷,起伏如浪,迅速已极,眨眼便在洞前草地上横窜过去。最后才是那条大蟒,长近十丈,头比水桶还粗,走起来蟒首高昂起一两丈,身子不动,巨吻开张,一条六七寸宽、三四尺长如意钩似的血红信子,宛如火焰,吞吐不休,比箭还疾。由地面上滑过之处,草木立即焦黑枯死。对方野牛不等到达,便发出怒吼,列阵相待,甚或迎上前来,就在洞前草地上恶斗,原是当地奇观。

方瑛每次都藏伏洞中偷看。如在远处厮杀,恐有疏失,所习小术不能自保,便不敢去。等蟒斗倦归途,群牛追杀,看个后尾。那洞府同现在易、李二人所见洞府一样，也是危崖壁立，有一大洞。只是形势天然生就，不是人为，洞府又多着一片崩石积成的山坡，可以直达洞门罢了。初见到这类恶斗，也极胆怯。后见山中那么多蛇兽，从无入洞窥伺侵犯之事，固然由于地较险峻，怎会连蛇也不进？三年过去，均是如此。以为仙灵窟宅，蛇兽不敢近前，只在洞旁遥观，便无妨害。心中一定，胆子越大，去年看时，竟立洞前观斗，并未似前隐藏。

这次自然格外放心，奇事难逢，便暂停试法，闲立旁观。哪知这些野牛势子越盛，腥风刚起，蛇还未现，便听右面山坡后广原中群牛齐声怒吼，声震山野。等众蛇蟒由左侧飞来，右侧黄尘滚滚，突起数十丈，牛群何止千数，已似旋风一般，狼奔豕突，猛冲迎敌上来。万蹄奔踏，震得山鸣地动，比前见数次更加猛烈，数目加多了好些。地点恰在洞前草地对面，相隔不足一里，看得甚真。由早起斗到黄昏，双方均是尸横遍野，腥血狼藉。为首大蟒也不知咬死带鞭杀了多少野牛，方始兴尽神疲，率领数百条残余族类退了回去。照例野牛必追，除负伤的蛇偶然落后遭殃，为群牛所毙外，极少追上。追到岭前，也必回头。可是牛群伤亡太重，蓄怒如狂，归时又势绝猛恶，无论生物树木，被它埋头乱冲过去，立即断折飞舞，万无幸存之理。

方瑛正看得有兴头上，因牛群声势太猛，竟将上面一片崖石震裂了一角，崩塌下来，野牛被打中，死伤了好几十只。方瑛这次立处又往外了些，极易发现。为首老牛抬头一看，瞥见有人在上，认作是发石打它的仇人，一声怒吼，便朝洞前冲来。后面千百野牛，闻声回首，一齐掉头回身，怒吼如雷，相继冲上。方瑛见状大惊，忙往洞中退入，仗着那洞以前经人封闭，早被山石堵塞，极为坚固，只门旁有一小穴，仅供一人侧身俯行而入。初来无伴，存有戒心，为防蛇虎侵入，觉着洞门小些谨慎，遇变时较易防堵，始终没有开大，此时恰好用上。一面退进，移石堵塞；一面照着前习御战之法，放出幻火鬼兵。谁知全无用处，牛群仍是猛攻上来，尚幸当中有二三凹处，那牛向上埋头猛冲，没看清出入小洞，前人堵塞甚固，急切间未被攻入。牛头撞在壁上，声巨且猛，不一会，洞壁便自摇撼欲坠。

方瑛情知一被冲进，立成肉泥，一时情急，忽然想到适才想试的符箓。惊惶无计中，不暇再计利害安危。心想："反正不免于难，姑且一试。"立时触动灵机，照头两章大意，先把气息调匀，澄神默念，手朝洞外，一口气把所记的符画完。恰又无心巧合，那洞门积石本已快要向内冲塌，方瑛刚画完符，忽然山崩地裂，霹雳连声，火光一亮，整堆巨石一齐朝外飞舞而出，面前立现天光，洞门大开。惊悸忘魂中，看见千百群牛，随着大片雷火烈焰，无数崩裂的洞石，黑浪也似翻滚而下，满山坡雷火横飞，虽然功夫不大，野牛也死了三四百只。那些在后未死的，因是簇拥在一起，差不多都被火烧石击，各自负伤，互相践踏冲突，四下乱窜。地上尘土激起数十丈高下，半晌不住。方瑛见法已验，又惊又喜，不愿多事杀戮，也未再往下施为。眼看牛群逃尽，便忙回洞，向书跪谢，重又通诚祝告。

第二日，又拿毒蟒试法。为防万一，先寻一险密之地藏起，等它过去，再由后面施为。因是愤它凶毒，更恐其通灵反噬，接连画符，竟似一符一雷，灵效非常，随心所指，无远弗届。这一喜，真非同小可。由此推详领悟，触类旁通，又勤习了两年。前卷坐功，早就悟出勤习，与日俱进。这日子夜，忽然由静生明，豁然贯通，悟彻玄机。再加功勤习，不消年余，尽得全书秘奥，具有惊人法力。

正要出山探寻良友踪迹，元皓忽然寻来。一问经过，才知也得了一位散仙传授。那散仙虽是旁门，人却正直。自称生平共只做过一件恶事，还是迫于不得已，为此还做了许多功德，以为赎罪之意。只是性情古怪，自从见了元皓，便被带往东溟海边一个滨海荒岛之上，历时五年。尽管每年两次按时前来传授道法，却不肯收为门徒，也不肯说出名姓、来历。每次设词探问，请求拜师，必遭怒斥。元皓也曾虔心跪求，继之以泣，仍坚执不允。再说多了，便要翻脸。至今测不出是什么来历用意。每次来时，装束又不一样，所以近年成道，屡向人打听，也无一知晓。上月散仙又来岛上，言说还有三日，便要缘尽，不如留此未尽三日，为他年相见之地。随赐几件法宝。又说方瑛在此得了古仙人所留道书，令来相晤同修，互有补益。并嘱把那道书仍埋原处，不可带走。说罢自去。因此才寻来，良友重逢，又各有了仙缘遇合，俱都欣慰非常。

那散仙所传法术，甚是神妙。二人便在洞中互相传授，各把对方所学，一齐学会。因二人所居洞府偏近山阴一带，景物荒寒，洞又残破不堪，方瑛居久，习与相安，还不觉得难耐。元皓前居小岛，风景清幽，海天万里，波澜壮阔，朝晖夕阴，气象万千，忽然来到这等荒寒僻陋之乡，老大不惯，立主迁居。说海内名山胜域甚多，何必居此？山阳虽有几处灵境，近日往探，早在方瑛未来以前，便有了主人，多半是法力颇高，不是易与。又看出彼此道路也各不同，即便勉强寻到一个较好的所在，日子一久，恐也难于相处。既是风马牛不相及，对方在此多年，住得好好的，何苦结仇生事？还是另寻洞天福地栖身为上。方瑛也并非不想移居,一则那洞是自己发祥之地,下过多年苦功才到今日,心中有些依恋;再则那道书后页偈语,也有和散仙语气相似的。大意是说此书每四百九十年度一有缘之士。得书的人精习之后,必须将它埋藏在原发现的石穴之内,外用法术封禁。如不遵从,一带出洞外,书便化去,取书的人也还有奇祸。自己虽将全书记熟,并已解悟,到底日夕相对的天府秘籍,平日珍如性命,一旦埋入地底,永不再见,也是有些难舍。

　　方瑛正在踌躇迁延,不料元皓因往山阳寻找修真之所,无意中惊动了一个异派中的能手,命两个门徒跟踪寻来。两门徒发觉方、元二人隐居在广成子故居废洞以内,回去告知乃师。因洞中玉页仙籍夙有传闻,每值月黑星昏,有人空中路过,往往遥见宝气上透云霄。等跟踪入洞查看,却怎么也寻找不到线索。再升空有心查看,便不再现。由古迄今,也不知有过多少人来洞中发掘守候,也没见有人到手。可是洞中居住的人,总是凶多吉少,不是无端遭害,便是有仇人寻来,争杀时起。迭经残破之余,当地又不时发生地震,洞壁倒塌,碎石纵横,几非人所能居。只宋末有人来洞住了十年,忽然道成仙去,并用石块将洞堵塞,在洞外留下偈语,词意甚晦,只有几句是劝后来人不必再为仙籍徒劳,枉自白送性命。山阳灵境甚多,各有修道之士隐居,差不多以前俱曾访过此洞遗迹,见到壁上留的偈语,俱料道书已被前人取走,所以留此字迹。当地又极荒僻,虽只一山之隔,但长年无人涉足。那异派又比众机智,心想:"书既取走,洞中遗书宝气上烛又出传闻,如恐后人徒劳,尽可明言,何必又将洞门堵死禁闭?偈语后两句并有入洞白送性命等恐吓之言。"始终疑心洞中不有珍物埋藏,也必有别的灵异之迹。

　　偏巧这一日山中大雨,正由山外飞回,遥见后山宝光上腾,与雷电争辉。定睛一看,正是广成子故洞发出。立即回洞带了门人,赶往一看,壁间朱篆偈语,已然不见。先料洞中还有禁制,自恃法力,在洞侧攻穿一个小穴。钻进一看,古洞荒凉,并无一毫灵迹。师徒合力,在洞中用尽心力,连发掘了数十日,前后七次,只差把全洞倒翻,结果什么也未找到,白把那洞毁了个残破不堪。那宝气从此便没再见。一晃多年,不曾再往。哪知此举白给后来的开了一个出入门户,否则洞门早经前人堵塞,禁法未破,方瑛如何得进?这时听二童说起洞中还有两个修士,法力似还不弱,猛忆前事,知此洞徒有仙灵窟宅之名,实则一无可取。如是常人,还可说是动于传说,求道心切,不畏艰苦。这两人均有法力,肯在洞中久居,必有缘故。自己不合疏忽,自从那年破洞发掘,几次徒劳之后,便未再留意。可是那年遗留的偈语,便在发掘那一夜忽然隐去。也许那道书已为这两人所得，正在洞中修炼都不一定。那异派立起贪心，前往窥伺。到时正遇方、元二人在洞外闲眺，借故向前问讯。

此时方、元二人法力高强，远非昔比。见他突如其来，一望而知不是端人。元皓日前往山南访求居处，又在暗中窥探过他，料知不怀好意，便和方瑛使了个眼色。方瑛人最持重，自以无师之学，不肯轻易树敌。一面虚与周旋，一面互使法力暗斗，表面仍是谦和，不与破脸。那异派盘问不出实况，又觉出对方不好欺凌，说了两句负气的话，愤愤而去。依了元皓，等他再来，便要破脸为敌。方瑛力说："我们才初得道，这厮修为年久，法力深浅难知。听那口气，山阳人数颇多，俱为同党，彼众我寡，抵御不住。贤弟与我本有移居之志，乘机远避，另觅洞府清修，岂不省事？与这类妖道怄闲气则甚？"

随回洞内，将玉页道书藏埋封禁，强劝元皓起身。元皓因那异派狂傲，行时又隐隐示意恐吓，气终未出。断定是为洞中道书而来，日内必还来洞窥伺侵扰，便在洞中故布了两处疑阵，中藏厉害埋伏。并在洞中留下一封告诫来人的信，表面是说主人暂时有事他往，居室门外设有禁制，无论何人不得擅入，以免伤害。心料妖道见信，不甘受激，又疑心道书藏在室内，必定强入，却不知内中禁制有明有暗，变化无穷，虚实相生。除精通此法，可以无事；否则，非受重创不可。方瑛拦阻不住，只得听之。二人走后，妖道师徒便带了法宝、妖幡，大举寻上门来，见书大怒。又听二人因怕他已逃走，冲将进去，行法破禁，误陷埋伏，果然上当，受创而去。不提。

方、元二人由此遍游宇内名山，打算择一安身修炼之所。洞府还未寻到，对头已经约了几个前辈能手，到处寻找二人报仇。双方相遇深山之中，苦斗了七日夜，结果二人虽然勉强占了一点上风，可是由此纠缠不清，仇人越引越多，几无宁日。二人道书虽已解悟，那正经修炼之功，相差尚远。又以连与仇人苦斗，自觉法力还差，如非元皓诸宝神奇，几遭不测。越想越觉功力不济，决意另觅隐僻之处，匿迹潜修，等到法力精进，到了火候，再和仇敌一见高下。因想中土名山易被妖人追踪，而云贵边境颇多山水佳处，于是便往滇边一带苗蛮山中寻找。

这日行至贵州境内，正值三、四月天气，偶然经过一个山村，看见花树成林，宛如锦霞，尤以榴花为盛，繁红照眼，都如碗大。路旁花林内，恰有酒旗飘荡。二人修道才十余年，本未断绝烟火，见那蛮烟瘴雨之乡，竟有这等山明水秀所在，一时乘兴前往沽饮。当地原是寨墟，那酒家设在半山坡上花林旁边，三间竹屋，倒也明敞。后窗外面还对着一条山路。

二人饮到半酣，忽听窗外哭喊之声。过去一看，瞥见一大片红云向空飞起，云中裹着一个半身赤裸的苗人，手上挟着一个少女，正在哭喊挣扎。因值墟集，山路往来的苗人甚多，内有一个货郎打扮的汉人也在望空哭喊，苗人面上俱带惊惧之色。二人料是妖苗用邪法掳劫汉人妇女，不由动了义愤，恐追不上，也没细问，便飞身追去。那妖苗法力有限，又摄了一个凡人，一会便被追到地头，先后落下。那地方是一山洞，妖苗还有几个同党，平日凶横已惯，见人追来，自是暴怒，群起迎敌。结果妖苗纷纷负伤遁去，那少女被救了回来。

女父名叫周老，自是感激万分。可是全墟苗人却发了急，苦苦哀求，要二人留住，宛如大祸将至。一问底细，才知那妖苗俱是红发老祖门下，先不在此，近年才在附近山中来往，自称奉了教祖之命，来此收徒传道。来时大显灵迹，当地本有蛇虎之害，俱被二人用法力除去，又能呼风唤雨，驱役神鬼，远近各峒墟生熟苗人，俱把他们奉若天神。只是脾气不好，又贪财，又好色，时向苗人讨要酒肉、金银、布帛供奉，稍一违忤，立遭杀身之祸。每遇各峒墟集，往往突自空中飞落，看见有姿色的妇人，立即强摄了去。苗人信奉鬼神，先还当是神人看中他的妻女，必有福降，还甚欢喜。隔不了一二日，所摄妇女相继放回，一个个全成了病鬼，面黄肌瘦，不成人形。有那气弱的，到家不久便即身死。一问经过，才知妖苗竟是在此暗立洞府，背师作恶。洞中时常替换往来，摄了妇女前去，只是更番淫乐，直到对方精枯髓绝，方始放回。所说教祖所居，远在滇黔极边深山之中，相隔尚有三千多里。听那口气，妖人来此为恶，乃是同门互相瞒哄，教祖并不知道。

苗人见回来的妇女异口同声如此说法，方始觉出受害，无如妖法厉害，空自又恨又怕，无可奈何。只得遇到墟集，把青年妇女藏起，别的仍是予取予求，听凭诛索。哪知凶苗更妙，过了些日，先用妖法示威，把苗人吓了个够。然后传知，每隔半月献上四名苗女和牛酒布帛应用各物，供他淫乐。各峒按时轮值，不许迟误；否则便降奇祸，将违命峒苗全数杀死。峒苗无法，又只得应诺下来。由此起按时送了妇女前往，等第二拨送去，再把前送苗女带回，于是成了惯例。土苗愚鲁，又极信畏鬼神，好在峒墟甚多，每隔年余才轮到一回。去的苗女因受蹂躏日浅，回时只是虚弱，多半仍可复原，死者甚少。日子一久，渐渐习与相安，视若故常。自献女起，妖苗日常只在所居洞中享受，轻易不来墟集上走动。就来，也只强索财货食用，也不再摄妇女。这日，许是看见周女美貌,动了淫心,又施故技。不料遇见两个大对头,吃了大亏。当地苗人知他决不甘休,惟恐方、元二人走后,妖苗前来问罪要人,心胆悬悬,又不敢把二人怎样,不住环跪哭求,坚不放行。

方、元二人知道妖苗必已逃远,不会再来。无如苗人心实,不听劝说。方、元二人见他们哭诉可怜,又不知对头厉害,以为妖苗既是背师为恶,可见乃师人尚不恶,何不寻上门去,责以正义,令其约束徒众,不许再犯。听劝便罢,不然便连他师徒一齐除去,免留害人。二人主意想定,假说自己便是红发老祖好友,受他之托,来此惩治恶徒,妖苗已然胆寒,不会再来。苗人仍是半信半疑,但又不敢拦阻他们,只是一味哀求。周老父女也相随跪求。二人也恐就在走后这一二日中,妖苗来寻周老和苗人晦气,勉强留住了两日,妖苗未来。当地峒主又令两个胆大一点的苗人,去往所踞洞穴窥探,除发现几具汉装女尸和一些强索去的酒食财货外,并无一人。方始相信放心,对二人愈发感激,又以好意留住。二人自是不允。情知妖苗凶横,复仇心重,决无善罢,行时又教给众人和周老一套话,并将周女藏起半年,传言作为二人也是见色生心,由妖人手里将人劫走,到手以后并未送回,众人只知二人路过撞见,忽然飞空追赶,下文一概不知,以防万一。随即起身,往苗山赶去。

红发老祖在滇边一带威望极高,所居之地极易打听。二人初生之犊不怕虎,竟到烂桃山登门求见。这时红发老祖虽信白、朱二老之言,不许门下为恶,但是护短好胜,根于天性,终改不掉。二人因见前伤妖苗无甚法力,因而看轻乃师,以为区区苗蛮邪教,哪在心上。自己还以为是不愿结仇多杀,善意相劝,满心自恃。初到时,看见对方许多势派,门人侍卫,其势汹汹,认定对方好作威福,决非善良,辞色大是不善。红发老祖听门人报知,心已不快,因来人姓名从未闻知,无故来访,辞色又如此倨傲,不知是甚来历,为了何事,想了想,姑命入见。二人见红发老祖居中正坐,门下好几辈弟子侍立于侧,更有八名侍卫,手持戈矛环立座后。自己以礼入见,也不起身迎接,只把手微摆,令就旁坐。其实对方一见面便把二人功力看透,知是末学新进。这还是因为常和正教中人来往,恐有要事,奉命而来,才有这点礼貌,否则相待更恶。

二人以为对方过于倨傲,强忍气愤,冷笑就座。没等询问来意,便把门下妖徒淫恶行径说出。正在畅言无忌,详陈邪正利害之分,忽见众妖徒面容骤变,好似动了公愤。上首一个身材高大、貌最凶恶的妖徒,立用苗语向乃师说了几句。红发老祖忽把怪眼一翻,立命拿下。上首二妖徒应声而出,各放出一股黑烟飞来。二人深入虎穴，原有准备，也就施为迎敌。众妖徒见妖法擒不到来人，纷将法宝、飞刀放出。二人见对方主脑还未动手，单是门下妖徒，便大有能者，与日前所遇大不相同，才着了慌。

原来红发老祖听二人当面指摘他师徒罪恶，辞色又极不逊，已是加了愤怒。事有凑巧，前伤妖苗共是五人，乃红发老祖的第二代徒孙，自告奋勇，去往贵州苗山中创教收徒。下山才只两年，却在外面为恶。一般同门妖徒也常借他那里作乐，一同隐蔽，颇得教祖宠信。自劫周女被方、元二人所伤，本拟败逃回山，告知师长、同门，请了能手前往复仇。因在中途降落，行法医伤，遇见两位汉装少女，又动色心，意欲摄去。谁知遇见杀星，二女俱精剑术，本就不是对手，心还不舍。正相持间，又飞来一眇一癫，两个奇丑的少年女尼，竟与二女相识，一照面，便把五妖苗一齐了账。

为首一个妖苗新近炼有元神化身，因是后死，对方把妖苗看得太轻，没有留意，侥幸保住生魂，遁回山去。妖苗本身师父乃红发老祖爱徒姚开江，这次门人出外传道，由己力请，事由犯规为恶而起，应敌匆促，仇人姓名、来历，全都未问。正想一面行法，祭炼妖徒生魂，暂时隐瞒，等日后探查出先后仇人是甚来历，再行设法报复，不料方、元二人忽然寻上门来。姚开江知道师父脾气，处罚由己，只要外人一说，立即恼羞成怒，何况对方又如此狂谬无理。事已败露，索性把全部怨毒种在来人身上，便用苗语告知师父，说五妖苗只不过各寻配偶，教规之所不禁，吃这人联合同党一齐杀死。适才遁回一名生魂，说知此事，正要禀告，仇人已自投到。

这一来，红发老祖自然怒上加怒，愤火中烧。因自负法力高强，差一点的人遇上，觉着胜之不武，轻视来人，不屑动手，只命众妖徒上前，自然要差得多。二人去得冒失，临机却尚机警，一见形势不好，大出意料，立打逃走主意。本身法力虽非红发老祖之敌，那几件法宝却大有威力。斗不一会，便将两件最厉害的法宝取出，一面迎敌，一面防身，冷不防突围飞去。等红发老祖看出那法宝来历，大吃一惊，知道门人决难取胜。正待变化元神，下手擒拿，人已遁去，忙率众追赶出去。以红发老祖法力本可赶上，哪知刚追不远，便由斜刺里飞来一道青光，长虹也似横亘天半，将路阻住。定睛一看，正是那法宝的主人，手指青虹，冷着一张怪脸，停空呆视，也不发话，只不放过去。知道此是旁门散仙中有名人物，脾气古怪，有通天彻地之能，向不问人间事，不知怎会收此二徒。如与为敌，立有身败名裂之忧。此散仙又向不听人分说，只要出头，便强到底，无可理喻，万万招惹不得。红发老祖又惊又慌，无可如何,只得强忍愤怒,垂头丧气回去。青光一瞥即隐。门下徒党也随后追到,红发老祖推说没有追上,闷闷回山,越想越气。先以为此仇万不可报,又不便对门人说明,空自愧愤了好几年。

红发老祖这日出游,路遇追云叟白谷逸,无心谈起受人欺负。追云叟笑答:"这两个老怪物形迹诡秘,我虽和你一样算不出他们的动静,但是他们决不会收这类徒弟。不能因来人用他法宝,便算拜师,我想其中必有原因。此人难得出动,上次许是正值出游,适逢其会;也是你那几个高足背师犯规,该有此报。来人虽是狂妄,此时再去寻他,胜了也是羞辱,越做越无趣,就此拉倒了吧。"一面又历举那散仙的为人和近年行径心迹。追云叟无心之言,意在讽劝。红发老祖复仇之心本盛,姚、洪二妖徒恰又随行听去,回山后师徒计议,再试一回,看那散仙还出面不。便令二妖徒四处寻访仇人下落。本意法宝难敌,寻到仇人归报,亲往报复。

方、元二人逃时,不知有人暗助,始得脱险。因树了强敌,不敢再在近处觅地栖身,又往回走,连经过好些山水,不是不合意,便有别的顾虑。最后在四川大邑县西八十里凤凰山中,找到了一处石洞,地极幽静,相隔城镇又不甚远,便中还可修积善功,便住了下来。先防仇人追寻,轻易不出,行动极为隐秘。一晃数年,并无朕兆,渐渐疏懒下来。因为日久用功,道家元婴也自炼就。日常行法闭洞入定,在山中神游。先还是一人留守,日久元婴渐固,时常结伴同出。又是一年过去。渐渐炼到婴儿能携法宝应用。眼看再有两年,便可运用玄功,变化自如,瞬息千里,无远弗届,纵遇有人为难,也无败理。哪知仇人忽然寻上门来,二人事前毫无觉察。

因山中有一仙树坪,住有二三十户人家,年前遭受瘟疫,由二人治愈,救了全村性命。当地又有一株紫柏,大有十围,亭亭若盖,荫被数亩,相传乃古仙人遗留。又有清溪流水,近岭遥山,岚光树色,相映成趣,风景佳绝。场上人家俱都姓卫,世业耕读,幼童甚多,设有公塾。每当夕阳在山,明月未上,村童放学,群嬉于树旁清溪白石之间,别有一种天真之趣。这些儿童又都家规极好,举止不俗,山水灵气所钟,相貌多半美秀。内有一双兄妹,年约十三四,更是聪明灵秀,动人爱怜。方、元二人闲中无事,每喜引逗群儿为乐,隔些日总去一次,习以为常。去时,总是先往城市买些果饵,前往分发。被妖徒发现,也由于此。

二妖徒各带一二门人,分作两起寻访。这一起共是三人,以姚开江为首,还同有一个最工心计之妖徒秦玠。因知二人法力高强,惟恐难敌,先不出面，只在暗中窥伺，终于探出二人所炼元婴尚未十分凝固，不时出游。便设毒计，乘元神他出之际，暗入洞中，把两具法身毁掉，剩下两个火候未到的元婴，岂不手到成功？

二人因连日元婴渐凝，连与群儿嬉游，均非原身。好在村人均受过救命之恩，知是神仙中人，见惯不以为奇，又受过嘱咐，不为传扬，相处已久。这日又是元婴前往，正赶上最爱的两小兄妹一时无知，各吃了一枚异果，双双死去。因未见有余果，只听传说，心爱二童过甚，匆匆不暇查看，也认为误服蛇衔毒果，放下城里买来的果子，便即飞回，取药救治。路上二人忽然心动，元婴飞行绝快，相隔又近，眨眼将到。遥望洞门大开，正有三个着红半臂的妖苗，两个手挽自己人头，由内疾走出来，重将洞门封闭，隐伏在侧。二人不禁又惊又痛，知道中了仇人的暗算，原身法体已落毒手；并还埋伏洞外，准备等元婴回洞，骤起杀害。气候未成，身边只有两件法宝，用起来功力还差，回去必为所擒。若不回去，一则元婴正炼至要紧关头，不能没有法身；二则这等大仇，岂可不报？三则洞中还有法宝，此时倘被敌人得去，还能收回；如被带回山去，经过妖法祭炼，便不能再为己有。怒火中烧，忧危念切，情急无计之余，忽然想起新死的那两个兄妹，均是上等根骨，如能借他们庐舍回生，不特无害，日后还可报仇雪恨。事急无计，有违救他兄妹初心，也说不得了。念头一转，略微商议，重往场上飞去。

那家父母还当二人定能救他儿子，忽见飞回，心方一喜，二人已往二童的身上合去。当时回生，告以自身受了妖人暗算，法身已毁，不得不借两小兄妹躯体一用，事完定有重报，并以法力度他两个转世重生。令勿张扬，以免仇人警觉，难于报仇。男的想起全村性命，皆二人所救，两小兄妹又是本已身死，虽然心痛，还能忍住。女的妇人之见，平日又最钟爱这一双儿女，禁不住放声大哭起来。

方、元二人刚借尸重生，法宝还未收回，见她号哭，恐怕仇敌到来，难于抵敌，正忙劝慰，说："我暂借你儿子尸体一用，事后必令重生。"言还未了，倏地眼前人影一晃，现出一个小癞尼姑，心方一惊，耳听骂道："不要脸的东西！"二人脸上叭叭两声，早各着了一掌。当时觉着心魂摇摇，似欲飞扬，知道厉害。又值危疑忧惧之际，对方只一掌便如此厉害，哪里还敢冒失，各自收摄心神，连身纵向一旁。二人正待查明来由，相机进退，忽又怪风大作，一片红云疾如奔马，由所居山洞一面飞来，显见皆是强敌，益发难于抵御。互相使了一个眼色，慌不迭隐了身形，往斜刺里破空飞去。飞出里许，回头一看，适见小癞尼已化作一道金光，迎上前去，与新来的一道红光斗在一起，看去颇占优势。分明是佛门中有道神尼，既与妖人为敌，如何又打自己？二人心疑适才癞尼认错了人，平白吃这一金刚掌，如非近来功力较深，几乎被她把元婴震出了窍。正在寻思，妖苗已晃动妖幡，施展邪法，一时妖云滚滚，邪雾迷茫，魅影幢幢，鬼声四起，又有数十百道血也似的光华满空交织，声势甚是凶恶。癞尼却似未在心上，随手发出神雷，霹雳连声，震撼山岳，金光也强盛了好些。

方、元二人猛想起乘着双方恶斗不解，正好收回法宝，前来助战，以报杀身之仇，在此呆看则甚？心念一动，先疑妖苗如此厉害，事前又似早窥自己虚实行径，洞中法宝虽封藏石壁以内，也许仍被劫去。及至如法收回，并无动静，才知藏处禁制多半未被破去。又以原来法体已毁，借人躯壳，又各自吃了一金刚掌，仍疑法力较差，不禁惊喜交集。飞回洞内一看，原身已为妖火所化，法宝却是封禁如故。虽然洞中颇多发掘残破之迹，因藏得隐秘，禁制神妙，并未被妖苗搜去。二人心中一喜，忙即撤禁取出，分带身旁。杀身之仇，自是恨深切骨。又料癞尼初见动手，必出误会，那两件法宝又专破妖法，立即赶往助战。才一飞起，便听前面震天价一声大响，一道匹练般的金光夹着无数雷火，自天直下，比先前声势还要猛烈得多，下面妖云邪雾，立被冲散。妖苗似已受伤，两三声怪啸过去，那三道红光已由雷火中飞走，往西南方遥空射去，其疾如电，瞬息已杳。同时来人化一为二，内中又多了一个小尼姑，也未追赶，就在空中对面交谈了几句，后来小尼姑便自飞去。小癞尼却似停空相待，并未飞去。

二人见对方法力这么高，既感相救之德，又想问明来历，结一方外之友，仍朝前飞去。心还觉她不比自己离得远，这类妖人理应诛戮，为何听凭逃遁，不去追赶？哪知自己也不是好相与，刚一飞近，未及举手为礼，便听对方喝骂道："不要脸的狗道！自己不能保身，却强占好人家子女。快将两个躯壳留下，自去投生，饶你们不死！"二人听口风不好，知道对方法力高强，先把遁光按住。话一听完，见癞尼已作势飞来，情知不是对手，只得一面纵遁光，一面忙答："道友休要误会，容我二人说完，如有不合，再请动手如何？"癞尼竟是不容分说，开口先骂道："放屁！我亲眼得见，谁信你的鬼话？"随说手一指，金光如虹，便已飞来。二人无奈，只得合力抵御，口中仍自分辩不已。癞尼竟似认定二人强占幼童躯壳，非要还出不可，说什么也是不听。二人虽然所用法宝出自仙传，神妙无穷，一则对方有佛光护身，难于侵害；二则知道癞

17

尼必有大来头,先走那个同伴便非寻常。适才所遭的杀身之祸,便是以前粗心抗敌而起,方吃大亏,对方又非那左道妖邪,哪里还敢再树强敌。一味苦口分说,只图善求,不肯下那毒手。无奈对方功力颇高,初借到的躯壳久必难支,先颇忧急。嗣见对方也未尽量施为,与先前和妖苗对敌情景不类,只是苦缠不舍。几次想要遁去,均被阻住,好生不解。后来越斗越往下降,已然离地不远。

那地方本离仙树坪不过二里,适才恶斗,村人俱都望见。先甚害怕,时候一久,看出不会殃及旁人,有那大胆一点的便赶往观看。见双方渐渐降低,因听二人直向癞尼分辩,想起前恩,也壮着胆子在下面接口,代为证实劝解。说二童自服毒果身死,二位仙长借的是已死之人。平日为善,还救过全村性命。癞尼仍是不理,极口挖苦,话更尖刻。直说二童并不该死,二人不能保身,见死不救,反倒乘人于危,种种无耻,正经修道人哪有这样?二人吃她挖苦得又愧又急,无言可答,一想对方之言并非无理。打是打不过,走又走不脱,只是受欺侮辱骂,实在难堪。迫于无奈,正打算豁出舍了仙业,或是另转一劫,或就婴儿炼成鬼仙,将所借躯壳退让还原,方问有什么法力使二童复生,开口说不两句,癞尼哈哈笑道:"想不到你两个竟有天良发现之时,如等你们此时让还躯壳,已是迟了,这一对好儿子的生魂,已被我师兄带回山去,另想别法重生了。我和你们打,便为你这两句人话,既知无理,能够悔过,便宜你二人吧,我去了。"说罢,大头一晃,连人带金光全都隐去。二人急喊:"道友慢走!"已无应声,只得带愧降落。

回到村中,见二儿父母已住了悲泣,迎上前来。见面一谈,才知二人初斗时,二儿父母忽见又有一生相奇丑的小眇尼姑走来,二儿生魂突然现形。眇尼随请觅一僻处谈话,可是在场诸人无一见闻,料是仙佛临凡。迎回家中,行礼叩问,才知二尼一名眇姑,一名癞姑,乃是神尼屠龙师太的门下。因奉师命去离此不远的牛场坝有事,路上遇见方、元二人在镇上买果子,看出他们是道家婴儿。眇姑觉着二人元婴未固,便出来游戏人间,实在胆大冒失。身又不带邪气,未成道已喜炫弄,恐其将来狂恣为恶,欲乘其未有恶迹以前,加以诫勉,并查看是什么来历。眇姑自去办事,令癞姑潜行跟踪查看,相机行事。

癞姑尾随到了仙树坪,见二童身死,二人急往取药。想听村人如何说法,没有随往。及听村人对二人甚是感戴,先颇暗赞。嗣一细查二儿,乃为妖法摄去生魂,因是口角流涎,适有采食野果之事,因而误会。暗忖:"此山胜境无多,除师父有一道友在牛场坝茅庵中苦修外,前来数次,均未见有修士寄迹。村人说前见二人在此隐修,已出意外,怎会还有妖邪在此潜伏?"立即飞起查看,发现二元婴所去之处,有一洞府,邪气隐隐。心想:"莫非二人便是妖邪一党?"忙即追去。二人元婴也正遇警飞回,彼此隐形,来去匆匆,却未觉察。

癫姑快到洞前,看出妖人隐身洞外,正想掩住窥探。才一落下,便见离洞不远,有两幼童生魂在阴影中掩伏,神情惶遽,并无禁制。弱小生魂被妖法擒去竟能脱逃,并还能抗风日吹灼,元神如此凝固,必是前生修积,可想而知。立即行法收入袖内,低声嘱咐,告以勿怕。妖苗中姚开江最是性暴,久候仇人未来,竟忍不住和同伴说起话来。癫姑侧耳一听,竟是前见元婴仇人,这才分出邪正。见二人还未到,恐其误入罗网,重又飞起,往来路迎回。遥见场上二人已然现身,赶往一看,二人似已发觉仇敌害了法体,正在借尸还魂。癫姑心爱二童过甚,老大不以为然。无如到得稍晚,元婴已与童尸相合。一生气,当时现形。刚每人打了一个大嘴巴,见二元婴未震出窍,正想数责追打。

三妖苗原是早把二童看中,当日准备摄了生魂再去报仇,以备回山炼法,一举两得。只因一时疏忽,心想区区幼魂,又在风日之下,决逃不脱,便随意收入身带法宝囊。谁知二童根骨特异,生有自来。先时吃果玩耍,猛觉着命门一冷,身子被甚东西吸住,凌虚而起,哭喊狂呼,无人答应。刚瞥见下面倒着自己身子,父母村人纷纷哭喊,眼前倏地一暗,便似被人装入袋内。二童聪明机智,先疑已死。正在相抱悲泣,忽听外面妖苗说话。凑巧秦玥是汉人,不善苗语,各以汉语应答,全被听去,才知生魂为妖苗所摄。正在惶急,欲逃无计,也是五行有救,擒他的一个妖苗法力既差,人又粗野,入洞报仇时节,开囊取宝应用,事后不曾封严,出时又落在最后。

二童发现头上天光透入,因听外面风火及砍杀之声,不敢就出。在里面待了一会,才壮着胆子钻出,逃得恰是时候,那宝囊又是悬在妖苗腰侧近股之处,二童容容易易便自脱出。觉着外面风力猛烈,日光如炙,万分难禁,迥异寻常。但知性命关头,强自忍受,由妖苗身后乘其未觉,急匆匆遁入左近密林之中藏起。此处日光不到,虽觉好些,风力仍是厉害,只得沿着树林缓缓往回路掩逃。二童先还想着仙人能够除妖,救他们回生去见爹娘。嗣又听出二仙已为妖苗暗杀,还要灭他们元婴生魂,正在惊悸惶急,眼前忽又一暗,便吃癫姑救走。

同时三妖苗也谈到今日摄此二童回山，便可背师炼法。内中秦玠最鬼，见同行妖苗宝囊露口，怪他大意。妖苗名叫乌隆，本与不合，冷笑回答："这不比道家元神，日光之下怎会遁走？"秦玠道："这事难料。我看二童异常机警，根骨又厚，我们说话必被听去，岂可大意？"妖苗还在争执。姚开江说："你不会试看一下？本该谨慎，你只强争，有甚意思？"姚开江是大师兄，法力最高，性情又暴，妖苗人人敬畏，不敢违逆。闻言，正气愤愤想将生魂抓出，与秦玠查看，再将囊口紧闭。行法一抓，竟已遁走。三妖苗又用妖法试一收摄，并无回应。心疑乌隆粗心，初摄到时已被滑脱，心中不快，便令重往摄回。秦玠道："仇人道行颇深，我们烧他们原身，婴儿便有感应，如何经久不来？二童生魂又得而复失。此事奇怪，莫要被他们闹鬼？师父所说法宝，一件也未搜到，也许随带婴儿身上，俱说不定。事尚可虑，我料他们必已发现我们。村中现有两个新死童尸，两小生魂不能自行归窍，正好给他们应用。我们不合自留破绽，乌隆不是他们的对手。乘着擒回生魂，一同去吧，省得守株待兔，弄巧被他们借了躯壳，或是寻来能手，还吃暗算呢。"姚开江连声应是。

三妖苗立即飞起，隔老远便看出二人正往二童尸上合去。不禁又急又怒，立显神通，施展邪法，加紧追往。眼看到达，癞姑发现来了妖人，立舍二人，迎杀上去。斗到中间，已占上风，眇姑也已赶到，一照面便将妖苗惊走。癞姑还要追逐，眇姑阻住，说："适见所访师执，已由空中查知一切因果。命将二童生魂带去，不必追究。"说罢，要过二童生魂，便去见他们父母，告以二童与方、元二人前世夙孽，应以身偿，因果已了，仍转生你家。现将生魂带往别处，等其降生之日，当即送来。又以法力使二童现身，暂时拜别父母，婉言劝告。二童父母悲喜交集，知是前生因果，不过再迟十月，便可重生。又听生而能言，凤因不昧，将来还有仙缘遇合。事已至此，只得拜谢允诺，听其携去。

方、元二人闻言，知道癞姑借此警戒私心自利，并非恶意。现在行迹太露，当地已不可居，只得另觅名山居住，日夜勤修，欲报前仇。哪知妖苗也恐他们道成难制，不肯甘休，纠合党羽，到处搜寻。又恶斗了几次，未见多大胜败。最后妖徒未来，却约了一个极厉害的人寻上门来。眼看危急，恰值屠龙师太师徒三人路过，癞姑一见是他俩，告知师父，一同相助，将那妖人除去。二人随往登门叩谢，常共往还，反成了莫逆之友。中有一别，隔了六年，癞姑路过相访，人已不见，从此不知下落。

第二二九回

千里传真　一鉴芳塘窥万象
众仙斗法　五云毒瘴失仙机

　　这日癫姑同了易、李二人,路过妙相峦前,觉出山脉灵秀,林壑幽深。和二人分手以后,估量为二人等接应,为时尚早。反正无事,欲往左近游览,就便访查有无异人在彼居住。刚转归途,行没多远,忽觉景物愈妙,好似适未见过,这时方始逐渐出现。天色清明,四山又无云雾。定睛细一查看,前面有一极整洁清幽的山径徐徐现出,分明先有法力禁制隐蔽山形,现始撤去,但又不带一丝邪气。料是相识之人有心要见,开路接引。癫姑方想喝问:"哪位道友弄此玄虚,何不出见?"语声才住,便听对面一个少女口音答道:"癫姊姊,你想不到在这里遇见我们吧? 并非闹什么玄虚,因后面这一带山形隐藏变易,不是原形,并还有好几层埋伏,今日才是撤禁的头一天,有好些手脚。因我急于和你相见,先把你来路一带禁法撤去,所以你生了疑心。请稍等一会,我们便出来了。"

　　癫姑先听口音甚熟,忙运法眼查看,却不见人。那语声似由对面崖上传来,等听到末两句,才听出是方、元二人,不禁喜出望外,料知人隔还远。想起最后一次分手时节,正有许多妖邪向他二人寻仇,自己和眇姑还曾助他们一臂,由此失踪。屡向正邪各派访查,并未受害,只无人知道他们下落,不想会在此不期而遇。癫姑看此情景,分明仇人厉害,来此隐伏,不特地方隐秘,防备极严,并连山形也都变易。但照二人平日情形,并无这等法力。并且他们的仇敌正是红发老祖师徒,便是苦苦寻仇的那些妖邪,也都由姚开江、洪长豹等妖苗勾引而来。因未占到上风,又欺二人无甚有力师友,以致妖邪越多,仇也越深,不可开交。如是避仇,这里与红木岭仇人的巢穴邻近,理应知道,怎又在此居住? 好生奇怪。

　　因二人前世为患难同道之交,借体还生时偏巧又是兄妹,二人所借躯壳本质甚好,并且卫氏兄妹也经佛法度化,仍向原来父母转劫投生,所以索性改了兄妹称谓，即以此身修道，不复再作别的打算。元皓所借躯壳，恰是女身，人本来生得比方瑛活泼，这一转成少女，益发天真。癞姑比较和她最好，一听出口音，便接口喜应道："是小妹么？这些年来，想煞我哩！这些禁制撤起来也颇费事，却难我不倒。你把方向说出，我冲进去如何？你方大哥呢？"元皓忙应道："那万使不得，暂时许还要用它，你如冲破，我们没法复原。哥哥正在那里移动禁制，没法说话。你便进来也说不上几句话，便须和我们同走，没工夫到里面去。等一会吧，这就快了。"癞姑料有原因，二人要自己同行，事前必定有人指教，也许敌忾同仇都不一定。此女天真，恐因好友重逢，喜极忘形，无心中泄露了机密，岂不误事？笑答："既然如此，我等好了。这里密迩仇敌，你把前面山形现出，不怕被妖人看破么？"元皓笑答："无妨。这只为引你前来，不特路已缩短了些，你一走过便相继复原隐蔽，你回头看来路就知道了。不过见面再说，谨慎些好。"

癞姑回顾，果然来路已非原景，移形、缩地二法同时并用，自己被她引来竟未觉察。就说一时疏忽，只顾前行，不曾留意，而这等法力，也着实惊人了。方寻思间，又听元皓笑道："姊姊你想什么？你当是我二人本身法力做到的么？果然如此，又不怕人了。"癞姑忍不住道："你两兄妹在哪里呢，怎看得见我？"元皓答道："我们离你站处只有百十里，不过中间隔有一座危崖，一道横岭，所以姊姊法眼也被遮住了。"癞姑听他二人远在百里以外，中隔危崖大岭，自己行动神情宛如对面目睹，益发惊佩不置。正想赞美几句，忽又听元皓笑道："哥哥停当了，你快来看，癞姊姊还是那个丑八怪的样子。"癞姑笑骂道："我是丑八怪，你是美人好看，我给你找个婆家如何？"随听方瑛喝道："癞姊姊久别重逢，妹子怎的出言侮慢？时已不早，还不快去，大家见面，岂不好些？还看什么？"

癞姑闻言，才知元皓持有隔远照形之宝，所以举动形态皆被看去。方欲还言嘲笑，面前倏地烟岚杂沓，光影散乱，峰峦林木，幻灯一般一起变灭，连闪了几十下，忽然停住，面前顿换了一片境地，景物越发清丽。还未及细看，跟着一片青光飞堕，出现一男一女两个小孩，正是方瑛、元皓借体重生的卫家两小兄妹。癞姑笑道："你两个见了我来，不即出见，只管卖弄花样做甚？"方瑛答道："姊姊面前怎敢卖弄？说来话长。此时必须随姊姊往红木岭去。这里有小弟初学道时所遇那位仙师来的手示，姊姊一看自知，我们路上有空再谈。荒居就在前面危崖之上，中隔高林和一片湖水，景还不恶，且等回来再请姊姊光降吧。"

说时,癫姑已把那仙人手示接过。那手示非帛非绢,也不是纸,白如霜雪,细滑柔韧,光洁异常,生平未见,不知何物所制。上写:

瑛、皓难期已满。汝旧友癫姑因师命已转投峨眉门下。现在同门师姊得罪红发老怪,奉齐道友之命,前往负荆,但知定数难回,必起争杀,命癫姑随后接应,当于本日到达。可在午初将我所设禁制如法转动,略见真景,引她趁闲游览。一入禁地,再用缩地、移形二法撤禁相见,不必在外等候。方、元二人可速同往,由癫姑用缩地移行法,由谷口外入地,越过妙相峦,暗入天狗坪阵地。阵中大小石峰、石笋分立如林,到处有妖苗防守,到后务须缜密。先用天府晶镜,照见上面隐僻偏远无人之处,耐心候到妖徒演习阵法,风雷大作之际,裂地上升,以防觉察。再绕阵左僻处隐身,空越过去。阵中石峰俱都象形,七九为丛,数目不同,各有呼应。阵法未发动前,只留神避开爪牙相向的一面,便不致触动埋伏。到了红木岭,暗中窥伺,从心所欲,相机接应。

另外并把阵中几处阵地,出时如何抵御等情,逐一开示。

癫姑看完,因时辰将到,恐错过妖徒演阵时机,立即约同起身。当手示未看完时,方、元二人已在行法,四外山石林泉,重又明灭变幻。等到看完说走,癫姑一看,已然回到适与易、李二人分手之处不远。当地景物仍和前见一样,除觉泉石清幽而外,也未见有过分灵秀之处。当即寻一僻地,入土飞行,到了地底,方始互问别况。

原来方瑛、元皓所居,地名碧云塘,四山环抱,一湖深藏,境绝幽深,与红发老祖所居红木岭天狗坪东西遥对,为苗疆两处最灵奇之境。因地太幽僻,非由空中正对下面经过,不能看出。四外大都是浑成危崖,内外隔绝,宛然另一世界。更无可供人居的洞穴,所以自古未有人居。只传授元皓道法的那位散仙,曾经来过。散仙以法力削崖凿壁,在危崖腰上兴建成一座洞府,又把全境加了许多布置,越发成了仙境,住了百年,方始离去。地名也是散仙所取。一直多年均在仙法禁闭之中,便由上空飞过,也难看出来了。

前些年,方、元二人吃诸妖邪寻仇,追迫太急,眼看危机四伏,迟早无幸。那散仙忽然飞来,说是妖邪势盛,二人虽有一二道友相助,但是强敌太多,防不胜防,久了仍为所算,其势又不能代二人全数消灭。何况所居相隔太远,本身又有好些要事不能离开。特意抽空来此，将二人引往旧居，令其暂避，勤修道法，以待时机。散仙除将当地环崖二百余里以内，用极大法力禁制隐蔽外，又赐了方瑛两件法宝，方始飞去。红木岭仇敌相隔虽近，因当地在多少年前便经仙法隐蔽，外观只癫姑适才所经之地，看去景物山水似乎灵秀，与别处苗疆蛮区不同，真要穷幽探胜，走到尽头，只是乱山杂沓，绵延起伏，水恶山穷，寸草不生，任谁到此，也索然兴尽而返。二人又谨守仙示，一步不出，所以红发老祖师徒毫无知觉。

癫姑等三人由地底飞驶，到了天狗坪下面，看准上升之地，且谈且等。待了一会，正好易、李二人在上面隐形通过，到了红木岭下，一现身，表面上众妖苗好似各自来往，不曾理会，实则阵中已是大乱。几个主持阵法的妖苗又惊又愤，断定敌人不问与乃师翻脸与否，必还要由阵中通行退出，不等号令，便将阵法催动，倒转门户方向，诱令入伏。妖苗做梦也没想到，地底还有三个能者。

上面风雷一动，癫姑等三人立即乘机裂土而出。匆匆行法，平了出口，便照仙示，穿阵而过，容容易易便到了红木岭下。见易、李二人正在下面通名求见，守亭妖苗全不理睬。本来由下到上，设有金刀之禁，不能通过。三人因得仙人指教，癫姑师传隐身之法又功力甚深，十分神妙，容容易易便由侧面绕行上去，因未停立，所以易、李二人均未看出。三人暗入大殿探看，正值雷、秦二妖徒在彼密商，待施毒计，诱激乃师残害来人；并还勾引外邪埋伏在妙相峦山口外面，必欲杀死二人，与峨眉结仇而后快。三人听出今日之事决无善罢，依了元皓，当时便要和妖徒作个恶剧。癫姑因师命先礼后兵，不敢违背。意欲仍令对方发难，只先告知易、李二人，不必过于自卑，可径直赴殿前，传声求见，把敌人主脑引出，看是如何，再相机应付。哪知三人在上面现形，打手势，二人只是摇头不允。

癫姑暗想："对方多不好，总算师父一辈，便少受屈辱无妨。易、李二人明知不行，仍欲把礼尽到，这样把理占足，异日无论对谁，均有话说。妖徒立意屈辱，不为通报。红发老怪深居洞内，正在入定，反正还得些时才出，何不乘此闲空，去往他洞内窥探虚实？"便把方、元二人一拉，同往神宫走进。三人固是胆大包身，行险如夷。凑巧红发老祖也实自恃，大意一些。以前为防妖尸与七指神魔暗算，神宫内外设有极厉害的埋伏禁制。自从天狗坪设下魔阵以后，不欲门下妖徒看己有怯敌行径，便将神宫埋伏撤去。除洞口金门外立有两名手持金戈的侍卫妖苗外，只是后层洞门因值入定紧闭，故三人也没费甚事，便到洞口。见里面洞室既高大宏深，房数又多，一切陈设用具，俱是金珠美玉之类，到处金碧辉煌，光耀如昼，端的豪华富丽，远胜帝王之居。三人暗笑："毕竟是左道旁门。峨眉仙府何尝不是富丽堂皇，但是霞光潋滟，气象万千。哪似这里尽是金银珠玉堆砌，俗不可耐。"又见洞室千间，人却极少。连深入了好几进，只每进通路正门有一执戈侍卫立，不言不动，宛如石像一般，看着好笑。余室空设卧榻，俱无人居。

最后走到一处，见有两扇金门紧闭，方、元二人商量进去。癞姑细看门上银钉，暗合九宫、五行之秘，隐有红光浮泛。一想不妥，如要入内，势必破门而进。红发老祖并非好惹，此时在内入定，门尚紧闭，岂能无备？尤其外面如此空虚，内里根本重地，深入虎穴，终须谨慎，何况还有接应易、李二人的重任。凡事适可而止，得意不宜再往。便把二人拦住，退了出来。

因想老怪物还未出见，何不把这全洞仔细查看一回，以为反目成仇后，再来除他之计。三人便不由原路退出，走向别室，绕到中进。猛瞥见右侧一间大室，门外邪雾迷漫，光焰如血。门前二人侍卫面貌分外狞恶，情知有异。试走近了一看，原来正是全阵法台所在，好生惊喜。正欲走近查看，忽听易静由外传声，与妖徒争论，词锋甚利。话还未完，便见法台后面石壁忽裂，走出一个红发老祖，满面怒容。到了台上，拔起当中一面小幡，上下左右一阵招展，立时全台妖幡一齐自行移动，血光腾涌，阴风四起，气象甚是愁惨。三人知道厉害，算计此台乃全阵中枢，与后洞通连。红发老祖已闻易静传声讥刺，定必出见。妖法十分厉害，身未走近，只在门外遥为窥探，便觉阴冷之气逼人。虽说不怕，到底不到翻脸时候，何苦授人口舌？万一被他走出识破，或为妖法所阻，急切间不能走出，岂不误事？想到这里，不敢冒昧。刚往侧一闪，待要走出，便见红发老祖将幡插向原处，面带得意之色，飞身走出。如非识得前后方向，闪躲得快，纵不致撞个迎面，人在丈许以内，也难保不被他警觉了。

三人没想到对方出来得这么快，倒被吓了一跳，忙屏气息，静立于侧，等对方出去再走。红发老祖虽然修道多年，到底出身苗人，不脱粗豪气息。一听宫外来人说话刺耳，心中有气，不特未留意到别处，竟连法台外面门户均未行法封锁。只把袍袖一展，一道红光一闪，便往外飞去。三人等他走后，本要走出，二次走过门外，癞姑忽在无心中看出内里阵法虽已发动，门户却未封禁，可以隐身从容走入。暗忖："魔阵中枢设在洞内，如非无心走来发现，怎得知道？法台不破，敌人随心运用，变化无穷，来人找不到中枢要地，休说破阵艰难，连出阵也非容易。适在阵中查看，石峰千百，七九为丛，互相呼应，可分可合，看去变化极多。自己从小投师，便得爱怜，出门总承师携带同行，极少离开，经历既多，又常听师父指点解说各异派妖阵邪法，竟会不知此阵来历、名称，厉害可想，无意中探得机密，真乃幸事。难得老怪只顾开禁出去，忘了复原，门户洞开，一无禁阻，正好下手。此时出去接应易、李二人，在旁暗中戒备，老怪能够临时悔悟，不为妖徒所惑，自是绝妙。一旦翻脸，便抢先暗入。那时如将台上主幡毁去，那阵法至少也要减却它一半妙用，脱身岂不就易了？"

癞姑主意想好，便没走进，到了洞外，和方、元二人偷偷一说。元皓笑道："无须。我们各有一件法宝，名为六甲分光轮，专破妖焰魔火。照仙示所说，出阵决可无阻，何必还费这事？"癞姑道："我岂不知决能出阵，但能省点心力，却给老怪添烦，不是好么？"说时，忽听妖徒在台上传话，令易、李二人听候召见，语声甚傲。随往殿前窥探，因红发老祖不比众妖徒好欺，恐被识破，没敢直入大殿，隐身殿门外钟架后面偷听。听出对方受人蛊惑，与本门为仇，主意已决，任是易、李二人如何委曲，也不可免，心中自是有气。听完奸谋，等了一阵，无甚意思。见众妖人纷来殿中参谒，领受机宜，阵法已然变动，守阵妖苗来去颇繁，所有能者多半派出，直以全力施为，必欲置来人于死地而后快。三人暗骂："无知妖孽，少时便叫你们知道厉害。"

正寻思间，忽见两个妖苗飞入殿内，匆匆说了几句，重又走出。三人认出是姚开江、洪长豹的妖魂。昔年曾与对敌，知他们和各派妖人来往最密。红发老祖今与正派为仇，便是受了这为首诸妖徒的日常怂恿离间所致。二妖苗一个在戴家场为怪叫花凌浑伤了元气，仅得保住残躯，大约新近才经乃师苦心祭炼，略微复原，不然终日神魂颠倒，宛如废人；一个吃绿袍老祖用妖法斩成粉碎，只剩生魂逃回，看去形体尚未凝固。二妖俱遭惨祸，依然不知悔改，反而变本加厉。癞姑等三人本就觉这二妖苗可杀而不可留。方、元二人又加想到前生的杀身大仇，急于乘机报复，便要追往查看二妖苗所伏阵地，以便少时下手。癞姑想："对方有心屈辱来人，召见还须些时，反正无事，二妖苗也实可恶，正好助方、元二人报那前仇。"立即应诺，一同尾随下去。

二妖苗在红发老祖门下本来居长，法力也高。无如一个元神受了重创，一个躯体已失，苗人中找不到好庐舍，又不愿借用汉人形体，正在修炼神魂，等候机遇。法宝又多半失去，法力也迥非昔比。平日演习阵法，不是正经临敌之时，红发老祖因他们是长徒，不欲使其伤心，依然令与雷抓子、秦珏诸人并列。今日强敌当前,自然觉着二人难胜重任;雷、秦诸妖徒又极忌刻,向师力说二人法力不济,恐有失误,必须调开。红发老祖耳软,便即把二人召来,令其移往后方无关大局之处把守,把原有阵中要地,让与法力较高的同门。二妖徒全都心雄好胜,自觉无颜,又是伤心,又是怨恨,失势已久,不敢违逆师命,匆匆交代,去往后阵。愤恨之余,无心中谈到当日之事,恰被三人赶来,把山口外所伏教外妖邪以及那些机密全都听去。

三人知道此时若报仇,将引起敌人警觉,出阵更是艰难。忙退下来,到了无人之处。癞姑道:"我原说呢,阵中妖法甚是恶毒,不似平日所闻老怪行径,原来竟有鸠盘婆老妖孽的妖幡法宝在内,并还藏有本身教中的厉害邪法,把好几种妖阵设在一起,感化相生。怪不得看去那么恶毒阴险,连阵名都不知晓。照此情形,恐连易师姊两世修为,见多识广,也未必能全看出。别的妖阵中枢法台多在中央,此阵法台却深藏洞内,变化神速玄妙,一经入伏,发动阵法,休想脱出。我们三人如非得那前辈仙长指示,嘱令按时早来,无心中潜入洞中窥见法台要地,出阵以前先做手脚,只恐我五人合力,枉有好些奇珍异宝,也难脱身呢。"元皓笑道:"姊姊说得极是。我适才还想那位前辈仙师既令我们照书行事,末了又有从心所欲,相机接应之言,觉着奇怪,原来指此而言。这一来我们大可放心大胆,想到就做好了。"方瑛道:"话虽如此,身在虎穴,妖阵如此厉害,还是谨慎些好。"癞姑道:"我听说妖尸神通变化,厉害非常。此阵为他而设,我们竟能随意出入,不太容易了么?以此来论,老怪势出不已,设此妖阵,一切多是借用,并非好行凶恶,本门师长欲为保全,必有可恕之道。否则视此妖邪行径,纵有白、朱二老情面,也早诛戮了。我们少时到了洞内,如全给他毁去,鸠盘婆不答应老怪尚在其次,异日妖尸来犯,如何抵御?还须给他留些后手,不能尽去呢。"

方、元方点头应是,忽见妖徒由殿中走出,站向台口似要发话,却先和台前二亭侍卫耳语,知又闹鬼,忙同飞身赶去。三人才一落地,妖徒便传易、李二人进见,说完面带骄矜之色,朝两亭侍卫微笑示意,反身回走。癞姑料又令侍卫折辱来人,便赌气把守亭妖苗禁制,不能言动。易、李二人也已走了上来。癞姑略现身形,扮了一个鬼脸,便率方、元二人尾随在后,暗中戒备,一直隐伏殿外。俟到双方破裂,易、李二人用兜率宝伞脱身遁走,众妖纷纷追去。知易、李二人有法宝、飞剑护身,至多被困,决无妨害,便不随往,径往神宫内飞去。三人才到中进,便见红发老祖飞了回来,恐被觉察,忙即避入别室。方想事情也许要糟,老怪回洞必往法台行法,当着他面,怎能下手?

正悔适才疏忽,只顾偷看双方争论变脸,晚到一步,以致下手艰难。忽见红发老祖并未去往法台,急匆匆照直往后洞飞去,一晃便已闪过。

三人见他行径可疑,尾随进去一看,后洞金门忽然开启,遥望门内,有二苗童守侍,拜伏在地。红发老祖已然飞进,金门重又闭合,更无动静。三人见当临敌之际,敌人忽然退回后洞不出,越觉可疑。因前见敌人曾由法台后现身,裂壁而出,以为是由后洞走向法台,忙又回转,欲往法台探看。猛瞥红光一闪,忙即回顾,只见一片红光拥着一个老妖苗,身佩宝囊,由当中通路飞行,往洞外驶去,相貌与先进后洞的敌人生得一般无二,只是矮小了许多。三人这才悟出,是敌人的元神化身。来人只是两个后辈,竟以全力相加,好生不解。

敌人已走,洞中空虚,正好下手。到了法台门外,先把守门二妖苗禁制,不令出声行动,然后试探着走进门去。那法台乃是全阵总图中枢运用之地,命脉所在,几件向人借来的法宝和那主幡多在台上。红发老祖本为对付妖尸而设,当日也是大意,没想到来人不止两个,另有能手隐身暗入根本重地。又看出易、李二人法宝、飞剑神奇,如不运用玄功变化,便将全阵发动也难收功。又想:"所设阵法共是九层,层层相生,可分可合,具有无穷妙用。似此后进小辈,自己还有玄功变化,只要到阵中主台,把头两层阵法妙用发挥,必可成擒。最主要的还是那护身法宝、飞剑,休看适才易、李二人通行全阵,乃是一时侥幸混入。自己亲身施为,稍加变化,决识不透,无须把九层阵法一齐发动。"所以没留意到洞内阵图重地。而癫姑等三人不知底细,所听苗人之言语焉不详,认定洞中法台是全阵枢纽,还当是无心奇遇,立意破那妖幡。没有想到阵中另设有八座主台,只要乘隙隐身冲到台上,将现启用的一座台上主幡破去,妖阵威力便可减去多半。等到敌人发觉,另将下余六座妖阵连环发动,人已脱身遁出阵去了。这一来却闹了个损人不利己。如非癫姑心存忠厚,又不愿为妖尸减去强敌,法宝还保留了几件,不曾毁灭,不等四九大劫到来,红发老祖已无幸理。这且不提。

癫姑等三人到了里面一看,只见洞内光线昏茫,冷风袭人,气象阴森,十分愁惨。法台上大小幡幢,共有四五十面,幡色深黑,上绘许多白骨骷髅。每幡上面各有一个相貌狰狞,色如死灰,凶睛暴露,直泛绿光,满口白牙上下森列,似要攫人而噬的死人头骨。当中更有大小九个骷髅头骨,临空浮沉,于阴风邪雾之中时隐时现。下面一个五尺方圆的大圆盆,内盛鲜血。那九个骷髅只要由隐而现,盆中鲜血立化血光,蓬勃而起,将全台罩住,四壁立被映成了暗赤颜色,奇腥刺鼻。似这样隐现明灭,变幻不止,除人头骷髅形相异常惨厉凶恶外,也无甚别的异处。可是三人那么高法力,置身其中,竟是头晕神昏,心摇目眩,身上直打寒噤,由不得汗毛皆立。知道不妙,忙运玄功,各自震摄心神。癫姑又将屠龙师太所传佛光放起,护住三人全身,见已无害,这才上台破那主幡。

三人俱都行家,法台乃全阵枢纽,虽能于弹指之间变换阵法,发挥阵中妙用,威力至大,但本身全仗行法人主持守护;譬之极精良的杀敌利器,放置地上,无人运用,门户又忘了封禁,效力已失。尽管那些法器妖幡俱有鬼魂凭附,通灵神异,但系借用之物,威力已差得多;而三人护身佛光又是百邪不侵,无能为害,法力又高。于是容容易易便将台上三面最主要的妖幡毁去。三人因知这类妖幡多与主人灵感相通,一有人破去,对方立即警觉。阵中尚有二人被困,事机贵速,不敢停留。见台上腥风邪雾随即迸散,三面主幡已化乌有,立即隐形飞出。照着仙示和姚、洪二妖徒所说密语,相互参考,寻到较易冲进的门户,有方、元二人的宝网护身,直入阵内。

三人先并不知易、李二人所在,外观只是一片迷茫,以为和先前一样,主幡已破,料无甚惊人阻力,只认清门户入内,便可少去阻碍,将人寻到。及至进阵一看,全阵已成血海,深悔适才不能当机立断,将全法台毁去,以致妖阵仍有如此厉害。事已至此,只好率方、元二人各自发挥六甲分光轮,冲破千寻血浪,无限妖光,姑试往前冲去。这时,双方斗法正急,阵中妖法已全发动,四面俱是鬼哭神嚎,异声大作。易、李二人的宝光、剑光又吃浓密的血光遮住,本难发现。事有凑巧,三人前行之处与双方相持之处,正是相对,隔得又近,恰好无心撞上。癫姑机智,既恐妖阵厉害,茫茫血海,无处寻找易、李二人踪迹;又恐所破主幡感应强敌,突然跟踪赶来,彼暗我明,容易受害;又知阵中步步为伏,无穷变化。所以进不多远,便令方、元二人前进不可太急,务须审慎,把各人所有法宝全数准备停当,似防万一变生仓促,敌人暗下毒手,六甲分光轮不能抵御时,好有一个接替。方、元二人方说不会,癫姑道:"你两兄妹知道什么。自来骄敌必败,我见多了。此阵乃红发、鸠盘两个老怪物的精力合璧,妖法何等厉害。此宝只能在血海中开路冲行,并不能破它。入阵不远,所择门户又极恰当。如今敌人尚未遇到一个,就可大意的么?"

方、元二人也觉言之有理,方要应对,忽见分光轮飞光电溂之处,前面血光滚滚涌来,却又无甚过分阻力。青光飞扬上去,又向四外冲散,觉着奇怪。

未及开口，癫姑已看出有异，心疑前面有人，忙令二人把分光轮上宝光缩短，缓缓前行。又进二三十丈，前面血浪越发汹涌。再行丈许，便听红发老祖喝骂之声。料知敌我已在相持，心中大喜，悄嘱二人觑准方向，冷不防猛冲上去。红发老祖一心擒捉敌人，因那妖幡并非自己祭炼，中央法台恰与这三幡不连，被人毁去，毫未警觉。才听对方有人回答，便见青光若虹，飞芒电驱，疾驶而来，认出了此宝来历；又听主幡被毁，又惊又急。见敌已逃，忙着回洞查看，自然无心追赶。癫姑等三人也真神速，口中说话，手中施为，才一照面，便将人救出阵去，隐形遁走，临走还使敌人受了一点小挫。

易、李二人听完经过，赞佩不置。

事已交代，如不再与敌人计较，本可听其自往峨眉寻仇，或是日后遇上，再作计较，暂时舍之而去。无如英琼这口紫郢剑，乃本门镇山之宝，必须夺回。又以师父仙书所示，此事不能算了。还有妖徒所召来的一些妖人，俱是奉命诛戮，遇上时不得轻纵之人。如往夺剑，无论明暗，均非易与，同门中并有数人为此遭劫。欲追，结仇固然更深，还伤好些自己人；欲罢，势又不许。端的进退两难，想不出甚两全之法。英琼偏又愁急宝剑，到后听完前事，立即运用玄功，想将剑收回。接连几次，那剑似被绝大神力吸住，挣脱不得。易静、癫姑均和英琼亲厚逾常，见她愁急，再三劝慰说："老怪岂不知本门宝剑，外人难于使用？侥幸夺去，自必时刻留心防守。你越心急收回，他把持越紧。只能欲取姑与，或是从缓，或再与他对敌之时，骤出不意，突以全力收回，方可得手。此时强收，不特无效，转使惊疑，易生他变，最好暂且放开。此是祖师遗传镇山之宝，现落敌手，凡我同门，谁能坐视？不过事戒轻率，谋定后动，大家从长计议，想好主意，再作道理不迟。"英琼无法，只得怏怏而止。

妖阵凶险，敌人势盛，又勾引了好些教外妖邪，凭这宾主五人，决难取胜。但又恐累同门，不肯用法牌传音告急。众人商量了一阵，仍无结果。最后癫姑愤道："老怪无耻，听他口气妄自尊大，却强抢后辈的宝剑。深悔适才没将他由鸠盘老虔婆那里借来装点门面的几件法宝全毁了去，容他猖狂，真是可惜！我想他借来之物，定必贵重。好在他那妖宫虚实已得，轻车熟路。我们与他明斗，众寡相殊。不如由我们用地行法直入妖宫，乘隙将几件法宝盗来和他换，老怪借人之物不能失落，必允无疑。你们以为如何？"

易静道："你也太把老怪小看了。先前得手，原是老怪骄狂自恃，不曾防备，师妹和方、元二位骤出不意，加以凑巧，方始得手。行险侥幸，已是可一而不可再。何况老怪失了妖幡,何等悔恨痛惜,加紧戒备,自在意中。又知我们能由地底飞行,空有妖阵,全无阻隔,势必加紧防范。弄巧还要将计就计,暗设陷阱,诱人上套。如何去得?"

癫姑道:"这也不好,那也顾忌,莫非罢了不成?我也明知众同门一来,虽不免于有人受伤,但决占上风无疑。事又成了定数,难于避免。所以此时进退两难,总想自己的事,何必连累别人?师父又曾说过,当接到法牌传音时,自家度德量力,不可冒失前来,尽管定数,也未始不想保全。我们既知此事上体师心,下顾同门义气,何妨姑做人定胜天之想?万一此行将剑盗回,或是盗得他的法宝与他对换,免去诸同门一劫,岂不是好?至于老怪陷阱周密一节,我也料到。我想成功与否,自是难料,失陷或者不会,还是由我趁热一行。也许老怪见我们刚才逃败,未必如此大胆回头得这么快,又来一回。若能天从人愿,岂不是好!"

易静原知癫姑法力不在己下,有的法术还具专长,非己所及。此行纵不成功,失陷尚不至于。笑答:"师妹,去是可去,只恐徒劳罢了。现为保全在劫同门,姑且一试。老怪师徒狠毒,万一事有意外,可速传音告急,不可自误。"癫姑随口应了。方、元二人也要随往。癫姑道:"这回再往,十九无功,事更艰难凶险,人多反而误事。你两个不要同去吧。"二人便把宝网和六甲分光轮取出递过。英琼想起定珠有用,也要交癫姑带去防身。癫姑笑道:"谢谢你三人好心。我有佛光护身,自信老怪尚莫奈我何。宝网用不着。我本佛门弟子,牟尼珠与易师姊自炼七宝不同,虽可借用,但是琼妹飞剑已失,此宝可以防身,外人多厉害也夺不去。目前老怪师徒仇深恨重,又非寻常无用妖人,万一寻上门来,你们人少势孤,此宝大有用处,我却有无皆可。只将分光轮借一柄与我带去足矣。"说罢,将轮要过。三人还要劝说,癫姑道:"我去去就来。"大头一晃,无影无踪。

易静说:"癫师妹不特法力高强,人更心慈义气,机智绝伦。没眼力的人只看她相貌丑怪,行动滑稽,实则一身仙骨,灵秀清奇,迥异恒流。本门中这等人物真还不多哩。"英琼道:"那日我听齐霞姊说,师父对她十分期许,说是异日成就远大。今日二次妖宫行险,我想不会有什么差池吧?"易静道:"琼妹怎的胆小?休说是她,凡这次奉命下山的许多同门,决无一个中道夭折的。便是这次该遭劫的几位同门,也不能为妖法所害,至多受一次重伤,并非无救,何况她呢。"

方、元二人前生俱好酒量,自来崖洞隐居,见当地花果甚多,四时不断,湖中盛产菱、藕、茭、茨之类，闲中无事，酿得好几坛美酒。癞姑走后，元皓各取了些，连同自制的松干、笋脯，一齐端出款客。笑道："山居清苦，烟火久疏，愧无兼味。只此几种薄酒野菜，请二位姊姊略微饮用解闷吧。"说罢，给二人将酒斟上，匆匆跑去，又取了些现摘的鲜果跑来。英琼虽为失剑愁烦，见二人忙进忙出，甚是亲切；元皓更是稚气可掬，天真可爱。虽知二人一半为免自己愁思，有心做作，也不由得破颜一笑。易静笑道："主人如此情重，我们当客的于心何安？不必多费事了。"元皓道："我兄妹二人，因是无师之学，前生便受许多苦楚，劫后偷生，仍是畏人。所学又杂，至今无一成就。过去除癞姑外，连个可共交往的同道之友都没，休说是共患难休戚了。好容易故友重逢，又承二位姊姊宠临下交，方想日后仍仗大力援引，得随三位姊姊之后，列入峨眉门下，怎有主客之分，说起见外的话来？"易静听出二人向往本门，有心结交，知二人根器、性行俱是上品，如为引进，师父多半可以允准收录。笑答："便是同门至友，分居各地，前往访晤，宾主之礼也不可无。以二位道友的根器、功力，只要心向本门，妹子等三人自然乐为引进。我料家师也必见许。怎能为此寻常之言，便道有心见外呢？"

　　方、元二人因那散仙以前别时，曾有"异日欲成仙业，必须投到峨眉门下，始可有望，只是今尚非时，阻碍尚多"等语，一直记在心里。今与癞姑良友重逢，恰又转投到峨眉门下，同行还有两人，更是峨眉门下深得师长钟爱瞩望的高足，自觉有望。不知峨眉选材最苛，教规严肃，门人不敢随便进言。三人中，只癞姑交深，但是新进弟子不知能否为力，心中还拿不定，闻易静之言，不禁大喜。再三称谢之余，又听易、李二人谈起本门崇正诛邪好些奇迹，均是闻所未闻，益发欢欣鼓舞，高兴非常。四人对饮，说笑了些时，又同往湖边游玩全景。

　　光阴易过，一晃多半日过去。英琼心中有事，想起昨日申初起身往红木岭，今晨寅末脱困来此，中间还有妖人梗阻，迟不召见，以及阵中被困耽延，连去带来，才只七个时辰。癞姑走时，原说不问此剑得手与否，回来均快。按说此番一人前往，直入妖宫，又是去过的熟路，人更机智，法力高强，怎会去了这大半天？不禁重又愁急起来，忍不住问道："癞师姊久去不归，教人悬念。二位道友，可有甚方法查看么？"方瑛道："我二人也正为此犯愁。那面宝镜虽能隔山透视，但不能看远。红木岭离此好几百里，决看不见。倒是那位无名前辈仙师当初设伏时，为防万一被甚妖人识破行藏，来此侵害，重山阻隔，事前不能查知，另在湖中设有灵光回影之法，比较查见得远。可惜此

32

法全凭自身法力深浅，以定所视远近。我二人功力有限，即以全力运用，至多也只看到妙相峦左近，崖那边天狗坪阵地一带，便看不见。好在此法愚兄妹已然学会，不妨告诉二位姊姊。易姊姊法力高深，且去一试如何？"

易静也早在疑虑，恐怕癞姑轻敌失陷，因说出来徒乱人意，于事无补，正在心中盘算主意。闻言喜道："此法我曾听家师说过，虽不比佛道两家心光灵瞩、圈中视影来得灵妙，却也是旁门中一种最高的法术。贤兄妹既精此法，可以传授，实是幸事。就是妖宫阻远不能查见，妙相峦一带此时正有不少妖人盘踞，也可以查出一些端倪呢。"说罢，便往回走。英琼见方、元二人来去仍用虹桥飞渡，便问："一水之隔，何须回回费事？"元皓道："姊姊不知。我二人自从前生遭劫，受了妖人暗算，已成惊弓之鸟。加以无名仙师别时曾说，湖中禁制，非接引人来一同起身时，来去不可疏忽。如此说法，必有原因，所以宁费点事，不敢大意。适才我觉心动，也许还有警兆要来呢。"说时，已将虹桥过完。

英琼见她收完虹桥，又去望湖行法，湖中烟光云气，重又明灭隐现，所说灵光尚未现出，甚是繁忙，心中愁急不耐。暗忖："自从初来起，接连数次收剑，不曾收回，料被老怪强行禁住，无法收回。这大半日工夫却未再收。以此剑神妙和近日自己功力而论，无论相隔多远，均可由心运用，收发如意，任何妖法也难阻止，不知怎会被老怪禁住？反正无事，也许此时老怪见我久无动静，忽然松懈，何不再收它一回试试？"想到这里，因料定十九徒劳，也未告知三人，自坐洞前树下大石之上，暗以全力施为，默运玄功，照着本门收剑心法，猛力往回一收。觉着那剑只略受留滞，便即脱了禁制往回飞来，并且和平日运用一般灵活轻快，知已脱出敌人掌握，行即飞到。当时喜出望外，惟恐途中又遇甚阻截，只顾全神贯注在收剑上面，加紧运用，仍未顾到告知三人。

英琼正觉剑快飞到，忽听方、元二人同声失惊道："有人破法！似有一件厉害法宝，破禁欲入，来势不善，二位姊姊快些准备！"同时水面上云气烟光重又涌现，眼看布满全湖。方、元二人面上立现惊慌之色。易静闻言，好生骇异，一面忙取宝戒备，赶往三人注目之处一看，瞥见湖心澄波，现出亩许大小一面圆镜，全景毕现其中。靠来路山崖一面，现出大片青霞，将崖上下一齐挡住。外有一道紫虹，势绝猛烈，正往青霞上冲荡，似要突围欲入。急得方、元二人同声说道："外层禁制，必破无疑。敌人是甚法宝，如此厉害？"二人言还未了，易静已看出那紫虹乃英琼的紫郢仙剑，不禁惊喜交集。见方、元二人正以全力施为,使那青霞加盛,意欲阻止,知是误会。急喊:"二位道友,急速撤禁,那是琼妹的紫郢剑飞回来了。"话方出口,势已无及,只听远远一片极强烈的爆音,水镜中青霞竟被剑光冲破,化为一天光芒,飞散消灭,四外崖上禁制,一齐化为乌有。剑光又朝湖上飞来。

易静回顾英琼正在手掐灵诀,默坐树下,心无二用,方知英琼突然收剑所致。恐又冒失,连湖上禁制破去,忙飞身过去阻止,令其缓收时,剑光来势神速,已电掣飞到。方、元二人虽已看出剑光乃英琼之宝,无如撤禁不能太速,只得索性重施禁制,先挡一下,再等剑主人自来止住。这湖上禁制却与外层大不相同,当时烟光潮涌而起,竟将紫虹紧紧逼住,不能再进。英琼先还不知外层禁制阻隔,觉着剑将飞到,又遇阻力,惟恐二次又复失去。一时情急,加紧运用玄功,往回猛收。刚听得远方爆音,飞剑又复遇阻,这次力量更大,竟难冲动。耳听易、方、元三人似在湖边急喊,因为相隔较远,英琼一心注在剑上,也未听真;又认为是得失紧要关头,不敢松懈,依然加紧施为。直到易静赶往阻止,方始醒悟。

总算湖上禁制辅有散仙所留异宝,大有威力妙用,为时又暂,彼此两无伤害。但那外层禁制全被飞剑无心冲破,藩篱尽撤了。英琼知是自己事前未说,冒失之过,心中好生不安,不住道歉。方、元二人道:"无名仙师原说我二人一走,这里气运便尽。反正事完,便随三位姊姊同去,无需保留,由它去吧。不过外层禁法已破,近山景物忽然呈现,难保不将仇敌引了前来。还有癫姊,剑已飞回,去了一日,人还未回。等我们传了灵光回影之法,大家运用玄功慧目,一同试看一回吧。"

易静知道此法是在水中现一圆光,向天照去,将远近地面上景物摄向天空,再往圆光中倒映下来。凭着自身功力,以定所照地域大小,只要能照到下面人物行动,便是纤微毕睹。此时初学,所见虽是不广,以自己的法力,异日加功勤习,必能远及千里以外。无心得此,好生欣喜,忙和英琼一同称谢。方瑛道:"适才因值过湖行法,照例现形,水中圆光不大,这还是我二人法力有限,非将圆光放大,不能看远。真要到了功候,只消一勺之水,使可远近毕现,大小无不从心了。"说罢,传了口诀用法。易静道力高深,自然一学便会。英琼凤根颖悟,也差不多一点便透。本是从习,没在预计之中,急于观察敌踪,立即如法施为。因湖水中禁制神妙,仍由方、元二人为首行法,同时一口真气吹出。湖上灵旗招展,云光离合,一阵明灭之后,波心突现出尺许大一个圆圈,晶波若镜,水花一般往外展去,越展越大,晃眼大出二三十丈,光也越发晶明,宛如极大的一轮明月,浮在湖波之上。元皓笑道:"我二人能力止此,不能再大了。请易姊姊试演一回,看还能加大些不能?"

易静看出二人功力也甚不凡,又是合力运用,自己究是初学,万一上前接替,不能加大,反倒缩小,岂不丢人?便说道:"我刚学会,如何班门弄斧?请先查看妙相峦众妖人的动静。"说时,方、元二人也知易、李二人初学,难于把握,遂将仙法发动,又各运用玄功,手掐灵诀,往上空一扬。光中本是通体空明,立时现出许多景物人影。四人一同往下注视,所有近处三百里内的景物,俱现其内。易、李二人昨日往红木岭所经山林泉石,历历可数。方在赞佩,方、元二人已将仙法催动,光中景物便去却三面,专往妙相峦路上移去,眼看相隔妙相峦不远。

易静一眼瞥见光中现出二三十道光华,在空中交织恶斗,认出内有自己人的剑光在内,大吃一惊,忙喊三人一同仔细辨识。果是一伙男女同门,各施飞剑、法宝,正与十余个妖人在妙相峦附近谷口外空中苦斗,不分高下。谷中另有数十妖苗,驾驭大片妖光红云,蜂拥而出。乍看时,敌人似乎势子较盛。自己这面,看出有金蝉、石生、甄艮、甄兑、易鼎、易震、司徒平、秦寒萼、杨鲤、陆蓉波、廉红药、李文衍、向芳淑等共十三人,却无癞姑在内。易静料知癞姑失陷被困,用法牌传音告急,将这些同门引来。牌未用过,不知自己牌上怎无感应?又觉不像。匆匆不暇查看妖人是谁,立命方、元二人行法撤禁往援。英琼因癞姑为己而去,愈发情急。就这几句话工夫,方、元二人正在收法之际,易、李二人目光到处,又发现徐祥鹅、余英男、申若兰、吴玫、崔绮、庄易、林寒、严人英等十余人,三三两两由各方飞来,加入助战。双方益发成了混斗,满天空俱是剑光纵横,宝光照耀,妖云迷漫,邪焰腾空,看去越发惊人。易静正催方、元二人急速收法,圆光忽隐,云气翻舞中现出虹桥,四人忙由桥上飞过。方、元二人匆匆行法复禁,便同飞空中,急催遁光,往妙相峦赶去。

易、李二人飞出不远,遥望双方恶斗方酣,妖苗和一些原有的左道妖邪正在纷纷伤亡,自己这面似还无人受伤。易氏兄弟同驾新得回的九天十地辟魔神梭,电驰星飞般上下冲突于妖光邪焰之中,如入无人之境。廉红药、向芳淑、余英男、严人英、金蝉、石生还有后到的林寒等,各有异宝、仙剑,也均发挥威力,活跃阵内。妖人妖苗也颇有能者,无如高下不齐,强的虽能自保,弱的相差太甚。自己这面,却无一个不济的,至少也能发挥本门飞剑,足可防身。并且对方只要有法力稍强的人赶来相斗,立有能手上前接应。敌人却是极少互相接应。一干妖苗尤其凶野成性，不知进退，一味死拼，空自越杀越勇，毫不怕死。禁不住众同门剑光厉害，法宝神奇，一被罩住全身，立即了账。不是血肉之身可以硬抗，拼命白死，全无用处，所以伤亡最多。就四人目光到处，已有四五个妖苗和两个不经见的妖妇，被自己这面腰斩，随着被剑光绞散的妖光邪气相继下落。

易、李二人料知占足上风，不禁心喜，忙催遁光赶上前去。眼看快要到达，猛又瞥见最前面谷口内，又飞出一大片红光，光中现出三个妖苗：为首一个正是敌人主脑红发老祖；随行二妖苗，一个不曾见过，一个正是妖人中的智囊妖徒秦玠。来势神速异常，身后谷口内妖云滚滚，邪雾迷漫，突突往上空冒起，也似狂涛一般往谷外涌来。料知后面援兵不在少数。易静知道红发老祖玄功奥妙，不比寻常，又有化血神刀，狠毒无比，众同门多半不是对手。心中一急，遁光迅速，刹那赶到。就在这前后望见的不多一会，敌人想是看见伤亡众多，知道先前倚仗人多，全力相拼的主意实在吃亏，已然改合为分，由双方混战改成了捉对儿厮杀。但是敌人能手无多，众同门飞剑、法宝神妙非常，妖法尽管恶毒，不能侵害，稍一疏忽，便为金、石、严、林、廉、向、易诸人所伤。妖人中几个能手见势不支，勉强分头寻对，将金、石、严、林等最厉害的几个敌住，也仅能自保，占不得丝毫便宜。尤厉害的是金、石二人与廉红药在峨眉开府之初敬候仙宾时遇到媖姆师徒，各得了一套番僧异宝，又经媖姆师徒仙法重炼的九九修罗刀，加上易氏弟兄的九天十地辟魔神梭，满空飞舞纵横，威力至大。

起初妖党人多，自知法力不济，便由那法力较高的各自量力，寻找对手，单斗独战。次一点的，便三五人做一起，分头去向申若兰、秦寒萼、司徒平、庄易、吴玫、崔绮、李文衍、甄艮、甄兑等人合力应战。哪知金、石二人机智，看出敌人改合为分，意在避免伤亡，想把自己这面能手绊住，分头量力相持，以待谷中救兵出来报仇。心想："对方无一善类，这伙外来的妖邪更是罪恶如山，早该诛戮，和他们有甚客气？反正大仇已结，乐得杀他一个落花流水，去掉一个是一个。"心念一动，知道和自己对手的妖人除他不易，平白将法宝占住。忙向石生一声暗号，分出霹雳、银河三剑，连同七修剑中主剑天啸，先是四道剑光合力分斗两个最厉害的妖人。同时却把两套五十四口修罗刀向那人多之处乱飞过去，也不指定对谁，忽东忽西，得隙便即伤人。廉红药看出便宜，跟着一学样，三套九九八十一道血焰金光，电驰虹飞，满空交射。一干妖邪怎禁得住，一晃又伤了好几个。

36

原来红发老祖正在神宫以内重炼阵法和新得来的那口紫郢仙剑，忽接妖徒警报，言说来了六个幼童，俱是峨眉门下，在谷口外与诸同门和一些外教中道友相遇，因对方出口伤人，张狂太甚，动起手来。不料敌人年纪虽幼，竟是妙一真人之子金蝉，法宝、飞剑厉害非常，势颇不支，请师父即速出去。红发老祖因紫郢至宝不期而得，忽起贪心，想收为己有。但知峨眉派飞剑均与身心相合，外人最不易收用；何况此剑乃镇山之宝，神物通灵，自能变化。初到手时，如非玄功禁制把持得紧，几次都要被它挣脱飞去。在尚未制服，并刺心滴血通灵之前，一时也松懈不得。又不知妖徒所说是否属实，以为区区几个峨眉后辈，何值亲往？不愿舍剑出敌，便令雷抓子先率徒众出去接应。哪知对方的人越来越多，竟被伤了三个门下，外人来助者尚不在内。

　　不消多时，接连告急警报，直说是峨眉派已然来犯。这才又急又怒，心想非出不可。那紫郢剑自从初得，被剑主人连收了数次之后的大半日却不见动静，此时带在身旁，一个不巧，就许得而复失。如不带去，用法力封禁宫中，是否能够制住，不被破禁飞去，也还难说。正自寻思迟疑，就在这对剑沉吟之际，恰巧英琼一时情急，又试收剑。紫郢原是神物，如非被大法力禁制，主人不收，也自飞回。这两头一凑，立时脱手，破壁而出。红发老祖闻报愤急，心神已分，那剑又久无飞起之势，未免疏忽了些，骤出不意，立被遁走。

　　当初英琼失剑，原为神注定珠，剑失主驭，红发老祖法力又高，才得乘隙夺去，事属凑巧。否则峨眉飞剑与人共存亡，除非将剑主人杀死，或能当时收去，久了，仍然难保不被峨眉诸长老收回。休说紫郢神物，便是差一点的飞剑，只要对方身剑合一，全力运用，外人也收不去。剑已飞遁，再想分化元神，追擒回来，如何能够？何况去势端的比电还快，红发老祖手指还被剑光挣脱时裂断了三个。红发老祖惊遽中，忙纵遁光负伤追出，只见紫光已然穿阵而过，遥见一丝痕影，略闪即没。同时，妖徒又来飞报，说是伤亡越多，引他入阵受擒，偏又狡猾，连谷口都不飞进，师父再不往援，直非惨败不可。红发老祖益发怒火中烧，无如手指断裂，必须立时接上。这还仗着法力高强，防御得快，稍差一点，连身首都未能保全了。愤极之下，匆匆回宫，用法力和灵药将断指接上，方始率了余众出来接应。

　　众妖徒中，秦珏最是诡诈。先听警报，知道谷口外埋伏的教外妖人颇多能者，竟会不敌，可知厉害。又听伤亡甚多，越发胆怯。假装在旁催师出战，立意随定乃师，一步不离。见全部徒党除妖徒中酌留少数把守，以防敌人阵迎敌施为外，全都出战，方始随同飞出，自以为巧，哪知仍遭惨死。

那战场相隔谷口约有二十余里，易静和红发老祖恰是同时赶到，想起红发老祖法力高强，预存戒心。双方情势多半不能两立，反正成仇，又是强敌当前，上来便打了先下手为强的主意。因四人遁光联合同飞，行迹已露，敌人当已看出。易静忙嘱英琼、方、元三人缓上，自把身形隐去，还未到达，便运用玄功，催遁疾驶，径由战场上空越过，赶在金、石诸人之前。本意是和上次一样，冷不防将灭魔弹月弩和太乙散光丸二宝并施，先给红发老祖一个大挫。一眼瞥见对面红光中拥着三人，当中是红发老祖，右边一个正是那最可恶的妖徒秦玠。知道今日之事，多半由于雷、秦二妖徒为首蛊惑乃师而起，不由激发素日疾恶天性。百忙中，易静取出乌金芒，连同原持二宝一齐发出。先是一粒散光丸，飞向红光之中，只听一片极剧烈的爆音，化作半天光雨，将敌人身外红光击散。紧跟着右手把灭魔弹月弩一指，飞出三点精光，分向对过三人打去。同时左手发出乌金芒，专朝妖徒秦玠打去，惟恐一击不能致命，竟连用了三根。妖徒秦玠骤出不意，忽见身外红光震散，心中一惊，一点星光忽又打到，敌人影子未见，竟不知哪里来的。如不纵避，也还未必便死。只因秦玠为人太奸巧灵活，百忙中觉着妖师难恃，忙纵妖遁往后遁去。说时迟，那时快，弹月弩何等神速，左肩先被打中。惊悸亡魂中，眼前似有极细两三丝乌金芒影一闪，三根乌金芒同时打中双目命门，奇痛钻心之下，神志一昏，弹月弩光也恰同时爆发，全身爆裂，连形神一同震散，当时惨死，残尸纷纷坠地。

毕竟红发老祖玄功奥妙，法力高强。才出谷口，瞥见敌势十分强盛，所有法宝、飞剑，俱具极大威力。而自己这面，业已伤亡多人，虽仍苦斗未退，简直高下悬殊，不禁又惊又愤。正打算出奇制胜，雪愤报仇，遁光已经飞近。敌人未及开口发话，猛觉有极微妙的破空之声从对面飞来，方料有人隐形暗算，一团酒杯大小的精光突然迎面飞来，势既神速，近在咫尺。忙放飞刀抵御时，三点寒星又已飞到。这两件法宝，均有奇特妙用，越与硬对，受害越重。散光丸先已爆裂，红光立被震散。上次和易、李、周三人见面，尝过弹月弩的厉害，知是易静所为。怒极之下，知道不妙，忙施法术，想连二妖徒带了先行遁开，避过来势，再行报仇。哪知妖徒秦玠胆小怯敌，先行纵逃，事机又极迅速，不能稍迟。一面匆匆带了另一妖徒飞起，一面施展法力抵敌时，三点寒星相次爆发：两点寒星将先放出的一口飞刀震碎；另一点寒星打中秦玠，全身散裂，化为一片血肉碎骨，惨死坠落，形神皆灭。当时怒发千丈，一面厉声怒喝："徒儿们与众道友速退下来，待我杀尽峨眉这些小狗男女便了!"说时迟,那时快,红发老祖本已遁出老远,语声才住,人便单身飞回。手扬处,先飞出一片黑烟,晃眼布满宛如一堵高与天齐、其长无际的烟墙,横亘空中。红发老祖身形倏地隐去。

易静二次连用散光丸和弹月弩打去,那烟雾浓厚非常,生生不已,略微震散,便自复原。方觉不妙,忽听头上微风飒然,似有一片彩影飞堕。情知来者不善,行迹被人窥破,再隐已无用处,且与众人联合,再作计较。刚刚现身纵退回来,众妖人已互相呼啸,纷纷往烟雾中飞遁回去,只剩三人被剑光、法宝绊住的尚未遁回。另外还有两个勉强挣逃的,惨死于修罗刀下。

易静料定敌人必以全力相拼,妖法暗算,不可轻视。见众同门虽未十分穷追,但仍在合力诛杀残余。英琼、方、元三个,也已加入助战,俱都面现得意之色。恐众无备,轻敌受伤,忙喝:"诸位师兄姊妹,小心戒备,休忘师父训诫。"众方同声齐应,忽又听空中厉声喝道:"你们三人不必惊慌,拼受一时苦难,待我取众小狗男女性命!"语声才发,那横亘天半的一片妖烟邪雾,立即横卷过来,将众人圈在当中,上下一齐遮没。众人见众妖人纷纷遁逃,忙指飞剑追赶,吃黑烟阻住。正待运用飞剑、法宝将烟冲散,一见烟墙包围过来,不约而同,一齐发动太乙神雷,数十团雷火霹雳连声。刚刚发出,四外黑烟中忽射出数百团鲜艳无比的彩光,两下恰好迎个正着,吃神雷一震,立化成千万缕彩丝爆裂开来,箭雨一般朝众人射去。

众人不知彩丝来历,有的自恃身与剑合,诸邪不能近身,仍想乱发太乙神雷,将彩丝黑烟一齐击灭;有的更以为自身法力高强,法宝神妙,对于红发老祖还有一点戒心,防他玄功变化伤人,像这等妖烟邪雾,无足为虑。加以双方神雷、妖法同时施为,乍看彩光,似被神雷击散,和适破妖人的法宝、飞剑一样。除易静、李文衍、陆蓉波等三四人得道年久,经历较多,觉得不妙,忙用法宝戒备外,余人尽管近来精进,法力高强,却多不曾见过这类妖法,连胜之下,十九轻敌疏忽。那彩丝来势又急,等觉出彩丝有异,不似别的妖邪法宝一散即灭,心念微动,忙即抵御时,业已纷纷射向身上,吃剑光、法宝一挡,又化成片片轻烟爆散。彩丝本是细极,化烟以后,越发稀薄得几非目力所能看见,四外又俱都黄雾昏沉。众人虽练就慧目,且在剑光、雷火映处,也只看出了一些有彩色的残痕断影,浮于空际。

众人方以为妖法已破,无足为害,就在彩丝爆散之际,忽见一前头形似风车疾转的青色精光,冲破烟层飞着追来。后面紧随一圈佛光,佛光中现出癫姑,一手指定青光,飘轮电驭,才一飞到,便高声大喝:"此是老怪五云桃花瘴,不可令其沾身,快随我走!"说罢,手扬处,飞出一片金色祥云,发出万千金鼓之声,朝当空急升上去。光照处,瞥见红发老祖同了三四个妖人,正由黑影中往下降,吃金云一挡,慌不迭地往空遁去。

这里众人闻言,方在警觉,已有好几个猛闻到一股强烈的膻腥异味,神智一迷糊,便已晕死过去。尚幸敌人为金云所阻,未能近身,幸免毒手,但人已往下坠落。众人中只秦寒萼因在通行火宅玄关之时元气受伤,刚刚修炼复原,知道对方乃强敌,师长又说自己多灾多难,心生戒惧;又恰好姊妹二人分手时节紫玲见她可怜,把弥尘幡交她带在身旁备个缓急。先还随众逞能,自从红发老祖一出,便看出形势险恶,打定不求有功,但求无过的主意,早把弥尘幡取出,和司徒平联合在一起。一见黑烟围拢,对方又在暗空中怒喝狂言,未等彩光爆射,先把弥尘幡晃动,将自己和司徒平罩住,所以未受伤害。后见彩丝箭雨满空乱飞,又看出几分不妙,忙催云幢疾飞过去,连邻近的几个男女同门也被护住。易氏兄弟是因自己法力较浅,乃母绿鬈仙娘韦青青由开府会后临去时节,再三叮嘱小心,始终藏在九天十地辟魔神梭以内,满空追逐,不遇机会轻不出手,稍见不妙便连头也不露,以致幸免于害。李英琼、方瑛、元皓三人,早因易静一说,存了戒心,本在一起,易静一见神雷去破敌人彩光,和自己散光丸、弹月弩二宝相似,便知是厉害妖法,忙将兜率宝伞放开。恰好林寒、严人英、李文衍三人离得最近,彩丝箭雨一般,忙飞过去,连三人一齐护住。还有向芳淑同了廉红药也双双飞来,被易静一并用宝伞罩住。

只有金蝉、石生各斗一个妖人,相隔寒萼、易静最远,按理本极危险。秦寒萼、易静诸人先也未料到如此厉害,只为敌人话说得太大,必非易与,作有备无患之想。及见彩丝忽又爆散成烟,几乎消灭,还疑自己识不透来由,胆小多虑,实则无甚伎俩,有两个还想奋身出去,手中神雷已然重又发出。猛瞥见申若兰、徐祥鹅、庄易、杨鲤、吴玫、崔绮忽然相继晕倒。外面余英男、陆蓉波二人在石生左近,甄兑在金蝉左近,相隔俱远,不及救援。金、石二人既恐六人也为妖法所伤,又料定敌人决不将人迷倒便罢,必要同时猛下毒手杀害,中邪诸人情势万分危急,只得就近向前抢护中邪诸人。说时迟,那时快,就在诸人昏晕下坠,癫姑手上祥云飞起,易静、秦寒萼二人各催宝光上前抢救之际,忽由金蝉胸前激射出玉虎的两道精蓝光华,跟着一股青气蓬勃而起,晃眼大约数亩,恰好连甄氏弟兄一齐笼罩。那蓝光初出,才只酒杯粗细,越往外越大。对手妖人也同时在青气笼罩之中,本未晕倒,因见对方出敌,忽有蓝光迎面射来,疑是一件异宝,一时胆怯,忙舍飞剑遁避。金蝉原用霹雳、天啸三道剑光,将妖人连同所用飞剑、法宝一齐绊住,不能脱身。因听癞姑大声疾呼,久知五云桃花瘴奇毒无比,又见众同门相继中邪,心中一惊,不顾杀敌,也未想到胸前异宝,和中邪诸人一样,忙撤天啸剑回御。妖人还当这是逃走机会,哪知如果不逃,同在灵峤三仙玉虎神光之下,还不致死,这一遁出圈去,立为毒烟所中,鼻闻膻腥之味,立即晕死过去。

红发老祖原因妖徒伤亡众多,切齿仇敌,先想将自己人撤退,再行施为。不料敌人厉害,好几个妖徒和外来妖人俱吃飞剑绊住,投鼠忌器,略一迟缓,人又撤退大半,被绊住的人势子更孤,晃眼又被仇敌杀死了几个。怒焰沸腾之下,因恃有千年荷花所炼灵药,专治毒瘴,可以起死回生,竟拼着连自己人一同下手,等将敌人毒死,擒到生魂,再行救治重生。红发老祖身起空中一看,晃眼工夫,残余的几个比较法力较高的头代弟子,又有三人受戮,只逃回了五人。还有一个快要遁出险地,仍吃修罗刀追上杀死。下面只剩三个外教妖人与敌死拼,脱身不得。益发怒极,心横之下,更无顾忌。一面把黑煞网将众围住,同时发动五云桃花瘴;一面运用玄功变化,准备由空中飞下,施展化血神刀,将仇敌一网打尽,摄去生魂,炼法报仇。

那五云桃花瘴乃苗疆卑湿污秽沼泽中千万年淫毒之气凝结而成,自经红发老祖苦心收集,炼成以后,威力更大。又具有灵性,能合能分,不可思议,风雷烈火均所不能消灭。哪怕击成粉碎,只剩残痕淡影,几非目力所能辨识,如不收回,依旧密布空中,决不散灭。一不留心,误认妖法已破,立被暗中飞来侵害。休说侵入五官七窍,不能逃死;便沾了一点在身上,也必穿身入骨,不过缓死些时,终为邪毒所杀。除非当日得到千年荷花,十九难于活命。那妖人明知此宝厉害,也是恶贯满盈,见彩丝已散,没有留意;又以为红发老祖决不会伤害自己人,敌势太强,急于逃遁。等闻到毒气,方想不好,已失知觉。红发老祖又被金云惊退,未得下降。

金蝉在惊遽中,猛想起胸前玉虎妙用,心中一喜。瞥见妖人遁出不远,忽然晕死,如何肯容,手指处,天啸剑重又电射飞出,迎头下落,妖人尸身还未坠地,便被斩成两片。石生在开府云幢上,和金蝉同时所得三角金牌,原由乃母陆蓉波给他嵌在所戴束发金冠之上,发动更快。二宝均极灵异,金蝉胸前宝光刚射出去,石生头上金光已如一座金山涌起。蓉波、英男离得既近,人又机警,一听癞姑急呼,仰见石生头上金光,忙舍所斗妖人飞去。妖人立即中毒晕倒,吃易氏弟兄赶来,一飞钹打成一团血肉坠落。和石生对敌的一个，虽未遁出中毒，但吃余英男忽然飞近，南明离火剑红光一绕，立即腰斩。

癞姑早有准备，比易静、秦寒萼还快，口中报警，一见自己人中毒晕死，早抢先赶来，佛光暴长，疾逾闪电，往下一沉，飞迎上去，将空中下落的申若兰等六人恰好一齐接住。众人也自纷纷集合。这原是指顾间事，癞姑一打手势，易静等忙即分别飞入佛光之内，将六个死人接过。癞姑喝声："快走！"手起处，百丈青色光轮重又急转，向前开路。方瑛见状，忙抢向前，也由手上发出光轮相助。众人紧随在后，一同发动太乙神雷，助威前冲。青光所到之处，前面黑烟立似浪滚涛分，四下飞散，冲荡开一个大洞。一时雷火漫空，连珠霹雳之声，震得山摇地动。晃眼冲到圈外，正往前进，癞姑回顾赤云如焰，半天皆红，由后面上空漫天盖地，潮涌而来。癞姑知道灵符金云已被看破，忙喝："九天十地辟魔神梭速往地下开路，省我行法费事。"易鼎、易震闻言会意，立将梭光往下一冲，地面上立即裂开一个大洞，当先飞入。癞姑引了众人，一同飞入。易静等一行四人，同了金蝉、石生断后。易静先用禁法将地穴入口掩闭，事先并将上面地形变易，另在后左面裂一大洞，以乱敌人目光，防止意外。众人有神梭开路，癞姑、易静和南海双童又都各精地形之术，从旁相助，一直入地四五百丈，方始向前疾驶。

红发老祖和众妖人先被金云惊退甚远，等到发觉为幻影，知道上当，暴怒赶来，遥望数十道遁光由空下泻。算计仇敌又用地行之法脱身，急怒交加，赶近一看，阵中三妖人全遭惨死，一个也未得活命。离烟围外不远地面上，有一巨洞，好似仇敌逃得太急，无暇掩蔽情景。当着一干残余的妖人徒党，愧愤交加，急怒攻心之下，红发老祖知道这些峨眉门下虽是末学新进，俱都法力高强，不可轻侮。来的人数又如此众多，分明奉了师长之命，有心为仇。对方这些师长，更是正教中的冠冕超群人物。况值开府之始，寻常下山行道，尚且要命门人通行火宅、十三限玄关，经过极严厉的考验，方获允准，那么双方成仇，必早料定。既命大举，如何肯令出来丢人？必有准备无疑。后面还有极高明的老辈人物要来，都不一定。

红发老祖原是偏爱门人过甚，耳软心活，受了众妖徒的包围蛊惑所致。此举本出无心，虽然妄自尊大已惯，经众妖徒一蛊惑，把前次无心冒犯之事，认为奇耻大辱，立意要把来人责罚一顿。本心仅想一打一放了事，免众门人不服，说自己畏惧峨眉，并未打算把事闹大。哪知手段过分，激起反抗，众妖徒再一恃势不知进退，逼得来人难再委曲求全，连在阵中杀死多人，从容地遁逃去。敌人走时，自己还几乎受伤。因恐对方有一克星在内，强忍怒火，正在宫中统筹全局，以备报仇之计。不料对方胆大，竟又寻上门来，这次竟连门人带外客，伤亡更多。敌人虽伤了几个，又吃救走，一个也未擒到。起初是以为自己理直气壮，纵然对方为责其门人不快，既令上门负荆，异日也还有词可借，不致为此反目。这一成仇，想起对方诸长老的厉害，不禁又急又悔。无如仇怨已深，势成骑虎，再也说不上不算来。

红发老祖有心入地追赶，又恐仇敌诡计多端，故意留此破绽诱敌。对方所用那些法宝、飞剑，适才又都眼见，几乎无一件不是稀世奇珍，中有好些轻易都见不到。不知怎的荟萃一门，全被对方收罗了去。自己虽有神通变化，但地行不是所长，彼众我寡，并有先后明暗、有意无意之分，又带着好些同党徒众，地底不比天空，可以任意纵横。万一又中仇敌暗算，自己虽然无碍，再被杀伤多人，更是难堪。想到这里，略一踌躇，愈觉得恶气难消。口中钢牙一错，顿生毒念。立即施展妖法，把腰间皮袋对着穴口，行法运用，将手一指，便有一股彩烟由皮袋内箭一般往穴中激射进去。约有半盏茶时，估量五云桃花瘴毒烟已全放出，对方无论飞行多快，也可追上。因有法力补助，到了地底，色彩全隐，只微微有点气味。等仇敌闻到发觉，业已中毒惨死。这才住手。

红发老祖总算天性不恶，盛怒之下，尚恐流毒无辜，放完便将地穴封闭，亲身守候不去。雷抓子和两妖徒看出便宜，几次请师父暂且回山，愿代守候。红发老祖对这几个有本领的徒弟虽极宠爱，却知他们性非纯善，又喜与异派妖人交好，别的均可言听计从，独对于这五云桃花瘴、化血神刀两件法宝，因过于阴毒，为修道人的杀星，恐其用以为恶，决不传授，也决不轻与，所以依然守候不去。待有个把时辰，估量多快的地行人也可追上。心里还暗骂："小狗男女，弄巧成拙。你想诱我上当，我却用法宝、法力取你狗命！有这些时，就算发觉得快，仗有奇珍至宝防御，而事出意外，也决难防，必有多人中毒身死无疑。"

红发老祖意欲将毒烟收回，然后查看行迹，是全数中毒，还是死了一些？尸首是否被人救走？红发老祖便把穴口打开，自己一收，好像被大力吸去情景，分毫也未收回，这一惊真非同小可。因觉出地下直通向前，喊声不好，连话也未顾得再说，便纵遁光朝前飞去。身刚起在空中，便见前面相隔十余里山谷之中，有一人守在地上，手指不大的一圈光华，正收地底射出来的彩烟，已只剩残尾，目光到处，残烟已被收尽。那人动作极快，晃眼化作一道晶明无比的青光,破空而起。不禁大怒,忙纵遁光赶去。

红发老祖飞行何等神速,竟会没那人快。眼看青光朝东北方飞去,光并不长,只是奇亮,飞得奇高,神速已极。多年心血收集祭炼之宝,自不甘心失去。一面加紧追赶,又将化血神刀隔远飞出,哪知仍追不上。飞遁迅速,一会追出五百里外,眼看快被化血神刀追上,青光一闪,忽然不见,连那人相貌也未认出。料定虽不是峨眉门下,也必一党,或是应援之人,巢穴必在左近。急得连使了两次极恶毒的禁咒,对方只置之不理,并无一人出现。众妖徒党羽多人,也随后赶到,相助搜寻敌踪,又各施法力禁制,枉伤了不少毒蛇猛兽,始终寻不到一点线索。待要罢休,忽听笑声哧哧,起自左近,忽东忽西,人却不见。跟踪一搜索,又无迹兆可寻。平白气急暴跳,无计可施。

红发老祖师徒和众妖人全被激得怒不可遏,立誓非将仇敌寻到不可。似这样满山搜索,忙乱了半日,只差把方圆百余里的山峦溪谷翻了个转。最后才听后面齐声冷笑,方疑敌人忍不住咒骂,出来对敌,分头赶过去一看,笑声俱在原发之处,却仍无人影。连用法宝、飞刀、飞叉,照那发声之处夹攻上去,依旧空无一物,笑却不住。红发老祖见状刚刚省悟,正招呼众妖人速将法宝收回,免再贻笑,忽听叭的一声,四方八面笑声忽然停止,以后更无声音。红发老祖自知丢人上当,方在愧愤咒骂,猛想起出来时久,巢穴空虚,莫要中人调虎离山之计;况又是两相仇恨,虎视眈眈,时欲伺隙而动,现时大是可虑。喝声:"速回!"忙纵遁光,率领众妖人往回路疾驰而去。

原来女神婴易静、癞姑等率领众同门,护了六个死尸到了地底。连续行了百余里,回顾身后无人追来,才放了心。癞姑回顾易静,问道:"老怪物化血神刀竟未使用,此时也未追来,我们到了碧云潭,可以从容救人,大是幸事。"易静道:"老怪物许是大意了些,又因我们昨日阵中伤了不少妖徒,今日杀伤更众,仇恨越深,以为化血神刀,我们的法宝、飞剑有的可以抵敌,就能伤人,也不会多。他那五云桃花瘴毒,一举可以毒死多人,忘了同时使用,等到想起,已然无及。入地以前,我回顾他已转眼追近,忽然中止,决无如此便宜的事。我防他追,曾施五丁开山之法,在入口左侧开一地穴。因是全力开通,入地颇深,他到时,地底还有动静,穴中地道与此斜行相并,也还不近。他不入地内穷追,必以邪法、异宝、神刀、毒瘴之类放入,意欲乱杀泄恨。等到尽头遇阻,他必当我们入时匆迫,上面未及还原,到了地底,恐他追来,才将地道封闭。这时不是依照那条假地道盲目前攻,便是垂头丧气,回去再打主意报复了。依我推详,掌教师尊仙示,我们的难不止此,决非六位同门便算应典,恐还有不少遭殃,才算了事。以后再如遇上妖人,可还像今日这等冒失吗? 这些位同门师兄姊妹,是你用法牌传声请来的吗?"

癫姑笑道:"难为你真会想。那法牌一经行法人的击动,所有持牌的众同门全有感觉。再一行法相应,千里如对,不是只向一人。我如请人相助,你和琼妹相隔得最近,可听见吗?"易静道:"这层我也想到,因方、元二位道友仙居,外设重重禁制,行法人不知何方仙人,神妙罕见,严密已极。又见诸同门来得突兀,四方赶到,不谋而合,所以疑心你传声告急时,也许为禁法所阻哩。"癫姑笑道:"连我也是盗到老怪千年蘘荷所炼灵药以后,得人指点,才知道的。"易静喜道:"老怪灵药,竟会被你盗来? 先前你说可以从容救人,我还不甚放心,不过准知这中毒的人,决无凶折之理。齐二姊又得了大荒山卢仙婆灵药,恰是六粒,正好合用,以为到了地头,向她求救。想不到有此一举,真可佩可喜呢! 但是诸位同门,怎么来的呢?"

林寒恰在身侧同行,正要回答,癫姑道:"他们来历,我已猜出几分。连我的经过,也说来话长。前面便是方、元二位仙居,且俟到后将人救醒,再行细谈吧。"易静闻言,一算途程方向,果然快到。再看方、元二人宝镜,再有十里便到。忙赶向前去,招呼易氏弟兄留意。并将宝镜要过,照路前行。一会便将湖前层崖从地底越过。到了湖前平地之上,一声雷震,裂地上升,易氏弟兄当先出土,收了九天十地辟魔神梭。众人虽然大获全胜,因有六人中毒身死待救,见了当地美景,也无心观赏,匆匆由方、元二人行法,从虹桥上飞渡过去。

众人到后,宾主一面礼叙引见,一面把申若兰等六人放在洞中石榻之上卧倒。癫姑将所盗灵药取出,分与易、李、方、元、林寒、陆蓉波六人,将新得来的治法传了。取来湖水,各含了一块在口中,再含一口湖水,运用玄功,朝死人头上喷去。那药立化作一片绿烟,罩向死人面上。六人再用真气微微吹动,使其由头到脚,顺序布满,笼罩全身。约有半顿饭时,眼看死人身有极淡彩烟冒起,吃绿气笼住,渐渐在内消灭。那绿气也由浓而淡,以至于无。再将另一种碧绿清香的丹丸给每人口中塞了一粒。六人本是通体乌黑,面如乌金,气息全无。自从彩烟冒起,与绿气一并消灭,面色便逐渐恢复,与睡熟中相似。众人多道:"好了。"癫姑道:"早呢。虽然六位同门功力不同,回生许有先后,但那瘴毒奇烈,痊愈少说也需一个对时以后。此时不过保得命在,又服了同时并用的灵药,否则毒虽去尽,内腑五脏不免受伤,那痛楚先难忍受。这还是有根骨的修道之士,如换常人,就这一会工夫,不化成一摊脓血,也只剩个骨头架了。你道险是不险?"

癞姑说时,瞥见徐祥鹅二目微启,嘴唇欲动,知他修炼功深,恢复较早。忙走近前,向六人大声说道:"诸位师兄师妹中了妖人瘴毒,此时刚救回生,才有知觉,千万闭目养神,不可强自言动,也不可暗用玄功,能像常人睡上半日最好。如想快些复原,反更慢了。"杨鲤、申若兰、庄易本也相继恢复知觉,闻言一齐闭目养神。一会,吴玫、崔绮也自回醒,因有众人守候叮嘱,不再言动。众人见状,料已无碍。癞姑又给六人口中各塞了一粒丹药,方始同去外间,各叙前事。

第二三〇回

鸣鼓兴戎　众仙奋斗苗人祖
腾光护法　七矮欣逢枯竹仙

　　原来癞姑奉命下山时，除道书、仙示与易、李二人同观外，另还有一封密柬。在依还岭静琼谷三人同居炼法时，因易、李二人同说："无论柬帖上示甚仙机，反正决不违背，定遵师命行事，先看何妨？"癞姑不便不允，只得取出同看。哪知本来外面标明了开读日期，竟变成了一通白柬，上面只字皆无。三人知是不到日期，擅自开阅所致，好生悔惧，只得同向峨眉通诚求恕，重将柬帖封好。癞姑性喜滑稽，表面游戏三昧，对于师长却极虔敬。这次迫于情面，擅自开阅，事后想起不应违背师命，悔恨之余，每日均背人默祝一回，字迹终未再现。

　　癞姑认定柬帖关系极为重大，早晚总要现出字来，始终如一，迄未懈怠。及至二次去往红木岭神宫窥探虚实，觑便盗取紫郢剑，心想："此剑乃师祖留传镇山之宝，竟会失去，敌我强弱相差，事机已迫。"重又遥向师父通诚求告，乞示仙机。祝罢取柬一看，果然字迹复现，并还附有一道灵符。大意是说：

　　　　苗疆之行，应有多人遭劫。虽在众弟子领命时先行嘱咐，令其到时度德量力，不可轻往，但定数所限，也只一些功力太差，本不在劫之人不往；在劫者仍是不免于难，不过命不该死，均有救星。英琼一时疏忽，虽然紫郢剑失去，但是神物通灵，敌人不能长久把握，终必飞回，毋庸往盗。倒是五云桃花瘴厉害，弟子中将有六人中毒，非敌人千年蘘荷所炼的灵药，不能解救。只要一个对时过去，中毒不救，便无生理。即使日后敌人被迫悔祸，也难挽救。此事实系重要。

　　　　恰好红发老祖去年收一门人，乃昔日绿袍老祖门下妖徒随引，自为金蝉所救，巫思改邪归正。因前孽太重，恐各正教不肯收容，知道红发老祖与白、朱二老交好，欲借以为晋身之阶。恰巧红发老祖被洪长豹窃去的两件法宝，虽为金蚕恶蛊所毁，残余之物被他收去，于是前往苗疆，献宝求进。事前又有两个与他交好的妖苗为之先容，因得收录。近见红发老祖师徒因易、李、周三人无知冒犯细故，以致成仇，认作要步以前妖师前辙，心中大不为然。此人在绿袍老妖门下多年，精通邪法，仅比辛辰子、唐石稍次。易、李二人入阵经过他的阵地，便吃警觉，故和同党闲谈泄机。他一心畏祸，向往本门，恐与红发老祖师徒同尽。那藏灵药的所在，他便知晓。随引现在阵中第四十九峰坎宫上把守，可隐形往见，径与明言，他必乐为相助。

红发老祖法力颇高，不可轻敌。又值新挫之后，戒备尤严。如若遇上，务要远避，不可自恃隐身法神妙，擅自近前。红发老祖想将紫郢剑攫为己有，起了贪心，全神贯注剑上。但盗药一层，也极艰难，得手以后，速急出阵。这时妙相峦谷外众弟子，有的无心巧遇，有的受一异人指点，正与众妖苗所约的一干妖邪异派斗法大胜，连伤多人。

红发老祖闻警出援，紫郢剑也自飞回。红发老祖气愤之下，必放五云桃花瘴伤人。乘他元神尚未飞落以前，速用佛光护身，手持六甲分光轮，冲破黑煞妖网入内。一面向众弟子等警告，并将灵符展动，发生妙用，先将敌人惊退；一面抢护中毒诸人，冲出阵外。此符妙用威力只一刹那间，敌人事后必然看破，加紧追来。如若回身应敌，或被追上，救星到来相隔尚远，伤人必多，务要速逃。可令易鼎、易震用神梭开路，从地下遁走，尔与易静等精通地遁之人相助，前后呼应，便可无事。

当机贵速，并且前去盗药，阻碍横生，又忌和人动武。须俟敌人倾巢出战时方能得手，稍微延误，便致偾事。务须忍耐，丝毫大意不得。以后到了危急之际，仍用法牌求救，自有人来相助。此事前因后果，早在开府后三日，与玄真子大师伯默运玄机推算。众弟子法力虽非红发老祖之敌，但比他门下妖苗和各派妖邪却强得多。又各持有至宝、仙剑之类，只要应敌谨慎，多可无虑。在劫诸弟子虽有六人之多，终能化险复原。到时，当另有人来指示。

末了,柬上又说三人前者不应违命,擅阅此柬,姑念初犯,知悔诚求,再犯重责不贷等语。

癞姑看完惊喜,拜谢师恩之后,立即依言行事。

自从先前由天狗坪阵地逃脱以后,敌人知道来人精通地遁之术,便将全地面另加禁制,也恐难阻来人闯入,故除戒备加严外,到处罗网密布,远非昔比,人一出土,立有警兆。纵使法力高不被擒住,敌人师徒也必全数惊动,下手不得。全阵地方圆二三百里,大小石峰何止千数。那坎宫四十九峰,不知从何数起,随引又未见过,事机更须缜密。癞姑好容易费了好些时候心力,才由地底把坎宫四十九峰辨明,峰上把守的却有两个妖苗。虽看出内有一断臂妖苗,相貌神情与众妖苗嚣张凶野大不相同,料是随引无疑,但那同守妖苗不走,也无法上去。只得手持宝镜,隔着地面向上观看。癞姑心正不耐,那妖苗忽然走去。心想:"别处所见更不相似,只此一人还差不多,坎宫阵位又对。反正是撞,且上去试试。"

事有凑巧,癞姑念头才动,敌人又在演习妖阵,风雷四起,立即乘机裂土而出。先还恐观察不真,引动仇敌,特意避开峰后无人之处,一面上升,一面行法复原,以备万一看错,容易遮掩。好在身形已隐,或者无害。不料才一出土,迎面微风过处,现出所料那人,朝那刚复原的地穴低语道:"来者如是峨眉诸位上仙,此时最好回去。否则,也请与我答话,幸勿见疑,免致涉险。"癞姑见他目光四注,似在观察来人所在,知未看出自己一面,暗中戒备,低声问道:"道友何人?如蒙见告,便当明言。"那人喜答道:"我名随引,峨眉教祖之子金蝉上仙是我恩主。上仙可是昨日来过,为了那口紫郢剑来的么?暂时是无望了。"

癞姑便把来意说知。随引闻言,好似喜出望外。先飞身峰上,四顾无人,重又下来,跪地默祷了一阵,起来答道:"孽道久欲改邪归正,日夜悔过虔求,想不到教祖宏恩,许我立功赎罪,真乃万幸,百死不辞!不过此阵埋伏重重,又有从赤身教借来的几件异宝,外人休想通地入内。神宫四外,防备更严。上仙如在那里出土,早被发觉了。如要深入,必须紧随我后五步以内,方可从容通行。那药藏处,我也知道。一则我奉命镇守,不能离开;二则藏处深居后洞丹室以内,须由中洞正门入内。师父正在那间室内行法制剑,前后均有禁法。不论隐身与否,人一走过,立时警觉发难。上仙又说得如此紧迫,此时必须到手。为今之计,只好冒一点险,等那同伴领命回来,假说有话向师父禀告,陪同上山,直入神宫,假装请命,同进门去,我再立远一些,能骗

49

得师父许我入内最好;否则再相机行事,设计将他调开。上仙照我所说,前往丹室,将药盗到了手,然后遁去好了。"

癫姑见他其意甚诚,虽与柬上不与红发老祖对面之言少违,但是此外更无善策,已然半日光阴耗过,事不宜迟,便即允了。先料同伴妖苗少停即至,谁知候有个把时辰,终未见来,二人俱都愁急。随引刚把心一横,待要拼着相随同逃,弃了阵地前往盗取,忽听铜鼓之声。随引急道:"谷外已有不少敌人到来,那厮想已随出应援,就此去吧。"癫姑闻言更为忧急,忙令随引前导,许以事若发觉,不能存身,必为设法引进到正教门下;如若无事,仍须暂留,以做内应。随引原也想她吐口,闻言喜之不胜,立即趋前引导。

二人直入妖宫,路上遇到好几拨告急妖苗,随引只作闻得鼓声传警,见师请命出战。众妖苗有的忙出,有的忙进,无一理会。等赶到宫内,告急的人已是七次。随引甚是机智,进门遇见秦珏,知他奸狡,对自己却极降心结交,故意告以阵中空虚可虑,来向师父请求派人镇守,勿令全出。秦珏笑答:"无妨,师父一出,立可转败为胜,现已将行。"正说之间,忽闻哧的一声,一道紫虹破空飞去。癫姑见紫郢剑飞回,好生欢喜。随引知乃师必追,假装回阵,往侧一闪。等红发老祖负伤追出,秦珏紧随在后,随引和癫姑打一手势,乘机掩了进去。并嘱癫姑依着前说途径入内,为防妖童侍卫看破,也把身形隐起。才到里面,红发老祖师徒便已飞回,匆匆入内取药行法,并医手伤。二人暗中尾随在后,红发老祖直入后洞。二人等他取药出来,方始掩进。刚同现形,由随引指点,把两种灵药取到,传授用法,红发老祖已然将伤治愈,愤怒出战。二人一同隐身走出,到了洞外僻处,癫姑方始作别,仍由地下遁走。

至于诸同门前来支援,则各有原因。庄易、林寒、严人英三人,是路遇百禽道人公冶黄,说听一老友说起此事,令来为众弟子接应外。金蝉、石生、甄艮、甄兑、易鼎、易震六人,是受异人指点,特为此事而来。司徒平、秦寒萼、杨鲤、李文衍、向芳淑五人,原为两起,在云南各县行道,不期而遇。忽然发现两个妖人意欲暗算,吃五人看破。那妖人本是雷抓子的好友,斗法不胜,便往妙相峦遁走。五人恨他为恶,穷追到此,遇见谷外埋伏的妖人妖苗,双方打了起来。金、石等六人便赶来助战。陆蓉波、廉红药、邓八姑一起,奉命先寻洞府栖身,蓉波想起昔年随父云游,路过苗山,发现好些胜地,而邓八姑说江西也有两处极好山水,于是议定分头寻访,寻到后再从众议。陆、廉二女曾共患难,又以自身法力、功行各有所短,便做了一路,展转寻来。行近当

50

地,望见许多同门在和妖人相持,也上前相助。跟着又是余英男为首,算计易、李、癫姑三人苗疆之行将到,独自约了申若兰前来接应,就便和英琼说那将来同求师长,令与英琼一起,同在幻波池修炼之事。路上又遇见何玫、崔绮、黑孩儿尉迟火、铁沙弥悟修、灵和居士徐祥鹅等几个同门,于是相约同来,以致人多势盛。

对方那些异派妖人,如金眼狒狒左清虚、追魂童子萧泰、无发仙吕元子,以及被玉清大师子午火云针打中、又被斩断一臂的明珠禅师,还有孔露子、曹飞等二十余人,多一半是慈云寺、戴家场两地漏网的余孽。还有五台、华山派暗中派来勾引妖苗的几个妖妇淫娃,法力更是有限。只一个万妙仙姑许飞娘本领最高,偏又未来。这伙妖孽见对方俱是少年男女,又都个个生得仙风道骨,十九英姿飒爽,容华美秀,有的以前还曾交过手,还当易与,暗幸峨眉诸老无一在场,正好下手。谁知撞着了丧门神,这班敌人均有异宝、仙剑随身,简直无一好惹,才一照面,便被飞剑杀了三个妖妇、两个妖党,这才看出不可轻侮。内中又有几个法力较高的妖苗,再纷纷出来助战,死亡越多。终盼红发老祖出场,转败为胜,报复前仇,相持不去。哪知红发老祖也无用处,终于惨败。峨眉诸同门虽有六人受伤,却可救转。计算敌人伤亡,连各异派的妖邪和门下妖苗,不下四十余人之多。峨眉众弟子奉命下山,初次出马,所遇还是劲敌,居然大获全胜,自是佳兆,互相谈说,高兴非常。

癫姑因师父柬帖上有异人相助之言,金、石等六矮弟兄又说是有异人指点,却未明言何人,就向金蝉问道:"那指点你们六个小淘气的异人,不说出?还有在铜椰岛跟你们走的小和尚呢,往哪里去了?"石生对金蝉道:"癫师姊骂我们小淘气,蝉哥哥莫对她说。"癫姑笑道:"你敢!当着你娘,我不叫你哭出来才怪。"石生把嘴一撇,舌头一伸道:"啊哟哟,谁不知我们有这一位癫姑娘呢。蝉哥哥,我们怄定了她,偏不说,看她把我怎样?"癫姑闻言佯怒,伸手要抓。金蝉拦道:"不许再闹,听我来说这奇事。那位道长本叫我不说,见了你们偏又忍不住。我想那位道长也许知道我口不稳,所以话只说了半截。如今小和尚还在那里,等他一来,就知道他是何许人了。"癫姑笑道:"人家白把你们六位尊神指点了半天,却连人家姓名、来历都不知道,可见人家也当你们小娃儿呢。"石生道:"你知道什么?只当你有本事吗?要和人家比,连提鞋都不要。你想我们六弟兄是服人的吗?似他那么高法力,便当小娃儿也不丢人,只怕你还没这种福气见人家呢。"癫姑笑道:"这么一说,你们都得了人家的好处了?"石生方要还言,金蝉把两只俊眼一瞪道:"你再吵,我不说了。"癫姑道:"好,你说你的,我听听,到底是什么奇事?"众人也附和催促。

金蝉道:"事是真奇,我至今还猜测不透这位仙长是什么门道。我们固然功力不济,可是自从大破慈云寺起,直到开府、铜椰岛之行,正邪各派中的异人以及各位前辈仙尊也见过不少,法力高强的甚多,就没看见像他那样奇怪的。我们本该七人一起,因有一同门转劫未来,先想拉商风子凑成七矮之数,他偏要守定周云从,陪他在左元洞苦修,不肯随我们同走。后在铜椰岛走时,因小神僧阿童和我们很好,也一人行道,正嫌孤寂,初次下山,又没准地方去,正好把他暂补缺。

"大家分手以后,偶然谈起师姊们苗疆之行。这位小和尚虽没甚经历,白眉禅师怜他自小相从,不等道成,师徒便要分手,以后全仗他自己艰苦修炼,险阻艰难甚多,每当无事之时,便把正邪各派中的主要人物来历一一示知。所以这里情形,晓得好些。鼎、震二弟听教祖口气,三位师姊此行必动干戈,怂恿我们来此,相机行事。本打算来相助,因师父所赐仙示命我们自觅仙府,日期地点虽未限定,总想先把安身之地找到,再作计较。又因紫云宫、幻波池两处洞天福地在前,我们纵难比美,也应稍微像点样子。心想三位姊姊还得些日子才能起身,有的是时间。每日急急忙忙,四处乱跑。中间曾回仙府一趟,想见母亲,请问几句话,没有赐见。由此起身,顺江而下,先去湘江、楚泽,继历衡岳、泰山,复往黄山、北岳,重访儿时故居。在黄山文笔峰遇到朱文师姊,谈起秦岭深山中有一胜境。重又遄飞嵩洛,西入咸阳,横越太白高岭,道出秦川。

"似这样东西转折,南北飞驰,把所经有名山水之区全都就便绕越,留心寻访。其中虽也有不少胜境灵区,不是已有主人,便有别的缺陷,无一适合。朱师姊所说的秦岭双松峡,虽还大致不差,终嫌附近景物荒寒,不能衬托,胜地无多,美中不足。这多日来,除却夜间必做的功课外,每日都在穷搜涧谷,选胜登临,连飞行了好几万里,经过的山水何止百数,结果白费了两个多月的光阴,一处差强人意的也未寻到。起初细详仙示,好似我七人将来所居不在西南边省,所以未往云贵两省寻找。这日正为居处发愁,石生弟忽想起三位师姊快来苗疆,也说师父仙示上附有我们将来事迹。虽都应在三湘七泽之间,没有滇、黔字样,但也没有指明边省不宜建立别府。仙书又有一页空白,焉知不是天机不宜泄露,关乎重要的便难预示呢?算计三位师姊行期已近,反正哪里都是一样寻找,师父本令自己选择,如果穷边非宜,必有阻碍。

52

照小和尚说,苗山中颇多灵境,仙机微妙,只凭悬揣,怎能作准?现已多日,别府尚未建立,我们本来要往苗疆,借与妖苗斗法,以试近日功力,何不姑且就便寻访,许能无心发现也不一定。

"我虽答应,因想红发老怪近已知道邪正之分,又当重劫将临之际,修道多年,人非至愚,不过受了妖徒蛊惑,自觉面子难堪,虽然怀愤,未必不知利害轻重。师父如此委曲求全,已命门人登门谢罪,给他面子。便下山时,师父所说,也并非释嫌绝望,事属两可。我们本非无理可言,易师姊又善辞令,也许有两分挽回之望。万一因三位师姊一去,复归于好,不特白跑一趟,他那门下妖苗十九可恶,遇上必生枝节。如因我们坏了和局受责,岂不冤枉?师父命我居长,将来还要开山收徒,不能再似以前任性胡闹,叫大姊说我。尽管大家喜事,总觉试寻洞府,原可来此。应援须俟接到法牌信火告急之后,免致偾事。

"大家商量好,便即起身。预定是由秦岭起身,以前去过和已有主人的地方,俱都不去。于是先往哀牢山中寻找洞府,一路细心查访,就便往苗山行进。不问寻到与否,这一路耽延,百日之期已到。也不是轻看三位师姊,以老怪的法力声势,实强得多,只要翻脸成仇,便难善罢,非由法牌告急不可。否则便是事解言和,也就无须来了。昨日一算,已是九十九日,法牌全无征兆。心想师父只命炼法四十九日,三位师姊必在前数日起身,决不会挨到了期限才去,事情多半过去。同时又在哀牢山中寻到一两处差强人意所在,只是附近住有生番野猓。方想把全山踏遍,如无更佳之景,便择一处将就安居,日后再打主意。

"我们照例寻到天晚,如是夜色清明,或高峰顶上,或疏林平野,寻到一处,便席地用功,四外设下禁制阻隔,以防妖邪暗算。我们连洞穴也不用,日久已成惯例,从来无事发生。谁知那日晚间正在用功入定之际,忽然同时心动。警觉一看,面前站着一个身穿白衣的美少年,手上拿着一枝新折下的竹枝,笑嘻嘻望着我们。请想本门禁制何等神奇,外人怎能走进?再说外观只是一片幻景,也看不出有人在内;他却从容走进,而禁法仍在,并未破去,法力高深,可想而知。我们因看出他不像有恶意,方同起立,待要请教,他却先开口唤我们小友,俨然以尊长自居。这次开府,所有师父挚友、前辈尊长,以及彼此交情厚薄,俱已知悉。就有一些素无交往,未下请柬,或是请而因故未来的,这些人的名姓和道法深浅,均曾问明。旁门左道,或有遗漏,而有交情有大法力的散仙,哪有此人?试一请问他姓名、来历,又不肯说。大家自是不服。震弟更嫌他道出祖父名讳，妄自尊大；又自称他无事不能前知，现在海内外散仙，十九是他后辈；此次寻找我们，乃是好意相助，彼此有益之事，此事并还非他不可，口气狂傲。心想就他所说的话，暗用法宝，给他一点苦吃，然后问他：既有这么高法力，有人暗算，为何不知？艮、兑二弟也因他刚见面，先把各人名字道出，又说他以前的事，心中不快，俱想开个玩笑。

"震弟与艮、兑二弟心念才动，他只笑说了句：'孺子无知，如何班门弄斧？幸遇见我，如换那冤孽，就看齐道友情面，不十分计较，对于尊长如此无礼，小苦头也吃定了。'说时，三人已同时施展。哪知法术无效，法宝也未飞出。忙手探宝囊，三人所有法宝连同九天十地辟魔神梭也不知怎的，都会失去。因知被盗，一时情急，又认作是对头，急口喝骂，叫大家留意。一面飞剑迎敌，一面运用法力想将失宝收回，身剑合一。刚刚飞起，吃他用竹枝向空一指，人剑全被定住，悬于空中，所失法宝，自然更收不回。我和石、鼎弟正在惊惶，小和尚恐他盗宝遁走，自恃法力，放出佛光，将他围住。本意佛光全仗本身道力，多厉害的敌人也夺不去，也没法破。因见对方厉害，特以本身元灵运用，心与光合，意欲逼他还了三人法宝，问明来历，如与诸尊长稍有一面之缘，便可放走。没想到佛光倒是将那少年圈住，可是自己真灵也被吸住，一样不能脱身。那少年笑道：'佛门法力，果是不凡。只惜你功候还没到家，如何制得住我？我因此身脆弱，须与你们合力，不料你们年幼无知，不识好歹。不过你们师长俱未提到过我。开府盛会，仙侣如云，有名之士十九在场，偏没有我。我此时行径，本也难怪你们多心。现我得此小沙弥代护法身，省事多了，可为我屈留一二日吧。'

"我和艮弟不动手不好，动手又非其敌。他说那些话，急切间又不易解透。双方发动太快，又不及拦阻。方想如何说法得体，还是小师弟心灵，上前和他施了一礼，说道：'我弟兄七人，好好在此入定，老前辈忽然走来，问名姓又不肯说，自尊自大，平日从未听说，心中自然不无疑虑，你也知道难怪我们。你如果真是师执前辈，想也不会和后生小辈一般见识。如用着我们，何妨放下人来好说，只要不令我们违背教规，无不从命。否则，不是仇敌，也是受了妖人之愚，故意寻事。休看我们法力不济，也还敢于一拼。现在别的不说，只请说出果真是我们尊长，我们便可向你赔罪。否则，宁死不辱。何况还有三人未动，知是谁胜谁败呢？'

"那少年已然盘膝坐在山石上面，闻言笑指我二人道：'你两个年纪最轻，根骨缘福最厚，行事也有分寸，实是难得。他四人自己冒失，我岂有心为难?'随说,手上现出甄、易三人所失法宝,说声:'拿去,下次不可如此轻举妄动。'三人立即飞落,将宝收回。我们才知他果有来历,所说不虚,一面赔话,并请去了小和尚的禁制。他笑道:'我不说请他以佛力为我护法,稍留一二日,事完再走么?我与他无嫌无怨,只想结一忘年之交,本人早已心愿,你们何必担心呢?'阿童自将佛光放出,身便不能转动,跟着面现笑容,似无所苦。少年话才说完,没等我问,阿童便接口道:'这位道友与我有缘,我此时已然省悟。适才他并以心灵传意,说了大概,我决计留此,事完再寻你们去吧。'我知小和尚得有佛门妙谛,功力颇高,道心坚定,极难受制动摇,竟会如此听话。妙在是双方不落言诠,便即领会,这比收去我们的法宝还要高明,自然惊服万分。

"那少年这才说起,三位姊姊已与老怪师徒成仇,只因恐有同门遭劫重伤,不肯用法牌告急求救,实则反而不妙,也是定数,故而如此。这事与他有关,不容袖手,早由远道赶来当地隐居,只等我们到后,寻到护法的人,立即前往。道路却是不同,各走各的。令我们速来妙相峦,谷外伏有妖邪,正与几个同门相持,可上前助战,只忌入谷陷阵。敌人虽然厉害,却奈何我六人不得,只管放心。那少年对于小师弟好似格外喜爱,别时,执手殷殷,期勉甚多。并说我六人别府不在此山,不久便有遇合,景物灵奇,不在依环岭、幻波池以下。等我们新居觅到,他把事情办完,必还抽暇来访。

"我说他那坐处太敌,既然须人护法,还恐人知,似此佛光远照,如有仇敌,岂不跟踪寻来,怎不重换一僻静之处?他说:'这地方早已择定。你们由前半夜起便入了幻境,仔细看看,可还是你们入定时的境地么?'我们闻言,见有青光一闪,定睛一看,哪是甚山顶高林,这地方竟是一个大石洞,四面钟乳四垂,晶辉耀影,宛如璎珞宝盖,天花飞舞,泛彩流光,奇丽非常。他独坐在一块天生的水晶石上,小和尚正坐在他的身前,手指着一圈佛光,将二人一同围住。大家打坐之处,就在他对面不远石钟乳下,原来便和我们一起。法力如此神妙,不可思议,怎不令人惊服呢!

"我们随即告辞起身,到了妙相峦前,果遇妖人倚众行凶,诸位同门也相继赶到。原来小和尚并不限定两天,只等他事一办完,立可赶来。既有会心,必能知他底细。今已差不多一日,只等小和尚一来,就可问出他到底是哪一位老前辈了。"

众人正听得有兴,忽听铜鼓咚咚,杀声甚急,由湖心中隐隐透出。方、元二人倏地一惊,飞身赶将出去。众人料知有事,也忙相继追出。易静忙道:

"敌人厉害,邪法难测。我们还有六人中毒,未曾痊愈;外层禁制又为紫郢剑所破,门户无异洞开。为防万一敌人侵入,不可无人守护。二甄师弟与鼎、震二倌,均擅穿山行地之法,如听我传警,湖上禁制多半失效,速带六人冲开后面石壁,先后遁走。"甄、易兄弟四人应了。易静说完,也自追出。

方、元二人正在湖面行法,湖面上灵旗招展,湖心圆镜又现。只见妙相峦那边红光突涌,黑气蓬勃,上冲霄汉,飞也似涌出数十亩大小一片暗赤云光。中现数十妖苗,以红发老祖为首,飞驰而来,飞行异常神速。镜光中望去,只见无数山峦峰岭,溪谷岩壑,迎着敌人来路,似电一般闪过,晃眼工夫,已被飞越百里远近。看那情势,正朝当地而来,知道一会便要到达。

林寒、严人英、金蝉、石生、秦寒萼齐声说:"这老怪师徒,分明是朝我们飞来。这里地方不大,外层禁制已无,只剩湖上这片阻隔,未必能将妖人阻住。看这来势甚凶,与其等他上门,还不如分出人来,迎上前去呢。"易、李二人也主张分人出山迎敌,说道:"万一不敌,再行退守,另谋抵御之策。敌人虽众,法力高下相差太多,除红发老祖一人外,均不堪一击。这样就是结局为老怪所败,也可挫其锐气,剪灭好些羽党,为世除害。"说罢,便令方、元二人速将湖上禁制略撤,同时放众人过湖应战。

方瑛一面催动法术,口中急道:"这使不得!我听那位前辈仙师说,这湖上禁制比起外层大不相同,威力要强得多。便算敌人能知奥妙,要想破去,也非一时半刻所能突入。照他行时所说,将来如有仇敌侵害,只能尽力抵御,挨到时候,救星便来;一性急,便要偾事。我们这石洞,原是整座石崖掘成,深厚坚固,不易攻破。洞外也设有极严密的禁制,与湖中禁制相生相应,神妙无穷,此时看它不出。等湖上禁制一破,或有敌人侵入,立即发动,全洞便为反五行先天真气封闭。对方便是天兵天将,多大法力,也能保住七日以内不致攻破。我们乐得以逸待劳,隔湖而守。等老怪师徒到来,看事行事:如觉能敌,再分人过湖与斗;稍觉不敌,退回时也方便。"

易静道:"元道友两次过湖,撤禁复原,俱颇费事。如等敌人临近,出入不更难么?"方瑛道:"先前因我二人俱都陪同来往,又当无事之时,禁法过于厉害,中有五行真精妙用。旁门大法,颇干天忌,又耗人真气,不宜常用。又以那位无名仙师恩德至厚,违之不祥,宁愿出入费事,也不稍微背信行事。现在大敌当前,事完便舍此而去,纵耗一点精血,也不相干。少时只要我二人有一人在此主持行法,诸位道友只在出时先说一声,愚兄妹看出是要过去,便可飞越无阻;退回时也是如此。全凭主持人心灵运用,既不必撤去禁制,也无须传授其法术。不过布置完竣以后,湖中镜光便隐,这里四外层崖遮蔽,诸位道友如若过崖迎敌,便无从观察。胜固无妨,万一匆匆退回,主持人事前看不出败象,一个心神照顾不到,即受误伤。否则,哪怕回时敌人跟踪追过,尽管同是一路,而一个入伏失陷,一个依然无事,进退均可由心,何难之有?"众人闻言,又见二人行法正急,方瑛说几句话的工夫,元皓已是面红汗出,不便相强,只得听之。

方瑛抽空把话说完,立即一同加紧布置。先是手掐灵诀,不住向湖中急画符箓。画完,双手往外一扬,湖面灵旗隐现中,便有五色烟光相继明灭。等到五行真气布满九宫,一声雷震,五方五色烟光复随灵旗一起涌现,合成一片氤氲,疾转起千万朵祥云,汇为繁霞,照眼生缬,笼罩在湖面之上。紧跟着,二人把口一张,喷出一片红雨洒向湖心。同时,各将手一指,又是一声雷震,湖心镜光倏地隐去。全湖霞光,锦云也似万千道电闪,一齐掣动,一瞥不见。湖面上依旧是清波浩浩,一片澄泓,清可鉴人毫发。方、元二人方始如释重负,走了过来。

元皓向众说道:"幸是适才回时,因外层禁法被李姊姊无心破去,又猜老怪决不甘休,多了一点心,将湖中预设的天视、地听二法一齐发动。果然老怪回山,重又召集徒党,大举来犯。只有一桩奇怪:由回来算起,时光又是多半日,老怪如何这时方始寻来?看那形势,又是由妖窟起身,直朝这里进发,令人可疑。也许老怪回山,觉出我们不可轻敌,另约了别的厉害妖人相助,事前并还探查出我们藏伏之处,不然,哪会如此?分明怀着必胜之念而来。我以前曾与他们对敌,虽是左道邪法,也实厉害。我想到时诸位道友先莫过湖,由小妹过去先试他一下,看是如何,再定行止。真要厉害,且挨得一时是一时,候到大援到来,一举成功,有胜无败,岂不是好?"

元皓先时也颇气壮,自从妙相岩一战,看出敌人委实厉害,不可轻视。因自己身有专御毒瘴神刀之宝,可以无害;再者,由层层禁制中往返飞渡,也比众人迅速容易,不必再另由人主持运用,故告奋勇,前往试探。众人不知她本一番好意,听她一面说敌人邪法厉害,不可轻撄其锋,自己却请当先出敌,语气好似有些轻视意味,虽未怪他兄妹骄狂,多半心中不服。内中又有好几个俱都身有异宝,以为敌人毒瘴、神刀虽然厉害,凭自己这几件护身法宝,至多不胜,也决不致有甚差池。适才几为邪法所困,乃是骤出不意,不知邪法底细。此时有了防备,上去首先准备好护身之法,当无受害之理。老怪自是难敌,且先多杀他一些徒党,一则去害,二则为六个中毒的同门报仇,岂不是好？众人中易静、癫姑、李英琼深知方、元二人对于本门向往情切，竭忠尽智，为众出力，说话天真，心实为好。林寒、庄易、严人英、陆蓉波、甄兑、甄艮学道年数较久，性又和善，火气早退，闻言随口应诺，不以为意。余人差不多俱都存有侥幸尝试之心，因身是客，主人相待又极忠诚，出力不少，并且易、林、严、庄等十来个功力较深的同门俱已齐声应诺，不便再说甚话，只得罢了。

说时迟，那时快，先后不过刻许工夫，湖中镜光一隐，加上危崖阻隔，来敌形影已不再见。四边山容清丽，岚光欲活，只见天光云影，树色众声，融汇出无限天机。湖上埋伏禁制又全隐蔽，水面上静荡荡的，看不出丝毫警兆。如非适才目睹镜光中所现形影，万万想不到这等清和幽静的境地，会隐伏有绝大杀机，一触即发。易静、癫姑二人久经大敌，终较老练，估计仇敌将到，见众人仍在聚立闲谈，纷向方、元二人询问说笑，一点不知戒备，各人面上又多半是杀气隐透眉宇，虽无晦色死气，到底可虑。方喝："仇敌行即到来，此次老怪重又大举，必有几分自信。我们不论过去应敌与否，均要小心，千万不可自满。"

话刚说完，遥听天风呼呼之声，由远而近。众人方各仰望之间，适才镜光中所见大片红云，已铺天盖地由左侧数百丈高的危崖之上疾卷过来，那来势比第一次对敌所见还要凶恶，大约来敌均经精选，不似以前之滥。外来的异派，除先会过的几个法力较高者外，又添了五六个男女妖人，着苗装的妖徒，不过二十余人。连一些外来妖邪，共只四十七人，看去俱非弱者。红发老祖已换了一身古怪装束：满头红发一齐披散，穿着一件孔雀翎毛织就的短衣，一条短裤，左臂偏袒，双腿到脚一齐赤裸。另披着一件其长过人的红斗篷，不知何物所制，薄如蝉翼，光色鲜艳异常，后半拖出老长。周身俱是红云围绕，背上插着三叉一刀，左肩另挂着一个黑漆葫芦，腰间还佩有革囊、宝袋之类。左右各有一个手持长幡的妖徒，内中一个正是那雷抓子。下余众妖徒和外来诸妖人，俱都相随在后，宛如百丈火云簇拥着数十个妖魔鬼怪，分外显得狞猛威武。

金、石、秦、廉诸人，方欲开口喝骂，元皓拦道："有这禁制阻隔，我们能见他们，他们不能见我们。也许一时观测不透，还有妖人上当呢。"

众人闻言，定睛一看，果然众妖人到后，只在红云拥绕之中，沿着三面危崖和湖边一带疾转如飞，似在搜索敌人情景。不时又各把手一指，便有一片妖光魔火，朝所疑之处飞去。等看不出有甚征兆，又往别处搜索。枉叫那些古木竹林遭殃,吃妖火毁去不少,别无一点反应。众妖人好似奇怪,渐渐分散开来。红发老祖侧身停立空中,手掐灵诀,口诵邪咒,血红色的光华,乱箭一般四下乱飞了一阵,面上神情忽变,好像有些省悟。

妖徒雷抓子报应已到。他本和两外教妖党乱施邪法,四面穷搜,因有禁法妙用,湖形已隐,幻出一片又高又峻危崖,但是形状丑恶,草木不生,极不起眼,又当来路之右。众妖人多以为敌人巢穴是在正面,只和以前外层山景一样,吃隐形法蔽住,仇敌藏在其内,不敢出斗,一味向正面和左面进攻,不曾十分留意。偶朝湖这面发出一些魔火妖陷,又吃禁法阻住,暗中消灭,急切间全未觉出有异。这时不知怎的,和乃师一样,竟会看出破绽。雷抓子贪功心盛,还未等红发老祖发出号令,便和两个外教妖人各施法力,一面发出飞叉、飞剑开路,一面忙纵妖光朝前冲去。本心恃有乃师后援和同行二妖人的法力,心料敌人如若自问能胜,早已出敌,再说先前也不至逃走。便想乘峨眉诸老闭关清修,仇敌无处求援之机,多杀些人泄恨,使双方仇怨日深,不可化解。生怕师父耳软心活,为了四九重劫,转与正教暗中结纳;又与白、朱二老至好,事闹这么大,非出本心。适才回山,尽管痛恨,听口气已是大为后悔。本就心中畏怯,迫于无奈,到了紧要关头,再来两个挟持得他住,如白、朱二老之辈,软硬齐施,若一劝说,就许忍痛屈从,变了初心。所以稍见有隙可乘,立以全力施为。那同党二妖人,更是受人重托而来,巴不得乱子越大,不可收拾才称心思。加以本身法力也实不弱。于是三人合力往湖这面猛然一冲。

对岸方、元二人料定有此一举,早有准备,安心要他入网。对于雷抓子,更是仇人相见,分外眼红。见他同两妖人冲来,忙即行法,将禁法略微开放,诱他进入。雷抓子和两妖人哪知就里,只当寻常道家禁制以及隐形之术。一见飞叉、飞剑妖光到处,冲荡起千层霞影,错认禁法将破;同行二妖人又由远方初到,平素骄狂自满,还没有和峨眉诸弟子见过高下,哪知利害。三人不约而同,各纵遁光,奋力前冲。红发老祖原也看出左侧有禁法隐伏,方想观察深浅,行法试探,妖徒等三人已经冲进。一眼瞥见对面现出霞影千重,散而不乱,便知不妙,忙喝:"徒儿们速退,留神入伏!"雷抓子等三妖人闻言心方一惊,身外霞影已由分而合,将三人一齐包没。当时身上一紧,眼花撩乱,所有邪法、妖光全失效用。知道不妙,忙想退回,已是无及,一片金光裹上身来,人便失去知觉,金光再裹着一绞,一齐惨死,尸骨无存。外面众妖人只见三人身影被金霞卷去,耳听一片水火风雷之声响过,金霞一闪即隐,仍复原状。

红发老祖看出内藏先天五遁禁制,三人必已形神皆灭,气得咬牙切齿,高声咒骂。侧耳细听,对方终无回应,料定敌人负固不出。这五遁禁制已极神妙,不易攻破,恐还有别的妙用藏在其内,尽管暴跳如雷,终不敢冒失行事。明知仇敌俱是一些末学新进,无名后辈,胜之不武,不胜为笑。无如事已至此,连次挫败丧亡,已成奇耻大辱。来时原因适才追敌归途,发现这一带山形忽变,看出以前有人行法隐蔽,今始现出全貌。自己所居密迩,这多年来竟被瞒过,对方法力可想而知。更没想到对方隐此多年,竟会是仇人一党。因觉山中空虚,恐有别的仇敌乘虚而入,赶紧回驶,未及来探。回到神宫,运用玄机一占算,不特行法隐蔽山形的与仇人利害相关,所有逃走的仇敌全数在彼藏伏,连那失去的五云桃花瘴与此也有关联,怎能不急怒交加。因卦象先凶后吉,颇有伤折,特意加功戒备,把生平所炼几件得意法宝全都带上。满拟仇人多高法力也难抵挡,何况多是一些初出山的后辈,哪知一到便将爱徒和二妖党葬送。事已至此,除却一拼,更无善策,越想越愤恨。

红发老祖急怒攻心之下,忙命诸徒党先勿妄动,等自己试探明了敌人禁法是何来历,破去之后,再作计较。说罢,越众前立,面对三妖人丧命之处,扬手先发出一大片雷火,朝前打去。雷火到处,又变了一番景象:对面危崖忽然隐去,化作一片混茫,青蒙蒙浮空一片,不见边际。当中涌起大蓬黑烟,迎着雷火只一卷,便同没入青霭之中,隐闻风水之声,无影无踪。

红发老祖以为看那地形,决不应是平地,必是敌人洞府所在山崖之内,没想到那是大片湖荡。一见变幻如此神奇,又以所发雷火虽非正教诸长老太乙神雷之比,却也具有极大威力,吃黑烟一卷,竟如石沉大海,杳无踪影,用尽目力查看,也看不出对方地形虚实,不禁大为惊异。以自己的法力,虽然迟早可破,但却不会容易。上来已先受挫,如何还再冒失?

红发老祖强忍愤怒,把主意想好,命众妖徒再往后退,且停高空,不要降落,以防万一敌人挪移阵势,又中暗算,任自己一人施为。随向前面瞪目厉声喝骂道:"无知鼠辈,小狗男女!你们以为这样禁制,便可深藏洞内,缩头不出吗?既然自恃伎俩,犯上骄狂,就该速急现形纳命,还可分别首从,专杀两次行凶的小狗男女;不动手的,还可勉强各留一命。如待我破法直入,扫灭巢穴,玉石俱焚,形魄齐受诛戮,悔之晚矣!"众妖人也同声喝骂不止。

湖对岸诸人看得逼真,见妖人狼狈急怒之状,俱觉好笑。元皓笑道:"妖人说话举动,我们俱可闻见。他看我们这里,只是一片青雾,随着妖法来攻,不时卷起各种颜色的云霞烟雾,连湖水休想看出,说话更听不到了。这等哑斗,任他辱骂,有甚意思? 莫如把声音传将过去,和他对骂,然后再把这湖现出,索性气他一气。诸位哥哥姊姊,你们看好么?"众人多半喜事,除易静、林寒、庄易等六七人外,俱都赞好。方瑛道:"妹子又要多事了。由他骂去,使他莫测高深,静等一二日的难期挨过,岂不是好? 老怪法力颇高,虽然仙法神妙无穷,急切间决不致被他冲过来,到底多一事不如少一事的好。"英琼接口道:"按说我们并不怕他,不过照掌教师尊仙示,应劫之人好似不止先前六人;那位前辈仙长别时又是那等口气。恰巧湖上设有禁制,乐得谨慎,多挨些时,以待制他之人来此。不过我们初次下山行道,便任妖孽挑战辱骂,既不出敌,也不还口,也是胆怯。我已恨极老怪师徒,再看一会,还要过湖与之一斗,还骂几句,有何妨害?"众人也多随声附和。

癫姑便问方、元二人:"仙法是否隐蔽好些?"元皓道:"无名仙师行时,也未说出敌人是谁。只说湖上禁制仍有破法,但是由湖上到洞口共有七层禁制,层层相生,多高法力的人,也非一日半日所能破去。等他破完,救援恰也到来,我二人便可随同走了。我意现出无妨,便因如此。"癫姑本也不喜这等哑斗,笑答:"既是这样,那就现出好了。"林寒和陆蓉波同声劝阻道:"我看老怪正识不透仙法奥妙,我们如不现形出声,他情急之际,必定百计千方尽力来攻。我们不特多看好些丑态,并还可以查知妖人师徒法力深浅,岂不是好? 单是出声还口,虽然激怒,无甚意思,尚无害处。如若将湖面现出,以老怪的多年修为,总可看出一点端倪。最好仍是置之不理;否则,也等他试探出仙法来历,隐与不隐无足为重之后,再现不迟。"

要知后事如何,请看下文便知分晓。

第二三一回

布阵遏妖氛　霞影千重由地起
飞身援道侣　彩云一片自天来

易静、李文衍、严人英赞成林寒等人的主张。金、石、甄、易、秦、李诸人不便坚持,只请方、元二人将声音传过去。方瑛笑道:"老怪不比寻常妖人,如果传音出去,我们自己说话,便要留神,防他听了去。"元皓道:"我们要商量甚话,不会把声音隔断再开口么?快把仙阵移动,大家先还他几句。再待片时,我还要过去斗他一斗呢。"方瑛道:"妹子总是好事。有诸位高明道友在此,尚且持重,要你过去做甚?"元皓道:"我早记住以前暗害我们的那几个妖徒,只姚开江、雷抓子和一个紫脸凹鼻不知姓名的昨日漏网,未被诸位道友杀死。你看对阵,除紫面妖人外,连姚开江这厮也夹在妖人队里随了同来,分明报应临头,自来送死,实实气他不过,所以我非过去不可。我虽非老怪敌手,如出不意,突然飞越过去,专杀这两个妖人,十九可以成功,你莫拦我。再待一会,看看老怪到底有甚拿手,我便过湖去了。"方瑛笑了笑,随将阵法略移。

众人在旁,闻言重又勾起前念。又见对岸只红发老祖当先行法,同来妖人俱都停空未下,又不敢近前,只在后面厉声辱骂,语极污秽凶恶,不堪入耳。益发引起公愤,俱恨不能飞过湖去,一体诛戮,才快心意。中有几个身有异宝、不畏毒瘴妖法的,更是跃跃欲试。不提。

众人问答之际,红发老祖已连施各种法术进攻。只是才一施为,对面霞影云烟一卷,便同投入青雾之中,不知去向。末一次还折了一件法宝,不过在烟光中多卷了卷,忙即收回,已是无及,终被吸去。为时已是半日光景,正在愤急,意欲一拼。

忽然遥听对面喝骂道:"无知老怪!自恃天狗坪布下三百里方圆恶阵,又仗有毒瘴、妖刀,便欲恃强横行。前者我们虽然误伤你师徒,实是你家教不严,纵容妖徒与妖妇同恶相济,自食其果,何况又是事出无知。我掌教真人看在白、朱二老前辈面上，又念你修为多年不易，好意给你脸面，命人持函安慰，免伤和气。谁知你听信妖徒谗言，任怎分说，非倚势行凶不可，终于自取灭亡。先在阵中丧了若干妖徒，又把由鸠盘婆那里借来的妖幡失去两面。我们念你年老昏庸，受人之愚，未与你十分计较。

"昨日有我同门师兄弟数人，路过妙相峦左近，本是无心路过，全不相干。哪知你门下妖徒约了好些外教妖邪，埋伏在彼，无故上前截杀，重又兴戎。你这老怪，正起贪心妄想，将前日我们故意遗失的紫郢剑攫为己有，闻报不急出援。却不想本门镇山之宝，岂尔区区妖人所能保有？剑主人一举手间，神物便自飞回，你却差点没成残废。而且这一耽延，白白多送了好些妖邪狗命。你那辛苦炼成的千年蘘荷，却被我乘隙盗去。敌人深入腹地，盗走你的灵药，宛如探囊取物，往来妖阵，如入无人之境，你竟是一无所觉。夜郎自大，岂非无耻？

"后你追出行凶，乱发毒瘴，妄施邪法。我们本不难将你所有妖徒党羽一齐诛戮，留你一人，迫令归善。因有六位同门匆促中不曾觉察，误中妖毒，暂时退走。恰有两位道友在此隐居，正好用你自炼灵药就近医治，现已复原，无一伤害。你却伤亡多人，胜败强弱早已分明。你竟不知悔悟，又率徒党妖人上门送死。

"你见我们暂时不出应敌，是怕你么？实对你说，我这两位朋友也是你的仇人，隐此多年，静俟你师徒恶满数尽，始行发难。因为妖窟密迩，特用仙法将左近数百里山形全都变易，隐却真形。又在洞府前面设下仙阵，等你到日，自行入网。你近在咫尺，竟无所知，即此而言，法力已分出高下了。今日本拟直捣妖窟，为了良友重逢，不愿为此败我们的清兴，特意现出前面山形，诱你自来，并在洞前设下仙阵阻隔。我们在洞前石坪之上，以逸待劳，设下酒宴，看你师徒叫嚣丑态为乐，权当下酒之物。

"眼看四九重劫便要到你头上，如自知悔悟，急速缩头回去。我们念你和掌教师尊有数面之缘，又受妖徒蛊惑，非出本心，还不肯过分为难于你。异日相遇，对你门下妖徒和诸异派妖邪，虽然未肯容恕，对你尚还客气。再如执迷不悟，你不等四九重劫到来，便恐不免身败名裂了。

"真如不知进退，你们也不必猴急，有本领将仙法破去，自然与你相见。如其不能，到时也自会有人过来，先给你那些同来的妖邪一个厉害。你纵为左道旁门，也曾修炼多年，就该有理说理。自己法力不济，干生气着急，无可奈何，却令众妖孽极口狂吠，猪狗不如，有甚用处？"

红发老祖和众妖徒一边行法喝骂，一边把敌人的话听了个逼真。因先前匆匆赶回，半路发现山形忽变，回宫一算，查出敌人踪迹，又复匆匆赶来，灵药失盗一节，尚未发觉，闻言又惊又急。对方话更刻毒，除乱骂外，还不出一句理来，直气得怒火攻心，暴跳如雷。红发老祖毕竟修道多年，虽以护短，耳软受愚，一时仍知利害轻重之分，连遭挫败，已悔当初失策。再吃癞姑一顿好骂，益发愧悔万分。然而挫辱太甚，势成骑虎，气愤难遏，誓欲报复，不与仇敌两立。只在心中盘算如何施展毒手，报仇泄愤，岂顾自己的身分。口头上除鼠辈、小狗男女外，始终未说出别的恶言。身后诸妖邪徒党，看出阵法厉害，敌人定知不是红发老祖敌手，负固不出，恶气难消。对方又有不少女子，妄想用些极污秽淫恶的辱骂，激其出战。于是变本加厉，骂得格外难听。有几个教外妖邪，更怂恿众妖苗与自己一起，脱去衣裤，赤体辱骂，污言秽态，无所不至。

红发老祖也渐觉这等行径实在不堪，因行法正急，无暇回看，又不愿给敌人听去长志。正想暗中传声，令众妖徒稍改口风，耳听对方有两三女子口音喝道："这类妖孽，均非人类，不可以人看待，只索诛戮，哪有许多话说？"红发老祖正准备好毒手，还未及发，闻言心喜仇敌受激，行即出斗，便不再阻止妖徒辱骂。运用神目，全神贯注于对面青雾之中，引满待发，只等人影一现，即下毒手。忽又听见一女子接口道："你看老怪物眼注我们，似要冒出火来，必有诡谋。师妹们不可造次，我们在此安如泰山，乐得看他师徒献丑，譬如一群猪狗，理他则甚？"另一个道："易师姊说得极是，就过去诛戮他们，也不必忙此一时。"

红发老祖只当敌人欲行，又被别人一拦，心方失望愤恨，猛听连声惨啸，身后忽然一阵大乱。疑是山外来了敌人，忙即回顾，就这一转脸的工夫，猛听对阵疾风飒然，知来暗算，不顾再看身后，赶紧回脸重看原处。只见眼前光彩一闪，对阵青雾中突然涌起一幢彩云，当中裹着一个女子。刚喝得一声："贱婢！"猛觉眼前又有两丝银芒一闪，知道来人正是秦氏姊妹之一，用弥尘幡护身，用天狐所传白眉针暗算。红发老祖心中一惊，情知厉害，哪还再顾行法伤敌，慌不迭运用玄功，将气穴七窍一齐闭住，纵身飞起。哪知秦寒萼知他玄功奥妙，早打好乘隙出击之策。白眉针一发七根，分上、中、下三路同时并发，骤出不意，来势万分神速，一任应变机警，仍未避过。总算红发老祖前在紫玲谷见过二女，又知此针来历十分阴毒，不管能否避开，赶紧先闭气穴七窍，又急运玄功，才未被深入气穴，顺着气穴运行，直刺要害。可是七针全打中了面门、肩胸等处，深嵌在皮肉层里，只要气穴一开，仍顺穴道向上逆行。除却陷空岛吸星球可以吸出而外，只有运用本身真火将它炼化，但非当时可了。红发老祖再想迎敌已不可能，咬牙切齿，朝着寒萼目眦欲裂，狞视了一眼，怒吼一声，红光一闪，便往崖外遁去。逃时，瞥见身后早有八九个敌人现身，满空光华电舞虹飞。同来诸徒党又伤亡了十来个，余下的正在苦斗，但都是教外妖党，门下妖徒已剩不多几个。当时报仇心切，身上又隐伏危机，势已至此，不暇兼顾，百忙中看了一眼，仍然匆匆忍痛飞走。

原来那先飞过湖的，乃是元皓为首，同了李英琼、癫姑、金蝉、石生、甄艮、甄兑、易鼎、易震、向芳淑、李文衍等十一人。先是众人因听妖邪辱骂，起了公愤，非过湖诛戮，不肯甘休，易静、癫姑再三拦阻不听。后才商定，说众妖邪虽不值一击，老怪十分厉害，由易静做主，选出英琼等几个身有异宝护身之人前往。由元皓率领，借着阵法掩蔽，由湖口左边月牙一角偷渡过去，绕过红发老祖之后，骤出不意，各施法宝、飞剑，猛向众妖邪进攻，稍一得胜，立即飞回，用意只是给众妖邪一个惩创。本定没有南海双童和向、李、秦三人，嗣以六矮弟兄未下山时便有成约，行止祸福与共，不能分开，六人坚欲同行。易静、癫姑见甄氏弟兄面无晦色，虽无防身法宝，但精地遁之术，到了危时，可由地下遁走，只得依了。哪知向芳淑、李文衍二人，一个贪功，一个好胜，自以入门年久，遇事耻居人后，又各自恃持有防身之宝，只要事先留神，决无妨害，也坚持非去不可。易静、癫姑和向、李二人新始同门，不甚亲密。尤其李文衍入门年久，本是先进，开府叙班，却在自己之下，平日神情淡漠，不便过于劝阻。向芳淑又是力言无碍，只得听之。

秦寒萼原本首告奋勇，易静、癫姑因乃姊紫玲别前数日，再三当面嘱托，随时照护，寒萼也颇敬重自己；又见她面上煞气已透华盖，比谁都重，料知凶多吉少，所以再四劝阻。寒萼口虽应诺，心已怏怏。及见南海双童也得同行，向芳淑、李文衍均不听命，越发不快。又见李文衍暗使眼色令行，二人本来一见投机，私交甚厚，心想："易静等多虑，自己身有弥尘幡，毒瘴尚且不畏，还怕妖法不成？"寒萼略微盘算，决计起身，也不与众同行，只同易静说了句："我去看看，稍见不妙，立即飞回。"说罢，一纵遁光，便驾弥尘幡飞走。好在阵法有方瑛主持，通行无阻。快到对岸，忽想起擒贼先擒王，身旁现有白眉针，何不取用？想到这里，算计众邪在红发老祖身后，尚有里许之遥，元皓等一动手，红发老祖必要回顾，反正双方仇已不解，如能乘机用此针将他除去，岂非体面之事？便把云幢暂停。望见众人剑宝齐施，同时也诛戮了好几个。

红发老祖不知众人已然暗中飞渡过来，后半易静等问答劝阻的话，乃因见他面湖凝望，以为说的全是诈语。正注视间，忽听身后悲啸，忙即回顾。寒萼乘他心神分散之际，急催云幢，由青雾中飞出，一照面，便将白眉针发了七根出去，居然侥幸成功。按说以寒萼的功力与红发老祖相比，相去无异天渊，骤出不意，一时侥幸建此奇功，本应得意，不可再往，见机速退，也可无事。偏见众同门打得热闹，见猎心喜，忙催云幢飞将上去，一面放出飞剑，口中大喝："老怪已为我白眉针所伤，遁逃回去。诸位师姊师兄，切勿放这些妖孽漏网。"

癫姑、李英琼等人，本定小胜即回，也因寒萼一来，见红发老祖败走，这些妖物正好诛戮，略一恋战，不舍即去。却不想蜂虿有毒，何况对方玄功变化，那么高法力，岂有受此重创奇辱，不谋报复之理？残余众妖人中，有好几个俱是五台、华山两派的能手，因从别处闻风赶来，当日才到红木岭，与红发老祖师徒会合同来。法力既较妙相峦前所杀众妖苗要高得多，又值峨眉开府以后，诸长老便闭洞炼法，门下弟子都是新进的多，遇到劲敌，后援无人。又值寒萼与红发老祖结仇，欲乘此时机报复，见红发老祖受伤遁走，虽然不免失惊，但深知他的身外化身神妙无穷，好些法力俱未曾施，必因白眉针厉害，想遁回山治愈了伤再来。仇恨愈深，决不善罢，必有毒手在后。此时一退，耻辱更大，俱想奋力抵御，挨到红发老祖去而复转，反败为胜，争回一点颜面。因此尽管众妖苗和法力稍次的同党死亡相接，兀自不肯退却，各以全力苦斗。

众人仗着法宝、飞剑威力，又是骤出不意，虽然一上去便杀伤不少敌人，剩下这些强的，只能略占上风，急切间却是奈何不得。众妖人又是志在后援，只守不攻，仗着遁避神速，知道敌人法宝、飞剑不可力敌，一味运用妖法闪躲防护，不特不易伤害，连残余的几个妖苗也被护住，难于伤害。

相持也就半盏茶的工夫，众人正在满空追逐，眼看好些妖法俱吃癫姑、元皓、李文衍、李英琼四人破去，众妖人伎俩将穷，伏诛不远，心中高兴，猛听高空厉声大喝："无知小狗男女！叫你们知道厉害。"同时眼前一暗，满天空俱吃血光笼罩，成了暗赤颜色，数十道妖光邪焰一闪即灭，对敌众妖人一齐失踪。

元皓、癫姑知道厉害，忙喝："众人速退，留神老怪邪法！"已是无及，只见弥天血氛中，有一个三尺许长赤身人影飞堕，只一闪，便朝秦寒萼飞去，来势神速,从来未见。众人过湖之时,原有准备,虽然大胜,对于防身之道并未疏忽。瞥见血光一现,知道红发老祖以元神出来报仇。男女门人早将护身异宝取出施为,十来道金霞祥辉,各色精光,纷纷激射而起。癞姑、元皓一见红发老祖明知秦寒萼有弥尘幡护身,仍旧先朝她飞去,知是来报白眉针之仇,如无克制此宝之法,不会如此。喊声:"不好!"忙同急飞过去,只见小人手扬处,便有一只亩许大小的血手影,抓向云幰之上。紧跟着右手指点处,一道比血还红的精光,长才尺许,电掣而出。二人越知不妙。癞姑首将轻不肯用的佛家降魔至宝屠龙刀飞出手去。同时元皓手扬处,又是大片青光,如箭雨般发出。说时迟,那时快,就在这双方施为瞬息之间,那云幰已被大手强自抓起。虽然秦氏姊妹仙传异宝未被抢夺了去,起得稍慢,癞姑屠龙刀和元皓的太乙青灵箭双双赶到,敌人知道厉害,未如初计将仇人斩成粉碎,但彩云波动中,化血神刀所化的血光,已乘虚侵入。只见云幰影里有一团明光耀处,寒萼一声惨叫,已受重伤。

红发老祖百忙中瞥见左侧二宝飞至,不暇再施毒手;又以敌人太多,来的二女,一有佛光护身,一有异宝护身,无法加害,如与相持,下余仇敌恐被遁走。心想仇人虽未碎尸,有此一刀也难活命。意欲索性施展玄功变化,出没隐现于敌人丛中,用化血神刀乘机多伤他几个。因此便不和二人硬敌,忙将神手、神刀一齐收回,身形一闪,便往右侧飞去,正好遇上向芳淑、李文衍二人。

向芳淑恃有金姥姥罗紫烟所赐纳芥环护身,又有前在秦岭得到的九烈神君所炼阴雷和师传仙剑,初生犊儿不怕虎,只图贪功。却忘了那纳芥环与别的法宝不同,须与本身功力相辅而行,功力越高,灵效越大。只因金姥姥钟爱过甚,怜她年幼心高,不惜以本门第一件至宝相授,以作防身之用。但因她功力不够,连上次遇到九烈神君之子黑丑,如非极乐真人相救,尚且几乎吃亏,何况红发老祖一教宗主,如何能以抵御? 偏生又和李文衍二人因为前在秦岭分取三才剑和该仙人遗留的至宝青蠡瓶,生了芥蒂,临敌之际,各不关心。李文衍以长门弟子,不甘落于新进之后,又以师传辟邪神璧足可防身,又加寒萼交情最深,看出危急,赶往救援,与向芳淑先后一路,红发老祖恰好迎头遇上。

这等战场,双方行动捷逾雷电。二女本是两不相谋,向芳淑一见小人影子朝李文衍迎面飞来,扬手就是一粒阴雷。红发老祖匆迫中不知易静没有出场,本心是想除掉易静、英琼罪魁祸首,意欲查看出二人所在,飞身赶往,杀以报仇。见斜刺里飞来两个没见过的女子，年轻的一个用纳芥环护身，必定是金姥姥罗紫烟的门下，附和仇敌来此，并没打算加害，不料迎面一雷打到。阴雷本就歹毒，又经极乐真人仙法炼制，加了妙用。初发时，只是豆大一粒淡绿光华，全不起眼。一与敌人相撞，立即爆炸，威力至猛。这时满天都是光焰弥空，彩霞匝地，到处电舞虹飞。红发老祖法力高强，又以元神应敌，不畏受伤。由寒萼身前往侧飞遁时，瞥见敌人所用法宝，无一不是仙、释两道中的奇珍异宝，心虽惊异，正在查看易、李二人踪迹，做梦也没想正教门下会有这类专一克制元神的魔教中所炼阴雷。等见绿光如豆在眼前一闪，方觉奇怪，飕的一声，碧焰星飞，已被打中爆裂。如非修炼多年，功力深厚，就这一阴雷，纵不致将元神震散，也必受重伤无疑。红发老祖骤中暗算，不禁暴怒。二女相次飞近，也没看清何人所发，急运玄功变化，血影一晃，神手和化血神刀同时施为。李文衍飞得较前，一见大手抓到，心中未免胆怯，想逃已是无及，护身宝光先被抓去，心中大惊，慌不迭身剑合一，往旁遁去，左臂被刀光扫中。幸得英琼和金蝉、石生三人由斜刺里疾飞过来，这些至宝奇珍，只有他三人最强，并还具有克敌威力。

红发老祖见不是路，收转神刀，掉头飞去，又和向芳淑成了对面。其实红发老祖颇畏阴雷，先前元神已受小创，芳淑如果连发神雷，红发老祖忙于抵御，势子缓得一缓，英琼、金、石诸人便可赶到，李、向二人均不至于受伤。芳淑也非坐观成败，只因李文衍平日口气颇傲，适又争着出战，以为她本门先进，法力必高，心又不甚关切，既想看她法力深浅，如何抵御，又想乘机取巧，给敌人一点苦吃，以致两败俱伤。瞥见李文衍失去护身法宝，负伤遁走，心方一惊，敌人神手、神刀已同时飞到，和李文衍一样，纳芥环先被夺去，化血神刀相继飞到。

这时场上诸人，因易静在隔湖传声遥唤，连命速退，南海双童首先由地底遁走；易氏弟兄素日敬畏姑姑，不敢违背，也驾九天十地辟魔神梭飞回崖去。

元皓、癫姑见寒萼受伤，料知凶多吉少，不敢再追敌人，忙抢上前，接住一看，寒萼身在宝相夫人内丹宝光笼罩之下，虽尚未失知觉，只是左膀中了一刀，但面如金纸，人已一息奄奄。总算弥尘幡灵异，二人应援又快，未被夺去。知道此刀中上，按着各人功力，至多对时必死，还有好些禁忌，恐有差池，只得由元皓护持着，同驾弥尘幡送了回去。

癫姑忙再回看阵中李文衍和向芳淑，也为化血神刀所伤。同门义重，向芳淑更是至交,危急之际,不由动了义愤,忙持屠龙刀飞身往援时,忽见一道金光,如神龙倒挂,刺破弥空血焰邪雾,自天直下。光中现出一个少女,正是齐霞儿,手持一鼎,鼎口内射出百丈金霞,电驶飞堕。向芳淑的纳芥环已然离身,腿际已吃刀光扫中,因不舍那纳芥环,一面纵遁光欲起,仍在咬牙切齿,运用法力,想将法宝收回。本来形势危急万分,霞儿一到,口喝:"老前辈手下留情!"说时,鼎口中金霞已朝那大手射去。红发老祖骤出不意,忙使法力抵御,微一疏神,纳芥环便脱手飞去。向芳淑不知此刀厉害,这一猛用真气,双足齐断。霞儿一手代将纳芥环接住,金光往下一沉,就势抢了断足。喝声:"大家速退!"率领众人,便往湖上青雾之中飞去。

红发老祖见状大怒,正欲穷追,癫姑屠龙刀恰好飞来挡住。对湖易静诸人,见同门受伤,也动了义愤,率领林寒、庄易、严人英等功力较高的几个,赶来接应。易静当先把专破元神的散光丸、弹月弩发将出去。霞儿挥手一挡,一同护了两个伤员,齐往雾中退去,晃眼无迹。红发老祖正想用玄功变化暗算癫姑,忽见易静现身,二宝飞来,不得不闪避,缓得一缓。癫姑闻得霞儿催回,也就乘机收回屠龙刀,遁退回去。

红发老祖虽然伤了三人,自己也连受了几次伤,但白眉针之仇算是报过。只是被他认作祸首的易、李二人,一个也未伤到。敌去以后,将运用法术隐蔽遁去的众徒党召集回来,一点人数,这次随来的十八名门徒,只剩了七人,内中还有四人受伤。连前后三次计算,长次两辈门徒伤去大半。几个功力较深,也最心爱的全都葬送,一名不留,并十之七八形神皆灭,连想炼元神都不能够。最难受的是姚开江、洪长豹两个爱徒,以前遭劫,一个丧了元神,一个丧了本体,逃回山来,自己怜他们相随了多年,费了许多心力,为他们祭炼元神、法体,好容易日见功效,眼看再有一年便可复原,这次也同归于尽。各异派中人,死的也有三十个以上。焉能不怒气冲天,恨逾切骨。红发老祖一面行法给众治伤,一面厉声喝道:"我起初因愤贱婢无礼,不过略施警戒,谁想她们用心如此狠毒猖狂。此仇不报,誓不为人!适才一时大意,为小妖狐白眉针打中。今番我以元神行法,任他峨眉小狗男女持有诸般法宝,也莫奈我何。尔等且退一旁,等我上前,施展无边法力,将这些小狗男女一网打尽。然后再约集各方道友,同往峨眉去寻诸老鬼算账便了。"

话刚说完,忽听对面齐霞儿遥应道:"老前辈暂息怒火,听我一言分述。家师前以门人无知冒犯,不问动机如何,对于尊长,终是失礼。为此特命易、李二师妹持了家师手书,登门赔罪,理并无亏。修道人不打诳语,今日之事,家师实早算定。老前辈耳软心活,易受谗言。门下诸高足久与各方妖邪勾结,只碍着老前辈为人方正,又与家师及白、朱二老前辈交往,日近正人,不能为所欲为。令高足不知自身恶贯满盈,难得有些嫌隙,正好蛊惑师长,乘机与峨眉反目成仇。事情一起,早已全体勾结,百计发难。内中只有一二明达,知道利害轻重之士,无如势孤,慑于众人淫威挟持,虽有忠言,不敢倾吐。何况令高足们大劫已临,甚或累及师长。所以易、李二师妹无论如何卑屈小心,也是难于挽回这场劫数。家师既顾到朋友之谊,又以尊卑之礼不可以废,不得不尽此微心,欲以人定胜天,作那委曲求全之想。

"易、李、周三徒追戮妖妇蒲妙妙,原是分内之事,只为令高足们祖庇妖妇,倚众行凶,始肇争端,本来无罪。就说一时无知,冒犯威严,也属无知误犯,情有可原。自己门人,自然也不愿她们无辜陷入虎口。纵然为尊者屈,也须有个限度。家师为使情理两尽,未来以前,命在依还岭上炼法四十九日,以防令高足们陷阱深密,群起加害。老前辈受谗已深,不加制止,反为张目,实在令人不解。

"本来开府之后,传授法术耽延了些日,中间又有铜椰岛之行,所以来得稍晚。易、李二人到时,知道拜关求见,令高足必出阻止,不特见不到老前辈,甚至难免凌辱威逼,又起杀机。如有伤亡,岂不有违初意?暗中潜入,又是于理不合。只得略微行权,先向守关侍卫求见,等其开门放入,立用隐身法通行全阵,直达红木岭下再行现身。令高足们全体合谋,计周网密,因恃阵法严密,来人无由飞渡,独忘了嘱咐守关侍卫。仙山地域广大,洞府众多,又未禁与外人来往。各派妖邪平时入山,侍卫认作常有之事,因得混进。起初,秦、雷二高足严令亭中守者不为通报,易、李二人才以传声上闻。初意老前辈必能烛照是非,念及以前冒犯出于无知,予以宽大,即或宿怒未消,也只略加训斥了事。哪知谗言深入,老前辈受惑已甚,始而故不延见,继则大发雷霆,欲加刑责;令高足们又复纷起嚣张,百口辱骂。二人见已辱及师长,双方友情已绝,再加忍受,何以为人?只得在众高足倚众行凶、法宝环攻之下,往回路退走。

"二人本心只想回山,禀知师长,等家父炼法完毕,再由家父率领,前往仙山请罪。那时事出师命,休说吊打,百死不辞。此时受人一指,却所不堪。本心不愿伤人,无如阵法厉害,苦受迫煎。众寡悬殊,如不自保,便须丧身,还辱师命。后来老前辈又复亲临,威力更盛。没奈何,只得力与周旋,不再顾忌,脱身而去。

70

"至于昨日一战,乃是令高足约来异派妖邪,在妙相峦谷外埋伏。原意老前辈万一放走来人,他们便群起劫杀,不到双方成仇不止。恰值峨眉有三数门人,追两妖人路过,正合此辈心意,合力夹攻,法力又是不济,以致伤亡多人,又将老前辈惊动出来。峨眉众同门因师长闭洞炼法,奉命行道,惟恐自身力弱,各有求援之法,相约互为策应。同门义气甚重,一人有事,各方齐集。有的无心相值,有的行法窥见,看出对方人多,纷纷赶来相助。自来兵凶战危,已成仇敌,胜生败死。老前辈尚且大显元神,放出五云毒瘴,必欲全令惨死,他们尚复何忌,怎能怪他们心狠猖狂?

"即以今日之事而言,他们避居方、元二道友这里,本心将昨日中毒诸人治愈,即行离去。仍是老前辈意欲斩尽杀绝,昨日穷追未获,徒损至宝,枉费了多半日心力,今又杀上门来。如不勉力应付,人非至愚,孰甘任人宰割?应敌乃是人情,亦难为罪。现在双方仇怨虽已结成,吉凶祸福仍贵知机。须知已死令高足们勾结外邪,蒙蔽师长,肇此惨祸,虽属劫数难免,实亦死有余辜。

"现在劫数已应,老前辈人本正直,受愚一时,非出本心。尚望平心静气,酌情度理,衡量利害轻重,是非得失。即使诸后辈罪在不赦,也俟家父及各位师尊炼法完功之后,前往告知。峨眉教规素严,门人有过,只要来人所说当乎情理,决不姑容。以免尊卑相对,胜之不武,不胜为笑。万一后辈无知,再冒威严,更伤和气。再如因此招致别的妖邪乘虚而入,欲收渔人之利,更不值了。愚直之言,敬希明鉴。"

红发老祖听霞儿一说,也颇动心。及见旁立诸妖人面上俱带鄙夷之色,再一想到身受的奇耻大辱,重又怒火上升,再也按捺不下。不等说完,便将妖法发动,同时取出法宝施为,往面前青雾丛中冲去。

齐霞儿说时,早向身畔取出一张妙一真人的纸条,与众传观。另外附有六粒卢妪所赠丹药。那纸条大意是说:

先后受伤九人,数中应有此劫。不久湖上禁制必为敌人所破,但众人只可进入内洞慎守,不可出敌,不消片刻,便有一前辈散仙来此解围。五云毒瘴与化血神刀均极厉害,中人必死。中毒诸人虽仗事前盗有灵药解救回生,但是元气大伤,幸有卢妪所赐灵丹,可用三粒分与大众,各服半粒,即可复原。化血神刀更是阴毒,也非此丹不救,剩了三粒,恰好应用。但是此丹只能保得不死,将所

71

断之处接上，终不能似陷空岛万年续断和灵玉膏，治这类毒伤巨创具有特效。必须三年零六个月以后，始得复旧如初。本来可以无碍，偏生后年端午便有一件大事，为众同门建立外功良机。如欲参与，便须去往陷空岛求取万年续断和灵玉膏。陷空老祖本来与我无怨，开府之时，并派他大弟子灵威叟前来观礼，照说似可求得。但是此老远隐北海穷荒，已历千年，性情孤僻，也非常理可喻。岛宫深居海底，为防外人扰他清修，禁闭严密，行动虚实，均难推算。仙府诸位尊长无暇及此，沿途恐还有阻。如往求药，可由众中推出数人前往，量力行事。对方虽也旁门水仙，多年来独善其身，不曾为恶。以礼往求，不允便罢，至多受伤三人少积一场功德，仍可修为。如不获允，无须强求。此老喜收义子，内中颇多妖邪，散居附近各岛，却非善良，眼前各异派妖人，难保不与之勾结。途中如有险阻，可往寻天乾山小男，必有道理。不时来的那位散仙，道法极高，恐有一事相难，此时不便与之相见。请众照书行事，自己必须离去，以免难处。

此外并注有六粒灵丹用法。

这时寒萼、李文衍各断了一手一臂，向芳淑是将双足刖去。伤断之处点血不见，只冒微烟。虽仗各人俱会玄功，强自运用真气，勉力挣扎，人已面如乌金，痛彻心骨。众人匆匆，立即依言分头行事。尚幸断落的手足俱已抢回，否则，仍非残废不可。向芳淑身有救命灵丹，先连服了几粒。秦寒萼持有乃母一粒内丹，也觉稍好。只苦了李文衍一人，伤势较轻，受苦却大，虽只不多一会，人已奄奄待毙。卢妪灵药端的神效，口服不怎显，治外伤却是灵极，也不用甚方法，只将药嵌在伤处，断肢便接好，一口真气吹上去，立化一股五色彩烟，异香扑鼻。将伤处裹好，眼看痛止，污血流出，自然生肌接骨，皮肉长合。一会便渐平复，精血也已通行，只不能运用真气，一切均与常人无异。中毒六人，本已回醒，服药之后，也觉灵府清明，心身轻快，有异寻常，俱各大喜，起谢众同门不迭。

治愈受伤九人，霞儿也把话说完，向众略微叙阔，与方、元二人互相礼见，略微叙谈。另给易、李、癫姑三人留了一封小柬，道声："行再相见。"便要起身。

元皓道："老怪物不听良言，见我们退守不出，还当怕他。此时湖中禁制已全发动,不怕他来攻。反正是这么回事,正好借送姊姊为由,气他一气。"霞儿匆匆不知何意,含笑点头。方瑛想拦,元皓话已出口,只得如法施为,将阵势变化。一片灵旗招展中,五色烟光连变灭了几次,立时全湖现出。只是烟云变幻,光霞浮空,灵旗隐现,气象森严,备见仙法神妙。霞儿才他将九宫五行阵位,连湖面一齐现出。虽然敌人识破来历,也不易攻进,如似先前不令测见高深,岂不更好?方在寻思欲语,元皓手指处,一道长虹般的金桥已往对岸缓缓突伸过去,同时举手肃客,意欲相送。霞儿知道阵法已现,再隐无用,主人礼意殷殷,乐得借此让对方见点颜色也好。便把手一举,重向众人作别,往虹桥上去。元皓陪送同行。湖形一现,双方动作隔湖相望,无不毕现。

红发老祖正在大施法力,想将前面青雾破去,忽见烟光变灭,现出阵形,才知对面乃是一片湖水,上设禁制,自己枉施法力,分毫没法进攻。再定睛一看,两次所伤仇敌俱都无恙,正在指点自己,说笑不已。昨日中毒诸人,还可说是灵药被盗,因而获救;这化血神刀中人必死,多高法力的人,也耐不了一时三刻,一日之后,便化劫灰,尸骨无存,怎会当时救转?便陷空岛万年续断,也须数日始能复原,也无如此神速。正在又惊又愧,忽见水上又有一道金虹由对崖飞来,上有两人:一个是齐霞儿,一个是两次用太乙青灵箭伤人的仇敌,从容谈笑而来。看那情景,分明有心现出原景、飞桥送客,分毫没把自己放在心上,不禁勃然震怒。正待下手,耳听元皓娇声说道:"齐姊姊请行。你不叫我伤老怪物,只好不远送了。"说时,桥已飞到。

红发老祖心中愤急,身形一晃,化作一只血手影,想连人带桥一齐抓住;同时放出化血神刀,朝霞儿飞去。哪知金桥撤得比电还疾,手刚飞起,便已急收回去。湖上立有千百丈金光,夹着风雷之声涌来。红发老祖识得厉害,未破法以前,不敢冒进,只得含愤将血手收回。化血神刀刚飞出去,众妖人已各施威相助,一时烟光交织,法宝齐飞。霞儿冷笑一声,左手将鼎一举,鼎口内一声龙吟,飞出百丈光霞,将化血神刀敌住。同时右手一指,飞出太乙神雷,将四外烟光邪法,连同当空暗赤色的妖云一齐荡开,飞身直上。等红发老祖收回血手追赶时,只听霹雳连声,数百丈雷火、金光飞舞中,霞儿已化作一道匹练般长虹,破空飞去,一闪不见。众妖人和门下徒党围攻太急,没料敌人这等厉害,又伤了两三个,折却了好几件法宝。怒气填胸,无从发泄,把所有怨毒俱种在对湖诸人身上,誓不与之并立,重又去到湖边查看。

红发老祖先前连次无功,本已看出一些端倪,因见对方俱是峨眉门下,不应有这类法术,心中还在迟疑。及至元皓轻敌现出湖面,追敌回来,细一观察,果如所料,对方用的竟是奇门七绝恶阵,乍见大吃一惊。知道此阵共有七层禁制,中藏先天奇门五遁之禁,比起正教中的两仪六合阵,虽有正反顺逆之差,灵效威力俱都弗如,但以旁门法术来论,已是登峰造极,无以比拟。因此阵法逆运五行真气以为己用,上干造物之忌,习此法的人如非连经天劫,本身功力深厚,道法高强,便精此法,也轻易无人敢用。迄今各异派中长老,以及海内外散仙中有名人物,除却两个大对头外,只三四人有此法力。照此看来,对方必还另有旁门中的高人相助无疑,连日所遇那男女二幼童,大为可疑。据门人禀说,以前曾与之结仇,后忽失踪,只知是两个修士,始终不知他们的来历。看其所用法宝,极似对头门下,弄巧就许那五百年前所遇老怪又来中土,都不一定。幸是适才不曾冒失,否则吃亏更大。凭着自己法力和玄功变化,要将这七层禁制相继破去,并非不能办到。只怕万一对头藏在对面崖洞,阵法一破,突然出现,却是太糟。还有昨日收去五云桃花瘴,诱激自己穷追未获的那人,分明与仇敌一党,法力甚高,至今未见此人出现,更可疑可虑。

红发老祖想到这里,不禁又急又愤,方有一点气馁,再一留神查看敌人行迹,除在崖石坪上主持阵法的男女二幼童外,俱是昨日见到过的峨眉弟子,别无面生可疑之人在内。想起前情,再见敌人朝着自己指点嘲笑之状,重又勾动愤怒,暗忖:"那对头行事,素来强傲,目中无人,决不会令两幼童主持出面,自己却在暗中卖弄。性又古怪,不喜管人闲事,如若有心为难,必定寻上门来生事。他虽旁门,行辈最尊,威望法力,一时无两,万不会不惜身分,与峨眉门下这类末学后辈的小狗男女打成一片。并且此老已五百余年不履中土,怎会忽然来此讨好敌人?那男女二幼童也许另有传授,法术相近,功力却是太差。只要不是老怪物在此,任是何人,我也不怕。此时已成骑虎之势,再如畏难纵敌,此仇不报,不但多年声威败于一旦,也无面目再见门人同道。"

红发老祖念头一转,恶气大壮,便从法宝囊内取出五面妖幡,分五方五行掷向空中,与湖遥对;然后手掐灵诀,施展法力,布下一阵。一会布置停当,将双手合拢,一搓一扬,立时烟云滚滚,布满全阵,彩光四射,满空暗赤焰云,齐泛星彩,直似一片极鲜艳的浓血,将湖对岸天空掩了个风雨不透。湖水上空,却是星月交辉,碧空云净,两两相映,顿成奇观。

坪上众峨眉弟子见红发老祖所布阵势占地不大,满脸狞厉之色,在阵中

74

上下盘旋，往来飞舞，行法甚疾。除易静、癞姑等有限三四人，连方、元二人，因只知照那无名散仙传授，如法施为，也都不知厉害，反以为敌人连番施展邪法、异宝来攻，俱未闯入湖面一步。又见行法时那等急躁，颇似力竭智穷之状。尽管知道阵法多半会被破去，一则禁制共有七层，还未开始，就能破去，也费时费力，不是容易。又如阵法一经破完，还可避入洞中，那奇门五遁，重又相生反应，将全崖封锁，不久救援即到。即使不能如期而来，对方不过毒瘴、飞刀厉害，众人已有不少异宝可以抵御。只有那元神化血玄功变化，隐现无常，势逾雷电，法宝、飞剑稍微疏忽，或是功力稍差，便被摄去，容易受他暗算。现时不与对敌，也是为此。真要到了危急之时，如将众人剑光联合一起，同心同力，舍短用长，由英琼、癞姑、易静、金蝉、石生五人用牟尼珠、佛光及仙传至宝，将众人一齐护住，再用屠龙刀、弹月弩、散光丸、青灵箭等法宝向前夹攻，同时再把向芳淑的阴雷珠和几个法力较高的同门连发太乙神雷助战，对方多高法力，也无法取胜。斗上一阵，再若相持不下，或是有了败相，索性突围遁走。敌人不追便罢，如再穷追不舍，索性引往乙、凌诸人那里，叫他吃个大苦。互相耳语，计议停妥，自觉无虑，不特未以为意，反笑敌人情急。

众人正在互指湖对岸嘲笑，忽见红发老祖将手一指正南方妖幡，只听一片风雷之声过处，立有一大团雷火飞起，朝湖上飞来。才达湖面之上，方瑛比较元皓持重，虽也附和众人说笑，目光始终未离对岸，看出敌人用丙丁真火来试头阵，乙木青气所藏反五行的真金已被识破，笑喝："老怪物，你只知其一，不知其二。我这里正反五行，相生相应，还有癸水在内呢。"话未说完，手指处，湖上灵旗似走马灯般疾转如飞，一片青光电掣而过。跟着一片银霞涌起，迎着那亩许大一团烈火两下里一撞，倏地变为一片黑气，待向那火包没上去，意料敌人法术必破。

谁知那火球也暗藏五行变化，与银光一撞，便即爆散，分一为二。由火中激射出百丈黄云，反将黑气紧紧压住。同时那火也一同加盛，转眼布满湖心，将银光隔断，上下四层，互相包围，各不相下。方、元二人一见，才知敌人以丙火、戊土相生，来破头层金、水之禁。此中机密已被敌人得去，头层禁制已被占了胜着，除以强力运用，加增金、水之力，使多相持些时，并与敌人丙火、戊土同归于尽外，已然无法挽救。事出意外，不禁大吃一惊，忙即加紧催动阵法。一面仍以金、水二遁相抗，一面准备发动第二层禁制，以备接替。

红发老祖见敌人危机当前，竟能举重若轻，并不再化生别的遁法来克制这火、土二遁,只以本行真力相抗,意欲对拼,以致自己准备的破阵之法不能连续发动,威力已然减去不少。结果必然是敌人阵法虽破,自己的法术也与抵消同尽,那五面宝幡也必连带毁去,大出意料之外。照此行径和对阵妙用,分明又是老怪物的家数,与别人习此法者不同。想了又想,无计可施,只得听其自然,也忙加功施为,使丙火、戊土之力有增无已。

似这样相持有半个时辰,方、元二人尽管仙传法术神妙,终禁不住自然相克之性。湖面原本一泓清水,只有大小数十面灵旗浮空竖立,更无异状。自从双方一斗法,重又云光杂沓,灵焰飘空。这时灵旗已隐,全湖俱在黑气笼罩之下,上面压着密密一层黄云,云上一层银光,光上又是一层烈火,两两紧压,密无缝隙,层次分明,互为消长,上下四色,齐焕奇光。始而各不相下,渐渐烈火黄云势盛,黑气已快压向水面。

方瑛看出不妙,忙以全力施为,那数十面灵旗忽又出现,一齐展动。红发老祖见那灵旗所到之处,无论哪一层,全无所阻,心方惊异,黑气、银光突然加盛,向上涌起,颇有反奴为主之势。忙运用玄功,一口真气喷将出去,将手连指几指,烈火、黄云也自增强,上下挤轧,互发怒啸。

正对抗间,灵旗烟光变灭中,忽由水底激射起一道彩光,将四层烟光一起冲破,到了最上一层,似轻烟一般散布开来,将上下四层一齐包没。红发老祖方觉不妙,未及施为,紧跟着惊天动地似的一声巨震,里外一齐爆散,化为千万缕红、黄、银、黑四色彩丝,满空飞射,一闪即灭。红发老祖见又折了一面宝幡,阵法才被破去一层,得不偿失。急怒之下,索性一不做,二不休,又将一片白光飞起。方瑛知他用庚金为引,暗藏五行,随心变化。阵法虽然奥妙,自己法力有限,不能尽量发挥。如误认庚金只能化生癸水,妄想抄他丙火化生戊土前文反克,必又上当。转不如按照原定各层次序,由他破去,仍与同尽为是。便不等敌人变化,径将第二层的木、火二遁同时发动。

红发老祖原是虚实互用,第二次破阵,将四面宝幡一展动,果然暗施毒计,五行五遁,全可变化相生。没想到敌人仍以原有应战,丝毫不乱,竟不上当,自乱章法。这等行径,分明是要两败,好生不解。哪知方、元二人心有成竹,为留最后退保一着,故此不敢轻易更张,否则下手更难。红发老祖虽然自信最后能够获胜,中间一段就许受挫受伤,都很难说。白光飞到湖上,先是一片青光飞起,两下里一撞,青光乙木化生丙火,白光庚金已变化癸水,青、白、红、黑四色烟光上下紧压相持,与第一次情景一样,景越奇丽。相持到了最后,依旧灵旗展动,彩烟飞起,上下包没,一声巨响,同时消灭。

似这样接连四五次,时光已由夜入昼,到了次日中午。红发老祖法力本高,加以仇深恨重,施展全力相拼,每破一层阵法,必加上好些威力。那阵又非方、元二人所设,只知依着成规奉行,不能变化。到第三次上,便被对方看破伎俩止此,又见无人接应,断定不是对头主持。心一放走,去了好些顾虑,静俟破完全阵,过湖寻仇。不特压力越往后越加大,并还在五遁五克、双方对消之际,一面破阵,一面运用邪法,乘机猛袭过来。如非方、元二人应变机警,又得众人合力相助抵御,俱是能者,第四次上便几乎有人中了暗算。眼看危机愈迫,虽知阵法破完,湖中埋伏的仙法会发生五遁逆行,重又相生,另发动一层极神奇的禁制,将崖洞封闭,不致受害,但见形势如此险恶,又颇担心,正各加紧戒备。哪知第五层阵法后面所藏妙用,发动甚速。红发老祖见五遁禁制已破了四层,剩此一层,已成强弩之末。看阵内各人行径神色,末层禁制未必有甚玄妙惊人之处,又是急于收功,竟不惜耗损真元,意欲就势一起破去,把所有法力全使出来。两下里一凑,阵法改变更快。

易静、癫姑等为首诸人,因阵法虽是七层,第五层一破,便生变化,命众人先避入洞,只留法力较高、飞遁神速的八九人,在坪上护着方、元二人行法,以防万一。又暗嘱大家小心,准备退路。初意每层阵法都就本行相生,与敌对拼,至少也需一个多时辰,足可支持些时。哪知第五层的本身戊土生金,百丈黄云、银光由湖中涌起,吃敌人的乙木、丙火所化青、红二色烟光,各按克相,紧压下来。两下里才一接触,这次被克一面戊土、庚金竟会突然加盛,敌人乙木、丙火竟几乎克制不住,急得敌人不住运用玄功,连由口中喷出真气,奋力施为。

易静诸人方觉阵法妙用,忽见云光越盛,对方克制之力也愈加强,双方烟光摩擦,幻出万道霞芒,成为奇观。相持还不到半盏茶时,湖底风雷忽起,灵旗又出水上,刚疾展得两展,就这晃眼之间,倏地又是惊天动地一声大震,湖面青、红、黄、白四色烟光全都爆散,洒了一天花雨,阵法全破。当时湖水群飞,直上半天,灵旗飞舞中,大片五色烟光连同后面的半天血云,齐似狂潮怒涌,迎面飞来。这时,众人只先前受伤初愈诸人全退后洞,余人多在观望,事出意外,连方、元二人也没料到变化得如此快法,忙喝:"诸位速退,不然便被禁法隔断在外了。"

话未说完,众人也纷往后面飞进。也是忙中有错,方、元人因身是主人,不肯先退。众人虽早戒备,但除易静、癫姑、林寒、庄易、严人英法力较高,知机神速,一见形势危急,一面同喝速退,一面急纵遁光往洞中飞去,退得最快外,金蝉、石生同了甄氏弟兄四人,因易静再三叮嘱,不许仗恃身有异宝,便可行险,先见斗法奇观,看了一夜,见惯无奇,四人闲中无事,见洞外磐石上设有楸枰,便往轮流对弈,并还拉了司徒平和杨鲤两个高手,旁观指点。因离洞门最近,司徒平人又仔细,一见有警,立即拉了进去。下余几人,自知道浅力弱,也都闻警即退。只易鼎、易震生性喜动,先在旁看了一会,觉着无聊,便自走开。二人贪看双方斗法,又听易静连催众人先退为是,知道离湖一近,必受申斥,心想:"自己带有辟魔神梭,可以防身,被人困住,还可由地下遁走,怕他何来?"不特没有退意,因见几个法力高的口中叫别人退,自己各取出法宝,似有应敌之意,自己不但没有退意,反想少时众人如退不及,还能相助动手。弟兄二人藏在易静身侧一株老松之后,一面观斗,一面暗中也把法宝取出备用。正商量去约金、石、二甄,危机已出现,想退已无及了。

李英琼和余英男本来也可无事,因二人患难相交,这次奉命下山,不曾派在一起,俱各思念,难得在此相遇,好生欢喜。先以应敌无暇,自昨晚斗法有了空闲,二人便同在一起,共商日后一同修为之事。坪上原设有几处石墩,二人便在滨湖之处寻了一个,并肩坐了,促膝密谈。易静、癞姑发令督促时,二人也便戒备,刚刚各把飞剑、法宝准备停当,一看情势,觉着还不要紧,又复疏懈下去。那地方相隔方、元二人行法之处最近,及至变生仓促,正要遁去,一眼瞥见方、元二人口喝速退,易静、癞姑等众同门已纷纷飞遁,还未离开,以为二人必还另有施为,想与会合一同遁退,没料到时机瞬息,稍纵即逝。敌人成道多年,法力高强,这次连遭挫折,多由于众人各有仙府奇珍,应变机警,又得师长指点,高人相助,门人妖党又都不济,般般凑巧,才致如此惨败。红发老祖怨毒之下,直同拼命,何况阵法机密,强半识破,早准备好毒手,静待发难,元神变化,何等神速,凶锋已锐不可当。犹幸五层阵法破得太快,变化神奇,双方同出意外,红发老祖吃惊,略微缓势,否则早将湖上的反五行禁制一齐飞来,众人只要在洞外的一个也休想遁退回去。那反五行禁制,专护那座洞府,人在洞外,便无用处,法力高或有至宝防身的几个或者无妨,下余诸人便难说了。李、余二人方在转念略停,方、元二人也已飞起,百忙中看见李、余二人似在观望,正想催令速逃,说时迟,那时快,连说句话的工夫都没有,就在四人将要会合之际,那半天血云焰光已经临头,将四人一齐罩住,直压下来;另一旁的易氏兄弟见众人各驾遁光飞退,也是吃了四人后起的亏,心有所恃,又复大意,略一观望,也吃血光罩住。同时崖前灵旗敛处,那五色云光已然布满洞外,将洞口连崖一起封闭严密,光霞灿烂,里外通明,历历可见。

易静、癫姑等五人本在一旁护法,因见变起太骤,知道时机一发,飞遁越速越妙。众人事前已然再三叮嘱,当无迟延之理,又听方、元二人急呼,以为二人必定知机,也许还要行法施为,自己退得如慢,反为延误,应变原贵神速,所以一齐飞遁,各不相谋。刚到洞内,洞口已被五色霞光封住。

二人一看外面,还有六人在血光之下。这一来,里外隔断,可望而不可即,想要冲出救援,俱不可能了。尤愁急的是外面六人,分作两起。方、元二人瞥见霞光封洞,血光罩顶,知道遁回已经无及,心还自恃持有防身法宝。元皓口喝:"我们已为仙法隔断在外,不能退回,索性和老怪物见个高下吧。"随说,手扬处一蓬青色光丝,网一般向上飞起,欲待将四人全身护住。哪知口中话未说完,青光飞起四边,正向下网来,忽见一只极大的血手影,电也似疾自空飞堕,只一抓,便将光网抓去,紧跟着四外血焰便潮涌而来。总算英琼上次失剑,长了见识,应变格外机警,一见不好,忙和英男各将身剑合一,先不迎敌,却将牟尼珠发出,化作一片祥光,飞起四人头上,恰好接上,未遭毒手。佛门至宝,果是灵异,祥光所罩之处,四外血焰涌到身侧相隔丈许以外,便自消灭。

红发老祖恨极易、李二人,几番运用玄功变化想伤四人,俱都无法近身。英琼想和易氏弟兄联合一起,才一移动,敌人元神便伺隙来侵。想是邪法太恶,心神略分,便觉四面八方压力加紧,两只血手影也相继出没。知道此宝全仗心灵运用,丝毫松懈不得,并见易氏弟兄也都无恙,只得罢了。嗣见宝光照处,不特头上和四外,连脚底也无血光侵入,便盘膝坐地,将师父所传禅功施展起来。这一来,元神内莹,宝光越发朗耀。

方、元二人心疼失宝,只要见敌人和那血手现出,便将青灵箭发将出去。红发老祖起初运用玄功夺取宝网,原是骤出不意;元皓又是轻敌自恃,没有戒备。这青灵箭出诸仙传,专伤元神,与别的法宝不同,无法收取。红发老祖白费了两天一夜苦功,真元消耗不少,欲将敌人一网打尽,夺取所有法宝,以为补偿。谁知敌人备有退路,虽用血焰魔火将敌人困住了六个,却是一个奈何不得。一面想攻洞,一面想伤所困六人,还须躲避青灵箭,终伤元气。敌人在祥光护身之下,以逸待劳,出没无常,其势不值以全力去应付此宝。三面全顾,也闹了个忙碌异常。

六个人只余英男闲着,几次想用南明离火剑,俱因英琼日前紫郢剑被夺,前车之鉴,不敢尝试。心想:"易氏弟兄身藏神梭以内,百邪不侵,又能入地,大可自来会合。"连唤几声未应,梭光停在那里,外面精光急转,冲荡得四外血焰宛如血河潮生,片片花飞,光华互映,色彩分外鲜明。心中奇怪,定睛一看,原来那九天十地辟魔神梭已吃四外浓血一般的光焰陷住。二人先还运用法宝,想要冲动,几番无效,便不再动。气得二人在宝光防护中现出半面,大声辱骂不止。可是梭光外面,光华电转,不时还有宝光由内出击,敌人也是近前不得。洞内诸人见此情形,自是愁急,一心只盼救援早至,终无征兆。

似这样又相持了一日夜,眼看红发老祖直似怒极发疯,连施各种厉害法术,猛下毒手,形势渐险。反五行禁制依然无恙,李、余、方、元四人头上佛光也始终晶莹朗耀,大放光明。那易氏弟兄的九天十地辟魔神梭,却被魔火血焰炼久,光华渐减。又听敌人在那里厉声怒喝,说是再隔些时,便拿了二人开刀。易静姑侄关心,自是焦急万状。金、石二人和南海双童尤为愤激,不听易静劝说,取出灵峤三仙所赠法宝,往外便冲。偏那反五行禁制,看似一片其薄如纸的光霞笼罩洞口,但法宝、飞剑冲将上去,立生妙用,直似前面有不可思议的神力阻住出口,狂潮撞起万片霞辉,无穷异彩,休想擅出一步。易静知金、石二人皆有仙府奇珍,恐防两伤,再三劝阻,方始愤愤而止。

金蝉正在里面破口大骂,石生忽道:"我们有法力的人还多呢,这里冲不出去,不会打外来援么?"一句话把众人提醒,想起同门中邓八姑有雪魂珠,女神童朱文有天遁镜,俱是专破这类邪法的至宝;还有齐灵云、周轻云、岳雯、诸葛警我诸人,也都是能手。事情如此紧急,预拟救星此时不至,焉知不有中变,怎会忘了求援?想到这里,正要行法告急,众人忽听身旁法牌振动生光,疑有同门在别处遇险告急,忙同取出,如法一听,竟是余英男见易氏弟兄危急,已向远近同门发出告急信火,正在传声告急。

易静恐她召来多人,有的法力不济,湖对岸还有好些异派妖邪,再者敌人邪法如此厉害,差一点的也进不来,平白吃亏。忙也行法传声,重向远近接得警报的诸同门告以厉害,只请邓八姑、朱文、灵云、轻云、岳雯、诸葛警我等数人到来应援,余人请记师命,量力行事。说完不多一会,牌上红光一闪,接连好几处回应,知有不少同门接到警报。看回应如此之快,八姑、朱文、灵云、轻云、诸葛、岳雯等主要赴援之人,必有一半在近处,不消多时,便可到达。只要有雪魂珠、天遁镜二宝,便可将魔火血焰破去。紫郢、青索与七修剑再如能够会合,多厉害的邪法也可抵御。纵令敌人厉害,至多不胜,当无失陷受伤之理。但这反五行禁制,神妙不可思议,到时不知能否冲出,里应外合。齐霞儿所说解围之人，也不知何时可以到来，却是可虑。

易静心中盘算，目光仍注外面，见辟魔神梭受血光魔火包围，光华虽比前缩小了十之三四，似已到了限度，却也不再减小，反倒较前还要凝炼，光轮电驭，旋转更急。鼎、震二人也似知道危机，已不再露面，只埋首光中，大骂不休。气得红发老祖不住把血焰增强，紧压上去，兀自奈何不得。易静知道此宝原是老父平生最得意的法宝，具有极大威力，防身妙用，百邪不侵。只不过被魔火血焰紧压缩小了些，乍看颇险，实则无害，心情为之一宽。那告急信火只能使用一回，妙一真人、玄真子本为众弟子遇到生死关头求救之用，不能轻发。英男同门义重，恰值神梭宝光正在减缩，误认为危急，将信火发出。

易静从小便随一真大师学道，九天十地辟魔神梭为乃父易周镇山之宝，轻易不以示人。新近才以爱女在紫云宫被困，传授鼎、震二孙，命往救援，一向未曾使用，不知此宝妙用。以为紫云宫千里神砂，何等厉害，此宝尚能破土飞遁，怎会在此被困？却不知红发老祖因知敌人有好几个俱精地遁之术，上来早已防到，血焰本比神砂还要厉害，易氏弟兄又忒骄敌大意，已然被血光罩住，仍不动念。弟兄二人，一个打算驾着神梭仍退回洞，一个又想先朝敌人冲他一下，就便把方、元、余、李四人一齐带走，或是退回洞内，或是裂地飞遁。这时危机瞬息，哪有工夫犹豫，略一商量，上下四外血焰魔火便潮涌上来，将二人困在当中，四围胶滞，寸步难移；可是法宝神奇，光一缩短，抗力越强。如非易氏弟兄因上来连冲几次没有冲动，自觉遁走无效，不愿徒劳；又见宝光缩短，口虽怒骂，内实胆怯，只顾全力施为，以谋抵御，不暇及此。再如猛力前冲，也较前容易，逃虽仍是难事，如与金、李、方、元四人会合，却可办到。易静乍见宝光缩短，姑侄关心，本就动念欲发；又以英男告急，不曾指明何人，恐一般法力浅的同门重义贪功，忘了所诫，一同赶来，受了伤害。也未寻思信火关系甚大，已然有人发动，大可省下，无须再发，一时轻率，发了出去，不曾在意。等日后遇险被困，想用时反悔已无及了。后话暂且不提。

红发老祖原知神梭来历，本心不愿开罪易周。一则昨日见许多徒党俱为此宝所伤，心已怀恨；又听易氏弟兄千妖人、万妖人破口辱骂，并历数他连日挫败伤亡的许多丢人之事，益发怒从心起。事已至此，一不做，二不休，管他是甚来历，只有仇敌之念，见人就杀，闹到不可开交，拼犯天劫，径与轩辕、兀老、妖尸及诸异派联合，索性和对方争个你死我活。红发老祖心念一横，又以洞中诸人有反五行禁制,不是短时日内所能攻破;外面所困六人又有佛门至宝防身,加害更难。比较只有神梭宝光渐减,于是把目标着重在易氏弟兄身上,决定先杀这两个仇敌出气。哪知神梭宝光减到限度,忽然停止,更不再减。光虽比前略短,反更精明,仍是奈何不得。方、元二人的青灵箭又不时飞来,还须抵御逃避,始可无事。

红发老祖正气得须发倒竖,目眦欲裂,打算把对湖一干异派妖邪招将过来,拼耗数十年苦功,施展最后毒手,用六阴绝灭神功破去反五行禁制,将方圆百里以内震成齑粉,忽听对岸众妖人呼喝之声。

第二三二回

破遁闪灵旗　变灭盈虚森气象
传声谈旧迹　循环因果快恩仇

话说这时众妖人因红发老祖破了敌人阵法，那半天血光已飞向对面，将全崖洞带石坪紧紧笼罩，成了一片血山，魔火血焰已用全力发动，另外还有别的狠毒法术、法宝一齐夹攻，和敌人成了不能并立之势，知道厉害，又用自己不着，乐得隔岸观火，等到事完，再以巧言诱激，使与自己同流，和诸正派为仇。众妖人都认定峨眉门下十多个有法力的门人非遭毒手不可，好不快意心喜。因血光移向对岸，湖这面便现出天空，无甚阻隔，当地景物又极灵秀，众妖人各运了些石块放在湖边，分别坐下，对着一湖清波，向前观战。不时三三两两，交头接耳，互议未来之事。正在说笑得意，猛听破空之声甚疾，方一入耳，已经临头。众妖人原也是各异派中能手，双方相持这一会，华山派的史南溪和三影神君沈通，也闻信赶来。因势太急，首先警觉有异，忙即飞身纵起观看时，无如来人神速异常，未看真切。众妖人因各方同党连日闻信陆续赶来，时有到达，敌人党羽却未见有一个到的，再见易、李、金、石诸人俱已在场，以为峨眉后辈中能者差不多已尽如此，即便还有少数未到，也非红发老祖之敌。匆迫之中，内有好几个粗心一点的，俱当来的是自己的人。就在这闻声惊顾瞬息之间，四五道匹练般的光华已自天飞射。内中一个身剑合一的红衣少女，手上还发出百丈金霞，耀眼生花，光华奇强。

众妖人看出来者是仇敌一面，不禁大惊，忙飞剑光、法宝抵御时，已是措手不及，两个法力稍弱的，连同一个残余妖苗，正当来路，吃那几道光华迎头就势一绞，连人带宝，一齐了账。有的更连剑光、飞刀都未及放出，便成了死鬼。犹幸来人志不在此，顺手杀了几个，略一停顿，便星驰电闪，金霞到处，血焰花飞浪卷，立即飞将过去。史南溪认得当头少女，正是前番攻打峨眉时，手持宝镜专破邪法的女神童朱文。后面紧随齐灵云、周轻云、岳雯三人。相隔日月不多，想不到竟有如此高的法力，不禁又惊又怒，扬手数十团雷火朝前打去。沈通也把手一扬，发出好些毒钉、雷火，红光飞舞半天。敌人早已飞入血光之中，一个也未中，其势又不能追将过去。二人和众妖人说道："峨眉这些小狗男女，实是各派心腹之患。朱文贱婢所用天遁镜，好似比前还要神妙。下余三人剑光也非昔比。此宝正是那血光的克星，红发老祖法力高强，虽不致败，法宝必又要毁去两件无疑。尤可虑的是，敌人皆是峨眉后辈，我们伤亡多人，红发老祖现以全力施为，始得勉强困住，依然未伤一个。敌人师长虽然闭洞不出，但还有好些教外党羽，如驼鬼、矮鬼、贼尼、贼和尚、怪叫花之类，人数颇多。新近借着开府，广为结纳，帮手越多，声势更盛。这些可恶的老鬼，多是机警神速，时久无功，难免赶来惹厌，好的话闹个无结果，弄不好还要伤人受气，一败涂地。"

正在谈说愤慨间，忽又有破空之声由远而近。这次众妖人已然留神，忙起戒备。来人也相继飞到，共来了五人，分三起降落，俱是峨眉门人。史南溪只认得秦紫玲和黑孩儿尉迟火二人，下余三人，俱未见过。众妖人自是愤怒，忙起截住，各显神通，斗将起来。湖这面杀了个难解难分，对岸更连珠霹雳，惊天大震，那千百丈血光已由密而稀，大有减退之势。

原来红发老祖闻得对岸众人惊呼之声，便知敌人来了援兵，刚一回顾，一道百十丈高的金霞，后面紧随着几道匹练般的光华，已电驰而至，冲荡开千层血浪，飞将进来，光中现出三男一女，不禁又惊又怒。方欲喝问，四人中的齐灵云已在宝光护身之下开口道："老前辈且请息怒，听我一言。"底下话未出口，红发老祖恨极之下，哪还容她分说，口喝一声："小狗男女，不必多言。"一面催动血焰魔火，一面施展玄功变化，重又幻化血手，想伤害四人泄愤，元神一晃，便已隐去。灵云仍高声喝道："老前辈，你本正人，只因受了孽徒播弄，以致今日。现在已将身败名裂，我等为体家父及各位师长与人为善之意，好心相劝。你若不悔悟，放下屠刀，少时老前辈昔年所树强敌一到这里，主人是他记名弟子，此老性情，决不容人欺凌，那时再想善罢，就恐难了。"

红发老祖闻言，心中一惊。又见来这四人，不特法宝神奇，内中岳雯、灵云功力更高；轻云、朱文虽然功力稍差，但各有一口极好仙剑，光华强烈。四道剑光又联合在一起，简直无从下手。尤厉害的是那天遁镜，金霞百丈，所照之处，血光立被冲散；自己尽管全力施为，终是近身不得。情知所说不会是虚，前途大是可虑，只是恶气难消，无法下台。心方惊疑，忽听朱文喝道："这厮想是命该遭劫，不知利害轻重，连四九天劫都等不到，便要送死，我们和他还有什么客气?"说时红发老祖元神所幻血手刚刚现出,意欲向四人中择一抓下。

朱文一眼瞥见,手扬处,便有一粒豆大紫光朝那血手影打去。此宝名为霹雳子,乃上次英琼在幻波池所得宝物之一。当年圣姑用无上法,在两天交界处,收敛空中将发未发的雷电之气凝炼而成,共炼有百余粒。开府时,妙一真人将圣姑所赠法宝分赠众门人,将此宝分作两份,朱文便得了一半。虽然每粒只用一次,但是威力至大,比起正邪各教中的各种神雷还要厉害。红发老祖自恃玄功奥妙,除道家自炼心灵相合之宝,还须功候深纯者外,多半都能摄取,不畏伤害。此宝初发时,又只一粒紫色星光,光虽奇亮,并无别的异状,也无声音,决看不出似无数雷火凝炼。知道对方俱是能手,既敢对己而发,虽料不是寻常,万没想到昔年幻波池威震群魔乾天一元神雷霹雳子,会落在一个峨眉后辈手里。加以被困六人见来了生力军,血焰魔火已被镜光冲荡,宛如浪涛起伏,精神为之一振。内中方、元二人瞥见敌人身形忽隐,知又要用玄功变化暗算,血手一现,便将青灵箭迎面发去。红发老祖还得防护,另用法术抵挡,百忙中连转念的工夫都没有,一时疏忽,仍用血手抓去。说时迟,那时快,那紫光一触即发,血手才一挨上,立化为紫色焰光爆裂,声势之猛,直少伦比。红发老祖骤出不意,怒吼一声,向旁遁去。犹幸功力深厚,负伤急退,忙一运用玄功,便自勉强复原。如换寻常妖邪,所炼元神已无幸理,就这样受创已是不小。

岳雯见敌人败退,乘机连发太乙神雷,加上天遁神镜宝光一照,四外血光越似红雪山崩,波翻浪滚,纷纷消散。红发老祖报仇未成,元神又受重伤,怒发欲狂,略一缓势,重又现形上前,将化血神刀和身带法宝纷纷放出,誓要分个死活存亡。哪知四人早已奉有师父密命,预示机宜,各有防身之策。乘他这一停顿,先用宝镜、神雷冲开血路,飞向易氏弟兄身旁。那辟魔神梭光华减短以后,本能向前勉强冲行,再经四人随护开路,那石坪地方又不甚大,转瞬便引向李、余、方、元四人之处,同在牟尼珠宝光笼罩之下,任何邪法、异宝,俱都无从伤害。

十人会合一处,各自发挥法宝、神雷威力,破那血焰,以待时机。对于别的邪法、异宝,全不理睬。红发老祖枉自怒发千丈,无可奈何。洞中诸人又有反五行禁制护住洞府。红发老祖想用六阴绝灭神功,拼着耗损真元与敌一拼,偏生此法须有三个有法力的助手,而对湖又来了好几个强敌,将众妖人绊住,打了个难解难分。眼看所炼魔火血焰消散大半,此法一破,敌人便可来去自如，气急欲昏，不知克星将至。

红发老祖正恐仇人遁走，忽听对面朱文说："师姊，你看这厮，把所有家当，连向鸠盘婆借来做门面的一些破布烂铜全卖弄出来，一会攻打洞口，一会又朝我们做些奇形怪相，和疯了一般。我看不给他一点苦吃，也不知道厉害，再给他几粒霹雳子，让他再躲向一旁，缓缓喘息如何？"灵云喝道："文妹不可如此，我们须看他以前与各位师长相交分上。他虽耳软，不明是非，但也劫数使然，依他本心，并不如此。此次他门下徒党伤亡太多，纵然咎由自取，死有余辜，到底师徒情分，因恨成仇，也是人情。不过他没平心细想是非顺逆，致败之道罢了。他那法力并阻我们不住，本不难舍之而去，只因少时还有人来，万一不妙，我们还须为他解围。适才你那霹雳子已是不该，如何还再下手伤他？"

红发老祖本来是在寻思毒计拼命，闻言重把那对头影子涌上心头。心一发怵，又当力竭势穷之余，不禁回忆前情，追原祸始，渐生悔恨。觉着仇敌虽然可恶，如非孽徒一再生事诱激，自己耳软受愚，致为所误，也不致闹到这等进退两难地步。有心拼命，又觉数百年苦功修炼，与敌人同归于尽已是可惜；再如敌人师长早有防备，白白葬送了自己，与敌无伤，更是冤枉。心气一馁，越不敢遽然发难。

红发老祖正在相持寻思，不知如何是好，忽听有人由远处传声说道："蓝苗子，别来无恙？可笑你枉自修炼这多年，五百年前的故人，竟会对面不相识。如非拿了人的东西手短，又因日前有二好友相劝，昨日你追我，便该向你索还旧账了。那五云桃花瘴，只可算是五百年来的利息。你今日元神在此卖弄，那法身想用不着，也吃我暂时扣住，一会有人代我向你算账。你既自负本领，纵容孽徒欺压善良，想必对我总该有个算计。一人做事一人当。你也知道我的性情，轻易不肯与人为难，但是言出必践。我此时为完夙愿，也是神游在外，不愿以转世之身见你，只得转托别人代办。你总不至于非要我亲身到场不可吧？"说罢，语音寂然。

红发老祖原是贵州熟苗，本来姓蓝，极少有人知道。再听那说话人声如婴儿，相隔至少也在三百里外，知是生平惟一对头克星。又听出昨日收去五云桃花瘴，适才中了白眉针，在崖外用法力禁制紧藏的法身也被盗去，底下口气更恶。知道此老得道千年，法力高强，不可思议，无人能敌，为方今旁门中最厉害的老前辈。性情尤为古怪，处治异己，心辣手狠，形神不留。自己尽管平日好强好胜，好容易修炼到今日地步，忽然相隔数百年毫无音信的杀身强敌克星寻来,遇到这等比四九天劫还难躲避的生死存亡关头,也不由得心寒胆悸,宛如斗败公鸡,自知无幸,呆在那里,作声不得。

灵云、岳雯等四人知他胆怯气馁,自认形神俱灭就在眼前,更无心力再事寻仇。方喊了一声"老前辈",待要发话,忽见一圈佛光由对湖飞虹电舞般穿阵而至,晃眼到达。手扬处,洞口霞光连闪几闪,反五行禁制便自收去。并把手一接,发出一片青光。四围血焰魔火本已消亡大半,青光一现,红发老祖知道此光来历,心情虽然惶急,仍是不舍全毁,手一招,便自收去。来人也不紧迫,也把青光收转,连身外佛光一齐敛去,落下身来,先与红发老祖对面。洞内诸人,早看出来的正是小阿童,好生欢喜,拥了出来。因是敌我还未罢休,此时均是身剑合一,法宝护身,待与洞外十人会合,里外夹攻。

金蝉、石生、南海双童关心二易,迎头抢出,手指敌人正要喝骂,灵云、岳雯早料有此,忙打手势止住。双方已在发话,敌人也把法宝一齐收转。静心一听,阿童还未开口,红发老祖面容惨变,已先说道:"你是枯竹老人叫你来的么? 当初我虽不合犯他,也是事出无心,又迫于无奈,并且此事已蒙韦八公求情解免,怎又旧事重提起来? 老人想必离此不远,烦劳道友引往一见,与他当面分说如何?"

阿童冷笑道:"你倒说得好哩! 老人对我说,他此时不愿见你,也知你有话推托。但你应该知道,当初他向你和韦八公所出的题目,你二人并未做到,你并还辜负了韦八公,怎能怪他食言? 现在你那法身,已由他还了我当年的法宝,将它钉在你那隐藏之处。你此时就在我手里脱逃出去,元神往上一合,也是同归于尽了。自己行为,自己明白。这些年来,因你假装好人,竟欲挽盖前愆,所以无人寻你。今日你既纵容门下孽徒倒行逆施,顿忘本来,和我这些好朋友作对,休说我那老友,连我也容你不得。亏你还拿韦八公来作说词。韦八公因祸得福,转归佛门,将来可望证果。照你所行所为,你还有面目见他么? 这是你自种恶因,今日受报,怨得谁来?"

众人见红发老祖那么法力高强、骄横自傲的人,见了阿童,竟一毫也不敢倔强,好似害怕已极,不禁惊奇。红发老祖听到末两句,益发神情沮丧,厉声喝问道:"照此说来,莫非你便是韦八公么?"阿童笑道:"你居然还有点眼力,隔了好几世还认得出。如不是我,谁能代他来哩?"话方说完,红发老祖面容忽地狞厉,满口钢牙一错,猛然一晃身形,便已隐去。众人疑他情急反噬,惟恐阿童骤出不意,受了暗算,纷纷上前保护时,只听阿童笑道:"我先还不知前生因果,当你有些门道。如今我前生法宝已蒙老友交还,有了制你之法,难道就被你逃走了么?"话还未毕,手先朝外一扬,一道灵符飞起,青光一闪,湖中嘭的一声,突涌起青莹莹一幢冷光。红发老祖身形忽现,裹在其内,连挣两挣无效,一声长叹,便把双目一闭,不再言语。众人才知湖中另外还有一层专制敌人的埋伏,事前连方、元二人也不知悉,好生骇然。又不禁奇怪阿童所遇怪人就是大荒山枯竹老人,怎会数日之别,便有这高法力?

湖对岸诸妖人与秦紫玲、尉迟火、黄玄极、周淳、悟修五人对敌,因五人开府以后,各得有两件法宝,史南溪等虽然邪法厉害,也是无可奈何。有两个法力差一点的还受了伤,连同几个看出兆头不好的残余妖人,先自遁走。剩下的只有史南溪等五六妖人,恶斗方酣。众妖人先见血光尽收,佛光飞来,敌人齐由洞中拥出,红发老祖停手不战,已知不妙。晃眼工夫,又瞥见红发老祖隐身逃遁,被敌人用一幢青光困在湖心上面,状似闭目等死,料定凶多吉少。众妖人方想抽身逃遁,猛又瞥见崖外飞越进三道金光,其势比电还急。史南溪认出是敌党中前辈有名人物,喊声:"不好!"先自破空遁走。下余妖人本已心寒胆裂,也各飞逃。有的吓得连飞剑、法宝均未及收回,全吃紫玲等五人收去。尚幸来人直往对崖飞去,不曾下手,飞遁又速,五人急于观看红发老祖被困之事,不曾穷追。只内中一个逃得稍慢的,吃秦紫玲用圣姑所赠之宝金刚杵打了一个脑浆迸裂,死于非命。下余全都逃走。

这时红发老祖元神在青光中面现苦痛,状甚可怜。齐灵云刚在开口向阿童劝说,那三道金光已经飞到,来人正是嵩山二老——追云叟白谷逸和矮叟朱梅,同了凌雪鸿转世的杨瑾。白谷逸还未飞到,先把那道金光朝青光上盖去,强力吸起,往上一提。红发老祖遇见这冤家对头,自己理亏,无从分说,先还想大对头不会赶到,这一个转世不久,法力尚浅,意欲拼着法身不要,只把元神冷不防冒险遁去,不料对头早有埋伏,一下制住。只当仇人素性疾恶手辣,不知阿童转劫多生,身入佛门,心性已变仁慈,并非无法转圜。红发老祖自以为元神必灭,想起前情,悔之无及,只得闭目听人施为,受那炼神化气之惨。猛觉身上一轻,如释重负。睁眼一看,见是好友白谷逸正以全力来援,身外青光已被吸起,当时喜出望外,忙要乘隙冲出。忽听追云叟喝道:"道友不可妄动,你不知那位道友脾气么? 如果不是我亲身赶来,谁还再能救你? 稍安毋躁,解铃还须系铃人。已有朱矮子和峨眉弟子为你解怨,一会便没事了。"人到危急之际,忽遇救星,再一想到对头厉害,委实不能和他硬来,哪里还敢妄动,口中诺诺连声,不住称谢。

这时朱、杨二人已落崖上,朱梅向阿童道:"小和尚,你能代枯竹道友做几分主的,看我三人和你这些小朋友分上,饶了老苗子吧。"阿童未及答言,金蝉和白、朱二老顽皮已惯,故意拦道:"不能!他用桃花瘴、化血妖刀连伤我们九人,适才又将两易师弟困住,非报仇不可!"朱梅把小眼一瞪,佯怒道:"胡说!受伤九人,是自己不遵师命,要来多事应劫,怨着谁来?自不用功,法力不济被困住,还好意思说人?你们虽然受伤,已然救好;老苗子死了多少徒弟党羽,被你们把他闹了个家败人亡,这气又应该如何出法?小和尚如听你话,我便寻你们六个小鬼的晦气,再和老和尚说理去。"杨瑾也在旁笑劝道:"红发道友并非恶人,此次也是受了孽徒之愚,有激而发;他又于我有恩,望诸道友不可过分。"阿童也不还言,只望着金、石六矮微笑。金蝉道:"小师父,你真坏,自不放人,却望我笑,闹得这位矮老前辈以大压小,其势汹汹。我怕他告爹爹,惹他不起。爱放不放,没我们的事,省你借口。"阿童笑道:"他还要向我师父告状呢。这等不准也得准的人情,真不甘服哩。"朱梅正要还言,杨瑾已先接口道:"小圣僧大度包容,念他多年苦功,修为不易,放了吧。"灵云等也同声劝说。

阿童道:"我本不知前生之事,自从前日枯竹老人一说,才知这厮以前行为忒已可恶。如装好人到底,也不会有人寻他,偏是为善不终。平日纵容妖徒为恶,已负失察之咎;如今索性与各异派妖邪联合一气,夜郎自大,一意孤行。照来时枯竹老人行法观察他的心意,因为记恨杀徒之仇,自知法力难与峨眉为敌,竟欲与轩辕老怪、妖尸等魔头一党。留他在世上,岂不贻害?因此想将他除去。既是诸位道友说情,只要他肯永远洗心革面,不与妖邪同流,不特我与他解去前生仇怨,连枯竹老人也不再与他计较了。"朱梅笑道:"小和尚,赶人不上一百步。你只把乾天灵火撤去,免得枯竹老人多心见怪。你说这些话,包在我三人身上,必能办到。他也修道多年,为一家教主,莫非还要他亲自向你赔话,才能算完不成?"

阿童正要回答,忽听先那婴儿口音又在远方传声道:"蓝老苗,我如不是峨眉齐道友来书为你说情,以你昔年所为,休想活命!韦道友既不与你计较,我也破一回例,真正便宜了你。"说时,那幢青光本吃追云叟运用玄功勉强提离本位,枯竹老人话声一住,倏地刺空飞去。红发老祖知已脱险,满面羞惭,欲向白、朱、杨三人道谢。追云叟恐他众目之下,难以为情,忙道:"道友久战之余,元神不免稍劳,还有那白眉针也须化去,我送道友回山歇息吧。"红发老祖当着前生大仇和一干峨眉门下,本难说话,其势又不能就此走去,闻言自是感激,忙朝阿童遥一举手,说道:"多谢八公不念旧恶,幸免大劫,异日再当面谢,我告辞了。"杨瑾忙道:"红发道友的法身呢?"朱梅道:"这个无须发愁,枯竹老人既允释怨,小和尚又看我们薄面,决不会再与为难。倒是他门下妖孽可恨,我和白矮子代他清理门户去。我二人由那里走,不再回来了。"说时,白谷逸也向阿童遥谢一声,一道金光,拥了红发老祖飞去。朱梅也自驾着一道金光飞走。

杨瑾重向阿童称谢。阿童笑道:"这原是做就圈套,故意吓他,只差点没被朱真人叫破。杨道友何必太谦?"杨瑾道:"齐真人算得真巧。闻二妖尸已然发动诡谋,不论你我,稍晚一步,红发怨毒太深,情急无计,便与妖尸连成一气,不知又要生出甚事来了。"阿童道:"那倒不然。枯竹老人自接齐真人手书,立即神游中土。日前我和金、石、甄、易六人无心相逢,将我留住,便是为他护那法身之故。昨夜他元神来此,暗设埋伏。妖尸谷辰同了雪山老魅,果然乘他元神出游,前往暗算。因我在彼,有佛光护住,不能侵害,相持不多一会,他便赶回。妖魅自非其敌,没有怎斗,便已吓跑。枯竹老人不怕他们与红发勾结,倒是防他乘虚而入,去往红木岭暗算。一直追出万里以外,给二妖尸吃了好些苦头,知他们暂时不敢在这附近作怪,方始回转。他说红发老祖心术尚好,前生所为还是情急无知。后虽对我不住,事隔多年,我已身入佛门,大可不必计较。不过他生平只此一块心病,枯竹老人又是他惟一克星,正可借此逼他回心向善,与峨眉释嫌。一切早有定算,只为追赶二妖尸往返耽延,不然我早来了。他那法身,不特仍在原处,连所中白眉针俱化去了。"杨瑾闻言,自是欣慰,赞佩不置。

金蝉又问阿童以前经过,才知阿童前生也是旁门中散仙有名人物,与枯竹老人同时,还是红发老祖师执前辈。彼时枯竹老人时常神游转世,游戏人间,行道济世。有一世转生在一个生苗家中,满头红发,相貌丑恶。彼时红发老祖已然修为多年,尚未创教收徒,法力也已不弱。那日二人无心相遇,红发老祖不知他便是枯竹老人元神转世,看出道法颇高,欲与结交,初意原本无他。不久,红发老祖该当应劫兵解,不知对方于初见之时,便有意成全。临危之时竟生毒念,乘对方入定之时,先将元神摄走,又在当地设下埋伏,想禁制对方元神,强占他的庐舍。谁料事成之后,对方忽然出现,自道来历,力斥他不义之罪,索还躯壳,还要消灭他的元神报仇。红发老祖久闻老人威名,吓了个魂不附体,理屈力弱,不敢与抗,慌不迭突围遁走,逃到韦八公处求救。八公力向老人求情,说:"你每次转劫,法身多是修到年份,寻一深山古洞,在内入定,元神却遁回山去,待不多时,又出来投生转劫。对于以前洞中存放入定的法身,就此封闭在内,有似埋葬,极少复体再用。反正弃置,乐得看我面上,成全后进。"老人先说红发老祖不应如此狠毒卖友,又说自己屡次转劫留存的法身日后还有大用,非索还报仇不可。后因八公再三求说,才出了一个难题:要红发老祖在一甲子内,把老人故乡三峡中所有险滩一齐平去。否则到时便由八公代为处罚。一面并由八公用法力将他元神遥禁,以便到背约食言时,将他斩首戮魂。八公见老人说得好似戏言,一口应诺,保其必能践约,并也从旁相助。

哪知此事说来容易,做时极难。并且三峡上游两边山崖上,住有不少法力高强的修道之士,有的邪正不投,有的不容人在门下卖弄。并且江中石礁,多是当年山骨,其坚如钢,好些俱和小山一样矗立水中,为数又多。昔年神禹治水,五丁开山,尚且不能去尽,何况一个旁门左道。又加上这许多阻力,事未办成,反结了许多冤家,没奈何只得罢了。

红发老祖前言未践,已使人为难。到了所限年数,又不合心存狡诈,惟恐八公将他献与仇人,竟然先发制人,去往八公隐居的龙母洞中,暗破元神禁制。事有凑巧,八公恰是劫数将临,不在洞中。守洞道童又无心说了两句恐吓的话,以为八公回来,发觉禁法已破,必不甘休。反正成仇,走时又把重要法宝和一葫芦丹药盗去。刚刚逃走,八公便为敌人所伤,逃回取药,哪知药、宝全失。一会敌人追上门来,终于遭了兵解。由此历劫多生,受尽苦难,直到今世,方始归入佛门。

红发老祖事后才知八公已早代向老人求免,只等到期寻上门来,略加告诫,便将禁法撤去。自己恩将仇报,悔已无及。这多年来,日常想起便内疚。先还恐怕老人重又怪罪;八公转世成道后,寻他报仇。事隔多年,并无征兆。又听说老人已不再履中土,虽以元神转世,只是一味修行,不与同道来往,永无一人知他踪迹所在。知道此老性情,如要寻仇,早已上门,决不会历时这么久尚无音信。并且前已答应八公人情。于是渐渐放下心来。数百年过去,除偶然想起问心不安外,久已不以为意。实则老人和八公,于他俱有夙孽,数该如此。这次如非要收五云桃花瘴,并助方、元二人归到峨眉门下,也不会管他闲事。只因老人受了妙一真人之托,出山太急,不及转世,又以多年修炼从无间断,便把昔日埋藏的法身,择一复体,以备元神日常归宿。但那法身修炼年岁有限,功候不济,附以应敌,不能大显神通。只那日收五云桃花瘴,是以肉身行事,余者均以神行。于是,把那肉身入定,交由阿童护法,就便归时快聚,详述前因,并把昔年代为收藏的两件法宝交还,告以机宜,令其依言行事。

阿童说完前情,齐灵云便取出妙一真人一封柬帖。大意是说:

> 邓八姑、陆蓉波、廉红药三人苗疆之行,本不应往,事前已有训
> 示,只邓八姑一人能够遵守。蓉波、红药虽以寻觅洞府,无心相值,
> 并非接到信火传声,故违师命,终是有失谨慎。红药用媖姆所赐修
> 罗刀连诛妖人,已树强敌,可速归就八姑,速觅洞府修炼,以便到时
> 应付。修道人穴居野处,何地皆可栖身,勿得在外逗留,致惹杀身
> 之患。余英男欲随英琼同修,并非不可,但她本身尚有要事未了,
> 须在幻波池别府开建以后。余人所领道书、柬帖,各有使命,应即
> 照办。方、元二人,暂时可随灵云等三人一路修积外功,日后回山,
> 再行拜师之礼。

众人望空拜命起立。除易、李、癞姑三人,以及金、石、甄、易六小弟兄,
奉命一年以内可以便宜行事,随意所之外,阿童仍和金、石六人一起。秦寒
萼、李文衍、向芳淑三人,因受化血神刀之伤,必须觅地静养。易、李、金、石
等十人,又商量乘此无事,正好去往陷空岛求取万年续断,早使三人复原,并
备异日应急之用,就便还可观玩北极海底奇景,但行止未决。余人互相略微
叙阔,便即相继别去。

癞姑见众人还在争论,笑道:"主人都随齐师姊走了,你们还留在这里做
甚?"易静道:"不是别的,我觉此行不宜人多。既然大家都愿看北极奇景,到
了那里,只着两人下去,余人等在上面,一半玩景,一半防守那班左道中人喜
怒无常,又易受人播弄,万一翻脸,势必难敌,有个接应。秦、李、向三同门,
可同回寒萼洞府,静养等候。那地方离仙府近,众同门时有往来,如若有事,
也方便些。不过此去北极,岛屿甚多,有好些妖人窟宅,我们过时行迹务须
隐秘,不可无故生事。到了陷空岛,只能由我和癞姑下去,见机行事,不可争
抢。并非我自恃机警,只为今日之事,由我和琼妹而起,师父又许我们便宜
行事。各位师长闭洞不出,陷空老祖与紫云三女不同,我们有求于人,须知
客主之分。一个行止不检,自家失陷,还要辱及师门,将来何颜回山相见?
我虽不才,一则前生曾随家父去过一次陷空岛,稍知海中途径以及沿途险
阻、宫中禁忌;二则总比各位师妹年纪较长,照着本门规矩,也应稍微僭先。
本定只我三人同行,至多带上两个舍侄,以备破那千层冰壁。如今人数一

92

多,不得不把话说明在先,权充识途老马,请诸位暂时听我调度了。"众人齐说:"这里只易师姊年长,法力最高,我们自然惟命是从好了。"

易静原以六小弟兄是初生之犊不怕虎,加上阿童也是一个喜生事的,偏都非去不可,惟恐到时不听吩咐,出了乱子,丢人误事;坚持不令同行,他们势必另作一路赶去,更易生事,转不如自己率领,多少还可压住一些,便故意说了上面一番话。见金、石等人随声喜诺,阿童也在一旁含笑点头,并无不满之色,心始稍放。

癫姑又道:"陷空岛我虽不曾到过,昔年随侍家师屠龙,却到过它的边界。听一人说,前途便是北极冰原,到处都是千万丈冰山雪岭。陷空岛在尽头偏东一面。中间有一片冰原雪海,地名玄冥界,终年阴晦,只冬至子夜有个把时辰略现有曙光。与小南极光明境终古光明,每年只夏至正午有个把时辰黑夜者,完全相反。人到那里,所有法术、法宝俱失灵效。那人说时,因家师看了那人一眼,便未往下多说,至今疑信参半。师姊乃旧游之地,此话可是真的么?"

易静道:"那道关口实是厉害,便师妹不问,行前也须嘱咐。事非子虚,但无如此之甚。那地方本是北极中枢分界之处,本来就是元磁真气发源之所,差一点的金质法宝、飞剑,到此便要无效。加以陷空老祖生性喜静,近年越不愿与人交往,便在当地利用元磁精气,设下一道三千九百里禁制,横亘山海之中。不知底细的人如想飞越,多半失陷。就勉强冲越过去,前途百十座冰山岛屿,均有妖邪盘踞,各仗地利法力,纷起为难,令人应接不暇。一面陷空老祖也有了警觉,除能事先得他允准,或是自愿相见,多半将水底晶阙隐去,闭门相拒,见面直是休想。沿途那些岛主,除却海中精怪,颇有几个能者外,平日多仰他为泰山北斗,虽未得列门墙,如遇有外人欺凌,也必出面袒护,一个也成仇不得。我们行踪隐秘也是为此。前半无妨,到了玄冥界附近,便须把遁光择地降落。步行约三百六十里,过了这道关口,见了天关,再攀越一片冰原,然后避开海路,绕道飞行。到了陷空岛附近,又须降下,才可无事到达,入海叩宫求见。否则他那禁法神妙,常人步行倒可无妨,只要驾遁光飞行,离地两丈不到,立触禁网,纵不致把我们所有法宝、飞剑全数收去,也必阻碍横生了。另外,虽可用神梭在地底穿行;一则路远费手;二则陷空老祖脾气古怪,最喜人诚敬相对,如以法力自恃,非吃他亏不可。所以他那禁法不阻碍常人和冰原上面生物游行。以前并还曾说,只要有人向道心诚,不畏艰险酷寒,把这万余里的冰山雪海越过,到他岛上,便可收为门徒。

除大弟子灵威叟，好些徒弟都是这么收录的。后因门人展转援引亲私，暗助来人免去沿途冰雪寒风之险，以图入门。资质又都下驷，学道不久，时出为恶树敌，屡坏他的家规。陷空老祖盛怒之下，清理了一次门户，重订规条，严禁门人私自援引，这才无人敢侥幸犯此万里冰雪，酷寒奇险。我们只要中途无事，能到岛上，求药一层，便有指望了。"说罢，众人均无异词。

　　方、元二人所居崖洞，行前已用仙法封闭。众人议定，便即起身。先护送秦、李、向三人回到寒萼那里，一同进内略坐，便往北极海飞去。

第二三三回

绝海剪鲸波　万里冰天求大药
荒原探鳌极　千寻雪窖晤真灵

且说易静等十人的遁光都极迅速,不消一日,便飞入北极冰洋上空。只见下面寒流澎湃,波涛山立,悲风怒号,四外都在冻云冷雾笼罩之中,天气奇寒。英琼笑道:"好冷的地方,如是常人,还不冻死?"癫姑笑道:"这里便算冷么? 才刚进北海不过千里,离冷还早着哩。我昔年走至腹地将近,便觉冷不可挡,再往极边,不知如何冷法。你是没有经过太冷的天气,所以觉冷。你看海中只是寒流碎冰,还有滨海渔舟出没,比起极边,岂不相去天渊? 到了那里,休说是海,连天都要冻凝,风也一点没有。如若有一点风,冰山雪海立时纷纷塌裂,天翻地覆一样了。"易静笑道:"师妹说的正是玄冥界左近,陷空岛并不如此。那里天气虽然也冷,却不厉害,海水更是清明如镜,也不冰冻。上下俱是奇景,奇花异卉,到处皆是,才好看呢。"

众人原把遁光联合,在海面上空逆流上驶。正谈说得有兴,忽见前侧海面上浮着数十处黑点,随着盖天波浪出没上下。南海双童和易氏姑侄、癫姑等六人,以前均曾远历辽海,见惯无奇。金蝉、石生、英琼、阿童四人都是初次见到,俱觉新鲜。石生道:"这北海的浪真大,你看那些小岛,直似随波而动,在水上走呢。"易静笑道:"那都是北海冰洋中的特产,短的是巨鲸,长的是海鳅,不是小岛。因隔得远,浪大雾重,鱼头还未露出。尤其海鳅,长有百丈以上,脊背一段,满是海中蚝蚌贝介之类粘满,加上碧苔海藻丛生其上,甚至还生有小树,浮在水面,蠢如山岳。没见过的人,便近前也当是海中岛屿,看它不出。这些鲸鱼,最小的也有十几丈长,前半更是粗大,等它喷水就看出来了。"

话未说完,众人已然飞近。果是一些庞然大物,奋鬣扬鳍,三五成群,在彼戏浪游泳。那身子比起以前铜椰岛所见还大得多,势也猛恶,略一转动,海浪立被激起数十百丈高下。偶将头脊露出水上,礁石也似静止不动,立有一股水柱激射出来，直上半天。鱼数又多，游息往来，只在那一带海面，并不离去。动静不一，此起彼应，惊涛如山，互相排荡挤撞，声如巨雷。骇波飞舞中，远近罗列数百十根冲天晶柱，浪花如雪，飞舞半空，已是奇观。再加上数条百余丈长的大海鳅，没头没尾，只把中段脊背浮出水面，连岭一般，横亘其间。猛一昂首，喷出来的浪花直似雪山崩倒，洒下半天银雨，半晌不息。当时水雾迷漫，掩去了大片海面；涛声轰轰，越发震耳。端的气势雄伟，不是浅识之人所能梦见。

金、石二人俱说："海鱼竟有这样大的，真个好玩。我们稍看一会再走，如何？"癞姑笑道："你们真是少见多怪。海风多腥，这类蠢物有什么看头？前面好景致多着呢。"甄艮道："其实此物遇上鲸鱼，照例必有一场恶斗。现在双方俱是互相蓄势示威，引满待发，只等一挨近，撞上立起凶杀。因都生得长大，今日鲸群又多，声势必更骇人。我以前曾见到过一次，斗到急时，连海底的沉沙都被搅起，急浪上涌数百丈，水花飞溅出二三百里以外，和降倾盆大雨一般，上下混茫，全是水气布满，哪还看得出丝毫天色。我们如非有事，倒是有个看头。"

易静、癞姑二人主持飞行，说时并未停止，遁光迅速，晃眼已经飞过。金、石二人闻得来路海啸之声比前洪厉，回头一看，上下相连，一片白茫茫，已分不出哪是天，哪是水。金蝉慧目，力能透视云雾，看出水雾迷濛中，有数十条大小黑影在海中翻腾追逐，料是恶斗已起，连道"可惜"。癞姑笑道："你们两个真孩子气，腥气烘烘的东西有什么可惜？"石生道："你不要老气横秋，前边要没甚好看景致，我再寻你算账。"易静笑道："小师弟，不要可惜，你看前面，好东西不快来了么？"

众人闻言，往前一看，乃是由北极冰洋随波流来的大小冰块，大的也和小山相似，有的上面还带有极厚的雪。因是大小不一，迟速各异，又受海水冲击，四边残缺者多，森若剑树。浪再一打，前拥后撞，浪花飞舞中，发出一种极清脆的声音，铿锵不已。忽有两块极大的互相撞在一起，轰隆一声巨震过处，立时断裂。无数大小冰雪纷如雨雪，飞洒海面，击在海波上面，铿锵轰隆，响成一片，好听已极。石生道："这不过是些大冰块，有甚好看？"易静道："呆子，你真俗气。单这碎冰声音，有的宛如雷霆乍惊，有的仿佛无数珍珠散落玉盘，有多好听！并且这还是开头，好的还未到来。再往前走，你看了不叫绝才怪哩。"说时，不觉又飞翔出老远一程，沿途所见冰块也越来越大，形态也越奇怪。有的如峰峦峭拔，有的如龙蛇象狮，甚或如巨灵踏海，仙子凌波,刀山剑树,鬼物森列,势欲飞舞,随波一齐淌来,浪头倒被压平了些。海洋辽阔,极目无涯,到处都是。

气候越发寒冷。上面是羲轮失驭,昏惨无光,只在暗云低迷之中,依稀现出一圈白影。下面却是冰山耀辉,残雪照水,远近相映,光彩夺目。冲撞越多,散裂尤频。眼看一座极大的冰山忽然中断,或是撞成粉碎,轰隆砰嗙之声与铿锵叮咚之声,或细或洪,远近相应,会成一片繁响。异态殊形,倏忽万变,令人耳目应接不暇。金、石、阿童三人也不禁同声夸起好来。癞姑笑道:"你们三人还是少见多怪,这还不算,等一会还有好的来,我略施手法点缀,叫你们看个奇景。"

说不一会,前侧面忽然漂来一座极大的冰山,那山上丰中锐,因隐沉水中的下半截更大,矗立无边碧浪之中,毫不偏倚,远望直似朵云横海,缓缓飞来。等到临近一看,那冰山通体有千百丈高下,中腰细削之处恰在水上,形势愈显峭拔。当顶一片,满是白雪。离顶数丈以外,危崖森列,洞谷溪涧,无不毕具,万壑千峰,各呈异状。最妙是通体晶明,更无丝毫渣滓,寒光闪闪,夺目生花。当快浮到众人身侧,癞姑忽把遁光停住,手向外一指,冰山也停在海面不动。眼看一片光华照将上去,那些水晶洞壑峰峦立泛奇辉。因山太大,这一停住,后面大小冰块随波涌来,正挡去路,往上接连相撞去,又发出一片极雄壮的天籁。海波再随着一冲激,浪花飞舞,高起百丈,到了空中,再散落下来。那些碎冰海浪吃冰山上霞光一照,幻成一层层冰绡雾縠,裹着无限天花,在里面飞舞而下。还未及落到海里,后面浪头又一个紧接一个,翻腾激涌而上。水气越盛,也越鲜明灿烂,五色缤纷,光怪陆离,照眼生辉,绚丽无俦。金、石、甄、易、英琼、阿童等八人看得兴起,已各将宝光放出,照将上去。这一来,更幻出万道金光,千丈祥霞,晶芒远射,奇彩浮空,映得无边碧浪齐泛金光,荡漾海面,连天际沉云也成了锦霞。众人纷纷拍手叫绝不迭。

易静对癞姑道:"你还说人家小孩脾气,你先就是个小孩子头。这里已快入北极边境,海面空旷,宝光霞彩,上烛霄汉,千里以外都能看见。倘将前面各岛盘踞的妖人精怪惊动,赶来为难,不是无事找事么?"癞姑把大头一晃,笑道:"我们不过因北极这些妖邪虽是左道,只在极边荒寒之区,夜郎自大,平日只有水族遭殃,轻易不去中土作怪;这次又是有为而来,不愿使主人不快,故此懒得招惹,当真我们是怕他么?前随家师来游,几个比较有一点门道的俱都见过。他们见了家师,俱和凶神一样怕。过时他如知趣便罢,如

97

若大胆生心,想卖弄甚伎俩,叫他尝尝我的味道。"

易静闻言,猛想起屠龙师太昔年被长眉真人逐出门墙时,曾来北极觅地隐居修炼,并还和陷空老祖斗法两次,后经人调解,方始化敌为友。那威镇群邪的一柄屠龙刀,现正落在癫姑手里。她虽性喜滑稽,从不肯说自恃骄敌的话。起身以前,自己把事看得甚重,她只说曾随屠龙师太在玄冥界左近游历过,未曾深入,神情却似不甚在意。她不是不知轻重的人,行至中途,忽然炫弄冰山为戏,又说这类轻敌的话。就恃有前师所赠的屠龙刀,以她为人,也不至于如此轻率。想了想,问道:"闻得昔年屠龙师伯为了苦行,南北两极均曾隐修多年。师妹昔年可曾随侍在侧么?"这时,癫姑手缩袖里,口随众人嘻笑应答,耳目似有所注,闻言不甚在意,随口答道:"我拜师年浅,师父在此修炼时,我还不曾生哩。"易静又问:"那么师妹前番来此,是屠龙师伯道成离去以后,旧地重游的了?"癫姑刚答应道:"正是。"

忽听前面暗云低垂中,似有异声飞来。因相隔尚远,海中波涛竞喧,如走雷霆。众人竞观奇景,只管指点说笑,无人留意。只易静一人心细,首先警觉,方要告知众人戒备,瞥见癫姑手在袖中微动,往起略扬,跟着远远一声轻雷过处,异声忽似退去。待不一会,癫姑忽然说道:"我到水里看看这座山到底多高。"说罢,不俟答言,大头一晃,踪迹不见。随又隐隐听到前面一声鸟叫声,易静越料有事,所说乃是饰词,既不肯和众人先说,其中必有缘故。见众仍未觉察,便在暗中戒备,静候下文。

约有半盏茶时,癫姑忽然现身。易静见她面上微带喜容,也不说破,若无其事。癫姑看了易静一眼,还未张口,石生和易震终是童心,同问:"海底那半截如何? 你怎么不使它全浮上来?"癫姑道:"这座冰山时重时轻,被我强制住,支持了这些时。它底下根盘不固,再受急浪冲荡,好景无常,已快倒了。"话未说完,只听冰山上喳喳连响,接着轰隆一声,倏地迸散爆裂,万壑千峰,齐化乌有,雪崩也似坍塌下来。激得海水排天而起,波涛汹涌,骇浪山飞。众人宝光尚未撤回,又映出大片奇丽之景。癫姑随说:"快走!"众人见无可看,只得各收法宝,一同飞起。

易静知道冰山之倒,乃癫姑意欲上路,恐众贪玩奇景,不舍即去,暗中行法所为。否则,那冰山已吃法力禁制,兀立海中,万无自倒之理。猜她先是故意炫露,等把妖邪引来,隐身独前,自去应付。偏是回来得这么快,行法俱在袖中,四外留神观察,除遥空两次异声略鸣即止外,并不见有一丝应敌征兆,面上又带喜容。既不会是向众同门卖弄,行事何以如此隐秘? 好生不解。因癫姑只和自己以目示意,表面仍和众人说笑,一语不发,料有难言之隐,便不再问,同催遁光,加紧前驶。

癫姑却知自己行藏瞒不过易静,恐其多心,借题发话道:"自来有备无患,什么事都是帮手多好。我们赶到陷空岛,还是多着一人入海求见吧。"易静笑答道:"师妹旧地重临,法力又高,智珠在握,想有胜算了。"癫姑也笑道:"师姊一行表率,怎和我说出这样话来?我虽来过,因随家师办一件事,只北极边界较熟,玄冥界那边要地并没去过,底细不知,自然仍是易师姊主持为是。我只就我所知略微准备便了。"易静听出她暗有布置,适才所遇,看那来势,分明是旁门中精怪妖邪,不知怎会如此容易服低,见即避退,不便深问,只含笑点了点头。癫姑也未往下再说。

众人又往前飞了千余里,见海面上已然冰冻。起初冰层不厚,下面寒涛伏流,激荡有声,时有碎裂涣散之处。渐渐冰层愈厚,四外静荡荡的,悄无声息。寒雾愈浓,混混茫茫,一色白直到天边,也分不出哪里是海,哪里是陆地。遁光疾驶所发破空之声,竟震撼得八方遥应。不时听到远近坚冰断裂之声,发为繁响,不绝于耳。

易静知道前、左、右三面山岭杂沓,峰峦林立,因相隔远,隐于浓雾冻雪之中,看不出来。这些山岭峰峦,连同好些高可参天的危崖峭壁,俱是万千冰雪凝积,经不起巨声震动。遁光冲破冷云,向前疾驶,其力甚大,稍不留神,飞临切近,休说撞上非塌倒不可,便这破空之声和被遁光冲开的云气一鼓荡,也纷纷崩裂,顺着冰原滑向海里,顺流而下,闹得附近北极的海上流冰越多。不特来路所见渔船难免受害,并还易使气候变化,发生风雪酷寒、洪水之灾。那声势尤为惊人,只要一处冰崖崩裂,势必发生极洪大的巨震,稍大一点声息,都禁不住,何况这类惊天撼地的大震。附近峰峦崖壁受不住巨烈震动,也相继崩裂倒塌。于是纷纷相应,往四外蔓延,推广开去,一峰崩倒,万山连应,把方圆万里以上的地形一齐改变。往往经时数月,始渐停歇。那无量数的冰块,有的被前途断山残壁阻住,越积越多,重重叠叠,由小而大,仍积成山岭。有的去路地势低凹,又无阻滞,便顺冰面滑向海里,化为绝大寒流,为害人间了。自己前生曾随师母、师父同驾舟来游,曾听说过。一听四外冰裂之声纷起,相隔玄冥界又只二三千里之遥,既防贻害,又恐惊动前面妖邪精怪,忙令众人把遁光升高,在天空冻云之中缓缓前飞,不令发出巨声,免生他变。

当地乃北极中部数千里最酷寒的一带,空中密雾浓云,俱已冻成一层层冰气，紧紧笼罩大地之上，相距只数十丈高下，地势又是越往前去越高。众人横海飞来，为玩沿途景致，飞得本就不高，再一直平飞过去，无形中逐渐降低，最后离地才只十余丈高下。因上面沉云低垂，大地又静荡荡，不见一人一物，均未想往上升。这一飞向高空，天气固是酷寒，那冻云冷雾凝成的冰气，竟是越往上越厚，虽不似真冰一般坚硬，却也具体而微，浮空欲聚。飞行空中，只听遁光冲过，排挤激荡，声如鸣玉，响成一片，煞是细碎好听。俯视下面，除金蝉一人能透视云雾，一览无遗，易静、癞姑、石生三人各有慧目法眼能够看出外，余人多半连地形均难分辨。因飞得太高，破空之声为密云所阻，遁光所冲激起的云气，只在高空回旋震荡，传不到地面，所以飞不很远，那进裂之声便自静止。

癞姑笑对金蝉道："你那一双神目，曾经芝仙灵液沾润，能透视云雾，不比我和小和尚，还要运用玄功，凝神注目，才能看出一点行迹。天气如此奇冷，我想离玄冥界已无多远，我们必须在三百里外降落，步行过去。听说那一带地形已变，不是昔年平原，中有一道高岭，横亘冰原之上。陷空老祖因近年时有异派妖邪前往，勾结他的徒弟侍者，心中不悦，为禁外人入境，又把禁制分作上下两层。岭上时有怪光隐现，老远便可看见。离界五百里，还有一座高峰，全北极山地都是极厚冰雪，独此一峰，通体皆石，不着寸冰。峰下便是火眼，与界那面元磁真气发源的磁穴相对。前途云雾越密，这瞭望之责，索性交你一人。你把云路偏东，留神观察，如见前面云雾中现出一座笔直的孤峰，青烟一缕缕摇曳其上，便是此峰，可速当先往峰脚降落。我和易师姊自会率众同下。索性多受点累，大家多走点路，由那里步行过去好了。我现用掌教师尊灵符、仙法，隐秘传声相告。除易师姊外，别人均听不出。好些原因，事完回去再为详言。你只依言行事，不要回答。如照我的估计，就被人识破行藏，也必以为我们都过不去，不放在心上，就容易飞越了。"金蝉闻言，料有深意，把头一点，依言注视前面。

英琼与易静、癞姑相隔最近，见她手缩袖中，嘴唇乱动，似向金蝉说话，却无声音。方要询问，吃易静摇手示意止住，没有说出。癞姑又用传声之法，分别告知众人："少时只要一降落地面，一直前行，不可任性发问，能一语不说最好。"

易静见状，料知事关机密，癞姑对于此行，必有成竹在胸，只不知以前怎不向众人说起，到时才行嘱咐。疑她推尊自己，不肯僭先，又觉不似。因为以前到幻波池第二日，三人便有誓约，一同虔修，患难成败与共，同参正果。

以后遇事，谁能胜任，谁便上前，余下二人为辅，同心同德，决不容有丝毫意气之见，无所用其避忌谦让。真有上策佳谋，尽可明言，锐身做主当先。适才还拿话点她，何以如此拘泥，临机方始出头分派？心中好生不解。

这一段路飞得慢些，约有半日，才行飞近。时值北极的初夏明季，没有黑夜。虽然天气阴寒，只正午时略见一点阳光，终日都是暗云低迷，气象愁惨荒凉，但有冰雪之光反映，近地一带仍是明光耀眼。在天空中飞行，因有重雾密云，反倒昏暗非常。外人经此，直是伸手不能辨指。凭金蝉一双神目，也只看出二三百里远近。余人便是两三个道行高的，运用慧目法眼注视，也只百里以内能够透视，再远便已看不见。估量将到，愈发留神，各听癞姑叮嘱，一言不发，一味哑飞。

金蝉独自当先，正飞之间，发现前面果有一座孤峰，撑空天柱般拔地而起。峰顶仿佛中凹，内有一缕青烟袅袅上升，只有尺许粗细。当顶四外的云雾，竟被冲开一个比峰还大数倍的云洞，少说也有四五十里方圆。知已到了地头，忙打手势告知后面诸人。易静、癞姑立把遁光又放慢了一倍。约有半个时辰，到达峰前只有数十里路，金蝉便向下斜飞，往峰脚落去。众人随在后面，一同降落。才出云层，便见下面现出一片奇景。原来北极全地面都是冰雪压满，而环着峰脚一圈，独有石土地面，峰形圆直如笔。下有火源，终古冰雪不凝。可是四外俱是冰原，经此一来，地势自然凹下了千百丈。站在冰原俯视峰下，宛如一个百余里方圆的深井，当中立着一根天柱。别处冰原多有积雪，这一圈俱是坚冰，看去水晶也似，又滑又高，光鉴毛发。头上云雾，又被峰顶青烟冲开，现出数十里方圆的天色。碧空澄澈，不着纤云。与下面冰井正对，圆得和人工修成的一般。

易静前次，原自海底通行。归途为广经历，虽随一真大师由玄冥界边上飞过，因是陷空老祖所说路径，又要往北海去乘碧沉舟与父母会合回岛，见玄冥界上空暗若长夜，过界以后，便是冰雪兼天，云雾比起今日还密得多。觉着来路奇景已然遍历，过界以后便是一片荒寒，无甚意思，便和师父说抄近赶回，不曾经此。到了碧沉舟中，才听师父说起界这边还有神峰火眼之异。初以为寻常看惯的火山一类，想不到有此奇景。见下面环峰一圈，虽有百里方圆，花树泉石颇多，景物愈发灵异。但是四外冰壁环绕，上下相去十丈，必定无路可通。见众欲下观赏奇景，方欲阻止，癞姑把手一招，已纵遁光领头下降。心想："奇景难得，也不争此片刻耽延，见识一回也好。"便随众人一同降落。

众人到下面一看,那峰不特拔地参天,形势奇伟,而且自腰以下直到地上,竟是绿油油布满苔藓,苍润欲流,与上半石色如玉,寸草不生,迥乎不同。最奇的是,环峰一条溪涧,承着冰壁上面飞堕下来的冰水,宛如一圈千丈晶墙,倒挂着无数大小玉龙,雪洒珠飞,雷轰电舞,如闻钧天广乐,备极视听之奇。溪水约可平岸。及往水中一看,碧波湛湛,深竟莫测,数百道飞瀑,由冰壁中腰离地数百丈处,齐注溪中。水势如此浩大,却未见有溢出之处。溪岸上面,地势平衍,与峰相隔约有十余里,芳草如茵,碧绿似染。到处疏林掩映,树身修直,亭亭矗列于平原荒草之上。最高者竟有百丈高下,粗却只有两抱,干黑如铁,叩上去作金石声。下半笔直,离地数十丈,方有枝丫伸出,一层层宝塔也似往上堆去,枝上满缀繁花。因树高大,枝柯稠密,每株开花不下万数,只有红、白二色,其形如梅,每朵大约尺许。树叶颜色翠红,大可径丈,也和梅叶相似,寥寥二三十片,生在树梢当中主枝之上,四下分披,宛如一片碧云罩着百丈红霞,千尺香雪,株株如是。下面行列甚稀,上面花繁枝密。几乎株株相接,连成一片锦云,花光艳发,鲜明照眼。似此奇花,便凝碧仙府,也未生有一株,端的平生初见。

众人方在观赏惊奇,默契无言,癫姑往两侧略一端详,便打手势招呼众人,往前面飞去。晃眼飞达峰后,忽见离地丈许峰麓上面,有一石洞,两扇石门紧闭,甚是齐整。癫姑令众停住,自和易静飞身上去,用手指朝洞门上轻轻弹了两下,又在门上画了两画。待不一会,便听内里有人拖着锁链行走之声。跟着便听厉声发话道:"老东西,又来扰我清修做甚?"说罢,洞门开处,内里走出一个身材短小,相貌丑恶,头大如斗,胡须虬结,手持鸠杖,行路迟缓的老怪人,一见洞外来了两个女子,似甚惊讶。面色刚刚一变,倏地暴怒,一摆手中鸠杖,便要打下,杖头上立有朵朵银花,自鸠口中飞出。一面并还口喝问,方说得一个"你"字,癫姑早有准备,不等杖下发话,手早扬起,手掌上现出一粒豆大乌光。那老怪人立即住口,改倨为恭,并忙收鸠杖,面带惊喜之色,肃客入内。

二人刚刚走进,门便关闭。易静见这怪人脚上拖着一条铁锁链,似极沉重。洞中甚是高大,共分里外两层。外层是一广庭,约有两三亩方圆。内层石室两间,一大一小,老怪人住在小间以内。同到里面坐下,向二人问道:"二位道友,可是受我好友黄风道长之托而来么?"癫姑也不回答,先只告诉易静,这里不怕被对头听去,可以随便说话了。接着便对易静谈起这位怪老人的来历。

癫姑说道:"这位道友名叫乌神叟,和北极海黄风道友乃生死之交。我虽初见,但听眇姑说过。以前屠龙家师在北海冰洋中修炼时,因二位道友受了别的妖邪怂恿,来扰家师清修,斗法被擒,身受家师意锁。黄风道友当时服低认错,被家师说了两句放走。乌道友性较刚直,不肯服输,竟然带锁逃走。黄风道友由此改行向善,屡欲拜在家师门下,家师未允。又为乌道友求情。家师说:'乌神叟被擒时,不能放下屠刀,意锁已然锁骨穿心,将来虽有机缘解脱,此时却是不行。如用我屠龙刀割断,未始不可,但是修炼不到时候,此锁一断,心便化成劫灰,身也相随同尽了。姑念你为朋友的义气,再三恳求,现传你一道符咒,等你朋友悔罪求免之际,传授与他,令其持诵,到时自有灵效。'乌道友始终未来,黄风道友以后却得家师相助,免去一场大难。眇姑说我异日如有机缘去至北海,可寻他做个东道主人。

"我因眇姑素来冷脸,不喜说话,忽然提起我未拜师以前的事,彼时满拟永远追随家师,决无亏吃,并未想到要转投峨眉门下。她又语焉不详,没头没尾,当是戏语,未甚在意。次日无心中问黄风道友如何找法,她又传我两道灵符。说此人现隐身冰洋海底,潜伏不出,事前必须闹些狡狯,将他激怒,等他追来为难,再将一道灵符发出,去往海中相见便了。另一道灵符,说是可在真火之中出入,也未试过。这原是开府前一年的话,说过抛开。日前去往红木岭盗剑,掌教师尊所赐手柬,忽现字迹,末有两行,便略提此事。因是偈语,当时不能解悟,所以一路寻思未说。及到冰洋上空,看到海中流水,忽然省悟,想起前事。又以偈语有'缜密无声'之言,便借冰山炫露,果将黄风道长引来。先还以为灵符必有妙用,哪知竟是暗号。黄风道长一见,立命同来的人退去,径往水中等候。我入水相见一谈,才知家师当年早算定今日之事。

"这位乌道友遁去不久,便投往陷空老祖那里,欲借老祖法力将锁化去,但屡试无效。老祖随命乌道友在玄冥界防守,不合受了老祖大弟子灵威叟之托,一时徇情,为孽徒长臂神魔郑元规所愚,吃他盗了灵丹法宝,逃出界去。老祖恨他纵贼逃去,就用原锁锁在这小峰石洞以内,日受风雷烈火之苦。乌道友方始生了悔心。黄风道友为友义气,冒险来此劝说,并传家师符咒,告以难满,救星自来。乌道友持咒之后,虽不能出,风雷烈火已不能伤;并还可借真火之力,来化炼意锁,免受好些苦楚。

"二道友俱都炼有内丹元神,附近精怪妖邪俱都觊觎,屡向陷空师徒进谗,稍有嫌隙,便即夺去。这班妖邪,颇具神通变化,多半精于隐形飞遁、天视地听之术,如被警觉,许多不便。只有这座鳌极洞,深藏地底,四外冰壁高过千丈,更有玄冥界和磁源阻隔,隐秘非常,又有禁法隐伏,外观不见,不知底细的人,只要下来便被困住,一任多厉害的精灵妖邪,不奉陷空老祖之命,也休想下来。我们在此说话,不怕听去。我也是黄风道友详吐机密,才知这里和上下出入门径。适才不曾细说,便由于此。

"现在我受黄风道友之托,来助乌道友脱困,并践屠龙家师昔年夙诺。大约还有个把时辰耽搁,才能起身。六小师弟和小和尚,惧喜多事,见我二人久不出示,难保不生花样淘气。乌道友洞门不能常开,关闭特急,没有告知他们。请易师姊到前面去,隔洞传声,嘱咐他们在峰脚一带闲游,只不可不俟我们出去,离地飞起,以免误触禁网,惊动对头,引出事来。说完少俟片刻,洞外诸人如无动静,便请回来。此事正需师姊大力相助呢。"

易静见她说时暗使眼色,忙即应声出去。行时看见乌神叟一张怪脸,满是惊喜之容。等到前面隔着洞门向众嘱咐完,待不一会,闻得癫姑在喊师姊。回到后进小室一看,乌神叟已然不在,地上却有火烙之痕甚深,蜿蜒如带,长约数丈,知是乌神叟身上铁链化去的痕印。笑问:"事完了么?"癫姑道:"意锁被家师所传符偈与我那柄屠龙刀会合发生神火,化为乌有。只是乌道友还受有陷空老祖风雷禁制,身罩无形如意神网,非牟尼散光丸不能破去。现在乌道友已往别室准备,尚须仰仗师姊法宝一用呢。"易静点了点头,悄问道:"这位道友既有屠龙师伯之命,自当成人之美,一粒散光丸原无足惜。只是我们有求于人,还未到达,便破他禁法,放去所禁之人,我们求取灵药,不更艰难了么?"

癫姑道:"此事不然。乌道友被禁在此,只因陷空老祖一时之愤,并非本心。事后即觉乌道友受他大弟子灵威叟之托,怎敢得罪?按理不能怪他,自己处置太过,早生悔心。无如事前没想到家师所炼法宝相生相应,变化无穷,不可思议。一上来用如意神网将乌道友网住,本要杀死,忽想到处置不公,罪不至此。这座神峰关系重要,以前门人轮值,往往仗恃禁制严密,外人不能擅入。就算看出门户,到了峰下,要想入洞暗破火源,将神峰炸毁,也是万难。附近妖邪精怪,又都是自己耳目,外人只要入境,立即觉察,或是群起阻难,或是尾随窥伺动静,多机密多厉害的仇敌,也无所施其技。于是粗心疏忽,借着轮值,偷偷赶往中土游玩,屡戒不改,觉着可虑。为此炼一阵法,隐护此峰。炼成以后,这方圆五百里内均被封闭,外人决走不进,也无须再命人防守。但是此阵共有七十二座旗门,已炼了多年,尚须一甲子始能炼成。如用乌道友在此常年坐镇，实是省心得多。并且乌道友身为意锁所困，正好借用。便取海底万年寒铁之精所炼制成的长生宝链，连在锁上，以防遁走。并使其遇敌之时，仍可飞身出洞应战，只在离洞百里以内，均可任意往来。此链百转柔钢，又经法术久炼，肉眼所不能见。一经受缚，终身受制，多大神通也难解脱，本是无形之宝。哪知受了佛法反应，一经连上，顿现原质，笨重非常。意念稍一把握不住，立生烈火烧身。这一来，连陷空老祖也无法解下。自知弄巧成拙，没奈何，一面令乌道友仍来坐镇，一面防他怀恨，自坏火源，又加上风雷之禁，使其不敢生心妄动。平时却用好语安慰，说是脱困关键，全在意锁，只要勉力前修，功候一到，便能化去。并许其只要不生出叛逆之心，何时将这三件法宝破去，便可脱困，各自离开。但在离去以前，必须发动这里备就的信号，以便命人前来接替，别无顾忌。我们破去此宝，就陷空老祖知道也不相干。何况当初乌道友未得罪陷空老祖时，陷空老祖曾代说情，家师告以时机未到，到时定看道友情面，命人来此破锁放他，道友不可多心，双方曾有前约。现在乌道友人虽脱困，除非取药不成，须他相助，便须等到我们取药到手，归途经此，然后向陷空岛发出难满求代的信号，践了前言，方始离开，同往中土。又不背他的话，这有何妨？

　　"不过灵威叟那老家伙，枉自修道多年，专喜滥做好人，与各异派中首脑均有来往。又喜纵容儿子、徒弟满处生事。他那宝贝蠢子名叫灵奇，前在衡山闲游，路遇何玫、崔绮（当时何、崔二人还未转投本门），也不想想那是什么地方，竟把崔师妹看上，双方翻脸斗法，灵奇眼看得胜。被二师兄岳雯在衡山顶上看见，赶来相助，将他打败，如非妖人郑元规救他，几为飞剑所斩。偏一念情痴，心终不死，会爱定了崔师妹，不时暗中尾随，俱因同行有人，未敢公然现身勾搭，只是片面相思。

　　"后被老家伙知道，因知金姥姥不好惹，她那女弟子怎会嫁人？只得将蠢子逼往缙云峰喝石崖仙洞中，罚令面壁三年，收敛邪心，期满苦求放出。不多日子，这蠢子又在仙霞谷路遇何、崔二师妹，重又勾起前念。这次不知想什么糊涂心思，改用软功，不再动武，径直跪在崔师妹面前，说了许多不要脸的痴话。说他自知情孽，并无邪念，只求做一忘形之交，常共往还，得视玉貌，于愿已足。如再见拒，便请赐一剑，甘死在心上人手里，决不还手。崔师妹也被他苦肉计所动，没好意思伤他。又以飞剑、法力均非其敌，正在为难。恰值武当山石家姊妹飞来，何师妹才说得一句："这便是衡山所遇之人。"石家姊妹火也真大，不听下文，便放飞剑出去。闹得何、崔师妹也不能袖手旁观,四人合力打他一个,终于被石玉珠用半边老尼新传的青牛剑断去一臂。崔师妹念他情痴,力为劝说,说此人尚无大恶,并非妖邪,才行放走。

"灵威叟代他向陷空老祖求取灵药续臂,陷空老祖不与,只得去向郑元规索讨他由陷空岛盗走的灵药。恰值一群妖邪攻打峨眉仙府,逼他相助。头一阵便吃乙师伯唤住大骂,给了他一粒灵丹,把他儿子膀臂保住。不料灵奇近日听说崔师妹投入了本门,越发绝望,失意之余,去往小南极光明境访友。归途中,路经四十七岛,被一女妖人看中,变成女的一头热。与人斗法三四日夜,末了敌人为他重伤几死,他也耗却了好些元气。

"老家伙舐犊情深,又去寻找乙师伯求取灵药。中途遇见百禽道人,本就相识,开府时又见一面。老家伙见人谦恭,惯执后辈之礼,又肯服低认错,所以上次助众妖人攻峨眉,开府时,又老了面皮去代乃师致贺观礼,无人和他计较。他知公冶真人法力高深,玄机奥妙,便说了来意,并打听乙师伯铜椰岛以后下落。经公冶真人一说,才知乙师伯现存灵药,还是遭劫以前所炼,本就无多,因他为人慷慨大方,对于后辈有求必应,上次赐他时共只剩了几粒。今番夫妻和好,因韩仙子道成复体之时要用,打算再炼一炉,但药难采齐,又非短时期所能炼成,便全给了韩仙子。峨眉众弟子奉命下山行道,前途险难甚多,此丹功能起死,可备缓急,最是有用,连峨眉诸长老均知韩仙子需此甚切,都未肯要。灵威叟上次已得了一粒,如何能再往要?并且乙师伯和韩仙子正与妖人斗法,行踪无定,去了也找不到。灵威叟因听公冶真人说起道家所炼元精和异类修成的内丹功效相同,又想到乌道友身上,近日已然连来求说两次,始而好言苦求,继以大言恐吓。乌道友如果答应,要耗他一甲子功行,自然不允。昨日愤愤而去,料他还要再来。他本有挟而求,如见乃师法宝破去,难保不借此要挟,发生枝节;甚或回岛告发,播弄是非。虽然乌道友已然脱困,以他神通变化,不怕老家伙行凶,到底于我们取药之事有碍。为防他去而复转,三次又来相强,最好在他未来以前,把灵药得到,便无妨了。"

易静答道:"灵威叟我曾见过一面,还不算是不通情理。他日前愤愤而去,必见乌道友不允所请,又去别处设法,大约无处求得,方始再来。不过三次再来,必用强力,非得到手,不肯善罢。此人乃陷空老祖衣钵传人,长门弟子。当年乃师方一入道,便即相从,同共患难,出死入生者数十次,乃有今日。法力颇高,乃师好些法宝均在他手。乌道友不可不留心戒备呢。"癫姑道:"这一层,乌道友已经想到。好在禁制已去,飞遁变化又极神速,决不致为他所困。听说他那蠢子也颇有些伎俩呢。"

易静道："我也曾听人说，灵奇原是东海散仙余暂公门下，所习本非邪教，也未听说有什么邪恶行径。他和崔师妹不是孽缘，必有夙因。只要他真能言行如一，不似世人好色，作那情欲之想，我们同道中男女都有，崔师妹便与结为方外之交，有何不可？你笑他蠢，我倒觉他蠢得可怜，愚不可及。如此情痴，何必辜负，恩爱成仇，坚拒于千里之外？异日回去，见到崔师妹，我必详为劝导，令其俯如所请，结为密友，你看如何？"癞姑笑道："想不到易师姊平日那么铁面钢骨，会有这等救苦救难的菩萨心肠。可惜这厮不在此地，否则便被听去，不把你当作救命恩人才怪哩。"

二人方在说笑，忽听后面呻吟之声。癞姑道："乌道友持家师符偈多年，已然功候将完。现在借用风火之力脱去原体，你听后面呻吟，元婴业已离窍而出。我们无须再等，是时候了。"

说罢，二人同往另一间较大的石室中走去。刚一进门，便见里壁下面，青红光烟明灭，整片石壁上现出一个圆洞。二人由洞中步入，走完一条曲折盘旋的甬道，面前忽现一个数十丈大的石室。室形长圆，当中有一圆洞，大仅丈许，室顶甚高，下宽上窄，越往上越小，离地百丈以上，便缩成尺许大小一个石孔，再往上更小。下面圆洞青蒙蒙，烟雾隐隐，深不可测。那青雾淡如轻绡，往上飘起，下面缓而且静，向上浮起。才一冒出洞口，势便转急，紧贴洞边，做一圆圈向当顶激射上去。中心却是空的，看去宛如一幢薄如蝉翼的纱钟，紧紧罩在圆洞之中。二人知是神火发源之地，峰顶青烟便由此往上喷出。

适闻呻吟之声，也自烟洞中发出，却看不见乌神叟。心想："洞中神火厉害非常，多大道行法力，也难在火眼里停留。乌神叟的元婴决禁不住，照理不应身在火中。而适听呻吟之声，分明又在这间石室以内。"二人方在寻思查看，呻吟之声又起自火洞前地底。一会忽转洪厉，声如牛吼。二人细一观察，那地面竟似钢铁凝铸，浑成一片，坚固异常。只正对火洞的前面，有丈许大小一圈圆影，隐泛光华。这才悟出那是乌神叟受禁之地，断定不久即出，忙各留神准备。

易静刚把法宝取出，圆影中倏地光华闪烁，晃眼精芒四射，随陷裂出一个丈许大一幢灰白色的光华，由穴中冉冉往上升起。乌神叟双手合掌，盘膝打坐其上，双目垂帘，鼻间玉箸双垂，口中喷出一片黑气，包没全身，看神情似已坐化。到了地面停住，圆影中精光一闪，便复原状。乌神叟仍由灰白光华拥住,趺坐圈中。

癞姑忙喊:"乌道友元婴被那无形神网闭住天门,不能出窍,易师姊快些下手!"易静闻言,便把手中一粒牟尼散光丸发了出去。因此宝威力甚大,恐乌神叟法体震毁,发时甚是仔细。运用玄功,将那豆大一粒宝光指定,缓缓飞到乌神叟头上,与那灰白光华微微一触,化成一片光雨炸裂。那威力虽只平日对敌运用时十分之一二,已是惊人,只听一声轻雷过处,灰白光华首先散裂。同时光雨所射黑气外面,又飞起无数寸断彩丝,那黑气也荡了两荡。乌神叟急往口中吸回,晃眼皆尽。二人看出黑气是乌神叟的内丹所化,那千万彩丝方是无形神网,已为散光丸炸成寸断消灭。料是乌神叟知道此宝威力,运用内丹元气化为黑气喷出,将身外无形神网强行撑起,紧护身外,免连法身一齐毁去。

二人正在等候婴儿出窍,忽听乌神叟命门内小语道:"二位恩人,请到原室落座。老朽一会即来叩谢。"二女知婴儿初出,不愿赤身相见,便往原坐室内退回。刚刚坐定,谈了几句,乌神叟元婴已经道成满难,脱体走来,进门便向二人拜谢。二人见他只比原身矮小了三分之一,除满面道气,精神焕发,身不伛偻,比较年轻得多而外,一切均与原形相似。依然是凸额广颧,凹口掀唇;虬须如戟,又粗又硬;突睛上翻,精光四射。身材比寻常人高不许多,只是臃肿痴肥,看去十分丑怪。忙同还礼称贺。

乌神叟道:"我因牟尼散光丸厉害,毁却原身无妨,惟恐元神也受波及,但又非此不能脱体出窍,没奈何,只得强运玄功,将那紧贴身上的密网强自撑开,费了无穷心力,才将身子包没一层。心还害怕,此事太险,万一易道友法宝无功,我那护身元气已吃神网裹紧,能发而不能收,时久必被消亡耗损,即使二位道友另向各位仙师求来异宝相救,元婴得已出窍,不致闭住,至少三数百年功力也被毁去了。想不到道友法力如此高强,此宝竟有如此神妙,威力大小由心。那网乃五行真气凝成,未毁以前,又看不出形影,破它极难,可是稍有破裂,立即全毁。我收元气,也还迅速,竟无一毫损耗,大出意料之外,感谢不尽。我觉着散光丸炸音甚密,中在身上的只两三点,就这样,身外元气已几乎被它震荡,此宝威力,可想而知了。"

癞姑笑道:"你的事算完了。我们该当如何才能免去前途两层禁制、一层元磁神光的阻碍,越过这条铁槛岭呢?"乌神叟忙答道:"诸位道友,过岭之事自然包在老朽身上。真要不行,至多绕行千里路,与黄风道友会合,由冰海底下穿行,也能到达。道友只管放心。倒是道友所要的万年续断和灵玉膏,岛主和妙一真人已有交往,按说可以得到。无如上次孽徒长臂神魔郑元规逃走时,盗去了一大葫芦药,所剩无多。闻说岛主自身不久还有灾劫,要留备后用。灵威叟两次乞求不与,一则怪他纵容孽徒,知情不举;一半也是为了灵药无多,药草虽有,炼成还须多年苦功,缓不济急之故。又以郑元规拜在五毒天王列霸多门下,尽管狠毒,偏偏岛主灾劫将临,深居简出,尚恐不能避免,如何还去数万里外寻仇树敌?想了想,顾忌太多。没奈何,只得强忍怒火,仅费了数日苦功,施展神通,将孽徒盗去的法宝,择那曾经自己下苦祭炼,心灵相通的,收了几件回来。自己隐修北极,年数太久,居安思危,谋深虑远,知道多大法力的人,对于本身灾劫只能推详出一个大概,不能洞悉微妙。祸变之来,出人意外,发于不知不觉之中,往往差之毫厘,谬以千里。定数所限,不是人力所能避免。人定胜天,也非无有,但须本身积有大功大德,并有极高法力,以及福厚道高的至交群力相助,方可有望。岛主一向轻易不与外人交往,法力虽高,孤立无援。只有不昧先机,沉着应变,小心戒备,或可勉渡难关。为此之故,不特不曾追寻孽徒问罪,反觉微风起于萍末,此是先机之兆,索性紧闭洞门,每日炼法勤功,既不轻出,也不肯见外人。连这次峨眉开府,妙一真人柬邀观礼,都只命灵威叟代往致贺,不曾前往。他那灵药,嫡传大弟子尚且不与,何况外人?我看此事甚难,尽管二位道友智珠在握,还须事先把主意想好,才可前行呢。"

二人虽知郑元规叛师盗宝之事,并不知所盗如此之多,主人已所剩无几。如以婉言相拒,双方虽无交情,但是素无嫌怨,新近开府还曾柬请观礼,其势不能因对方拒绝,便去明夺暗取,艰难原在意中,却不料难到如此地步。不禁对看,踌躇起来。乌神叟见二女有为难神气,又说道:"陷空老祖虽然法力高强,终是旁门。这次妙一真人柬请观礼,听灵威叟语气,他师徒觉着妙一真人对他看重,颇以为荣。道友去了,只怕他推说神游入定,避而不见。若能设法见到,他往日颇重情面,性又好高,灵药被盗,以及余药留备后用,均是丢人之事;万年续断与灵玉膏,又系他独炼灵药,名扬在外,公然拒绝,未免碍口,事情并非全属无望。我说事先打算,是请二位道友去时想好退步,到后如被预知来意,设词谢客,用甚方法见他。只要能见到本人,就多半有望了。"

易静道:"我们同来十人,自问力尚不弱,索性是个敌人也倒好办。偏生日前开府时又请过他,有力不好使,这就难了。道友可有高见么?"乌神叟道:"陷空岛水晶宫阙,深居海底,经他数百年运用法力,惨淡经营,本就坚如千寻精钢。环宫四外,更有冷焰寒铁、海气玄冰、极光元磁诸般埋伏,神妙无穷,厉害非常,宫门一闭,多高法力也难闯进。以我所知,他生平只有两个能克制他的:一是巫山神羊峰大方真人神驼乙休,一是离此西北三千里的天乾山小男。这两人,一个先敌后友,由对头打出来的相识;一个本是同道至友,将来急难相须,所仰为助者只此一人,益发言听计从。闻得峨眉开府,海内外群仙多受延请,更有许多不请自来的不速之客。这两位散仙并非寻常人物,更非左道妖邪一流,当无不请之理,多少总该有个相识。诸位道友到后,如不得见,只把这两位前辈散仙寻来一位,必能如愿以偿了。"

癞姑闻言,一想天乾山小男,原在预计之中,此公又是屠龙师太好友,只要求他,必允相助,心中为之一宽。笑道:"这等说法,我们就不发愁了。你只把路径说出来,我们好走。"乌神叟道:"玄冥界本是一片横长冰原,自从三千年前北极发生亘古未有的大地震,陷空老祖偶在无意中发现北极磁光,变幻灵异,光中有暗赤纹条,闪烁如电,并作殷殷雷鸣之声。陷空老祖默运玄机一算,知道万古未消的冰原广漠,自开辟以来十二万九千六百年中,共有七十二次巨震。每震一次,地形便要变动,一次比一次猛烈,冰雪也为地底真火融化数十百丈。到了最末一次,世上人物越多,难寻生息之地,这座神峰便要崩裂,火源上涌,将这方圆百万里的广大冰原,除却西北岳最高之处,一齐融化,发生洪水之灾。附近北极的海洋陆地俱受波及,宇内江湖河海,也一齐水涨,只成灾之处较少。似这样经过一甲子后,随着地势高下,区分出山林川泽,水陆地域。再由人类自来开辟这无边沃壤,无穷地利,以供衣食生息之需。这原是天心仁爱,定数当然。表面看似大灾巨变,实为未来人类造福。

"现在临到第七十一次大震上,虽然冰漠寒荒,人类绝迹,多大灾变也无关系。但是地域辽阔,人以外的生物连同冰海中栖息的水族介贝,也不在少数。何况邻近陷空岛一带,四周冰山雪岳环绕,天气无比酷寒,另具一种仙景,毁了也觉可惜。更恐震势过于猛烈,连陷空岛下水晶宫阙也受波及。这类发动自天,由地轴上生出来的巨变,不是自己的法力所能制止。

"他思考了好些日,最终又把天乾山小男约请了来,一同修下表章,通诚吁天,为北极亿万众生乞命,伏乞天心鉴佑,准其运用法力消灭灾变。随即合力在地震未发生以前数月,一面先把这里火源开大,先泄地火之势,以免郁而不宣,突然爆发,不可收拾;一面在玄冥界附近查出震脉来源,不等发作,先以法力攻穿地脉,使其化整为零,化大为小,釜底抽薪,先把地气泄去。

"一连忙了四十九日,当时全北极共起了三百八十余处地震,终日冰坍雪倒,地叱山鸣,震得人头晕神眩,目触心惊。碎冰残雪,直上千丈,满空飞舞,仙禽灵鸟,均不能够飞渡,声势已极猛恶。到了定数大震之日,自然还要厉害得多。这还是经二人运用法力,未发以前,先将气势泄去十之七八,只有本来的一两成,尚有如此威力。如若听其到时自发,更不知是甚可怖景象。似这样连震了七日七夜才住,地形全变,冰雪消融若干丈自不必说。二人为了保全陷空岛绣琼原一带美景,同在玄冥界上以全副神通阻止地震余波侵及界北。一面变移地肺,使震源往东西两头荒寒之区横逸过去。天惊地撼之下,连与弥天冰雪、排空寒浪以及罡风烈火搏斗,苦苦相持了十几天。又把那无量碎冰崩雪禁制一处,凝聚出这么一条三千六百里长的铁槛岭,横亘在玄冥界上,才保得陷空岛方圆千余里美景未受灾害。如非事出私心,要想保全岛宫仙府,不是全为生灵着想,功德之大,已不可数计,自身将来便有多厉害的灾劫,必化为祥和,无须畏惧。可惜他初念不及于此,枉费了数十日心力,只保得宫府无恙,绣琼原上仙景如初,于异日切身利害并无多大益处。

"过不数年,才由静参中推算出大劫将临,想起前事,良机坐失,变成无用,悔恨已是无及。因见门人私与异派妖邪来往,那禁网只要知底,步行走去,便能越过,难保不由此隐伏危机。于是又把玄冥界上禁制改作上下两层,来人无论步行还是飞越,均难通行。一经误触禁网,不论失陷与否,岛宫众人立即警觉。他自不出为敌,却发信号,传至附近各岛屿冰山的妖人精怪,一齐来攻,人多势众。内中也有不少能者,又都以能为他效力为荣,来势之猛,颇不可侮。要明里过去,除非行到岭前,虔敬通诚,告以来意,得他允准,始可安然越过;便不允,也不致涉险夹攻。不过必被婉言推谢,决难入境。来意再被查知,见面更是不能了。

"本来我也无能为力,凑巧那灵威叟平日为人还好,闲中无事,常来相访。数年前,因他爱子灵奇下山,常在外面树敌惹事,他不能时常离岛外出,岛主近又严命不许众弟子再引外人入门,他那爱子更在坚拒之列。偏生灵奇天性尚厚,有了乱子,固要寻他;便是无事,久不见乃父,也很想念,不时到此寻他。无奈冰原广漠,冰天雪地,万里寒荒,无处栖身。虽有几处岛屿,上有主者,均愿延款,乃子偏又自爱,不愿与妖邪为伍。铁岭亘阻,相隔陷空岛尚还辽远,休说不能飞渡,连信息都不能通。往往在冰洋雪岸之间徘徊多日,不能一遂乌私。这里虽有信号,近年他子也曾来过,但只在此栖身,守候乃父尚可,信号却不能妄发。有一次,灵奇来了月余,还是暂居此洞。因有急事,久候不耐,少年心性,也没和我商议,竟想偷渡铁岭,一到便吃禁法困住。岛中当是来了敌人,轮值门人撞动地寒钟,引得各岛妖邪齐往夹攻。眼看危机一发,犹幸内中有一妖人见到过他,认得是灵威叟爱子,忙止众人回去。无如自身不奉命,也不能过境,又无法解救,只得委之而去。后来还是灵威叟见久无信息,疑心来人中有能者,赶往查看,父子相遇,才得救下。事被岛主查知,几受重责。灵奇说岛主不应隔绝他父子天性,本就不忿;一听乃父受斥,越发怀恨,立志炼成法宝,去冲破岭上禁制。非到能通行自如,与父随时相见,不肯甘休。

　"灵威叟胆小畏师,又以身为长门弟子,近已屡犯过失,惟恐爱子无知惹出事来,只有爱子一到,得信立即赶来,方可无事。又以铁岭阻隔,不能传声求见,再四盘算,没奈何才对我说:此洞对面冰壁瀑布之中,有一条地道,一直通到玄冥界那边绣琼原前七八百余里冰谷之中。这便是上次大地震时,陷空老祖所开震源之一。当初为的是把震源引到界那边去应劫,所震之处,本是绣琼原之后一座极大冰崖。经此一震,化为冰谷,那一带地气由此而泄。到日又以法力遏止震源,因得就此保全,未再波及。事后别处通脉,均以大震之后,为冰雪所填没。独这一条通脉,一边不曾再震,一边又有这座神峰与磁源反应,地质坚硬。同时峰顶喷出极大火焰,千里方圆冰雪交融,发生洪水。峰身虽多现出了数百丈,却被震波反震出去,地面不曾震裂,因得保全。事后岛主因这里关系岛宫安危,多一条秘径可以应急,就此留下,把两头出入口封闭。只他一人预闻机密,能够启闭通行。

　"灵威叟爱子情深,竟然泄露,并传灵奇一件法宝。只要由这条秘径通行过界,把那小钟微晃,他便警觉,由此径出来相见;如久不至,便是有事,或值他出,便须急速回我这里,免被岛主查知,父子均有不便。本来无须走出口外,因灵奇久慕岛宫与绣琼原两处仙景,缠着乃父欲往一观,灵威叟也真溺爱,竟允了他。这里由我为主,他父子相见,本是私情,岛主知道,我也有不是处。以前也因他受人之愚,不肯明言,以致放走孽徒,累我受罪,已然愧对。又知我安分修持,决无二心,身受禁网,逃也无力,不便再为隐瞒,所以一切我皆与闻。有此秘径,过岭一层不极容易么?初见时,道友问我,不是不说,是因适才入定中参悟,诸位道友稍迟前往,似较稳妥,故此闲谈,稍延时刻。

　"前日灵威叟本是携子同来,因我坚持不舍内丹,他子也不愿败人的道而成全自己，才闹个不欢而散。我料他别处不成，仍要寻我。他也并非强求无偿，是以助我脱困来做交易。我已算定，脱困有望，照着屠龙师太符偈口诀，在此多修炼一日，有一日的好处，便是脱困之期还早，也是不肯。我想诸位道友去后，我以原躯壳幻出一些虚景，留一字条，假装入定。灵威曳耳鼻口目，灵警异常，只恐瞒他不了。适才洞外诸道友未曾一同延进，便因人多，恐被嗅出之故，以防万一走来撞上。诸位道友先往秘径缓缓行去，省得措手不及。"

随把出入之法告知。

易静、癞姑应诺，谢了指点。乌神曳随引二人同出洞外。英琼、阿童、六矮弟兄在外面虽等了两三个时辰，仗着花光明丽，清景如仙，事前又有易静传声相告，也未怎在意。三人出时，洞外八人正由左近花林中走来，匆匆礼见之后，乌神曳便引众人到了正对洞门的千寻冰壁之下。只见壁上寒瀑又宽又大，宛如百道匹练连成一片，倒卷下来，轰轰发发，声如喧雷。溪上雾涌烟霏，水花喷涌，映着四外花光，幻为异彩，奇观壮丽，从来罕见。正看之间，乌神曳行使禁法，将手一指，寒瀑立似冰凝，便不再流。壁脚丈许以上，白光连闪三次，现出一个大约两丈，圆滑坚莹的大洞。易静等一行十人，便飞身走了进去，互相举手作别。烟光杂沓中，入口封闭，洞壁外面瀑声又复洋洋盈耳。

众人初意那秘径不过由层冰中穿透，只是奇冷，不会十分坚固。及至进洞一看，只入口二三里与来路冰壁相通之处，是由层冰中挖掘出来的甬路，冰坚如晶，气候也不甚寒。再往前走，路便斜下，渐渐穿入地层以下，其热如蒸，比起开头一段冰衖，又大不相同。全甬路俱是一般方圆，除入口二三里晶光耀眼、清明可鉴外，一入地层，通体便如墨玉乌金，尽管隐光浮泛，却是昏暗如入黑洞。好在众人多是慧目法眼，甬路一色坦平，又无阻滞，虽在御遁飞行，因恐万一对面有人飞来，遁光全都隐起，照着乌神曳所说，缓缓向前飞去。

又飞行了二百余里，见那甬路并非一直向前，每行四五十里，必有一个转折，时东时西，往复回环，绕上一段，重又归入北行正路。有两个转折之处，并还现出歧径。众人有一次走错，行不数里，忽见地土崩塌之迹，将去路阻止，又退回来。似这样连经了两三处，方始悟出，这条甬路乃当初地底震脉总源。内里经陷空老祖在大震以前用法力开辟出来，又在里面分出许多经络，歧路纵横，引得地气先期往四外宣泄。到了预拟之处，再激荡地气，使其裂土上升，发为无数地震。那歧路坍塌之处，必是昔年地震遗迹。所有脉络，俱与乾象躔度相应。虽然所经仅得十分之一，管中窥豹，已见一斑。暗惊此老不特法力高强，这周围数十里的地面，竟能于数日内，在地底千丈以下，开通出密如蛛网的天躔甬路。就说这条甬路，是因邻近火峰磁源两处要地，格外加功慎重；余者千万震区的脉络，均以法力、法宝开通，草率简陋，只有通路，这魄力的雄伟，计虑的周详，也令人可惊可佩了。

阿童毕竟稚气未退，笑道："这条地道长得怕人。对方要是发觉有人潜入他的秘径，当成仇敌看待，稍微运用法力，这千多丈的冰雪泥土全压下来，四面堵塞，我们岂不给埋在内？ 如非诸位道友多精地形之术，要我一人还真有些胆怯呢。"癫姑道："小和尚，胆子怎这么小？ 就凭这点冰雪泥土就能压死你么？"易静道："此话并不尽然。我看此老这条甬路，已决计长此保留。当地震时，全径决无如此整齐坚固，事后必还另用法力修建，一定比铁还坚。以我们的法力强自穿行，未始不可，但非容易。我们不便给他残破，前面总该还有分歧之处。凡支脉开始的一段，均极坚固，想是留备最末一次大震，便于考查循迹，不曾毁去。这类地方毁去一点，无关重要，到彼一试，就知道了。"癫姑点头，颇以为然。

南海双童甄艮、甄兑心想："以前紫云宫千里神砂，尚且通行自如，这里怎倒艰难？"心还不信。恰好前途不远，便有歧路分出。二人赶向前去，择了一处，施展地行神法一试。乍进去觉着并无紫云神砂有邪法反应，须要运用法力，朝前猛冲那样难。但是紫云甬路初进虽难，只要把面层冲破，一到里面便即顺溜。这里地下，却是越走越艰难。也看不见有甚阻滞，只是身上不自在，好似上下四外都有极大吸力，将人吸住，行动黏滞，吃力异常。洞壁也坚逾钢铁，不易冲破。行不数里，便忙退出，向众一说。

癫姑道："你两弟兄真呆，也不算算路程。这里乃是玄冥界的地底，真磁精气总源所在之区。我们已在磁气层左近，幸亏这一带是反弓形，我们走的是弓肚子，弓又往左偏斜。必是主人当初防他自己人行经此地，被元磁真气将身带法宝刀剑吸去，特地把正面避开。否则，我们的飞剑、法宝，早就振动有大感应了。你们入土那条歧路，偏右一些，相隔磁源越近，又是御剑飞行，不把你二人困在土里，还算便宜。你们就要试他这甬路和地底阻力能否如意通行，也等事完回来，算准里数，择地施行。此时对方又无人作梗，现成道路不走，白费心力做甚？"

石生笑道："谁能有癫师姊巧？ 专趁现成。不先试出虚实强弱，万一对方突然发动,困在千丈地层以下,要想冲出去就来不及了。"癞姑笑道:"小娃儿家知道什么。主人把这条路认作最隐秘的地道,出入口均有禁法隐蔽,如若无人泄机,确是不会有人知道。你看洞壁,虽经法力凝炼,修得异常坚固,但是内中并未设有分毫法术埋伏。此路决不想毁,也决想不到有外人经此,有甚妨害?如觉可虑时,易师姊早有打算了。倒是灵威叟护犊太甚,此是他日常往来之路,他那宝贝儿子又负伤在此,难保不撞上。不过我们遁光全隐,他如对面飞来,或是由后赶到,隔老远我们先已发觉,隐身贴壁一躲,放他过去,十九也可以无事。别的就不用我们担心了。"

正说之间,忽听后方来路飞行之声,远远传来,其行甚疾。易静知道空洞传音,最能传远。自己也正飞行,虽然遁光已隐,破空之声也曾敛去,遇上法力高深之士,仍不免被听出。又知这条秘径只有灵威叟父子偶然来往,别无他人。这两人俱非庸流,恐被识破,于事有碍。忙命众人停住,乘其发觉之前,赶紧停住,索性放他过去。因两下里相隔尚远,停有半盏茶时,来人才自飞过。众人见那人是个猿背鸢肩、相貌英俊的白衣少年,所驾遁光也正而不邪,看去神情似甚匆遽,又略带有惊喜之容,正以全力催动遁光,加紧前驶。易静知是灵奇。方想此人分明是有急事,莫非我们踪迹已被发现?心念才动,遁光已一瞥而逝。因疑踪迹已泄,赶往告知乃父,格外加了小心。又恐落得太后,吃他占先坏事,欲与相继到达,即便他告知灵威叟,人已赶到岛边求见,不及作梗了。便把众人遁光联合运用法力,敛声隐形,紧紧随在后面,相隔只在数十里左近。一面留神戒备,一味哑飞,也不作声,以防警觉。灵奇始终不曾回顾。中间又连经了好几处转折,歧路更多。因灵奇熟路,前面有人领导,众人省事不少。中间癞姑也疑灵奇去向乃父告密,想追上去将他截住,问明情由,禁在当地,归途再放。易静力主不可,也就罢了。

飞不多时,遥闻前面飞行之声忽止,以为灵奇已然出洞,便把遁光加急追去。等到飞近洞口一看,这边出口竟是一个广洞,也是坚冰建成,并有两层洞室。上层两间,还设有用具。只是洞门封闭,非用开法不能出去。初意以为灵奇已先飞去,重又将洞口禁闭,阻住去路。及至飞抵尽头,试照乌神叟所传开法一试,只见一片烟光,明灭变化,晃眼便将洞口现出。易静、癞姑二人见如此容易,与入口一样,全无异状,还不放心。当先飞出去一看,洞外是一极大冰谷。两崖之上满是积雪,洞口开在积雪里面。未开时节,通体浑成。这时靠外一面,忽自崖头往下直裂出百丈高下、十余丈厚、三十多丈宽的一大片冰壁,移向前去丈许,宛如冰崖中裂所陷巨缝,洞口便深藏在裂壁之后。妙在是这么大一片裂壁移开时,异常迅速,又无一点声音。等后面诸人相继飞出,行法封闭,晃眼便已复原,也无一毫缝隙。再一查看,眼前这一片荒谷危崖,依旧冰天雪地,荒寒枯寂。灵奇踪迹,已经不见,也不听有破空之声。

易静心想:"灵奇飞行没自己快,而且末一段赶得更紧,只是行法开闭稍微耽延,算起自己这面还应快些,万无追赶不上之理。如他发觉有人在后追赶,另有隐身妙法,破空飞行之声也该听出,怎的声影全无?莫非留在洞内尚未飞出,那么过时怎又无甚征兆?"觉得奇怪。越过前面山崖,走完绣琼原,便到陷空岛海岸,为表诚敬,不能再飞。又恐灵奇赶前告密,步行延误。想了又想,觉得仍按预计,相机行事稳妥。

易静正想和众人商议,见英琼手招自己,在云中画字,未及开口,癫姑已先说道:"前半似因沿途妖邪太多,又要绕行一段海路,恐其惊觉,偷听我们机密,所以不能说话。这里已过玄冥界,妖人天视地听之法已无所施,有话但说无妨,只是大家留点心,且走且谈吧。"英琼说:"出洞时节,我走在最后。快出洞口,闻得身后有人微呼'诸位道友',底下便没了声,好似话到口边又复缩住。忙一回顾,似见左侧室内有白影一闪。因未停留,看到时,人已随众飞出,未及告诉你们。又恐说话有碍,微一寻思,易姊姊已将洞门封闭。"易静、癫姑闻言,才知灵奇并未先出。照此情形,必是后段发觉众人在后,收了遁光,隐伏于侧相待。自己初来,地理不熟,又见声光皆敛,认定人已先出,匆匆追出,故此忽略过去。却不知他呼唤众人做甚。英琼主张退回洞中寻找。易静、癫姑料他无有恶意,看他欲言又止之状,不知又有何痴想,也许打听崔绮近况都不一定,此时哪有闲心与他多说,便不去理他,仍照预计前行。

那冰谷对面,危崖特高,并还连有一座高耸云表的大山,上积万年玄冰白雪,明光耀眼,气候奇寒。山岭俱都相连如环,蜿蜒不断,均比对崖还高十倍。天空仍是暗云低迷,气象阴肃,荒凉已极。阿童笑道:"北极寒荒,仅乌神叟所居神峰一点奇景,并还深藏地底,此外一直未见到一草一木。此地相隔陷空岛已近,仍是如此。我想绣琼原在这酷冷的气候中,也未必有甚好景致呢。"话未说完,金蝉笑道:"小师父,这话不然。我见最前面似有一圈青色天空,天也比这里高得多。这些高山俱向那里环抱,焉知山环里面不有灵奇之境呢?"乌神叟说的岛宫上下灵境,易静、癫姑原未及向众详说。见二人争论,癫姑笑道:"这里离陷空岛还有七八百里哩。蝉弟神目透视云雾,所见青

116

天下面奇景甚多。前面山高遮眼，你怎能够看出哩?"阿童道:"还有七八百里么？这么远的途程，要走多少时候才到?"易静接口道:"我们有求于人，又是老前辈，自然须诚敬些。我们步行，又与常人不同。冰雪上滑行过去极快，至多三个时辰也就到了。这条路我虽未走过，但旧游之地，我还记得。大约走上前面冰原，越过右方横岭，见到海水时就差不多到了。"

　　众人本在冰谷之中滑行飞驶，其实这一片盆地并非冰谷，当初原是与前面高山相连的大片冰原，经过地震所陷的冰窟。因地太广大，四外冰原又高，人行其下，看去四面俱是高崖环耸，无路可通。等滑行到了尽头，提气上升，到了上面，眼前豁然开朗。只见冰雪漫漫，除去路高山危崖而外，下余三面俱是平坦冰原广漠，一片白茫茫，直到天边，万里无垠，气象雄浑已极。众人略一观览，便往前急滑过去。刚越过高山前面的一条横岭，便听远远涛声拍岸，清晰可闻。遥望右方碧波天际，海滩上时有白点移动，知是海鹅、白熊之类北海特有生物，在彼游行驰逐。山势自右侧冰谷来路起，越往右，越往前弯，离那海面将近，越变得凶，并不与海相连。

　　易静知道陷空岛是万山环抱中的一片里海，水源虽是相通，海中门户已吃封禁，仍须由陆路始得过去。乌神叟又有此行不可过速之言，旧游之地正在前面，反正绕路不多，想领这些师弟师妹侄儿等一开眼界，便率众人往向海一面滑去。还未走近海滩，路上便见那比人还高一倍，又肥又壮，通体白毛如霜的北极冰熊。前额长毛披面中，红光闪闪，隐现一对大而且亮的红眼。三三两两，人立而行。再往前去，冰熊愈多。有一片较高的雪地上，站满不少冰鹅，身比常鹅略高，红睛乌嘴，延颈直立，行动敏速。因生息在北极海滨荒寒之区，自来未遇人类，所以见了生人，全无心机，驯善已极。此外还有寒獭、冰犬之类，多是千百为群，身上皮毛油光水滑，鲜明可爱。不时又见海中巨鲸喷水为戏，水柱突涌，直起数十丈，此起彼落。数目没有初入冰洋所见鱼群之多，但较沉静。忽然巨物山立，冒出水面，一会又沉下去，出没无常，时隐时现，状殊暇逸。余如冰蛇、海马、巨虾、人鱼之类尚多。

　　金、石、阿童、英琼四人俱是初次见到，互相指点笑说，称奇不置。英琼道:"想不到连我们不运用玄功真气，差一点都难忍受的北极酷寒之地，竟会有这许多生物，可见造物之神奇伟大了。"阿童道:"这种吹气成霜的苦寒天气，海里会没冻冰，也真怪哩。"易静道:"你们只见这里奇怪，到了绣琼原，还要叫绝呢。自来物极必反。极阴之中，必伏有真阳;极阳之中，亦必伏有真阴。海水并非不冻，何况又有万千里冰原雪岭，时常不免崩裂，滑向海里。

只因这里已离北极尽头之处不远,由陷空岛起,到前面那一段,千余里海面,正是北极地轴的起点,隐伏纯阳,又当北极磁光返照之处,所以终古海水不冻。往回路走,便成冰海了。"

众人且谈且行,先向半山半海之处斜驶过去。离海约有百里,易静忽引众人改向北面。行不多远,便到那大半环连岭之下。只见入口之处,双峰对列,犬牙交错。中现一条峡谷,谷径往后斜行,作"之"字形。进约十余里,俱是冰雪布满。行约二百余里,才把"之"字形的山径绕完,地势忽然平展。到一参天危崖之下,那崖壁立两三千丈,通体如削,与左右高山相连,宽约百丈。下有石门,十分高大,石黑如墨,温润坚莹,无殊玉质,气象越发雄伟。众人一路行来,到此方见石土。回顾来路"之"形谷径,由入口起直到尽头,宽窄如一,冰崖石壁,俱作梯形横立,异常整齐。方始省悟当初并无谷径,乃主人以法力开山凿成。绣琼原全仗四面高山环绕,寒气不能侵入,所以气候较温,景物独胜。惟恐谷径一开,到了下半年,北极寒风冷气循径侵入,故把谷径开成"之"字形。又在谷尽头,在危崖之下开一门户,以供启闭。沿途梯形崖壁,也必是阻挡寒风冷气之用。到门一看,门高不过十丈,宽约五丈,顶上横额刊有四字朱文古篆,文曰"绣琼仙境"。初意如照直径计算,那山也只有百多里厚,门道必不甚长。哪知里面甚长,每隔五里,便有一层门户,共是九层。尚幸全都两面大开,并无梗阻。行约四五十里,才把门道走完。一路清洁,不着点尘。

刚一出门,面前豁然开朗,现出奇景。只见四面都是高矗云空的大山,环拥若城。别处都是冻云压顶,冷雾凄迷,数万里冰封雪积,不见天日。独这平原一带,天气虽然极冷,常人到此,仍是重裘无温,禁受不住,但比来路所经却强得多。最奇的是,那冷只是干冷,天宇反倒分外高旷清明,风日晴和。气候如此奇寒,那景物却似介乎中土春秋之间。遥望四外山色,上半都是白雪皑皑,直闪银光。山腰以下,恰似满植乌桕、枫叶之类,经霜凌寒,深染丹霞,不是紫云万丈,便是红雪千里。斜日回光照将上去,朱霞绵纚,殷红如血。再吃山顶白雪一映,益发浮光泛彩,金紫辉煌,气象万千,难以形容。这样看去,仿佛是个深秋景色。可是当中平地之上,又耸立着许多峰峦岩岭,都比四山低下十之七八,最高的不过千百丈,无不灵奇瘦透。洞谷幽深,洞壑玲珑,清溪飞瀑,映带其间。不是嘉木插云,便是芳草平芜。端的水木清华,美景无边。尤其那些林木花草,当地特产,独具耐寒之性,种类繁多,冰莲雪蕊,琪树琼林,与无数姹紫嫣红,琪花瑶草,凌寒竞艳,同斗芳菲。看去又似阳春美景。似此一春一秋,佳时并秀,汇为宇内之奇。

　　众中除易静一人是旧地重游外,余人连癞姑也未到过。那些珍木异卉,更是平生初见,多不知名了。石生问道:"此地景物怎这样好法?看去都叫人心神爽快。就是天冷一点。"易静笑道:"绣琼原地方千里,景物灵奇,为北极惟一福地灵境,久已受人觊觎,如非陷空老祖在此居住,早被附近各岛妖邪占据了。这里不过起头,更好的地方还未见到哩。这里外层万山环拱,陷空岛恰在中心。四面又是群山环绕,当中现出一大片水,名为是海,实是一片湖沼。岛在中央,形似仰盂。底下伏流,与海相通,上面却看不出。共是三个圆环,由外至内,一层层矮小下去。你不是见当中平原群峰环列么?陷空岛和天涔海便隐在里面。往常有人求见,或那些求道拜师的人,并不能遁入绣琼原内地谒见岛主,都在适才所见外海的西北角海岸上。那里海中也有一岛,形如覆碗。岛中心有一深穴,与岛宫相通,波涛异常险恶,地名也叫陷空岛。大弟子灵威叟,便住岛穴洞府以内。我若不是以前曾随家父家师来过,颇受岛主青睐,又有掌教师尊情面,也不敢如此造次,初意也只试试。适才如在'之'字谷尽头处遇阻,重关紧闭,不能通行,说不得只好和常人一样,去至外海岸通诚求见了。闻说来人只要能到绣琼原,即是有缘得了岛主心许,前途便遇见宫中侍卫,也不会再有梗阻。我们要把心放虔诚些,到后各位师弟师妹可在海岸耐心静候,不可多言。由我与癞师妹叩宫求见,岛主看在各方情面,兴许不至于见拒。事完,得了主人允许,再行游览全景好了。"

　　众人见易静说时,道旁花林中似有奇形怪状、宛如夜叉的影子出没,忽又隐去。易静只作不见,情知这么大一片仙灵境域,空山寂寂,水流花开,纵目四顾,不见一人,必非无故,所说定有用意。地头将到,成败难知,俱都谨慎小心,不再谈笑。众人虽是步行,自比常人不同,由出口到中心近海之处,才只百多里路,不消多时便已到达。沿途山灵水秀,景物清丽,众人生长仙山福地,多历灵境,虽然赞美,还不十分惊异。最以为奇的,还是那些花树。远看一片花光,处处繁霞,已是罕见。这一临近,见那许多花树,种类并不甚多,共只五六十种,但无一不是冰胎玉骨,宝雾珠辉。有的花开径丈,叶大如帆;有的繁英细碎,密蕊如雪,清馨染衣,经时不散;有的翠干瑶柯,高可参天,琼莲万朵,满缀枝头,银辉浮泛,耀眼欲花,疑幻疑真,不可逼视;有的花大如斗,千叶重叠,粉腻脂溶,艳绝仙凡;有的花同杯大,密萼繁枝,香光如海,无限芳菲。内有一种形似梅花,而瓣作六出,朵也较大,铁干虬枝,形势古拙,凌寒舒芳,清标独上。更有冰芝、雪莲之类,丛生路侧,花林之下,多是从来未见之奇。除易静见过外,无不暗暗称奇叫绝。可惜此间草木多秉冰雪精英而生,易地不长,一离本土,便难存活。几种最好的,多是参天排云,荫被数十亩的老树,千年古木。即便主人割爱相赠,就有法力也难携回。否则,恨不能带上几种回去,才称心意。

那环绕海的群峰,都自平地突起,虽也成为一环,但是三五错列,各具姿态,望如画图中海上神山,不相依附,峰与峰之间,到处皆可通行。众人一路观览,刚刚穿过峰峦,便见前面现出数百里方圆的天涔海。海水清碧,天空无风,偏是波涛澎湃,浪花飞舞,水势十分险恶。遥望海中有一岛屿,其形正圆,四周高起约二三十丈,中陷若盆。岛旁波浪更大,水势愈激,山容水态,树色泉色,与天光云影相互辉映,景更清奇。众人知到地头,便在近海之处,择一花林停立。由易静、癫姑上前求见,二人便往岸边走去。

众人在后遥望,暗笑主人师徒宫众,占有这等灵秘之区,无上清福不来享受,任其弃置,却去伏在海底。这么大地方,除初出口时仿佛见到两个夜叉影子,沿途竟未遇见一人,不知是甚缘故,方在奇怪。前行易静、癫姑已到海边,刚躬身立定,忽见惊波乱涌,水声如雷。跟着冒起十来丈高一幢水柱,水花飞堕处,现出一个水怪,身高两丈,碧发红睛,獠牙外露,腰围鱼皮战裙,通体乌黑生光,上下身赤裸,手持银叉闪闪生光,与前见夜叉影子相似。一声怒啸,便举手中叉恶狠狠朝二人刺来。二人自不把这类水怪放在心上,也不还手,只由癫姑一人放出一片佛光,将他逼住,不使近前。

二人若无其事,照旧通诚祝告,拜了下去。身刚拜倒,水声又响,由海中心岛前不远响起,一直响到海岸不远夜叉出现的前面。随着水花上涌,又跳出一个身材矮胖,形似侏儒,凸睛掀唇,面色碧绿,手执一把玉简,身穿道袍的秃顶怪物。这个却不动武,把手中玉简一挥,夜叉先自含怒退去,没水不见。然后摇摇摆摆,踏波而来。二人见他形态粗野,偏要扭捏,假装斯文,方在暗笑,那侏儒已然走近。易静看出他好似有点戒备之意,知畏佛光,忙令癫姑收去。那侏儒随向二人躬身,口吐人言道:"适才岛主已知二位仙姑来意,令即进宫相见。同行还有八人,还不到相见时候,请暂在绣琼原相候,随意游玩,恕不接待了。"

众人相隔海边原不甚远,耳目均极灵敏。见后出水怪身材侏儒,说话声音如破锣也似。说到末两句,似想众人听见,声音更大得震耳,四山都起回应。说完,侏儒返身先走,径引易静、癫姑往当中陷空岛踏波走去,其行甚疾，晃眼一怪二人同到岛上，往右侧一转，便即不见。

众人等了半个多时辰，不见出来，方在悬念成否，忽见海边白影一闪。定睛一看，竟是适才秘径中所遇白衣少年灵奇，正由左侧沿海边急行而来。到了易静、癞姑刚才站立之处，把手一指，身便隐去。同时水上微响了一下，前见夜叉又复涌现，持叉四望，见岸边无人，众人无一走近，面上略现惊疑之色，重又拨头没入水里。灵奇由此未再现身。众人都不知灵奇此举是何用意。

又待片刻，便见前在紫云宫黄精殿莲前向紫云三女告警的矮胖长髯道人灵威叟，送易静、癞姑由右侧走出，到了岛边，互相举手作别。易静、癞姑便驾遁光飞来，晃眼到达。众人忙问："所求灵药如何？"

易静悄答："由陷空岛上下降，直入岛宫，岛主赐见，颇为优礼。后向他提起来意，岛主未允未拒，只说此药为孽徒盗去不少，按说我们十人数万里远道来求，又有好几层渊源，自无不与之理。不过万年续断，还有灵玉膏，所存无多，也非全为备用，不肯送人；只因个中还有机密，不便先吐。又以久闻峨眉门下俱是能者，此番来了多人，迹近相强。现有两条路由我们挑：一是孽徒郑元规盗宝叛师，早应行诛，恰值无暇分身，被其漏网迄今，如能代将孽徒擒到，当即相赠。此事相隔太久，并还艰难，自然行不通。还有便是借此试验我们法力，由他指明丹室所在以及一切埋伏禁制，由我们十人合力盗取，得手拿去，否则作罢。我二人也不知他是何用意，便以婉言相告，说我们后生小辈，无论见赐予否，焉敢无礼？至于人多，乃是诸同门久闻绣琼仙境并岛主的大名，崇钦已久，借此前来拜识，并无他意，请勿误会，再三解说。他偏不听，并还非我十人合力盗取不可。照那岛主口气，又非含有恶意。没奈何，只得应承下来。他随命大弟子灵威叟引我二人遍历全宫，并还详说各层宫门埋伏的威力妙用，一一指点，言之惟恐不尽，方始送了出来。一会还命宫中侍者设席款待，处处均以嘉宾之礼相待。盗药成功以后，还要亲身延见，重新宴劳。那意思，亟盼我们成功，偏又是极难之事，这等矛盾行径，实是令人难解。"

众人也觉真是不可理解，便问："那藏处是否隐秘艰险？我们是否有到手之望？"癞姑道："此事难说。他那藏处要想进去，说难不难，说易不易，不去身经，决不能知。"金蝉笑问："此话怎讲？"癞姑道："他那丹室在陷空岛海眼极深之处，我们盗时，沿途所经埋伏阻碍和海眼中各层禁制虽难，还有法想，所难者是最下一层丹室竟是活的。全室用万年寒铁铸成，海眼底下与玄冥界上磁源相通，有元磁真气吸住，升降无定。如不先将上面全阵制住，我们到了那里，不特好些飞剑、法宝保不住，连自身也许被它吸住，不能遁逃。非有能制磁气之宝，不能入内。可是主人意思，却似极盼我们能够得手，什么机密都说出来，惟恐语焉不详，自己说过不算，并还令引去的人详细指点。看那意思，好似别人的东西他自己不便去取，必须假手于我们，他还在旁暗中尽力相助情景。主人如此用心，不是又有点容易么？"易静道："我看容易虽不见得，不过丹室上面那一层埋伏，五正五反，人少决不能破。我们来的人不多不少，恰是十人。适才我已悟出克制攻入之法。你没见岛主先听我说，同来共是十人，倏地面色一变，现出怒容，再三盘诘十人同来，是否出于师长之命？后我力辩不是，面色才转。想了一想，又现喜容。这才令我十人合力往盗，并还有'再多一人更好'的话，此事分明定数，得手虽难，却有希望，否则，哪有如此巧合之事？我现时想起，再添一人，的确省事得多，还少好些担心，无奈他说限期只有三日，今晚子时，极光力弱，便须下手。"

说时，又听海面上水响，波涛分飞中，现出十二名身材高大，相貌丑怪的侍者。前头四个，分捧着两个梅花形的青玉圆桌，形式甚是古雅，桌上各摆着五副杯箸，直上岸来，放在众人立处前面花林之内。另外八个各用六角雪花形的冰盘，上面分放着肴果酒浆之类，一一分设桌上。最后两个身穿着冰纨短衣短裤，项围红边云肩，面如冠玉的俊童，走近前来，向十人道："教祖有命，说诸位道友远来，应尽地主之谊；复又以诸位道友将有丹室之行，使我二人转告，就在这里设下两席菲酌，一则慰劳，一则为诸位道友略壮胆气。只惜教祖和各师长有事羁身，宫中连日扫除未终，不便延款。等诸位道友事成，再同延往宫中相见。此时只请随意受用，并请把上下两席座位自行排好，认明五方五位。入座少时，同观敝岛极光小景。看完便可起身，恕无人来此奉陪了。"易静为首，向岛主礼谢答道："岛主盛意，后辈等感谢无极。适才宫中已承教益，明知功力浅薄，难测高深，但是岛主之命，不敢不遵，自来恭敬不如从命，后辈等末学无知，只好勉为其难了。盛筵敬领，敬乞转代复命，说我十人有此仙酿，足壮胆力。倘蒙岛主德威所庇，不辱大命，未致陨越，再当趋前泥首以谢。"

石生见这两个道童生得骨秀神清，通体白如玉雪，只不带一丝血色，看去冷冰冰的。这样奇冷之躯，所穿衣服薄如蝉翼，宛如一袭轻云笼着当中半截身子，看去由不得使人心里发冷。越看越怪，想看那衣服是何物所制，怎和云雾一样？刚凑过去待要发问，手指刚刚挨近，猛觉奇冷侵骨，赶忙缩回，笑问："二位道友穿的是什么衣服？这么好看，又这么冷，挨都挨不得，法力高强，可想而知了。"易静觉着对方行事，令人难测。又知宫中颇有能者，禁忌又多。休看两个道童，功力决非寻常。见石生冒失，涎着脸去摸道童衣服，恐有忤犯，方欲示意阻止，不料惺惺惜惜，气求声应。

二童也早看见石生年最幼小，相貌最为灵秀俊美，心中喜爱。不特不以为忤，冷冰冰一张脸反倒现出笑容。一个先笑答道："我这衣服非丝非帛，乃万年玄冰中所抽出来的冰丝所织，其冷异常，外人决穿不了。宫中也只我两人能穿此衣，别人不喜穿它，也受不住。内有点原因，不能明言。我看你甚好。你们峨眉仙府久已闻名，想去不是一年两年，可惜无此时机前往。将来如有机缘，我二人前往寻你，可肯做主人么？"石生笑道："像你二人这样嘉客，哪有不接待之理呢？你们去了，一寻石生，就找到了。如若不在，别位师兄师姊也会接你们进去玩的。不过我和这位蝉哥哥等一共七人，因奉命行道，此时还未找到洞府，这时去了，却不易找到我们哩。二位道友叫什么名字？"

二童同声笑答道："你这位道友真好。我二人一名寒光，一名玄玉，乃教祖再传徒孙。我师父早年犯戒，已然遭劫。我二人本在丹井上面第三层洞门旁冰室中居住，那一带均归我二人把守。本来不管待客之事，因现在全宫徒众俱在霜华宫大殿之内听教祖传训，不能分身，只我二人空闲，与那事无干，才命来此传话，得与道友相见。除教祖爱怜外，全宫长幼三辈人众，俱嫌我二人对人冷淡。我们也不大管他们，日常只我二人相对冷室之中。地方重要，却是无事，也颇寂寞，难得道友一见如故，再好没有。好些话此时俱不能说，也不便在此久停。少时去往丹室，中途过我二人守处，如有为难，可低唤寒光、玄玉，自有应验。"石生含笑谢了，还想留他二人多谈片刻，但二童即率领同来侍者，向众匆匆作别而去。回到岸旁，纷纷入水，晃眼不见。

易静、癫姑俱有眼力，看出二童骨相过于清冷，但又不带一丝异类气息神情，先疑是海中精怪，又觉不像，猜想不出他们的来历，好生奇怪，断定决不是人炼成。适在岛宫，曾经过二童把守之处，禁法颇为神妙，所说的话必有原因。便叫众人到彼留意，如有险阻，石生立照所说行事。

易静、癫姑又想起那两桌梅花形的筵席，恰好十人，五人一桌。再一详忖二童所传岛主之命，分明隐示机密。忙令众人暂勿入座，走近前去，先一查看。见那桌面大只数尺，座位设在梅花形的花瓣交对中凹之处。席上肴果，荤素皆有，熊掌、鲛睛、蛤干、虾脯、风鹅、鲜蚝、冰鱼、冻蟹，以及雪藕、寒梅、琼珠、玉果、碧苓、银笋、方梨、松桃之类，皆北极陷空岛绣琼原特产的珍奇干鲜食品，共有数十样之多，俱用四五寸大小高脚玉盘盛着，美食美器，备极丰美。此外并看不出甚异状。方在沉吟，金蝉等八人也走了过来。石生笑道："师父还命我们日常服气导引，这些果子，样样鲜嫩清香，味道一定不差，吃些也罢。那许多鱼虾熊鸟的干肉，腥气烘烘的，谁耐烦吃它？"说时，金蝉一眼看到另一桌上，好似少了一样荤肴，笑道："你看那两小道童，看去顶神气，原来也是贪嘴，竟会中途吃了一样。不然，两桌食物俱都相同，怎么这桌上少了一样？"

易静闻言，将两桌一比较，果然一边五十样，一边四十九，陈列之法也不相同。再一推详查考，猛触玄机，知是大衍阵图。主人有心指点，借着宴客为由，暗中显示丹井上层所设阵法，先后天相生妙用。先前所见，只知外面，未能尽悉河图四九微妙。这一来，恍然大悟，好生欢喜，以"大衍之数五十，其用四十有九"，所重仍在另一席的变化上。但是正面本位中心元宫，必须有大法力之人坐镇。

易静当下先把河图全宫阵位生克正反变化，一一与众人详解之后，再把轻重权衡，分配座位：自率南海双童甄氏弟兄和易鼎、易震，在第一席入座，照着席上河图阵位，往深处研求；却令癞姑为首，率领金蝉、石生、阿童、李英琼四个法力较高的坐第二席。都各按各人席上位次、两席肴果所设阵形，一面谨记自己的方位度数，一面两席呼应将肴盘移动，以席上阵图的运行变化来做演习，互相讲解质疑。众人都是灵慧已极，新近开府，各得本门真传，功力大进，又有易静、癞姑两个见多识广、法力高强的行家领头指点，自然触类旁通，不消片时，便已洞悉机微。易静老成持重，犹恐到时不熟误事，把阵法演了又演，直演了两个时辰，全能运用纯熟，方始开怀畅饮。众人俱不喜吃荤，只把些果品大吃一顿。这些灵区珍奇之物，凉沁心脾，芳腾齿颊，自不必说。

英琼笑道："这么甘芳清凉的水果，可惜天气太冷。如换常人吃下去，岂不周身冷透？要是改在中土伏天吃它，不更妙么？"癞姑道："天底下没有两全的事。这类果实都是冰雪精英所结，那炎热的地方，休说成长，连带都带不过去。你只觉凉，可知阴极阳生，内里多蕴奇热。在这北极阴寒之地吃了，不特无妨，反能补益元阳，抵御酷寒之气。我们修道人服下去，自是有益无损。如是常人在中土温暖之地吃下去，纵不为热毒所杀，也必头晕倒地，如中奇毒无疑。"石生问道："怎么吃下去如饮冰雪，那么清凉呢？"癞姑笑道：

"呆子！你初食觉凉，却不想这里天气，连我们都说冷，换在中土，何止滴水成冰，呵气为冻？这些果子，却如此新鲜多汁，内里并无一丝冰冻之意，是什么缘故，可知纯阳奇热之性，一丝不差呢。"易静闻说，答道："此言当真。昔年随家父母来时，先觉冷不可支。自蒙主人赐宴，吃了几样水果之后，不多一会，便周身温暖。那通往丹室的丹井，深有千丈，中有极冷之地。我看主人处处都为我们设想周到，恐连这些果食俱有助我们防寒之意在内呢。"

正说之间，易鼎、易震忽然同说道："二姑之言，果然有点意思。侄儿自入冰洋，便觉奇寒透骨，非运用玄功不能经受，所以连话都未多说。这些果子本是嫌冷，不愿吃的，因甄师兄说仙果不可吃，石生师兄又在那桌直喊，勉强各吃了些，果然又香又甜，虽然心里直冒凉气，却不怎难受。又多吃了些下去，就大家说话这一会工夫，先是由凉转温，渐渐丹田升起一股暖气，一晃充沛全身，舒服极了。"众人道行功力原有深浅，如易静、癫姑、英琼和金、石二人，或是功力较纯，或是基禀特厚，以前又多服灵药，虽觉天寒，却不在意外；下余五人，俱觉酷冷难禁，不运用玄功真气，便难祛寒生暖。自从吃了席间果实以后，俱都有了暖意。易氏弟兄话才说完，甄艮、甄兑、阿童、金蝉、石生，以至易静、癫姑，全都相次觉着阳和之气布满全身。易静知道无心中得了主人嘉惠，立命众人照着本门真传，各以玄功将真气运行一周，使其返虚入浑，引火归原，得益更大。众人依言行事，愈觉通身舒畅温暖。

当地本是山碧水青，风和日丽，万花怒放，绣野云连。心身一暖，越成了阳春美景，哪里还感觉到一丝寒意，纷纷称奇，连道快事不置。阿童道："主人如此盛意，与其多费心思，还赔上这么多好东西，何不简简单单把那两样送给我们多好，偏要叫人去盗。自来一成敌对，便难保周全。如因盗药有甚毁损，生出嫌隙，不是把这些好心都白送了么？"甄艮笑道："主人此举，必有深意。我忽然想起一件事，也不知料得对与不对。真要如我所料，恐怕事成之后，他还更要喜欢呢。百禽道长开府时，冰蚕可送回来了么？"金蝉道："公冶道长到时，曾交与家母一个小锦匣，不知是与不是。"甄艮道："可惜此宝不曾带来，否则主人必还另加青眼，弄巧就许连药也不用盗，便慨然相赠都不一定。"易静闻言，心中一动，便问何故。甄艮道："我也是前在南海，无意中听一位前辈散仙谈起，在天乾山听小男真人所说，这里的主人将来有一件难事，须仗此宝。再不然要七个修积三世以上纯阳之体的有道之士相助，方可成功。详情我也不知。"易静见他说时使眼色，越料出了几分，知在当地不便详言，便不令众人再问。

易静方在心中盘算,众人猛然一个寒噤,眼前倏地奇亮,身上又有了寒意。恰似突如其来,仿佛春日郊行,忽然变天,冷雨寒风,迎面飘来,由不得打了一个冷战。不过身上仍觉温暖,不似先前不运真气便甚难耐。忙同定睛一看,只见正北方遥空中现出了万千里一大片霞光。上半齐整如截,宛如一片光幕,自天倒悬;下半光脚,却似无数璎珞流苏下垂,十余种颜色互相辉映,变化闪动,幻成无边异彩,一会变作通体银色,一会变作半天繁霞;当中涌现出大小数十团半圆形的红白光华,精芒万丈,辉耀天中,甚是强烈。千里方圆的绣琼原,顿成了光明世界。近水遥山,一齐倒影回光,霞影千里,相随闪变不定,耀眼生花。连易静来过的人,都是第一次见到,别人自不必说。

众人见光华如此富丽强烈,天空反倒更冷,如非先前服食许多仙果,更不知如何酷冷。知是极光出现,等光现过,便到了盗药时候。深觉对方法力高强,此行虽蒙指点暗助,必须连经好几层埋伏,始达丹井,决非容易,俱各生了戒心,哪里还敢大意。一面观赏极光,一面默忆适才所商破阵之法。

那极光现约一个半时辰,到了亥子之交,极光化作大小数百团六角形的光,疏疏密密,三五错综,排列在极北天空之间,色彩越发鲜明灿烂。待不一会,电也似连闪几闪,六角中心忽现出一个豆大黑点,渐现渐大,渐大渐明,化作一圈雪亮圆光,将六角中心撑满。偶一回顾众人身后,各现出一圈圆的彩影,人的影子便倒映过来,恰将上半身圈在其内,和画上佛像后面的圆光以及峨眉金顶上所现佛光一般无二。只是虹光较强,色彩鲜明得多;人影也如在镜中,眉发皆现,和真人一样,不似虚影。

第二三四回

奇景丽春秋　灼灼花枝明似焰
极光涵海岳　沉沉丹井酷生寒

话说众人见了极光方共称奇，那六角形的大小极光，倏地变成圆形，好似百余轮大小华日，朗照遥空。内中一轮，四边忽射出无数长短大小不等的芒角，精光万道，越发强烈。紧跟着近侧诸轮也受了反应，纷纷学样。晃眼之间，满天大小极光全受波及，各射出长短精芒。一时霞光电射，银雨流星，比起先前所见还要强百倍。端的乾坤仅有之奇，神妙无穷，不可思议，决非常人所能悬揣。一会，极光又由分而合，渐渐往一处移动，两轮芒角只稍一相接，立似有极大力量吸引，连成一片，越聚越多，光也不再有规则。等全联上以后，忽似春云舒卷，展了两展，电一般略微掣动，倏地伸长，又恢复了初现时的景象，变化神速异常。

众人多是慧目法眼，连金蝉、易静、癫姑三个目力最强的，俱未看出它是如何复原。方想主人说今日极光现时最短，时已子正，怎么还无退意？耳听海上踏波飞行之声，似有人来。正各低头向陷空岛海面查看，猛觉眼前一暗，那万千里长，横亘北天的流苏光幕已经不见，同时身上冷意为之一消。这时北极正是昼夜长明的季节，极光敛后，依旧斜阳照林，花明叶媚，水态山容，秀润如活。

再看海上踏波之人，乃是灵威叟含笑走来。易静忙率众人起立迎了上去，谢了岛主赐宴盛意。灵威叟笑道："北极荒寒，无甚佳肴，只有野果海物，不成敬意，何必言谢？诸位道友道法高深，会心不远，岛宫阵图适才想已洞若观火。今奉岛主之命，来引诸位道友去往丹室盗药，请即起行何如？"易静道："我等末学后进，本来愚昧无知，莫测高深。幸蒙岛主老前辈念其远来不易，诸般教益，启迪愚蒙，又承道友引导指点，虽然管窥蠡测，略悉一斑，终恐法力浅薄，难胜重任。无如岛主大命，何敢不遵？只好仰托岛主福庇，道友雅爱，勉为其难了。"灵威叟道："家师原以诸位道友必能胜任，不过想试验一番，始有此举。否则，灵玉膏虽然所剩无多，续断却是尽有，早相赠了。不过诸位道友务要记准：前半阵图埋伏，诸位道友大约已知其中微妙，似难实易，无关重要。倒是中下层比较容易的两处，却要多请留意哩。"易静等谢了指教。

灵威叟道："新近岛主在海面上设下与玄冥界相同的禁制，并曾立约，无论何人来见，必须先由玄冥界和这里海面安然飞越，方始相见。如有甚事要约，便须通行完了迷宫疑阵，由丹井中层穿行，去往霜华殿中二次相见，方可应允。那疑阵共有周天三百六十五个门户，多高法力也难走完，稍一疏忽，便被陷入乩坛以内，两仪之火一齐来攻，决难禁受。这本是岛宫中第一难关，也是诸位道友机缘凑巧，此阵已移往别处。只乩坛为全阵中枢，内有好些法器，因那阵新移，不曾备妥，还未移去。虽因阵已他移，难再发生妙用，仍能看见一点端倪，诸位道友一到就知道了。时已不早，请仍和前一样，凌波而渡，免有阻碍，又延时候。老朽前面领路了。"

说罢，当先往海面上踏波乱流而渡。众人紧随在后，各自运用玄功，在水波上凌虚飞驶。海面本来不远，眨眼到达陷空岛。

金、石等八人均是初至，上岛一看，那岛作圆形，四边海岸只有里许来宽，过去便是适才对岸遥望的那一圈仰盂形的大圆岛壁。因是海底万年寒铁筑成，远看已极辉煌，这一近看，那岛壁高约十丈，通体寒光闪闪，耀目生辉，光鉴毛发。岛岸尽是五色珊瑚灵砂，衬得景象越发富丽雄伟，草木却不见一根。

先前易静、癞姑入见岛主，原由左行不远，由一圆门之中走进。这次灵威叟引了绕壁而左，一路言笑，绕行两三里路，忽然停住。岛壁通体浑成，不见缝隙。只众人停处，壁上现有不少金钉，看去生铸上去。及至灵威叟用手分别推按，全能移动。众人这时方才看出，那金钉含有不少妙用。方在留心注视，只见灵威叟把金钉移动了七八个，便即停手，壁中随起了金铁交鸣之声。跟着精光明灭，那岛壁似走马灯一般，忽左忽右，两面急转如飞。不多时立处对面现出一个空洞，不住变幻，一瞥即隐。急转有二三十下，眼前一花，岛壁静止，壁上金钉不见，现出一个大圆门，约有七八丈大小。随了灵威叟入门一看，那圆壁外观坚厚，实则纸也似薄。但是共有九层，每层间隔约有五尺，分别兀立，门内并不相连。

李英琼见了奇怪，试用手乘空略推，似甚脆薄，心中奇怪，笑问易静："适才师姊所进的门也和这里一样么？"易静摇了摇头。英琼方觉问得冒失，忽然身侧似有微风飘过。如在以前，英琼没有看出人影，必当是风。近来连经大阵，功力又复精进，知道有人隐身自侧越过。因身是客，主人又无敌意，适才冒失发问已经后悔，料是宫中徒众隐身经过，也许奉命来此窥伺，多言有失，也未说破。那人也颇谨慎，原贴门边隐身飞入，恰值英琼想摸那门壁，故意退向门侧，无心中恰巧相值，两下里几乎撞上，所以觉出微风飒然，由身侧飞过。余人均因隔远，不曾觉察。

癞姑、金蝉与灵威叟肩随而行，已快将九层铁门走完，猛见灵威叟面色骤变，喃喃默念，自言自语，却听不出是什么言语，好似想什么心事神气。将门过完以后，灵威叟立即回身行法，将门隐去，全壁依旧浑成如一，强笑对众道："诸位道友，成功之后，自有人引往霜华宫大殿与岛主相见，归路要近得多，无须由此出入了。"

众人见他说时，面上神色不定，方在不解，灵威叟忽又说道："老朽忽然想起一事，忘了去做，意欲请诸位道友在此少候，不要走动，老朽少去即回如何？"众人听这几句话语声甚低，意甚惊惶，料非为己而发。易静首答："道友只管请便，我等在此恭候便了。"灵威叟随纵遁光往前飞去。

那九层铁门以内正对着一条向前低斜向下的长甬道，与易静、癞姑二人第一次入门所见别处宫殿台榭景物大不相同，恐有差池，俱都立定相候。灵威叟去有刻许工，方始面带忧急之容回转，见了众人，强笑道："老朽自不小心，有劳久候。这条甬路乃通往丹井的秘径，途中已减少几处阻力，故与先前二位道友所行之路不同，后半所见却是一样。诸位道友仍照预计行事便了。"易静暗察其词色，不似有什么虚假，只不知他适才之行，何事慌张。英琼也未想到，灵威叟此行与进门时所遇隐形自身侧越过之人有关，也就丢开，并未在意。仍由灵威叟引路，往甬道中走进。

那甬道也和岛壁一样，俱是寒铁所制，大小也差不多，路面微微往下倾斜。众人刚走过去，灵威叟道："适才诸位道友因老朽有事延误，到时不免稍迟。由此甬道通行，虽可免去前宫几层阻碍，但尽头处有一关口，也颇难破。此关不在先前二位道友所见之列，必须老朽引进，也是为此。现在为时将到，老朽拼担两分不是，索性把前面禁制停住，送诸位道友直达丹井上层入口的灵癸殿前去吧。"易静知道这么一来，比起原路预计要少去好几层难过的关口，忙即谢了。

灵威叟随掐灵诀施为，朝着前面说了几句隐语。耳听一片铿锵之声由远处传来，全甬道壁上立发出银雪也似的光华，闪动甚疾。同时上下两壁一齐自行移动,电也似急往前驶去,直和御剑飞行差不多少。晃眼回顾来路入口,已看不见,才知这甬道竟是活的,此时正往地面以下行进。

正疾驶间,灵威叟又道:"此是岛主法力,内有元磁真气妙用。那尽头处设有本岛的吸星球,五金之质到此全被吸去。我知峨眉飞剑与别派不同,开府以后,开读长眉真人仙敕大书,得有天府真诀,所用之剑,又均神物,不致被它吸去,但到底挣脱吃力,又是突如其来。我已命轮值弟子将此球妙用止住,可以无阻。但是关口上禁法不曾全撤,仍要诸位应岛主之约,自行冲破。现已将到尽头,请诸位道友各施法力准备,最好不用五金之宝,由一位在前开路,诸位道友紧随在后,看见前面有一轮银光阻路,立即飞起,破光而出。外面便是丹井上面阵图所在之地,老朽不便随往,自往霜华宫中恭候便了。"易静道:"老先生如此盛情,其何以报?"灵威叟道:"此原家师意旨如此,诸位道友必欲不忘绵薄,老朽生子不肖,名唤灵奇,不听教训,一意孤行,老朽又无暇管教。所幸此子虽然乖僻,尚知自爱,向不与妖邪交往,为此积怨也多。诸位道友日后相遇,稍微推爱垂注,便足感大德了。"

众人自是谦谢允诺。石生和易震都是口快,正想告以适在海旁看见,未及开口,灵威叟又似触动心事,忽然说道:"老朽不才,事尚未完,前面即是甬道出口,可自依言行事,恕不远送了。"说罢,不俟众人答话,身已离地,化作一道寒光,朝前飞去,一闪不见,神情比前还要匆遽。

众人俱觉奇怪,方在谈论,说了才十几句话,猛瞥见远远一点银光迎面飞来,知道所说关口已到。因身被甬道带同飞驶,好似人在舟中顺着急流而下,银光看似对面迎来,实则仍在尽头处悬着,并未曾动。易静本心想用散光丸、弹月弩二宝,因恐毁损主人法宝,忙令金蝉取出玉虎当先;又令癞姑、英琼一用佛光,一用牟尼珠,护住众人身子;自己将散光丸取在手中,又令众人一同准备太乙神雷,以防万一。所有五金之宝,全数紧藏法宝囊内,一概不用。

众人动作原极迅速,刚刚准备停当,对面银光已越现越大,晃眼飞近。金蝉手上玉虎眼口中的两道蓝光,一道红光,已然远射出百丈以外。众人也各自如言施为,同时联合飞起。仙家至宝,果然不同,众人才一离地,那甬道便已停止飞移,银光也即停住。众人身还未到,那蓝红二色三道精光,已似长虹电射,直向银光中冲了进去,当时冲开一个大洞。众人遥见内里似一光衢,看去约有十来丈深。知已无碍,忙把遁光一催,在佛光、宝光环绕之下急飞过去,一晃飞出银光以外。

易静、癫姑一看甬道外面果是首次入宫时，灵威叟奉命引往的岛宫中心，丹井上层灵癸殿前设阵图的所在。记得此处相隔岛面已数百丈之多，来路甬道只是微微前倾，后一飞动，更是平行，怎会下得这么深？及至回顾那来路甬道，正飞也似和吊桥一样往上悬去。银光摇曳中，似见灵威叟影子一闪，晃眼离地百余丈。再看殿的右旁上空百余丈，也有一团银光悬住，与此东西相向。知那甬道伸缩自如，高下由心，连自己这等目力，事前误认是缩地之法，均未看出，主人法力，可想而知。如非先有默许，故意命盗，另具深心，要想深入丹室重地盗此灵药，更不知如何艰难呢。事前已有成算，便不往别处去走动，径直引了众人往殿前阵图正门走去。

金、石等八人初到，见当地乃是一个又大又高的天井，相隔上面出口，少说也有三四百丈。立处是在井当中的一片广场，大约百亩以上。身后是一座白玉建成的大殿，四周是井壁，另有几所玉室。因下面丹井在阵图中心，阵不曾破，不知多深。前面阵图，只在水晶一般的平地上面，画就两仪、四象、九宫、八卦的圆点，乍看并无异状。因易静、癫姑俱说内中奥妙非常，比起易象上的河图不同，要多生出好些变化，不敢冒失走进。各照预计，先由易静率了甄、易弟兄四人去打头阵，将阵势引发。等到生出变化，再由癫姑同了金蝉、石生、阿童、英琼等五人，如法施为，把反河图后天五行制住以后，易静等五人再倒换着穿阵而下，去盗灵药。

不过这阵图反应是在丹井之下深处，中间还有一层阻隔，均须破去。而那丹室由井底元磁真气吸住，变化无穷，深沉隐现无定，神妙不可思议，差之毫厘，谬以千里，稍一疏忽，便被磁光闭在室内，连人都走不脱。所以事前必须仔细想好下手步骤，丝毫不能疏忽。这还是主人临时变计，改了入口，又得灵威叟之助，一直引了深入。否则由上面井口直下，连同宫中埋伏，共有十三层禁制之多，如一层层破去，就是法力多高，所至均能得手，也须二日以上。现在共只剩了三层关口，虽是极难之处，到底省事省力，并还可以断定主人心思，实是借此考验，并非不与。陷身受害之事，已决无有，比较放心得多了。

当下易静等五人各照图宫门户，方位途向，由正门走入。按照度数，绕行地上圆点，先往中央正宫一元主位上立定，再指挥甄、易等四人分向四方。等把五行方位一齐占住，用传声之法告知阵外五人，令同驾遁光飞起，对准当中井口，觑定下方。等自己引动阵势，用法力现出当中主宫上丹井深穴以后，立即穿井而下。余仍各照预计行事。癫姑等五人依言飞身上去，往阵图

131

中一看,下面一色水晶地面,除了那四五尺大小的河图形的白黑二色圈点外,并无洞穴。知道丹井深穴在正宫一元主位上,为阵图等所隐,急切间看不出来。便令同行四人留意,注视下面,不问阵图变化如何,丹井深穴一现,立即穿井而下。一面各把飞剑、法宝取出,准备应用。易静估量一切均照预计停当,立即施为。先施法力,将五宫正位制住,再将阵法触动。手扬处,一声雷震,那地面上河图圆圈,立即变灭闪动,急转如飞。易静也不去理它,依然守定原位,静待时机。正打算乘隙下手,那些圈点往来交织,穿梭一般数十转过去,忽然连闪两闪,全都隐去。同时发出一片五色烟雾,将全阵笼罩。遥听地底起了风雷之声,知道下面阵图已然发动,生出反应。

这上层阵图,主人既先已泄机,易静又是行家,上来先将五宫正位枢机要地制住,只将阵势略微引动,不去触发它的妙用,所以显不出此阵威力。下层阵图已全发动,便无如此容易。适见阵中地面宛如水晶,与阵外地面有异。阵的大小又与上面丹井相同。照此情形,不特一元主位中空,恐怕全阵地面都是空的。少时等把彩烟破去,下面井穴便许全行现出。最后去往丹室盗药,还少一人,自己如能同下最好。无如上层看似容易,无甚阻碍,但这一元正宫主位,乃全阵主要命脉,必须大法力之人方能制住。癫姑法力虽高,但看事稍易,经历比己较差,不甚放心。和她对换,仍不能多出一人。而下层阵法全仗上面五人将五宫正位制住,才能减去它一半威力,怎么也不能多出一人。易静想了又想,还是仍照预计行事。且看癫姑等五人到了下面,能否仗着各人的异宝、仙剑,冲开禁制,下入丹室。如若不能,再拼冒奇险,索性连上面五人一同下去。好在众人有几件护身的法宝,凑在一起,至多盗药不成,出时再把主人阵图、法宝毁去一些,那也是主人自愿如此,不能见怪。一行十人,总可全身而出,决不致有甚凶险,或是被困在此,不能脱身。心中寻思,那彩烟也在不住明灭变幻,下面那井穴却不能现出。

易静正嘱咐甄、易弟兄四人各运玄功守住心神,将法宝、飞剑护身,凌空镇制,各人五方主位不可稍微移动,也不可脚踏实地。那五色烟雾明灭变幻了一阵,忽然发出妙用,化为青、黄、黑、红、白的强烈光焰,按着五行生克次序,各朝相克的方位狂涛一般涌到。易静深明阵法,自不必说;南海双童本来法力不弱;只有易氏弟兄功候稍差,但开府时得有师门心法,近甚精进,事前又得易静详细指点,再三叮嘱,一任来势多凶,只守定原阵位,加意防备,终不为动。那各色光焰,来势十分猛烈,眼看就要压到身上,忽似电光过眼一般,自行消灭。当时形势看去奇险,百余丈高的光焰四面夹攻,怒涛一般涌到,所剩也只各人所守五宫正位不足方丈之地,照那迅急之势,连眨眼的工夫都没有。偏是到此即行消灭,不能侵害。

易静知道此时只要用法宝、飞剑抵御,或是心神摇动,镇制不住,各人所守阵地立被侵入,为其所乘。那时全阵威力一齐发动,就有法宝、飞剑护身,不致受害,便破此阵也非一定不能。然而,一则险阻横生,二则下层阵图立生变化,移向上层井穴,当时便为元磁真气封闭。就能勉强破阵,盗药一层更无望了。

易静因恐两个侄子万一看见五行精光当顶压到,年幼无知,胆小气馁,忘了前诫,误以为所立阵位受了克制,妄思抵御,坏及全局,先还有点担心。及见先是东方乙木所化青光朝甄兑飞去,甄兑神智安定,未为所动。跟着戊土黄光朝自己中宫飞来,自己更不会摇动,黄光消灭。黑光又朝甄艮南方阵位上涌去,也和乃弟一样。易鼎、易震,一西一东,守的是庚金、乙木两宫,恰落在后,有了前三人的榜样,断不会再冒失行事,这才放心。

易静二次传声给癞姑等五人,说时机将至,并告以阵中五行以逆行之势,自向各宫正位攻来,中藏变化,看似相克,实则相生,消长盈虚之中,藏有无穷微妙,上阵是体,下阵是用,尤为神奇。到了下面,务要仔细。照此形势,只恐自己必须在上层镇制,不能分身,请癞姑一人主持,相机行事。余人必须听命进止,不得妄自行动。

话刚说完,阵中五行反克已全应过。最末白光一闪,刚要另生变化,五色轻烟二次刚要冒起,易静早迅雷不及掩耳,一声号令,弹指将一粒牟尼散光丸发将出去。一丛星光立在中宫阵位以内,自行爆裂,光雨星飞中,轻烟四下消散。脚底银光突现,一闪即灭。晃眼上面却出现一片银色光网,将全阵笼罩在内。头上丹井出口,已为银光封闭。众人俱在光网以内,脚底竟是全空,现出下面丹井,黑沉沉看不见底。

易静等五人所镇守的五宫阵位上,却现出五团丈许方圆梅花形的法台,凌空浮立不动。初入阵时,所见地上圈点却变作大小数十团斗大寒星,仍按河图原形凌空位列,精芒电射,耀眼生花,寒光逼人。易静、癞姑等虽知阵形必要复原,却没有料到变化得如此神奇。法台一现,当时心中更悟出此阵奥妙。遥制下层固稍容易,而此阵的威力妙用也显了出来。深喜适才没有冒失破阵,免去了多少危害阻滞。

癞姑虽没易静年长经历得多,却也内行,瑜亮并立,无多轩轾。初意乘隙往丹井中猛冲下去,及见井穴随原图形一同现出,上面反倒漆黑沉沉,知道上面不再触动阵法,或是攻入下层阵内,决不会再有变化,乐得看准形势,再行下去,无须急急便往中央法台之上飞落。便先令金蝉往下观察。金蝉运用神目,定睛往下注视,见井穴越往下越小,离上面二百丈左右,便见地面。与灵威叟所说丹室之类,也决不似下层阵图所在,略有晶光反映;好似一片坚冰凝成的空地,不见一人一物,也不似有甚法术埋伏。自从入宫以来,到处光明雪亮,就说丹井太深,上有这么强烈的光华照将下去,地方又较上面小,不至于会如此黑暗。于是便把所见说了。

易静听金蝉说了下面情景,暗忖:"这上下两阵中间还有一层阻隔。第一次灵威叟引来观察,各层埋伏禁制,均经详说它的妙用以及机密之处;独对这一层,只说不比寻常,可凭自身法力破去,无须有所顾忌,语甚简略。当时因他对于其余十二层的关口以及丹室微妙之处,却是语焉惟恐不详,只差明言破法;惟此一层,好似知道自己必能胜任,顺口带过,自然不好意思深问。自来有形者易识,无形者难测。金蝉神目专能透视云雾,洞瞩深幽,当无看差之理。按说上下相隔只二百丈,自己和癫姑虽然目力不如金蝉,也是法眼慧目,竟会看不到底,只觉一片冥黑。丹井四壁,多半空凹,如非埋伏隐藏凹处,下视不见,就许真非寻常禁制。主人既有心试验一行十人法力,偏又尽吐机密,惟恐其不能成功,心意莫测。也许主要试验的便是此处,也自难说。初意上阵五宫正位制住,等它变化过去,现出井穴,便可直看到下层阵地。中间阻隔,必在四周,或是凌空设置,至少下层阵地总可看出端倪,不料会是如此境地。主人果着重在这一层,必较上下两阵尤为难制。"见癫姑仍和金蝉同运慧目往下观察,一问,也和自己一样,用尽目力,一无所见,便把所想说了。

癫姑闻言,深以为然,见看不出甚端倪来,只得下去。因下面还有一关,癫姑预存戒心,为防万一,还令一行五人相偕同下,到了下面,不要散开。易静不放心,自上下视,眼看五人在癫姑、阿童两道佛光环绕之中一同下降。起初佛光颇强,但不能烛照上下,已觉奇怪。及至降到百丈以下,只是两圈金色祥光在暗影中降落,一会止住,似已落向金蝉所说地面,光影虽仍可见,但五人身子早已隐去,光以外便是暗沉沉的,仿佛坠入聚积浓密的暗雾之中。及问四方主位上的甄、易四人所见如何,因四人功候、目力俱差得多,更是三四十丈以下便看不见光影。暗忖:"二人佛光,多深多远皆能照见,怎看去光华这么弱?甄、易四人竟看不见。"

易静方知有异,正自忧疑,忽见两道佛光分开,同时英琼的牟尼珠,金、石二人的玉虎、金牌，也相次出现光华。牟尼珠光最强，但也不能烛照上下，只是十余丈一团祥光，在下面游动。余人宝光均差不多。五人七八道光华在暗影中往复游行，分合无定，看去似在寻觅下入第二层阵图的门径，并未遇甚梗阻，心中稍宽。

原定癫姑到了下面，如有险阻，便即传声告警。易静久候无音，正欲问讯，忽听雷声，又见五人先后如有所遇，多是欲前又却，退得甚慌。退不几步，又往侧闪，横出不远，又折回来，宛如钻窗冻蝇走投无路之状。心知不妙，忙即传声问故，也无回答。耳听五人发动太乙神雷之声，空洞传音。五人神雷多有功力，癫姑尤胜，不比泛常，井穴中空，声应猛烈，听去却是闷哑，好似有甚东西将雷声紧紧压住，并不洪大；不似往日神雷一发，便石破天惊，山摇地动之势。雷火光华，更是一丝也看不出。跟着五人宝光便零落散了开来，除英琼还在缓缓移行外，余人均未再动。宝光仍在，知道人虽无害，但必受制被困无疑。自己如离阵位，恐又生出别的疏失，其势不能舍此往援。再者五人均有至宝防身，癫姑法力尤高，与己相等。这五人不比甄、易四人，各有其胜人之处，如均失陷，自己下去也不一定有用。传声不听回应，可知五人初下时便已受制，只在奋力挣扎，各将法宝、神雷一齐施为，终无效果。只不知癫姑那么精细机警的人，既然看出形势不妙，怎不先以传声相告？自己发问，好歹应有回答。相隔这么近，本来无须行法传声均可听到，竟无音响。如说声音被人禁法阻住，两不相闻，神雷之声不过闷哑，怎又听见？

易静正在忧急不解，猛然眼底雪亮，定睛往下一看，下面井穴已上下通明，不特癫姑等五人历历如见，并还多出两人，在一片水晶的空地上叙话，空穴传音，也清晰可闻。七人立处不远，正有万千团如云絮的白影，雪浪山崩，往四周退去，晃眼无踪，竟没看出那是何物。知已无事，不禁惊喜交集，出于意外。

原来癫姑等五人下降时，先觉越往下光景越暗，渐渐佛光所照，不能及乎两丈以外。身上也渐觉寒冷，好似常人寒天进入冰窖一般。如非先前席上吃了许多异果，阳气充旺，绝对支持不住。癫姑一想："不好！沿途行来，所遇酷寒之区不下三四万里，那时未服灵果尚且能耐，现又服了许多纯阳之果，竟会如此冷法。这井穴以内，必是北极冰雪奇寒之气所聚，比起来路所经数万里冰天雪地酷寒之区，必还更冷千百倍。不然，那有如此冷法？"因出意外，疑在室中本来如此，一心只防下面埋伏，全没想到寒气厉害。忙令金、石、阿童、英琼四人各运玄功祛寒，一同戒备着，仍往下降，果然冷得好些。

135

只是元气运行，不能稍闲，否则便冷得难耐。众人俱想："丹井以内如此奇冷，最下层已近地肺，阴极阳生，总该暖些才是。否则纵然修道人多冷也于身无害，像这样奇寒，破法盗药，也就要难得多了。"正寻思间，身子落在平地之上。那地有似坚冰所成，光景越发黑暗沉冥，佛光圈外，连地面都看不见。玄功稍停运用，便觉头晕气促。上方和四外，均似有大力压来，只癞姑和金、石三人稍好，英琼、阿童便一个比一个觉着难禁。

起初癞姑见井穴之下黑得厉害，便恐主人有甚花样，戒备也颇严。及见人已到地，除奇冷奇黑外，并未见有别的异兆。几次和金蝉运用神目法眼，仔细观察，始终见不到一丝痕迹，也未见有烟雾之类，越料是固有景象。下阵和丹室俱在足下，先率四人草草循行了一阵，觉着冰面坚厚异常，通体如此。始而不肯毁损，只想寻到门径，相机下降。及至走了一阵，到处试探，俱是实体，那坚冰和来路所经冰原相似，直不知有多少丈深厚，而坚固更远过之。门径既未找到，酷寒之气又由脚底侵入，比起初下来时还要厉害得多，玄功运用更难停止。癞姑一见不好，因这一关并无埋伏禁制，只是酷冷难禁，估量底下比较温和，下降越速越好。否则虽以玄功运用本身纯阳之气祛寒，也只保得身心不致受伤，头面手足，仍是难耐。无奈地面广大，黑暗异常，也许下口甚小，急切间不易观察出来。想了想，强忍奇寒，告知众人，令各将防身法宝取出，分将开来，四面寻找。

金、石等人闻言，猛想起适才为防飞剑被元磁真气收摄，降时又未遇甚埋伏阻碍，只顾运用玄功御寒，连防身法宝也未取用。这等奇冷，兴许这几件仙、佛两家至宝能御奇冷，也说不定。立即分别取出法宝一试，除英琼牟尼珠稍好外，余人仍是一样冷法，并不比佛光强些，但又宜静而不宜动。众人均不能尽识牟尼珠的妙用，如任英琼按照乃父李宁所传白眉坐禅之法，只要坐上半个时辰，此珠立生妙用，至少也可将那寒气消去一半。但因急于寻找出路，以为此宝胜强无多，也就未让英琼坐禅，仍照预计分散开来。

阿童更是好奇，分开时，试把佛光收去，看看冷得如何。哪知光外酷寒，更胜百倍，光才一撤，立觉一种大得出奇从未经受的奇冷之气，由上下四外急涌上来。当时七窍皆闭，通身疼痛如割，气血均欲冻凝，这一惊真非小可。犹幸佛门真传，佛光收发均极迅速，慌不迭重又放起。就这收发瞬息之间，虽然见机得快，未致受伤倒地，人已冻得透骨，心脉皆颤，再如稍迟，便无幸理。才知幸亏佛光护体，挡了不少寒气，否则谁也不能禁受。众人如非那几件至宝防身，也万无幸理。阿童越想越胆寒，惟恐金、石二人一时疏忽，蹈了覆辙,想赶去警告。无如死里逃生,惊魂乍定,元气运行尚属勉强,怎能停止,并且口为寒气所逼,也无法开张。只得一面用师传心法,一面随定众人,姑且分头找那出路。

癫姑因传声须用真力元气,防寒要紧,又未见有禁制埋伏发动,不欲徒乱人意,故此未向上面易静传声相告。及至率众寻找,当地已被找遍,仍找不出一点线索,寒气却更酷烈。正打不出主意,阿童人渐复原,由侧面走来,两人恰好对面。想起适才两道佛光联合,冷要减些,忙迎上去合在一起,强挣着把前事说了。癫姑闻言大惊,暗忖:"照此情形,这奇寒之气多半有人暗中运用。对方所设关口阻碍,便是指此。灵威叟不肯明言,并说一行十人法力可破,便将这全副地面毁去,也无甚话说。这类穷阴极寒之气,用纯阳雷火破它,想亦不难。自己一味顾惜主人情面,以客礼自居,总想善进善出,几乎中了道儿。"

癫姑想到这里,忙追上众人,告以各分四方散开,看自己手势,随同下手。等分别说完,人已冷极,又运用玄功,稍微喘息,然后居中飞起,发出太乙神雷,朝地面上打去。初意测不出冰面厚薄,仍不欲全数毁去,只想攻穿一洞,以便下降,雷火威力不大。及见雷火发出,与平日发雷情景大不相同,好似上下四外均有极大阻力逼紧,不往四外横飞。雷声不猛,火力也弱,一震之后,地面上依然如故,全无伤损。降下细看雷击之处,只有一些冰纹白印,晃眼复原如初。情知难攻,那寒气酷烈奇盛,不可思议。雷火为奇寒之气所逼,威力消灭了多半。冰面至厚,即为雷火炸裂,寒气一凝,重又长满,非用全力不可。便即发令,一同施为。金、石等四人听雷声甚闷,火光不强,也甚惊奇,各以全力施为。癫姑发雷,自然更猛。满拟如此猛烈的连珠太乙神雷,便是整座山岳也被攻穿,何况这等冰凝之地。谁知这一来倒是奏了点效,只是冰面一破,局势也越发不利。

先是癫姑居中发雷,虽然雷火之势不如往日强烈,因出全力,玄门太乙纯阳之火,威力终非寻常,霹雳连声,金光雷火猛击之下,冰面倏被击裂开一个大洞。只是冰层太厚,尚未攻穿,四周寒气也被荡开不少,寒威为之大减。癫姑因四角上金、石四人也和自己一样,未将冰层穿透,心想:"全冰层大约厚薄相同,分散为弱,不如召集到中心来,合攻一处,较为容易。"方打算飞身过去传知,恰值手中一雷发下,只见陷裂之处,突涌起数十丈一团白影,看去似云非云,似雪非雪,似实似虚,不知何物。方疑冰层将要穿透,扬手又是一大团雷火发下,猛瞥见陷处火光忽灭,先发雷火竟吃白影包没,便即消灭。

后发雷火本是连续下击,那白影来势特疾,正好迎上,两下里一撞,又吃白影包没,雷声火光一时都隐。心中大惊,又看不出是甚法术。跟着连发神雷,俱是如此,白影依然潮涌而来,一毫也阻止不住。势子虽急,却极散漫,好生惊疑。癫姑自恃佛光护体,并未退避,还想另用法宝去破。略一停顿,猛觉奇寒侵体,胜沐冰雪,冷不可当。

癫姑知道无力抵挡,忙往侧面闪开,猛又觉身后一股奇寒之气袭上身来。回头一看,身后忽现出一个雪人也似的白影,口中似在嘘气,奇寒刺骨,皮面如割,立时打了一个冷战。又急又怒之下,也不问是人是怪,扬手一太乙神雷打去,又往侧面闪避。刚把法宝取出,未及施为,眼看雷火到处,白人击散,又化成那似云非云之物,漫地涌来。同时又是一个寒噤,身后又有奇寒之气扑来,不禁回顾。这回身后又现出同样一个雪白人影,便连神雷、法宝一齐飞出。哪知并无用处,雷火、宝光到处,白影一散,仍又化作那似雪非雪之物涌来。一近身旁,便觉酷寒侵骨,难于禁受。尚幸所化似云非云之物,势子虽疾,除头一起蔓延较广外,余者都只涌到十丈左右便即停住。无奈此散彼起,循环不息,老在人身后左右出现。急得癫姑咬牙强忍,运用玄功,把全身法力、法宝全使出来,终无用处。金、石等四人所遇也是如此。

一行五人,似这样左闪右避,连发神雷,施展法宝,丝毫无奈他何,反倒越现越多,满地都是。宝光影里,那白人通身上下雪也似白,更无一丝异色,兀坐地上,不言不动,只是寒气越重。后来五人手足皆僵,委实难禁,眼看难以支持。癫姑分明听到易静传声问故,却无余力回复。

癫姑正打算率众先退上去,和易静商量,打点好了主意,二次下来。石生机智,那白人宛如冰雪之质,还比玉白,身量均似十三四岁的幼童,猛想起先前送酒席来的两个道童行时曾说,所居在丹井中阵图侧面小屋之内,到此如有阻难,三呼寒光、玄玉,必有应验等语。下时还想就便寻他二人,因未到达所居之处,又忙于寻找下降道路,无暇及此。现在遇到难关,何不一试?心念一动,立即忍着奇寒,如言高呼:"寒光!玄玉!二位道友何在?我们寻你来了!"

石生本是灵石精气所钟,资禀特异,外表虽和众人一样,多半手僵足冻,面如寒冰,微一开口,冷气便往里倒灌,体内仍是充满阳和之气。比英琼全仗珠光护体,虽冷而不酷烈,只是手足能够运用自如,内体仍是寒冷,玄功运用不能稍停,还要胜强得多。心更灵巧,未唤人时,先把太乙神雷向外连发,乘着面前寒气略微荡开,再行开口,所以并不十分为难。连唤两声,均无回应。知道二童住在下面，上隔层冰，又为众人雷声所乱，不易听到，意欲告知众人，暂停发雷。无如四外俱吃似云非云之物所阻，那白人更在各人身后身侧出之不已。不用雷火，白人口中嘘气更是酷寒，中人胜如刀箭。击散以后，又化作冷云涌来，左右前后，棋布星罗，皆是此物，五人全吃隔断。如要冲越过去，也非一定不能，只是奇冷难当，如与众人会合，必须要连冲过好多处的云堆。稍微挨近，已觉冷极，何况由内冲过，好似一个常人，冬夜奇寒，由十余处雪堆中挺身穿过，实无此勇气。大声呼喊，又听不见。只得姑且运足丹田之力，试再呼唤几声，如仍无效，再打主意。哪知其应如响，第三次呼声刚刚出口，猛觉面前冰地宛如波浪起伏，脚踏上去，其软如棉，心还不知二童要来。

正想再喊，眼前倏地一亮，全场上所有白人，忽似雪狮就火一般，自然崩塌，一齐化作那似雪非雪之物，退潮也似往四外散去。同时全井上下大放光明，寒威尽敛。面前银光连闪，现出两个白衣童子，正是寒光、玄玉二人。石生自是喜极，癞姑等四人也甚惊喜出于意外，忙聚过去，相见称谢。石生先谢了两童解围之德，因见地面已然复原，四外寒云尚未退尽，便问二童："丹井如何可下？此是什么法力，冷得如此厉害？"

二童笑对石生道："岛主想借重诸位的，便是这层关口，此乃为北极万载玄冰寒雪精气所萃，经岛主用极大法力并借地利所设。此地名为战门，归我二人主持。本来无论仙凡，均难禁受这酷寒之威，何况诸位道友又不知此中底细，误发太乙神雷。阴疑于阳，正犯此间大忌，于是寒威更烈，雷火越多，越觉冷了。适奉岛主法旨，只要诸位道友能在此停留一个时辰，不为寒气所伤，便可开放门户，听凭下去。不料发放雷火，激发万载玄霙，比前冷更增百倍，诸位道友仍是无恙，即此已为岛主心期。如非我二人还想见识诸位道友神通，便是道友不出声相唤，我二人也自出见了。

"适在海边之言，原以石道友一见如故，这里奇寒难当，恐到时盗药不成，反为所伤，意欲略徇私情，万一诸位道友稍觉难支时，可以略效绵薄，相助出险，万想不到是这等情景。假如换了法力稍差之人，休说与万载玄霙相持，便初下来那一段，无须降到冰层之上，只离上阵百丈以下，气血便要冻凝。见机抽身，如若迅速，不过中寒受伤，仍可复原；稍不量力，勉强下降，一达冰层，上下四外俱是寒气重压，再想逃生飞上，真是无望。尤其那玄阴极寒之气，无形无声，甚是阴毒，暗中袭来，难于觉察。只要有一丝侵入身上要穴，当时骨髓皆冰，通身冻硬。只有两件法宝和各位前辈仙长所炼灵药能使回生。但是受伤人由死入生，也许受尽楚毒，方能活命。听说这两件法宝均在贵派手内，我二人想往凝碧仙府一游，也为见识此宝之故。如此酷寒竟能禁受，虽然护身法宝神妙，诸位道友法力高强，已可想见，怎不叫人佩服呢！

"此关已算过去，因发雷火大多，玄霙精气几全发泄于此，须俟它退尽，便可下往丹室盗药了。下阵虽然玄妙厉害，好在诸位道友机密已得，只惜差着一人，我二人又不便代劳，到时不免稍难，否则，此时便可算大功告成了。"

金蝉便问："道友所说二宝，可是万年温玉与九天元阳尺？"二童答说："正是此宝。"金蝉说："九天元阳尺，我们虽可随时借用，乃凌真人所有。那块万年温玉，开府之后便落在英琼师妹手里，何不也取出一看？"英琼笑说："掌教师尊赐我此玉之后，当时便被玉清大师背人向我借去。并说妖尸谷辰至今仍未忘情此宝，留在我手，此时在外行道，宝光外映，易启觊觎，诸多可虑，不如借她应用，暂代保存。我如要用，到时自会送来。等幻波池建立，入居三年以后，再行交还，正是一举两便。我知她为人谨慎，对我同门又极尽心力相助，此举必先得了师长默许，不然不会开口，便借与了她。事后告之灵云师姊，也说应借，师父不会见怪，所以不曾带来。"二童先听温玉带来，面上顿现惊疑之色。及听英琼之言，方始面色复原。玄玉笑道："我原说呢，如有此宝，别位难说，这位李道友也不致同样觉冷，为玄霙精气所阻了。"

众人谈说之时，癫姑知道易静等五人也不放心，早抽空暗用传声之法，略说以前经过。井中寒气一收，上下通明，下面七人言语行动，易静全可闻见。知道二童所说陷空老祖用意，果是在此，此关渡过，底下虽非势如破竹，迎刃立解，必无过分险难之处，好生欣幸。因少一人室取药，重又传声癫姑，到时见景生情，如实为难，可令英琼仗牟尼珠光之力代镇主位。自己在上面拼冒点险，本身仍守中央宫一元主位，将元神遁出，飞降下阵去，代英琼镇守北方水宫，仍由癫姑穿阵而下，去往丹室盗取灵药。此策只要三人动作灵敏，彼此呼应神速，得心应手，必能成功无疑。癫姑虽觉稍微行险，但外无他法，也以为然。

二人正在传声问答，地上如云如絮的玄霙精气已然退尽。众人见那冰层所结地面，通体坚厚浑成，并无一丝缝隙。大团云絮一般的玄霙精气，分向四边退下，到了挨近井壁之外，堆积不动，渐渐减消，自然无迹。退完，冰面仍是完好。试收防身宝光，已和来此飞行时气候相近，只没上面和暖，知是冰层仍在之故。

石生方问："门户何在？"也未见二童行法施为，忽然地面上冰层自然涣散,化作云烟波动,宛如潮涌。眼看脚底由实而虚,全地面变作一片云海。众人刚把遁光纵起,飞身云上,静待云开下降,寒光、玄玉二童忽向众人举手作别道:"诸位道友,好自为之。少时战门升上,可由右门穿进,绕出左门。我二人再略施小技,门便隐去,寒气全收,连四围的玄阴神弩也并止住。由此下降,直达下层阵地。此层与上层阵地不同,五方阵位全是虚的,中宫一元阵位正对丹室入口。请诸位道友施展法力,相机行事。我二人要往霜华宫中复命,且等将来凝碧仙府再作良晤,此时恕不奉陪了。"

众人方要答话,二童说完,把手一挥,面前忽又深黑如漆。也只瞬息之间,重又上下通明,只是脚底云烟尽去,不留一丝痕迹。再看二童,已然不见。因是骤暗骤明,变灭至疾,事出不意,连癫姑那么高法力,都未看出那么广大深厚的一片雪层,连同二童是怎么隐去。只金蝉一人神目异常,略看出二童手举处,全井立比先前还黑。暗影中似见二童也化作两股白气,与云相合。同时微微觉到寒风飒然,由身侧往下飘堕。紧跟着全井上下重返光明,连人带云俱无了踪影。

众人想到二童竟如此神通,方在骇异,低头往下一看,下面阵图已然现出,相距当地约有百丈高下,一片五六丈方圆的云絮,簇拥着一座外观圆形,内列六根合抱大柱,似亭非亭之物,由脚底缓缓升起,众人连忙后退。那亭外面银光万道,耀眼生花。内有青白二气环绕六柱之间,一根主柱居中,五柱环绕于外。亭外布满光气,形似实体。一青一白,以主柱为界,各不相混,每边各有一个圆洞。主柱之上现出"战门"两个朱书古篆。众人已悟出"阴疑于阳必战"的寓意,便照二童所说戒备着,由右方圆洞门中缓缓飞进。

那门看去烟光并不深厚,至多不过丈许。等一进门,觉着内里寒光闪闪,冷如寒冰,猛觉身上一暖,人便飞出,计算程途,少说也有四五十丈。再一看那反面门户,和正面差不许多,只是青白二色烟光左右互换,等绕飞进去,和右门快走完时情景一样,充满阳和之气。快过完时,身上忽又一冷,眼前一花,烟光尽杳,那战门忽然隐去不见,只人在空中悬着。

易静等俱不知陷空岛主就着当地独有的天时地利,加上法术运用,才有此种神妙设施。寒光、玄玉二童乃秉北极万年冰雪之精而生,不过借用了两个有根骨的形体。丹井乃北极地轴中枢,阴阳二元真气交战相生之地,一切多是天造地设,再加法力运用,便生出无上威力。易静等初次见到,俱觉主人法术神奇,不可思议,所以行事异常谨慎,终于成功而去。后来笑和尚误斩金姝、银姝,二次来盗万年续断,自以为深知底细,轻视岛主,以致被陷霜华宫疑阵之内，如非神驼乙休赶来相援，几遭不测。这且不提。

众人见战门隐去，料已无事，只等破完下阵，便可深入丹室取药。一篑之功，成败关头，在此一举。又以寒气全消，比起上面反更暖和，各自鼓起勇气，振作精神，按照预计，将应用法宝取出，准备停当。觑定下面五行五宫阵位分散开来，各人站定一方，一声号令，同时往下飞降。这时下面阵图，因上阵一开，已全发动，与前大不相同。全阵四十九个阴阳圈点齐射精光，五宫正位上各涌起一个不同的光柱，全阵都是五色烟光，明灭变幻，势如潮涌。休说最下层的丹室要地观察不出，连金蝉专能透视云雾的神目，也看不到一寸地面，情势严重已极。

癞姑一人居中，率领金、石、英琼、阿童等四人，把遁光驾平，使五人高下如一，缓缓下降。降到离那五宫正位的五色光柱约有十丈，觉出光焰有了上腾之势。又是一声号令，各自运用玄功，施展法力，放出防身宝光，不先不后，一同往光柱上猛压下去。那青、红、黄、白、黑五根光柱，立即轰的一声，同时光焰暴长，往上腾起，势疾非常。仗着五人未入岛宫以前便有详密计算，再经过上层阵图一番经历，上层主体五宫主位又被易静等五人制住，下阵减去不少威力，所有阵中一切变化生克微妙之处俱已洞悉无遗，所差只是法力强弱之分。虽不能算势如破竹，举重若轻，胸中已有成算，应付方法，下手步骤，俱安排好了。只不过觉着主人法力太高，惟恐稍有疏忽，变生不测，贻误全局罢了。那五行光柱发生妙用，原在意中。全阵枢机，如不上来便先制住，便要生出无穷变化。虽然知道破法，到底费事，只要有些微不利，立即偾事，故俱以全力施为。

癞姑对付中宫一元主位，其关系更为重要。一见中柱光焰熊熊欲升，一面发令，急催遁光加急下降；一面早把护身佛光移向脚底，化作一轮祥辉，电也似疾往下压去。中央黄色光柱刚往上疾升，比原来高起不到两丈，便吃佛光紧紧罩定，不能长大。癞姑手掐灵诀，再一行法施为，益发受制，发出殷殷怒雷之声，缓缓下降。癞姑见全阵最主要的一元要枢所在之地已吃制住，一行五人不论如何，已无失陷之虞，心情为之一宽。因下阵受上阵反应，已全发动五宫制压，法力最好均匀，无所偏重，将中央光柱压制复了原位，便不再往下压。

癞姑一看同行四人，英琼是往北方水宫降落。除中央戊土是全阵命脉外，水宫居北，独得地利，先后天均有助益。便是主人布设此阵时，也以此宫为重。后天五行变化，亦由此而生，其力最大。如换别人，还真不易制压，偏巧被英琼无心中担承了去。论起英琼本身法力功候，虽比癞姑要差得多，但那粒牟尼珠却正是癸水的克星。英琼下时，又以自身法宝虽多，飞剑更是仙府奇珍，无如十有八九多是金质，阵下便是元磁精气所萃之地，恐被吸去，不但不敢妄用，为防万一，除紫郢仙剑神物通灵，与身相合，自信无碍，凡是金质之宝，一齐收入妙一真人所赐法宝囊内，谨密封藏，以防失落。所用以防身破法的，只此一粒牟尼珠。心想："此珠运用，全仗本身元灵智慧，心神宁静空灵，威力越大。自己所负使命，只是随同众人，分别镇制五宫阵位，阵中既无敌人交锋斗法，又不要自己深下丹室取药。反正无须动作，如用父亲所赐禅功，以静制动，必然省力得多。"心中想好主意，也未向众人说，便把宝珠放出，并默运玄功，盘坐其上，由那一团祥光托住，缓缓下降。这牟尼珠神妙无穷，不可思议，加以英琼运用玄功，立即人与珠合为一，快慢无不如意。英琼知道五人最好同时下去，不要快慢不一，心念一动，珠光立即加快下降，恰与癞姑等一般高低。最后英琼落到水宫位上，癞姑落到土宫位上。这样一来，全阵两个威力最大的阵位，便被二人制住了。

金蝉制压东方木宫，本来也和英琼一样，恐用五金之宝为元磁真气所制，只想用灵峤三仙所赐玉虎防身镇压。快下降时，俯视木宫方位上，见那根青色光柱光焰荧荧，翠润欲流，与前在碧云塘所见的方瑛、元皓运用枯竹老人所设仙阵中的乙木神光一般鲜明，猛触灵机，暗忖："元磁真气深藏丹室以下，地肺之内，离此何止千丈。自己所用霹雳、天啸三剑，俱是本门真传并与身相合的仙府奇珍，怎会被它吸去？此阵由阴阳两仪，化生出先后天五行妙用。石生所制金宫阵位上，末根银柱光焰一样强盛，可知磁气无碍，至少也是鞭长莫及。天啸剑乃七修剑中第一口，古仙人采取西方金精百炼之宝，现成的以金克木，为何不用？"念头一转，将天啸剑取出，试一运用，果无丝毫警兆，心中越定。正好癞姑先后发令，便剑、宝齐施，随同飞降。

说也真巧，这五行神咒各有各的妙用。中央土宫一元主位，是吃癞姑施展全副法力制住。水宫神柱，又遇见一粒牟尼珠克星，不等生出变化，已受了制。木宫本位，吃金蝉见景生情，无心中放出一件太白金精之宝，又是一个本命克星。那青色光柱，因金蝉压同下降时心里仍在寻思真金克木的妙用，本心又是用以防备万一，不想破坏，剑光虽已放出，只在上面，并未使与乙木相触。当时事机神速，怎容心生他念，稍一疏神，降得便落后了些。可是下余四人均已各制一宫，同时复了原位。光柱高下略有参差，五行失位，立即生出强烈变化。金蝉正降之间，瞥见癞姑等四人已各压着各宫光柱，复

143

了原位,自己还差两三丈高不曾到位,不禁惭愧,想要加急下降。就这转念瞬息之间,猛觉脚底乙木神光突转强盛,力大非常,竟有往上冲起之势,简直压制不下。还不知是因自己降得稍缓,乙木失位所生反应;只疑自己法力不济,法宝不如众人之故。忙运玄功,指定宝光,强压下降。哪知乙木神光越发强烈,金、水、火、土四宫阵位上雷鸣风吼之声又一助威,声势更是惊人。心中一急,未容转念,下面已是云光浩荡,布满全阵。乙木光柱略一停顿,改降为升,逆行向上,与行法人相持不下。紧跟着轰的一声,那些五色云光一齐飞腾,怒涛电射,向金蝉涌来。

当时情势又险又快,连转念的工夫都没有,眼看全阵均要生出变化。总算数中有救,就在下面云光上激之际,金蝉见乙木神光压制不住,反倒往上逆行,一时手忙脚乱,那天啸剑光原由左手指定,情急无计,随手往下一指。本心是见乙木神光这等神奇,并不敢断定此光能遂初意,还想另取法宝。哪知这时乙木威力刚刚开始发动,此剑发得正是时候。稍迟一会,乙木妙用发挥,其余四宫也被牵动,乙木一得南方丙火之助,再有十口飞剑也难制服了。那天啸剑乃仙府奇珍,神物通灵,又具克制之妙,先吃金蝉指定,在上方有力难施,一经放下,立化一道金虹向乙木光柱环绕上去,才围了一圈,木光威势立减。下面云光本正腾起,相隔金蝉不过丈许,乙木势子一衰,便自停住,缓缓往下沉去。金蝉看出形势危急,又急又愧,一面指挥飞剑,心仍不放。等把囊中法宝取出,那乙木光柱已经收势,在剑光运绕,玉虎宝光镇压之下安然下降。知是自己先前疏忽落后所致,赶紧运用玄功法力,压制木光,速复原位,满阵云光也都退复原位,心才放定。

其实还亏土、水、金、火四宫被癫姑、英琼、石生、阿童四人降复了原位,一见变生仓促,各以全力强行压制,只是郁怒莫宣,发出雷鸣风吼之声,不能遽相呼应;而乙木妙用尚未发挥十之一二,事情起止均速,未等牵动全局,便归宁息。如若金蝉稍差一步,事前再没把天啸剑放出,一宫失位,起了逆应,逐渐相生,不消片时,五行一齐发动,成败就不可知了。

石生制的是西方金宫,阿童制的是南方火宫。石生用那三角金牌,以金制金,巧合先后天妙用;而阿童的佛光又是火的对头,因此,俱都安然无事。

只因金蝉疏忽,生出变故,其他四人所分守的阵位受了感应,一齐震动,同受了一场虚惊而已。

癫姑见五阵神柱俱已复原,十九不致再有变故。只是阵图顺序变化以后,上下十人各要镇守原位,分出一人下到井底阵室之内取那万年续断,却是一个难题。想了想，只得姑照适才易静所说，且把阵图引动，等到变化完毕，现出丹井，再作计较。随即告知金、石诸人谨守原位，一任生出什么变化，不去理它，到了入井取药之时，看出何人能代自己守这主位，再行告知。又令英琼加意运用，看准飞越南宫之间的躔度和通行之法，先做一个准备，以免万一误解禁制，入了埋伏，转生波折。癫姑原因到了下面看出北方水宫重要，英琼不能离开，虽照易静之言叮嘱，并未定准英琼代替自己。可是别人功力虽比英琼较深，所用法宝如若以之坐镇，还不如她。

癫姑一面施展法力，发出乙木神雷，和上阵一样，故意将阵势引动。这上下两阵一正一反，下面阵势一被引动，上阵受了反应，也同时生出许多妙用。先前中间隔有战门和极厚冰层，不能看到下面阵势，只听风雷交鸣之声甚烈。这时仰观俯视，全能看见，才知这一发动，不特下阵有无边妙用，便上阵也平添出若干威力。虽然宫中机密已然参透，不致失陷，但威力如此强大，呼应如此紧密，却出意外。照此情形，上下十人正好把两阵制住，同退则可，若独自抽身，五行有一失驭，立生巨变。并且那丹室正在土宫之上，丹井最深之处被元磁真气托住，浮沉不定，与下阵又有联系，息息相通，也须格外小心，简直任谁也无法分身。

癫姑和易静二人一上一下，心正愁急，那阵势已吃法术引动，相次转变。先前上阵五行反克而后相生，发之于外，只把五行正位镇住，便可无事。下阵却大不同，五行顺生，发自各宫阵位之上，却由宫外生出逆应。每值本宫位上发出威力，那五根光柱便射出万道精光。五宫正位以外的五色云光，也各按五行生克，现出无数金刀、巨木、烈火、洪水、黄尘，山崩涛涌，冲压上来。一阴一阳，互相交战，云光摩荡，激涌如潮，电叱霆奔，万雷怒震，令人目眩神摇。声势之猛烈，比起上阵还胜十倍。好几次，看去都似要反客为主，所守阵位眼看要被外五行压倒，镇守五宫正位的人也将连带受害，形势险极。这时无论何人，只要伸手抵御，立被侵入。正反五行阴阳交会，合而为一，生出无上威力，再想破阵，非但艰难，一个不巧，还将丹井底下的元磁真气引动。这地极浑茫元精之气，就非易静等十人所能制服，纵能脱身出险，也前功尽弃，取药也无望了。幸而有二人俱是深明阵法，又得主人事先泄机，先将全图变化，借着两桌筵席现出，益发恍然大悟。深悉此阵一阴一阳，自为消长，一切变化均由暗藏无形的元始宫位上发出。下阵中心只是土宫正位，与上阵不同，须等四十九个变化相继变过，完了一周，元始宫位自行现出，仍合大衍之数，全阵便即静止不动，不复为害。只看到时能否分人下去便了。上下十人,各自震摄心神,守定本宫,一任阵势生克变化,全不摇动,形势虽然艰险,并无意外发生。终于四十九次变化将完,到了末次,五宫四外突生出四十九根光柱,矗立阵中,比宫位上光柱略小,各射出青白二色奇光,照耀全阵。

易静在上阵俯视下方阵图变化,这许多青白光柱一现,猛觉出众人光柱都是圆形,各宫方向间隔俱不差分毫,惟独癞姑所镇制的中央土宫作大半圆形,位置也略偏前数尺,所立之处并不居中,正对自己脚底。因中宫光柱独大,光华又强,阵图颇广,青白光柱未现之前,全阵云光浩荡,相去数百丈,不曾发觉。这时光柱一多,两仪、四象、八卦、九宫界列整齐,又以阵图变化,丹室入口不曾现出,心中奇怪。再留意一观察,才看出来,觉那中宫光柱分明缺着小半面,非补成正圆不能居中。情知有异,忙即传声告知。

癞姑闻声,细一观察,那光柱此时约有一丈粗细,果有一面缺着一个月牙形的缺口,怀疑与下阵丹室的入口有关。那青白光柱出现也只半盏茶时,本来分列云光之中,急转如飞,转了一阵,忽然一阵移动,顺着五宫躔度,穿梭也似飙轮电驭,往复飞驰。最后越转越急,忽朝中宫黄柱急撞上来,精芒强烈,耀目难睁,又夹着风雷轰隆之声,声势之险恶,真无伦比。连癞姑虽是法力高强,胸有成竹,也被吓了一跳。初意和先前五行自相生克变灭一样,两下里一接即退,没想到这次竟是真个挤撞上来,骤出意料,连转念的工夫都没有。金、石等四人见状大惊,以为变出非常,吉凶莫测。单这一震之威,已是难当,谁知青白光柱未撞以前,声势这等猛恶。这一撞上去,反似水乳交融,悄无声息。再定睛一看,当中光柱光华连连明灭,闪变了几次,变成了一个两丈大小的太极圆形,半青半黄,中间弯弯曲曲界着一条白线。才知元始宫位乃是一个太极,好生惊异不迭。

癞姑见数十根光柱一齐压到,那是何等力量,自己镇压其上,只眼底一花,并无别的感觉。跟着现出一个太极圆形,精光流走,左右回旋,每边各有一个三尺大小的圆眼,也是一青一黄,正反易色。随着青黄二光回旋明灭不已,青白光柱与土宫光柱一合,自然加大了些,先前那小半边的月牙形缺口也便圆满,恰好位居正中,一丝也不偏倚。

癞姑知道丹室就在这中央元始宫位光柱之下,太极图中两边圆眼便是入口。无奈这时全宫云光杂沓,变幻无端,那五根光柱霞辉夺目,势越强烈。五人镇压其上,毫无变动,看去仿佛平静庄严,矗立云浪光波之中,毫无异状。稍微疏神,立发出无限威力,往上腾起,同时精芒如雨,四下飞射,跟着风雷大作。一宫失制,其余四宫相继响应,所压光柱各自上腾。五人忙各运用玄功、法宝极力镇压时,这五行光柱消长盈虚,息息相关,这一宫光柱刚强力镇压下去,那一宫的光柱又复涌上;等把后起这一宫强用法宝之力压下,先压下的那一宫又生出反应,往上高起。尚幸五人功候虽各不同,所用法宝均具极大威力。而那五根光柱虽然互相生化,牵一发而动全身,其应如响,但是非有一宫溃决,不可复制,始能发出那全般妙用。众人防备甚严,偶一疏忽,当时警觉,立以全力镇压,未等到暴长分裂的境地便自制住。而水宫最要之地,又在英琼镇制之下,正照乃父李宁所传禅功,在上打坐入定。下余四宫,尽管变化震动,水宫黑柱在珠光镇压笼罩之下,始终如一,无力反应,这要减去大半威力。只不过金、木、火、土四柱互为低昂,使四人饱受虚惊,费了许多气力,终仍无事。

此事起因原出在木宫位上,除英琼所守水宫外,金、火、土三宫全受波及。中央土宫又是元始宫位,力更强大,连癫姑也几乎镇压不下。后来癫姑见这四根光柱此消彼长,老是高下参差,不能复原,渐渐省悟。易静又在上阵传声指点。癫姑才嘱金、石、阿童三人制压之时不可太猛,等长起时,一半随势上升,只不令其过高,到了上长之势较衰,再缓缓往下压去。那受反应的三根光柱,势必相继呼应上长。各人相准四柱高下差不许多,然后各施全力,比准平度,一同沉稳下压。说起来虽易,行时却难。那四根光柱此降彼升,不易均平,稍微失当,又须再来。当初生变故时,各人心神慌乱,只顾自己,以致越压制,反应之力越强,几乎不可复制。这一来,总算得了机枢,不再似前匆遽。几次过去,渐渐高下相差无几,抗力也减退了些。但仍费了不少心力,好容易才调整平匀,缓缓压复了原位。似此情形,如何能再分人下入丹室?英琼更是关系最重,不能离开。这下阵自从元始宫位一现,比较宁静,只要不疏神失守,便不再生变化。上阵却正与相反,阵势重又变化转动,较前尤盛,更是难于分身。上下又相持了个把时辰,无计可施。

易静焦急之下,暗想:"由甄、易弟兄四人各仗防身法宝加紧戒备,守定宫位。自己拼犯奇险,在阵位上入定,把师传七宝全施出来护着原身,以作镇压中宫一元正位之用;同时运用元神飞出,直下丹室,取了灵药,便自飞上。好歹也应了先时和主人所说的大话,免得功亏一篑,为人所笑。"

易静主意打定,正待传声发令,忽见一幢七八尺上下的银光,内里裹着一道青光、一条人影,电也似疾由西南方金、火二宫相对的杀门位上飞进阵来。以为是主人知道自己为难,特命门人来此相助。于是暂息前念,欲等来人相见，问明之后，再作计较。嗣见那青白光华进阵以后，并不向自己飞来，竟顺着五行九宫躔度满阵绕行飞驰，其疾如电。不消半盏茶时，全阵已被绕了十之七八，五宫正位已穿行了四宫，好似深悉阵法微妙，宛如轻车熟路，行若无事之状。方疑此阵已然发动，所以来人必须走完全阵，始达中宫一元正位相见。心正寻思，晃眼那幢青白光华已将全阵五行宫位绕完，到了自己所守的中宫一元正位之下。因光华强烈，内外辉映，精芒电射，飞行神速，急切间看不清来人相貌。自觉所料不差，正待发出招呼，那青白光华忽似流星飞堕，直往下阵元始宫位上射去。光中人影一闪，仿佛和癫姑说了一句话，因上下相隔数百丈，又出不意，未曾细心谛听，也未听出说的什么话。同时那幢青白光华正向太极图左边青光圆眼之中投去，一闪不见。

欲知后事如何，且看下文分解。

第二三五回

一径入晶宫　广殿通明参极主
横空张绿网　长天无际遁飞人

女神婴易静、癫姑、李英琼、阿童、金蝉、石生、甄艮、甄兑和易静二侄易鼎、易震一行十人,自从得了那鳌极洞乌云叟的指点,穿行千百里寒冰甬道秘径,越过玄冥界天险埋伏,直达陷空岛内前面的绣琼原。由易静、癫姑二人入岛,求见陷空老祖,求取灵药万年续断与灵玉膏。陷空老祖为想试验这十人的法力,说明岛宫埋伏以及藏药的所在,令易静等十人穿破丹井中层所设阵图,深入丹室,自往盗取。到时,并令大弟子灵威叟接引十人。进了岛宫以后,连经诸险,始达阵地。费了好些心力,才将正反两层阵图制住,元始宫位太极图中两个下达丹室的入口也各自现出。只是五行宫位神妙非常,只有同时镇制,或者同时离阵飞起,上下两阵立即自返本来面目,均可无事。否则,休说去掉一人,只要各宫位上镇制的人稍一疏神,立生出无穷变化,同时丹穴也为下面吸引上来的元磁真气所封闭,再想下去,更是难极,闹得上下十人,一个也无法分身。

众人愁思了一阵,易静见实无计可施,正打算运用玄功入定,飞出元神,冒险下去。见阵外飞进一幢青白光华,中拥一人,似是深悉此阵微妙,绕行于各宫位之间。等把全阵绕完,忽似流星飞堕,直往下阵太极图中入口投去。虽然事出意料,十分仓促,易静神目仍看出来人走过癫姑身侧下阵之时,青光微闪,略停了停,好似和癫姑说了一句话,方始往下飞降。再定睛往下一看,癫姑面现惊喜之色,手持一物,正在观看,并向金、石四人摇手,不令多言。心中奇怪,方欲询问,癫姑已用本门传声之法说道:"大功将成,事机匆迫,此刻无暇多言。少时如和新来这位道友同去霜华宫中,请由妹子先向主人致词,然后师姊相机发话。"

易静知有缘故,刚刚回声应了,下阵太极图中圆眼忽然开张,那幢青白光华忽又冲起。身后脚下凭空激射起一蓬玄色光焰,刚刚冒出洞口数尺高下，吃癫姑运用佛光往下一压，立即退回。太极图形，复原如初。那青白光华也停在癫姑面前，现出一个人影，正是适在冰原地底秘径飞行时所遇到的灵威叟之子灵奇，只见他递过一个五寸大小的晶瓶和一个玉盒。癫姑知是那万年续断和灵玉膏，连忙接去，并将适才借看的一面小晶镜交还。

大功告成，因在事前得了灵奇密告，各自心有默契，更不多言，一声号令，连金、石等一共六人，一同飞起。身刚离开五宫光柱，阵中风雷大作，立生变化。知是下阵复原应有现象，也不去理它。眼看飞到适才遇阻的冰层所在，那六根光柱结成的战门重又倏地涌现，阻住上升之路。虽然门并不大，四面尽多空处，可以绕越，而癫姑知机，不敢冒失。正待观察清了阴阳向背，仍用前法穿门而过，忽见左边门内匹练般飞出一股白气，直射灵奇，势疾如电。灵奇方欲逃遁，已是无及，晃眼之间，将人卷入门内。

癫姑等抢救不及，忙即加意戒备时，猛一抬头，上面已被冰层隔断。五人方在惊疑，进退不决，忽见灵威叟满面愁容，由右门飞出，朝癫姑使一眼色，说道："家师不知蠢子近已投入到贵派门下，因他奉命来助道友等盗取灵药，家师得知大怒，已用法力擒去。老朽适才奉命，来引诸位道友去至霜华宫中谒见岛主，到此方知。见了岛主，还望分说一二。易道友已先接引，现在门内，请同去吧。"

癫姑闻言会意，抗声答道："本来我等以礼求药，允否任凭岛主尊便。原因岛主欲试后辈功力，命自往盗，又承多所教益，爱护周至，所以我等不知禁忌。令郎灵奇，近蒙大方真人接引，已是二师兄岳雯弟子，乃我等师侄。因知岛主阵图神妙无穷，我等十人各要镇压宫位，一人也难离开，知他来此省视，逗留玄冥界外，特意令其暗中随来，相助取药。岛主必当他不是我等一行，所以错怪。少时拜见岛主，自会陈说详情。想岛主山海之量，决不与我等末学后辈一般见识哩。"灵威叟闻言，立转喜容，也不多答，微微含笑，点首示意，便邀五人同入。

这次战门以内，又与先前不同，也不甚觉寒冷，只是光烟变灭，闪幻不停。一会工夫，眼前一暗一明，定睛细看，五人业已走出门外，那座战门已不知去向。易静等五人也同时到达。那立处既非来路，丹井上下也非日前易静、癫姑二人所经之地，乃是深居海底的一座水晶宫阙，与紫云宫情景又大不相同。紫云宫是珠宫贝阙，深藏海眼之下，海水被宙极真气托住，上面又有日月五星和乾天太乙真气一吸，空出中门千余丈高下，仰望上面，水云隐隐流走，一片清碧。所有宫室园圃，均位列在陆地之上，虽有湖沼溪流，均是极清的灵泉，看去仿佛另是一重天地。陷空岛水宫，却是只在深海之中，全水宫多半是用万丈冰原以下所凝积的水晶建成。虽然也有园囿院落以及空旷之处，不是主人法力禁制，便是借用北极真磁和能辟水的法宝珠玉逼开海水而成。

众人所经之处，乃是去往霜华宫的一条水晶长廊。其上方和四面是海水包围，所有宫室廊树俱都高大异常。这条长廊长几十里，高达四五十丈，宽约二三十丈，两边是二三尺厚的晶壁。廊内有两行粗可合抱的寒金宝柱，上面用深海中所产丈许大一片的五色贝壳为顶，由入口处用白玉铺成的雪花形六角圆门起，十步一柱，两相对列，衬得当中廊路笔也似直，直达十里以外一座高大雄伟的宫殿旁边。如换常人至此，一眼望过去，简直看不到底。那两列寒金宝柱，射出万道金光，与顶上五色贝壳互相映照，五光十色，陆离璀璨，闪幻出千重霞影，无边异彩。晶墙外面，碧波澄静，海沙不扬。廊内晶光外映，一片空明，多远都能看到。时见深海中所产奇鱼、介贝之类，大者数十丈，小亦大如车轮，异态殊形，不可名状，远近游行，此去彼来，动止悠然，甚是从容。看去好似无数大小奇形怪物，凌空浮翔，直不似在水内，另是一种笔墨难以形容的奇丽壮阔之景。便是易静、癞姑、金、石诸人见多识广，又曾见过紫云宫水仙宫阙的，也都暗中惊赞不迭。

十人会齐以后，仍由灵威叟前导，顺着水晶金柱长廊，一路步行观赏过去。那尽头处是一座六角形的广亭，贴着晶壁，每面均有一排白玉坐处。过去十多丈，有一个与回廊差不多大的月亮门，也是白玉所建，这便是霜华宫左门入口。

灵威叟引了十人，先去亭中坐待，自往门内走去。不一会，满面愁苦之容，走了出来。方说了句："岛主延见。"便听金钟之声，长廊回应，音甚清越。钟鸣了五下，跟着奏起细乐，法曲仙音，笙簧细细，又置身在这种水仙宫阙以内，越觉入耳清娱，心神为旺。众人闻得乐声相隔尚远，多觉这么大的珠宫瑶殿，除灵威叟外，竟未遇一人，宫门又无守侍之人，便是先在岛宫初见主人时，门下徒众也是寥寥无几。这么好的仙府，空无人居，岂不可惜？

众人方在寻思，人已走入门内。里面乃是一座比廊还高的广庭，五根玉柱，分五方矗立地上，每根大约十抱以上。往右一转，走向当中一座三十多丈高的宫门之下，那两扇满布斗大金钉的白玉宫门，正向两边徐徐开放。立由门内闪出两个高几两丈，形如巨灵，身披甲胄，手执金戈的武士。门内又是一座广庭，地比门外还要广大。当中陈列着九座丹炉，也是寒金所制，大

151

小不一，形式也不一样，按九宫方位排列。炉前各有一个玉墩，上设海中异草织成的锦茵。当顶一面八九丈方圆的宝镜，正对下面，似是主人炼丹所在。

正行之间，耳听喘息之声。回头一看，原来入门左右，两旁有一直排长架，架上悬有好些铁环，离地高约十丈，每三环为一套。环下各有五角形、六角形的铁钵，形式不等。左边第二串铁环上，倒吊着一人，正是灵威叟的爱子灵奇。头、腰及足，各有一环紧束。下面铁钵之中，燃着一蓬怪火，寒焰熊熊，色作深碧，似欲升起。虽还未烧到灵奇头上，看去神情已颇苦痛。癫姑虽然打点好说词，想向主人求情释放，心终不能拿稳。又见灵威叟面容惨沮之状，料知望少。一面盘算愁急，一面随同前行。

那对面本是一个三四丈大的小圆拱门，忽然开放。这丹室内，本有十六名侍者，一色白衣，分立在四边角上，看去都似常人修炼，与把守宫门的武士不同。那门一开，中有四人，手中各持长鞭，即往灵奇身前走去。方疑有人行刑，灵威叟面上忽转惊喜之容。随见门内走出一个与灵威叟装束相似的中年修士，手捧一面玉牌，人在门内，先向灵威叟含笑示意。到了身前，对众人道："岛主因灵奇乃大师兄之子，不合擅入丹井，献媚外人，盗取灵药，按着岛规，本应严刑处死。适才天乾山主驾临，言说路遇大方真人，此子果已投到峨眉门下。岛主本令诸位盗药，并未禁其约人相助。并且诸位道友已然穿出战门，将上下两阵制住，符了岛主初意，灵药本可唾手而得。只缘匆迫之中，尚未悟出太极、无极两仪分合之妙，不能下去。此子受仇人指点，乃父徇私相告，已明阵法。为图省事，逞能卖好，乘虚而下，灵药虽然得手，几乎将元磁真气引发，生出事来。如非有人说情，决所不容。现已看在天乾山主情面，又念此子实是峨眉门下，适才所说，并非虚言，破例宽容，连大师兄也一并免责，命我传令释放。少时，仍由大师兄率领随同进见，岛主当面尚有话说。"

众人闻言，自是欣喜。灵威叟更出意外。那中年修士说完前言，便走到环架之下，先将手中玉牌朝那下面铁钵一照，牌上射出一片银光，飞入钵内，钵中寒焰立即熄灭。回顾旁立侍者，说了句："奉命释放。"内一侍者，便将架旁所设六角形的铁牌扳回正面。灵奇便自飘然下落，面上苦容虽仍未敛，神态依旧倔强，一言不发。走到易静等十人面前，却恭恭敬敬分别行礼，各叫了声师叔。这时双方面对面，易静等十人见他不特一身仙骨道气，是个上等根器，并且相貌身材，均有几分与岳雯相似，比起英琼的米、刘二徒要强得多，无怪乙休要为引进。自己这一辈同门中师兄弟，刚下山不久，便收到上官红和他这类人物为男女弟子，好不欢喜。

易静见他的面上愤容未敛，心料主人居室密迩，灵威叟又连话都不敢和爱子说，可知威严。自己不便明言，只得借着和来人说话，示意道："后辈等愚妄无知，以为奉有岛主明令，率意行事，冒犯威严。多蒙岛主念着家师情面，爱屋及乌，宽恕灵奇，感谢无极。现在灵药求到，急于回山医治伤人。敬烦二位引往拜见岛主，敬伸谢忱，并领教诲如何？"那修士笑道："诸位道友入见岛主，应由大师兄引往。不过此时忽有仙客到来，尚烦少待，尊意当为转达。贫道复命去了。"说时，看了灵威叟父子一眼。灵威叟也略举手，示意相谢。

那修士微微点首，返身往门内走去，门随关闭。那刑架两旁的侍者，也各往壁间走了两步，身形便隐。易静才知各宫至长廊，均有轮值之人，另有隐形之法，只是看不出来。适才宫中奏乐，乃是天乾山小男到来。先那五下钟声，许是召见信号。因灵威叟尽管面转喜容，依然不发一言，神态庄严，也就不便多问。金、石、阿童、易震等五人，几次要想张口问话，均吃易静示意止住，俱各站立当地。

等有刻许工夫，众人方想对方毕竟不是玄门正宗，故有许多排场做作，彼此微笑相看。乐声再奏，一会止住，圆门二次开放。门内又走出两个第一次入岛所见侏儒，朝灵威叟和众人各举手一让，分立两旁。灵威叟道："天乾山主已行，众位道友请入宫吧。"随引众人入内。

众人进门一看，里面乃一座外五内一，六间合聚一起，形如梅花的宫殿。外五间，俱作花瓣形，分向五面。当中一间圆殿，各有一门，与五间对通，比外层高出三十余丈。殿门外，设有四十级半圆形的台阶。因每间宫室均有百余丈宽深，靠近殿阶一面虽然较窄，也有四五十丈。殿阶与外室里进一般宽度。这殿因是居中，每面各宽四五十丈，又有三十多丈玉阶直达下面。各室虽然隔断，两边都是晶墙，一望通明，全景毕现，一目了然。这七八百丈方圆，一座通体玉柱晶墙，银辉如雪，空明如镜，不着纤尘，端的伟大庄严，清丽雄奇到了极点。至于陈设之珍奇，仪仗之瑰异，珠光宝气，眩目夺神，犹其余事。令人置身其中，直疑月中仙府，亦复不过如是。宫中侍者，除在阶前持仪仗的甲士身材高大外，多是侏儒，为数不下二三百人，分在五间宫室之内排列侍立。

等到历阶而升，进入殿门，再看殿中心梅花形宝座上，趺坐着一个身着白色道袍的矮胖老者。生得面如冠玉，突额丰颈。两道细长的眉往两边斜垂，其劲若针，配着一双长而且细的神目，蓝电也似，光射数尺。大鼻露孔，阔口掀唇，略带着微笑之容。除却唇红如朱外，通身形貌衣着，更无丝毫杂色。身后站立着一排甲士，各持羽葆霓旌，也是寒辉照人，其白如霜。适见寒光、玄玉二童，也分立在宝座左右。全宫甲士、侍者以及道童之类，各有各的服饰，全都一律，连身材大小都差不多。此外，宝座两旁，还分三行侍立着数十个弟子，前见修上也在其内。后面两行似是两代徒孙，多近似道童打扮。高矮胖瘦虽不相同，装束却都一式羽衣星冠，云肩道髻，备极清丽华美。独头排弟子不足十人，多是纯道家的打扮，服色既非一律，质地也极平常，决非鲛绡冰蚕织成，比起末两代徒孙和那些侍者道童所着质料，相差天地。

众人见了这等势派，心里虽不甚佩服，表面也不得不装作恭敬。对面宝座上端坐的便是陷空岛主，威仪棣棣。自身终是后辈，又见灵威叟已先上前拜倒，口称："峨眉齐真人门下十位道友，率领灵奇进见。"陷空老祖微一点首，灵奇便起立侍侧。众人不便再多张望，随同上前，正待躬身下拜，陷空老祖将手一摆，笑道："我与令师只是神交，易贤侄的令尊与我交厚，虽是后辈，先来已然礼拜，此时无须太谦。我僻居极荒，终日静坐，久习疏懒。各方道友来访，多不离座，只以奏乐迎送，也不做客套。请各就座吧。"说时，众人觉对方手伸处，立有一股奇寒而劲的大力逼来，将身挡住，不令下拜。知他天性奇特，不应违忤。又见座左设有一排十个玉墩，上铺海草织成的白色软席，便同称谢，分别就座。易震年幼辈低，坐于末位。灵奇便侍立在他身后。灵奇之事已了，毋庸癫姑解说。仍由易静为首起立，躬身敬谢赐药，指点成全，以及宽宥灵奇之德，并请教诲。

陷空老祖道："我承令师不遗荒远，附于交末。又知他和各同门道友闭户修炼，无暇分身。诸位小友是他门下，既然需要，理合相赠。一则，此药所存无多，爱人以德，不愿来人得之不易；二则我将来有一为难之事。因我闭门静修，地处僻荒，为免烦扰，在本岛周围设有禁制；加上玄冥界天生阻隔，又借极光真磁之力颠倒阴阳。外人固不易推算我的虚实动静，我也不愿与闻外事，作法自闭，益复孤陋寡闻。那巽宫冰蚕和万年温玉，落在诸位小友手中，尚无闻知，适才才听天乾山小男道友说起，真乃快事。只是得信稍迟，因欲试诸位小友道力，致有盗药之举，白白多此一番辛劳，实为愧对。尚幸有此一番经历，将来不为无益，令师当已知我用意，想也不致笑我量小。此番所取的灵药，乃我最初采炼，取材配制，极为精纯，所以深藏丹室之内。那丹井,乃元磁真精所萃,与极光发源之地直对相应,酷寒烈冷,无与伦比。如不得我心许,便到时不另发动,这两间混元精气与他为难,也难如愿以偿,并要视若仇敌,便凭多大道力,也盗不去了。

"灵奇所得,实比以前孽徒所盗灵效远胜。灵奇之父,是我嫡传大弟子。灵奇平日妄冀天仙位业,不愿随乃父归入本门,人各有志,也还罢了。最不合是心存鄙薄,急难来投,又不安分,屡在外面生事,以致乃父为彼忧劳。我以前不许他入境,也由于此。这次更是胆大妄为,勾串乃父,得知阵中机密,私入丹室。已然将我备赠的灵药取到手内,临行又起贪心。却不知两间混元精气何等威力,连我在此修炼多年,深悉微妙,尚且只能以法力运行,小心谨慎利用,不敢和它相抗。他一个末学后进,新近不过因乃师坐化,得了几件遗传的法宝,便不知自量,轻犯凶锋,几为妖邪所杀,侥幸才脱毒手。日前乙道友夫妇于四万里外追逐二妖人来此,被他无心巧遇,幸蒙成全,赐以灵丹,方得复原。又复不知利害轻重,任性胡为。如非佛光神妙,应变迅速,那元磁精气刚被引动,便逃上来,太阴真火未被引燃,不特诸位道友功亏一篑,丹井下层穴口为混元真气封闭,急切间连我也难为力,便他本身也必化成灰烬了。当时形势奇险,他那几件法宝虽不寻常,但无一件可与诸位小友相提并论,稍差瞬息,立肇巨变。

"大弟子虽然犯规,一则,念他从我多年,一向忠诚,功足补过;二则,父子天性,舐犊之情,贤者不免,尚可略施小罚,加以原宥。此子却是万容不得。如非小男道友代乙道友向我致意,又是齐道友第二代徒孙,照他被擒见我时,那等桀骜不驯的情景,纵看乃父情面,不戮形神,至少也应打他三百寒鞭,日受冷焰之刑,三年之后方始逐出,永不许他父子相见。现我虽因乙道友和令师之故,将他释放,但我丹井二图机密,已被他知悉,与诸位小友只知镇制五行宫位不同。他又遑能卖好,尽管事前曾向乃父立有重誓,决不再告他人,泄露大约不敢,但异日再如有人需要此药,难保不自告奋勇,又来盗取。其实齐道友为人,我本敬服,如再需用,只凭一介之使,立可取奉。此子如再行险,那时被我擒到,我话已说在前,休怪我不讲情面。

"至于我向令师借宝,并在今日来人中约一二小友相助之事,此时尚难明言。已然拜托小男道友,或是由他亲往峨眉面谈,或以飞书向令师请借,到时自知,无须先说。

"此药用法极简,只需将万年续断所制炼的药锭,先由一道力较深之人,运用本身纯阳之火,融化一头,使化成真气,透入断骨筋脉之中。等其充满经络,再将灵玉膏在接样处敷上一圈。晃眼气血贯通,精髓充沛,视各人本身功候如何,至多两三个时辰过去,便可复原。在四十五日以内,任多厉害恶毒的邪法飞刀,也自无妨。痊后,筋骨之力反倒比前健强轻灵,并无残痕。何况事前又有大荒神姬的灵药,先为保全,便隔百年,也可接上了。我想峨眉开府,门人四出行道,强敌众多,异日难保不需此药,而数万里冰山雪海,往返艰难,跋涉不易,此次所得,足供十人之用,余药擅自保藏,留备不虞便了。"

易静见灵奇面上仍带傲容,初见不知他的性情,料必甚刚,又非自己门人,只凭乙休一言,并连本师尚还未拜过,暗忖:"岳师兄虽然性刚,外表何等和易近人,怎会收下这么一个倔强徒弟?此时如令勉强服罪,反着痕迹。"想了想,只得躬身应诺,率众拜谢赐教,一同辞别,仍由灵威叟送出。走出两重室,回到甬道尽头宫的六角亭内,灵威叟便请众人止步,说道:"诸位道友,大功告成。小儿叨列门墙,从此得受教诲,可免失足,去了老朽一件心事。此时无须再走回路,请由此亭上升,即可透出海面了。"

灵威叟说罢,手掐灵诀,将手一指。只见脚底四壁云光乱闪,眼花撩乱,身子便似驾云一般,被托着上升,那亭顶也似相随上升。虽不似飞遁迅速,却也相差无多。不消片刻,忽然停止,眼前光华电掣,一闪而过。再看那亭,已停在一座极险恶高峻的海岛之上。亭外波涛险恶,排荡如山,海气蒸腾,天色阴暗,一上一下,融会吞吐,合成一片混濛。非特不是陷空岛上空,连那奇峰罗列,景备四时,满生琪花瑶草,冰树琼枝,四外更有碧嶂丹崖,环若城堡的千里绣琼原,也不知去向。

众中只易静一人知道,此乃陷空前岛,已然远出绣琼原外,孤立绝海之中。余人多不知悉,方欲询问。灵奇也要开口,吃灵威叟怒视了一眼,随手递过一封柬帖,灵奇便不言语。众人以为有什么关碍,也各住口。灵威叟笑道:"诸位俱知途径,老朽尚须回宫复命,恕不远送了。"遂将手一指,亭中晶壁便开了一面,引众同出,举手作别。灵奇又似要开口询问,灵威叟忍不住怒骂了一声:"冤孽!"灵奇又复住口,满脸俱是愤激之容。众人均不知何故,因见灵威叟已重改笑容,举手作别,便各为礼,遥向对岸来路飞去。因有灵奇引导,一直飞入来路冰谷之中。

易静暗察灵奇,容止甚是恭谨,只是面色又改作愁容,知有心事,也未询问。到了秘径入口冰壁之下,便令行法,移开洞外冰壁,同飞入内。飞行了一阵,上面玄冥界严关已由地底飞越过去。英琼因见众人连日辛劳过甚,颇耗心力，来时匆促，这甬道秘径未得细看，再来又是无日；且喜大功告成，前路明坦，再无梗阻；回去医治受伤诸人，也不在此一时半时流连耽延，便提议把遁光放缓，一路观赏过去。易静笑道："现在我们的行踪，主人必已尽知，更无顾忌。我们正要回到神火峰脚鳌极洞去，约乌神叟同行，索性赶到那里歇息，不好么？"

英琼方想说奇景难逢，意欲浏览沿途景致，灵奇插口说道："易师叔还以为乌神叟还在洞中等我们么？他已被乙真人命一海底精灵穿破冰层，借一灵符，由地底避开火源，深入洞中，将他连新脱体的元灵，带那一副躯壳，全带走了；不然的话，岛主适才还不至于那样毒恨弟子，连家父也受其累呢。

"现时神峰那面出口的晶壁，已被岛主用法力封闭。只因这条秘径将来尚有大用，临时变计，不曾变动，全行堵塞。行法之际，未及将入口一面封闭，恰值天乾山小男到来。岛主本意是想我们归途改走海上，绕越玄冥界边境，不经冰原神峰旧路，由极海飞渡冰洋回去，所以由前岛送出。他因这些多是丢人的事，不好意思向诸位师叔明言，以为我知归路已断，必请诸位师叔全程改走海路。弟子一则气他冷酷无情；二则日前无心中发现一条昔日地震时的通脉，一直可以通到离此三千余里的冰洋尽头，与极海交界之处，比由陷空前岛起身，海上飞行，可免去玄冥界天险阻碍和沿途数十岛的那些精灵盘诘拦阻。他们虽有几个认识弟子的，只要互相传告，便可无事，到底要费口舌。何况正邪本是水火，他们和异派妖邪颇有交往，稍有辞色不逊，休说师叔不容，弟子便看不过去，未免麻烦惹厌。

"霜华宫中圆殿之上，有一间摄声照影之室。岛主平时安静成习，长年无事，不去留意。先前弟子私混入宫，他已失察，已自后悔。我们走时，必将一元五宫的圆殿行法转动，让此室生出灵效，观察行踪，我们一言一动必被看出。家父和弟子都是满腹心事，不敢倾吐，连弟子想借宝暗查，都吃家父止住，故此入门未敢开口。他见我们仍行原路，定必生气。不过此人性情虽怪，却还讲理。家父又是他成道以前恩人，自从入山修炼，便拜他为师，相随至今，不便十分严酷相待。因在事前未令我们如何走法；又以乌神叟泄露机密，引人入内，与家父无干；至于家父爱子情深，使弟子私入秘径，已然处罚，不能二罪重科。总之好些关碍，不便封闭全径。更知诸位师叔法宝神奇，万一阻挡不住，更是丢人，干生气，无可如何。

"玄冥界外的事，他本难查见；就能行法推算，也不肯费那么大的心力。昔年震源脉络径路暗藏地底，密如丝网，十九吃他堵死，独单把引往海中的一条震源通路留存完好。当初命来查看秘径的又是他的门人,他本人不曾亲来,又凑巧秘径里面的入口恰震塌了十来丈,和别处堵塞的震源通路相似,就此忽略过去,万想不到会被弟子发现。此时他愤气难平,知一为难,反倒不好;若装不知,诸位师叔必以客礼自居,不肯施展法力,损毁这条秘径,到了前面遇阻时,经弟子说明前情,自必折回。依弟子推测,不特来路入口已吃封闭,甚或已运用元磁真气,把玄冥界禁制,移向地底,欲使我们进退两难,困上两天,向他求告。然后再装好人,命家父前来接引,仍由原路退出,改走海上,以戒我们行动轻率。表面客气,暗中出气,挽回颜面。

"诸位师叔,他将来有借重之处;盗药又是心甘情愿。便是私行秘径,深入绣琼原禁地,也都算是乌神叟的罪过,与诸位师叔无干。对于弟子,因不肯投在他的门下,这次又来盗取灵药,自然痛恨已极。异日弟子思念家父,不免来此省亲,只要入境被他发觉,必不善罢,纵是峨眉门下,恐也不肯甘休呢。"

说时众人已停了下来。易静问他:"适才你们父子分别,面带愁苦,有何心事?"灵奇答道:"弟子自在中土为一妖人所伤,逃来此地。家父向乌神叟求借灵药未成,弟子实不愿损人利己,家父也不肯做那乘危要挟之事。但见弟子真元耗损,日久更难复原,岛主灵药又是坚拒不与,爱子情殷,到处求人帮助。日前偶晤近岛一旁门中妖道,言说极海冰洋两交界的夜明岛的深海礁石脚下寒泉眼里,新近由南海逃来一条九首神鳌,修炼千年,内丹已成,正好合用,并传了钓鳌之法。家父因连日宫中有事,不能在外久延;又以那神鳌通灵变化,十分狡猾,虎头和尚为它费了好些年心力,不曾到手,反为此事几乎吃了天乾山小男一场大苦,钓它煞非容易,不是短时日内所能收功。家父因无法亲往守钓,只得传授弟子两件法宝,命往那岛钓取,先由妖道和家父将神鳌引出。弟子知那九首神鳌海底潜修,并不害人,自将内丹炼成,便受异派旁门觊觎,无故夺它内丹,心实不忍。就说家父能够助它兵解转世,它生再去引度,总不如它原有自修,功到自成的好。我有心不去,但父命难违,又体家父爱子之心,只得同去那岛上。

"第二日,九首神鳌便已警觉,浮出海面,口吐人言,向弟子哭诉近年经历之苦,说了好多可怜的话。弟子自然更加不忍,不特未肯伤它,反助它免去一难。双方渐成忘形之交。弟子假托守钓为由,也就移往岛上崖洞中居住。神鳌为了报恩,和弟子说,南海紫云宫附近海中,产有一种神树,每四百九十一年结果一次,每次只有两枚,补益真元,不在内丹以下。它能有今日,也由五百年前服此灵果之故。恰巧不久结实，又是深植数千丈海底，仙凡均难发现。不过此去须由它仇人巢穴经过，恐被发现。并且它近日正该遭劫，幸仗我相助，得以转危为安。仍不十分放心，打算再候数日，过了它应劫之期，再行代我前往。

"正谈笑间，忽见两道深红如血的光华，由岛侧上空急射过去。晃眼之间，又是一道金光和一道青光合并一路，朝后急追过去。都似长虹经天，流星过渡，神速异常。青光中并还发出一丛光雨，往前直射，比那遁光还快，直非目力所及。那空旷无涯的海天，只瞥见一眼，便在上空飞逝，无迹可见。弟子看出后面青光虽然正而不邪，法力也极高强，但嫌霸气太重，是否玄门正宗还拿不准。那金光却一望而知，是正教中前辈长老。前逃的两道红光，定是左道妖邪无疑。神鳌见此威势，早已遁入海底，连声呼唤，都不肯出。

"弟子正朝这四道光华去路凝望，暗忖：'这是哪两位前辈仙长，有此神通？直是生平罕见。'待了一会，后两道光华忽然飞回，到了附近，青光停在空中，金光倏地飞降。因神鳌说难期恐还未过，而来人无端下降，也许刚才路过发现神鳌，想要擒杀之故。弟子平日功力，已和来人相去天渊，何况又值重创之余，方替仙鳌担心。哪知来人竟是大方真人乙休。弟子前次遭难，家父往峨眉寻郑元规求药未得，反受那厮忘恩挟制，多亏乙真人赐药解救，所以忙即拜谢前恩，叩问来意。才知乙真人同韩仙子由铜椰岛起身，便甚事不问，专一寻找韩仙子前往铜椰岛途中路遇的两个隐迹多年的仇敌，报仇除害，先后跟踪搜寻了二十多次。尽管每次结局均胜，并还诛戮了仇敌好些党羽，但这两个元凶首恶狡诈异常，飞遁神速，邪法又高，总是逃脱，未伤分毫。这是最末一次，为了逃时一句狂言，将乙真人夫妇惹恼，由中土数万里外穷追到此。二妖人且斗且逃，一连已数日夜。沿途好几处同类妖邪俱为他所累，将乙真人夫妇引上门来，遭了池鱼之殃。二妖人被迫无奈，欲来北极附近黑伽山落神岭，投到刀老门下。相隔黑伽山还有千余里，眼看又要漏网，吃乙真人运用玄功变化，将元神遁出，附在韩仙子一支神箭之上，朝前射去。二妖人见敌人追赶不上，不消片刻，便可脱险，还想激将刀老，与仇敌相拼，为己报复。一见青光飞到，妄以为这次起身，逃遁较快，法力虽不如人，飞行神速却差不多，仇敌因追赶不上，无可奈何，放出飞箭，姑且一试。于是正好运用玄功，妄图行法收取。乙真人突然大笑，现身用元神将他们罩住，法宝、神雷一齐施为，将二妖人震成齑粉。一个还勉强挣脱残魂逃走，那最主要的一个首恶却形神俱灭了。

"乙真人因在对敌之时,由空中瞥见弟子与一九首神鳌在一起说笑,归途特意下来查看。问明情由以后,说那灵药无须去采,神鳌去必无幸,二次赐了我两丸灵药。并说日前搜杀二妖人时,路遇一个道友,说起诸位师叔来此求药之事。乌神叟和黄风道人移居中土修炼之事,屠龙太师伯原向乙真人托过,遇见弟子,正好顺便。先命弟子向峨眉各位师祖以及师父岳真人跪倒祝告,遥行拜师之礼。然后命起,传了一道灵符,以备渡海御寒之助。一一指示机宜,令速回来,追随师叔们效力。并说因事恐岛主不悦,当时托人致意,命弟子暂时只可向诸位师叔略显行迹,药未取到时不可露面相见,也无须忧急害怕,任他如何为难,到时定保无事。

"随命弟子唤神鳌上来。神鳌先还胆小害怕,潜伏海底,隐藏不出。后来乙真人把大袖一展,由袖中飞出一个人首鳌身的怪物,初出时长还不及一尺,晃眼长大,身高丈许,跪叩了两个头,人立地上听命。乙真人说,那是他老人家前在东海,为助司徒师叔的岳母宝相夫人超劫时,所收服的水怪,名叫人獭,乃翼道人耿鲲门下妖徒。说完,便命人獭下到海底,晓谕神鳌。大意说:

神鳌近在南海漏网,逃来北极。以为夜明岛海底寒泉眼里,有九九八十一个螺旋形的孔穴,方圆三百余里,互相通连,内有几孔,更可通入万丈冰原之下。最长的两处,曲折回环,几及万里。内中还有一条较近的,可以通到陷空前岛附近。那里照例是陷空老祖的禁地,决不容外人在他境内随意行动。况又是施展法力,擒杀海中精灵,多大胆的对头,也不敢为此树敌犯险。自觉藏处隐秘,有恃无恐,除却陷空老祖生心擒它,别人无奈它何。却没想到虎头禅师虽不敢得罪陷空岛主,对方闭宫修道,崖岸自高,又没法进见求说。附近各岛妖人尽管垂涎内丹,无奈知它通灵机智,只要下手,立被警觉,遁入陷空岛腹地,打草惊蛇,白费心力。岛主性情古怪,不奉呼召,不能入境。海底水行既追不上,多半也无此法力,只干看着,无可奈何。这次指点家父,令弟子往钓,也为自己不能到手,才送现成人情之故。他也知道家父乃岛主长门弟子,衣钵传人,如与为难,凶多吉少。如再逃走,一离北海冰洋,到处荆棘,撞上仇敌,便难活命。端的四海之大,竟无容身之地。所以当那妖道引了家父和弟子去往夜明岛,指点那藏处时,它害怕已极。后来它见家父和妖道走去，剩下弟子一人，暗中偷视，觉出弟子对于此举并非心愿，也未照妖道所说，行那恶毒之法。再四盘算吉凶定数，与其逃往别处送死，转不如向行钓的人陈情哀诉，或者还能转祸为福。挨到第二日，决计死中求活，自行出水，向弟子哭诉异类修道之难，弟子果被说动。这一来，不特免了祸害，并将那南海水底所产仙果金银荔得到手中，使弟子元气恢复。家父必定因此念它好处，许它移居陷空内岛，并还转祸为福，永绝后患。

主意想得倒好，这等做法，固然是谁也难于伤它。却没想到它逃来北海以前，不合妄生贪心，想起紫云宫外所产仙果，恰值成熟之期，产地隐秘，深居海眼之下，无人得知，意欲就便取食，补益真元。谁知行至中途，经过翼道人耿鲲所居海底宫阙，被两妖徒发现，想要擒去，献与耿鲲。总算它胆小知机，尽管法力较强，并未恋战。水中逃遁，本极神速，为防敌人追赶，又用逃东就西之法，幻形遁走。等到妖徒行法，惊动耿鲲追来，故意指了相反的道路。耿鲲追赶一阵，发觉是诈，回身向真正逃路急追，已经逃远，这才未遭毒手。就这样，彼时情势已足奇险，当耿鲲不愿穷追，兴尽回去之时，两下里已差不多首尾相衔。耿鲲胁生双翼，飞行绝快，神鳌潜行海底，回顾后面天空，已能望见对头身影。同时，翼道人心狠手辣，目力又强，千百丈深的水中鳞介，一目了然，全能看见。因防神鳌借着海中鲛鲸等大物隐蔽身形，沿途只要望见有大鱼在海底疾驰，便由两翼尖上发出箭羽一般的火星，水族无辜送命的已有好些。第一次回身时所发火星，势子更猛，鱼介死得很多，激得波涛天涌，骇浪如山。神鳌身后有一条大虎鲨，便吃射中身死。相去才只两丈，火星如再前飞少许，即或不死，也必重伤无疑。幸而神鳌机警，把身子变得极小，在海底极深之处穿沙飞驰，才得逃脱敌人一双神目，保住性命。

耿鲲前与陷空老祖交好多年，只因彼此性情都怪，偶因细故生嫌。耿鲲热心，性如烈火；陷空老祖正与相反，近年闭宫谢客，对人益发冷冰冰的。因此逐渐疏远，但是旧日交情尚在。陷空老祖知他与人结仇，惯喜纠缠拼命，不报复了不止，又不肯无故去得罪他。前在东海中了白眉针，便是往陷空岛借用吸星球才去掉的。急切间，耿鲲没有查出神鳌藏伏之处，虽未寻来，但他最喜收服水中精怪为徒，神鳌内丹更是他垂涎之物，现已命门下妖徒水怪四处搜寻，早晚终被查知下落。虎头和尚又与相识，断定神鳌十九窜伏北极，只要相遇，定送这现成人情，以便事成之后，略微沾润，慰情聊胜于无。有这两个强仇，就深藏夜明岛寒眼里永不出头，尚难免于毒手，何况还要妄想冒险，往紫云宫外暗采那两枚仙果。此行休说要经过仇敌巢穴，即便绕道前往，一入东海水域，到处都是仇敌门下徒党。只要在中途遇上一个，一发警号，耿鲲立即赶来，焉有命在？

　　长此潜伏，暂时或可无事。日子一久，就不被虎头和尚泄机指点，引了前来，耿鲲为人行事，只一起始，便须做彻，不如愿决不罢休。当他用尽心力，穷搜不获，渐渐想到此岛泉眼，为水中精怪绝好藏身之所，念头一动，不问料中与否，势必寻来。左近各岛妖邪多与交往，神鳌踪迹已有人知，不用仇敌细访，自有人献殷勤讨好。只消往陷空岛打一招呼，陷空老祖顺水人情，断无不允之理。那时不特无可恃仗，反倒成了瓮中之鳌了。四面皆敌，只有任人宰割，更无活路。

　　乙真人为念它千年修为不易，性又善良；更以耿鲲可恶，不愿神鳌被他夺去，助长凶焰。为此想将它救出险地，带回岷山白犀潭去，等将来紫云宫仙府重建，再送往宫中，使其参修正果。怎倒不知好歹？乙真人如要生心害它，岂是这区区泉眼便能逃避得了的？

　　这还是追戮先逃二妖人，四处搜寻，跟踪追逐。二妖人知道弄巧成拙，乱子闹大，不合狭路相逢，欺敌心骄，误以为韩仙子元神出游，法力不似生前，意欲乘隙暗算，报仇去患，不料事未得手，反将乙真人引出。两位老人家都是复仇心重，疾恶如仇的性情，夫妻合力，下了决心，不报前仇不止，闹得二妖人遍体疮痍，成了丧家之犬，无论逃向何处，前脚才到，敌人后脚跟踪追来。有两次，甚至被仇人赶在前面，白白葬送了好些同党性命。如非机智神速，好几次，都是危机一发，幸逃诛戮。心中又悔又恨，又急又怕，忽生诡计，竟想乘乙真人夫妻不意，将白犀潭水宫仙府毁去。谁知又吃乙真人夫妻警觉，赶了回去，二妖人未及入门，便已惊逃。那人獭近已移居白犀潭水府。乙真人退敌时，忽然想起妖人狡猾，同党甚多。前有一次，曾被遁入江中，中土无可逃藏，必要遁往海外。这类妖邪精怪，所居多在水底。人獭在水中颇有灵力，又擅隐形飞遁之术，带在身旁，可以备用省事，恰巧带来。这才命它深入泉眼，晓以利害。更不愿施展禁制大法，迫使出水，自必舍之而去，这千载一时的良机就错过了。

"其实神鳌耳目灵敏，能观听出老远，只因乙真人来势威力太大，明知他是正人，无如自身难期未满，正值紧要关头，心生疑忌，胆小异常。先还在泉眼口里，战兢兢向上观望。及听乙真人命弟子一唤它，又未说出原因，未等劝说，心胆已寒。又知来人法力极高，这一窜，竟由海底窜入万丈冰原之下。弟子先前劝它上来，未听回应，还当它心不信服，实则并未听见。它在泉眼中逃窜出千百里去，深入冰原之下，仍不放心，又在沿途行法，以便敌人追来，可先警觉，改道加急逃窜。幸亏人獭神通变化，专能嗅出敌人气息，更明泉眼中水道方向，就这样，还追了好大一会。韩仙子在空中久候，已经不耐，人獭才在冰窟中突然出现，隐形掩向前面，另用法力阻住归途，等它进退皆难，方始现形，晓以来意。神鳌闻言，喜出望外，惟恐乙真人等久不快，话未听完，便即一同疾驰，飞出水面。见了乙真人，跪伏哀求，叩头不已。

"说也真巧，无怪神鳌多心，当日果是它的难期中紧要关头。乙真人才和它说不几句话，那翼道人耿鲲和虎头和尚，竟同往岛上飞来。此举连乙真人也未曾想到。因耿鲲来势特凶，虎头飞行没有他快，想是既要同来，又不肯为人坐骑，只令虎头和尚附在他右翼之上。未到以前，只见天边暗云中有一点白影闪动，略带上几丝火星，老远便听出风雷破空之声。晃眼之间，白影加大，火光加强，天空密云似狂涛一般被他荡开，当中冲出一条云衢。前后不到三五句话的工夫，便似流星过渡，横海飞来。这一临近，又见岛上有人，声势甚是惊人，两翼梢上的火星像百子连珠炮一般。神鳌自是吓得乱抖。乙真人方喝：'不要害怕，有我无他！'韩仙子本说是先行一步，去往天乾山相候，访看过小男真人，然后同返中土。因在高空发现耿鲲较早，一面传知下面乙真人，一面身随隐去。耿鲲却未觉察，本意许是飞到当地，再行下手，擒杀神鳌。随来还有两个水怪，也附在他那翼上。相隔那岛百里左右，才看出岛上有人，还不知是他旧日仇敌。晃眼乙真人飞起，耿鲲见是仇人，分外眼红。虎头和尚最是刁猾，一见乙真人在岛上，高喊：'我与乙道友无仇，妖鳌就在岛上，贫僧不便上前，随道友相机行事吧。'话未说完，人已离翼，飞向远处观战，忽似受伤，一声怪啸，便自穿云飞去，只剩耿鲲一人扑来。

那两妖徒,同时也由翼上往海中飞下,来势猛恶已极。乙真人只是昂首微笑,一言不发,好似若无其事。

"耿鲲先未看见空中还有韩仙子,正在口中怒啸喝骂,电驰飞扑而来。不料韩仙子早将罗网暗中展布开来,只等他来入网。眼看耿鲲就要往岛上扑到,韩仙子倏地空中张开一片雾縠冰绡般的大网,竟将耿鲲挡住,眼看青光一闪,便要包没上来。总算耿鲲法力高强,百忙中未曾入网,先自警觉。无如去势太骤,来势也急,一任他玄功变化,飞遁神速,也是无及。那网薄薄一层,色如淡烟,才一现出,耿鲲识得此宝来历妙用,是他对头,情知不能就此全身而退,于是两翼一振,飞出两根十余丈长的火柱,竟将网口略微撑住,未被合拢。紧跟着怪吼一声,身形一晃,缩小了十之七八,弹丸一般,由网隙中飞逃出去,逃得尤为神速,由下仰望,直未看见他是如何出来的。韩仙子随即现身,呼叱道:'你这扁毛妖孽!今日恶贯未满,特地网开一面,不然,你能在我手中逃走么?'说时,手指处,那网忽由外而内,风卷残云,往里反兜上去,将那两根火柱包没,火光立灭,化为两根尺多长的鸟羽,落在网内。往下飞落的两个夜叉一般的妖徒,也在网现出时,吃两道碧色宝光腰斩,尸落海内。后来才知虎头和尚之逃,也是为韩仙子法宝所伤。耿鲲瞥见妖徒惨死,自信平生无敌,连在东北两海吃了这等大亏,认作奇耻大辱。明知强弱相差,意独不服,既想与仇敌拼命,又想收回所失鸟羽。一见韩仙子现形,火柱被网消灭,现出原形,才知厉害,万非其敌,自然不肯白送性命。不等话完,早洒了一串火星,毒口咒骂,不住厉声怒啸,往来路破空遁去,晃眼投向天际密云之中,无影无踪。

"乙真人说,耿鲲记仇心重,故在他未到以前,便把弟子身形隐去。事完之后,赐了两道灵符,随令弟子起身,赶到鳌极洞中。乌神叟得诸位师叔之助,已将躯壳脱去。见面尚欲掩饰,吃弟子道破。弟子匆匆说了来意,立即飞入冰原秘径,加急追赶。料诸位师叔隐身飞行,声光全隐,一直飞到尽头,也未遇上。验看出口,又似无人通过;再一算那时间,也没这么快。方在寻思,便听出后面飞行之声甚微,如非耳目还稍灵敏,差一点,决听不出。忙即闪入旁室等候。诸位师叔果在后面现身飞来,移开冰墙,相继出去。因李师叔和甄师叔出时口气好似想见弟子,正欲现身拜见,忽想起乙真人的训示,不敢违背。等诸位师叔走后一会,方始开洞走出。

"陷空岛的地理,一切禁忌,以及岛宫虚实,出入门户,昔向家父请问,知道不少;初下山时,来此省亲,拜见岛主,还到过宫中两次;又得乙真人指点,益发可以偷混进去。因绣琼原上到处均有岛宫徒众在彼种植灵药,栽培花树,每一花林峰峦,差不多均设有奇门隐遁之法,外人只要进那重关,他们便自警觉。无论人多人少,均隐身在奇门遁甲里,一面分出人来,去往岛宫禀报;一面注视来人动静,是否仇敌上门生事,随时往岛宫报警。如在平日,凡是师叔这等生人到此,岛主闻报有人到来求见,照例不问来历,首先命人迎出辞谢,拒而不见。一面再以法力推算,来人如只请见一面,或是有求而来,还可好好出去;稍存敌意,或是于他有害,当时便难脱身。即便算出来人有大来头,本非相识,已然辞谢于先,也是休想得见。当时偏巧宫中有事,正在外岛水宫召集徒众密议,只家父一人在绣琼原内岛代他办一要事。那入报的,是个初通人言的海中精怪,只说绣琼原进来生人,语焉不详。自来不是深知底细的人,多往外岛叩拜求见,能深入绣琼原内岛的绝少。家父误以为是弟子有什么急事,或因钓鳌受伤,冒险来此求救,令先勿往前岛水宫通报。匆匆把手中事办完,正欲出宫观看明白,来的是否弟子,再作计较。这一耽延,诸位师叔已然行抵中央海岸,由二位师叔通名求见了,家父这才知道自己料错。来人已然深入腹地,沿途无人通报,家父恐岛主怪罪执役诸人,忙即赶往前岛禀告。并在旁劝说,峨眉开府,对他师徒如何优礼,现命门人数万里远来,如似别人那等谢绝拒见,于理不合,焉知日后无有相烦之处?

"岛主被家父说动,方始延请二位师叔入见。问明来意之后,忽想起将来有一为难之事,也许能为之助,但不知诸位师叔法力如何,能否胜任。于是借着盗取灵药,以做试验。明为制压河图五行,直下丹井取药,实则全宫数十层关口,最主要的只是那寒光、玄玉两个冰魄寒精所主持的六合寒冰之阵和那战门,再便是那丹室下面的元磁真气。这两处地方,一个奇寒,一个酷热。岛主本心只想在来人中选出两位能够抵御这一冷一热的,将来为他出力。所以到处都是形同虚设,全不相干。全宫埋伏,连那河图阴阳五宫,均经先为指点引导,自泄机密,惟恐诸位师叔等受阻罢休。独这两处,一言不发,便由于此。没想到十位师叔俱有耐寒法力,岛主好不欣慰。依他心意,原想诸位师叔镇制河图五宫,现出元始太极宫位以后,自悟两仪动静相生之妙,直下丹室,制住元磁真气,将药取出。有此法力,将来助他渡那难关,更可从容应付,万无一失,岂非绝妙?不料弟子突如其来,仗着乙真人所赐两道灵符,用以隐形、护身入宫,故现行迹,把家父引往隐秘之处,告知底细。家父知道此举关系弟子成败,仗有乙真人做主,只得暗中相助。

"岛主为防宫中埋伏阻碍太多,本已改令家父全权引导,只注重在丹井下面几层要地，别处任凭相机行事。家父为恐弟子随同，连越重关，虽难保不被轮值守侍门人看破，好在奉命主持，索性把前半数十层关口全行免去。径引诸位师叔，由寒铁飞路直达丹井中层河图阵地。就便把弟子也带往阵前广殿之中藏伏，静候时机，又赐弟子一件护身法宝，居然侥幸成功。岛主因弟子往丹室取药，没有试出诸位师叔能否制那元磁真气，此时又不便明说何事须助，连弟子前后几次暗向家父探问均未说出，机密重要，可想而知，如何不气？旧恨新仇，一起发作，当时行法擒去。看那本心，直想将弟子置之死地，方消愤恨。

"幸而弟子知他面冷情薄，法令森严，对家父一人虽算是个例外，有时相待，仍是刻薄。惟恐累及家父，锐身自任，力言与家父无干。身是峨眉门下第三代弟子，奉了师父师叔之命，随行听命。因知岛主厌恶，隐身海岸，本来不敢妄入。又知岛主自允来人盗药，诸位师叔知弟子事前得乙真人怜爱指点，深知岛宫门户途径、丹井机密，命随同入阵，到时相机下手，不敢不从。现落岛主之手，死活任便，却休错怪家父。他这才生了顾忌，命那服役水怪，将我吊起，先用冷焰焚烤，给些苦吃。欲等家父引了诸位师叔等入见，问明了虚实，再加处治。就是峨眉徒孙，也须重责之后，方肯释放，否则家父便要吃苦。以此要挟，不患弟子不自承受。

"忽报天乾山主到来，竟把一切详细真情和盘托出。并还说起，乌神叟自弟子走后，防诸位师叔回去得快，急于同行，又不舍那副原形躯壳，知道弟子已投峨眉，家父不会与他为难，妄想带了同行。先前恐易师叔笑他异类，没有带出，这时往取，不料一时疏忽，忘了当晚极光反应，火中有了绝大吸力。他身上带着几件法宝，恰均为庚金之质，才走进那神火发源的密室以内，立被神火罩往。他又不舍那几件法宝，空身遁走，只得运用内丹，放出寒灵真气，与火相抗，意欲连人带宝和那躯壳，一齐挣脱。时候稍长，神火威力越大，连空身遁走俱都不行。虽然三四个时辰过去，极光越过正子午线便可无事，到底真元损耗，难于补偿，弄巧成拙。正在惶急，乙真人忽命人獭带了灵符，由冰原地底，绕过火源，穿入内洞。同时他那好友黄风道人也已赶来，合力将他连元神一起救出险地了。

"弟子心想，投身峨眉之事，已然证实，看在两辈师长和乙真人的情面上，总可宽免，哪知岛主气量狭小。弟子暗中偷听他和小男真人问答口气，竟还迁怒家父，不是好友劝说，直非重责不可。他那冷焰，身外冷不可挡，身内火热如焚。不多一会，诸位师叔入见，他便卖好释放；如若无人解救，全焰发动,竟不知如何难当呢。我知家父必要受累,这人心冷如冰,一意孤行,言出必践,求说无用。只小男真人之言能听,但已解免了多半,况人已走,更无善法,心中愤急,不免现于辞色。家父恐弟子出言无状,一再阻止,没敢违背,心却忧虑。

"适在途中看了家父行时玉符赐示,才知他虽愤恨家父,不合暗助弟子盗药,一则乙真人已有成算,便家父不管,不过稍微费力,一样成功;二则将来他那难关,更非诸位师叔分出两人相助不可。先前他所虑者,是恐师叔对元磁真气不能制压得住。现在知道,不特冰蚕、温玉俱在本门,尤其就在李、金、石三位师叔手中,只是这次没有带来,借用自无不允之理。并且连那九天元阳尺,也可代向凌太师叔借用,心已喜极。家父与他师弟渊源情分又极深厚,人去怒消,必能宽免。至多指摘几句,或是做个样子,略加小罚。只因弟子知他底细,恐在外泄露,或是异日再来,特意以家父立威,来作挟制之计,实则无妨。底下多是期勉弟子的话,说什么得投身正教,乃千载一时的福缘良机,此去务须谨遵诸位师长伯叔训诲,努力虔修,勉求仙业等语。弟子诚心向往本门,已非朝夕,幸蒙乙太师伯援引,得列门墙,欣幸非常。只恨岛主不近人情,对于家父以严命相迫,不许父子相见。家父又无甚闲暇出游,相隔中土数万里,从此空怀孺慕,见面艰难,心中难过极了。"

石生笑道:"这有何妨?只要他肯求助于我,便包你父子能够常见了。"易静道:"岛主性情不免古怪。他也是有道之士,只要不真犯他恶,决不至于如此固执,定要绝灭门人父子天性。不是有所顾忌,便是别有用心。念在你是他大弟子的爱子,恐你只顾乌私,时来省亲,无心修炼,难以精进,也未可知。且等将来用到我们之时,再行劝说,使你父子能常相见便了。"灵奇谢了。

第二三六回

天末涌金轮　海气荒凉观日景
洞中惊黑眚　岚光明丽访仙娃

众人遁光本早放缓，且谈且行，不觉行到那通往海边的一条地震源脉通路口上，那通路入口，仍是好好的。前行里许，堵塞了数十丈，内中有一孔洞，可以蛇行而入。灵奇上次无心发现，又把它开大了些。这时灵奇在前引路，还想再为开大，请众人过去。易静说："无须。岛主也许早年故意留此一条震脉，未向令尊说起。我们只要能通行过去已足，不必改动它的原样，就此穿行过去好了。"灵奇才没有动。

一行十一人，各驾遁光，穿行过去。前面通路虽远不及来路秘径通体晶明坚实，华美高大，宽窄也不一，并且途中还有倒塌之处，时闻硫黄之气，其热如蒸，但都不在众人心上。因这一带地底气候恶劣，时过黑水臭泥发烟之地，无可流连观览，便由李英琼用牟尼珠宝光，同了灵奇在前开路，一同加紧飞驰前行。不消半日，便穿入了冰原之下，道途重又清洁。众人才把遁光放下，略微歇息，缓缓前驰。

石生笑问灵奇道："我们自来，还未经过这么长一段恶路。你看前途又臭又热又污秽，幸是我们，如换常人，简直入了阿鼻地狱，薰也薰死了。难为你那日怎么会发现的?"灵奇惶恐答道："弟子自从先师羽化，得了几件法宝。内有两片古玉符，能传声留形，与陷空岛霜华宫顶之宝妙用大同小异。丹室盗药时交与癫师叔，家父行时交与弟子的，便各居其一。用时，只请画上先师所传符咒，运用真气，对它说话，或是写字，无论远近，到时自能现出声音字迹。昔日因家父不能随时离宫远出，弟子孺慕情殷，便各持一面，以备有事羁身，不能见面，各将所说的话留在符上，存放秘径那一边的入口，彼此互换，传达心意，以代晤面。此外还有一样用处：如把两符合璧，放在耳旁静听，千百里外声息动静俱能查知。日前往寻家父未遇，归来闲行秘径之中，一时无聊，便往沿途歧路上乱窜，无心中寻到这条通路口上。觉出这里乃是年久坍塌，并非行法封闭，与别处歧径堵塞有异。试用此宝一查听，内中竟是空的，听出老远，并还隐有风涛之声，自极远处传来。地底侧听，本最真切。左右无事，又稍会一点地行之术，姑且走进一探，居然循此前行，可达海边。适才只顾贪图这里近便省事，却忘了道路污秽，请师叔不要见怪。"石生笑道："修道人，什么困苦艰难都应经历，便往真的地狱走一遭，又待何妨？有此捷径，免去远涉严关许多周折，自然是好。我不过说，难为你能找见，哪有见怪之事？"

说时已将最末一段冰雪中穿通的途径走完，到了出口附近。众人见这地方已成了冰獭的窟穴，出去便是极海冰洋。外面另有一道冰獭自建的长堤，甚是坚固高厚，海冰不能侵入。众人遁光到时，惊得那些潜伏穴中的冰獭啾啾乱叫，往四旁冰孔中乱窜。长者丈许，小者三四尺，神情滑稽，不下七八十只。

石生笑道："这东西油光水滑，又白又亮，多么好玩。带两条回仙府去，养在湖里，不有趣么？"甄兑道："别处海獭毛色黑紫，巢穴生殖之地虽也在北海寒带之中，均随寒暖流来去，按着季节潮信，有一定时候。因系寒带生物，放在中土，已难存活。这类冰獭是另一种，毛色白如银针，不似先说海獭黑色。与北极冰熊，同是这里特产。终年生息冰雪之中，在深海中冒着刺鲸、寒鲛吞噬之险，猎取鱼介为食。仗着毛性奇暖，能化寒冰，又有掘穿坚冰之能，性更灵慧，尽管害它的东西多，尚能繁息，未致绝种。第一，它不似黑海獭，可吃树根草果，非鱼不饱，多杀生灵，仙府养之不宜；第二，它生于极寒之地，永不往外移动，常人难堪的极冷地方，尚难存活，何况中土。离了这片冰山雪海，一遇暖流，更难活命，娇嫩已极，如何带得回去？"石生一想此时仙府不能回去，自己洞府尚未寻到，众人又都笑他童心，只得罢了。

由獭穴中走出一看，四外冰山雪岳，绵亘不断，高约千丈以上。满空暗云低压，气象愁惨。遥望前面海中，恶浪排空，水天混茫。时见小山一般的大小浮冰，随波逐浪而来，互相击撞，发为巨震。又见群鲸戏水，出没冰山碧海之间。来路上面冰原中，白熊、冰鹅，奇禽怪兽，时有出没，见人俱都呆望不惊，态颇温驯；偶然发声吼啸，却极洪厉凄凉。宛然禽兽鲸鱼的一片乐土，景物荒寒，气象雄阔。与初到极海所见冰原岸上情景大略相似。前路尚远，便稍歇息。

石生、阿童和易震，俱都年幼喜事。见旁边有两只比水牛还大的冰熊走来，白毛如霜，又肥又壮，阿童笑说："人言人熊力大，这冰熊看去甚是雄壮，不知有多大力气？我们不用法力，试上一试，看能制得住不？"石生、易震随声附和。恰巧旁边又踱来了一大二小，三人一同上前，各自纵扑上去，抓紧熊的后颈皮，往下便按。那北极冰熊凶猛异常，力大无比。只因从未见过生人，初见惊奇，不曾发作，走近前来，本未安甚好心。身长足有一丈二三，四足站地，高可六七尺。石生等三人高只齐它们项下，又讲好不用法力，只凭手劲，如何能行？冰熊性又凶野，人不犯它，尚且不容，这一下，无异捋了虎须。那三只冰熊，想不到有人侵犯，三人又是天生异禀，起时势猛，冰熊猛出不意，竟吃按了个头几触地，当时惊叫，往侧蹿了两步。三人手仍未放手，方觉好玩，哈哈大笑，待要往熊背上立去。冰熊忽觉此是奇耻大辱，猛然暴怒，一声狂吼，人立纵起，回爪往头上便抓。三人胆大自恃，全不在意，凌空下压，脚不沾地，力量已减去了几分。又见头一下便将熊头按下，越发疏忽，以为蠢然一物，有何伎俩，各欲争胜。因嫌熊身过于高大，身已翻向熊背，又想变换方法，制使四脚伏地不起。却不想身材大小悬殊，吃亏太甚。若以法力杀死那熊，易如反掌；便以徒手除它，也非难事。然而凭手想要制服，却难办到。笑声未住，冷不防吃那熊昂头一仰，猛然人立，回掌来抓，竟几乎吃了大亏。

三人中，石生最是心灵手巧，一见冰熊怒吼暴起，那比蒲扇还大，比树干还粗的熊掌，也已抓到，其力绝猛，自己有力难使，身被带起，竟制他不住，百忙中随着那熊往上昂起，一带之势，手一松熊颈皮，身子就熊背上往侧一翻，让开正面来势。然后横起一脚，往熊的右颊上踹去，身也借劲，飞纵出去好几丈，落到地上。石生天生神力，又是炼气之士，不过吃了大小悬殊的亏，本心不想伤生害命。那熊直劲极猛，却无横劲，万没料到敌人有此一着，几乎连头颈都被踹折，扑通一声，往横里翻滚出去老远，跌趴地下。歪着颗比水桶还大的头，厉声怒吼，急切间爬不起来。

阿童却是不然，因下山不久，见此庞然大物，不用法力，要去制服，一时高兴逞能，手才按下，觉出熊力绝大，便已胆怯。熊头往起一昂，觉力极大，慌不迭把手松开，忘了离熊纵起，竟吃熊甩出老远，忙纵遁光飞起，才未跌倒。

易震心粗，而又好胜，自负胆勇。明知熊力极大，仍一个劲往下按去，势比石生、阿童要猛得多，竟来不及收转，吃那熊一爪抓住。最可笑是，身已临到危境，仍还一心记着"只凭手脚气力，不用法力飞剑"几句打赌的话。一手抓起熊的颈皮不放，双膝用力一夹熊背，待用强力挣脱。冰熊天生神力，又当怒急之际，一爪抓住，死也不放。如换常人，就这一抓，臂膀先已断裂，再要被它由头上扯落下来，或手或足，无论何处，只要再被它捞住一点，一撕便成两片，休想活命。犹幸易震也是天生神力，又是仙人之子，仙骨仙根，练就玄功；熊掌蠢笨多肉，尽管力大，不能和人手一样灵活。易震手臂只有两三寸粗，又被抓在掌心以内，没有被那钢一般的利爪抓紧，虽出不意，侥幸没有受伤，可是当时形势也是险极。易震在熊背上往回一挣未挣脱，方觉抓处手臂紧勒生疼。同时，那熊吃易震两腿神力一夹，虽然熊大人小，不能夹紧，那熊已被夹伤，背骨轧轧作响，疼痛难禁，越发暴怒，急不暇择，又将另一掌往后抓来。易震左手正抓在熊的颈皮当中，那熊反掌后抓，眼看不见，背骨又奇痛欲折，情急暴怒之下，抓住臂的一掌往前强挣，另一掌便往颈后乱扯。这类冰熊，比山中大白人熊高大多力，又较灵便。易震一手已被抓紧，生疼不放。见另一掌又复抓来，知道厉害，一着急，不由松了左手。心想让开来势，却忘了熊已人立起来，身在熊背，面向着天，一手又被抓紧，往前猛扯，全凭左手抓紧熊颈，才得支持。这手一松，身便失了依附，来势虽然避开，人却被熊抓紧手臂，甩向前面。同时因这一急，把所炼道家真气，也自然运用出来。那熊甚是矫捷，好容易将仇敌由身后抓起，甩向前面，就势回转另一掌只一捞，便把易震的左腿捞住。狂吼一声，两掌并举，往两旁猛力一扯一抓。照着冰熊神力，又当怒极发威之际，这一扯一抓，休说是人，便是铁石，也吃抓折。恰巧易震真气已然充沛全身，通体坚如精钢，与初上来全无防备大不相同。虽还未想到施展法力，将熊杀死，但知除却飞剑、邪法，很难伤它。一见身子被熊掌凌空甩向前去，一腿又吃捞住，一时情急，运用全力。那熊不特没有被扯动，两只熊掌猛地一挣，反被震得生疼。那熊越发厉声怒吼，张开血盆大口，便往腰间咬去。

这时，海中群鲸戏水，流冰大如山岳，不时前后相撞。海气涵空，波涛澎湃，中杂鲸、鲛之类巨鱼口中所喷水柱，珠飞玉迸，雾涌烟霏，合成一片奇景。自易静以下，俱在面海凝望，没留意到这三人有甚举动。闻得冰熊怒吼之声，也只当作三人故意激怒，引逗冰熊为乐，谁也没有回望。加以人熊相搏，动作均极神速，又都怀着人决不致为熊所伤的心思。当易震与熊恶斗之时，石生、阿童也刚相继自熊背纵出，脚踏实地。二人因知易震也是一身法力，认定不会为熊所伤，至多制服不了。又均无杀熊之心，见他始终手搏，只当故意如此做作，卖弄惊险花样，也没想起相助，信步往前走去。

当地冰熊，原不止这几只。这类猛兽多具灵性，复仇之心尤重，一见同类与人恶斗，一齐奔驰赶来。先前为石生、阿童所伤的那两只，还在连声吼啸，都觉人类如此可恶，一齐发威，怒啸应和，追逐愈急。石生、阿童均喜淘气，见熊动了众怒，四方八面一齐扑来，奔驰如电。熊掌践踏在坚冰上面，宛如万鼓齐鸣，震撼原野，势盛猛恶。先前二人是想用手将熊制住，过于轻视，全没一毫准备，身又短小，所以几乎吃了熊亏。这时知道不是易与，为数又多，虽仍未放在眼里，却不似先前那等大意。回顾为首两只大熊已将近身，石生首先大喝一声："蠢东西，我不杀你，偏要自己找死么?"说时，熊已朝人猛扑过来。石生上了一回当，已自乖觉，不再和它纠缠，只把身子轻轻往上一纵，放过来势，由熊头上越过。就着身子往下一沉之势，照准熊肩背上一脚反踹过去。虽未用甚真力，就这一下，那么健强凶猛的大物，也是禁受不住。再加身子扑了个空，一时收不住势，竟被踹出好几丈，扑跌地上。冰雪坚硬如铁，尽管肉厚皮粗，也已跌得生疼，连声怒吼，反身又复扑来。阿童觉着好玩，相随学样。熊性坚强猛恶，一经激怒，发了野性，便以命来拼，不到力竭身死不止。于是此起彼落，前仆后继，打了个乱七八糟。二人不肯下重手脚，专一引逗好玩，急得那大小百十条比水牛还大的冰熊，咆哮如雷，践踏奔腾之声，震得山摇地动。

二人越打越觉好玩。石生方喊："震弟，你还不把那熊支开，和它们打群架多好玩?"猛听易震一声怒喝，回头一看，易震和所斗冰熊，已是一东一西，各自分开，倒纵出去。易震手上带着一条树干般粗的白东西，那熊一声惨嗥，仰跌出去老远，还未落地，身上泉水也似喷出两三股鲜血，身已跌倒，还在冰地上滑出去好几丈，才行停住。这时才看出易震手上是条熊腿，所斗之熊已死。方想开口，微一分神，不料群熊已然激怒狂嗥，竟有十七八只从四面飞扑而来。石生二次口刚喊得一声："震弟!"瞥见身前两只大熊扑到，未及再用前法纵身踹踏，猛觉脑后风生，两旁又有好些白影飞来。知道难于躲闪，方待行法抵御，手中刚掐灵诀，就在这一眨眼之间，忽听易静喝道："你们也太淘气了。"语声未住，那四外飞扑而来的群熊，倏地纷纷仰跌倒退。随见易静等八人，一同自海边飞来，除金蝉朝己飞来外，下余七人俱向易震身侧落下。易静、易鼎正同向易震呼斥，那百十条冰熊均吃易静以法力禁制，空自怒吼厉啸，不能向前一步。再看易震，手上熊腿才刚放下。易静、易鼎忙和阿童、金蝉赶了过来，询问经过。

原来易震本还空着一手一脚，见熊心灵，知道一缓势，身子凌空，手脚俱吃抓紧，人小熊大，有力难使，连挣两挣，未挣脱。那熊两掌被震得生疼，负痛急怒,张口要咬。易震虽然练就一身真气,只要运用,刀斧不伤,但没让猛兽咬过,不知能否禁受。又见血盆大口中白牙森森,未免胆怯。一时情急,便把空着的一手一足,紧抓在熊的大鼻梁上。这一有了着力之处,自较得势,力气也使得多。两下里都急,也想不起换甚方法,于是一人一熊,各自相持不下。先前易震只吃了疏忽和力使不上的亏,又忘了运用玄功;熊性又极顽强,宁甘忍痛,死不放松。若凭气力,熊力任是多大,也非道家玄功所炼真气之敌。两下里相持了一阵,易震见它久持不放,急迫中又瞥见石生、阿童正和那百十条冰熊打得落花流水,热闹已极。自觉为熊所擒,久不能脱,越想越愧,越愧越急。

易震忽然想起:"法术虽不能使,但运用玄功,发挥真力,将熊掌挣脱,有何不可?"念头一转,立把势子略缓,运用玄功,凝炼真气,准备运足全力,猛然发动。那熊吃易震用一手一足抵住鼻子,力气又比它大,本已力竭,腿掌皆痛,觉着仇敌势子略缓,乐得也缓一缓劲,正在喘息。易震已将周身真力元气运得十足,正要施为。一眼看到冰熊鼻孔中喷气如蒸,天本奇寒,所化成的冷雾聚而不散。暗骂自己:"蠢才,打瞎熊眼,手短不及;这手边的鼻孔,竟也忘了抓它两下。"想到这里,随以一足抵紧熊鼻,把势蓄好,随伸手往鼻孔中抓去,谁知无心中触着它那要紧所在。这熊觉着鼻间奇痒难禁,不顾再抓敌人,忙把抓脚的掌一松,待要回掌来抓。易震早已算定它或脚或手,必松一掌,已打点好了应付之法。一见松的是脚,更合心意。说时迟,那时快,熊掌才松,易震便将才脱熊掌的一条左腿往回一拳。右腿就着鼻间原踏之处,用力一踹,然后联合拳回的左腿,一同运足平生之力,猛朝熊的胸前踹去。空着的一只手缩回来,反掌抓熊,奋起神威,两膀用力一抖一振,上下相应,同时并用,口中一声大喝,往后倒挣出去。那熊鼻孔一痒,周身酸软,两只前腿便卸了劲,只顾回首抓痒,猝不及防,吃易震手足并用,猛力一挣一扯,自然禁受不住。因为用力太猛,活生生将熊的一条右前腿齐肩胛扯断。胸前、鼻上又着了两脚重的。当时惨嗥了一声,随着人身向前倒纵之势,冰熊身也往后,仰面倒跌出去,顺鼻口肩胛等处狂喷鲜血,尸横就地。

易静等八人正在彼此说笑,闻得身后冰原上兽啸践踏,夹着石生、阿童呼叱欢笑之声,乱成一片,觉出有异。金蝉首先回头望见,心还好笑,告知癞姑说:"你看小和尚佛门弟子,也和石生、震弟一般淘气,放着好景致不看,去逗白熊玩。"癞姑笑道:"你莫装好人,如非这次掌教师尊命你当七矮的娃娃头,你早过去了,只怕比他们三个还闹得凶呢。"话方说完,一眼瞥见易震与熊苦持之状,忙喊:"易师姊快看你那位二令侄。"易静闻言回看,喊声:"不好!"忙即飞起,刚待行法禁制,晃眼易震已由熊身上挣脱,落到地上。熊腿已被连皮扯断,熊掌依然紧抓手掌之中,不曾坠落。众人这才看出险来,只奇怪三人为熊所困,怎不施展法力? 金蝉关心石生,见众熊四面夹攻,忙飞过去时,群熊已被易静法力制住了。易震将熊掌摔脱以后,吃易静和易鼎好生埋怨了一阵才罢。

众人观玩了这一阵,也已兴阑思归,重又起身上路,往中土飞去。因那起身之处乃冰洋与北极内海交界,那玄冥界外极海中有许多妖人左道以及海中精灵盘踞的岛屿恰巧避过,前途已无险阻。又有灵奇引路,可稍抄近路,径由北冰洋上空飞行,无须横过那万里冰原广漠。因路太长,不是当日所能飞回,初飞时见海天空旷,波澜壮阔,不时又见吞舟巨鱼,出没惊涛骇浪之中,先还觉着平日只在中土行道,冰洋极海足迹不到,难得经行,正可尽情观赏。及至飞行了半日之后,便成了见惯无奇。又以四外茫茫,天水相涵,看不到一点陆地,渐渐飞上来时原路,天虽仍是奇寒,海中碎冰也越来越小,冰山等奇景已见不到,连大鱼也难得遇见。天色早已分出日夜,正当入暮之时,天上冻云密布,惨雾昏沉。下面是寒流汹涌,碎冰杂沓,冰浪交搏,声甚聒耳。眼望过去,尽是这类阴晦荒寒之景,引不起人一毫兴味。众人越飞越觉无聊,俱想早登陆地,各把遁光加急,以全力飞驰。十一道遁光联合一气,电驰星飞,冲破千层寒云,无边惨雾,向前疾驰过去,声势却也惊人。

众人起飞时晏,又当北极近边,昼长夜短之季,丑初天便黎明。众人初次经历,来时天阴,心中有事,只顾戒备异派仇敌和沿途海岛中隐伏的妖邪突起为难,均未留意及此,归途也未想到天那么短,一路飞行,不觉子时将近。天色本极黑暗,似见天边金光一闪即没。众人先未看真,算计途程时候,刚在深夜。只易静、癫姑、南海双童以前曾在各海往来,均经历过,初见觉异,微一转念,便已想起,均未出口。金、石、阿童、英琼四人,俱想不到那是日出以前虚影,好生奇怪,同喊:"二位师姊,你们看见天边金光一亮么?"四人方微笑欲语,灵奇已先接口说道:"这里正是日长夜短的季节,日出在丑。只是这海上雾重,天阴时多,等到雾消时,已成一团昏白影子,到了中天,无甚看头了。适见金光,分明今日海上云高,星月之光虽被遮住,海面上却是晴空无雾,上好天气。日出好看,少时满天彩霞,还要好看,奇景难逢,难得遇到。弟子往来北海不下二三十次,并还事前留意日出之时,也只看见两次。内有一次,还只看一个尾梢。我们飞行太快,再往前去,到了有雾之处,就看不见了。"

话未说完,一个其大如山的金轮,已由极远天边跳波而起。英琼、阿童见那日轮与常见日出时情景不同,只是极大一面晶镜,周围并无光芒,却似月晕一般,紧紧围上一圈彩气。由海尽头处,突然升起,一下便离开海边老高,却不停住,略一升降涌现,忽又坠入波中。海面上依旧黑沉沉的,不见一点曙色。英琼、阿童同声笑道:"无论到哪里,太阳总是一样,难道这里的太阳也与别处不同么?"癞姑笑道:"呆子!亏你们还在佛道门中修真,连这点见识都没有。太阳只是一个面目,怎会两样?这不是它的真面目,乃是它出来以前虚影,所以看去没有光芒。"灵奇接口道:"别处,这虚影便不易看见。这里因是北极冰洋附近,正当子午线上,所以有此虚影,日出之景也格外好看。实则日还未出,乃是海波回光倒影。师叔你看,天色不还是黑的么?不过虚影一现,真的也快出来了。"说时,天边金轮又复离海涌起。由此升降不停,上下跳踯,变幻明灭,毫不停歇。后来越跳越疾,正觉好看,忽然直落下去,半晌不见再起。海面上浩浩荡荡,漫无涯际,除浪花奔腾,涛声震耳外,更无别的动静。天仍未有明意。

石生方说天色要变阴沉,忽见天边金轮涌过之处,微微现出一丝青色。灵奇忙喊:"真太阳出来了!诸位师叔请看!"众人定睛一看,那青色先只微微一线,渐渐展开了些,颜色也就转淡,略似东方将晓的天色,只是比较往日所见稍微暗些,不是修道人的法眼便看不出。跟着海天尽处,先有无数光芒,作小半圆形往上放射,日轮还未出现。隔不一会,光芒渐强,渐渐露出一点半圆红影,随着波涛起伏,渐现渐大。到此,朝阳方始离波而起,现出半轮赤红如云的红影,浮于海天尽头碧波之上。万道光芒,齐射遥空,天空已由鱼肚白色,转成初晓。果然天上云层高而且多,吃阳光一映,化为满天金霞。海水受日光斜照,全海面成了金海。天光海色,同幻奇辉。那太阳全貌也已呈现,离波而起,精光万道,朗照云空。端的气象奇丽无俦。

直到众人看完晓日,重又前飞。日头逐渐高起,虹光才渐敛去,天空霞绮也回了本色。但见前行天色甚好,渐渐飞出北极冰洋边界荒寒阴晦之区。浮翳尽去,清光大来,水碧天青,风和日丽,波光云影,上下辉映,又在那么壮阔无边的海洋上空凌虚绝迹飞行,端的心神为之一快。

易静见途中游鱼跳波,海鸟回翔,结队成群,各自往来。遥望前途,已有风帆片片,出没遥波,知离海外诸国的陆地将近。一行遁光强烈,破空疾驰,声势甚盛,老远都能闻见。易静不愿惊骇俗人耳目,正嘱咐众人把遁光敛去,猛瞥见日光底下有两点青白光由西向东,正朝自己侧面远远横空飞来。众人直行,那两点光华由斜刺里朝前横来,两下里互相迎面,势均迅疾,晃眼临近。光也因近而大,真似两道长虹经天飞渡。易静见那白光虽不似本门家数,却非左道妖邪一流。看那来势,又正对着自己这一面飞来。猜疑是别派中相识道友,不是无心相值,便是有意迎来,弄巧还许有甚要事,特意从别处赶来迎候,都不一定。既非妖邪一类,当然也不会存有敌意。于是告知众人,暂把遁光放缓,不迎上去,看来人是否有心想见,再定行止。话刚说完,来人已飞离身侧不远,众人如不停歇,两下正好对面。众人方觉来人功力甚高,所识别派同道中并无此人,时又匆迫,不及互询。各以为一行中有人与之相识;再不也许有甚要事,奉了乙、凌、白、朱诸老之命而来。众人心方寻思,来人本算好两下相值之处,飞迎上来,众人遁光一停,便赶到了前面。见众人停空不进,当是不愿相见,故意停止,放他们过去,互相冷笑了一声,转头飞来。

易静、癫姑虽未把来人当作仇敌,蓄有戒心,却早看出青白光中来人是两个白衣少女;遁光家数,也认出有一个是昆仑派门下高手。开府时,昆仑派因慈云寺党邪挫败之羞,只为首诸人来了几个,所带门人也极有限。暗忖:"各正派中师执以及同辈道友,只昆仑派和本门有过节。开府盛会,钟先生、知非禅师诸长老虽也应请赴会观礼,表面看似前嫌已释,胸中难保仍有芥蒂。这两女子的功力不似他们门下后辈,并且长一辈的并无女子赴会。素无瓜葛,又与本门貌合神离的昆仑派中女仙,怎么会突然迎来?恶意或者不会,好意也未免不合情理,其中必有缘故。"心念才动,来人已至对面。

易静、癫姑觉得内中一个似曾相识。对方见有易静、英琼在内,面色也倏地一变,首先开口,冷笑说道:"我姊妹去往海外访友,见有峨眉门下成群飞驰,本意只想托带两句话,不料会与本人相遇,真乃巧事。去年我和一位同门师兄,曾与易、李二位道友相遇,大德未报,至今耿耿。日前并到依还岭,才知二位道友门还未入,便以主人自居。却没想到圣姑遗偈,入居仙府的人,第一须将艳尸玉娘子崔盈除去,第二须将圣姑昔年未完的心愿代为办到,方能入内。还有圣姑昔年所藏,最关紧要的十六件天府奇珍,俱在你二人前次所见小池以内,事前必须盗出,否则崔盈妖鬼便无法伤她,也休想深入后洞,解破洞中各层禁制。

"现在崔盈的元神已能通行全洞,不久便可复体重生,无人能制。除非不舍原来躯壳,又想占据圣姑仙府,设法解禁,攘窃藏珍;如想此时出洞遁

176

走，为祸人间，已非难事。本来没有这么快，也是你二人上次惹出来的乱子，行时忘了封闭洞外幻波池底泉眼，事后也不前往查看。她因那地方最为隐秘，妖魂禁闭多年，从无一人入洞侵扰，本是安心在内顺序潜修，准备修到功候，复体重生，再行出世，为所欲为。你们前往盗宝，她受圣姑法力禁闭，停尸中层密室以内，你们就将所有法宝全数盗走，她也不会知悉。谁知你们一心觊觎圣姑藏珍，偏又不知底细，无缘无故分成两路入内，误入停尸室内，无意中将圣姑制她的禁法破去一层，以致惊动妖鬼。她算计圣姑十六件藏珍的枢纽在她尸首底下石穴以内，来人必不就此甘休，此事一经开端，必定还要再来，甚或引了许多法力高的人前去为难。料定祸兆已萌，隐忧未已，为此不等功候修成，亟谋脱困之法。你二人走不数日，她便施展邪法，引诱外面妖邪前往，以美色、藏珍为饵，令为出力。

"她自身被困洞内，不能出门一步，地更隐僻，昔年妖党死亡将尽，勾引人本是极难的事。事有凑巧，她那信香刚经了许多心力，自泉眼里透将出去，便遇见两个不知自量的男女妖邪，跟踪下去，到了池底，发现仙府所在。此时洞门有你们法力封闭，内外隔绝，不能相见。这妖鬼也实狠毒，知道圣姑不禁女子入内，只洞门无法进去，竟由洞内传声，使出奸谋，先说出她自己姓名，以及洞中藏珍之多，将二妖人打动。随后告以洞门已被佛家法力封闭，决难攻破，尚须多寻几个有力助手。令那男的急速另约有大法力的妖人相助，人数越多越好。却把女的留下，与她做伴，隔洞遥谈，以解多年烦闷。二妖人为她甘言重利所诱，自然依言行事。哪知妖鬼看出二人法力不济，便想把风声传布出去，多引一些妖邪前往，以便各出死力相助，试为其难。万一旧日同党尚有一二残余未受诛戮，闻风赶来，岂不更妙？同时又想把女妖人的生魂摄了进去，为她服役解闷，将来破法时多一助手，省得孤掌难鸣。

"男妖人刚一走，妖尸崔盈先用些甜言蜜语，哄得那女妖人对她信服。又故意露些口风，说那洞中法宝珍物至多，来人如是女子入内，并非不能。只为洞中法宝、灵丹甚多，自己身受禁制，无力相抗。惟恐人心难测，一旦引了进去，吃来人将法宝、丹药取去，却不管她死活，故此放心不下。必须多约人来，当众言明，这些法宝、灵丹以及这座仙府，要看来人出力大小，分别酬谢。议定之后，立下盟誓，并由她指点门户途径。此时为防万一，却不愿人入内，以防受人挟持。

"那女妖贪心早动，又知她夫妻二人法力有限，闻言益发垂涎，巴不得先入洞内，乘机攘取上几件好的。便再四和妖鬼商说，自己久慕她的美名，亟欲入内相见,并以离开相要挟。妖鬼方始装作无可奈何,勉强应允,教她身剑合一,并用法宝护身,由泉眼底下一个小洞,借水遁冲将进去。女妖人利令智昏,也不想想对方先已说过她此时身上束缚已去八九,全洞均可通行,只这一层洞门阻隔,又是久炼妖魂,稍有缝隙,便可穿越,既有这个水洞捷径,为何不能自出,外人倒可走进,是甚缘故? 只因一心贪得法宝、灵丹,便毫不思索,如法施为,由泉眼水道中借了水遁飞入。前半果然通行无阻,等到深入腹地,到了小池以内,圣姑金水禁制被她触发,肉身当时化为乌有。本来形神皆要消灭,仗着妖鬼早有准备,在池旁等候,一见女妖人入了禁网,忙施妖法将她生魂摄起。圣姑禁法厉害无比,妖尸崔盈也几乎受了重创,才将女妖人的生魂保住。妖鬼平白害了助她的人,毫不介意,反逞淫凶。先把女妖人的生魂凌践折辱个够,使其俯首帖耳,心胆皆寒,百依百随,不敢丝毫反抗,方始收为她的侍女。

"不久男妖人到来,妖鬼推说女妖人久候他不来,忽然不辞而别。男妖人知道内外隔绝,出入皆难,做梦也想不到乃妻落了她的毒手,以为另往别处访友,未以为意。所勾引来的一干妖邪,虽也有些能手,无如那五座洞门,一座也攻它不开。有的知难而退;有的吃妖鬼连愚弄带激将,不肯就罢,又各回山祭炼邪法,以为再来之计。风声传播,人来得越多。妖尸见来人如是女的,便用前法,将人吊单,诱使入网,一连害死了十几个淫娃妖妇,那洞依然如故。

"当你们移居依还岭北山谷的头五天,不知由何处来一丑女,竟将洞门禁法破去,到里面和妖鬼一见,强取了一件法宝走去。取宝时,不小心误触埋伏,还舍去了一个手指。妖鬼崔盈留她不住,一去便未再来,可是门户洞禁大开。近日洞中已有妖人来往,洞门启闭已由妖鬼主持。只等身上七灵丝炼化,元神去了禁制,便成大患。

"你们妄想入据仙府,自居依还岭山谷之中,却任妖邪在内盘踞,岂非笑话? 我日前去查看了一次,现已完好。除妖之策,只等海外归来,便即下手,不过归期还得些日。你们如若自命不凡,何不先往一试? 谁能依照圣姑遗偈除却妖尸,便是洞中主人如何?"

说时,易静、李英琼早认出说话这女子,正是上次幻波池所救两少年男女中的女子辛凌霄。英琼想起这两人恩将仇报,去时曾用法宝暗算老父,心中愤恨。又听出语带讥嘲,几次想要发作。

易静比较持重,觉着这两女子突如其来,形迹可疑,遁光功候比平日所见各派门人都高,并且语带讥嘲,明含敌意。自己这面一行十一人,遁光连在一起飞行,威势甚盛,休说寻常妖邪见而远避,便各异派中有名人物偶然相遇,也未必敢存轻视之心。这两个女子如非有恃无恐,怎敢对面迎来,若不介意?所说又是幻波池艳尸崔盈的事情,并还自称到了依还岭,见到过静琼谷中诸弟子。料知必有原因,关系重大。那日初到依还岭,本就觉出幻波池底洞门有开闭之迹,因时太匆促,没有看真。师命彼时不许下去,癞姑、英琼又在旁劝阻,暗用禁法试探也无回应,就此离开,不曾下去仔细查看。后来连留意了好些日,并在暗中隐形前往窥伺,均无动静,自知断无眼花看错之理,至今是个疑团。当时只因炼法正紧,苗疆事完后,又有北极陷空岛取药之行,一直离山多日,不曾回去。

易静日前想起:"米、刘、上官、雕、猿诸弟子虽非易与,到底功候还差。近来幻波池藏珍,以及艳尸复活之事,已渐传播,各异派妖人必定纷纷垂涎。师父命在开府之前,先行移居依还岭上,也必为此。目前正值多事之秋,万一有甚厉害妖邪觑觎池底仙府中的美色、藏珍,去与艳尸勾结,发现岭上有本门弟子居住,定往侵害无疑。米、刘诸弟子如能谨守行时之戒,每日闭洞不出,静琼谷上下四外均有本门禁法封闭埋伏,就被敌人识破,至多被困谷中,也还能够支持到自己三人回去救援。最可虑的是,众弟子贪功喜事,不自量力,轻易出敌,便难保其平安无事。一人受伤遇害,余人再为同门义气所激,同仇敌忾,齐出拼斗,更是凶多吉少。何况妖邪党羽甚多,行迹一被窥破,众弟子即使当时幸占上风,仇敌也必呼朋引类,源源而来,能手日多,阴谋百出,终至吃了大亏为止。"

易静因身在数万里外,事未办完,不能立时飞回,甚是悬念。嗣又想起:"行时查看诸弟子面上,均无晦容。掌教师尊既命随同行道,纵令将来米、刘二人不免兵解,决无目前遽遭凶折之理。适才动念,许是怜爱新收女弟子上官红,关心太过之故。"因北极神光就在此时出现,极光一敛,便须率众直入岛宫丹井盗取灵药,就此岔过,也未向一行诸人提起。

易静这时听那女子一说,自是心动。不问来意善恶,难得她自行吐口,自以听完后再作计较为是。惟恐英琼记念前仇,冒失发作,误了事机,连使眼色示意,才行止住。

那女子见英琼双目炯炯,神光射人,秀眉双翘,暗藏杀气,察知她心中仇恨,意欲发难。本心原因空中路过,发现峨眉派剑遁,意欲就便令其与易、李主人带信,以遂自己阴谋,不想倒会不期而遇,一行竟有易、李二人在内。想

179

起上次幻波池被困之事，尽管一念贪私，平日对本派诸先进同门曲为解说，以恩为仇，这一对面，想起以前脱险情形，夫妻两条性命终是人家手里救出来的，不禁难以为情。况且对方这十一人，看去功候均高，无一弱者。其实她还不知易、李二人，为峨眉门下后起有名高弟，单这两人翻了脸，便不易发付，何况有十一人之多。无如双方已然对面，况又同了新交的一个关系紧要的道友，不能当面示怯；又仗着练就隐形飞遁之术，同伴法力更是高强，身后还有极大力量的后援。

那女子想了想，只得硬着头皮答话，意在激将。及见英琼面带愤容，一面暗中戒备，一面不等对方发作，乘机先冷笑一声，面向英琼说道："上次幻波池初见不识，事后方知你便是峨眉门下号三英之一的李英琼呢。你休生气，听我一言。幻波池底女妖尸，至多再有百余日，便能复体。那时，她必将古仙人所遗留，为圣姑保藏的十六件奇珍，设法取出。再用内中一件法宝，打开圣姑仙法封禁的一部道书，如法施为。不出三年，便和昔年圣姑一般神通。那时休说你我，便令师齐道友和他那些同门同道，也没法制她了。以前你我幻波池那段公案，于我夫妻为德为怨，尚自难言。本来你二人不寻我们，我们日后也必寻你们，不过此时还顾不到。一则妖尸气候将成，不乘此时下手，留此隐患，异日为害酷烈，不可复制。二则幻波池奥区仙府，洞天福地，想据为己有者，不只你们三人。今日你我无心巧遇，我以好意相告，你们定仗人多，倚势行凶。我金蚪仙子辛凌霄，也不是好欺的，当时便可奉陪。否则，你们既以幻波池主人自居，而我却拜读圣姑遗偈在前，往好里说，仙偈隐示仙府藏珍应为我有，你也不信。何妨各凭法力，径照圣姑遗命，前往盗宝除妖，不问是谁，只要捷足先登，便算他是后继主人，到时不得再有争执。我今说此话，并非有甚用意，要想诱激你们前往上当。只因贵派专一恃强欺人，明明别人成功于先，却不甘服输，倚仗人多势众，巧取豪夺，均所不免。我也不是怕你们的声势，如不事前言明，到时纠缠不清，岂非惹厌？还有妖尸近来党羽日众，卧榻之侧，岂容他人酣睡？你们新收几个男女弟子，住在北山谷内，早晚必为所算。内中有一少女，名叫上官红的，日前想是发现池底有一妖人来往，同了一个能人言的大母猿，去往池边石后潜伏守候，恰值有一厉害妖人到来。如非我怜此女资质甚佳，连那母猴一齐使法力隐蔽，护送回去，几遭毒手。这等危机四伏的险恶之地，却令几个初入门的后辈，同了一些披毛戴皮的畜生在彼留守，这幻波池仙府未来的三位主人，也太大意了。刚才我在空中遥望，有贵派遁光横海飞行，想托带一个口信，各自下手，往幻波池盗宝除妖。并令其早日回转依还岭，或将那几个门人先行遣去，另觅善地。果真命数前定，应为仙府主人，功成以后，径回仙府居住，岂不比那虚张声势，空言无实强得多么？"

辛凌霄还待往下说时，英琼是被易静按住，强自隐忍未发。癞姑本在一旁察言观色，留神静听，忽然插口答道："你便是昆仑派门下，号称神仙美眷的那位卫夫人，金凫仙子辛凌霄么？你这些话，不必再往下多扯了。你的本意，不是防将来你夫妻盗宝除妖，入居仙府，我们要和你争，想在事前约定，功成者居，到时免有异词么？又以我们几个门人现伏静琼谷，妖邪踪迹相去密迩，恐为所算，使我们急速回山，好做准备，照你心意行事么？实对你说，谁是仙府主人，未除妖尸以前，自然难定。你说你们读过遗偈仙示，隐语寓意应为你有。我们偏也得到圣姑留赠的一本小册子，上面除载明所赠百余件法宝名称、用法，并嘱家师分赐门下诸多弟子外，看那末章语气，仿佛又像与我三人有关。为此，家师才命我三人带了小徒和雕、猿前往。因艳尸崔盈气运未终，时机未至，暂住静琼谷，乃是另有机谋，恕难奉告。池底近况，我三人也早知悉，道友便不见示，也无弃置之理。

"至于防我们到时倚势逞强，巧取豪夺，则稍知自爱之士尚且不为，何况我峨眉门中弟子，此层只管放心。并且我们这次虽然志在除妖去害，为本门建立一所别府，私衷却不知自量，想拿此事试验各人近来功力。下手除妖，至少也须等到明年，照道友所说气候将成之际。这时不过凝碧仙府已闭，奉命下山，无处栖止；又以圣姑仙示，认定身是未来主人，为图近便，移居岭北山谷之中。暂时原无作为，一切早有定算。我们和道友同是玄门弟子，崇善诛妖，殊途同归，无分你我。道友又自称是圣姑仙偈中属意之人，虽与仙册之言不符，也许圣姑别有用意，两皆期许，借以策励。我们事尚未成，先自为此争执，不特不是修道人的襟度，转为妖鬼所笑。好在不问谁是未来主人，必须先将妖鬼除掉，方能入居仙府，徒事空言，无补实际。

"再如道友所言，双方各自下手，也觉稍微含混。万一彼此均曾出力，各有小就，同时与妖尸对敌，异日功成之际，有甚争执，岂不又道我峨眉惯于倚势逞强，巧取豪夺？我师姊妹三人，均照预计行事，还得些时，方始下手。道友既恐妖尸猖獗，亟欲除害，我三人自知法力浅薄，情愿相让，任凭道友占先。只要道友将妖尸除去，入居仙府，我三人当日便离开依还岭，决不停留片刻。万一道友到时有意相让，明知可为而不屑为，我三人再来承乏未晚。反正妖尸虽然啸聚徒党，声势张狂，也只在洞中作怪，尚未为害人间，无所贻患。此后各行其是，也无劳见示。只盼道友积此善功，为众生去此大害，我等决无异言。

"还有上次在幻波池仙府逃走时，用千斤铊暗算李老伯父的，乃是道友的丈夫卫道友。李伯父佛法高强，既未损伤毫发，也与道友无干。李师妹虽然误认仇人，但我们人多，为免倚众逞强之讥，也不容她有所举动。小徒在幻波池上窥探妖邪动静，遇见强敌，承情相助，送她回去，虽然道友事前不知，此女得有圣姑亲传，精于隐形飞遁之术，不致为妖邪所算，但毕竟萍水相逢，仗义拔刀，盛情可感，回山问明小徒详情，异日相见，必有以报。现时先让道友居先下手，愚师徒也不他往，只在静琼谷中听候捷音。到了明春，道友如还任妖尸盘踞在内，迟不行诛，愚师徒再勉为其难。此后也无劳见告，各行其是如何？"

辛凌霄见癞姑长得痴肥面麻，生相十分丑陋，说起话来，摇头晃脑，神态滑稽。偏是语多讥刺，尖刻异常，叫人听了干生气，急恼不得。知道自己的本意及救上官红的实情，均吃窥破。对方人多，均非庸流，若破脸，胜负难料。上次幻波池已是丢人，且还可说是误陷圣姑禁制所致；此时再如败在这几个后辈手里，岂不更是难堪？想了想，强把仇怒忍住，冷笑答道："我知你们近仗声势，无事不为。为省异日烦扰，故此把话言明。既然知难退让，还有何说？我和诸道友成功之后，料你们也不敢再有异言。此时既不倚众行凶，我和这位道友尚还有事，不值与你们计较，我们去了。"说罢，回顾同行少女，喊声："道友请。"一同破空飞去。

石生、阿童、易震三人听到末句，方欲反唇喝骂，二女已是飞去。癞姑忙拦道："这丫头眼看晦星照命，要死的人了。她吃我看破诡计，没法下台，乐得由她说几句，遮羞好走。我们也好赶紧回山，免又相打，生出枝节耽延，理她则甚？"

易静不放心静琼谷男女诸弟子，先催促速行。等遁光联合，重新飞驰，然后笑对癞姑道："师妹平日滑稽玩世，今日却是文绉绉的，庄谐并陈。此女心思吃你点破，为争颜面，不得不拼着性命，勉为其难，甚至与异派妖人同流合污，俱说不定。我看此女煞气晦纹已透华盖，你说她晦星照命，一点不差。如再不知度德量力，死亡更快了。"癞姑道："你看她眼下不是已与丌老的转世爱妾连在一起了么？"易静惊问道："我见那同行女伴相貌虽美，却一脸青气，细看又非妖邪一流，原来竟是老怪物的女弟子沙红燕么？你怎认得？"

癞姑道："这还用认？旁门女仙中貌美的，只她一人身上不带左道气质。

但她成道时,元婴被仇人暗算,受了大伤。老怪物爱她过甚,不惜再转一劫,百计扶持。她也因为以前行事狠毒,树敌太多,上次转劫重修,受尽磨折苦难,想起胆寒,不敢再行尝试。偏生大荒二老的固魄神胶与九转大还丹这两种必需的灵药,因二老都厌恶丌老怪物,一任好说歹说,明求暗取,展转请托,终是坚决不与。如与行强,又未必是对手。没奈何,只得由老怪物展转求托天痴上人为力,向乙木精灵桑仙姥求助,勉强求得三丸乙木神丹,借灵木精气,补益所耗元神,才得逐渐修成,可是面上青气老不能退。她过去、今生,俱以绝色自负,对此引为大憾,却也无法。那青气便是她的幌子,更无二人。别的左道旁门,脸上虽也不免有五颜六色的,但以男的居多;如是女的,均喜妖淫狐媚,即使本来面色难看,也必设法掩饰,并且身带邪气,一望而知没她干净。尽管她面有青气,依然看去美秀。尤其冷冰冰的,不喜和人说话,更是她的特性。我虽闻名未见,却听眇姑说过,决无料错之理。适才她因我话说得挖苦,已然不快,再说重一些,说不定便要发作,虽不怕她,难保不把老怪物引了出来。这厮飞行绝迹,来去如电,虽然妄自尊大,不肯和我们后辈为难,如伤了他的爱妾,决不甘休。不问能敌不能,我们急于回山,遇上他,岂非麻烦? 不与破脸,只说几句,便是为此。那辛凌霄,乃昆仑派长一辈中最末的一位有名人物卫仙客的妻子,本是神仙美眷,不知受了何人蛊惑,如此倒行逆施。她那来意,师姊想已知道了。"

易静道:"我只知辛凌霄必又到过幻波池,又受了挫折,或是有甚难题,正巧遇见上官红在池边窥探,值有妖人飞来,她恐红儿受害,用法力隐起,送了回去,问出实情。她往海外约人相助,云路中发现本门遁光,忽然想起可以利用。意欲令本门人带口信,用激将之计,假手于我,代她去掉那洞中阻碍,以便坐享其成。再不便是激我三人去和妖尸崔盈恶斗,好使两败俱伤,以收渔人之利。不料遇上了我和琼妹,话不好说,受了抢白。我断定来意不过如此。上官红遇救一层,听你之言,好似她别有用心,并不承情,却未想到。"

癞姑道:"师姊料得极是。她因突如其来,忽遇本人,又想起前事内愧,不能再照预计说话,又不能就此退去,所以辞色牵强,授人以隙,居心不良,一望而知。至于上官师侄,她分明是爱才,妖人到时,用法将她隐去。事后相见,红儿为人和易,无甚经历,胸少城府;再见她不是左道妖邪,又长得美秀,也许她再拿话一诱,越认作是自己人,便告以详情。她爱红儿资质,问完之后,必说实话,要收为门徒带走。红儿只是受愚一时,人本机智,闻言自知

183

上当。不是当时隐形遁走,便是自觉势孤力弱,引去静琼谷内,米、刘、雕、猿自必出来接应。先也因她是昆仑门下,知道教祖与对方长老交往,又非邪教,必以婉言相拒。但我听李师妹说,卫仙客夫妻遇救,逃出洞时,恩将仇报,暗算李伯父。当时神雕正在身后养神,自然认得此女。此雕近来益发通灵变化,必告袁星,说出此女前事。这一来,米、刘、上官、雕、猿自必群起夹攻。人还尚可,神雕却是难斗,也许措手不及,还吃了点亏。她适才骂雕、猿定是为此。否则,她已看中红儿,又问出是我们门人,焉有放过之理? 不信回山一问,就知道了。红儿胆小,决不轻往池边窥探,也必有点缘故。照此女适才所说,不过三五日内之事,受此虚惊,连米、刘、雕、猿均有了戒心,我们未回,决不敢再冒失行动。真要有事,神雕久随白眉禅师,得道千年,海外途径不是不知,早就迎头飞来了。这层可以无虑。我们回山真是愈早愈好,现已无暇再与受伤诸同门相见,一入中土,便须分手。我三人自还依还岭;万年续断、灵玉膏由金、石诸位师弟带去,如法施治。岳师兄现在衡山,本门诸弟子中只他和诸葛师兄可以出入仙府。灵奇虽蒙乙真人引进,尚未拜师,可由诸位师弟分出一人引去。如能侥幸,随了岳师兄去往仙府参拜,不问能见教祖与各位尊长与否,借此见识一回,也不枉他向往心诚,连日辛苦。”

易、李二人闻言称善。阿童笑道:“你们不是要除幻波池妖尸么? 共只三个人,如何能行? 我们送到灵药,将人医好,来助你们除妖如何?”癫姑笑道:“圣姑不愿男子入她仙府,你们来了,反而有害。此事不劳照顾。”石生道:“我不信这话,一样除妖去恶,分甚男女?”易静道:“洞中禁忌,实是如此。并且此次师父命众弟子各照仙柬、道书之言,分途行事,到了急难之时,方可求助。此时一则无须,二则诸位师弟也还是分途行事的好。”金蝉笑道:“石生弟和你们说了玩的。我们现连一个栖身之所还未寻到,哪有工夫管人闲账?”癫姑笑道:“你少说好听的话吧,我三人只要答应,你们不当时来凑这热闹才怪。”

阿童赌气对金、石二人道:“我早听李师兄说过幻波池中女鬼的厉害。她们今日不要我们,到了事急之时,再以法牌传声求救,我们也不要理她们。”癫姑道:“小和尚,你白生闲气。我们就有了甚为难之处,也有人可找,不劳你们照顾。你没听说洞中禁忌,不令你们男子入内么? 没的找了你们来,给我们添些阻力? 且等别府建成,我三人移居以后,再请光降吧。”金蝉笑向阿童道:“小师父不要急。跟我们走,包你有热闹。跟癫女尼在一起,有甚意思? 休看她有幻波池洞天福地,整年藏身地底,多好的洞天福地,也是闷人。我们且找一处好洞府与她们看。"英琼笑道:"幻波池和紫云宫两处仙府奇景,绝无仅有,只恐未必能赛得过去吧?"石生不服道:"莫非天底下就是你这两处好地方么?"英琼道:"空言何用?凝碧崖仙府和这两处以外,叫你想也难想出来,休说现成放在那里,等你去住呢。"

石生方要回答,甄艮接口笑道:"李师姊,这话并不尽然。宇内灵境甚多,尽有仙凡足迹未到之地。本来我也不敢如此说法,日前详忖教祖仙示,不特小师兄领导的七矮弟兄,将来要广收门人,发扬光大,好似岳师兄也要自成一支,如无一处极好的灵境仙府,如何用得?不过时候久暂,能否当时寻到,说不一定罢了。"英琼笑道:"真要如此,那太好了。我在仙府,私底下还问过玉清大师:'怎么好地方都被我们女子得了去?男同门怎都向隅?'她只笑说:'各有因缘莫羡人。'教祖仙示自然无差,我先不知,所以那样说话。平生最爱名山胜域,仙境灵区。你们此去如若寻到,早点通知一声,大家喜欢。"甄艮应了。易静笑道:"李师妹那么性刚疾恶,平日相处偏那么天真得爱人。"

癞姑道:"本门男女诸同门,差不多都是襟怀坦白,磊落光明,刚而不激,柔而不靡。不似别派门下,无论师规多严,多少总有两个败类。"石生笑道:"心里就有甚花样,也拿来刻在头脸上了,再要说是不磊落光明,岂不冤枉?"引得众人都笑了起来。癞姑道:"你绕着弯刻薄我么?谁似你长得和小姑娘一样?几时惹我生了气,不叫你变成又癞又麻才怪呢。"石生故意吐舌道:"癞师姊,莫生气。谁要长上你这副人见了吓得倒退三尺的尊容,莫说外人,自己先就恶心。管他小姑娘不小姑娘呢,好歹落个干净相。"癞姑道:"石生近来道力未长,却学会了贫嘴薄舌。小师弟做了娃娃头,倒装得老实了。"金蝉道:"你们拌嘴,没我的事,我不疤不麻,也不像小姑娘,牵扯我做甚?"众人闻言,又见癞姑天生丑怪之状,俱都忍俊不已。

第二三七回

云山无恙　道侣修真
玉牒生芒　妖尸惧祸

易静等十一人一路说笑，不觉飞入中土，到了四川境内，方各辞别分手。

金、石、甄、易、阿童、灵奇一行八人，带了陷空岛所得灵药，自去医治伤员，送灵奇往衡岳拜师，并往各地寻找洞府。情节新奇，暂且留为后叙。

易静、癫姑、李英琼三人，与金、石等八人分手以后，便急催遁光，往依还岭赶去。遁光迅速，不消多时，便已到达岭上。只见空山无人，水流花开，表面看去静悄悄的，依旧一片清丽灵淑的仙境，毫无异状，也看不到一点妖邪之气。

易静觉得金兔仙子辛凌霄有点过甚其词，意欲揭开幻波池上面奇树探看。癫姑知易静平日虽然性傲，毕竟久经大敌，见识得多，遇起事来，仍是谋定后动。这次对于幻波池妖邪，却轻率躁妄，连静琼谷还未到，门人一个未见，便想探看池底动静，好似有些反常。想起师父道书上附载的预示，觉着不似佳兆，忙劝阻道："看辛凌霄神情，所说不似虚假，就说故甚其词，也不能全属子虚。妖尸所勾结的外邪，必已深入仙府。师父仙示所限年月，相差甚远，如若就此下手诛戮妖尸，时机未到，必无成功之望，徒违师命，于事无补。师姊既不打算下去，单看一眼，有甚用处？静琼谷中诸弟子尚未相见，只是远望谷中，禁制未破，此间已有妖邪往来，辛凌霄又曾与诸弟子打过交道，我们离山日久，知是如何？好歹先回洞去，问明之后，再作计较，何苦打草惊蛇呢？"说时因恐艳尸崔盈邪法高强，机警异常，所勾结的妖党决非弱者，特用本门传声之法，免被警觉。

易静自从上次随李宁父女入内取宝，几乎为圣姑仙法所败，心便有些不快。闻言想起师谕，知圣姑平生言出必践，不到所限除妖日期，妄自入内，必受挫折，心中老大不服。暗忖："圣姑原是旁门出身，后虽成道，仍非上乘正宗。加以前孽未尽，又在洞中羁滞数百年，直到孽满，助她的人到来，除了妖尸,方始功行圆满,证果飞升。又闻她昔年性情孤僻,刚愎自信,说了便做,就错也无反悔。妖尸已为所杀,不早将形神消灭,情甘沉滞数百年,姑息养奸,使其养痈遗患,只因当初一句无心之言的缘故。如今妖尸已近复体重生,此时除她,羽毛未丰,自较容易,并且有机可乘。不早下手,等气候成长,不特除她艰难,更不知有多少人受害。别人费了心力,为之除害消孽,莫非为限日期还差两三年,宁甘养痈遗患,听凭妖尸坐大为恶,无人能制,无形中造下许多孽因,身受其累?对于除妖的人,不特不在暗中相助,反倒作梗,未免不近情理。果真如此,自己也可以大义责难,料她说不过去。

"师父想因圣姑是洞中主人,慨然将仙洞相让,并把生平聚敛的法宝、道书全数留赠,不便不依照主人意旨行事;同时又想借此磨炼门人。虽有'不到日期,不可妄入'之言,但又附有'如因自昧仙机,误入险境陷身,不能脱去,速将所赐灵符如法施为,便可保身待援'等语。那灵符又只自己独有,分明早已算定自己必在事前入内无疑。此事,师父只命自己和癞姑、英琼三人主持,也未提到须人相助的话。

"妖尸神通广大,不在此时乘机入内,将来定更难制。至于上次取宝受挫,是因为不知内中埋伏虚实,禁制重重,变化相生,事前又无甚戒备,所以几乎吃亏。自从开府,得了本门真传,在静琼谷修炼了些日,功力已大精进;洞中虚实和诸般埋伏妙用,也俱由师父详为指点。再将前师所传之宝,预先取出,防身备用;再隐去身形入内,小心戒备行事,自信便是圣姑为敌,也奈何不得,何况断无暗助妖尸,与己为敌之理。如能就此除去妖尸,自是绝妙;如若妖尸仗着圣姑原设埋伏禁制,防护隐蔽,暂难如愿,好歹也将几件最关紧要的法宝、道书先盗到手,以免日后落于妖尸和有力妖党之手,并雪上次受挫之耻。只是两师妹俱都谨慎,且先不与明言,事成之后再说。"

易静主意打定,因没把池中妖邪看得太重,心里又正盘算下手之策,便脱口笑答道:"谷口禁制未动,可知池底妖邪伎俩有限,师妹未免过于小心。我原以顺便探看下面有无异状,既然如此,速返静琼谷,问明红儿他们,再议也好。"说罢,随往静琼谷飞去。

其实易静因为上次负气,自恃劫后重修,法力高强,未免轻视仇敌。实则艳尸崔盈和新勾结诸同党,个个厉害,妖气全吃行法隐去,不露一毫行迹。对静琼谷诸人不肯加害,乃是别有顾忌,否则早已一个也难幸免。而易静等三人降落商谈之地,相隔幻波池不过一箭之遥,虽未行抵池边,三人言动,早被下面轮守的妖人用妖法窥了去。妖尸原意,不到功候十分完满,全身禁制

187

脱去,能够飞腾变化,随意出入游行,并将仙钥和那几件异宝奇珍一齐取到,决不多事,免生枝节,贻误全局。可是敌人真要寻上门来,那也不能容忍,乐得借用圣姑所留禁制,诱使入伏,来一个除一个解恨。当时轮守的又是妖党中比较凶狠的一个,一旦开池,便会立即暴起。虽然三人不至于败,但一经交手,开了争端,静琼谷便无宁日了。当三人走时,那妖人正仰着一张狰狞丑脸,目射凶光,隔着池上飞瀑奇景,向上冷笑。三人一个也未觉察,晃眼飞抵谷上。

英琼觉着神雕奉命每日飞空守望,就说隐去身形,怎见自己回山,不曾亲身来迎?心中一动,已随易静、癞姑一同飞下。刚过禁网,一眼瞥见众弟子俱在洞外疏林之中踞石坐谈,神情似颇不安。神雕钢羽独立在林侧怪石之上,比较安详。见三人突然飞降,俱都喜出望外,纷纷出迎,拜倒在地。英琼笑道:"你们怎不用功,在此做甚?"袁星随众起立,首先答道:"弟子等因连日危机隐伏,山中多事,正由上官师妹教那先天乙木禁制,就便聚在一起,小心戒备,以防万一呢。"癞姑笑道:"这猴儿说话没个条理,琼妹也不找个明白人问话。"易静便命众弟子一同入内详说。癞姑拦道:"先莫进去,他们既守在此,必有原因,且问明了再说。"随唤刘遇安述说经过。

原来众弟子自从三位师长行后,先照所说,在洞中修炼,极少出谷。只神雕隐身高空,环飞瞭望,一连数日,山中俱无异兆。这日众人做完早课,天已黄昏,正去洞外竹林旁闲谈说笑,等候新月。忽见神雕飞下,向袁星说:"适才发现二妖人直入幻波池内,等了好一会,不见出来。"因师命不许多事,自知力弱,头一次听过,也就丢开。哪知第二日起,四五日内,神雕又在空中接连看见好几起妖人在池底进出。米、刘、袁、上官诸人听此情形,知道池底仙府已被妖法攻破,妖尸已在啸聚妖党,准备脱困作怪。静琼谷相去不远,早晚必来生事。又多存有贪功之念,自恃能够隐形,只要不和妖人动手,就不致被看破。因池中妖党不时由下飞上,却不远走,只在隐秘之处低语密议,看去与池中妖尸不似同心同德。神雕当日还见先有两人正在岭东南危崖之下避人密谈,随后又有二男一女同往无心相遇,两下里互语,均带愤容。因看出对方人多势众,邪法颇强,恐引到谷中,防其警觉,未敢近前。五妖人匆匆各散,俱向山外飞去,过了片时,又都回转。分明这些妖党与艳尸崔盈多是表面勾结,并非真诚联合。不是心有叵测,各有贪图,便是妖尸仗着淫艳狐媚,并以洞内藏珍为饵,施展权术,使众妖邪专为自己一人效命,互相疑贰猜忌,以便操纵利用。

众人算计师长苗疆之行，不久即回，既想窥探一点虚实，又以所居密迩妖窟，防其有甚图谋，先探明了真情，好有准备应付。加以神雕再三告知众人隐形窥伺无妨，但妖人中颇有能者，遇上必须知机远避，不可近前交手，尤忌开池探看。众人知它素来性傲恃强，新近脱毛换胎以后，功候日深，寻常妖人决不在它心上，它尚如此小心，可知厉害。因此去时也颇谨慎，议定四人分作两起，一起留守，一起往探，互相轮流，稍有警兆，立即驰回自保。哪知去守伺了三日，一个妖人也未遇上，幻波池仍是好好的，看不出一丝邪气上腾。如非知道神雕虽喜与袁星相戏，对于别的同门却互相敬重，不会向众虚言，直要疑是说诳取笑了。

　　这日上官红和袁星一起前往窥伺，因自闻报以后，长日守伺，毫无迹兆，未免胆大疏忽了些。又想起神雕曾说，妖人时往岭东危崖之下密议，袁星便去往岭东，只上官红一人在池旁守伺。先照易静所传法术隐形，本不致被人看出。因是久候无迹，忽然想起："本来所习隐形、飞遁之术，听师父说甚是神妙。虽然用时必须心中默记灵符，始能生效，美中不足；但是将来功候一到，或是将来把妖尸夺去的那本道书重又夺回，看过悟出妙用，便无此弊。行时还嘱随时勤习，自从师父走后，日随诸师兄修道炼法，闲来便自聚谈，一直不曾重温旧业。反正无事，何不就便演习。"

　　上官红想到这里，因二法不能同时并用，还算谨慎，惟恐池底妖人万一就在这交替行法瞬息之间，突然冲波飞起，被其撞见，特避开正面，走向离池稍远的怪石之后，四顾无人，以为上有神雕隐形巡视，便撤去易静所传隐形之法，演习宝镜。哪知事有凑巧，正赶上卫仙客、辛凌霄夫妻来此窥探，不期而遇。

　　原来卫仙客、辛凌霄夫妻因为上次幻波池盗宝，自恃法力高强，不把圣姑禁止男子入她内宫禁地，觊觎藏珍的遗言放在心上；又以心贪，不愿外人分润，意欲独得，只夫妻二人同往，不约同道相助，以致陷身池内，宝未盗成，反耗损了许多真元，如非易、李二人相救，几遭不测。匆匆逃出以后，夫妻二人劫运将临，不特恨极了圣姑，因易、李二人救他们稍晚，致被毁去多年功行，同样恨之入骨。又以脱困时所见二女行径，虽不似深知洞中细底，但是此事极秘，海内外修道之士休说全知，便知道有那地方的，都寥若晨星。自己既想入内，如不深悉内中微妙，以及对付各层埋伏禁制的法术、法宝，多高法力也是无用。这两女既能深入，总知道几分虚实，寝宫宝库重地虽然难进，藏珍必被夺去不少。于是由妒生恨，又加了一层仇怨。后来虽访查出二女是峨眉女弟子中能手,救他们先实无法下手,并非有心见死不救。那守在门外,被自己用千金铊撞了一下没撞伤,反几乎吃了他亏的那和尚,竟是白眉禅师弟子李宁。情知铸错,无如利令智昏,又仗恃昔年先师钟爱,遗赐了好几件厉害法宝和原习的几种大法,因一入内便已被困,心身受禁,全未用上,近年又交结了两三个法力极高的前辈散仙,越想越不死心。尽管知非禅师、钟先生、游龙子、韦少少、小髯客向善等一干同门师兄看出他夫妻劫运将临,倒行逆施,苦口相劝,终是阳奉阴违,执迷不悟。因闻艳尸崔盈将要复体回生,圣姑藏珍除几件最重要的和一部道书外,好些法宝俱被前遇二女得去,由教祖妙一真人分赐诸女弟子,不久恐还要再去,心中愤妒,图谋更急。

夫妻二人回山以后,便自闭洞府,静修养息了数月,重新准备停当。鉴于上次人单势孤,没有成功,反倒受伤惨重,稍微存了点戒心。但因洞中藏珍已被二女得去多半,所存有限,尤其那部道书和几件重宝,不舍分润外人,夫妻计议,先往窥探一次。如仍原样,妖尸气候未成,不曾勾结外邪入内,元神尚在强力禁制之中,不能随意变化作祟,便不寻人相助,凭着熟路轻车,小心戒备,当时下手行事;外邪如已引进,妖尸必已行动自如,能够就着原有禁制抵御,便难成功,妄入反有危险,瞥出自己少得,立即回转,寻人相助。因为妖尸回生期近,事隔数月,虚实难知,去时隐了身形。

夫妻二人原是正派门下有道之士,此时不过运数将终,不能自制,失了常度。飞到依还岭上空,老远发现离池不远,有一少女身形,由隐而现。先疑是妖尸勾来的党羽,赶紧隐身,飞近落下。细一查看,身形已隐,觉得那女子丰神秀朗,仙骨珊珊,休说是尘世所无,便月宫倩女素娥,料想也不过如是,不禁大为惊异。自己形声隐秘,看那少女情景,不似因为人来受惊隐去,知她不久还要复现。

等了一会,不见动静,只得先自入池窥探。哪知下面竟有妖人设坛防守,陷阱隐秘,邪法十分厉害。尚幸存有戒心,径借水遁穿入,不曾揭树开池。刚越过上面层波,瞥见池底似有异状,立即知机,停身空中,向下查看。那妖人法坛设在中洞门内,不近前真看不出。可是只要降到中部,便入了禁网。来人法力再若高强,邪法不能加害,便即诱入内洞,由妖尸发动原有禁制埋伏,将人擒去,决无幸免。

而且事有凑巧,因在三日以前,众妖人受妖尸愚弄蛊惑,互相疑忌仇杀,起了一次火并。内中有两妖人看破妖尸淫凶阴毒,背人去往上面密计,竟欲乘虚盗宝,背叛逃走。被妖尸警觉,用以立威,欲取姑与,故意示人以隙,暗中嗾使守门的同党，等二人盗宝逃出，快要上升，突然发动邪法。两妖人中的一个知那守门妖党最是凶毒，已为妖尸所惑，甘心效死，贪色轻友，一落彼手，必受惨祸，决无情义可言，所以一见不妙，立即舍身，自行兵解，元神遁去。另一个自恃与那妖人多年同道至友，至多所盗法宝被其截留，听上几句难堪的话，不致便下毒手。没想到对方受妖尸播弄，本已嫉恨成仇，见他负盟盗宝，乐得假公济私；加以妖尸在旁使上一些妖淫恶毒的手腕，一挑逗，怒火妒焰一齐狂炽，立以毒手相加。那一妖人偏又法力不弱，一见对方翻脸，也即暴怒，施展全力相抗，闹得两败俱伤。结局是妖尸见计已遂，立即变脸，假说逃人无情无义，忍无可忍，难再保全，随施邪法，帮助守门妖人将逃的一个制住。这一来，既报了叛她之仇，又立了威，使众妖人知她本身法力，圣姑禁制不曾全解尚且如此，以后稍有违忤，便是榜样。

那守门妖人因吃逃人厉害法宝所伤，断去一手，心中恨极，不肯令其就死。遂向妖尸将人要过，由其尽情报复，连用毒刑，残虐了三四日还是未死。逃人始而拼死咒骂，后实禁受不住，又改为乞怜。无奈仇人一味横加酷刑，全不答理。洞中众妖人见状，多被镇住，各自俯首下心，听凭妖尸玩弄于股掌之上，不敢心生二意。连日来上官红等不见有人出入，便因众妖人触目惊心，不敢似前任意出入行动，以防妖尸生疑之故。

这时逃人正被妖法吊在门内不远一个法环之上。那门本是关着，守门妖人性最凶横狂傲，巴不得有人下来入网，立功逞能。因妖尸又有"来人足不沾地，不许下手"之命，近日特地将门开放。卫仙客夫妻见中洞门开着，知道前遇李宁等老少诸人离开时，还将洞门封闭，不曾听其大开，心已觉异，遁光略停，便闻洞内惨痛呻吟之声。试探着往对面贴壁稍稍下降，往门里一看，内中竟还设有法坛。二人是行家，看出邪法厉害，就说能破，也极费事，底下还不知如何应付，非寻帮手，决难成功。于是立即冲波飞出，夫妻二人议定，分头寻人相助。

快分手时，金凫仙子辛凌霄因为爱才，忽想起来时所见青衣少女，动了爱怜。又想："这等地方有此女子，必非无故。"意欲探查她的来历，如能收归自己门下，岂非快事？便和丈夫说了，重又回转，正赶上上官红在演习宝镜。上官红人本极美，拜师以后，服了易静所赐灵丹，身上绿毛已差不多退尽，现出本来面目。又置身在这等水碧山青、百花怒放的仙山灵域，人面花光，互相映照，越显得玉貌珠辉，容光绝世。辛凌霄先已惊为天人，这时仔细近看，越发爱极。正恐其又隐，忽听遥天隐隐破空之声，直向岭上驰来，天边已见乌金色云光移动。知有妖人飞到，立即乘机现身，口里低喝："你那隐身法无用，妖人来了，还不随我急速避开。"话未说完，便施展法术，拉了上官红，一同隐形飞起。

上官红无甚经历，这时手还拿着那面宝镜，向天照着神雕踪迹，法力虽差，尚未听出破空之声，无心中却瞥见镜中现出乌金云光。心方一动，面前忽有一位云裳霞裾、满身珠光宝气的女子，发话示警。紧跟着，身子便被摄走。事虽突如其来，因见对方玉立长身，服饰容貌俱与心目中想象仙女相似，词意又极关切，不似含有恶意；况且天边恰有警兆，上官红身子飞起，便听破空之声甚厉，由远而近，妖人已将到达，所去恰又是静琼谷的归路，诸般巧合，看出绝无恶意。久闻师长同门最多，经常不断来往，以为对方必是师父的同门姊妹偶然来访，或是有事来此无心相遇，发现来了妖人，恐为所伤，故而不及通名详说，先将她脱离险地。所以上官红心还感激，并未抗拒。

辛凌霄有意觅地询问此女来历，无心飞往谷中，仙法禁制，外人又不能看出，相隔还有里许，便自降落。上官红回顾那片乌金色云光，神速已极，早已飞近，往幻波池底落下，一晃无迹。见那女子未到谷口，便自降落，忽动灵机，心想："此女如是自己人，怎在这里落下？管她有多好意，还是问明再说。"心念才动，辛凌霄已先说道："我有话说，妖人已入幻波池，这里僻静，不会被他寻见；便是寻来，有我在此，也是无妨。你安心回答，无须再隐身了。"上官红何等灵慧，闻言心又一动，更留了神。随躬身施礼道："小女子上官红，一向便住此山，池中妖邪，早知一二。适往窥探，偶然无聊，演习圣姑所传隐身之法。不知仙姑法号来历，因何将小女子带来此地？尚乞见示。"

辛凌霄觉出上官红无甚法力，所习隐身法却奇特，匆匆竟看不出深浅，估量必非峨眉门下派来窥探妖尸的女弟子，心里还暗喜。满拟危言耸听，以救她出险见好，哪知对方并不见情。所习飞遁、隐形之术，竟是圣姑传授，不禁大惊。暗忖："圣姑法力何等广大，并且坐化已数百年。此女根骨虽是极佳，法力觉极平常，年纪又轻，怎会是她的门下？如说是假，妖穴密迹，池底艳尸和新勾结的妖人邪法均极厉害，此女竟敢在此窥伺，又自称知道池中底细，岂非怪事？"正寻思间，猛想起圣姑为佛女，此女却是道装，分明诈语。如在平日，辛凌霄听到对方这等答法，心必不快。只因爱极上官红，又想探询详细来历和洞中妖邪虚实，仍笑问道："你是圣姑弟子么？我只知她有一孽徒，便是现在盘踞洞中妖尸崔盈，怎未听说有你？你是几时投到她门下的？"

上官红虽已觉出对方不像是本门师伯叔，却也不是对己含有恶意的左道妖邪,便随口答道:"我先住本山不多几年,前年才蒙圣姑慈悲,传我道法,奉命在本山修炼,等候时机到来,随同诸位师长诛除妖尸。因见连日洞中时有妖党出没,前往隐形窥伺,巧遇仙姑驾临到此。适才那片乌金色妖云,便仙姑不提醒,小女子也看见了。仙姑法号仙乡,能见示么?"

辛凌霄见她秀外慧中,说话清婉,本已越看越爱,闻言,觉着所说又似不虚。只不知圣姑遗偈,为了妖尸延误功行,尸解以后,元神虽仍在洞内,但她因为以前误入歧途,为了参修上乘正果,自将元神禁闭,在内坐关,不特不能外出行动,连以前法宝、法术俱已不用。洞中一切埋伏禁制,俱是昔年默运玄功,推算未来,预为设置,到时自然运动。妖尸或可就势利用,圣姑本人反难施为。这又不是寻常入定,元神可以随意行事,连话都没法和人说,怎会出洞收徒,传授道法? 老大不解。想了想,又盘问道:"圣姑尸解多年,修持佛家最苦最难的戒行,以备战胜万魔,飞升极乐。妖尸未伏诛以前,怎会传你道法?"

上官红见她盘诘不已,含糊答道:"小女子前此无意闲游,误入一洞,迷路不出,幸得圣姑梦中传授,才学会的。醒来,人已卧在洞外了。"辛凌霄闻言,才始恍然大悟。知道圣姑这多年来苦修,不特战胜诸天七魔,并且元神成真,已能化身千亿,完满佛家最上乘功果,连那原有法体,都在可有可无之间。为践昔年誓言,虽仍必须等到妖尸就戮,始行飞升,而法力神通已不可思议。照她昔年愤语,已不再收徒弟,只将洞府和内中藏珍留赐诛戮妖尸,代完心愿之人。如今功行完满,更无收徒之理。必是此女误入仙府,被困禁地,圣姑怜她资质,破例放出,稍传道法,以待遇合,必非真个收徒。否则早令受戒皈依,决不任她着道家装束了。

辛凌霄想到这里,心中越喜,笑道:"我原想呢,圣姑已将证果飞升,怎会收你为徒? 我金凫仙子辛凌霄,乃昆仑派居长一辈的仙人。知非禅师、钟先生、韦少少、向善、卫仙客诸仙及本门长老,均我同辈。你年轻道浅,我所说几位仙长,量你未必知晓。我因见你凤根很厚,身有仙骨,颇堪造就。那圣姑直到妖尸伏诛飞升,你也未必能见得到一面,拜师更是休想。这里不是善地。去年洞门禁闭,外邪不入,尚还可住。自从数月前被峨眉门下几个无知后辈觊觎洞中藏珍,入内盗宝,将洞门禁法破去,走时虽然封闭,但是法力太差,樊篱已撤,以致妖尸勾引外邪,乘隙侵入。洞中妖党,想必不少,个个厉害。你先前所见乌金色云光,来头更大,只要被他的妖光一照,多好隐形,全失灵效。凭你这点法力,一人在此,凶多吉少,早晚必落妖尸之手。我与圣姑遗偈隐语中的除妖之人相符,今日同一道友卫仙客,已往池底探看了一次,因见妖党太多,意欲一网打尽,不久便约了同道前来,诛戮妖尸及诸妖党。圣姑命你守候时机,分明指的是我。今日巧遇,乃是前缘,何不拜我为师,随我同往仙山修炼? 等时机一到,随同除妖,入居仙府,以求仙业,不是很好么?"

上官红以前曾听易、李二师谈过前在幻波池取宝之事,一听对方自称昆仑派女仙,便疑是师父所救少年男女。再听说同来还有一个男子,暗忖:"师父原说,那少年男女乃昆仑派中能手,虽在洞中受伤挫折,并未死心,早晚仍要再来。这女子所说一切,均与相合,一定是前番来人无疑。这两夫妻虽是正教中人,心却歹毒,恩将仇报。这等人竟妄想收我为徒,岂非做梦? 她曾用法宝暗算李师爷爷,今日相遇,正可气她几句。好在离谷已近,师父曾说,圣姑所传隐形飞遁之法只要施为,多厉害的妖人也无法寻觅;谷口又有禁制,举步即至。适才是彼暗我明,又误作好人,由她带了就走,没有反抗。只要留神戒备,怕她何来?"心念一动,故意笑答道:"原来道友便是前番往幻波池盗宝受伤的夫么? 我早听圣姑说过了。"

辛凌霄听她忽然前恭后倨,改称道友,又提起前番丢人的事,当时玉颊红生,心中气愤。本要发作,因听了末句,想知圣姑心意,只得忍气负愧听了下去。上官红见她面有愧色,也自暗中戒备,表面仍作不知,从容含笑接说道:"照圣姑的口气,将来承受仙府藏珍的,好似另有其人,与贤夫妇无干呢。"辛凌霄负气答道:"那人是谁?"上官红道:"人名我还不知,只知决不是你。我也只是圣姑门下暂时恩收的记名弟子,传我道时,便指了明路,命我等那应拜的师父到来,上前拜见,请她收录,只要照圣姑仙示一说,必蒙收录无疑。我当然得听圣姑之命。道友不弃菲质,自愿收录,自难应诺,盛情只好心感了。"

辛凌霄本在生气,因见上官红笑语天真,清丽若仙,实是心爱不过。又听口气,好似尚无遇合,暗忖:"此山离妖穴甚近,地绝隐僻。昔年岭上禁法未撤,更连空中路遇俱难发现,决无人在此隐居修炼。此女如有师父,必在本山,早已说出。她只说圣姑记名弟子,可见尚未拜师。如此美质,难得遇到,舍去可惜,莫又被峨眉派中人物色了去。管她是谁,反正法力绝不能抗自己。既然如此固执成见,好好劝说,想必不听。莫如索性行强相逼,如再不从,便强摄了走。只此女尚擅隐形飞遁之法,适才没看出她是什么家数,虽然初学,尚在频频演习,到底圣姑所传,未可轻视。万一破她不成,徒自打草惊蛇,被她遁去,反惹轻看。"

辛凌霄前念重起,暗用法力,下好禁制,然后突然变脸,佯怒喝道:"小女子,怎如此不知好歹?好心怜你资质不差,意欲引度到我门下,偏生执迷不悟。你如以为我也年轻道浅,不配做你师父,不妨将圣姑所传道法一一施为。休说我不能取胜,如禁制你不住,立时就走,任你甘受妖邪毒手,决不相强;我如破去你法,将你制住,立即拜我为师,免找无趣。再如倔强,不听良言,似你资质,在此久留,早晚必被妖邪擒去。你固孽由自作,但必多一妖女,为害人世。我以济世为怀,既然遇上,必不能容,只好防患未然,先用飞剑将你杀死,休怪我狠。"

上官红因连日与诸同门一齐修炼,生具仙根仙骨,功力既是精进,加以日听米、刘、袁三人述说本门两辈师长屡次除妖斗法经过,袁星又喜夸大,把乃师李英琼髫龄犯险,远涉荒山,拜师行道遇敌时的奇险惊人的经过,加倍渲染,说得天花乱坠,不禁潜移默化,激发勇气,把以前胆小习惯为之大变,反成了初生之犊不畏猛虎。此时心中鄙恨辛凌霄恩将仇报,只想代师出气,巧语嘲弄,一点不知敌人已然暗下禁网。闻言,也不生气,仍自浅笑嫣然,故做不经意之状,答道:"道友法力自然比我高强得多,况你我无仇无怨,斗的甚法?拜师收徒,原要两厢情愿,我既不知好歹,还强收我这徒弟则甚?我是否会被妖邪擒去,那也无劳道友费心。至于不拜你为师便要杀我,一则,你是出家人,无故妄杀好人,道犯清规,即此已是不配为人师表;再则,我想也无此容易。打你得过,你白丢人;打你不过,不会跑么?据我看来,你自命昆仑派前辈女仙,现放池底妖尸不敢寻她,对一末学后进强以暴力,苦苦相逼,胜也丢人,败也丢人,那是何苦?就我言语冒犯,也须看我师长于你多少有点好处,如何乘我师父不在,上门欺人?快自请吧。"

上官红说时,固不知敌人暗中设有禁制,辛凌霄也不知对方隐形飞遁之术神妙无比,饱受冷语讥嘲,本已怒发,终因爱才太甚,不忍立下辣手。正想再说几句,实在不行,方始给她一点苦吃,擒了就走。听到末句,只当所说师父是指圣姑,怒喝:"你那记名师父,我只闻名,不曾见过。除妖,照她遗偈所言,谁都可以依言行事,各凭法力,无所偏袒,对我有什么好处?"上官红笑道:"道友真个健忘,无怪走时会暗算我师爷爷。贤夫妇如不是我师父、师叔前番幻波池底救出,早被金、水二遁化解,形消神灭了,怎会说不相识呢?"

辛凌霄闻言,气往上撞。因觉上官红不像是峨眉女弟子,各长老既不会令一法力浅薄的后进单身来此,并且峨眉诸女弟子十九末学新进,未到收徒时期。此女去年才得圣姑传授了一点防身道法，令其等候时期。上次幻波池盗宝，易、李二人并无门徒，才隔数月之久，怎会收下此女？又令其日常孤身涉险，在此守伺妖尸动静？太不近情。虽疑上官红安心嘲弄，还拿不准是否仇敌门下，或者还有别情，便怒喝道："你不说圣姑是你师父么？还有何人？几时拜的？"上官红看出对方羞恼成怒，弓已引满，一触即发。一面准备逃路，答道："家师是女神婴，姓易名静。师叔乃李英琼。"辛凌霄闻言，才知自受戏侮，果是仇敌门下。当时暴怒气极之下，仍不肯放飞剑杀害，只想将人擒回山去，再行处治。口方喝得一声："贱婢敢尔！"把手一指。哪知上官红早想好，对方连师爷爷都敢暗算之后逃走，必难力敌，说完师长名姓，同时接说道："我不与你纠缠，失陪了。"声随人起，竟然隐形遁走。

辛凌霄没想到上官红会冲破禁网逃走，越发愤激，必欲惩处。忙纵遁光，照准飞遁方向，急急追去。这原是气愤不过，姑试为之，身形已隐，本心也不想一定追上。偏巧上官红逃路正对谷口，相隔里许，飞遁神速，眨眼即至。谷内外和上空均经易静法力封禁，外人看不见，也进不去。辛凌霄这一追，无意之中，正将谷口埋伏触动，遁光立被五色烟光裹紧，知道上当，又惊又怒。幸是法力高强，不在易静以下，但出不意，也已吃亏。正准备施展玄功强拼，忽听连声雕鸣，跟着便听前面有人说道："事已紧急，先放她进来，以免彼此均有不便。"

话未说完，四外烟光忽敛。定睛一看，身已飞进一条泉石清幽，竹木森秀的山谷之中。面前站定一个身着道装、背插双剑的大人猿，还有两个身材矮小、相貌丑陋的道人，各作戒备之容，似有待敌而动之势。因是敌人自行撤禁放入，不知深浅，是否诱敌，彼众我寡，未便造次。方欲喝问，猛又听到空中雕鸣。抬头一看，乃是两只人一般大的白雕，高踞在路侧危崖之上，健羽如霜，二目金光远射数丈，正注视自己。认出是白眉座下神禽，本来是一黑一白，不知怎会变了双白？除黑雕已归峨眉外，白雕永远随定禅师，向不离开，心料禅师多半在此；便是不在，此雕也是难斗。不禁大吃一惊，气便中馁，幸喜不曾冒失和对面二人一猿交手。想了想，索性忍气到底，问明缘由，再作计较。便把遁光收去，向两矮询问道："你们何人？此是何地？白眉座下神雕怎会在此？莫非老禅师也在这里么？"

两矮子还未及答，旁立人猿接口答道："我四人俱是峨眉门下。我三人师父姓李。你追那女子的师父姓易。你误触谷口禁网，本由你去。因在东崖久候妖人未来，正想回来寻人换班，刚到谷口，便见你和上官师妹吵嘴。

方要过去,我这位钢羽师兄忽然同了白眉太师祖座下白老先生隐身飞来,将我拉进谷里,言说:轩辕老怪门下妖徒为争艳尸,正与幻波池底妖邪火并,快要打出池上。如见你我斗法,妖徒因在池底受了妖尸一点闲气,无从发泄,必来生事。你已被禁法困住,他也正好浑水摸鱼,我师父又不在家,岂非彼此俱有不便?不管双方恩怨如何,总是玄门弟子,你又不是左道妖邪之比,为此收了禁法,将你放进。掩过一时,等妖徒被气走,再请你出去。有本事,最好等我们师父回来再打;否则,上官师妹就在你身旁杉树林里站着。她是天生好脾气,不喜欢无故和人交手,胆子又小,怕师父骂她,并非怕你。你真耍赖不依,你自到林中找她去也行。"

辛凌霄闻言,知道妖人与敌人两俱厉害,暂时势孤力薄,没法怄气。只得故示大方,冷笑道:"我对贱婢原是好意,她既有师长,便应明说,不该口出不逊。本想惩处她,既你们师长不在,暂时宽容;等你们师父回山,日后相见,再行处治便了。"袁星还欲反唇相讥,刘遇安比较持重,觉着此时危机隐伏,无事为妙,忙使眼色,插口道:"道友且请在那旁石上稍坐。事已过去,不值为两句闲言,便生计较。池中妖邪日益猖狂,还是各尽各力,早日除害,方是修道人行径,争这闲气何益?"辛凌霄不便再说别的,起身要走。米、刘、袁三人同声劝阻说:"外面妖人现正恶斗,只等池中妖人一死,轩辕妖徒立即负气而去,彼时再走不迟。"辛凌霄口说:"为防泄露机密,缓去无妨。"实则色厉内荏,也甚胆怯。三人中,袁星最爱说话,反向她问长问短。

辛凌霄见一猿猴,也有如此灵异,背插长剑,又是前古奇珍。方在暗中称奇,忽听身侧隐隐风雷之声过去,一片青色金光随声闪过。上官红突然现身,由林内含笑款步而出,近前没等开口,先施一礼,道了歉意。辛凌霄看出那是乙木遁法,与幻波池陷身的金水禁制,同是先天五遁之一。估量既是圣姑传授,威力必也差不多少,不禁大为骇异。又见上官红重又嬉皮笑脸,改倨为恭,真个急不得恼不得。暗忖:"峨眉真交好运,凡是良材美质,几乎全被网罗了去。尤其是此女修为才得几时,入门未久,竟有如此法力。幸是自己,稍差一点的遇上,只此乙木遁法,便非其敌。第三代入门不久的弟子已然如此,将来真不可限量。"正在赞服,猛想起池中盗宝之事:"敌人师徒竟然移巢在此,可知图谋已亟,再不下手,自己必要落空,岂不可惜?"欲念一起,利令智昏,忽生狡谋,意欲假手敌人,与妖尸鹬蚌相争,乘隙得利。因问不出易静等三人归期,假意相让,令四弟子师回告知,速往除妖。自己在暗中勾结能手,待机而动。

辛凌霄表面上和四人直似嫌怨悉捐，十分投机。挨到妖徒得胜回山，方始起身。因往北极，去寻卅南公求助，途遇易静诸人由陷空岛取药回来，看出是峨眉门下，意欲带话激将。不料遇见对头，又受了一番闲气。自此怨毒日深。既贪至宝，又复负气，不问如何，誓欲必得。不然甘与对手两败，亦非所惜。以致身败名裂，如非上官红到时略生知己之感，几于形神皆灭。此是后话，暂且不提。

易静等三人问完前事，易静道："既然妖人已走，你们不在洞中用功，还立洞外做甚？神雕钢羽怎不在空中巡望？"

袁星答道："那日白雕原奉白眉太师祖之命来此，说池底妖尸生得妖淫，加以圣姑所遗珍宝，启人觊觎。自从妖尸难满回生之信传出，引得各方妖邪一齐生心，俱想人、宝两得，并占据幻波池这座仙府。谁知妖尸天性淫毒，邪法又高，表面上来者不拒，一体收容，实则中意者少，除有限三两人外，全看不上，便用阴谋毒计，使其自相火并。就师伯、师父去这些日，已然残杀了不少。可是那些妖人也真犯贱，不知自量，仍是陆续求之不已。最厉害的，便是轩辕老怪门下两个妖徒。

"前日钢羽师兄便是觉出危机已伏，师伯、师父不在，恐弟子等吃不住，想寻各位师伯叔请示。行至途中，正遇白雕，一同飞来。据说当日只要到晚一步，谷口禁法吃妖人发现，立即从此多事。白雕言说，只要上官师妹一人小心运用隐形飞遁之术，不露行迹，尚可无事。余下如遇轩辕妖徒之类邪法厉害的能手，稍不见机，吃那妖光一照，立即现形。钢羽师兄已会玄功变化，虽然比较好些，终非其敌。在师伯、师父未回以前，无论是谁，最好谨守不出惹事为妙，等师父、师伯回来一月以后，便无妨了。上官师妹所习乙木禁制，御敌却大有用，令各加功勤习，以防万一。行时，并嘱转告师伯，妖尸气运未终，还有两年多才得伏诛，此时除她，只是徒劳。圣姑法力高深，一切未来之事，早已算就，细极毫芒，无不应验。一个妖尸，不论闹得多凶，就算勉强复体，也有一点牵制，直到孽满伏诛，决不能离洞一步。

"妖尸自己也知道圣姑佛法厉害，总想在她遭报以前，苦用心力，死里逃生。为此，百计千方，勾结妖党，无论是谁，只要能到时使她脱离，便即真心归附。她在洞中已然住得万分苦恼，对于圣姑又恨又怕，只是心胆早寒，不敢妄自报复罢了。本心只要能脱去身心禁制，立即远走高飞，甚至连那洞中藏珍得失，均未在意。但是目前正邪双方多不知她心理。尤其那班妖邪，俱妄以为她要就着圣姑原有基业和遗留下的法宝、道书，收集徒党，增厚势力，以便创立邪教，为所欲为，以致格格不入。妖邪们受人愚弄，还不自知，俱当妖尸对他看重，甘为效死。没想到妖尸如非暂时还有利用之处，早就送他们上死路了。妖尸多年静修，也颇知道前非，屡欲回头归正，无如孽重罪大。

　　"当初圣姑爱她美貌聪明，明知本性难移，偏欲以人胜天，因此造下许多孽因。后来圣姑三次宽免，看出不能改悔，自己还须为她迟却多年飞升，方始迫令兵解。妖尸遭劫以前，圣姑最后一次命其面壁九年，忏悔前恶，就便令其皈依。彼时妖尸执迷不悟，错过千载一时的良机。以前神通，多是佛家旁门道法和自己私向外人偷习的淫邪之术。虽在上年乘圣姑传授上官师妹时，夺走了半部道书，稍知门径，有些省悟，但是陷溺已深，无法自拔。又不知那是圣姑为应前言，假手上官师妹，给她万分一线的生机。空自习了年余，终以不舍弃旧从新，邪正相混，道浅魔高，难期将满，欲念重炽，自趋死亡之路，再不回头了。

　　"妖尸最中意的，便是轩辕妖徒和另一姓古的妖人。妖人吃醋气走，乃是妖尸故意激将之故，早晚仍要回来。请师伯在此期间内，最好不理他们哩。"

　　易静闻言，只觉袁星别不多日，不特面上道气益然，功力越发精进，而且谈吐也较别前更有条理。对于后半所说，并未在意。便命众弟子入洞，只留神雕洞外守望，以防万一。师徒七人到了洞内，易、李二人见众弟子按照本门心法修炼，为日无多，进境甚速，尤以上官红、袁星为最。问知四人互相观摩，彼此奋勉勤修，大是嘉许，慰勉了几句，又把三人此行经历告知。

　　癫姑料定，金氹仙子辛凌霄海上相遇时，受了讥刺，必然激怒，夫妻二人日内必约能手前来。自己正好坐山观虎斗，就便查看妖尸与所勾结的妖党法力深浅，以为异日之计。不等易静开口重提往探妖窟之事，便行设词劝阻。易静虽未把白眉禅师命白神雕传来的话放在心上，还是老想起前番和李英琼幻波池取宝之事。英琼末学新进，反倒成功；自己道行法力俱比英琼要高得多，反倒受了挫折，觉着难过。对于圣姑也有些不服，存着几分敌意。自负法力和师传七宝妙用，以为一任艳尸崔盈和圣姑洞底埋伏禁制多么厉害，决不能比赤身教主鸠盘婆和这次红发老祖还要神通广大，圣姑又正坐着死关，所有禁制均是昔年预设，无人主持运用，没有别人牵累顾虑。凭着自己神通变化，又有前番经历，洞中虚实妙用多半识得，不比以前一无所知，此去至多无甚大就，断无失陷之理。因此始终不曾死心，屡欲背着众人，独自乘隙入池一探。但是癫姑善于词令，相处这些时，把易静脾气摸准。知她率真任性,尽管和鸠盘婆结仇相斗,遭了一次大难,回山苦练多年,炼就元婴,功力大进,依然改不了好胜的天性。因此并不明劝说妖尸厉害,埋伏凶险,只借卫仙客夫妻为题,措词极为得体。易静虽是数中该经过这场厄难,过于恃强任性,毕竟不是浅薄之流,一听所说甚为有理,竟把前念打消,想等卫仙客夫妻和妖尸妖党斗过,再行相机下手。

这时艳尸崔盈,自从同党两次火并之后,默想近日经历,有好些事俱似不在圣姑给自己所留的玉牒预言之内,心中有了希冀。原本觉着圣姑法力高深,凡事前知,曾说自己结果至惨。这些年来,除了由一位误入禁地、不知姓名的女子手内夺下那半部道书,玉牒上不曾提到的外,几乎无事不应验。因此终日忧惧,不能安心。但自得了道书以后,好些事故,玉牒上均未载及。加以修炼勤奋,脱难复体之期也只剩三年,现时已能行动自如。如非想要恢复昔年十全十美,秾粹美艳之质,已然试过两次,随时均可复体重生。只是元灵仍受一点禁制,怎么用尽心力,满洞搜查,也查不出那禁制自己法物所在。这还是因惊弓之鸟,畏惧仇人,惟恐出洞应了仇人诅咒预言,胆小谨慎之故;否则,就此出洞游行,也非难事。至于运用玄功,神通变化,功力只有较前还更精进。现在别的不盼,只盼以后经历不落圣姑算中,那便是仇人昔年法力推算,尚有不到之处。事虽被她十九算准,设下种种陷阱,但对于自己的潜心苦练,人定胜天,超出定数以外,又得道书之力,赶前两三年脱劫,以及借用外力相助一切,却未算出。只要真个如此,立即有隙可乘,不特免难脱劫,复体重生,一定如愿,并还可以毁她法体遗蜕,乘其元神入定,正坐死关,即以其人之道,还治其人之身,报复这多年杀身禁锢深仇,均可称心而为,岂非绝妙?

妖尸想到这里,勾动前仇,顿生恶念。意欲试探着开启圣姑藏珍之室,窥伺法体,看看有无阻碍。如无异状,可知圣姑当年不是不善谋人,拙于谋己,便是道法高深,不如所疑之甚。那便立下毒手,先与洞中两个邪法高强的妖党合力,破去防护圣姑法体的禁制,然后攻破元关禁锢元神,拼着数十年苦功,用妖法将她炼成灰烟,报仇泄恨。但震于圣姑威力,道法神妙,不可思议,总是胆怯,临动手时,忽又变计,改用狐媚阴毒之策,唆使两妖党代为行事。那两妖党都经她平日色授魂与,虽以妖尸心中鄙恶,又以不到脱难的时候,怕污了仙府,转误大事,只在暗中分别示意,委身下嫁。一面推说原体未复,妄自交合,既误前修,而自己生平最得意的诸般奇趣,也无从使人领略。巧语搪塞,未使沾身。但二妖党俱已色令智昏,心迷神荡,其欲逐逐,各

200

自视为禁脔,巴不得她早日脱难复体,尽性狂欢,享受奇艳。因那禁制妖尸元灵的法物苦寻未获,恨不得各告奋勇,欲用自身法力,不问青红皂白,先把圣姑的戒体元神毁去,除了祸害。不过多加一分小心,使妖尸立时复体重生,决可无虑。只为妖尸知事难行,故意卖好,说恐妖党犯险,仇人禁法厉害,不可妄动,极力劝阻。二妖已被玩弄,无异婴童,不敢拂意而行,心还怏怏,好似两只饿极了的饥猫,明明看着一条活蹦乱跳的肥鱼在口角边撩来撩去,只没法唷咬一口。好容易听她露出一丝口风,俱认作立功博宠的惟一良机,双方争抢,谁也不肯落后。

妖尸知两妖党法力不相上下,本是没有把握的事,惟恐同归于尽。剩下几个日前因火并受伤残废的无用之辈,以后遇事,无可为助。又恐阴毒过甚,巧使入阱,全数丧亡,使别的有力妖邪视同祸水,闻风却步。始而仍是劝阻,以示二人自己冒失,甘为效死,与己无干。等二妖党非去不可,怒发力争,再用猜谜之法定一先后,约日行事。暗中再打叠起柔情蜜意,无限风流。一面鼓励去的一个。一面再对后去的一个说自己真心相告,默认作千秋仙侣,知道此事吉凶难卜,不舍他去犯此奇险。而去的一个,虽是真心爱自己,却是一头热,自己不爱此人。但是此人纠缠不清,自己身在难中,须人相助,不便得罪。又说:"幸你见谅,知我真心,不与此人明斗,才得勉强相安。但我厌恶此人,他既不怕死,乐得听任他勉为其难。如能成功,复体以后,事仍在我。彼时我已回生,就委身于你,夫妻合力,他也无可如何。如若因此受伤,他夸海口在前,自然无颜和你相争;再如送命,更是孽由自作,去我夫妻两人的心病。他如不行,你就能有成望,我也不舍你为我犯险,只好另作别计。虽然毁了他,却保全了你,岂非一举两得? 不问他的成败,你我仍是一双两好,地久天长。本心是想,他虽惹厌,对我总是忠心,虽说你恨他,我也不愿他去送死犯险。偏你两人全都自恃,劝阻不从,只得在你二人争时,暗中设计,使他占了先去,以便他如伤亡,你可知难而退。我原是真心爱你,看你特重,惟恐差失,用心良苦。你怎倒辜负我的深情,不知好歹厚薄,不高兴起来?"

二妖党经妖尸一番狐媚愚弄,益发死心塌地,心花怒放,各自把妖尸奉若天人,死活惟意。妖尸原以为有几分希望,并非真愿同党送死,到时除详说虚实避忌外,并出全力在外应援相助。谁知那妖党进去才入伏地,触了禁网,人便和卫仙客夫妻在小池中失陷一样,室中所设,又是丁甲木火二遁,当时便陷在法体前头,神灯里面。妖尸和众妖党在外凝望,只见一阵烟光变灭

201

处，人便不知去向。再看长明神灯，火焰头高起尺许，焰光中裹住一个寸许大小人影，在周身邪烟妖光环绕之下，正在手舞足蹈，好似奋勇对敌，高兴非常神气。知他已陷火遁之中，自己心神已迷，尚当破法将成，实则万无生路。妖尸虽然知道微妙，但以前受厄太多，心胆早寒，一则无此勇气；二则火中人是个左道妖邪，淫欲蒙心，灵智已迷，危机一发，毫无所知，正想起大功将成，可博妖尸欢心，恣情淫欲。不比卫仙客夫妇玄门正宗，元灵未昧，失陷不久，立即警觉，识得厉害，心有主宰，未被迷了本性。只要有一位法力较高、知道其中玄妙之人在侧，便可救出。这类埋伏，一经失足，陷身在内，虽也须人相救，但主要全仗自身省悟，心能自制，方可幸免。自己如不能警觉，外人便有天大法力，也无用处。妖尸和众妖党看出绝望，方在慌急无计，晃眼工夫，灯焰熊熊闪动，略一起落，焰中小人便似落在油锅沸汤以内，滚了几滚。紧跟着，灯焰往下矮，回了原状。小人却似残雪投火，只焰头上微飘散了一丝黑烟，立即形神皆化，无影无踪。

众妖党一见里面这等神奇厉害，俱吓得面面相觑，作声不得，休说争先，便妖尸叫进去，也不敢承应了。妖尸对于圣姑的一切设施，多半深悉，并不十分骇异。于是假意悲叹，说了些好听的话，又向落后妖党表示了些好意。然后借口修炼，退往自己停尸房内。正觉白葬送了一个得力同党，别的异状并未看见，到底自己以后是否仍落仇人算中，仍难查出。独个儿愁闷忧急，犯了本来穷凶极恶的乖戾之性，在房中厉声吼叫暴跳，咒骂了一阵。偶一眼瞥见正对尸榻壁上悬嵌的那两页对开的玉牒预言，妖尸仇深恨重，怒发如狂，无可宣泄，飞扑上去，一爪抓下，一声狞笑，露出白森森两排细白如玉的利齿，张开血也似红的樱口，便要咬去。猛又想起："这两页玉牒共是六十七行，备载自己三次受责以及兵解以后之事。当初仇人付与时，曾有几句偈语。大意说此牒与己共存共亡，只要上面金字不变，仍有万一之望；一旦变色，朱文如血，便是生机已绝，末劫起始；如果全篇六十七行字迹齐现血字，运数便尽，与牒同灭了。昨日看去，字尚金色，可见脱难并非无望。留着此物，不特可以考验成败，并还可使自己触目惊心，预为之备。凭空怒发，将它毁去，有甚益处？"

妖尸一向生性反复，喜怒无常。先时暴怒，原以兵解以后，元神又被禁锢多年，直到现在，虽用尽心力，去了许多束缚，但是最关紧要的元神仍似受有禁制。尤厉害的是随着心灵感应，不可端倪，也查不出设禁法物所在。只令自己知道厉害，要命也不敢离洞一步，又不敢试探出走。有时静心体会，直似身已自如,并未受甚禁制;可是别的尚可,只一动念,想要出洞,或是他往,立即万念横集,生出种种罣碍,无量恐怖。仿佛只有安分在此,或能苟延残喘;一出洞门,立即形消神灭,万劫不复。这无形之禁,心神忧苦,比起以前身受,还觉难耐。不时愤极暴怒,直如疯了一般,不能自制。暴性过后,又复怅然若失。这时正是老调重弹。

妖尸心念一动,跟着瞥见玉牒上现出几行红影。适才取下玉牒,意欲嚼碎泄愤时,看去尚是金字,如今突变红色,定是末路将临,决非佳兆。急得一手奋力抓胸,悲啸了一声,低头定睛一看,越发惊惶忧急起来。原来就这星眼怒突,一刹那的空儿,不特牒上字迹由金色变作了红色,并且六十七行字迹只剩了十分之一。牒上隐去原文的地方,却把自己由上官红手中夺了半部道书,直到当日心存叵测,阴谋毒计,愚弄妖党,毁坏法体,以及妖党惨死等情,差不多全以极简明的词句,记在上面。对自己未来之事,却是一字未提。那剩余十分之一的原文,仍是自己异日的恶报,单列在末几行内,字仍如血,更是鲜明。妖尸这才知道,自己的一举一动,仍落仇人算中。并且那道书乃圣姑昔年念在师徒一场,特加警戒;如今又念在自己在洞中受苦多年,特地假手上官红,给她一丝生机。当得书以后,只要自己肯革面洗心,立誓改邪归正,弃旧从新,照书修炼上两三年,另半部关系修为至重的也必现出,所有一切禁制身受也必在此时随同消灭。无如自己恶孽太重,三心二意,迷途不返,良机一失,就此趋入穷途。料定灭亡不远,越想越害怕,虽未遣散众妖党,却已背人向圣姑哭求哀告,许其自新。同时严嘱诸妖党,不特不许生事,连出洞门也在禁止之列。

易静等三人回山这一天,妖尸正在首鼠两端,举棋不定。一面恐劫难临身,苦求圣姑大发慈悲,赐以生路;一面又恐恶孽难消,圣姑不允,留着这些得力妖党,到底也多一层指望。此外还有被自己用计激走的一个最高明的人物,曾传乃师之命,锐身自任,保己无恙,也须这些人前往引来,不得不假以辞色,设计笼络。因是运数将终,竟没打定一个切实主意。其实正邪不能并立,成败关头,岂是可以双管齐下,取巧得的? 可是经此一来,凶焰大减,迥非与妖党勾结时那等兴妖作怪、猖狂气势了。

妖尸既因潜参圣姑遗偈预言,知道尽管气候已成,复体回生期近,这三数年短短光阴,晃眼即至,但在此期中,如若不能将仇人所下禁制一齐脱去,离开当地,逃往别处,仍有形神俱灭之祸。日常忧急惶惶,只是紧急修为,以待时机到来,奋力脱困,破壁飞去。认为所结纳的几个帮手,俱是左道中的能者,即使再多勾结几个,法力也不过如此。此外除非正教中的高人,才能较胜,但是双方无异水火,法力次的无用,法力高的只有为敌,决不会为己所用。自己又不能出外物色,无从下手。如和昔年在圣姑门下三次死里逃生一样,命中有救,人定胜天,凭着玄功变化,到时兴许能够出困逃走。或是仇人慈悲怜悯,一切经过俱是有意恐吓,使己悔惧回头,预言虽然应验,到了紧要关头,忽然改变,现出生机。有这内外两个得力党羽相助,足可够用。如再照着初念,准备一脱罗网,立即大举勾结许多同党,不特无甚益处,张扬太过,风声越闹越大,反而引起各正教中仇敌嫉视,前来作梗。并还要用心机延款笼络,多劳神智,延误修炼。

妖尸天性又复乖戾孤刻,眼界太高,任性行事,不能容众。更喜炫弄美色,以权诈惑人,引为得意。这些左道中人,妖尸十九看不起。来人品类不齐,偶然见了厌恶,立起杀机,势必和前些日一样,仗着美艳妖媚的惯伎,毒计离间,使这些见色迷心的蠢物互相火并残杀,以遂自己天生好杀的习性。人少自可操纵自如,死活由心。人数如多,来人又非弱者,多抱着人、宝两得的大欲而来,心性又多恶辣凶淫,一任如何工于媚惑,其势不能逐个玩弄于股掌之上,稍现破绽,必生内叛。自己不过自负奇美之质,喜欢颠倒众生,使人人甘为己死,引作至乐。又以禁闭洞中多年,愤郁不伸,非此不能快意出气。日前略使出一点浅笑轻颦,柔情软语,便引起两次火并,杀死多人。但第二次却把一个极有力的同党气走,虽然此是两雄不能并立,为了省心,事有成算,走的人仍是一招即至,事后回想,也自后悔做得太过。这些蠢物,好歹总是为己效命而来,何苦为快一时心意,恩爱成仇,以怨报德? 无奈天性如此奇特,只要有新来的,必定技痒,欲试验天下有没有连自己这等奇艳的尤物,都会见了不动心的? 这一卖弄风情,新旧之间足生疑忌,便不再加挑拨,也必妒愤成仇。自己再忍不住,微一蛊惑,争杀便起。

来人多是修炼多年,才到今日,煞非容易,恶孽也多。妖尸新近还在打算,这次脱困以后,便孤身远引,设法物色一个可使自己快心如意的仙侣,同隐极荒隐僻之区,长相厮守。眼前这些丑恶同党,只是仗他出力相助,到时全要舍去,至多只使分得一点实惠,布施一两次色身。对方大欲未遂,心必不甘;再要尝到一点甜头,益发难舍。见己远隐,必然苦苦寻仇,法力又均高强,必难全数用计杀死。此时勾结人多,异日强敌也众。越想越不是法。非但不再分遣原有妖党四出勾结,就对于闻风来投的,也各斟酌来历情势和法力高下,或是放出难题使其知难而退,或是闭门不纳,来人连洞门也无法走进,自然息念而去。有时遇到来人不知进退,法力又浅的,便令洞中妖党杀死。如是法力较高,而又命人延请而来不便坚拒的,便延入洞内,使出媚惑惯伎,激使试险破法,消灭在五遁禁制之中,形神俱灭。以免来往频繁,呼朋引类,多生枝节。再向婉言谢绝的人,哭诉圣姑法力厉害,多少人为救自己丧命,悲愤已极,为防同道再蹈前辙,只好拼着再受苦些年,不到十二分有把握时,任是谁来,也不敢延纳了。一面又令原在洞中的心腹妖党,将洞口法台撤去,紧闭洞门,复了原样。假说圣姑禁法日前突又发动,无法攻入,只能隔洞答话。不久风声传出,一干妖邪知道艰难,又见好几个厉害同道全都葬送在内,多半胆怯。贪念虽非全消,仍在打着主意,为有一洞之隔,咫尺天涯,不比以前随意出入,不问事之成否,先可一亲美人颜色,多生一点妄想,饱点眼福,如无胜算,谁也不肯以身临险了。照此情形,妖尸改进为退,谨守待时,外来妖党渐渐绝迹。

卫仙客夫妻图谋虽急,因所借阵图旗门,外人不能到手应用,尚须祭炼,收功为日尚远。又知易静等对头一两年内不会下手,去了只有送死。夫妻二人约了同党,放放心心在山中炼法,暂时不曾前来。

易静等三人初回二三十天,尚时有妖人来访,后来便渐渐绝迹,幻波池洞门也已恢复原状。

易静曾背人开洞下视,但见洞门紧闭如常。正盘算是否入洞查探,便吃癫姑赶来婉劝回去。易静也不是不知师命难违,暂时也就放过。

易静、癫姑、李英琼等师徒数人,每日照师传道书勤习,一晃经年,功力大为精进。池中妖尸也久无异状。师徒用功甚勤,偶有妖人前往窥探,均未遇上。

第二三八回

绝艳迷人　尤物原祸水
行波入地　圣池走神婴

按说易静等本可挨到妖尸数尽之时前往，一举成功，也是易静该有这场灾厄。因先断定卫仙客夫妻定要约人前来，久候无信，妖尸也闭洞安分起来，妙在连个妖党俱不见出入，两事全出意料。却不知神雕、钢羽不时空中飞翔，常有发现，因受白雕警告，有意隐而不报。易静每一想到，便自奇怪，屡欲入洞一探虚实。只因癫姑、英琼不断劝阻，力陈利害得失，易静又好胜面软，三人同门，情义又极深厚，不便强违她二人之请，只好暂时忍耐，而心仍未死。

三人本定每日由亥正起入定，运用玄功，以固根本；到了午初，练习法术、飞剑。因门人饮食尚未全断，日食一顿，俱在黄昏以前，此外轻易不动烟火。便是三人对于烟火食物，偶然也喜一试，不曾禁绝。英琼更嗜家乡风味，袁星又爱讨好多事，把仙厨中的酒母带了些出来，到依还岭才三月，便用本山花果酿造了许多美酒。因神雕已然不再食肉，师父又禁杀生，便学裘芷仙的样寻些盐来，腌了好些山蔬笋脯；又把本山所产的野谷种上几亩，过不两月便已成熟。上官红生自乡间，知道农耕，所以得了不少米粮食物。起初原备米、刘、上官三人食用。英琼见那米谷生自灵山，颗粒圆大，莹白如玉，见三人偶做火食献师，入口芳腴，就着笋脯腌菜，味美异常，强着两位师姊一尝，也都赞美。

由此起，只不动荤，每值风月良辰，李英琼便提议举火，带些酒果饭菜，在谷内外择那好景致所在，聚饮同餐。易静因此举无甚妨碍，差不多每请必允。因门人每日进食，不论生熟，都在酉戌之交，山中天气既好，月夜景物最是清淑，渐渐把由黄昏起到亥初这两个时辰，当作游息言笑之时。除却日常入定，或是日间炼法未完，几成惯例。每一月中，至少也做一两次火食，或是师徒共饮，选胜赏月为乐。

易静等三人及门下四弟子连日用功甚勤,这次连运玄功入定达九日之久。众弟子近来如无师长吩咐,也不肯私自张罗火食;辟谷之功又复精进,连上官红也可隔三数日一食,略吃少许黄精、灵草之类便罢。可是四弟子俱喜饮酒吃饭,这日正当月夜,便令四弟子举火共食赏月。上官红和袁星照例把饭煮好,把菜准备停当。米、刘二人因有多日未食,还为此事请命飞往城市中去,采买了好些师父心爱的家乡风味凑趣。哪知英琼功力虽比易静、癫姑相差远甚,但因天赋奇厚,进境神速已极,这日早课忽然灵悟,豁然贯通,喜出望外,用功越勤,不肯停歇。易静、癫姑入定回来,见她不肯起身,吐纳正纯,知大精进,也代高兴。但以进步太猛,短短时日有此成就,出人意表,恐召魔头,不放心走开,也在侧守候不去。嗣见袁星在室外窃视窥探,见师父入定,意欲退回,便以传声唤住,吩咐众弟子各自饮食,师长今晚无暇。袁星领命走去。待了好一会,易静看出英琼运用玄功,元婴已渐成长,越发代她欣喜。方朝癫姑以目示意,忽听癫姑传声悄告道:"有我在此为她护法,定可无害,何必两人都在?你那爱徒又有孝心,你如不去,就许不吃,你还是去凑个趣,好叫他们尽兴吧。"易静爱极上官红,闻言动念欲往,又知有癫姑在,决无差池,笑答:"去一会再来换你,琼妹这样,恐今晚未必起身呢。"说罢,便往外走。快到洞口,忽然想起已有多日不曾在暗中考查四人言行,红儿对自己却是诚敬亲切,何不隐形潜往,看他们师兄弟四人不当师面说些什么?念头一转,便悄悄隐身掩去。

自移居依还岭静琼谷以来,易静等三人对于门人虽极怜爱宽厚,无事时言笑无忌,甚是随便。但平日相处,无论大小事都是言出必践,临期中变,向来未有。易静只向袁星传声吩咐命众自饮,不曾明言何故。四人惟恐有事相召,那聚饮之地便设在静琼谷崖顶,昔日妖人妙化真人漆章盘踞的洞穴外面磐石之上。易静到后一看,神雕不知飞往何处,米鼍、刘遇安、袁星、上官红四人围坐磐石之上,前面设着酒肴,上官红身侧放着一个刘遇安赠她的红泥炉,炉上瓦釜正煮着饭。可是四人谁也不曾饮食,正在聚谈,声音甚低,好似有甚紧要事情密议情景。易静心中奇怪,走向四人身侧一株老树之下留神静听。

米鼍正对袁星道:"袁师弟,你的嘴不牢,师父又是心直口快,就许漏给太师祖知道,我看此事最好不提呢。"刘遇安道:"米师兄说得极是。据钢羽说,幻波池自从师父师伯回来,便不似以前情景。这半年多,池中先来的妖人一个也未见上来;不似师父走后那些日,三三两两每日由池底飞上来,各

207

寻隐僻所在交头接耳,互相计议,不时还起争执。外来妖人也极少见,隔了些日,偶然来了两三个,不是只见其人,不见其出,便是只见其出,不见其入,与先来诸妖党一样,从此永不露面。便是飞将下去,不多一会便自上来,连头也不回便自飞走,一去不返,永无回头。看去颇为扫兴,好似到了下面便遇阻隔,连门都未曾进的神气。我想圣姑佛法高强,也许又有埋伏发动,洞中出了变故,连妖尸玉娘子崔盈和诸妖党俱受了禁制,不能行动。后来那些妖人有的到后看出不妙,知难而退;有的自恃妖法,冒失前进,同被陷在里面,才有这等现象。否则妖尸正在大张旗鼓啸聚同类,以增声势之际,所勾结的外邪惟恐不多,岂有闭门见拒之理?真要这样,那些外来妖邪多抱欲望而来,岂不愤恨?就是力有不敌,也必约了同类向他等寻仇报复。并且当时池底也必起争杀,决不会一到即行,无一停留。今日来那妖人,想必也和前人一样,不是失陷池底,便是已经飞走,有甚相干?上官师妹往日不担心,今日怎担心起来?"

上官红道:"我话还没和三位师兄说完呢。今日来这妖人与往日的不同。他来时,我先不知师父临时有事,不能来和我们同饮,想到岭南高峰后半腰石凤坪上吃去。彼时钢羽正在空中密云层里隐形瞭望,米、刘二师兄在竹林里下棋,袁师兄在取各种菜蔬。只我一人提了一竹篮的用具正往外走,忽听破空之声甚是尖厉。我因中间一段路邻近幻波池,每次走过都极留心,又久未遇见过这类事,想探看来人是甚路数。忙把竹篮放下,隐身赶去,相隔幻波池还有十来丈,妖人便已降落。我虽未和妖人对面说过话,却认出那是师父初来这里所杀妖人漆章的师父。当初妖人便住在这崖顶石洞以内,我曾到此隐形窥探。妖师邪法甚高,自称为救妖尸玉娘子脱困,炼有妖阵邪法,为防正教中人作梗,特意师徒三人分作三处祭炼。漆章被师父仙法诛戮以后,我便疑心他要上门寻仇,还和诸位师兄说过。事已将近一年,未见妖师踪影。钢羽师兄也说,池中不断有妖人前来,但似我所说那样的妖人从未见过。今日妖人飞到时,又在池边眼望静琼谷这面,略微迟疑,方始穿瀑而去。照此情形,分明以前并未来过,也许连妖徒被杀之事尚不知道,但迟早不免寻来。妖人无妨,也决非三位师长敌手,无奈白神雕那么告诫。好容易师父不再提起先期入探妖穴之事,恐因这妖人勾动前念,赶紧回来与三位师兄商议。钢羽师兄也自飞落,说那妖人邪法较高,已然入池。刘师兄常说,洞中妖尸妖党重又触动禁制,陷入埋伏。钢羽师兄却也是这等看法,以他意料,洞中出甚变故,自在意中。但照白神雕那日所说,妖尸已然无异脱困,洞中禁制俱所深知，决难使她上套，多半变了初计，另有诡计。并且以神雕半年来细心查看，凡是一到即去的妖人，功力多半不大高明；凡是入而不出的，多非庸手。它虽未见过那妖人，却看出与师父来时所杀妖人一般来历家数，只是功力要高得多。它也是因想起前事，恐其误认妖徒未死，或是知道我们在此居住，告知妖尸，引了妖党来犯，想寻大家商议。我和米、刘二位师兄说时，袁师兄已将酒菜备好，入洞请示，恰好三位师长有事，不能前来。我们担心，袁师兄却认作寻常小事，无足轻重，令我移到崖顶再作商议，所以没顾细说。不瞒三位师兄说，小妹因师恩深重，未免关切，此时不知怎的竟会心动，与去年妖人初来逼迫我拜她为师时情景相似，多半是个预兆。此时师父万去不得幻波池。师父的性情，三位师兄是知道的，闲中无事，尚欲往探妖尸动静，再有妖人寻来，当时除去也罢，如被逃向幻波池洞内，或是引了池中妖党来犯，师父疾恶如仇，岂容妖邪猖狂？妖人败后，也决不肯甘休，定必勾结同党大举寻仇。师祖仙示说时机未到，不宜妄动，白眉老太祖又命神雕传示告诫，岂是可以造次得的？那妖人不比别的，这里他曾来过，如认作妖徒尚在这里炼有妖法，固是必来无疑；否则，他见全谷设有禁制，自然杀徒之人未走，在此常住，定非报复前仇不可。便是妖尸和众妖党，闻说本山有正教中人隐居，当然想得到是为她而来，她必不肯甘休，怎不叫人可虑呢？"

袁星笑道："怕什么？钢羽平日只把它那旧同伴的话奉如神明。休说易师伯玄功奥妙，法力高强，癫师伯佛、道两家俱得真传，便是我师父这口紫郢剑和新炼的几件法宝，走到哪里也吃不了亏。你不知道，以前三位师长经过多少凶险的大阵仗呢，莫非区区妖尸女鬼和几个不相干的妖孽，比华山、五台各派妖人、紫云三女，以及新近所遇的红发老祖、陷空老祖还厉害么？真要不行，掌教师祖也不会只命我们师徒几个先来了。吉凶祸福，早有定数，应如何，便如何。既该继承圣姑仙府，领受藏珍，为幻波池主人，焉有为妖尸所害之理？掌教师祖不过是见妖尸命数未终，正好借这三年光阴，命三位师长勤习道法，所以期前不许私自入洞，以免引起争斗，多生枝节，日常应付妖尸，分了道心罢了。其实易师伯如若往探，只要不和她交手，先查探出一点虚实，日后除她既较容易，万一有什么变故，或是妖尸自知大劫将临，勾结妖党想出妙法，先期图逃，我们也有个防范。省得什么也不知道，到时略微疏忽，便成大错，气候养成，再要除她就更难了。区区妖人，有什么可虑？漆章的妖师来过这里，不论妖徒漆章存亡，总是要来。凭我四人一雕的法力，多半不是人家对手，但该来还是要来。就便设有禁制，妖师一到，三位师长也必警觉。反正瞒不过，转不如明告师伯，先准备好除他之计。等将妖师擒住，先不杀死，由易师伯用法力拷问出了真情，看是该往探看与否，然后相机行事，不是好么？"

刘遇安道："我们如何敢瞒易师伯？只因白神雕去时一再告诫，二师伯又那等嘱咐，幻波池如有异状，或有妖人前来，不许我们向易师伯提说。此事关系甚大，不能不加谨慎。我想偷偷告知二师伯，想一善策。或是不等那妖师寻来，一面想法绊住易师伯，一面由二师伯去往池边迎候，立时杀死，省得妖师寻来生出枝节，不较稳妥吗？"上官红道："刘师兄主意倒好，偏生三位师长此时俱在洞中修炼，我们不能进去和二师伯说。万一妖师此时走来，不是仍要惊动师父么？"袁星道："那有什么法？钢羽现在幻波池上空探看，等它回来再作计较吧。放着现成好酒不饮，发这种空愁有甚益处？"

易静见上官红满面愁容，知她深信白雕之言，以为幻波池洞中妖党众多，自己前往，人单势孤，易为所乘。其实袁星之言有理，漫说掌教师尊命自己为主，将来入主此洞，断无凶折之理，便凭自己玄功法力和师传至宝，也无失陷之理。不过白眉禅师既命白神雕传话，也不可过于大意，冒失往探。那妖人既是前杀妖人之师，迟早必要寻来。红儿至性天真，又不敢向我劝说，只在心中忧急，甚是可怜。与其等妖人寻上门来，癞姑又不在侧，无人作梗，何不趁此余闲，瞒着他们，径往池中探看一回？只要见机行事，并不深入重地，万无一失。

易静念头一转，便隐形飞去，到了谷口外面。因此去先在池上等候，不一定便下去，恐众弟子不放心，悄往洞中去寻癞姑密告，遂故作人未离洞，向众弟子传声告知，说自己和癞姑、英琼用功正在紧要关头，现勿入内。说完，想起身是师长，对于门人不应作伪，无奈话已出口，不便更改，只得罢了。

易静遂飞到幻波池旁一看，仍是原样安静。侧耳一听，那树叶底下的飞瀑流泉，本来喧如沸潮，这时竟是静悄悄地听不到一点泉声。情知有异，心中奇怪，忍不住行法开池，将中心树叶揭开了些一看，由上到下竟是一个空洞，水已涓滴不流。心疑灵泉仙景为妖尸所毁，顿生愤怒。正要飞下去探看，忽见以前接受上面飞坠数百丈水柱的池底中心深潭突突往上冒水，越冒越高。环池一圈泉眼中的泉水激射出来，射到中心，正合成一根水柱下落。池底水柱也迎将上来，两下里就要迎凑在一起。猛听下面哗的一声，水花四下飞溅，水柱倏地裂开，飞起一幢暗紫色的光华，其势甚疾，晃眼便冲破上面水层，飞出池上。

210

易静一双神目,下面水柱一裂,便看见那玄光中裹定一个相貌古怪的道装妖人。知道下面深潭与池底洞府相通,幻波池灵泉本是上下循环,升降喷射,周而复始,终古不息。妖人已能借用水遁出入,使水不流,可知妖人纵然未成气候,也是相差无几。想到这里,越不放心。为想生擒拷问洞中妖尸妖党虚实,忙即闪向一旁,欲待妖人离开当地,再行下手,以免将妖尸妖党一齐惊觉。身刚飞开,妖人已经飞到池旁,似见池中树叶无故揭起,觉出有异,上来便往四下张望,用鼻乱嗅。最后目光注定静琼谷一面,满脸狞怒之色,那护身暗紫色妖光却未敛去。

易静料知妖人必往静琼谷寻仇,心想:"这里离妖窟太近,还是隔远些动手为好。如往别处飞走,凭自己也还追得上。"便不等妖人飞起,先往去静琼谷的中途岭脊上飞去,欲等妖人走过时突起发难。行时,瞥见妖人朝自己立处这一面微微狞笑了笑,因正当去路,也不在意。等到了岭上回顾,妖人也已起身随后飞来。易静伏处略偏,见妖人来路直向谷口一面,两下里略微相左约有七八丈之差。易静志在生擒妖人,身一落地,便施法力,把那方圆百余丈的地面下了禁制。一见妖人飞到,立即发动埋伏,口中喝道:"无知妖孽!已然落我网中。急速束手就绑,听我问话,还可少留残魄,免致形神俱戮。"

这妖人乃妙化真人漆章之师赤霞神君丙融,邪法高强,五官尤为灵敏,最善察听闻嗅敌人踪迹,多高明的隐形法,只要在二三十步之内,立被警觉。先见幻波池树叶揭开一洞,因自从他入洞去见玉娘子后,并未再有同道入池,断定有了敌人在侧窥伺。便用练就耳目四下察听,竟无征兆可寻。知道敌人必是正教的门下,弄巧便是杀死徒弟、占据此谷洞的仇人;否则凭自己这一双神目和两耳,多少总可看听出一点形影声息,怎会如此?暗中便加了戒备。二次再用鼻一嗅,闻出敌人就在身侧不远。方想敌人自恃身形已隐,彼暗我明,必然大意。正待将计就计,用妖法乘机暗算,忽听微风飒然,敌人已向山北飞走,阴谋毒手竟未用上。暗忖:"敌人见了自己,理应暗中下手,怎倒退去?不是知道自己来历,不敢妄动;便是敌人法力有限,除隐形飞遁得过高明传授外,别的伎俩有限;再不便是敌人门下,赶向前去报信,也未可知。"

丙融来时,向玉娘子夸下海口。敌人谷口所设禁制,前数月为寻徒弟,查看所炼法术,见到过一次,远观甚是神妙,试以心灵感应,并无回应,料定爱徒已死敌手。只因彼时炼法未完,正在紧要关头,只得忍愤怀仇回去,没有试过，不知深浅。正愁不能冲进，如得此人先去报信，诱敌出战，倒也省事。哪知飞到半途岭脊上面，忽听一女子口音喝骂，知道仍是先前遁走的敌人。必是恐怕池底妖党警觉，有意避开当地，来此埋伏堵截。不禁又惊又怒，大骂："何方贱婢，速现原形，通名受死！"语声未毕，埋伏已然发动。

丙融原是受了妖尸指教，为防谷中敌人厉害，势孤吃亏，本身仍在池底，便用所炼元神，又在妖光笼罩之中，乍见不易分辨，易静所设禁制本难制他。先时双方都有了轻敌之念，丙融不知易静法力深浅，易静也不知妖人能仗妖光护住元神冲破禁网遁走。易静闻言，怒喝道："我乃峨眉教祖妙一真人的门下女弟子女神婴易静。你这妖孽，叫甚名字？"丙融狞笑答道："无知贱婢，你连赤霞神君都看不出么？"易静闻言，知是丙融，乃昔年长眉师祖飞升前三月所诛中条山六妖仙之一，邪法甚是厉害。心里还暗幸妖人已落禁网，看这护身妖光不似寻常，擒杀虽难，多半不致被他逃走。于是立即现身，喝骂道："你这妖孽，前在中条山漏网，我师祖长眉真人因值飞升在即，未暇穷诛，给你自新之路。这多年来匿迹销声，只当你已悔祸悛改，埋首穷荒，不敢再出为恶。不料仍在暗中兴妖作怪，命你妖徒收摄生魂，来此祭炼邪法，欲与妖尸勾结。妖徒早已为我诛戮。你想必也是恶贯满盈，伏诛在即了。"话未说完，早把阿难剑飞将出去。

丙融先听易静一说姓名，知是易周之女，一真大师以前爱徒，最近才投入峨眉门下。连赤身教主鸠盘婆那么厉害的魔法，曾与此女斗法多日，均未能制其死命，结局反因此成全了她炼就元婴法体。玄功奥妙，为敌党后辈有名人物。所以口头虽通名发威，实则锐气威风已馁了许多。暗忖："自己前以岭北山谷禁法虽颇神妙，并非峨眉家法；又以谷外日常云封将近一年，谷中人并未去往幻波池涉足窥探，心疑是各正派中后辈，无意之中发现本山灵境，来此隐居修炼。也许起初有一师长同来，连池中底细俱不知悉。因将爱徒杀死，恐有人来报复，乃师无暇在此久停，又不舍这好地方，才在谷口设下禁制，以为防御。就是有为而来，在此窥伺时机和幻波池的动静，本人法力也必有限。不然，无此胆小怯敌。

适才因与玉娘子谈到爱徒被杀之事，玉娘子说，她本定出困以前一味谨守待时，不再另生枝节。好在仙府禁制严密，洞门紧闭，外人极难走进，就被勉强冲入，也只送死。哪怕敌人已临池畔，只要不下去犯她，便置之不理，听其自然。哪知今日心灵忽起警兆，恰值自己炼法已成，前往相看，觉着谷中仇敌定为她而来，人数还多，不止一两个。并说半年前有一次，幻波池无故自开,微闻上有人语,彼时来的同道不多,所受仇人禁制也只脱去十之二三,未敢造次。敌人不知洞内被她借用原有五遁禁制攻开了一座,又将上面水路开通,待不一会,也就走去。由此起,同道往来,连发现过两次可疑之迹,只未见人,也不知是常住本山,还是偶然隐身来此,因恐生事,未加理会。现听说起前事,正与警兆相合,嘱令往探,相机下手除去。并教留下原身在洞,运用元神飞出,并以神光护身,以防敌人隐形暗算。自己一则爱她太甚,惟恐不得欢心;二则又想起杀徒之仇,立即依言赶来。行时还觉玉娘子禁闭多年,胆小过虑。还有初下池底叩洞求见时,始而闭门不开,看去颇有见拒之意。后来自己不耐,欲以法力攻洞,方始开门延入。

近闻她结纳妖人颇多,惟恐他人捷足先登,法一炼成,连另一在别处同时炼法的徒弟都不告知,匆匆赶来。哪知洞中只有玉娘子一人,并说她胆小怕事,以前来的人表面好意相助,实则涎她美色,除却一二人外,俱是徒负虚声,无能为力。一个个呼朋引类,出入来往,心中害怕反将风声闹大,引得仇敌上门。有的不听劝阻,试破洞中禁制,往往送命;即使幸逃一死,也重伤内愧而去;有的自觉不行,推说回山炼法,知难而退。下余四五人还在腼颜逗留,惟恐引火烧身,误人误己,均以婉言辞谢,请其到了时机再来,方始别去。现在洞门已开,只等二三年后,心神全脱禁制,快出困时,尚有一个生死关头,那时却极需人相助。几经查考,只有两人可以助她脱困,加上自己共是三人。她也无所专注,只要谁的功劳最大,亲手救她出险的,便不惜带了仇人遗宝藏珍,委身相从。现觉来人多是意图侥幸,并无真实法力,人来多了,无益有损。加以妒念特重,互相妒忌。时起争杀,害得左右为难。先前不欲延入,便是为此。等到自己出洞,玉娘子却说洞门每日开有定时,过此仍有风雷之禁,引由洞中水道遁出,再把臂叮嘱,应敌不可大意。与以前所闻行径,大不相同。当时只觉她玉艳花娇,吹气如兰,意蜜情热,令人心醉。略一转念,便自飞上,满拟手到功成,必能博取心上人的欢心。一出池面,便觉出有人在侧,隐形神妙。及至追到此间,问明来历,玉娘子说是劲敌,果然不差,贱婢竟是闻名已久的易周老儿之女易静。照此情形,谷中同党想必不止一个。如若得胜还可,否则,何颜回去?

丙融一面施展自炼赤阴飞叉迎敌,一面心中嘀咕。猛想起了同道中传说玉娘子为人与经历:

玉娘子貌比花娇,心同蛇蝎,这匹马最不好骑。休说犯了她恶,便是平日枕席男宠,稍微拂了她意,立有杀身灭神之祸。只因她乃旷代尤物,人间奇艳,相与的人尽管引死者为殷鉴,存有戒心,仍一见便为所迷。再一交合,更是甘死无悔。她本圣姑心爱门人,当收她时,圣姑已然修道数百年,所习尚非佛门正法,操行却是极正。未始没看出此女性太淫凶,只因爱她资质相貌,欲以法力引度,导使寻求正果。虽经一位同道之交劝说,仍是不听,并发三次度化之誓。哪知玉娘子江山易改,本性难移,仗着师传与向外人偷学来的法术,无所不为,百余年间,不知有多少人死在她股掌之上。圣姑连加重罚三次,均未悛改。最后一次,圣姑已得佛门上乘妙谛,心参正果,将她擒回,本要行诛,嗣经苦苦哀求,圣姑才说:"当初为了好友一句话,明知其不可为而为。你所造罪孽,无异于我的,为此须迟却我多少年飞升。本意诛你以后,再行尸解,修持佛家最上乘的苦戒,重坐死关。姑念哀求,昔年又曾有我决不亲手诛戮你形魄,只能看你自受恶报的戏言,放便放却,但你犯戒已逾三次,还须逐出。我尸解以后,一切外缘俱应放弃,无罣无碍。本来功到自成,为日也不甚久。但我以前收你,造诸孽因,除非你从此洗心革面,放下屠刀,以你资质仍可解脱;否则便须有人为我积善消孽,将你除去,我的功果才能圆满。当你数尽神灭之日,也是我证果成真之时。你走不久,我便坐化,此洞便闭,防却百年之后有缘人到此,谁也不能妄自走进了。"

玉娘子因知师父本欲以衣钵相传,如非屡犯教规,即使不能超凡入圣,便师父平生所有法宝、道书得到手内,也可独步仙凡,法力无边,做一快乐神仙,终可称愿。想不到乃师走得这般快,而玉娘子第三次犯戒,又只相隔不几天的事。如早得信,只稍忍耐一次,便不致错过这千载一时的良机。当时也甚悔恨,再三哭求哀告。圣姑自是不允,并还将擒她时所收法宝,只要是自己传授的一齐收回。

玉娘子被逐不久,圣姑果然坐化,玉娘子越想越不心甘。又知圣姑生具特性,平生不喜男子,化前遗命:洞中藏珍甚多,虽然依还岭终年法力掩蔽,外人不能寻到,但到日子以后,岭上禁法失去灵效,必定启人觊觎。只要知道池中底细,自问法力能胜,即可入内,但只限于女子。男的只限于前生道侣,而且是应约而往,并非有所贪求尚可;否则一入洞门,必有奇祸。如是女子敬谨入求,虽无所获,亦不致有大凶险,并不禁她前来。玉娘子心想:"师父隐修池中仙府,道友只一女子,已在十年前仙去,此外无人来往。除自己外,外人至多有点耳闻,谁也不知底细。好在洞中虚实禁忌,多半知悉。师父虽然厉害,今已尸解,元神正坐死关,与死人无异,法力不能行使,何不前往一试?

玉娘子贪心一起,便再忍不住,连一些交好的男宠全未告知,独自赶往,破关而入。那藏珍共有两处,如取一处,本可得手。只因贪心特重,知道几件前古至宝和两部道书,俱在停放圣姑遗蜕的寝宫里间,意欲全得。一到便直入寝宫外间室内,禁制突发,始而只将她困住,并未伤害。后因不能脱身,恨极成仇,妄想报复,就势走入里间,欲毁圣姑遗蜕,并破全洞禁制枢纽。原只一门之隔,举目可见,埋伏一发,外出不能,入内却是容易。又连在室中仔细查看了十几天,只正对里间石门多着一个玉榻,不是原有,别无设伏之迹。那榻又是前在洞时所用,不过移放当地,并无异处。眼望门内另一玉榻上,圣姑合目趺坐,尽管宝相庄严,人早化去,元神也已离体。身旁现放着五道法物和全洞禁法的枢纽。虽知破去必不容易,但是仇重心贪,急于脱身;又以禁制发动以后,因圣姑遗蜕不能主持,只将去路阻断,不能冲破,并不会加害。自恃法力高强,未免胆大了些。哪知正在戟指咒骂数说,待要施展法力护身走进,忽然天旋地转,风雷齐鸣,里间室中景象大变,才知上当。圣姑遗蜕并不在内,那地方乃是昔年修道所居的西洞丹室,玉榻也原在此,那里间只是通入中洞寝宫的甬路入口而已。心方惊惶,耳听圣姑数说对她期爱多年,末次逃出,犹有余情,明知不会悛改,尚留她一线生机。来此被困以后,如能悔罪,就在外间玉榻上虔心修炼,以待时至,圣姑证果,她也成道脱困,永受衣钵,再积外功赎罪,仍是仙佛位业。谁知依然如此冥顽,罪已难逭;更起弑师之念,益发难容。说不几句,一声霹雳,便将她震死榻上。

　　丙融想到这里,不禁自忖道:"自己这次辛苦炼法,助玉娘子出困,所重本在道书、藏珍,并不一定要人、宝两得。如今什么也未见,先葬送了一个得力爱徒,真是晦气。先还暗笑以前受她祸害的人枉自修道多年,竟会受其愚弄,死无怨悔,心中不解;哪知自己见了玉娘子以后,照样迷恋。起初只听传说她陷入幻波池,杳无音信。那后来的事,还是她适才亲口述说出来,自己才知道。然而自己也只有怜爱,未以为非。只听到圣姑遗音发话,觉她自铸大错,误此万年难遇的良机,微代叹惜。她便媚笑,只说身被雷击,不再详说下文。随说谷中敌人可虑,请代出力除去。说时,不住卖弄风情,语多激将。又令自己留下原身,改由水遁上升。一时为她艳色所惑,几难自持,言无不从,只顾求功讨好,没有觉察。这时遇敌,才想起她不特一切言动多半可疑,并且久闻勾结之人颇多。心中有两人与自己还颇交好,半年前说不久要来幻波池,事后必访自己,谈他所遇,一直不曾再见,分明人在洞中,怎会除玉娘子外,一人俱无? 此女口蜜腹剑,阴毒淫凶,有名尤物祸水,甚事都做得出，莫要中了她的道儿，把自己数百年苦练之功断送她手。"

丙融越想越生疑虑，有心回去，偏生对方是个劲敌，脱身虽是不难，要想取胜却非容易，何况谷中必还另有能者。又想："玉娘子现正需人之际，如自己料错，玉娘子并无恶意，自己在一个峨眉后辈女弟子手下败逃回去，岂不扫了颜面，被其轻视？深悔适才过于轻率，太无城府；来时又太情急，没先查探出仇敌深浅虚实，便告以此事，引出麻烦。否则，洞中无人，正好亲近，即便有甚禁忌不能交合，至少可倾吐情愫，为异日地步；并可相机下手，先取藏珍，多么得计。如今大言已发，闹得不胜难归，真个蠢极。"

丙融正在进退两难，悔虑交集，准备另下毒手。易静见妖人护身妖光和飞叉厉害，阿难剑和飞剑均不能取胜，那禁法也似制他不住，伤他尚有可能，擒他大概很难。方想将牟尼散光丸与灭魔弹月弩同时施为，偶然发觉妖人只用飞叉迎敌，那幢暗紫色妖光始终紧紧笼罩全身，不曾飞起御敌。暗忖："双方势均力敌，未分高下，丙融又是长眉师祖手下漏网多年的有名妖人，怎会如此怯敌胆小？"心中一动，取宝未发，定睛仔细一看，竟是元神化身。便喝道："无知妖人，你的原身何在？如是你自愿如此送死，消去神魂，留一臭皮囊与妖尸做伴，也还罢了；否则，你本来是要寻仇，怎知便要伏诛？用此行径，有甚益处？妖尸淫毒无人性，此举如出于她，必有凶谋，你想回生，只恐难了。依我相劝，速急束手受擒。我念你中条漏网以后，遁迹穷荒，销声多年，新近方始故态复萌，为恶未著，只要把洞中虚实供出，我便网开一面，用师门仙法为你除去妖邪之气，送投人世，以免灭魂之诛。不比你即便遁逃回去，也为妖尸所害，更好些么？"

丙融心事被易静道破，越发忧急，暗忖："此女委实不比寻常。玉娘子行事可疑，心情好恶难测。我若不胜此女，又难回报。莫如把当年长眉真人没有毁去的三件法宝全使出来，只稍取胜，立即遁回。好歹先恢复了原体，免却万一之忧，再作打算。"念头一转，立即施为。内中一件名为天瘟球的，早已准备停当，当先发出。紧跟着，右肩摇处，身佩红蛟剪化作两道暗赤色的朱虹，剪尾电掣而出。

此时二人斗法已相持了刻许工夫，易静先欲生擒，未下杀手。不知妖人受了妖尸媚惑，色令智昏，临敌突然有些警觉，只顾寻思，迟未发难，未免稍微疏忽。口中话刚说完，忽见妖人发出一团栲栳大的黄光，猛想起前听一真恩师说过，这妖人自号称赤霞神君，所炼法宝俱是暗赤颜色，宝名也冠以赤字。内有五件独门散瘟之宝却是黄色，奇毒无比，无论仙凡，稍微沾上，不死必伤。自己元婴之体虽然不怕，却也不可大意。刚把手中法宝发出，对方又是两道暗赤光华剪尾飞来，势疾如电，甚是神速。尚幸法力高强，两件法宝又早藏在手内，见状大喝："妖孽不听良言，叫你报应！"说时，手指处，灭魔弹月弩相继朝红光迎去。同时回手正取六阳神火鉴，待将妖人元神罩住，以免逃遁，不料取宝稍晚一瞬。

妖人知道易静元婴炼成，已是成道之身，先发二宝定难伤害，只是借以掩蔽暗算。天瘟球到了空中，便不去撞它，也要自行炸裂。易静又只听一真大师说妖人法宝多被长眉真人破去，残余有限。内有一件发黄光，乃是瘟疫奇毒之气炼成的散瘟之宝，遇时须要留意，未知底细。牟尼散光丸一撞，立化为一片极浓密的暗黄色氤氲之气。易静方觉黄烟太浓，倏见散光丸银光乱爆如雨，黄烟激荡飞散中，眼前大片寸许长的暗赤血光，飞蝗一般射上身来。因有光烟掩蔽，骤出不意，竟未觉察。知道抵御已是无及，忙运玄功纵起，饶是飞遁神速，肩臂上仍被打中了两处。如非元婴炼成，就不死也万难禁受。又见万千飞钉一般的血光仍然飞洒追来，当时负痛大怒，一面略微闪退，一面忙取兜率宝伞抵御。

丙融见化血神钉打中敌人，竟似无甚伤害，心中大惊。伞光一起，知更难于取胜，忙把神钉收回，待要遁走。易静多年来不曾受伤，心中恨极，连伤也顾不得医，只运玄功略闭了左臂气脉，以防万一，同时六阳神火鉴已朝妖人照去。此宝自受师传以来，因是专为日后对付赤身教主鸠盘婆之用，屡遇强敌均未轻易施为。这时因为受伤恨极，必欲诛灭妖人元神，方快心意，更不寻思，施展出来。这师传降魔七宝同时已用其四，丙融如何能支。又因见散光丸、弹月弩厉害，一片爆音过去，天瘟球本来收发由心，竟吃震炸分裂；那赤蛟剪也被弹月弩击中，光芒减去好些。跟着敌人飞剑便已飞过，两下里斗在一起。

丙融心中痛惜，惟恐有失，正在忙于收回，想就此遁走。不料就在这略微缓得一缓之际，敌人手上忽发出六道相连的青光，恰是两个乾卦重在一起，合为乾上乾下六爻之象。先由手上一面圆镜发出，每道光长只数寸，粗才如指，光虽晶明，并不强烈，可是越往外发射，展布越大。天瘟球黄色烟光未及凝聚复原，吃镜光一照，突然发火自燃，宛然薄纸之投洪炉，一瞥而尽。紧跟着护身光华又被照中，立觉身上奇热如焚。百忙中，易静恨极妖人，又是一粒散光丸、一粒弹月弩同时打到，妖光立被震破。幸是元神化身，如换寻常妖人，不必用六阳神火鉴，就这一丸一弩，也是九死一生了。丙融万想不到如此厉害,吓得心胆皆寒,哪里还敢停留,忙收赤蛟剪,带着残余妖光急飞遁去。

易静见禁制无用,妖人已然逃走,怒火中烧,必欲杀以泄愤,忙纵遁光急追上去。丙融元神飞遁本极迅速,又在惊惧忧疑情急之下,自觉敌人厉害,既不能胜,便须速回,以防本身有甚闪失,连赤蛟剪都未顾得收到手内,便先加紧遁走,剪光反在妖人的身后,神速可想。易静追到池下,丙融才把赤蛟剪收去。易静见他投入池中心水柱之中,顺流飞泻,四旁飞泉重又干涸,只剩那根水柱凌空飞坠。好似洞中妖尸已有觉察,接引妖人入洞神气。本来早想入洞窥探妖尸虚实,一则奉有师命,时机未到;二则下面洞门紧闭,必有妖法禁制,不易进入;况且正是双方互不相犯之际,也许妖尸和诸妖党还不知道岭谷中有敌人居住,一旦勾动,从此多事;癞姑、英琼又时加劝阻,故屡次欲行又止。这时妖人已然寻上门来,踪迹已露,反正日后纠缠,不得安宁;又以妖人暗算,受了微伤,愤气难消。一见水柱下落,认为有机可乘,可以乘虚而入,更不寻思,忙将身形隐去,跟踪直下,也借水遁入内。

易静身刚沾水,忽闻上面雕鸣,知在示警拦阻。自恃法力高强,法宝神妙,也未在意。水柱降落又是极快,未容转念,已然落入池中深潭水眼之内。一鼓勇气,更不反顾,径驾水遁到了潭底,顺着洞壁水道往上逆行。暗中查看所经之处,俱是夹壁水路,最窄之处只有两三寸。那壁间水路本与卫仙客夫妻昔日陷身的小池相通,易静曾听李宁说过,池中设有金水之禁。虽知道禁忌,可以防范抵御,又系女身,不致触怒圣姑。然而一旦被陷在内,毕竟厉害,不比寻常。先想尾随妖人一同出遁,不料对方入水较前,只远远望见红影飞驰,没有追上。说时迟,那时快,就这略一寻思之际,前面红光忽隐,水势也由进而退,知道妖人已然出水。忙催遁法,往前略进,果然到了上次所见小池之内。本要隐形飞出,猛然灵机一动,暗忖:"久闻妖尸厉害,所勾结的妖党连李伯父的封洞禁制俱吃破去,妖法可想。便是适遇妖人也非弱者,初遇时,隐形法好似被识破。身入险地,势子太孤;师父仙示,更戒轻率。终是小心行事,看准再动的好。"想到这里,便即暂停,隐伏池中,暗用耳目察听。微闻宝鼎前面有一女子与人笑语之声,甚是柔媚。跟着又听一个男子厉声叹息,似极悲愤,好似前追妖人丙融口音。底下便听两男一女,一路说笑着往前走去,声音已远。待了一会,上面不再有人声息。

易静正想出水窥探,猛觉池面之水重如山岳,紧压头上,要想钻出,真是万难。再试回路,水源已绝,与外隔断,那水竟成了一泓死水,无路可通。才悟出此水与夹壁间灵泉虽然通连,却被妖尸隔断,怪不得妖人红影一不见,水便倒退回来。如非遁法神速,快到以前赶了一程,直还不能到此。可是那样前进无路,还可退了回去,此时闹得进退两难。上有禁制封闭水面,如用法宝强行冲波出去,未始不能办到,但必惊动妖尸。一则与来意不符,洞中虚实尚未探得,一被觉察,要添出好些危机,于事还未必有济。二则洞里埋伏禁制重重,圣姑性情古怪,自己伏在池内,金水之禁必因自己是女身,又看师门情面之故,没有发动。如再与斗法,纵有七宝护身,识得五行生克妙用,不致似卫仙客夫妻一样损丧真元,脱出必更艰难。连试两次,不特不能穿出水面,四外反生出极大阻力,知不服输不行。没奈何,只得忍气默祝道:"弟子易静,现奉家师妙一真人之命,来此探查妖尸动静虚实,以备日后为圣姑清除妖尸,去此孽累。现被五行真水禁闭池内,因恐圣姑昔年所设禁法现被妖尸借用,未敢造次。兹敬通诚求告,伏乞圣姑鉴察弟子除害诛邪之意,收了禁法,令弟子得以出水,不胜感激。如久不撤禁,便是圣姑现在坐关无暇于此,或是妖尸仗着圣姑昔年传授所设,弟子只好施用法宝,破禁而出。因是不知底细,急于脱身,行事难保不冒昧。尚望圣姑略迹原心,加以宽宥,勿以为罪,不胜感谢。"

易静祝告未完,忽觉身轻,试一行法,竟然离水飞出,落向池外。心方暗笑:"圣姑佛法已到上乘,行即证果,依然如此好胜,令人不解。"心正寻思,忽然听前面有两男子说笑走来。身形虽隐,仍恐被他们警觉,忙即屏息敛气,赶紧躲闪在那藏宝钥的鼎后,静立相待。一会二男子走到,乃是两个相貌奸猾的中年道装妖人,同去池边仔细看了看。

只听那个穿黄的道:"这厮真活见鬼,他出水时我正在池旁守候,分明见玉娘子行法开池时,只有他一个人影,他却硬说易家贱婢也借水遁追来。这水不比常水,玉娘子又在行法接引,遁法多快,如有人追来,来人又决不知此池底细,哪有不尾随同出之理? 偏又说是出时不知玉娘子要用他生魂效力,还曾回看,贱婢并未随出,当时心中怀恨,所以未说,来人必然困在池底。你看池中空空,哪有影子? 我们终日对着一块肥肉,不能到口,今日好容易陪她对饮一回,虽解不了馋痨,到底得点干亲热也好。他偏说些假话,害我们空跑一趟。玉娘子还说,擒不到来人,不许回她房去,这不作难么?"

另一穿青的道:"我看丙融那厮也是色蒙了心,也不问自己到底有甚法力,炼了几面黑煞旗门,连个护主幡的神魔都没凑齐,便跑上门来强要送死。玉娘子本心不想伤他,偏是不知进退,始而行法猖狂,竟欲破洞而入;继而玉娘子勉强延进，又偏不知自量，妄想人、宝两得。玉娘子愤他说话可恶，目中无人，正好所献旗门主幡缺一神魔，用他本人再合适也没有，这才给他当上的。自己躯壳已毁，不知悔恨，适才席上玉娘子微说了几句不得已的好听话，答应将来不特放他，还给他代寻一个比他本身胜强十倍的庐舍，又许上些好处，他便蒙了心，不但不记仇，反倒甘心为之效死，只求事成之后一亲肌体，随就吐出遇敌之事。玉娘子认以为真，断定人在池内。其实没有此事，有甚法子？这厮不是说他耳目鼻子灵，出时还听身后水遁之声么？我们就叫他来看看，如若有人，认罚如何？"

穿黄的道："余道兄，先不必忙着回去。那厮见玉娘子问完详情，立时变脸，将他禁向所炼主幡之下，已然二次中计。他便果真在此看出有人追来，现在也不会再出来加以指点，何况决无其事。我看易家贱婢必是快到以前，发觉水遁，恐怕深入断了归路，随水急退回去，也说不定。这都无关。倒是我二人原本患难至交，自从到此不久，你虽不似旁人那样视我如仇，比起昔日患难生死交情，却差得多了，究是为何？实不相瞒，我也被她逗得迷恋欲死。但有时背人静坐，却能回想，觉出这尤物必是我们祸水，如不留意，稍一失足，便成千古之恨。近来见她口甜心毒，行事越狠，更加警惕。我看你入迷更甚。你我数百年苦练之功，岂是容易？像她这等人百世难遇，如若真心相爱，为她死了也值。只恐本来无情，口蜜腹剑，得不到她半点真心，连皮肉也未沾上，便把平生功行付与流水，岂非至愚？如非今日见她行事过于凶残，我也不会动心。她以前曾向我离间你，背着我对你也必如此。查看池中敌人，你我原无须同来，此举好似有意把我二人调开，以便向龙道友献媚蛊惑。她近日已能复体，所说仇人法力厉害，不脱困以前不能与人交合的话，未必可信。龙道友既善容成之术，品貌又好，我看她对他才是真亲热。背后对我却说，志在用以出力，全是假意，显然是谎言。你没见前洞那几个曾受他牢笼的残废么？初来多么宠爱尊崇，如今落得是甚可怜神气？你想她为龙道友，宁甘激走毒手摩什那等好帮手，必有几分意思无疑。适才席上，见她对龙道友那眉开眼笑的妖媚情景，许是特意将我二人支开，好遂她的心意都不一定。我二人以后必须小心一二呢。"

说到后半，声音更低，换了别人，决听不出。那穿青的起初闻言似不在意，后听提起姓龙的，面色骤变，竟似有些警觉，只比穿黄的较有城府，浓眉刚往上扬，面色忽又突转，以手掩口，摇头示意。穿黄的愤道："我如怕她，也不在此了。别人可以由她宰割，我却无此容易呢。依我之见，少时便与她开门见山，不相爱无妨，但要彼此相见以诚，我们为她出力，事成送我二人两件法宝，两不亏负，省得彼此各用心机，互相忌恨，反为仇敌所乘。你看好么？"穿青的还未及答，忽听曼声长吟，远远传来，声音词意淫艳无伦。易静方在暗骂："妖尸也曾在圣姑门下多年，怎的这等淫贱无耻？"二妖人本在密语诽议，愤恨妖尸狠毒，一闻艳歌之声，不由惊惶失色，面面相觑，意似畏惧。听不一会，好似心荡神摇，不能自制，倏地不约而同，一言未发，各自抢先飞驰赶去。

易静看出二妖人法力俱都不弱，无如迷恋妖尸，陷溺已深。尽管背人时想起妖尸狡诈淫毒，害人甚多，自身修炼不易，略生疑虑；稍得妖尸一点声音笑貌，又复沉醉。暗忖："自己隐身追敌，竟吃丙融察觉，妖尸已然断定有人深入，没有查明虚实，决不甘休；现将二妖人引去，不知又有甚阴谋毒计。记得上次和英琼、轻云探查幻波池时，这里乃是东洞藏宝之所。在未取宝以前，曾随李伯父同往西洞。第一次，三人由门壁间秘径飞入，自己和英琼往右，遇阻即回。轻云往左，走入妖尸停尸之所，误认为圣姑法体，如非李伯父佛法援救，几遭毒手。后来曾听轻云详细说过经历。适听妖尸歌声甚远，正在西方。二妖人所说妖尸聚饮之所，必在西洞无疑。李伯父说，此间五洞，内里俱有通路，最稳妥是顺夹壁水道通行，决不会被人发现。无如此间水道已被妖尸隔断，别处想也被其隐起。上次出入匆促，又未留心默记。如今既已冒险深入，拼着踪迹败露恶斗一场，见机行事，才可探得虚实。知道洞中禁制密布，步步荆棘，虽得师传道书，得知好些禁忌埋伏所在，但是妖尸气候将成，已能随意隐匿变幻，加上许多妖法陷阱，一旦触动，阻碍横生，便不被困，应付起来也极艰难。颇悔适才因水遁隐形为丙融发现，又见二妖人邪法颇强，一不小心，恐被觉察，妖人去又太快，主意还未打定，不及尾随同往。如不往探，守在当地，妖尸闻报池中无人被陷，虽要自来查看，但是全洞虚实仍是不知。此行为何？不入虎穴，焉得虎子。生平屡经大敌，未尝怯阵，怎今日到此，会胆小过虑起来？"

易静主意打定，四顾室中，青玉墙上圣姑遗容已然隐去十之八九，略现微迹。惟有藏珍鼎仍立当地，光华灿烂，好似无人动过。知道那柄莲花玉钥，妖尸和诸妖党决不能取，必仍藏在鼎内。此钥关系最为重要，心虽微动，忽想起前番在此受挫之事，当时如非轻云警告，几为鼎中埋伏的大五行绝灭光针所伤。又曾见圣姑遗容，对己怒视；鼎中又有"开鼎者李，毁鼎者死，琼宫故物，不得妄取"的四句圣姑遗音；鼎中百余件异宝奇珍，也经英琼一人之手取出,分明自己与圣姑无缘。掌教师尊虽令来做此洞之主,但主人不喜自己。妖尸原是她旧日爱徒,深知底细,尚不能取,自己再来也是无用,反倒打草惊蛇,徒劳做甚? 只是玉壁上面遗容,原本是云鬟低垂,神情若活,更能喜怒自如,向人示意,隔了不到一年,竟变得如此模样浅淡。玉壁仍是晶莹如昔,光鉴毫发,不现一毫邪气与残破之迹,决非经过妖法毁损污秽情景。心中不解,未免多看了两眼。哪知初看圣姑遗容时,虽不似以前如在镜中,呼之欲出,淡痕显然,仍是一妙龄少女影子。及连续注视,那人影竟越来越淡,渐渐隐没,不见丝毫痕迹,益发惊诧。略呆立了一会,终未再现。易静想不出是甚作用,只得小心戒备,觅路前行。

易静因记得上次进入时,东洞右壁并无门户,玉壁浑成。这时却多了两个门户并列其间,俱是六角圆门。先二妖人来去各走一门,如换常人,必当两门均可通行。易静到底心细知机,见二妖人来去门户不同,料有缘故。洞中禁制五遁,息息相通,不是适才自己冲破水面出来,吃妖尸警觉,故意令二妖人来此诱敌人伏;便是妖尸换了地方,跟踪走入,就许上当。暗忖:"这两条路,师父仙示均未明言。如若妖尸心意被己猜中,二妖人归路必有厉害埋伏。如由其来路门中走入,妖尸决想不到。反正打算遍历全洞,方始设法回去,就算料左,妖尸妖党换了地方相聚,五洞内通,也终能寻到。至多多经一些艰险,绕走些路,却可多得虚实,比起自投埋伏总强得多。何不移东就西,出其不意,舍其去路,往他来路走进,看是如何,再作计较?"念头一转,忽换走法,便不追踪二妖人,径从他们来路门中走入,意欲试探着往两洞中走去。

易静进门一看,乃一间设有丹台、炉鼎的石室,陈列器皿,极为古雅精良,只比外层低小,别无异状,知是主人昔年未成道时炼丹之所。方想:"师父仙示,曾说洞中千门万户,无一处不有禁制,这间室内怎无埋伏?"只见靠里壁有一圆门,正要走进,行近丹台,忽觉有异。再往上下四外细一查看,室很低窄,四壁平滑细腻,宛如美玉,不似外室那么温润,乍看不觉,实与别室壁色有新旧之分。丹台设置等,又决非正宗路数。不禁恍然大悟,知是妖尸新用法力凿成的炼丹之所,故此未设禁制。洞中石室甚多,俱都高大崇宏,质如美玉。妖尸现钟不撞,反来铸铜,却在实心洞壁之中,现凿这么一间小室似供炼丹之需。估量各室皆有圣姑所设禁制,妖尸不能随意僭用;或是所炼妖丹、邪法犯禁,恐有克制,或将埋伏引动,于她不利,才有此举。否则此洞与别处不同,洞壁十分坚固,外间室内更有极厉害的五行禁制,一经行法,难保不触动。开凿之际,定费不少心力,如非必要,决不如此。并且妖尸已然准备心神一经复体回生,行动自如,立即飞去。此时亟谋脱困,尚恐无及,怎有空闲炼丹? 再者,妖尸被困将近两甲子,身不能离洞一步,灵药何从采取? 如是洞中原有,圣姑事事前知,早已安排藏好,决不会让妖尸取去。此中必然藏有机密。

易静心中一动,便朝台上丹鼎法物重又查看,觉出那丹鼎与外间藏有玉钥的宝鼎一般形式,只是要小得多,是个陶制之物,火气未退,分明新在窑里烧成,用日无多,与外间那鼎玉蕴金辉,宝气眩目,不大相同。如非上有不少符箓,决不似妖尸这等法力高强的妖邪所用。旁的法物陈列,仅有鼎前立着一面小幡,似非常物,也不带有妖气。只看出是旁门中人所设丹台,别无可疑之处。细端详了一阵,猜不出有什么紧要用处。因丹台陈设虽然齐全,并未行法祭炼,不值一毁;更恐妖尸诡诈百出,机关尚未识透,一经妄动,多生枝节,便不去动它。径往台后靠壁圆门之中走进,门内横着一条长窄甬道。对面是一间大石室,中空无物,却有四门,壁上隐现风云雷电影迹。刚往里一探头,便见壁上影迹渐显,隐隐风雷之声,知道中有风雷之禁,不可轻入。室又向南,不是去四洞的道路,否则先两妖人决不敢由此穿行。又见两室中间那条甬道比丹室更低,高不及丈,地势上下弯曲不一,壁色甚新,也似不曾设禁制,越料出是妖尸为防妖党误触埋伏,就着地形,在各处石壁之中凿此甬路,以便往来。这么大一座洞府,又是禁制重重之下,居然开凿出这么长一条灵壁甬路,虽是妖法,煞也惊人。如真能通行全洞,岂不省事得多? 想到这里,又觉妖尸何等机智,明知限数将终,脱身之日便是伏诛之时,开此通行全洞的甬路,自己和妖党往来固是方便,对于外来之人,岂不加意紧防,怎会如此疏忽? 必还另有花样。正在一面寻思,一面由两门之间右折往西,走了下去。

第二三九回

复壁行波　潜踪穿秘甬
遗音示业　古洞困神婴

原来妖尸崔盈因为丙融的生魂回报,言说逃时敌人在后穷追,估量人已深入重地,困在金水禁制之内,忙命二妖党前来查看擒人;同时也是想借此支走二妖党,以便与心上人谈情密语。及听二妖党回说池中无人,池中禁制也无异状,虽知圣姑禁制难破,来人如若强行冲出,立有警兆,不会如此安静。但是来人正是上次盗走玉鼎中百余件法宝的三女子之一,法力最高,乃自己的克星。彼时因身受圣姑禁制,元神虽能游行全洞,但是好些法术都不能使用,对方法宝、飞剑威力甚大,一露行迹,反为所伤。尤其敌人取宝前,方欲作梗,青玉壁上圣姑留影便现怒容,益发不敢妄动。愤无可泄,只在三女走时拼着冒险,引动埋伏,从后掩袭。无如三女飞遁神速,外面又有佛家法力接应,并未伤着毫发。眼望其从容得手而去,无可奈何。最难受是鼎中有两件法宝,专破后洞和玉壁宝库神钥之禁;于己关系最大,同被三女盗走,一件未留。至今想起还切齿,引为深仇大恨。看出三女比先来被迷水底的少年男女不同,好些俱与圣姑遗偈相合,分明是自己的克星。看那来势,洞中底细似已尽知,断定早晚必还再来。今既追敌来此,决不会因水道隔断,便自胆怯返回,二妖党许是料错。

妖尸事前原也想到,恐敌人先已出水,看洞中埋伏未被触动,多半隐身在侧,曾命二妖党归途绕行伏地,诱敌入网。一听敌人无踪,各伏地均无动静,想起丙融生魂回时,因失躯壳怀恨,隐秘不告,才有此失。敌人如已深入,固是祸害;就算知道洞中埋伏厉害,见水道一断,生了畏心,真个中途折回,自己终究拿不定真假,也是平白多上好些惊扰,未查明虚实以前,决难安心。丙融生魂如在出水时立即告知,敌人如来,举手便可成擒,自不必说;便是敌人不来,也易知晓,何致如此? 一面又疑心本无此事,乃丙融妖魂记仇,故意谎报,使己忧心疑虑,张皇不宁,聊以泄愤。越想越气,正在施展酷刑处治丙融妖魂出气,猛想起仇敌法力甚高,机警异常,二妖党去时,为了求快,所行乃是自己新辟的壁中甬道,全洞几处重要所在全可通行。也许敌人发觉去人往来门户不同生疑,未曾上当。照此推断,不是无心中走入甬道秘径,便是觊觎上次不曾取走的那宝鼎中所藏至宝,此事关系更不在小。心念一动,不顾得再消遣丙融妖魂出气,一面行法逐段封闭通路,一面对三个心腹妖党授以机宜,令往东洞宝鼎旁如言行事。

也是易静机缘凑巧。妖尸过于重视敌人,既想生擒拷问详情,用妖法迫令献出上次所得宝物;又以为耽延了些时候,敌人飞遁甚速,惟恐潜入北洞停尸根本之地。上来急匆匆先把北洞甬道入口封闭,跟着封闭东洞入口,再沿途封闭过去。欲用隔水擒鱼之法,一段段搜索,查看过去。全洞甬道甚长,共有五洞二十五出口。这一来,两头虽断,中间却是空着。易静初涉险地,又颇谨慎机警,初入飞行甚缓,一步步试探前进,与妖尸所料恰是相反,东洞入口封闭在后,刚巧易静走入不远。正行之间,瞥见身后烟光闪处,归路已断。久经大敌,识得敌人用意,心料妖尸生疑,底下必有文章。见前面甬道甚长,曲折上下,忙把遁光加急,冒险驶去。晃眼又抵一处宫室,见门内禁制密布,对面小门与前见东洞入口一样。猛想起全洞五宫三百八十六间玉房石室,洞径回环往复,并非顺行。妖尸住在北头第五洞,这里必是第二洞无疑。心方寻思,忽觉有警,刚往前略闪,身后烟光杂沓,又被隔断。有此两次经历,不禁大悟。暗忖:"妖尸必是两头行法堵截,等将自己困在甬道以内,再一段段搜索过来。前面必是中洞圣姑寝宫。为今之计,只有乘她未隔断以前,隐入中洞,觅地潜伏。妖尸心畏圣姑威灵,多半不敢妄入。自己未现行迹,只要隐过一时,妖尸遍搜无迹,去了疑心,便可从容行事。中洞枢纽,关系最重,弄巧还许深入宝山,饱载而回都不一定。英琼所保管的莲花玉钥忘了要来,玉壁宝库难开,后洞藏珍或者有望。不入虎穴,焉得虎子。至多入伏,拼着犯一点险,用法宝之力将未来仙府毁去一些,异日费点心力重新修复,也不至于不能脱身。"

易静边想边往前疾驶,眨眼飞入一门。门内是间广堂,壁上也未设五遁禁制,只是里壁上还有一个圆门,看去颇深。知道此门只是中洞后宫入口,圣姑法体深藏在内。后面妖尸正在作怪追来,时机稍纵即逝,难得内中不似设有埋伏,无须费事,足可藏身待时,立即飞身而入。身刚进门,未及仔细观察,身后烟光又起,甬道固是从中隔断,入口也吃封闭。心中还想:"这类邪法封禁,与圣姑所设埋伏不同,如不为妖尸数限未终,此行虚实未得,更怕因而引起全洞埋伏，妖尸妖党倚着地利，一齐来攻，自己势孤，难于应付的话，就此硬冲也冲了出去，单凭妖尸，如何阻得住我？"边想边看，见室中左壁正中一个大蒲团，旁设钟、磬、木鱼，俱有架栏。右壁空无他物，只玉壁上有一个大圆圈，色作金黄，深浸玉骨，看去似是生成如此，不是人工法力所为。洞中原多灵迹，试一抚拭，并无异状，也就不以为意。先料妖尸封闭完了五洞，必要逐洞搜索，所以身形早隐，暗中防备。待了一阵，留神察听，内外俱无动静。暗忖："妖尸这等沿途截断情景，分明料定有人深入，岂有不逐段搜索之理？前后已有个把时辰，妖尸如当我已入伏地，不能脱身，这里又是圣姑灵寝所在，不敢妄入，故作不理，以逸待劳，也应有点动静，怎会静悄悄地不见一毫迹兆？实是奇怪。"念头一转，再往后壁圆门中仔细观察，仍和先见一样，别无变化。

易静先由甬道走进时，因见退路门户已然封闭，对面圆门看去甚深，知道此是中洞寝宫入口，圣姑藏法体的灵寝就在里面。门内洞室颇多，直看进去老远方能到头，中间许多层洞室，凭自己一双法眼，门内两旁有何景象，竟看不出。情知有异，不是可以轻易涉足，前进必要犯险。一面又算计妖尸既用隔水捉鱼之法，来势必极迅速，准备先行应敌，然后相机进止，所以未曾十分注视。及至久候妖尸不至，运用目力细一查看，才看出圣姑法力的神妙。原来内中只两层洞室，连外间共有三层，乍见乃是虚景，但能随人心意发生变幻。如非法力高深，稍微疏忽，立即上当。事前如未看出底细，只一进门，触动埋伏，立生妙用，随人心意化出诸般幻境，神志一迷，便自昏倒，失陷在内。另外还有甚别的厉害禁法，尚不可知。

易静二次寻思："自己本为探看虚实而来，此与北洞妖窟俱是全洞命脉最重要的所在，圣姑法体和藏天书的宝库均在里面，又被妖尸封闭在此，早晚须觅出路。这诸天玄境幻象既被我识破，纵有别的禁制，至多遇阻不能前进，仍可退回原地。只要把稳心神，防御周密，决不至于受甚伤害。已入宝山，岂可空手回去？反正要与妖尸一战，何不冒险直入寝宫一行？如能有成，固出意外；如若遇阻折回，索性施展法力，冲破妖尸禁制，杀将出去，再作计较。"想到这里，便将护身七宝准备停当，在兜率宝伞防身之下，左手持六阳神火鉴，右手掐定一粒牟尼散光丸、一粒灭魔弹月弩，同时运用玄功镇定心神，驾起遁光，足离地面三二尺，凌虚步空而行，试探着缓缓往里飞遁。

那间圆门宽约两丈，高约七丈，外观已极崇宏。进去一看，更是彩光闪闪，耀眼欲花。尚幸易静识得仙法微妙，知道此时相随心幻，只把心神镇定，灵府空明,一念不生,依旧缓缓前行。进不两丈,忽听一个少女喝道:"来人止步,免遭不测。"易静听出这口音与上次来此取宝时听到的相似,知是圣姑遗音,忙即止步。定睛一看,彩光已随声而隐,全景立即呈现。当地乃是一间极广大的洞室,上下四壁俱是整片碧玉,地甚空旷。当中现出一座三丈方圆的白玉榻,榻上端端正正坐着一个妙龄少女,与上次东洞宝鼎前玉屏上面圣姑仙容一般无二,只装束有异。满头秀发披拂两肩,一手指地,一手掐着印诀,柔荑纤纤,春葱如玉。下面赤着一双白如霜雪、胫跗丰妍的秀足。安稳合目,端坐其上,宛如朝霞和雪,容光照人。身穿一件白披衫,看去颇长,后半平铺身后。端的妙相庄严,令人不敢逼视。那白玉圆榻后面,环立着十二扇黄金屏风,金光灿烂,风云雷电、水火刀箭之迹隐现其中。榻前立着一盏白玉灯檠,佛火青莹,焰光若定。灯侧一柄尺许长的小金戈,一根好似新采折下来的树枝,一撮黄土,一个盛水的小金盂,为物俱都不大,一样接一样,做一圈环绕在榻的左前面。易静身已行近,相隔那灯不过三尺,先未见到。如非闻声止步,再飞过去,定必冲撞上去。知是圣姑所设五宫五遁法物,既然遗音示警,可见今日之来也被算定。尤其神奇的是那么高大庄严的寝宫,除金屏外,看不出一毫行法之迹,四壁空空。如非早知洞中禁制,易地以观,绝不知这是五遁法物,心中好生赞佩。

易静方在忖量进退,倏地眼前一亮,榻前玉石地面上忽然涌起五尺大小一轮明光,恰似一面明镜悬在空中。那光照到身上,当时只觉着心情一动,恐入幻境,忙镇心神,定睛看时,光中景物人影忽似灯影子戏一般,一幕接一幕相继现了出来。心神不特未为所摄,灵府反而越觉空明,仿佛境中人物景地均曾相识。知道圣姑法力神妙无穷,必早算出自己今日来此,特为指点玄机,并非幻象。断定此举必有深意,事关紧要。但是当地五遁禁制厉害,危机密布,少时是否骤然发难,尚属难知。为防万一,索性在兜率宝伞护身之下,用一真大师所传坐禅之法,运用玄功守定本命元神,潜心谛视。看到后来,方觉光中人景越看越熟,直似以前经过之事。忽又听少女声音清叱道:"道友危机将临,还不省悟么?"说时,那镜中正现出一个白衣少女为数妖人飞剑、法宝环攻,遭了兵解。同时镜中似有一片青光迎头照来,为宝伞光华所阻,一闪不见。忽然大悟,把前几生的经历一一涌上心头。

原来易静正是圣姑昔年惟一好友白幽女,先也出身旁门,和圣姑一样志行高洁,法力也在伯仲之间。不过圣姑喜静,轻易不见生人;幽女好事疾恶,树敌甚多。二人虽是同道至交,性情均极孤傲,不肯下人。圣姑天生丽质,

227

仙根玉貌,未成道以前,垂涎她美色的人极多。圣姑偏又性行孤洁,一任势迫利诱,誓死不屈,虽得保持童贞成道,却受了无数颠连苦难。由此益发厌恶男子,积久成习。但对美貌少女却极喜爱。

当初圣姑收玉娘子崔盈时,幽女久闻崔盈淫恶凶狡,再四劝阻。彼时圣姑尚未得参正宗佛法,明知所说甚是,一则护短,向来不肯认过;二则极爱崔盈的聪明美丽,且已收下,不便反悔。始而只以婉言相谢,意欲严加训勉,试为其难。幽女见她不纳良友忠言,心里不悦,话越切直,力言此女不去,必为所误。圣姑竟被激怒,说:"我自己甘愿受累,即使此女真个犯规叛师,淫恶不法,我也加以容恕三次。只要她第四次不犯我手,决不亲手杀她。我必将她感化教导,引使归正才罢;否则有她在世一日,我也留此一日,不了此事,决不成真。再说,人非冥顽至愚,至多再蹈一次覆辙,焉有师长屡次成全宽免,尚不回头之理?"

幽女答说:"妹子看此女美胜天仙,心同蛇蝎,尽管现在誓改前非,立志归正,心口如一,并非虚假;但她恶根孽骨有生俱来,秉性如此,万无改移。你又钟爱太甚,异日尽得你所传授,一旦旧态复萌,便难制服。我不忍见平生良友为此淫贱受害,累及仙业。将来你必后悔,我自代你除此祸胎便了。"
圣姑答说:"我生平行事从无后悔。此女在我未逐出门墙以前,无论是谁,不容加以欺侮,暂时不劳照顾。如等她三次犯戒之后,她已尽得我所传,只恐道友今生要想除她,还未必能如意呢。"

彼时二人争论已久,话说得甚多,本就彼此生心,终致越说越僵。幽女见圣姑虽喜自负,彼此也常有争执,从未生过芥蒂,此日言行大改常态,心料此女必是她的凤孽。受了几句抢白,不觉有气,互相打赌,说了几句气话,幽女一怒而去,由此二人踪迹疏远。

此事发生在三百多年以前,当时圣姑道已将成,只为根骨异禀虽然得天独厚,可惜前生好些凤孽,所习又不是玄门正宗,婴儿炼成以后,介于散仙地仙之间,只能遨游十洲三岛,绝踪飞行,不能飞升紫府,成就天仙位业。不得已而尸解再转一劫。今世出生,便是人家弃婴,九死一生,受尽苦难。后在依还岭巧服灵药,得了一部道书,才知吐纳修炼。因为貌美,备历险厄,几迷本性。她恐再世堕落败了道基,静中虔心推算,本身又该皈依佛法,否则便须上东昆仑仙山自本岩,独自虔修九百年,始可遂飞升之愿。无如平日孤高自赏,除幽女外,绝少与人来往。又一连因色贾祸,每与外人相见,必定生事,心中厌恶。所居深在幻波池底,地极隐秘,日常禁闭严密,独自清修,不见外人。虽急于皈依佛门，无人援引，正在举棋不定。李宁前三生是一高僧，忽然凤缘凑合，途中巧遇，看出圣姑是佛门弟子，特以禅机点化，并令往游身毒，寻取真经。

圣姑福至心灵，看出老和尚道行甚高，当时便欲皈依。高僧答说："我虽指你迷途，做你师父却还不称。况我本身愿行未完，凤孽未尽，尚须三世始能证果；况又圆寂转世在即，就我应诺，也于你无益。你只要谨守我言，将真经物色到手，自行参悟，久而自通。到你二百年后，孽满成道之日，我那第三生的师父佛法甚高，我必代你求说，以无边法力，极大慈悲，在你要紧关头前往，助你证果，飞升极乐便了。"

老僧说罢，果然圆寂。圣姑只得膜拜顶礼一番，用法力将高僧戒体火葬，如言寻往身毒国。果然在一枯树腹内寻到一段神木，详译上刻梵文，知道内藏一部佛家真经，为禅门无上妙谛。但有佛法封禁，深藏木内，须对神木用三年零六个月坐功，以自炼太乙精金之气将木分解，始能取视。本来约定幽女一人打坐，一人护法，将来一同开读参悟。幽女性刚，立意不等崔盈三次犯戒，便将她除去，不再登门，连读经之念也自息了。

照着圣姑本心，崔盈天性虽恶，资质极好，世无不可度化之人，又得了这部佛经，将来自己道成以后，一传佛法，必能大彻大悟，不致重蹈覆辙。因为和幽女彼此负气，断了交往，别时话太决绝，一心想争这口气，但对于多年道义之交也未忘怀。只因幽女所习旁门和自己一样，法力虽高，枉积炼有不少法宝，终是外道，如不早日改途皈依正教，终将不免兵解。彼此同时学道已有多年，前辈多已飞升仙去，再拜正教中后进为师，自然不愿。难得无心中途遇神僧指点，远游西土，得了这部真经，正好一同参悟。偏生有了芥蒂，此时如往寻她，必当自己须人护法，有似屈就。意欲传授崔盈法术，使其学成护法，等将真经取出，再寻幽女，释嫌修好，同参正果。初上来时并不放心，连用巧法试探崔盈心志是否坚定，俱是始终如一，毫不动摇，恭谨已极，修为尤其精进，心里还暗喜崔盈果符自己厚期。哪知崔盈奸狡异常，安心骗传道法，强制欲念，天生淫毒之性，并非真要悔改。等到把乃师传授得去多半，又得了几件大有威力的法宝，圣姑对她也越比前宠爱，本可尽得师门心法。也是圣姑亟于取出真经，与良友、爱徒同参正果，并证己言不谬。估量崔盈可以胜任，便托护法入定。事前还格外小心，为防万一魔头来扰，自己虽多年苦修，心性又极坚定，十九无害，但护法人本是恶根，也许难于应付，特意把丹房用法力封闭严密，方始入定。

229

圣姑以童贞入道，已历多年，凤根深厚，心智灵明，魔头并不能为害。只在初入定时，现了一些魔相，均以神智坚定，自然消失。崔盈却是久旷之余，早就难耐，护法已久，益发静极思动，欲念横生，直难自制。见师父入定以后，神仪内莹，潜光外映，洞中封禁防备又严，断定无事。并且此时心智纯一，决无旁注。有此两三年光阴，偷偷出去稍微解渴，急速赶回，当不至于被觉察。念头一转，心魂已飞，色胆如天，竟然私开禁制，离山远出。在外半年多，不特重拾旧欢，另外还犯了许多淫恶之戒，反以不见师父追寻，认作不到功行圆满，不会发觉，只在期前赶回已足，乐得快活些日。渐渐流连忘返，胆子越大，仗着师传法力，淫凶狠毒，较昔尤甚。

后传到白幽女耳中，觉着圣姑虽然护犊，不应纵其淫凶为恶，料有缘故，忍不住赶往质问。说也真巧，崔盈初出山时，也还念到师恩，又想尽得乃师所传，并无背叛之念。日久，渐把回山学道视为畏途，又以所犯淫恶太多，不是花言巧语可以掩饰，师父功行圆满，即便期前赶回，当时不知，事后也必有人告发。心中忧疑，便和所结交的两个妖人商议，竟把取经之事泄露。二妖人均是左道中能者，本恨圣姑、幽女二人；又不舍崔盈回山拘束，难再为欢。更想乘隙报仇，夺取真经和洞中法宝，同向崔盈献媚怂恿。于是索性叛师，引鬼入室，也在这时赶到。

幽女见崔盈竟能将那禁制开闭自如，引了二妖人入内，气愤圣姑不纳忠言，致有此患。先还不知圣姑正在入定行法，只知崔盈暗引外邪入洞，决非好事。想捉真赃实犯，使圣姑略扫颜面，以证明自己有先见之明，当时没有发作。仗着事前警觉，身形已隐，悄悄尾随崔盈及二妖人入内，跟进丹室。一眼瞥见圣姑手掐印诀，面对神木经入定，二妖人已然伸手想要夺神木经，室中禁制又吃叛徒撤去，心方一惊，待要施为。崔盈以为成功在即，神木到手，同时圣姑再为妖法所杀，全洞法宝便可全数搜出，据为己有，自是心喜。

哪知圣姑慧珠朗照，崔盈那日才走，便已知悉。只因起先以为魔头厉害，不知如此容易，业已费了半年多苦功，此时正在紧要关头，只一起身，前功尽弃。又想崔盈昔日出时仍将禁制还原，可知并无背叛之意，必是有甚事情忽然想起，看出师父不会有失，抽空一行，事完即回，不会在外久停。好在身有法力、法宝防护，只要魔头无害，外来仇人到此只有找死，无足为虑，便没有动。后过了两年多不见人回，才料崔盈此出不妙，仍未想到如此可恶。相离成功已无多日，自然忍耐下去。来敌哪里知道这些。二妖人议定：一个夺经；一个用妖法骤出不备，杀死圣姑。三人入门，手刚扬起，圣姑身上突发出大五行绝灭光针,飞出一蓬光雨,比电还疾,齐打中在二妖人的身上,相继一声惨号,当时毙命。圣姑依然安坐未动。崔盈见状,胆落欲逃,不知怎的身被定住,不能转动。

幽女才知圣姑预有防备,又看出紧要关头,便自退出。心仍不放,惟恐还有别的妖邪来犯,特意在洞外守候到圣姑功成,方始不辞而别。心想圣姑必要寻她,并治恶徒叛逆之罪。哪知事隔三年,终无音信。这时忽见崔盈送来圣姑亲笔书信,上写:"真经取出,新近才将全文释解,如践前约,特请莅临,一同参悟修持。道友重劫将临,如不改归正教,纵然志行高尚,多积外功,兵解终恐难免。同道至交,直言奉告,勿再负气,以贻后悔。"对于叛徒之事,一字未提。

幽女见送信人是崔盈,已经愤怒;再一看信,越看越气。便写了封书信,令崔盈带回。大意是说:

> 圣姑怙过,不纳良友忠言,执拗到底。妖妇已然叛师行刺,仍留肘腋之下,纵使法力高强,异日不为其所暗算,也必受其大累。自己福薄缘浅,不想皈依佛门,也不敢胆大妄为,收容奸恶。虽是旁门,但知安分潜修,积善绝恶,也许天心鉴怜,临劫能以保全。请善自爱重,勿以故人为念。

圣姑原是静中参悟,虽然别才数年,业已洞悉前因,妖妇崔盈是她命中爱孽,仍欲以人定胜天,导使归正。见幽女回信讥嘲,中间又涉及昔年一同修道时前嫌,不由也生了气。事后二人还曾相遇两次,圣姑说幽女如不降心相从,必贻后悔。幽女答说道家也有正果,旁门中人只要不犯恶行,同样也能成仙,宁死无悔。于是二人越来越参商。

二人末次相见,圣姑因得了佛经之力,功行大进。知幽女大劫将临,原有友情,难于恝置,特意前往点化。幽女不但不睬,语更激傲,并下逐客之令。圣姑知她难免兵解之厄,行时留了一封柬帖,请其到时开看勿毁,姑留后应。幽女任其放置案上,也未开视。等与妖党结仇对敌,并未挫败,觉与前言不符。心中一动,试一开看,才知所遇妖人厉害非常,当日大败实因骄敌自恃,措手不及,幽女法宝又极神妙之故。由此却种下了祸因。如在事前开视此柬,妖人轻易不来中土,不出山去,固可错过,不致再遇;就是出山遇上,或者不去招惹,或是得胜之后立去幻波池,少避凶锋,明年再商出山之策,也可无事。到时如不开视此柬,回山这日,仇敌已约集同党跟踪寻仇,现时洞外已被邪法布满。妖人生平不曾受挫,前日之败,引为终身奇耻大辱,立誓非复此仇不可。圣姑本人恰在幻波池入定,修炼佛法,不能来援。就派了人来,也只各尽其心,并难挽救全局。所幸妖人知幽女法力高强,初来不知洞中虚实,未敢叩关直入。发觉虽晚,还可准备。出时可速将所炼旁门法宝一齐带在身上,施展全力,护身出门。此役万不能免,如非劫数所使,以前彼此也不致参商这么久。兵解已万不能免。到了事急之际,一面准备遁去元神,兵解超劫;一面速将所炼神火自行敛去,一闻雷声,速行兵解,切勿再误。

幽女看完柬帖大意,想起妖人受伤逃时可疑情景,恍然警觉。心中虽仍含愤,却是深信不疑。刚刚准备出探,妖人已在洞外厉声喝骂。匆匆带了法宝赶出洞去,两家一照面,便吃妖法包围,四面夹攻,果然厉害已极。先还负气,暗怪圣姑既早算出,怎不先行详说利害? 明知自己和她有隙,留此柬帖何益? 意欲施展全力脱身。哪知这次比上次大不相同,妖人有备而来,已然难敌;又有几个能手为助,脱身直是无望。眼看形势危急,自知无幸,不是被妖人生擒了去,受那屈辱楚毒,便不免于炼魂之惨。迫于无奈,如圣姑之言行事,果然神火才敛,立时一个震天大雷打将下来,一线金光冲开妖雾,射向身前。幽女立即警觉,知道圣姑命人引度,来护元神出险。忙舍元神,将天灵震破,迎将上去。吃金光一绕,带起便飞,就此冲将出去。尸身自然兵解在地。

原来这时已是崔盈第二次犯戒以后。圣姑因幽女不肯皈依,劫数注定,无法避免,自己纵有暇往援,也无用处。又以幽女所习虽近旁门,生平无一恶行,修积甚多,兵解转世反可大成。知崔盈忌恨幽女前仇,如今若命其往援,定必偾事。所以故意令其一到便发神雷,如等妖雾中紫色火光一敛,幽女便遭兵解,人就不能救了。过了所限时刻不发神雷,定必反击来人,切勿自误。崔盈两次叛师,连经重创,深知师父法力。那符又画在手上,限有时地,只有如命行事,不敢违背。但是仇恨甚深,巴不得幽女惨死,才能快意。到时看见幽女与妖人斗法,危急万分,一算师父所限时刻还早,好生高兴,故意隐身附近峰头旁观,迟迟不发神雷。一心盼望在时限未到以前,幽女兵解身死。不料幽女如百足之虫,死而不僵,尽管危急,仍能勉强支持,并还能豁出法宝一件件损毁,与敌拼命,不时回攻,妖人竟被她伤了两个,久不遇害。一见时机将近,手上已自无故发热震动,正在苦盼,妖阵之中紫色火焰忽隐。

因双方烟光杂沓，浓密异常，只有神火强烈，微见紫光闪动，人却看不见，崔盈只当幽女遭了兵解。而且掌上神雷时限已至，不敢再挨，忙不迭扬手发将出去。

崔盈奸狡，拿不定幽女是否兵解，雷虽被迫发出，却往偏左一面空中打去。谁知到了高空，仍照阵的中心下击。崔盈反因此震退出数十步，几受重伤。惊顾仓促之中，也没看见仇人元神已被金光护送，平安脱出。正在暗幸未误时限，只稍延迟便报了仇。师父尽管算计精密，智者千虑，仍有一失，这一点却未算出。回山复命，圣姑只把头略点，未再盘诘。崔盈心中一块石头落地，觉着师父仍可欺以其方，胆子又复渐大，以致三次犯戒被逐，终以幻波池盗宝，为神雷所殛。因为圣姑当时厚爱，宽容太过，妖尸深得师传，法力高强；圣姑已然尸解禅定，一切均是生前预为布置，不比人在时易使形神俱灭。况且还有好些因果，所以听凭妖尸在洞修炼。

那幻波池五座洞府，各有禁制埋伏。中洞灵寝与崔盈停尸之洞，乃是枢纽，最关紧要。本来人一到此，禁制立即发动。只有最后三年中，每年必有一日禁制停止，乃圣姑算定到时有人要来，特意留此个把时辰空隙，使来人从外入内，过了时限仍是不行。此事连妖尸也不知悉。可是妖尸近来功力越高，洞中禁制除本身所受，难满可以消解外，余虽不能除去，却能随意发动，用以害人。此时原是妖尸断定敌人身入重地，自蹈危机，被陷在内；前洞又似有了警兆，前往查看，把易静认作网中之鱼，所以未至中洞查看。前洞如无所见，定必赶来，相机行事。来人能擒则擒住，以其生魂去炼妖法；否则以坐视来敌死亡为乐。易静知妖尸有洞中禁法为其利用，不可轻敌，只宜退向外室待救，尤其要防她用法力颠倒禁制，引入五遁禁地以内。

易静坐在宝伞之下，虔心敬观镜光中景物和后来所现字迹，才一现完，面前圆光忽隐。紧跟着烟光杂沓，风雷隐隐。易静知道禁制发动，立纵遁光后退。才到外间室内，猛一眼瞥见左壁圆影正放光明，变作一个青光闪闪的圆洞。洞口立着一个女子，装束异常华丽，面貌仿佛绝美，身材风韵尤为妖艳。只是满头秀发披散，血流满面，十分狼藉，眉目之间隐蕴凶威。神情似是刚到，便发现自己竟会经由圣姑内寝之中退出，不曾被困在内，又惊又怒。于是面容突变，二目凶光暴射，狞笑一声，先将双手向四面一阵乱划。风雷遽作，全室立化火海，烈焰熊熊，夹着无数雷声，潮涌而至。

原来妖尸因惧圣姑威力，轻易不敢深入寝宫重地。每值去时，必须现出以前被雷击死，血污狼藉的本来真相，始敢前往，而且也只敢在那圆洞口和适才封闭的正面门外窥伺。非到复体以后,心身禁制皆去,面上血污也已去尽,恢复本来面目,无须再假妖法掩饰,并还到了自认可以一试的时机,不敢入室一步。以前唆使外来妖党犯险破禁,因当着众妖党,不愿现出遭劫时丑态,为全一时体面,宁肯多折羽翼,不特不指点趋避之法,反在暗中运用原有禁制,使妖党入内犯险。破法的人成功了固可喜,不成功便把性命断送在内。以防万一圣姑留有遗音,或是与自己死前一样,寝宫那圆神光忽然出现,暴露自己种种丑态恶迹,其用心尤为凶险狡诈。这时因用隔水捉鱼之计,先用原设禁制封闭了甬道秘径,然后逐段搜去,本来事机神速,只要敌人入洞,晃眼便可搜出。不料搜过两洞,俱无踪影。正待逐洞搜索,前洞忽有极奇怪的警兆,不由大惊。

妖尸先虽断定来了强敌,但去往前面的出口和壁中泉脉水遁之路适均封禁,此外只有两条道路:一是此前二妖党所走的通道,一是甬道秘径。来人既未潜追妖党,中计入伏,必已深入甬道秘径,前往各洞窥探。中洞寝宫所在,禁制强烈,威力至大,神妙无穷,如敌人误入重地,不死必陷,万难脱免。但自己也视为畏途,欲乘来人未到中洞以前,成擒被陷。并用圣姑所设现形之法,使来人隐身法失去效用,以便下手容易。及觉前洞有警,事出非常,心想:"洞中秘径甬道乃己新辟,外人不知。也许敌人法力甚高,又看出圣姑禁法厉害,意欲逃走,不知用甚方法窜入前洞。此人便是未来隐患,关系至大,万不可容其遁走。好在甬道已闭,如是另一敌人,先入甬道的已成网中之鱼,不愁逃脱,还是先除现敌要紧。"临时变计,率领众妖党急往前洞查看,却并无来人踪迹,只觉出可疑之点甚多,心越不安。逐处行法搜索,扰扰多时,终无所得。

妖尸又想:"凭自己的机智、法力和原有埋伏,照此搜索,前洞如有敌人,当无不现之理,怎会无踪?事大可疑,莫非仍是先来敌人在出水时暗用法力声东击西,将自己绊住,以便下手盗宝?后洞行法以后,未及遍查。虽说圣姑法力神妙,一则来敌既敢深入,必非易与;二则圣姑善于前知,万一预有机谋,留下甚遗音、遗偈指点敌人,使来人知所趋避,自己又被引开。前洞警兆忽此忽彼,不可捉摸,实是奇怪,弄巧就是圣姑预弄狡狯,助敌成功,都自难料。"心中一动,立命众妖人严加戒备,仍旧搜索,有事随时报警;自己却重又搜索后洞。

妖尸初意甬道封闭甚速,敌人早被隔断,未必便被深入洞中重地。本心无故也实不愿往寝宫去,便由另两洞起搜索,均无敌影。只剩中洞一处未到,禁制也无发动之迹。心想:"敌人不是在未出水以前随着水退之势见机逃遁,便是侵入前洞,否则不会如此全无动静。"方欲再向前洞查看,又想事关重大,反正无人窥见,便现丑态,多费点事,到底稳妥得多。正门直对圣姑停法体的灵床,走近有些胆怯,便把壁间圆洞入口行法开放,探头一看,寝宫内外室俱是静悄悄的。大骂:"妖鬼该死,累我担惊,徒劳心力,并无其事。"忽见内室门里光华闪耀,风雷隐隐,好似有人快要入伏光景。情知有异,心方一动,猛见一幢伞形宝光护着一个小女婴童,与妖魂所说的敌人女神婴易静一般无二,正由里面御遁飞出。入室这么久,门内五遁禁制连同外室烈火神焰之禁均未引发,大出意想之外。不禁又惊又怒,凶威暴发,连话也不顾得说,先将室中神焰、神雷发动,对敌围攻。然后戟指怒喝:"无知贱婢,竟敢偷入重地,今日叫你死无葬身之地!"口中辱骂不休,手中加紧行法,又将别的禁制发动。

易静不知底细,见她面上血污狼藉,披头散发,站在洞口扬手顿足,切齿咒骂,神态凶暴,宛如雌虎。暗笑:"似此悍泼淫凶之鬼,又是如此污秽丑恶,就有点姿色身材,也全掩去。众妖党虽是左道妖邪,也都修炼有年,怎会对她那样迷恋,甘为效死? 实是不解。"方在寻思,忽觉出雷火厉害。跟着妖尸又发动了五遁禁制,威力尤大。易静知道难破,便照圣姑所说,静候时机,不想当时遁走。后因妖尸骂得十分污秽恶毒,不由大怒。一面震摄心神,以防万一;一面冷不防将手中弹月弩、散光丸猛朝妖尸打去。满拟妖尸当时披发流血情景,分明妖魂业已修炼复体,以肉身出斗,自己所传佛门至宝同时施为,多厉害的妖邪也难禁此一击。即便玄功变化神妙,重伤当所不免。哪知中洞寝宫内外四壁俱有圣姑所设埋伏禁制,神妙无穷,不可思议。尤其厉害的是五遁之禁相生相应,一触即发,进攻愈猛,反应之力愈强。妖尸曾在圣姑门下多年,雷殛身死之后,又在本洞潜修了两甲子,屡经试探研求,深悉微妙,十九俱能因势利用。那壁上圆洞另有法力防御,咫尺鸿沟。妖尸身在洞口以内,相机行法应敌,多厉害的法宝也难攻进,已居于有胜无败之势。

易静如照圣姑所说,在兜率宝伞护身之下镇守心神,以静御动,谨防妖尸诡计颠倒禁制,室外禁制虽也厉害,只要不被妖尸诱入灵寝五行交会的中枢要地,便可无虑,少时救兵一到,立可出险。

也是易静该有这两番涉险的无妄之灾。她自将元婴炼成,长于玄功变化,新近又连经大敌,尤其北海陷空岛丹井盗药长了不少见识,觉着五行禁制虽然厉害,身有七宝,至多费点心力抵御,早晚仍能冲出,何惧之有? 加以前与圣姑积有夙嫌，转劫多生，并未化解。自从初进幻波池，见了圣姑仙容，无形中便起了不服之念，至今介介。二次入洞，虽经慧光幻景指示，悟彻前因，也只略生惊赞，成见仍未去尽，心中仍未悦服。天生疾恶刚直之性，妖尸又是她前生最厌恶之人，双方种有恶因积怨，才一见面，便已眼红，又听恶声咒骂，由不得无明火发，顿忘圣姑之诫。却不知当地五行禁制虽也近于旁门，内中却藏有仙、释两门妙用，与陷空岛丹井上面五行阵法大不相同。何况陷空老祖又是心有默许，只想借盗灵药试探来人法力高下，未存敌意，不特不曾以全力运用，反在事前指点，困中相助，否则成功也无那等容易，与幻波池如何可以比拟？这一出手，立生巨变。

易静原在神雷烈焰包围环攻之下，因有宝伞护身，虽未被雷火侵入，但因出时不曾防到妖尸突自壁间出现，妖尸发难更是神速。易静自恃宝伞威力神妙，不论收合无不如意运用，只顾注视妖尸是否原身，略缓须臾，未将宝光开张，只有丈许高下，六七尺方圆一幢光华，仅仅将身笼护在内，四外全被雷火逼紧。等再行法运用，欲将宝光放大，已吃妖尸占了先机。雷火猛烈，从来未见，急切间只能抵御，要想荡开来势，艰难已极。等到散光丸、弹月弩同时发出，一片爆音过处，身前雷火立被震散，冲开一条大火衖，一蓬银雨夹着一团明光，恰似流星赶月，电也似疾，直向妖尸打去。方喜法宝威力不凡，妖尸决难躲闪，说时迟，那时快，就在这心念微动、眨眼之间，妖尸连躲也未躲，只面上略带惊异之色，刚怒喝得一声："贱婢！"同时宝光已然飞到，势绝神速。

本来妖尸非伤不可，谁知二宝光华才飞射到了洞口，便似点燃了大堆火药焰硝一般，又似阻力甚大，二宝并未射入洞内。随听一串爆音过处，洞口青光闪了一闪，轰的一声巨震，化为一片青黄二色的精光，夹着无数粗可合抱的青色光柱，连同千万把金刀，排山倒海一般迎面压到。跟着全室隐去，只妖尸目闪金光，时在前面出没隐现，恶骂不休。同时风雷、水火、金刀之声交作，震耳欲聋，护身宝光立被上下四外一齐束紧，难于移动。最恶是水、火、金、木、土五行互相摩荡，生化变幻，威力越来越猛，发出五行神雷，密如骤雨，不住向护身宝光冲击上来，声势险恶，从来未见。易静尽管运用玄功，施展全身法力抵御，竟觉出宝伞光华似乎在减弱，久便难以支持，比起昔日紫云宫神砂甬道所遇，还要厉害得多。知道误触圣姑禁制，将五遁神雷一齐引动，自相生化，联合来攻。想不到洞中埋伏竟有如此厉害，深悔适才不该大意，自蹈危机。就说开府以后得了本门心法，兜率宝伞不易损毁，只要静守心神不再上当，便不至于受害，但想要脱身却是万难。已然弄巧成拙，悟出反应之妙，不敢再去施展别的法宝还攻，只把六阳神火鉴暗藏手内，以防万一。同时静摄心神，默运玄功，谨守宝伞之下，静待时机，以谋脱身之计。

易静自奉师命，在静琼谷中修炼，功力大进。此时轻敌之心一去，易攻为守，果然好些。妖尸见敌人虽被困住，但是护身宝光神妙，五行神雷不能攻进。敌人又好似成竹在胸，见此险恶形势，面上神色毫不慌乱。又看出易静道行深厚，法力高强，如不就势除去，必是未来大患。连怒带急，不由凶焰高涨，暴跳如雷。一面催动五遁禁制，加增威势；一面暗中行法，将禁制倒转，使敌人于不知不觉之间，投入灵寝前面的五宫埋伏以内，无论触犯何种法物，皆难活命。易静不知此时禁制埋伏已全触发，不是专一谨守，便可免于陷入五宫罗网。妖尸又极阴毒凶险，知道敌人不是易与，惟恐惊觉，故意做出许多丑恶形态，叫嚣跳踉，以分敌人心神。易静心虽未乱，无如身已受制，宝光受了五行强压，本就难于转动，内外二宝又全隐去，眼看随着妖尸行法，缓缓前移，就要陷入罗网。

易静先是身子凌空，不曾觉察。后因被困时久，忽然想起："敌逸我劳，强弱相差，一丝不能懈怠，长此相持，终非了局。五遁禁制相应相生，虽极厉害，主人圣姑是我旧友，照着适才所见镜中字意，只要我低首求她，不至于袖手不顾，恶意更是绝无。看她神通如此广大，我今日之来，尚且被她在百年以前算出，自己如有凶险，早已明告；何况妖尸是她孽累，断无听其害人之理。现在所说救援未至，妖尸益发猖獗，不知还使甚阴谋毒计。从上面逃走，恐怕不能；此洞已然深居地下，非有极高地行法力，也不能经由地底遁走。当初圣姑设伏之时，决不致因算出我要来，特意把地面也设下严密禁制。适才不想遁走，原为法宝触动五遁禁制，妖尸没有击中，反倒加增了绝大阻力，恐再生反应，未敢造次。反正禁制埋伏已全发动，变生仓促之际，骤出不意，自然厉害。此时运用玄功，已能抵御，再有反应，也不过如此，何苦待人救助？不如姑且试它一试。只要地面能用法宝稍微攻破一洞，立可裂地遁走，岂不是好？"想到这里，猛将手往下一指，将牟尼散光丸连发出了两粒；同时左手暗藏的六阳神火鉴也发出一片紫焰神光，往下照去。

妖尸因看出敌人就要入网遭劫，心喜快意，毫未觉察，只顾催动禁法。没想到敌人精于地遁之术，意欲侥幸一试，未免疏忽了些。又正施展大挪移法，五遁威力全在上方和四外，下面要弱得多。牟尼散光丸又是两粒并用，威力至大，一片星光银雨飞洒下去，爆音连响，密如播鼓，易静脚底的五色焰光雷火首先炸散了一片。同时六阳神火鉴又正是五行神雷的对头，宝光照处，面前景物便现了出来。虽然圣姑禁法神妙，五行神雷变化相生，随灭随生，只有加盛，势甚神速，不过瞬息工夫。

易静一双慧目法眼，已然瞥见先前灵寝前面的五遁五宫正从对面缓缓移来，那火宫法物的玉石灯檠已然射出奇光，就在脚底相隔只有尺许，再晚须臾，身便陷入五行真火之中。此火威力神奇，不可思议，专一引起人的魔念。易静事前既未警觉，如到时妖尸再用诡计诱敌，心神稍一失制，立即走火入魔，便有法宝也无所施，久而形神皆灭。就算炼就元婴，不致如此之惨，要想脱身，至少也须丧失一甲子功行，还得具有极大法力之人来此相救，否则仍是不行。上次卫仙客夫妇丧失真元，便因陷身水遁之故，那还是在东洞壁间小池之内。何况此是圣姑灵寝中枢机要重地，五宫并列，互相生化，如何能支？

易静动作极快，本拟出其不意，二次施展法宝，只要地面攻破，稍现空隙，立即乘机破土，穿地遁走。一见地面不曾攻裂，只将五行神雷略微冲散，随分随合，毫无用处。却把妖尸毒计窥破，知道危机一发，慌不迭运用玄功，一手持着六阳神火鉴，一手连发牟尼散光丸、灭魔弹月弩，在兜率宝伞笼护之下，强力反身回遁。所幸妖尸不比圣姑，只能因势利用，前后挪移，不能随心施为，而易静师传七宝威力甚大，又以全力施为，竟被猛冲出去了两丈。

妖尸见仇敌就要入网，忽然惊觉遁逃，并且阴谋毒计已被识破，自己只能缓缓行法挪移，不能通体倒转，再用前法未必成功。不禁愤怒如狂，一面厉声咒骂，一面把五行神雷益发加紧催动。易静因上下四外俱是五行烟光雷火包围密厚，什么也看不见，不知妖尸伎俩只此，而散光丸、弹月弩每粒又只能用一次，异日尚需应急，不舍浪费。惟恐妖尸力能倒转全阵，暂时虽幸脱险，久了仍是不免为所暗算，心中已是忧急。而那五遁禁制经法宝一冲动，再由消而长，围涌上来，势愈强盛。奋力往相反方向强冲出去，不到丈许，越与相抗，威力越大，终于四面猛压，将人定住，一步不能动转。如非宝伞威力，不必陷入五宫，即此已足亡身灭神亦有余了。

易静见情势危急异常，暗道："不好！"试再发出散光丸，往下一看，地面仍在移动，身外五色烟光雷火又似排山倒海一般仍在增强，压涌上来，令人心惊目骇，震耳欲聋。遁逃无计，连想避开五宫奇险，俱所不能，好生忧急。妖尸见仇敌被陷不能再退，施展前法又觉有望，重又转怒为喜，正在兴高采烈，狞笑连声。易静已准备损丧一甲子功行，一经隐入五宫，立即以前师一真上人所传坐禅之法,保住元神,拼受苦痛,以待救援。主意打定,便把散光丸又取两粒,回身朝下打去。银星如雨,四下分爆,烟光分合之间,看出五宫法宝又在身前出现,相隔不过三尺。

易静情知不免早晚失陷在内,方在危急无计,忽听梵唱之声隐隐自前面传来,由远而近。心方一动,忽又听耳边有一个熟人口音说道:"事机已急,可速回身,随着前面佛光飞行,便出困了。"易静听出是英琼之父李宁口音,惊喜交集,忙即回顾,面前忽有大片祥氛飞来,只闪了一闪,身外五色烟光雷火忽都无影,面前却多了一圈佛光,中有一个极淡的老僧影子,正缓缓往外飞去,适才初进来时的正面门户已然大开。再看妖尸,如醉如痴,呆立在壁间圆洞以内,好似失了知觉。心中愤怒,方欲施展法宝除此大害,忽又听身后有人喝道:"时还未至,不可妄动!"同时那圈佛光已然飞出门去,身后风雷又在隐隐欲起,只得忍怒随了飞出。那佛光飞行渐快,所经俱是中洞宫室,未经甬道秘径。前行不远,忽听身后来路灵寝中一声雷震,声甚猛烈,全洞皆起回应,跟着五行神雷之声又复交作。估量妖尸已然回醒,却未见她追来。佛光所至,如入无人之境,既未遇见妖人,沿途也无埋伏发动。不消片刻,连经过十余层大小洞室,便达中洞门前。佛光一照,洞门立自开放,易静随同从容飞出。到了幻波池飞泉水柱之下,佛光一闪不见。

易静回顾中洞,门已自闭,随即冲波直上。一看天色已到了次日中午,梵唱之声早住。空山无人,水流花放,四面静悄悄的,也不见癞姑、英琼和门人、雕、猿等踪迹。心想:"先听耳边人语,分明是李伯父,必是英琼等闻报自己深入池洞,久而不出,料已入险,自身又无此法力,特命神雕去求李伯父来此相救。按理必来池边迎候,怎会一人俱无,难道有甚阻碍不成?"边想边往回飞,遁光迅速,晃眼静琼谷在望。正往下降,忽听空中一声雕鸣,同时英琼、癞姑当先,后面紧随着米、刘、袁星、上官红等男女四弟子,一同迎出,朝上扬手欢呼。

易静落地相见一问,才知自己入池以后,神雕长鸣示警,没有止住易静,立即飞回报信。上官红等自是忧急,忙去内洞禀告。正值英琼做完功课,闻报大惊,断定易静必是被困。英琼主张硬冲入洞,与妖尸一拼,就此下手除去。癞姑知时尚未至,力也不及。上官红见癞姑持重,力主从缓,虽听说无甚妨害,终不放心,心中忧虑,悲泣不已。癞姑正打主意,李宁忽奉白眉老禅师之命,自空飞降。众人料知为此而来,好生欣喜。礼见之后,李宁言说:"洞中各层埋伏禁制均极神妙,不到时机,破去甚难。圣姑并非要与易静为难，只因易静前生与她原是同道至交，二人俱都性傲尚气。易静前生欲斩妖尸，以除后患。圣姑却说，不问崔盈如何，终是她的门下，杀她不难，但须先向圣姑低首服输，得了允许。当时二人俱未成道，为此几句一时负气的戏言，始有今日许多因果。当易静看了神光中景象字迹，悟彻前因之际，如肯低首下心，求其相助除害，就时犹未至，也必从容脱出。一则前嫌仍未冰释，成见天生，不曾捐弃；二则妖尸不该伏诛，圣姑早算出易静此时决不心服，有意借此磨炼旧友，才致有此一场险难。少时洞中五遁全要发动，就我本身也难为力。幸得白眉禅师所赠灵符，才运用慧光，仗着灵符之力前来相救。"

李宁匆匆说完，随命英琼一人随侍，余众退出，自在内洞入定，施展佛法。元神飞入洞内，先用疑兵之计，将妖尸和众妖党引向前洞，一面照着师命巡行五洞，分别行事。一切停当，妖尸早入内洞，易静也到了危急之时，这才直飞寝宫。灵符立生妙用，祥氛一照，妖尸知觉便失，五遁禁制也自停息。等将人引救出困，五遁重又复原，洞中却现出一个易静的幻影。妖尸当时只觉心神微一迷糊，立即清醒，不知仇敌已然将人救走，心虽惊异，仍向易静幻影行法进攻，不多一会，便被引入五宫烈火以内消灭。妖尸虽觉消灭仇敌太易，当是圣姑五遁威力，竟被瞒过。李宁元神先回，向众略说几句，便自飞去。英琼等挽留不住，出谷一看，易静果已安然回转。

易静修道多年，已是转劫之身，屡经大敌，见多识广，虽然天性刚烈，未免疾恶稍过，平日行事仍极干练持重。这次不知怎的，竟会沉不下心去，不听众人劝告，强要往探妖窟，致有此失。如非白眉禅师命李宁以佛法解救，几遭不测。越想越不是滋味。回山以后，除却炼法益加勤奋外，平居相对，老是闷闷不乐，不甚言笑。

癞姑、英琼已得李宁密示，知她还有一场大难，早晚仍要入池涉险，定数如此，不是口舌所能劝转，非此也除不了妖尸，她和圣姑的前生嫌隙也难分解，无可奈何。好在妖尸为佛家的幻象所迷，把白眉禅师灵符幻象当作了易静本人，引入火宫之内炼化，只当仇人已死。

第二四〇回

华日丽仙山　花放水流人独立
灵潭追魅影　星驰电射燕飞来

话说妖尸崔盈心性凶暴,当妖道丙融的元神败逃回去以后,不等丙融的元神把话说完,便下炼魂毒手。丙融恨她刺骨,便把静琼谷中的敌情故意隐瞒,只说谷中只有易静一人,并且禁制已撤,是否还有别的仇敌来往盘踞,因刚追到谷口便与敌人相遇,未往查看,故不知悉。

妖尸因上次盗宝,除易静外还有两个少女同来,闻丙融之言,始而不甚相信,本意想命妖党前往探看。继一想:"妖道始终只说遇见易静一人,并非受害以后才行改口。仇敌如有同党,见死了一人,决不甘休,定来报仇无疑。自己此时不能出洞,这类敌人均是正教中能手,同党前往未必能胜。洞中现有极厉害的埋伏,可以借用。今日仇敌如果真只有易静一个,也许因为心贪,背人来此盗宝,死在洞中,尚无人知。否则,正好等敌党来此寻仇,以逸待劳。

"洞中藏珍,谁都生心觊觎,想要独得,不愿人多分润;真觉一人势孤,也只约上两个亲切交厚的同道,三数人处心积虑暗中图谋,决不会使众人皆知。自己仗着洞中地利,来一个,除一个,既可省心省力,还免却张扬传说,使敌人觉出厉害,有了戒心。况且一旦伤了来人,他的同党必召集多人,前来报仇,大举来犯。自身还未超劫,便树下许多强敌,平增好些危机阻碍。虽说占着洞中地利,但据近日所闻,百余年工夫,各正教日益昌明,能手辈出,与前大不相同,声势异常强盛,何可轻视?

"自己虽然有轩辕门下的毒手摩什为后援,到了事急之际,连乃师轩辕老祖也可为己所用。但是毒手摩什妒念奇重,法力又高,人又凶横毒辣,自己未遭劫以前,曾尝过他的滋味。当时如非己恋的人是于他有恩的至友,几乎被他强占了去。一落彼手,便被独霸,立成禁脔,休想与别人交合。自己水性杨花,见异思迁,无论多么合意的情人,也不能将心绾住,遇上别的美男美质,决不放过,本就难耐。何况此人生相丑恶无比,别的多好也觉难堪。上半年他自行投到,好容易用些心机,激得他一怒而去,不到万分水穷山尽,大难临头,难于避免之时,实实不愿招惹。与其被他霸占,千百年日与丑鬼相对无欢,不如还是谨小慎微,相机应付,不把事情闹大。一经脱困,便可为所欲为。"

妖尸一味打着如意算盘,却不知前数月妄动圣姑所遗玉牒,将预设的禁法触发,受了佛法反应,一面禁她肆意横行,一面又将她引向自趋灭亡之途。外表功力大进,渐成气候,法力日高,眼看脱困在即;实则心灵已然受制,机智灵敏转不如初。强敌近在肘腋之间,危机隐伏,她却一点不知,还自以为得计,不特未命洞中妖党前往探看,反禁妖党外出。众妖党虽有几个见后洞寝宫仇敌虽然除去,此时前洞明明还有好些警兆,苦心搜查并未寻见,不是还有仇敌隐伏,便是今日来的不止一人,入而复出,已然得了一些虚实遁走,劝令小心。妖尸力说那是后洞所杀仇敌,用声东击西之计故弄狡狯,所以仇敌一死,便无迹象,无须多虑,如有人来,只是送死而已。众妖党因问出后洞仇敌为五遁神雷所困时,前洞还有响动,妖尸偏要固执成见,与往日多疑善虑谨慎情景迥乎不同,虽觉她胜后骄敌,自恃法力、埋伏,一意孤行,早晚不免失计,好意劝告,反遭呵斥,心中不满。无如为妖尸媚惑侮弄已惯,妖尸又惯于擒纵诱逗,看出对方神情不对,稍使出一点柔声媚态,浅笑轻颦,一个个重又心神恍惚,惟恐不得她的欢心,哪还敢有二意。因此之故,易静等师徒多人在静琼谷中日夕修炼,并无妖党前来生事。

光阴易过,倏又经年,众人功力自是大进。妖尸的气候也逐渐成长,除尚不能出洞一步外,元神已早复体,与生前无异,法力更加高强。只苦了一般天性淫恶的妖党,日常对着这么一个美胜天仙,妖艳绝伦,媚人肌骨的尤物活宝,不能染指。妖尸又喜挑逗,引人情狂为乐,不时现出许多活色生香,加上好些柔情媚态,引得众妖党一个个神魂颠倒,智迷心昏,直如疯狂。无如为邪法媚术所制,奉命惟谨。每当兴发欲狂之际,为求一亲妖尸艳肌,博得片刻之欢,虽以污秽仙府,为五遁神雷所击,形消神灭,均非所计。然而尽管色胆包天,对于妖尸却是爱极恨极而又怕极,不敢丝毫忤意。哪怕满腹热爱,狂血欲喷,准备好拼却性命不要,强求一尝异味,见了妖尸,未曾出口,心先害怕。实在按捺不住欲火,刚现出一点辞色,吃妖尸把花容微微一冰,一双媚眼微微一瞪,再加上一点薄怒轻嗔,几句轻言细语,立即不敢再有表示。往往欲火攻心,热血沸腾,百脉一齐贲张,终于无从发泄,中心痒不可搔,无可奈何。

　　妖尸因是想起以前所习淫媚邪毒之法，迷惑这些妖人，使其本性昏乱，到了脱困危急之时，均为她出力效命，故意如此。实则久旷之身刚刚复体，淫心欲念也是奇旺，只因深知圣姑天性好洁，平生厌恶男子，遗言本禁男子入洞，犯者必死。自己啸聚了这些同党俱是男子，当初原为复体期近，好些事均须人相助，急病投医，姑且一试。好在死的是别人，于己有益无损，本心没打算这等太平，不料竟会安然无事。除却几次自己嫌人太多，高下不齐，起了两次火并，死伤多人外，凡是认作将来有用的几个能手，至今无恙。固然自己深悉洞中微妙，与众合力，在各层夹壁之间开了甬道秘径和好些小洞室，以供行住，避开禁地，并各指明趋避之法，不致触网犯禁。但是圣姑既能凡事前知，早有安排算计，今日之事断无不知之理，哪有如此便宜，安然到底？心疑还有危机隐伏，圣姑遗言必要应验，这班妖人决无好结果，不是应于现时，便是应于未来，连自己也是如此。到日安危系于一发，不能脱出，便必毁灭。平日背人一想，便觉心寒，觉着不再犯大禁忌，到日尚且难保必生，如何还敢再犯圣姑平生大忌，污秽仙府？便是毁尸报仇，好歹也等脱险雄飞，莫我予毒；或是看出不行，拼与同尽之际，再作道理。此时仍置身在仇人网中，乱来不得。总算这两甲子元神苦修没有白费，尚有定力，又不似众妖人淫欲蒙心，元灵已失主宰。每当狂欲将起，立想到切身安危利害，强行按捺，也是苦极。有时因此恨极圣姑，几番想要强行出洞，与众妖党合力施展极恶毒的邪法，拼着藏珍不要，倒反仙府，将全洞连同圣姑法体、元神一齐葬入地府之中毁灭。然而终究无此大胆，咬牙切齿一阵，也就拉倒。

　　这一年中，池底也时有妖人来访，但与妖尸勾结上引作同党的只有一人，余者不是不甘为妖尸诱入洞内送终，便是知难而退。每来一妖人，均难逃神雕法眼。有时癞姑等人也多撞见，因守李宁之诫，视如无睹。又因隐身窥伺，谷口设有禁法，潜形幻景，来的妖人不曾发觉，众人也不出面。

　　易静自从第二次幻波池受挫归来，因觉洞中最厉害的是灵前五宫和五行法物，而师传道书，正有一章专论此法，但非短岁月中所能炼成。心想："自己前炼过五行五遁，本有根柢，只是不能穷极精微，生应变化。何不多下苦功，以年余光阴炼成，三入幻波池，不俟时至，何时炼成，何时便去，亲手除去妖尸，雪耻报仇？"因而终日在洞炼法，连每日必修的定功也放在一旁，轻易不出一步。偶闻池中妖人来去，只付之一笑，这样自然无事。

　　这日易静觉着所炼五行五遁已然穷极变化，意欲一试法力深浅。知道上官红近炼乙木遁法大为精进，已能不假林木随意施为。起初因所学由圣姑传授，从未诘问。后来上官红日益精进，也未令其演习来看。这时令上官红如法一施为，满拟自己学有根源，又得师门传授，虽然功候尚差，上官红初拜师时曾见她演习过，虽不似旁门左道之术，威力也颇神妙，毕竟不能与自己同日而语。哪知师徒二人互相一演习防御，竟成了功力悉敌。易静先以乙木反制乙木，几为所败，已觉奇怪；忙又改用反五行，以为金土化生，可克乙木，不料也只仅仅将上官红乙木所发的青色烟光勉强压住，不能继续增高而已，一毫也奈何不得。

易静不禁大为惊异，收了遁法，细一盘诘。才知圣姑所传先天乙木遁法，乍看与自己所炼无甚分别，实则另具极大威力妙用。想是圣姑防到上官红独处空山，受妖人欺侮，又其天资甚高，故一开始便传以最上乘的法力，中有许多精微奥妙之处，不是可以口笔传授，必须炼法人久自通悟。虽是初学，已得元珠，加以天资颖悟，用功又勤，自然进境神速。这还是年岁还浅，若照此勤习，再要把全部道书得到，威力神妙，更要登峰造极，不可思议。自己所习虽也神妙，一则以前所习只是皮相，而妙一真人传授乃是玄门正宗，尽管殊途同归，到达极处，威力一样，或许还要加甚，但须先固根基，循序渐进。功力不到，灵效便差，不可以后先倒置，勉强得来。易静累世修为，今生又是劫后元婴，自是灵悟，略加考询，便明真相，料定圣姑那部道书，乃是天府仙箓，道法神奇。师父命己习此遁法，只为异日入洞御敌之用，并非以此破法，这一年勤练，也必早在算中。照着日前功候，炼到诛戮妖尸之日，恰巧合用。按理不应勉强，应俟时机成熟再去，才是正理，无如这口气不出，中心不甘。好在师父不曾明令禁止入池涉险，只是示意警戒，况且已然去过一次。身是众人表率，就不能一举成功，除去妖尸，好歹也把上次颜面争回，再作计较。想到这里，夸奖勉励了上官红一阵，一同回洞。

过了数日，易静忽向众说："此时离除去妖尸还早，意欲趁此闲空，往玄龟殿一行，归省父母，顺便带上官红同去参拜师祖，求赐两件法宝，就便见识，略开眼界。"众人先疑她又要入池犯险，嗣听带上官红同去，又知她心高好胜，两受挫折，如无必胜之望，决不轻率从事。省亲孝思，又值山中无事，来去耽延不多日子，故只请早归，均未劝阻。易静行时，还嘱众人："池中埋伏委实厉害非常，我去以后，最好谁也不要出谷。琼妹眉间煞气日透，虽不一定主凶，必有争杀之事，尤须小心在意，不可轻举妄动。我此行往返至多半月，少则十日以内，就有甚事发生，最好等我回来再议。如真非应付不可，必须全听二师妹主持。神雕喜往池上空窥伺，我们既不想与妖人争斗，并此亦可无须。"众人自是应诺。易静即刻作别，带了上官红，往南海玄龟殿飞去。

易静带了上官红走后，癞姑笑问英琼道："琼妹，你可知易师姊的心意么？"英琼道："我看不出。莫非她还瞒了我们，借着省亲为由，又去池中涉险不成？"癞姑道："你说得差不多。我看她简直非去不可，只是如何去法：或是背了我们独行其是，或是回来大家商量好了去，尚还难定罢了。"英琼道："那么她带上官红去做甚？"

癞姑道："那却是另一件事。因她上次和你去探幻波池，盗取毒龙丸与宝鼎藏珍，受了圣姑一点气，彼时不知前生夙缘，至今介介。这次去又被困在内，如非伯父驾到相救，直难脱身，引为大辱。你看她以前提起圣姑，多存鄙薄之意。自来谷中修炼，时常议论异日除妖之事。二次受挫回来，表面一字不提，实则心中气极，立意要在期前入洞，一雪两次之耻。但她为人性刚好胜，见识又高，连挫之余，知道洞中厉害，不是单凭血气之勇可以强为其难。因觉洞中最神妙难敌的，便是先天五宫禁制与五行神雷，恰巧掌教师尊所赐道书载有此法，并还备极精微。她本学过，功候还浅，所以这一年中苦心勤习，终日研求，连每日入定功课均行荒置。初意以她天资学力，总可如愿以偿。没想到本门之学首重根基，循序渐进，此法尤甚，功候不到，决难登峰造极。她虽好胜，毕竟久经大敌，行事却不肯粗率妄举，何况又上过当来。

"她因上官红所习先天乙木遁法正是圣姑传授，初收徒时，虽曾略微指点，因非本门心法，是由外人所传，不曾详考。以为自己近日所学，必能将她制服。哪知圣姑五遁禁法别具神妙，学的人本可速成。上官红仙根深厚，颖悟灵慧，用功又勤，虽然乙木之遁不能变化五行并用，偏具极大威力。易师姊这才知道，前番往探妖窟，尽管被陷些时，因未临到危机便被伯父救出，还没有尽窥她的妙用。除非将来按照师传，炼到炉火纯青之境，如就现时所学前往，终不免重蹈去年覆辙。

"去的念头虽然暂歇，心终不忿，于是想到易老伯神通广大，法力高深，故借着归省，想得一点入洞除妖之策。她初收门人，开头便收了上官红这样好徒弟，心爱已极。平日尽心指点，百计成全，就着此行，令其拜见师祖和各位尊长，得赏赐些法宝，以为异日行道防身之用，自是一举两得。此女不特根骨禀赋可以追步本门诸秀，天性又极温良纯厚，相貌又那么美丽清淑，休说易师姊不枉爱他，便我也爱极。闻说玄龟殿法宝最多，易老伯母、两位林

245

夫人和绿鬖仙娘均爱上官红这样少女,此女必有许多好处可得无疑。我说易师姊也许回来见了我们再去,便因带她同行之故。易家二老往时喜以人定胜天,逆数行事,近多年来虽未听说有这类事,对易师姊却甚钟爱。如因易师姊磨着二老为她雪耻,本人虽不会来,易师姊也不会有此一请,但赐上两件法宝,传授一些机宜,助其勉为其难,却说不定。再加上上官红依恋乃师,而所精乙木遁法又很有用,更可能犯险同往妖窟。"

英琼叹道:"易师姊常说我眉间煞气太重,以过刚则折之言诫勉,却不想她自己比我还胜。上次我和她、周轻云师姊同探幻波池,由宝鼎中得来的那小宝匣中有一本《百宝珍诀》和两道灵符、三把玉钥。那道灵符已在脱险出洞时用去。另外《珍诀》第一页上便有一道通行全洞的灵符,只需预先准备,用绢纸之类将符画好,照所传法术炼过,到了洞中,无论遇何险难,将此符用本身真火焚化,往上一掷,立生妙用。只为她当时匆匆,心又生气,没有将灵符记下。回山便值开府,献与师长。这次奉命下山时,恩师掌教夫人将符赐我,未曾传授二位师姊,也并未禁我转授同门。此符连画带用,均极容易,但在画符以前,必须先将符法炼得精熟。以她法力,不过一日光阴便可运用。那日我三人谈起妖尸可恶,我看她面有疾恶之容,跃跃欲试;师父仙示又有预言,知她早晚必往,便请二位师姊先炼此符,以防万一。你已学会。她却因炼法时须向圣姑默祷通诚;又以那符虽能通行全洞,仍要避开灵寝前五宫中枢和北洞禁闭妖尸的两处重地,执意不习此法。不然,这次何致几为妖尸所算呢?"

癫姑道:"易师姊此次乃是她前生因果,命中魔难,圣姑必须假手于她,完此凤孽。所以事事相左,阴错阳差,必须经过。她已历劫多生,前后修炼数百年,皆是童贞入道。直到今生元婴修成,方得寻求正果,为本门这一代女弟子中有数人物。凤根缘福,道法功行,何等深厚。心志灵明,具大智慧,岂是容易到此境地?如当她平日行事也如此动犯嗔戒,一意孤行,不特看浅了她,掌教师尊也不会命她掌领幻波池仙府,做我们的表率了。"

英琼道:"我并非说她短处,只因她极厚爱我和师姊,我两人也极爱她,这次明明前面是座火山,偏生非往上跳之不已,直与平日谨慎持重大不相同,劝又不肯听,由不得叫人代她忧急。就说她法力高强,只是受点虚惊,不会受甚伤害,但师尊仙示已然点醒,几乎明言不可前往,刚下山开辟别府,她是我等表率,首先违了师命,这场责罚怎能免呢?"

癫姑道:"琼妹只是同门义重,关切太过,却没悟出师尊仙示明似诫她,实为你我二人而设。自从伯父去年救她出险，略示机宜走后，我又详译仙示，分明掌教师尊早已洞悉前因后果，知道此事只她一人关系全局最重。如若明令严禁，易师姊自然不敢违忤，诛戮妖尸便许贻误时机，成功更难。如不稍加告诫，大家看得太容易，势必全数同去，不是一到便往攻洞，便是日常去往池上下窥伺动静，见有妖人到来，决放不过。不等时机到来，先闹得河翻水转，把轩辕老怪师徒这一类的厉害妖人全引了来，各位师长闭洞未出，请想我们如何抵敌？所以尽管警戒我们，不到日期不可轻举妄动，否则必有险难，却无违命责罚之言。只是指示洞中厉害，不可轻看而已。这等说法，易师姊定数所关，见师命不严，自然仍要前往；而我们不该受此无妄之灾的，自以师命为诫，不敢妄动了。我如料得不对，师父法力何等高深，凡事无不前知，易师姊既要违命偾事，决不会命她主持全局，更不会令我们在三年以前老早便跑来此地居住了。"

英琼闻言，仔细一想，不禁恍然大悟，连赞师姊推断真是有理。癞姑又笑道："话虽如此，你近日眉间煞气日显，只恐期前也不免入池一行呢。"英琼道："这个却未必呢。妹子临敌虽不免粗心胆大，容易犯险，对于二位恩师却是奉命惟谨，决不敢丝毫违背。除非易师姊危急，非我不能解救。但有师姊在前，法力均比我高，二位师姊尚且不行，我更无用。师姊不去，而我独往，绝无其事。"癞姑微笑道："我也是主人之一，自然迟早进去，但决不会和你同去犯险。未来之事难知，且等到时再看。琼妹诸事留心，万一入洞，只守不攻，方为上策。好在你煞气虽高，而无晦纹，尚是幸事，也许此行不虚，还有大成呢。"

英琼闻言，暗忖："自己近来功力甚是精进，下山时掌教师尊将初探幻波池圣姑留赐的异宝赐了九件；恩师妙一夫人又将我初入道前误走莽苍山玉灵崖，由妖物木魁脑中取得的青灵髓，炼成一件降魔至宝相赐：按说幻波池之行实可去得。只因恩师期爱太厚，上次在苗疆心粗躁妄，误伤红发老祖，如非定数，又是妖妇巧弄，孽徒进谗，稍还有理可说，几乎惹下乱子。掌教师尊虽未责罚，恩师妙一夫人行时背人诫勉，却曾提到此事。并说自己虽然根骨仙福特厚，为光大本门十七高弟中秀出之人，可惜杀机太重，任重道远，稍一不慎，纵非堕落，也不免误却天仙位业，前路艰难，务要谨慎自爱，不可轻率、嗜杀、喜事。自来依还岭静修，每忆师言，便自警惕，丝毫不敢怠慢违命，致负师门深恩与期许之厚。

"前以道书上仙示，大意有幻波池洞中禁制重重，不到时机妄动，必贻后悔之言,因此从未动念。二位师姊道行法力原差不多。不过易师姊定数有点险难经历,人又尚气,当局者迷,故而不肯听人谏劝,连师父暗示也敢拼受责罚,不去遵守。癞师姊机智灵慧,凡事均能逆料,每有论断,均极扼要,适才所说,果然有理。否则还有一年,池中艳尸和老妖孽便该伏诛,而长一辈的师长均紧闭洞修炼,各位同门除周轻云到时似要来此一行外,其余诸同门下山时未奉师命,别前背人私询,到时均各有各的要事,决不能分身来此相助。分明将此事责成我和二位师姊三人身上,如不能负此重任,怎会那等吩咐?

"去年老父来救易师姊,也并未叮嘱不可入池犯险,反倒指示好些机宜应付与法宝的用法;又说开府以后,奉命下山诸同门出外行道,遇到危急之际,像乙、凌、白、朱、公冶各位前辈师伯叔们和玉清大师,均曾受过掌教师尊之托,多半应时而至,为之援救。惟独幻波池诛戮妖尸时,他们都有要事,或有别的耽延,同辈友好中或有三两人来助一臂,老辈均不能来援。并且此事全仗机缘凑巧,圣姑在百年前早有成算,安排绝妙,时至自然成功,也实无须诸老前辈相助。自己虽然只仗飞剑、法宝,有的非人所及,但入门年浅,功候尚差,如论法力,平辈中哪还有再比二位师姊更强得多的?可见事须自了,别人无关轻重。既然如此,不特自己,恐癞姑也必须往池洞中走上两回。自己本定到时始行前往,既然如此,也不必无故轻举,只等有事,相机而行便了。"

英琼本是疾恶好事天性,只因师命尊严,初膺重任,不敢轻举。这时心念一动,便想起第一次至幻波池的情景,其中的通道及物事也还依稀记得。近一二年道法加增,洞中虚实趋避,道书仙示虽未指明,却传有好些应付之法。只要发动时不与强抗,相机趋避,便不至于受甚大害,怕它何来?想到这里,不由改了初念,也未答话,只笑了笑。

癞姑近日因易静违命孤行,忽然想到易静既非浅薄躁妄之流,师父如真不许期前擅自入内,理应明令禁诫,不会只说去必有险,却未严禁。尤可怪的是当地密迩妖窟,时有妖邪往来,在此久住,断无无事之理。如说为收上官红并诛谷中妖人,只要半日便可毕事,哪里不可暂住修炼,何必守在这里?先期入池涉险,又似只对易静而发,仔细推详,加上李宁行前的语意,已多可疑。昨日偶然无意之间独往谷外高崖上闲眺,忽然心灵一动,知道恩师屠龙师太佛法心通感应,疑有机密要事。立循崖顶飞往昔日妖徒漆章所居崖顶石洞内,运用禅功一入定,才知是眇姑的心声传意,指示未来幻波池除妖建立仙府的机宜。大意是说：

> 明日易静要回南海玄龟殿省亲。英琼、易静日后均要入池涉
> 险，但二人此行正是将来破洞除妖关键。二人被困日期，久暂不
> 同，均无大害。如以易、李等师徒诸人之力尚不能竟全功，而诸师
> 执长老到日恰都有事，不能前来，只有两个助手关系重要，可往延
> 请。但这两人均有师长约束，不能随便下山，必须设法行事，始能
> 请到。内中并须一件灭魔至宝，在另一前辈师执手中，但向不借
> 人，人也不能随意动用，因此也须由此两帮手自往求借，而且明言
> 未必肯与，也须授以方略。

癫姑听完，立对全局有了成算，好生欣喜。方欲以心灵感应回叩恩师屠
龙师太近况，以及易静此行何日归来，是否借口省亲归时径往妖窟，易、李二
人之事何日始行应验，不料竟无回应。知道眇姑是奉师命转告，传完意旨便
罢。自己已然改投玄门，许久不见，而师姊不曾忘却自己，心甚关切期爱，表
面上偏是那等冷法。故意闹气激她回答，仍以心灵感应默念了十几声瞎姊
姊，终无回应。心想："你最不喜人说你瞎，如不回应，偏要怄你。"还待念时，
猛觉左脸上着了一掌。癫姑知已激恼师姊，不禁得意。笑念道："瞎姊姊，莫
打我，听我道来。我好心求教你，如有思虑，风行水动，便应自在答我。如无
眼耳鼻舌身意，便无牵累罣碍，我自骂人，与你何干？因何着恼，却来打我，
犯此嗔怒恶戒？你虽面冷，只此便热。以我佛法，只此一掌，便又打了诳语，
着了相也。"说完，以为眇姑必被激出回应，哪知任怎激刺，更无动静，也不知
师徒二人现在何处。赌气起立，想起恩师，心方一酸，忽自叹道："我自己也
犯了贪痴，还笑瞎子呢。"随即回洞，以为是未来之事，也没告知易、李二人。
及至易静一走，因平素最爱英琼，偶然闲谈，随便议论了几句，只详情不宜先
泄，眇姑指示之事并未说出。英琼当时虽是心动，终想等易静回来再作计
较，无事仍不打算轻举妄动。二人谈了一阵，便率门人同做日课，勤习道法，
各自放开，未再谈起。

光阴易过，一晃竟过了两个多月，易静、上官红终未回转。癫姑知道易
静未到入险之时，此时必和上官红在玄龟殿学甚法术、法宝，所以迟不归来。
英琼却生了疑虑，以为易静飞遁神速，上官红本具仙根仙骨，身轻如叶，近又
学会飞遁之术，带了同飞，并无耽延。就说易静父母兄嫂留住，但她是众人

之长，负有除妖建府大任，妖尸气候将成，正值此间多事之秋，断无在家中久留之理。越想心越不安。

英琼曾和癞姑多次商量，欲派神雕钢羽飞往南海玄龟殿探看易静。癞姑因知易静必定平安无事，即使不在玄龟殿，也必为了除妖之事去往别处张罗，决无他虑。眇姑传音虽未指明时日，但说易静被困之期，与英琼乃是同时，而英琼被困为时不久，等易静平安脱困出来，妖尸已将伏诛。并且与英琼同往妖窟还有一个女同门，尚还未到。现离除妖只剩多半年，日期越来越近，眇姑所说只是全局提要，语焉不详。妖尸气候既已成功十之八九，大难将临，成败关头，在此一举，图谋必定更急。去年易静脱险，妖尸虽被瞒过，一直无事，但以妖尸的神通机智，加上妖党不时来往静琼谷肘腋之间，就许窥测出一点行迹，又命妖党来此窥探。事机迫近，尽管李伯父说是无妨，到底谨慎为上。神雕脱胎换骨以后，道行大进，日益通灵变化，应变临敌比米、刘诸弟子还要得用。易静又复归宁未回，少了一个最得力的主持人，如何可以再去掉一个帮手？事情早有定数，易、李二人全是先凶而后大吉，只要小心应付，必竟全功。神雕刚直好胜，此去南海路程遥远，沿途妖人众多，遇上这等神物，不知来历底细，就许生事，又引出别的枝节，岂不更是烦难？

这日英琼又旧话重提。癞姑仍然再四譬解说："易静决无凶险，必是到家后易老伯因妖尸厉害，伏诛之日未至，恐其归来涉险，强留在家，等候时至，再复前来。否则便是炼甚法术、法宝，准备事前雪耻。此间行即有事，神雕在外，易启妖人觊觎。虽然神通变化，真要遇见几个最有名的妖人，事情也是难说，何必多此一举？"英琼仍是半信半疑，平素又不肯与同门姊妹们争执，却又放心不下。

夜课完后，英琼见癞姑仍在打坐，便独自走出洞外，一看星躔，正是丑末时分，暮春日长，东方已略现曙色。依还岭自从圣姑禁法满了时限，去了法力掩蔽，现出庐山真面，四围仍是本来的穷山恶水，危崖大壑环绕，外观仍看不出它的妙处。内里却是灵山仙境，迥绝凡间。静琼谷本是全山奥区，一早一晚之间气象万千，尤为绝胜。英琼觉着连日勤于用功，久已不曾选胜登临，一时兴起，飞升崖顶，想观日出佳景。刚到顶上，便见残月西斜，犹挂遥山，尚未全坠；疏星三五，犹吐明光。满山花露溟濛，春烟杳霭中，大半轮红日已自东方天际吐射万道光芒，徐徐往上升起。最妙的是东方遥空更无片云，那青苍苍的碧天吃日光一射，黄红相映，幻出半天异彩虹辉。近处却有稀落落几片白云，在碧空中自然舒卷，随时变幻出奇峰怪石、仙人异兽等等形状。一会，又有两片忽然凑在一起，又复展开，渐伸渐蜿蜒如带，浮沉空中。日光一照上去，中心比雪还白，边上却幻印层层彩晕。时有二三巨禽，成行雁阵，横渡碧空，飞鸣而过。又待一会，朝旭渐高，转成白阳曙天，满山大地，齐现光明。天空浮云，也不知何时化去。晴霄万里，苍苍一碧，越显得天宇空旷，无际无涯，比起往日红霞半天，浮纨散绮，又是一种光景。低头俯视，花树中时有翠羽仙禽，沐浴阳光，在枝头上飞鸣跳蹋，嘤鸣不已，音韵娱耳，如奏笙簧。零露未晞，晓雾渐敛，到处香光浮泛，五色缤纷。远望东南峰峦岩岫，黛色肥鲜，更无杂色。时有飞瀑流泉，玉龙倒卧，界破青山，自上飞坠，雪洒珠喷，鸣声浩浩。更有松杉之属，千奇百态，盘拿倒置，飞舞其间。再看近崖谷外一带，危崖高耸，势欲排云，苔痕深浅，石色苍秀。无数花林之外，更有万竿修篁，干霄蔽日。清溪映带，正涨春波。谷径曲折，中藏幽境，端的悦目赏心，观之不尽，令人置身其间，胸襟开朗，顿生灵悟。

英琼暗忖："自来此山已近三年，因是仙山，花开不谢，四季常青，灵奇秀美之景，观赏已多。似今日这等空中不见片云，晴美淑清的天色晨光，却还第一次见到。莫非有甚佳兆不成？"正寻思间，遥望东南天际起了破空之声，晃眼邻近，当头一道暗赤色光华疾驰而来。到了幻波池上空，忽似飞星下坠，直往池中射去。英琼看出暗赤色光华邪气甚重，知是妖党无疑。因已和癞姑议定，只要妖党不寻上门来，时机未到以前，任其往来池底，无故绝不前往招惹，何况已落池底，追去也是无用。时已不早，米、刘、袁三弟子由昨夜起在洞中修炼，均未出来。神雕原在洞外守候，此时不见，料又喜事，隐身空中瞭望。正想下去唤米、刘、袁三弟子出洞比剑，考验各人功力，就这一转念间，猛又瞥见一道青光随在暗赤光华之后，电驰追来，到了池上，更不停留，往下射落。先觉妖光异样，近于红发老祖的化血神刀，却又有好些不同之处，威力也相差甚多，而且光色暗淡，好似主人斗败负伤逃遁之状。后来那道青光来势特疾，由远处追来，飞得更高，与天色相混，远望稍不留意便看不出。加以破空之声甚微，为赤光所掩，先后仅只瞬息工夫。英琼不想生事，只顾看那妖光下落，心又在想别的，所以不曾发觉。晃眼青光追近妖人，飞到池上，流星赶月般尾追飞堕。刚觉出那是本门家数，青光已刺波而下。方在惊诧，猛又瞥见一点银星，由碧霄之上朝崖前斜射下来，晃眼放大，风声劲疾，其速如箭。定睛一看，正是那心爱神雕钢羽，离地还有老高，便急鸣了两声，英琼听出是在唤袁星速出。知它自从转劫以来，横骨业已化尽，用功精勤，虽然学习人语，终以天生钩舌，咬字尚不真切，遇到急时，仍然用原来鸟语。因袁星和它相处日久,情分深厚,又能通晓它的语言,可以向人代达,所以每一遇事,首寻袁星为作舌人。见它来势如此急骤,分明见自己在崖上,不曾招呼,先唤袁星速出,非有紧急之事,不会如此。心方一动,神雕钢羽已自飞下,口吐人言,朝英琼叫唤。

袁星和米、刘二人正在洞中做完早课,闻得雕鸣甚急,俱料有警。袁星首纵遁光飞出,也到了洞外,后面跟着米、刘二人。初意神雕必有话说,哪知朝自己叫了一声,便即飞落。英琼随由崖上飞下,见袁星连问何事。神雕竟似急躁,只不回答,与自高空飞落急遽情景,迥乎不类,却连看了自己两眼,益发奇怪。英琼虽奉师命与白眉师祖传谕,令神雕归到自己门下,神雕平日也把自己当作主人,终以他与白雕同在白眉门下,论起来,辈分比己还高。就说人与禽类不能并论,得道终究多年,并且自从老父出家,便全仗它照护,平日多呼之为兄,不愿忘本。众弟子中,独对它未肯以师礼自居,从来未加斥责。这时见它迟疑不言,料定必有顾虑,便走过去,抚摩着它身上雪羽,笑问道:"你在空中巡视,发觉追赶那驾暗赤色遁光的一道青光,是本门中人么? 有话只管明说,吞吞吐吐做甚?"

神雕对英琼最是忠心,无论如何倔强,只要英琼略加抚慰,立即温驯异常,无不惟命。闻言睁着一双金光四射的神目,又朝英琼仔细看了一眼,忽朝袁星用鸟语连声鸣啸起来。袁星闻声,面上立现惊愤之色,不等神雕叫完,便朝英琼道:"师父,前在飞雷洞与石师伯同在一起的赵师叔,适才在东南方紧追一妖人到此,大约不知那是幻波池,径投池中去了。"英琼闻言大惊。神雕忽然怒视袁星,啸声顿厉。袁星道:"你怪我做甚? 这事岂是瞒得住的? 师父早看见了,你不是说不妨事么?"神雕闻言愈怒,扬爪作势欲抓,袁星连忙避开。英琼喝住,问是何故。袁星便把事情的原委说了出来。

原来自从那年史南溪、施龙姑、孙凌波诸妖邪火攻凝碧仙府,诡谋未遂,死伤逃亡,瓦解以后,石奇、赵燕儿均爱神雕灵慧,雕、猿又时往飞雷径游行,时常相见,彼此甚熟。以神雕的目力,适才燕儿飞来时,本可以现身阻住,告以易、李诸人在此,引来相见。因妖人遁光极快,燕儿别才两年多,功力竟大非昔比,来势比妖人还要神速。想是先未曾见,发觉妖人,再行穷追时,已吃逃远,不久必被追上无疑。神雕先见妖人飞入池中,只顾看了一面;又以这类事常见无奇,后面就还有人,也是妖人同类,没想到会有正教中人追来,更没料到还是本门中人;加以当时正往西北方空中回翔,飞得既高,相隔又远。燕儿所用飞剑并非旧有,不曾见过,功力又那么精强,由远方数百里空中飞星过渡而来，眨眼到达，不近前不易看出，再一疏忽，就此错过。等到闻声见影，看出是赵燕儿，业已下落。本心池底洞门紧闭，也许和往日为妖尸所拒的妖人一样，与前追妖人一同闭洞不纳。意欲飞身下去警告，忙飞到池上空，运用神目往下透视一看，所追妖人已为燕儿飞剑所斩，横尸就地。只此瞬息之间，燕儿也没了影子，同时洞门正由开而闭，知道燕儿已被妖尸诱进洞去。神雕知燕儿与英琼总角之交，前在仙府一同修道时情分甚厚。当时又惊又怒，未敢冒失下去，未暇思索，忙即飞回告急。刚急唤袁星出洞，准备告知，一眼瞥见英琼在崖上，眉间煞气益发透露。忽想起二人至交，闻报断无不往救援之理。但是英琼煞气已冲华盖，应在顷刻，去必无幸，深悔冒失。本不想说，方在心中盘算，吃英琼一抚弄，不忍违忤，事已目睹，业被道破。再一注视，英琼煞气虽然明显，并无晦色，不过虚惊在所不免，只得告知袁星，欲令设词回答，止住英琼暂勿前往，等告知癞姑，从长计议，再相机行事。袁星因在仙府时燕儿相待甚厚，不在神雕以下，不特背了众人随时指点，并还怂恿金蝉、石生等几个年轻而法力高的师伯叔，瞒着灵云，暗中传以师门心法，所以得了双剑不久，便能飞行绝迹，随心运用。平常问答，尤极谦和，不似别位小师叔们喜欢嘲骂轻侮，从没叫过一声猴子。因此对于燕儿又是感恩，又是亲切。一听警报，急怒交加，冲口便说了出来。神雕怪他不该快口，故而发怒。

英琼本来震于池洞禁制神奇厉害，犹有一两分顾忌，及听神雕说是并无大碍，反更心定。燕儿既是穷途总角之交，同门相处又是莫逆，闻其被陷妖窟，便真有险，也应勉为其难，何况无碍。闻言，惟恐癞姑拦阻，假意对众说道："二师伯最重同门之谊，法力又高。但她和大师伯一样，都还未到除妖的时候，去必有险。钢羽鸣声，她在洞中想已听到，许是功课未完，故未出来。少时你们不可说出真话，她如问时，只说见有妖人飞入池底，来势猛恶，现已飞走。赵师叔为人正直，仙福颇厚，至多被困些时，必无他虑。我此时须在洞中入定，你们可仍照往日练剑便了。"说罢，刚要返身入洞，去取那未带在身旁的法宝，就便暗中写一字帖留与癞姑，立即赶往，将赵燕儿救了出来。忽见米、刘、袁三人都望着自己发笑，心中不快，也无心诘问。猛一回头，原来癞姑正站在身后扮着鬼脸，神态甚是滑稽，料知先说的话已被听去。

英琼直性，不善诳语，关切燕儿，心又忧急，不禁脸上一红。未及张口，癞姑已先说道："琼妹，不必瞒我，你那心意我已尽知。去只管去，但须稍微商量，不必忙此一时。钢羽可仍去空中隐身瞭望，对你师父也毋庸担心，我保她去,也保她回好了。"神雕闻言,意似欣喜,一声长啸,便自崖前冲空而起,晃眼出了谷上禁网,身便隐去,不见形影。

英琼急道:"师姊,赵师弟法力、飞剑均不甚高,虽然近得师门心法,到底年幼学浅,必非妖尸之敌;尤其洞中禁忌男子。易师姊不在,师姊须留此主持。妹子虽比他强不许多,一则旧日去过,二则还有几件法宝防身。妖尸狠毒异常,事不宜迟,师姊如无甚吩咐,妹子取了法宝,便走如何?"

癫姑一把拉住道:"不要忙。赵师弟不过略受妖尸纠缠,数中注定,该有这场困顿。救他出险的人也该是你,但此时还有一人未到,等她到时便可同去。不到日期,你们决出不来;不去,又是不行。你忘了那开府后二日,我们在小天香榭座上,玉清大师偶然走来,向赵师弟和你所说的话么?这里的事,日前瞎师兄眇姑,已用佛家心声传语,对我略泄先机。因未详言,只知你要在事前走上一回,先也不知何事,必往犯险。适才听说误入池中的是赵师弟,忽然想起玉清大师曾说赵师弟仙福颇厚,此后只有一次魔难,犯数日桃花煞,过此便即一帆风顺,更无凶险。你随口问她应在何时,她说应在三年之内,全仗你往相救,方得脱险。并说对头是古今少有妖艳绝世的女子。金、石诸师弟因赵师弟面嫩好羞,上次吃施龙姑的亏,几遭不测,也是一个美貌妖女,还着实拿他取笑了一阵。今算时日,正是三年将近。我这才明白,前言已应,自然非你前往不能解救。不过,洞中禁制,妖尸近日几能全数运用,琼妹一人势单,如不等帮手到来同往,内里门户众多,途径歧出,千变万化,彼此如若相失,不特容易吃亏,弄巧连赵师弟的面都见不到,岂非失算?"

英琼闻言,也想起前事,往援之心更切,急道:"既应妹子往救,那帮手等到几时?除却易师姊,别位法力纵高,不曾经历,恐未必能有助益吧?"话还未完,忽听神雕鸣声,袁星首先喜道:"帮手来了!"语声才住,神雕已自空中飞下。众人仰望,雕背上还坐有一个青衣道装女子,刚过禁层,便离开雕背,化作一道青虹,电射而下。众人见那少女正是二云中的周轻云,不由大喜。神雕见人已飞落,重又冲霄飞去。

原来谷上封蔽,于本门禁制之外,为求缜密,易静、癫姑各凭自身法力,另又加了两重禁制,变化神妙,威力加大,除却原住谷中的师徒七人和白雕之外,便是本门中人到此,也难随便穿入。再者,易静仙法设在头层,全谷真形已然隐去,不知底细的人,外观真难看出一点形迹。周轻云原是闻说赵燕儿追赶妖妇,匆匆赶来,路上遥望前面正是旧游之地依还岭,心已生疑。又遇见青囊仙子华瑶崧,得知燕儿误入幻波池,必为妖尸所困,本心来寻易、李诸人一同往援。神雕因先前在空中飞巡,一时疏忽,不及阻止燕儿入阱,自觉失职,心颇惭愤,格外加了小心,惟恐不止燕儿一个前来。正隐身高空瞭望,忽然瞥见老远飞来一道青虹,认出是本门青索剑,忙迎上去。轻云见神雕迎来,忙住剑遁,未及询问,神雕已先开口说:"赵师叔已然失陷,师父正和二师伯商量,即往救援。"轻云听它一别不到三年,居然零零落落,能以人语问答,好生欣慰。神雕请轻云隐身上背,引了飞回。

众人见面叙礼,英琼匆匆说了两句,又欲起身。癞姑笑道:"琼妹早去无益,周师姊新来,略谈一会,再走不晚。"轻云已得青囊仙子指点,也说事决无碍,尚有计议之事,无须如此急急。英琼无奈,只得随同癞姑将轻云陪进洞内,一面听轻云述说来意,一面把所有法宝一齐带在身上,等候起身。

原来轻云先和灵云、紫玲一起,自铜椰岛别后,因仙府暂时不许众弟子回去,将来又有紫云宫那么好的珠宫贝阙作为仙府,便无心再寻好地方。归途在五岭中的骑田岭深山之中,随意择了一个清静偏僻的崖洞居住。灵云素来行事整齐有序,紫玲、轻云又爱清洁,爱好风景,觉着虽是暂居,无须作甚长久之计,至少也有十年以上的岁月。每日用功之暇,便在当地莳花种竹,就着形势建了几处茅亭竹舍,又把当地叫作停云崖。山景本好,一加点缀,越发清丽。中间也常轮流去往各地行道,积修外功。三人本是水宫仙侣,情分日厚,不喜久离,每出行道,在外均无多耽延,又以勤于修炼,居山日多。

第三年上,先是灵云、紫玲无意中同往黄河,救了一次大水灾,回山谈说。轻云忽然想起,祖籍山东汶上,母死多年,从小便随父亲流转江湖,一直不曾扫墓。虽托族人照管祭田,大乱之后,事隔多年,不知是何光景,意欲归返故乡扫墓。灵云、紫玲因值初回,不曾同往。轻云到了汶上故乡,见先茔封树甚是整齐。一问看坟族人,才知乃父周淳已在数月前来过。哭奠亡母之后,又动思亲之念,便往衡山寻父未遇,只得回转骑田岭停云崖。归途想寻两件功德事做,绕道往闽、浙两省转了一转,途中只救了十多个贫病垂死的人,觉得无甚佳遇。

这日行经仙都,忽遇石奇、赵燕儿。轻云知石、赵二人根骨甚厚,为本门长老髯仙李元化得意弟子。师父餐霞大师也曾说二人在一班男弟子中,虽还不逮金、石等七矮弟兄,也可算是上中之材。三次峨眉斗剑以前,还要同建一大奇功。赵燕儿的成就,尤为远大。这次奉命下山众弟子,日后修道的别府仙居,十九各自物色。就是事前指明时地,也须各仗己力,寻求开辟,多半要费心力。独他二人所居洞府,是由掌教师尊恩命赐予,地在巫山神女峰北不远,地名老楠岭风火崖,乃本门长老风火道人吴元智的故居。昔年长眉师祖也曾在当地住过数年,为三峡附近景物最灵秀之区。洞壁之上,还留有好些灵迹图记。当时有好几位先进同门,具觉此乃异数,缘福不浅,齐向二人称贺。不过壁上图记与白阳洞壁仙迹不同,不是一年半年所得领会。照理二人应在洞中勤习,到此何事?便问南来之意。赵燕儿心直口快,气愤愤说出经过。

原来巫山名为十二峰,实则千山万壑,峰岭杂沓,崖谷参差,胜景甚多,均在人迹不到之区。往往外观危崖重山,高险插天,猿猱不渡,内中却藏有大片奥区灵景。这等地方,多半俱有散仙修士、左道旁门隐居盘踞。只老楠岭风火崖因有长眉真人昔年所留风雷之禁,风火道人吴元智初成道时,只在内住过一甲子,先后二百年间,外人没有本门启闭之法,决难入内。自来也无人敢生心觊觎,去往洞前走动。石、赵二人天资灵悟,用功更勤,总共两年光阴,竟将两壁图记一齐悟透,只功候还不到而已。二人本和众同门一样,领有道书,并加图记之助,道法、剑术俱都大进。

这日谈起师恩深厚,方在互相庆慰,忽在洞顶之上发现两口仙剑。取下一看,剑匣之外还有一个锦囊,内贮两粒灵丹,一张长眉真人所留仙示。两剑一名天慧,一名乙光,功效威力仅比紫郢、青索略次,不在七修之下。仙示令二人各取其一,速以本门心法,先使与身相合,再加勤习。两粒丹药也各取一粒,谨藏身旁,异日如为邪法所惑,心神摇动,即服此丹,便生妙用。二人读罢大喜,立即依言勤习,不消多日,居然神化。每次做完功课,便去洞外练剑,从未往远方走动,按说本可无事。

也是燕儿童心未退,前在仙府,见英琼所收雕、猿神通灵慧,心生喜爱,早想学样。及来风火崖隐修,巫山猿猴本多,三三两两,时在前一带出没,久想收服两个,以供役使。俱吃石奇劝阻,说:"此时用功要紧,无此闲心;况且英琼所收雕、猿,均早得道通灵,颇有法力,本山这些寻常猴子,如何能与比拟?纵令物色到一两个岁久通灵的加以教导,这类东西多是野性难驯,万一日后学有神通,背了我们行凶作恶,师长怪罪,怎当得起?再者,我们一上来便先收猴子,异日再收弟子,难叙班行,且易引人笑话。真要功行精进,何患收不到好徒弟?此洞原有禁制,外人不能擅入,又无须乎照管,你忙做甚?没的还为一个猴子操心?"赵燕儿不便相强,但心终不死。

事有凑巧。这日偶然离洞出游,采取首乌、黄精、花果之类回洞酿酒,无意之间走入岭西幽谷之中,忽然发现一只通臂小猿,被两只极猛恶的野兽追逐,迎面逃来,见了燕儿,哀啼求救。等把野兽杀死,小猿欢跃了一阵,便随定燕儿,紧拉衣角不去,状似感恩。燕儿见那小猿长才二尺,通体雪也似白,似颇解意,便抱了回来。石奇见小猿小巧好看,已然抱回,又不肯走,也就听之。过了几天,觉出小猿竟解人语,灵慧非常,二人俱都喜爱。燕儿闲中无事,背了石奇,传以吐纳,又削木为剑,教以击刺之术,居然一学便会。对于主人,更是恭顺忠心,二人话出,永无违背。燕儿越发高兴。

过了两月,燕儿又往岭西采药,小猿连打手势,坚欲随往,燕儿便带了去。仍到幽谷左近落下,正欲令其相助采掘山果、黄精,小猿忽又用手示意,趋前引导,走入谷中。在前斩怪兽之地左近,发现满布藤蔓杂草的崖壁中间,有一极隐秘的山夹缝。小猿先由藤草隙里钻进,待有顿饭光景,才行探头出来,招燕儿进去。并把爪连摇带比,意似请燕儿小心戒备,不要出声。燕儿随进一看,内里逼狭,尘封已久,蛇径弯环,仅可容身。只中间有两三丈长一段直裂到顶,略有一线天光。长有十余里,尽头处只有两三个可供小猿进出的石窍,似燕儿那么小的身量,都须裂石开洞,始能出去。

燕儿方欲喝问此来是何用意,小猿忽然面现惊惧之容,爪指石窍,欲令窥探。燕儿情知有异,往外一看,原来外面是一广坪,对面有一座高只数十丈,玲珑剔透的危崖。就着形势建有十余座楼台高阁,红栏碧树,高下参差。坪上繁花乱开,重光浮映,景物甚是华丽清幽。当中却建有一座法台,上站一个相貌丑恶的中年道姑。另有两个男女幼童,分站左右,貌俱灵秀,玉雪可爱。只是面色庄谨,眉宇之间愁容可掬,不时互使眼色,偷觑道姑动作,看去似甚害怕,神情却甚机警。环台四角,幡幢林立。道姑面前,放有尺许大小一个玉钵。燕儿经历尚浅,没看出道姑炼的是甚邪法,只觉不是良善纯正一流。忽见道姑面对玉钵,口中喃喃念了几句咒语,手向钵中一指,立即冒出一片暗赤色的光华。刚飞高丈许,便自展开,化为一蓬极淡薄的烟雾,往上蓬勃而起。到了空中,再由外边倒折下来,法台立被笼罩在内,宛如山瀑间瘴气一般,停在坪上。烟中人物全被隐蔽,不见形影。

燕儿好奇,又看出道姑是个妖邪。男女二童必是好人家的子女,被她掳来,纵不被害,也必陷身在此。意欲救出陷阱,只拿不定妖法深浅,想窥探明了虚实,再作计较。又守伺了一会,妖烟忽又上升,化作一片天幕,连危崖一带广坪一齐盖住。道姑起立,戟指男女二童喝道:"我现在出门寻人,多则十日,少则三两日,也许机缘凑巧,当日便把我喜欢的人带了回来。你二人可

257

守在法台之上,不许离开。如值腹饥,只许分班,轮流入洞饮食,不许同往,吃完便须回来。再似那日引逗小猿,擅自离开,我回来休想活命。万一有人惹厌,上面神光被他看破,可先照我传授,用神弩射他。如若不能取胜,便即退守法台,将第四面神幡展动,便能自保。等我回来,自会除害。"说罢,二童正在诺诺连声,道姑已目闪凶光,一声狞笑,化作一道暗赤光华,破空飞去,到了烟幕左近,一闪不见,再看已无踪影。二童向上凝望了一会,忽然满面泪流,互相呼唤得一声"哥哥"、"妹妹",对扑过去,抱头痛哭起来。

燕儿越料二童由外摄回,为妖妇所胁,处境必定危险。难得道姑离去,正打算用飞剑裂石而出,乘机将这二童救去。忽见小猿由身侧另一石窍中挤钻出去,到了法台前面立定,鸣叫了两声。二童似与小猿相熟,闻声瞥见,略一迟疑,双双赶将下来,一人拉了小猿一条长臂,一边拭泪。男童说道:"你没被那守洞的妖畜咬死么?怎胆子这大,又偷偷跑了前来?要被丑鬼撞见,怎能再活?趁她刚走,我到洞中取来果子与你吃了,玩上一会就走吧。"

女童拦道:"哥哥,怎的性急?它那日打手势,原教我们随它逃走,只为壁上几个洞太小,没法钻进,又不知内里多深,有无出口,守洞孽畜也还尚在,未敢造次。后来被那不知好歹的死鬼告了一状,说我们私自下了台,和猴子玩,又背人偷哭,吃丑鬼毒打了一顿。自从守洞孽畜被人杀死,每日忧急。丑鬼才走,它便到来,好像预先知道一样,也许真如丑鬼所说,是她对头手下有灵性的猴子,前来救我兄妹二人出险,也说不定。难得丑鬼远走,就快也要三五日才回;孽畜被杀;那两个该死的,夜晚又被丑鬼用些怪药把命送掉;这里只我二人。莫听丑鬼说得那凶,既然上有天罗,下有地网,无论逃到何处,只要她回山一算,立即追擒处死,那么这猴子是怎么进来的?它既能来,必有出路。我们前回对它说时,它已点头,甚话都懂。反正难活,与其在此天天见那丑怪作恶,等人宰杀,转不如随了它走,拼上一拼。丑鬼前些日那么穷搜,并未将它寻到,可见前言是吓唬我们。只要它和上次一样肯引我们出去,多半能够求得生路。何不再叫它打手势,向上一问?"

话未说完,小猿已两次用爪拉二童要走。男童道:"你莫非还要我们走你的来路么?"小猿点了点头。男童道:"那洞太小,我们没法钻进,里面又深又黑,不知是甚光景。就说能够开大,万一洞内也是那么小,不能通行。莫说中途遇阻再回,吃丑鬼看出逃意,不能活命,就是陷在中间,进退不能,也是不了。你如真是仙人门下神猿,特意来救我们,好歹且给我们一个凭信,才敢随你逃走呢。"女童说:"哥哥,我们死在眼前,除逃更无生望,好歹也须一试,怎还这等胆小?"

燕儿在壁洞内看得逼真,见二童胆小迟疑,心想:"此时正好下手,还等什么?"手指处,一道青光闪过,面前石窍立即劈裂,碎石纷飞中,人随纵身飞出。二童闻声惊看,见一道装少年飞身破壁而出,看年纪不过十六七岁,比自己大不了多少,不禁大惊。忙各戒备,同声喝问:"你是何人?因何到此?可知洞主夏仙娘的厉害?"燕儿笑道:"我是来救你们的,那丑鬼如来,正好送死。"说时,小猿已做手势,令二童学样,向燕儿跪拜。二童甚是机智,见状大悟,忙即趋前跪拜道:"仙人真是来救我兄妹的么?"燕儿点头道:"这里不能再留,我自不妨,恐妖妇回来,救你二人难于兼顾。到我那里再说吧。"

说完,拟由原路退出。继一想:"此山只十余里之隔,相去不远,上空现有禁网,妖女深浅难知,乘其不在,何不用新学会的本门太乙神雷试上一试,就便将这法台破去?如若不行,再走原路。"便命小猿领二童先往裂口内暂行退避,以防波及。跟着施展本门心法,扬手一团雷火打向空中,一声雷震,上空烟幕立被震散,现出青天。燕儿大喜,跟着又是一雷打向法台之上。这次却不见全效,雷火横飞中,只将那法台震塌了一大片。幡幢、玉钵虽被震碎,幡上却飞起无数黑烟,钵中也冒出大股暗赤色光华,蓬勃高涌,奇腥之味,中人欲呕,眼看弥漫全坪。耳听二童高呼:"仙人小心,这是丑鬼用生魂恶鬼所炼妖幡。血光乃是瘴气炼成,人一上身就死,不要被它挨上。"燕儿好胜,闻言一时性起,忙将身剑合一,手中神雷连珠爆发。峨眉心法果然不同,只见青虹电舞,雷火星飞,霹雳连声,天惊地撼。不消半盏茶时,妖光尽扫,邪光齐消,连崖洞带上面的楼阁亭台,全数震塌,方始住手。因先听二童说只他兄妹二人,既未询问详情,也未入洞查看,两手各夹一童,令小猿搂紧肩膀,匆匆驾了遁光,便往回飞。

石奇因燕儿出外时久,遥闻远方雷声,恐有差池,赶往相助,恰在中途相遇,一同回到风火崖前落下。到了洞内行礼落座,石、赵二人问二童经过。

原来那丑道姑生相奇丑,天性却是淫毒无比。又精邪教采补之术,工于狐媚,无论甚人,一与交合,便把她视若西子、南威,如获至宝,任其搜精吸髓,至死不悟。有时连同道中人,也一样为她所迷恋。人更狡猾,法力稍比她高的,决不轻惹;法力稍次的,一落她手,便死而后已。更长于隐形遁迹之术,妖窟僻静,地方不大,常年用邪法遮蔽,由上空下视,只是一片赤黄色的童山,地又不当往来孔道。所摄壮男多在远方,近处极少。每次出外,必要物色到好几个童身壮男,方肯回来,轮流供她采补。每吸取一次元精,必以各种灵药使被害人养息复原,再与交合。日久生厌,始下绝情。等把所摄的人一齐送上死路,方始再举。从不轻易出去走动。除当中的石洞妖窟是妖妇卧处,以及修炼邪法之地外,崖上那些台榭楼阁,全是面首分居之所。因是行径隐秘谨慎,知她底细的人极少。真名夏三娘,同道妖人俱称她为美媄母,又叫作四妙仙娘。虽然为恶年数不多,被她害死的已在百数以上。

两小兄妹姓简,男名清华,女名瑶华;一年十五,一年十三。自小父母双亡,寄养姑父家中。姑父母无子,本来爱如亲生。不料三年前,两老夫妻相继病殁。姑父有一少年堂弟王子章,将家业占去。虽幸姑父工于心计,死前向着众族安排了后事,将家业分作四份:一份给那堂弟之子,算继承人;一份祭田;一份分给族众;一份分与两小兄妹,却交族中长老代为掌管。两小兄妹如死,仍将所有归长老所管。本来姑父临终立有遗嘱,但是子章贪狡,见家业无法独占,便将两小兄妹害死,这一份也到不了手,恨之入骨,日常相待甚苦。被族中长老知道,照着遗嘱,将两小兄妹接去教养。子章越发愧愤,想将两小兄妹暗害,诬陷族长,百计图谋,未能得逞。

这日清明上坟,双方都去哭奠。子章始而乘隙将两小兄妹诱往坟后山谷僻处,想要暗算。又想自己与两小兄妹同时离开坟地,难保不被人识破奸谋,恐怕弄巧成拙,正在迟疑不决。简清华人小力大,去时本就生疑,因是年幼好奇,闻说谷中出了仙蝶,自信凭力气也打得过,方始应诺随往。瑶华劝阻不听,也跟了同去。一到便看出子章心意不善,立即发怒叫破。子章心中有病,见被识破,如与同回,奸谋定被泄露,不特以后难于下手,反招众怒。两小兄妹话更说得难听。不禁恼羞成怒,顿忘以前顾忌,猛拔身藏小刀,欲下毒手。却不料两小兄妹均有天生神力,以前受欺,只因尊敬长辈。后来受气受苦太甚,被族长接去。小孩心性,最重恩怨,便改了常态,已早把王子章认为仇敌,只未公然反目而已。这时见他拔刀行凶,自是不让。清华纵身抱住持刀凶手,连咬带打,将刀先行夺去,掷向远处。然后与妹妹一同将他拖倒,拳足交加。子章人本壮健,吃亏原出不意,也甚情急,大小三人一同倒地。

三人正在扭结不开,魔头照命,忽被妖妇无心中走来撞见,将三人解开。一见子章,首对心思;再一注视,两小兄妹的相貌骨格更是难得遇到,便用妖法一齐摄走。回去便把子章作为面首,两小兄妹收为门徒。不料两小聪明机智,看出妖妇淫凶恶毒,又见许多淫秽不堪之事,心中又急又怕,欲逃不敢,表面顺服,背人愁虑悲泣。强挨过了两年,日常留心查看,并向妖妇设词乘机探询,已然得知好些底细。妖妇先对两小尚无恶意,只是性情凶暴,喜怒无常,稍有不合,便遭毒打。

这日妖妇他出,坪前崖壁石窍中忽钻出一只小白猿。两小知道当地除却时常替换的一些壮男和二只守洞恶兽外,永不见人或禽兽走近。又见小猿毛白如霜,火眼金睛,一双长臂可以伸缩,不由童心大动,便往洞内取些果品出来,引逗小猿为乐。恰值妖妇这次出门日久,小猿与两小相处越熟。小猿本明人语,渐能以手示意应对,便劝两小逃走。两小年幼,却知利害轻重,尽管动念,不敢冒失行事,没有听从。事后谈起,便自流泪。这时子章精髓渐枯,人还未死,不特不知凶危,反更迷恋日深。因记前仇,日常进谗,害两小兄妹受责。日子一多,竟被子章撞见,妖妇回山,立即告发,说两小私下法台,引逗小猿。妖妇因当地妖法禁制,人兽均不能到,闻言大惊,立唤拷问,两小又挨了一顿毒打。因恐小猿受害,好在子章也未看出来路;又见妖妇疑心仇人所使,颇有戒心,故未说出小猿真实来路。

妖妇次日隐伏台上守候,哪知小猿机警非常,自从妖妇一回山,便未再来。妖妇终不放心,又令恶兽四出物色,连寻三日不遇。第四日,忽然不见恶兽回转,亲往寻找,已为飞剑所斩,不禁又急又怒。本恨两小,回时子章又说两小偷泣欲逃,妖妇更加愤怒,几欲当下处死。两小固不免刑责,子章也遭了恶报,当晚便吃妖妇给他服了壮药,将余髓一齐吸尽,精竭而死。总算恶兽先毙,免了葬身兽腹。由此起,两小多了许多折磨。不久,便被燕儿救出,幸脱罗网。

简氏兄妹说完了自己的姓名、经历,便即跪拜救命之恩,并请求收为徒弟。二人见两小聪明灵慧,骨秀神清,大是怜爱。只觉初次收徒,不敢冒昧,内有一人又是女子,欲等异日见师请命,或向几位先进同门师兄请示,商议之后,再行定局。无奈两小苦求不已,只得姑允简清华为记名弟子,遇便可代乃妹向别位女同门引进。

那小猿自从回洞略停,便即出走,石、赵二人只当是出外采药。这时忽然跑了进来,伸爪向外连指,要二人出去。二人见状,知道有事,赶出洞外去看。时正黄昏,暮霭苍茫,四山寥寂,更无一毫动静。方问小猿何事如此张皇,燕儿忽然瞥见岭西半天空中一道暗赤色光华,直向崖前驶来,势甚急骤。知是妖妇回山,发现妖窟已毁,两小被救走,赶来报仇。依了燕儿,便要迎上前去。石奇因洞中现有风雷之禁，攻守皆宜，意欲以逸待劳。便同退入禁地以内，等候妖妇自来入阱。妖妇飞行神速，晃眼飞到，先未下降，只在附近半空飞翔，竟似拿不定对头所在，又似知道风雷厉害，心存顾忌，迟疑不敢遽下之状。飞翔了一阵，把左近几处峰崖山谷一齐飞遍，忽似看准仇敌所在，往崖前直射下来。身落到地，面上仍带惊疑之色，略微沉吟，向洞说道："洞中主人请出，贫道有事请教。"

石、赵二人见这道姑生得身材肥大，阔额广颧，浓眉巨目，隐蕴着一派凶威杀气；狮鼻虎口，一嘴黄牙；两腮帮肥肉下垂，恰似垂着大片猪肝，色作油紫；自颈以下，皮肉却极肥白，腿臂均有尺许粗细。偏穿一身极华丽的装束，虽作道家打扮，却是珠围翠裹，罗绮缠身，色彩尤为鲜艳，衬得形貌越发丑怪。最难奈是脸上擦有许多脂粉，身带狐腋臭气，异常浓烈，与粉香混合成一种从来未有的怪臭味，老远便能闻到。

二人方在暗骂："丑妖狐怎生得如此怪状？"妖妇连唤两声，不听答应，因不知洞中是否有人在内，改口喝道："我在妙仙崖修炼多年，一向与人无争无怨。适才外出，因事折回，忽见洞府、法台为人所毁，两徒弟也被人擒去，算出这里有人与我作对，一路寻踪到此。我知此洞曾经前人封禁，但是附近更无别的洞府。此事如是洞中主人所为，既敢无故生事，便应有个担承，无须怯敌隐避；如非主人所为，也请出面明白答话。再如置之不理，我夏三娘也不是好惹的，那就休怪冒犯了。"

二人见妖妇说时颈红脸涨，强忍愤怒，颇有色厉内荏之状，越觉丑怪无与伦比。燕儿又要出去，吃石奇一把拉住。妖妇见洞中仍无回音，颇疑洞中本无人住，又不敢冒失进洞。已然转身要走，猛一转念，重又立定，两道紫黑色的浓眉往上一竖，目射凶光，将手一指，立有几支箭一般的血光朝洞中射去。一下触动禁制，洞中所伏风雷立即爆发，栲栳大一团团的雷火随着罡风，雨雹一般当空爆散，火焰横飞，霹雳之声震撼山岳，声势猛恶异常。妖妇原有戒心，见状大惊，慌不迭飞身遁起，暗幸未被神雷打中。

石、赵二人先见她转身欲去，已待追出；及见遁走，如何能容，同纵遁光赶将出去。妖妇正在凌空下视，忽见雷火光中射出一青一白两道长虹，其疾如电，朝上飞来。洞口风雷先声夺人，已然气馁，料定是劲敌，本有逃意。及至定睛一看，来人乃两个道装美少年，都是仙骨仙根，上等美质，不禁欲心大动，不特去了退志，反想用妖法媚术，将二人摄去享受。

妖妇忙把飞刀放出，待要迎敌，并欲行使邪法暗下毒手。不妨敌人来势神速已极,心念才动,青白两道剑光已经神龙驭空,交尾而至,迎着妖妇飞刀只一绞,便洒了半天血雨红星,在斜阳影里纷飞四散。同时妖妇邪法也正施为,扬手一片粉红色的香光,朝二人刚刚发出。妖妇一见飞刀被斩断,如此厉害,心胆皆寒,性命危急,哪还顾到邪法有无成效,不敢停留,怒啸一声,便纵遁光往回逃去。石、赵二人自是不舍,忙纵遁光追赶,晃眼追到妖窟。眼看妖妇飞星一般,往崖洞中斜射进去。石奇比较慎重,觉出妖妇伎俩不止于此,势穷力竭之际,不往外逃,恐中诱敌之计,止住燕儿不令下去,自在空中将法宝、飞剑、本门太乙神雷一齐施为,向下打去。雷轰电舞,剑气纵横,不消半个时辰,便将燕儿先前未毁完的妖窟毁灭,连那危崖也被震塌。妖妇终未再见,拿不定妖妇是否潜伏在内。

燕儿适才当先应敌,除恶心切,没防到妖妇血光之外又使妖法。虽然抵御尚远,扬手一雷,将那粉红色妖光震散,未被罩向身上,鼻间却已微微闻到一股腥香之气,渐觉四肢有些慵惰,好似以前读书时春困情景。和石奇一说,料定中了一点邪毒,也甚疑虑。

正想不出搜戮妖妇之策,忽见一点青莹破空而至,光小而强,晃眼将近,乃是一个高还不到二尺的小人。二人开府时,原见过凌云凤所收三小人。又知还有一个名叫玄儿的,现在韩仙子门下,正用灵药法力培养,使其成长。来人比云凤三小中的健儿虽大得多,但相貌相类,方疑是玄儿,果然料中,来者正是他。未等发问,便先述说来意。

原来适才韩仙子在岷山水宫遥闻雷声,算知妖妇已由妖窟地底秘径遁走,因伏诛之期未至,不久自会相逢,不便穷追。还有燕儿已中妖妇迷阳香邪毒,仗着近日功力大进,又有开府时分赐的灵丹,虽无大害,但是邪毒已然侵入体内,久便蔓延,深入骨髓,不是寻常丹药可治。只有仙都鼎湖峰顶产有一种青灵草,性最寒凉,服后可以化去。此草峰上共有五株,根生石髓之中,不沾寸土,生根已逾千年。每三十年始一出生,过了生年,便即隐入石中不见。现正盛时,可速往采,以去邪毒,并备异日炼丹之用。事须从速,防被外人无心经过得去。玄儿说罢,作别自去。

二人留他不住,只得回洞。燕儿忙取灵丹服下,才觉好些,依然阳旺。仗着童贞入道,根基又厚,尚能自制。除头脑时作昏胀,微微有些心烦性躁外,尚无大病。二人因所服灵药虽非上品,平日用以驱毒医病,却是药到回春,其效如神,而这次竟不能将邪毒去尽,大是惊讶。韩仙子又令速往仙都,不敢耽延。好在洞中风雷禁制厉害,妖妇便来,也无妨害。又存有不少果实、黄精之类,可以充饥,白猿无须外出觅食。便把仙都之行告知简氏兄妹,令和白猿守在洞中,谁也不许出洞一步。妖妇前来,无论使甚伎俩,不可理会,决无他虑。为防万一,将洞口禁制照着师传灵符封闭,又用法术加上一层,以防白猿识得门户和出入方法,到洞外惹事。

第二四一回

急难脱身　英云双入险
玄机制敌　土木两无功

　　燕儿、石奇把一切安排停当,便一同往浙江仙都山鼎湖峰飞去。刚把五株青灵草采到手内,便与周轻云相遇。燕儿和轻云曾在巫峡乌鸦嘴同学,原是总角之交,现又同门,情分比英琼更厚。燕儿说完前情,问知轻云此时无事,便邀她入川同除妖妇。轻云允了。

　　燕儿把青灵草服了两叶,邪毒已去。当下三人一同赶回风火崖。一问简氏兄妹,妖妇去后并未再来。又同去把妖窟几乎翻了个过,也未寻到踪迹。轻云在洞中住了三日,作别回山修炼。燕儿因料妖妇必已逃远,急切间不敢来犯,挽留不住,欲送轻云一程。

　　燕儿、轻云沿着巫峡上空飞行,燕儿忽想起前面不远正是乌鸦嘴儿时旧居,自从那年在云灵山被恩师髯仙度上峨眉,因为母老无依,向师哭求,蒙恩师亲带自己回家见母辞别,告以出家修道之事。慈云寺破后不久,恩师又托白云大师将老母接往成都,在辟邪村玉清观住了些日,再由玉清大师送往张琪兄妹家中居住,承张母以上宾之礼相待。自己还曾禀准恩师,先后省亲三次,连张母各奉服了两粒灵药。如今人极安健,可以放心。只蒙师马湘对己母子甚厚,头次归省,因初入师门,小心谨慎,又无灵药、法力,只请母亲走后告知马湘出家之事,连面也未得见,以后便未再往旧居。久欲遇便前往探看,此时路过,又与轻云一路,正好同往拜访,送他两粒延年祛病的灵药,少报昔年恩义。便和轻云一说。轻云旧地重游,以马湘人好,又是父执至交,闻言连声赞好。

　　燕儿、轻云略谈便即飞到,择一僻地降落,同往村中走进。寻到昔年蒙馆一问,才知马湘去年中举,蒙馆已然辞去。长寿县有一姓邓的财主,看中他人品学问,将女儿许配,今春迎娶,业已移居长寿县城内凤顶街。女家陪奁甚厚,夫妻相得,已不似昔年寒酸故态了。燕儿闻言好生欢喜,强要轻云折回长寿县看望。周淳救马湘时，轻云已上黄山学道，只听乃父说马湘人品端正义气，不是寻常迂腐，乃患难之交。因回山心急，本想不去，禁不住燕儿小孩性情，一味软磨，只得把昔年与周、赵两家交好的几个村中父老分别略微看望，把准备救人的灵丹酬赠了些，重又往长寿县飞去。

二人到了城外河坝无人之处落下，赶往城内凤顶街，迎头正遇马湘走来。燕儿喜叫了一声："马老师！"马湘早知燕儿遇仙学道之事，忽然相逢，又问知与好友之女同来访看，益发惊喜。忙把二人引去家内，匆匆说道："贤弟你来得好，尤妙的是与周贤侄女同来，这人一定可救了。"燕儿问故，马湘说了原委。

原来马湘去年下场，病倒旅舍，多蒙一姓邓的老者延医赠银，百般照看，方得活命。中举之后，又以爱女许配。岳母除前房二子外，自生只此一女。全家待己均甚优礼。不料岳母和内弟媳日前忽患恶疮，群医束手，今已命在旦夕。邓家后园竹林中伏有怪异，时常为祟，婆媳二人病因也由于那日往后园竹林外走过而起。

马湘适由邓家走出，欲往求神问卜，不料与周、赵二人相遇，知是仙人门下。那年燕儿归省走后，赵母服了髯仙留赐的灵丹，日益康强。听说轻云学道在前，想必法力更高，又是女子，难得不期而遇，认作天降救星，欲请轻云推情往治。轻云一口应诺。马湘大喜，立陪二人前往。马湘先和乃岳说了，由马妻引轻云入内施治。

燕儿闻说竹园有怪，欲往查看。邓家人已把后园视为畏途，均不敢往，仍是马湘陪去。刚近竹林，便闻到一股奇腥之味，马湘立说头晕要吐。燕儿料是极毒蛇虫，忙取一粒灵丹令马湘服了，退往前面。自入林中查看。马湘还不放心，燕儿立说无妨，并问竹林可否毁去。马湘说："主人久有此意，只恐引出怪物为害，未敢冒失。如今园门封锁，禁人走入。本想岳母愈后移居乡下，连园也不要了，何在这几百竿竹子？"燕儿便催马湘走去。

燕儿略运玄功，屏着气息，步入林内查看。这片竹林约有十亩方圆，俱是粗如碗口的大竹，翠竿入云，绿侵眉宇，密压压天光不透，看去景色阴森已极。那腥味只初到林边时随风吹来，入林反未闻到。燕儿自未把这类毒物放在心上，一路搜查过去。到处落叶满地，竹箭怒生，竹笋丛出，分明荒置已久。一会，把全林走了一多半，毫无迹兆，也不见有蛇虫怪物往来之迹。如非先闻奇腥之味，直以为是庸人自扰，事出猜疑。边想边往前走，忽见东北角上地势逐渐高起，成一土坡。顺坡前行，到了尽头，乃是一座假山。山旁土坡上有一竹亭，看出当初原是登临游观之地，只因年久失修，假山上半已然倾圮。山石纵横堆积，绿油油满生苔藓，肥鲜欲滴。因地势颇高，竹林俱在下面，坡上只有青草，稀落落长着十几竿竹子，俱不甚粗，天光独透。亭尚整齐未毁，石桌、石墩俱全。由上望下，面前一片绿云，景颇清幽。

燕儿看了一回，并无异处。正要走下，猛又闻到奇腥气味，好似就在身侧不远。忙又屏息看时，仍是一无所有，心疑怪物藏在假山腹内。方欲往假山脚下查看，忽听咻溜之声，起自亭外乱石堆中。循声注视，猛见壁苔缝中有几点蓝光闪动，腥气也益发浓烈。定睛一看，那怪物果然藏在乱石堆中。那石缝阔仅数寸，看不见怪物头面身形，只现出黄豆大几只怪眼，蓝光闪变，明灭不已。怪物除目射蓝光外，余者似与苔藓一色。只听咻溜之声低而猛急，腥味随声而出，似在发怒喷毒，却看不见口在何处。燕儿因觉腥毒难闻，虽料怪物气候未成，只是毒重，无甚伎俩，但为防万一，先在前面下了禁制，挡住毒气，以防侵入，并防少时漏网。那怪物见人一味发威，急叫喷毒，凶睛闪闪，宛若星星，只不出来。燕儿准备停当，料它难逃，然后放出飞剑，一道青光射将上去，山石碎裂处，怪物一声怒啸，猛窜出了半截身子。

燕儿见这怪物形似壁虎，却长着一颗又扁又圆的如意头。前额生着一排怪眼，不下二三十只，明灭如电，光作暗蓝。眼下无鼻，阔腮之上生着一个寸许长的血口。口中无牙无舌，每一开张，便有一蓬十几根尺许长的红丝，蛇信一般喷将出来。每根上面各有如意形的小钩，出时又劲又直，收时却互相勾结，作成一个网形，往中缩进，吞吐绝快。腹下生着两列短足，前半身窜出之势绝猛。到了地上伏定，一面仰望发威，一面身子不住伸缩。后半身行动却缓。待了一会，渐渐伸出全身，才知两半身强弱相差甚远。全长不过六尺，通体暗绿。前半截甚油滑坚细。后半身看去烂糟糟的，仿佛初蜕完的介贝之类，软若无骨，连行动也不方便。因前后左右均有禁制阻隔，不能再进。初遇杀星，不知厉害死活，还在喷毒，怒啸连声。燕儿越知无用，正待将它杀死，唤了主人来看。一眼瞥见怪物伏处，青草忽然焦黑了一大片，由怪物身侧起，好似野烧一般，往四外蔓延开去。才知怪物奇毒无比，如用飞剑杀死，难保不留下祸患，不敢冒失。忙将禁制缩小，将怪物困住，不令动转，并禁毒气流溢。然后飞身出林，欲令马湘请来轻云商议，想一善法处置。

马湘说："前闻了一点腥味，便觉头晕恶心。幸服灵丹后，待了一会，才得复原轻快。料知怪物毒重，不敢再进。以前岳家不时有人入园晕倒，往往大病数月，仅免于死。近日方始发觉园中有怪，可是为害已日烈。"又说刚才久候燕儿不出，又无声息，心想燕儿尽管是仙人门下，终是年幼，学道日浅，正在愁急凝盼。一见安然走出，好生欣慰，忙问经过。燕儿笑答："是个未成气候的怪东西，其形介乎壁虎、蜈蚣之间，毒重无比。除虽容易，恐留后患，拟请周师姊来，一同处置。"

正说之间，马湘的岳父邓和斋忽命下人前来探询，说妻媳二人本已疮毒溃发，同时晕厥，眼看不保，恰值周仙姑赶进房去，用身带灵丹半敷半服，将人救醒，当时所有奇痛奇痒、心烧体炙一齐止住。过了一会，人便能够起坐自如。仙嘱尚须静养，日内即可康复。全家感德万分。现因仙姑坚欲起身，因闻姑老爷陪了赵真人在后园除妖，主人正陪仙姑用茶，不能分身，特命前来探看事完也未。马湘把前事说未一半，主人父女已陪了周轻云一同走来。燕儿又说前事，轻云也未见过这类毒物。问知毒气已吃禁住，便邀主人、马湘一同往看。

众人到了林内，见那怪物除首尾外，宛然一条七八尺的大蜈蚣，身上一样也有环节，尾上还有两个极锐利的钩子。看那形态，好似生自石堆之内，因山石太重，里面空隙仅容前半身，石缝又窄，急切间无法钻出。后半身又被紧压大石之下。先是蜷伏在内，日久长大，前半身尚能容纳，后半身难于回旋。及将空处填满以后，日常在石隙中磨挣，所以后半身较扁细，软烂如腐。照日前情状，似知石内难容，不能如愿，便发威狂喷毒气，不特奇腥难闻，喷射劲急，又在高处随风吹堕，落向竹林内外。人走过时，无心相值，或是闻到，或是被其沾身，均非受害不可。林间草木有十几处均现焦枯之状，便由于此。因染毒之处不大，又极零星，先未觉察。如此奇毒之物，气候已渐成长，早晚必被钻出。那时，人畜当之立毙，非但邓氏一家老少，全城生灵也无幸免。

想不到无意之中去此大患，轻云自是欣慰称幸。略微商议，因毒太重，力求谨慎。燕儿又答应马湘，和轻云同去他家饮宴一回再走。主人闻说，又力请移尊，借地相款，略表寸心，意极真诚，不忍坚拒。轻云便令燕儿行法，将怪物就活的移往深山穷谷之中，用法力掘一深坑，再用太乙神雷将其火炼成灰，并且禁闭毒气腥味溢出地上，最后再用石土将坑填没，下上禁制。自己在当地运用法力，把怪物潜伏之处，一齐用雷火炼过；并细搜查全园，有无同类遗孽潜伏，将这假山沉入地底深处，另起一座小山镇压其上，使无他虑，永绝后患。等到事完，分头走至马家相见，领了夜宴之后，一同起身。商议停当后，当下各施法力，依言行事。

268

由于当初二人一到，便遇马湘，立即邀往邓家医疾除怪，事皆匆迫，却忘了嘱咐下人，又耽延了两个时辰，才行毕事。风声已传扬出去，左近得知邓家来了两位神仙。燕儿行前，又问附近可有甚山野荒僻之地。主人答说："城外狮子山虽不甚高大，却有隐僻之地。"燕儿欲和马湘叙阔，只图近便，随口允了。一般好事乡邻，早就想入园中观看，主人再想隐秘，已是无及。下人恐主人斥责，不放进去，却告以神仙要往狮子山，雷劈妖怪，于是纷纷赶往。周、赵二人均未觉察，相隔不远，由燕儿相助，满园满林四处穷搜，迟延了些时，见无遗孽，才同起身。虽然飞行迅速，先行到达，可是坑刚掘好，众人跑得快的也相继赶到。燕儿人本随和，当地多是人家坟墓，埋怪之处虽然人不易至，到底太近，却又懒得再找远处。见人来看，事已众知，反觉可以借口传播，免得年久法力失效，被人误行发掘，万一毒气尚存，岂不又要害人？众见仙人是个不满二十岁的少年，甚是谦和，有问必答，便减去了好些敬畏之心，纷纷问长问短。燕儿一边随口应答，问出是由邓家下人泄露行藏，方悔忘了叮嘱。尚幸无多耽延，否则远近传扬。

　　燕儿将怪物如法诛埋之后，正向众人分说："我不是仙人，埋的乃是蜈蚣一类毒虫，也非怪物。我有一师姐，只会治病。我们路过这里，少时即行。此举为免你们受害，不可招摇，免使官府知道，当我姐弟妖言惑众，吃罪不起。"忽见两人满头大汗飞跑而来，见了燕儿，便下拜道："神仙老爷，快些救人！我们家老二被一丑妖怪捉向天上去了。"燕儿见这两人情急心慌，语无伦次，便道："你们有甚事，要从头说。妖怪在哪里？"另一人边喘边答道："这是我大哥，他向来说话不清白。我是他兄弟刘传德。在河坝一问刘家弟兄，哪个都晓得，不信，你老人家打听去。坟山上风水又好，我老二才进学当秀才没几天，怎么出这等怪事？不是天老爷不睁开眼睛吗？"燕儿见这一个更不会说话，说了一大套，一句也未着题。旁观诸人都忍不住要笑。神态又极鄙俗，好生不耐，方欲令其解说正文。忽听叭的一声，先发话的一个喘息略定，猛伸手给刘传德一个嘴巴，骂道："个老子你什么事都抢魂一样。你向神仙老爷说我不会说话，你会说话？老二被妖怪拖走好一阵，一句正经话莫说，反教龟儿子们好笑，看个老子弟兄报应。"话未说完，刘传德停住了嘴，"哎呀"了几声，猛扑上去，一把抓住乃兄，怒喝："个老子好好跟神仙说话，你为什么要打我？个老子跟你妈的拼啦！"燕儿见这弟兄二人辞色十分鄙俗，同胞兄弟有难正急，正话未说一句，先操同室之戈，不禁又好气又好笑。一面喝止，一面暗用禁法将二人隔开。正待追问，前面又跑来一人，接口道：

"你两弟兄还吵什么？妖怪走远，再不说正经话，怕神仙老爷追不上呢。"

燕儿见这人还比较明白，试一询问。才知刘家三兄弟中，老二传孝，文是秀才，又会武艺，人甚精明。日前在前村遇见一个相貌丑怪、穿得极华丽的道姑，向一少年男子笑谈了几句，便随同走去。传孝和那少年素识，觉出道姑行径可疑，心中奇怪，尾随到了无人之处。道姑忽然回头，朝他做了一个媚眼，倏地抱了少年破空飞去。传孝不禁大惊，回来向人一说，都未深信。那少年又家在重庆，偶然经过，无从考实，也就拉倒。适才弟兄三人正在河坝给人管闲事，商量着由老二写状子，到县衙去托情，老二忽然走开。老大、老三因事要紧，非老二不可，问人，说见他和一红衣道姑沿河走去。跟踪一追，果在前面。不禁想起前日所说，一追一喊，道姑便捉老二向空飞去，晃眼不见。刘氏兄弟先已听人说起邓家有神仙医病除害之事，因所管官司紧急，未暇随众往观。当下变生仓促，又有人一提醒，没命跑来。不料一个性暴，一个斯文，话未说明，自己弟兄反交了手。

燕儿一听，便知弟兄三人虽非善良之辈，诛戮妖妇却所应为。又听说是个中年丑道姑，越发心动。再一细问相貌衣着，断定是夏三娘无疑，不由大怒。因已去远，恐追不上，不暇再掩众人耳目，立纵遁光，照所说方向追去。追出好几百里也未追上，只好回飞。归途忽见来路侧面山云开处，现出一片山峦。心想："自己只照村民所指方向追赶，极易错过，沿途所见山岭，均非妖妇潜伏之地。这一小山稍微偏左，相隔甚近，妖妇虽然起身在前，但带着一个凡人，决飞不快，何不姑往一寻？"念头一转，立即便朝小山飞去。因见这山无甚景致，方疑妖窟不会在彼，哪知山形甚奇：半面童秃平斜，无一足取，另一面却极险峻奇秀。刚一赶过山顶，便见有四亩大小一片平石，突出于山腰危崖之上，云雾似海涛一般，正在潆然涌起。内中隐现一座极壮丽的楼观，飞楼一角，色彩鲜明，似新建成不久，尚未及被云包没。燕儿目力敏锐，一见便认出与前所毁妖妇旧居楼阁形式相同，又用的是左道中催云逼雾之法，料决无差。那云雾起得甚快，晃眼已将楼阁崖石一齐包没，稍缓须臾到来，便易被其瞒过。燕儿疾恶心甚，扬手便把太乙神雷向前打去。一声霹雳，雷火横飞中，妖云先被震散，山石楼阁也被震塌了一大片。同时人也飞到，瞥见楼后还有崖洞。鉴于上次之失，恃有法宝护身，妖妇又是败将，一见楼倒塌处，只跑出一个赤身男子，哭倒在地，妖妇不见，立催遁光穿洞而入。

燕儿进内一看，才知这洞也是新凿成不久，石色犹新，共只两层，并无出路。里层石室五间，四间尚未完成，只有一间修饰整齐，陈设华美。内中有一神态刁猾、秀才打扮的精壮少年,面上似现惊疑之色。妖妇却并不在内。运用飞剑满洞扫荡,也无妖妇现出。喝问少年,正是刘传孝。估量妖妇就逃,也必不远,无心救此刁棍,便喝:"你被妖妇摄来,还不乘机逃回家去!"

燕儿说罢,未俟答言,便即匆匆退出。见败残楼阁已被雷火引燃。那赤身壮汉原已受了重伤,跪趴在地上挣命,见了燕儿,哭喊:"小人本是川江水寇,被妖怪婆擒到这里,盗了元阳。适才又弄到新人,不要我了。自知罪孽深重,身受重伤,万难活命,只求神仙赏个痛快。"燕儿喝问:"妖妇现在何处,你可知道?"壮汉答说:"她先带一人来藏向洞内,忽又走出,看神气要往别处。刚飞出去,又急飞回来闹鬼,云雾才起,便藏到这石崖底下。跟着雷震火起,小人逃了出来。才明白神仙是来除她的,不合指说她在这崖石底下。神仙没听懂我的话,飞进洞去。她恨极打了我一掌,往西北逃走去了。"燕儿急道:"我此时无心顾你,死活回头再说,也许有救。"声随人起,立纵遁光加紧赶去。

燕儿遁光较快,追不一会,果见前面远远有暗赤光华闪动,算计可以追上,益发加紧飞驶,一味朝前猛追。满拟妖妇自来孤身独处,两次相逢,俱无党羽在侧,法力、飞遁均不如己,早晚必可追上,为世除害。不料遁光太快,穷追已远,前面便是幻波池。妖妇与艳尸玉娘子崔盈本不相识,也是事有凑巧。妖妇自从上次旧巢穴中漏网,因见仇人是峨眉门下,飞剑厉害,自知不敌,只得暂时息了报仇之想。另外觅了一个巢穴,用妖法建上楼阁,依然摄取壮男取补淫乐。行踪原极隐秘,偏是所居荒山恰当由川东去往依还岭的途间,空中时有妖人来往。那次妖妇出山,身才飞起,便遇见由幻波池被拒退出的一个相识妖人,见面互询别况。那妖人不知池中妖尸看他不上,还以为是圣姑遗偈不许男子入内,因而见拒,无意中告知妖妇,谈了一阵,便即别去。如今妖妇落荒逃走,见仇敌追赶甚急,眼看追上,忽然想起:"前面正是幻波池,崔盈与己虽不相识,却属同道,又当脱难之际,身是女子,不犯圣姑之禁,望门投止,必蒙延揽。即或洞门有仙法禁闭,未到开时,那地方深藏地底,上有灵泉神树掩蔽,外观不易看出,仇人必当自己穿地逃走。并且照前遇妖人所说,崔盈虽不能出,已能运用法力,多少可以得她之助。"想到这里,幻波池已在前面。妖妇以前曾经路过好几次,又得妖道日前指点,这时急不暇择,径直由密叶之中穿波而下。

燕儿本觑准妖妇遁光急追,这一往下飞泻,看得更真。妖妇初次入池,下时慌张,瞥见树叶如刀,根根直立,又密又长,百忙中不暇行法开池将树枝揭起,穿入之处恰又在池的中心,灵泉环射成漩,往下急堕之处,势再一猛,池面头一层的树枝首被妖光扫折了一片,咔嚓连声过处,现出一个丈许方圆的大洞,灵泉水光立即上映。因是不知底细,除当中水柱外,仅有灵泉射出的一层水幕,四面尽是空处。死星照命,一见有水,认定无差,没有避开正面,仍照直由水柱中心冲射下去。水被激起,高出池面,冒了一冒,再行下落。上面燕儿和妖妇几乎首尾相衔,百忙中先也以为妖妇想要穿地逃走,心中虽恐徒劳,追势并未少缓,反而更急。这一瞥见断枝丛中现出池面,因也初到,不知当地便是幻波池,只认作是长满水草的荒池,误疑妖妇想借水遁逃去,或是潜伏池中隐避一时。自己最近正精习水遁之术,正好一试,更不寻思,也往水中穿去。一心防备妖妇遁脱,正待运用水遁相机追索,偏巧入水稍侧,正是中心水柱边上。等到看出水幕下面空处,猛然想起当地形势与前在峨眉仙府李英琼所说的幻波池相同,遁光神速,又回落到下面。

此时洞中妖尸玉娘子崔盈因近日功候完满,只待时至脱身,想起圣姑玉牒连日又有几行不利的字迹顶示先机。中有两句,大意是说:上面神树灵迹如有残毁,便是伏诛期近。因此心中害怕,戒备愈严,除原在洞中诸妖党外,再来的妖人,十九以闭门羹对待。对那党羽众多后有靠山的,多借口圣姑遗偈不许男子涉足,洞门禁闭无法出入,脱困时至再当奉请,暂时难于延揽等,婉言拒绝。来人如再不知进退,强欲破关而入,也不强劲,只暗中运用原设禁制,使其知难而退。对于无甚法力来历而又冒失妄想的寻常左道之士,便下手杀死,将生魂摄去祭炼妖法。用意是想借退去的人向外传说,真个脱困尚须三二年,以免呼朋引类,来往人多,生出枝节,于己不利;或将正教中仇人引了前来,难于应付。自从圣姑玉牒末次预言示警字迹出现,近两月来俱是如此作法。

妖妇夏三娘对妖尸崔盈的心事一无所知,又误将遮盖幻波池面的神树折断大片,更是犯忌。妖尸同了两个心腹,近来日常不断在前洞门内运用妖法回光返照,观察上面动静。这时正在计算圣姑预示所说,祸起之日将至,忽听池上枝叶断折及水响之声,紧跟着一道暗赤光华由中心水柱之中飞泻下来,大片残枝断叶也随着水云乱转,漩入水柱,飞舞而下。仰视上面水层,已映天光,现出一个大洞,不禁又急又怒。妖尸何等心毒手狠,也没等来人现身立定,一手指处,洞门开放;另一手便催动门口所设金水之禁,五行反应立生妙用。妖妇死得真冤枉,双足还未沾地,下降之势又是忒急,刚看出水柱之外环立五座洞门,尽多空处,欲遁出水外望门投止,叩关求见,猛觉身上

272

一紧,那根水柱立变作一片金光裹向身上,才知不妙。因事出意外,想用法宝、飞刀抵御,已是无及,连妖尸是甚长相俱未看见,便已断送。总算妖尸要摄她生魂炼法,未用全力,只将其腰斩两段,没有被金水二遁绞成肉泥,形神俱灭罢了。

事机绝快,妖尸刚把妖妇杀死,摄到生魂,又见一个道装少年驾着一道青光,由水柱外穿渡飞堕。认出是正教中人,心中一动,忽然变计:一面用妖法断了敌人退路,一面暗将禁法倒转,诱敌入网。燕儿刚发现妖妇被人腰斩,尸横地上,忽见身侧洞门开处,站定一个绝色道姑,正在扬手掐诀比划。燕儿知已误入幻波池,不是善地。此时如若知机回首往上强行冲出,去寻英琼等人计议,妖尸罗网未密,身又还能飞出洞外,也未始不能脱身。到底年幼气傲,好胜心重,见门内道姑神态妖淫,料定不是妖尸也是同党,方喝:"你是何人?这妖妇是否为你所杀?"说时迟,那时快,就这略一停顿之间,妖法已连原有禁制一齐发动,第三句话还未说完,猛觉天旋地转,道姑倏地失踪,眼前微微一暗。再仔细一观察,身已到了洞门以内,适见妖妇重又出现,一脸媚笑妖淫之态,手指燕儿,劝令降伏,免得死后还遭炼魂之惨。燕儿哪知厉害,闻言大怒,口中喝骂,手中连发太乙神雷,又施展法宝,身剑合一,朝妖尸飞去。妖尸也不发怒,飞了一个媚眼,一声巧笑,身形略晃,二次失踪。燕儿扑了一个空,地方又变,好似并非洞中,四外空荡荡地不见一人一物,只是暗雾沉沉,天似要低压到头上。燕儿还不知身已入阱,如非妖尸看他的根骨神采和纯阳戒体,生了从来难有的爱心,早为五遁禁制所杀,步了妖妇后尘了。

燕儿入伏失陷,暂且放过。且说周轻云在马湘夫妻家中久候燕儿不归,方在生疑,忽一下人奔入报说:"适才有一近邻往狮子山观看法师埋葬怪物,河坝上刘家老大、老三忽然跑来,说他家秀才刘二老爷在白天里被一长得极丑的女妖怪捉走。话没说完,老大、老三自己弟兄又打了一架,好容易才由别个把话说明。赵法师也真有本事,问完妖怪走的方向,立时驾起一道神光,往天上追去,一眨眼就不见了。"

轻云闻言大惊,暗怪燕儿疏忽,便追妖人,众目之下,岂可如此炫露?知燕儿更好胜贪功,惟恐有失,急忙告辞,前往相助。主人见轻云神情匆迫,知难再留,只得允了。轻云不愿人们看见,仅问明所追方向,由主人陪往后院无人之处,匆匆破空而起。但因得信已迟,自难追上,去路方向却是正对。追了一阵,不见踪影,心中忧念,又疑追错方向。正在加紧前驶,沿途查看,拿不定主意，偶一回顾，后面追来一道光华，神速不在自己以下，光正不邪，但又不是峨眉、青城家数。料有缘故，姑把遁光放缓一试。一会隔近，方觉出遁光眼熟，来人已经追到身前，竟是前在玉灵崖相助除妖的前辈女散仙青囊仙子华瑶崧。

匆匆礼见之后，华瑶崧便向轻云说："适才由一荒山前侧面飞过，看见前面山后有没散尽的妖云和火光腾起。飞赶过去一看，山那面危崖之上建有楼阁，刚被雷火震塌，余焰尚炽。楼后洞中有一文士装束的少年，正在持刀杀一受伤恶汉。喝问究竟，答说二人一是川江水盗，一是长寿县秀才，全是被洞中妖妇摄去的。适才来一少年仙人雷击妖窟，妖妇暗藏石下，乘隙逃走，逃时远远打了水盗一下，内腑大伤。自知恶报不能求生，仙人又追妖妇飞去，欲请秀才将他夹入洞中杀死，图个痛快，并免葬身火窟，陈尸露天，为飞鸟残食，此举系出水寇自愿。我见那秀才不是正经文士，又刚到洞中，不知妖妇和追的少年来历。默运玄功一算，才知少年乃系同门师弟赵燕儿，因追妖妇误入幻波池，失陷在内，须你和李英琼前往救援，始可出险。但是洞中圣姑禁制厉害，妖尸近日法力越强，此举尚非容易。好在你二人的双剑合璧，多厉害的法力，也不至于遇害，至多不胜而已，去是足可去得。又算出你追燕儿已然过了头，连忙赶来告知。前面便是依还岭，你到那里不可贪功犯险，独自入池。癞姑、李英琼同了三徒一雕，均在岭南山谷之中居住，以待时至除妖。易静、上官红师徒二人在离明岛炼宝也快回山，无须等她们，只和英琼同往，救护燕儿，免去大难。至多在洞中有些耽延，如能格外小心应付，也许并此免去，早救燕儿出险，都说不定。"随又指示了些机宜，方始别去。

轻云闻说燕儿失陷幻波池内，好生愁急。久闻妖尸厉害，也不敢冒失孤身涉险。送走华瑶崧后，立催遁光，二次加紧飞驶。刚到依还岭上空，便遇神雕来迎，引去静琼谷中，与癞姑、英琼师徒相见，互相略说前事。英琼关心燕儿安危，听完又复催走。轻云道："青囊仙子曾说，此时不宜前往，少时还有妖尸两拨劲敌相继入洞。我们等第二拨人入洞，乘其应敌匆忙，无力兼顾之际前往，最为得计。只要步数不错，加点小心，连那两三日的洞中阻滞都可免去，岂不是好？事应今夜，心急恐反偾事，还是听她的老谋深算，从容好些。"

英琼因自己身带好几件至宝，中有两件开府新得的，又是圣姑所赐，可以抵御五遁之禁，再与轻云双剑合璧，更无吃人大亏之理。妖尸险毒，邪法厉害，易静尚且不敌，何况燕儿初出茅庐，法力有限，虽在开府时分得了两件法宝、飞剑和师传道书,功力料是比昔精进,但决不是妖尸对手。身陷虎穴,人单势孤,夜长梦多,自以早去为是。闻言虽强不过,勉强应诺,但心中愁虑。

挨到日落黄昏,袁星忽然入报说:"有三男二女同时飞到幻波池旁山坡之上落下,匆匆密议了几句,两位道装女子首先飞入池底。内中一人正是前劝上官红拜她为师的金凫仙子辛凌霄;另一女子似是左道中人,法力颇高,却未见过,与辛凌霄一路同下。刚刚穿入池面波层,便见下面金光乱闪,妖尸五遁禁制似已发动。二女全不在意,由身侧发出一片五色精光护住全身,在金光环拥中,一路明灭变幻,往下飞堕,好似且斗且降,下势颇缓。遮盖池面的神树,先前已被妖妇夏三娘的遁光撞破了大片,现出池水。金光和彩光一斗,池上灵泉飞瀑立即干涸不流,只剩半截水柱和大片金光,拥着二女身外彩光,一同缓缓落了下去。一会,到了池底,二女便往东洞门内飞进,灵泉也未再喷出。跟着,与二女同来伏伺在侧的老少三人,面上各现喜色。内中一个黑髯道者,先由身畔取出三片形似树叶的法宝,分与每人一片,各取法宝在手,刚见遁光一闪,还未见其飞下,便同没了影子。看那行径,分明是令二女打头阵,诱敌开门,这老少三人却隐去身形,尾随在后,乘虚而入。钢羽隐身空中,注视下面,看得逼真。回令袁星入洞禀告,并说这男女五人只有那黑髯长身道者和一个紫衣道装女子是有大来头的旁门人物,余下二男一女都是昆仑派中能手。"

英琼闻报,便对轻云说:"妖尸劲敌相次入洞,时机已至,可以去了。"轻云却说:"这五人虽分两起入洞,实是卫仙客夫妻主持,仍只能算是一拨。并且事应夜间,此时尚早,欲速不达,早恐无益。"英琼力说:"燕弟年幼道浅,势孤力弱。妖尸凶毒无比,我也明知厉害,去了胜败难卜,但是我们宁愿陷身妖窟中三二日,也须先抢进去将人护住,才可无虑。万一因我二人去晚,出甚差池,休说他娘青年守节,老来只此独子,我们也有失同门义气和平日好友情分,便爹爹和三叔,也必怪我二人见死不救。我看夜长梦多,难得池水不流,妖尸正对付那先后五个劲敌,此时乘虚而入,定较容易。只要将燕师弟寻到,便暂时被困不能脱身,有我二人双剑和开府新得诸宝,人决不会为妖尸所伤。还是去吧。"轻云也觉言之有理,正想向癞姑请教行止,如若一同失陷在内,如何应援。话未出口,忽听燕儿在幻波池洞门传音告急求救,三人忙取法牌如法静听。

原来燕儿起初已然陷身在先天土遁禁制以内,因妖尸看出他道心坚定,

275

神明朗澈，急切间不易摇动；又不舍当时杀害，意欲暂且软困。于是将禁法逐渐加重，磨其暴性；再以邪媚引诱，逼令甘心降服，不曾遽下毒手。不料卫仙客、金凫仙子辛凌霄夫妻二人，约了丌南公的转世爱妾、女弟子紫清玉女沙红燕，及前在昆仑门下与知非禅师、钟先生、游龙子韦少少等昆仑三友齐名，后犯教规被逐，现隐南海小流沙银泥岛的前辈散仙东方皓，还有沙红燕的前生兄长天煞真人沙亮，突然想好虚实兼下之策，同时入洞，复仇盗宝。

妖尸一时疏忽，只顾纠缠燕儿，忽闻敌人来犯，忙赶往前洞，辛、沙二女已然飞降。因沙红燕法宝厉害，金水之禁无功，又当圣姑预示日期，心中惊疑。知道圣姑所设禁制，只有金水之禁仗着灵泉与内洞相通，稍可移用于外，威力虽也不小，比起洞内运用相差甚远，敌人如是能手，应变稍速，防身有宝，便难收效。只顾诱敌入洞，欲下毒手，谁知开门揖盗，后面还有三个强敌，用千古异宝天蝉灵叶隐了身形，乘隙飞入。谁知圣姑禁法厉害，具有无穷妙用，埋伏重重，外人至此，一触即发，多神妙的隐身法，也难全掩行迹，三人才一入洞，立生反应。妖尸正与辛、沙二女恶斗方酣，没防到此，几乎遭了暗算，就这样，仍闹了个手忙足乱。不由急怒交加，心恨仇敌刺骨，顿生恶念，竟将五遁禁制一齐发动，卫仙客等五人立被困住。

妖尸本心不想伤害燕儿，只因应变仓促，未暇顾到，后天五行禁遁互为生化，燕儿被困，恰与卫仙客等邻近，遂被波及。虽仗妖尸不是专心对他，又有护身法宝、飞剑和本门太乙神雷，不致遽危生命，但时候稍久，便难支持。此时，上下四方俱是戊土真气紧紧挤压，戊土神雷似雹雨一般打到，身外宝光、飞剑均受紧压，寸步都难移动，险到万分。燕儿初被困时，明知易、李诸人就在岭上居住。因开府后奉命下山，领受传音法牌时，掌教师尊曾说此牌自用只可一次，不到万分危急，不可轻用；并说幻波池之事，令由易、李诸女同门主持，无故不许参与；如有人传音告急，也须听本人指出名姓，始可前往，未指明的人，便接告急传音，也不许妄自行动。又想易、李、癫姑等女同门守在近侧已两三年，妖尸这等厉害，俱莫奈何。自己和英琼差不多同时拜师学道，平日哪一样均不如人，这时一入妖窟，便向她告急求救，虽是同门世交至好，到底不是意思。因此一味强挨，几次想以全力冲逃出洞，均未成功，反吃妖尸嘲笑。正在气急无奈，忽然情势大变，知道再不求援，命必难保，迫不得已，方始传音告急。

这一来休说英琼，便轻云也忧急起来，匆匆听燕儿略说被困情景，立向癫姑作别，往幻波池飞去。此行原是旧游之地，仗有双剑合璧和牟尼珠等至宝,尽管知道洞中禁制和妖尸的厉害,易静那等法力尚且失挫,英琼仍是胆壮。轻云却较持重,飞到幻波池旁,忽招英琼下落,说道:"前面便是妖窟,事情太险,不可造次。我们来得太急,毫未商议,万一此时妖尸将人困住,又去洞口防守,一被警觉,下手便难。第一步总要深入洞中,才能济事。上次随伯父入洞,故道依稀记得。师父道书也说妖尸一出困,洞中夹壁甬道五洞均可通连,任走哪一洞,只要记准五行五位方向,便走得通。还有灵泉水路,也是上下萦回环流,五洞皆可通连。妖尸寝室在西洞,出困以后,便要迁到北洞上层,与众妖党一同盘踞,每月只有三日在西洞原处炼法。只是那人口处缩入两壁之间的门户,须用金刚大力神法将其抵住,始能飞入。当时因我误将妖尸惊动,不能再进。易师姊悟出西洞庚金属于肺部,外分五行,内藏五相,通体脉络贯通;并自壁间磊块寻到正经门户,同由中层走入,得至东洞,便入了腹地奥区,仍由伯父行法开门,我三人才得走进。今日虽无伯父相助,我们功力却非昔比。再者上次伯父引我们去时,事前不曾详为推算,又有圣姑禁法阻碍,好些机密之事,俱是到了当地,才行发觉,参悟出来。这次得有师尊指点,虽说不曾详示,比起上次,自较明白。我们如触动禁网,隐身法自然无效。因此偷进门去,妖尸和诸妖党也难发觉我们在洞内。再若谨慎一些,或是妖尸先前诱敌,门已开放,埋伏发动,得知趋避,就许侥幸混进去都说不定。似此明张旗鼓径直飞入,终非善法。"英琼急道:"我为急于救人,只想给他一个迅雷不及掩耳,突然冲入。周师姊话甚合理,就这么办好了。"

说罢,各将身形隐起,飞临树上一看,果空出一个大洞,水已不流。料知妖尸仍与劲敌相持,心中一喜,忙即降落。只见池底广场若砥,石色如玉,五色洞门五方环峙,倒有两洞门开。轻云因去西洞的壁间甬道以前曾经默记,难得西方洞门也是微开,妖党不见一人,意欲先往西洞一探。如能进入,便用声东击西之策,先扑妖尸老巢,照道书上所示,将圣姑禁制妖尸原神的法物如法略微移动,妖尸必然心惊魄悸,归救老巢。自己行法以后,立由昔日故道抄往东洞燕儿被困之所救人。事虽繁难,如能成功,却极有利;并且把人救到以后,逃走也较容易。无如英琼性急救人,话未及说,一见东边青色洞门微开,不知那是圣姑昔年为了异日诛戮妖尸预留下的妙用,内里埋伏一发,外面洞门便按五行生克变化微微开放,使后来的人得知洞中底细,便可按图索骥,辨明方向,循径飞入。此事连久在洞中的妖尸尚且茫然(因困身禁制,虽吃有力同党相助破去,元神仍受一种极微妙的禁制)。此时以为劲敌入网,洞口已经全行封闭,正以全力对付敌人,所有妖党俱在一起,所以洞口内外空无一人。

英琼以为轻车熟路,正是良机,大可乘虚直入,当先飞了进去。轻云既防她一人势单,又看出那是上次李宁佛法封闭的洞门,先前主意原未打定,继一想这是熟路,不过与妖尸明敌定所不免,如能直冲进去寻到燕儿,也是一样。反正不及阻止,便把遁光加急,紧追进去,与英琼做一起。刚打手势令其不要离开,晃眼已到内洞入口。耳听风雷之声甚是激烈,隐隐自内传来。同时前面也有石壁阻路,无可再进。二人忙即停住,细一观察,这地方甚是广大,壁色青紫,作两半合拢,当中微凸,甚为平滑;不似西洞石壁磊砢四出,却隐有无数血点。上面另有一条长约丈许的石笋,贴生两半之上,连洞带壁,形式恰似两片肝叶。前随李宁出洞时不曾留意及此,尚是初见。料知入口机关和两洞一样,必在壁上,便同探查,仗有前番阅历,居然悟出入口是在那根石笋上面。便同飞近壁顶,试把石笋往外一扳,却丝毫未动,势又不可用法宝、飞剑毁损。耳听洞内水火风雷交响之声越发猛恶。英琼情急之下,猛运玄功改扳为推,一掌击向石笋头上,无意之中,竟将机关触动,神力到处,一片轰隆之声,石笋立往壁间陷入,仍和前次西洞情景差不多,现出一条甬道。二人虽觉不是以前出路,但知洞中门户秘径甚多,此外无路,更不寻思,一催遁光,便飞了进去。

晃眼飞进二三里,见尽头之处似有两个左右相向的圆门。近前一看,门在壁上,一青一紫,均是浑成实质,宛如墙上画了两个圆圈,无可进入。二人正打不定主意,忽瞥见石壁圆门中心微微起伏,凹凸不停,青光隐泛,情知有异。英琼暗忖:“师命虽不许损毁洞中景物,看此情形,分明是入口为禁法封闭,并非真门。身边现有圣姑法宝,木遁青色,正好用这次新得的太乙玄戈试它一试,能破更好,不能也自无害。”想到这里,也没和轻云说,回手到法宝囊内取出一柄五寸来长、银光耀眼的小戈,往青门上一指。戈头上立有一股极强烈的白光,电一般往门中心射去。门心青光忽然大亮,一闪即住,跟着青雾飞涌,门便现出。

英琼、轻云方在惊喜,就这眨眼之间,猛听霹雳连声,由门内飞出一幢乌云。内中裹定一个披头散发,赤足裸背,身笼青气的美女;另外还有二男一女背向而立,两后一前,各有宝光护身。面向后的一男一女,一手发出无数青芒,一手发出大串碧火星,雨雹一般往身后来路打去,其疾如电,晃眼已自侧面飞过。二人慧目敏锐,刚认出这四人除一黑衣长髯道者未见过外,那主持乌云、手发阴雷的,正是沙红燕,那二少年男女正是卫仙客、辛凌霄夫妻,居然脱困逃走。心中一动,人已飞出甬道以外。猛又听一女子狂笑之声,紧跟着由紫门内飞出一个美妇人,如论容貌,比起先逃的沙、辛二女还美得多,神情尤为妖艳,料是妖尸无疑。方想乘其退敌之际混入门去,哪知妖尸并未穷追,只磔磔狂笑了几声,把手一指,两门青紫烟光又闪了两闪,忽全隐去不见,现出两个大宽圆门。先四人逃出,妖尸本由紫门追出,却由右边青门缓步走入,神态甚是从容。临去之时似有意又似无意地侧顾二人立处,作了一个狡笑。两门业全出现,烟火尽收,极似平日无事情景。

英琼、轻云隐身之法原本未撤,先见妖尸还不曾在意。及见朝己诡笑,神情虽极淫荡,二目隐蕴凶光,均觉有异。轻云心思更较细密,猛想起:"沙红燕等男女四人由身侧飞过时,左手向后连发阴雷,右手掌中还握有青莹莹酒杯大小一团晶光,飞过以后,曾用此光往后一照。当时觉那青光似乎由自己和英琼身上照过,因是返身回照,一瞥而过,再看,人已飞出甬道。光并不强,仿佛一面小镜映日回光,在身上一闪,无甚感觉。同时妖尸相继飞出,分了心神,不曾在意。此时妖尸诡笑可疑,并且全洞埋伏禁制俱已在她掌握,可以随意挪移应用,眼看强敌一齐安然逃走,只笑了几笑,便退了回去,不去追赶,更不近情。"心中十分奇怪,便止英琼暂缓追入。

忽听另一个女子厉声喝道:"无知峨眉贱婢,迟到今日,方始入洞行险。可知你们隐身法已被沙道友青乙神镜照了一照,现出了些行迹么?休说你们这些无知后辈,连我们也被妖尸擅用圣姑禁制困在此地,只遁走了沙道友一人,还将卂南公的镇山之宝毁了一件,才得脱身。其实你们该死,既知用法宝攻破乙木门户,为我四人开路,又有紫、青双剑,妖尸出时,正可双剑合璧,上前夹攻,使她措手不及。如此则我们固不致被她困入丙宫重地,便你二人也不致便陷重围。如今妖尸已自警觉双剑威力,不与你们明斗。圣姑禁制玄妙,妖尸本是她孽徒,在此多年,备知妙用,加以妖法厉害。我三人虽然被困,终可脱险,再来报仇;你们休说脱身,连形神都难保了。此时五遁已被妖尸倒转,只有癸水一路可以得生。如能听我良言,以进为退。你二人如习水遁,只要寻到水源,速由昔日水路到那灵泉发源的方塘以内,用双剑合璧,将那根银链斩断,破去水宫镇物,脱身虽未可必,有那双剑护身,命尚可以保住。我并非有厚于你们,特意传声指点,只因妖尸淫毒万恶,我恨妖尸远胜你们。我虽知道破法,无如为你二人所误,陷入火宫,不能往方塘,意欲假手,使五宫破去一宫,少减妖尸势焰罢了。塘中还困有一个少年,不知入门才得几时，便来犯此奇险，男子入洞，首犯禁条。如是你们一党，不会不知。听妖尸口气，又非左道门下。那锁链一断，于此人虽是不利，但妖尸将他看中，正可借以挟制。你们如若顾全此人，不消六个时辰，五遁禁制先后天互为生化，紫、青双剑受了先天庚金与反五行的后天丙火相生相克，多大法力也难主持运用，必可脱身而去。别的法宝却是无用，非到形神消亡之地不可，那你们就悔之无及了。你我虽是敌人，此时总算同在患难之中，理应同仇敌忾。有甚仇怨，且俟灭了妖尸，再作计较。我有传声照形之宝，既能传话指点，又能略微观察你们行动，暗中相助，至少也能牵掣妖尸，少为你们之害。你们却被禁制阻隔，于我无所补益。只盼能为世人及同道除此未来大害，别的就不在话下了。"

二人听出是金凫仙子辛凌霄的口气，才知先逃四人才脱罗网，又陷火宫，只遁走了沙红燕一人。自己破那青门时，想是沙红燕由内飞出，觉出自己也是她的敌人，不但不承情，百忙中反用镜光照破一点行迹。自家的双剑精光宝气异常强烈，但功力有限，未将剑光炼到无形无声地步。本门隐形法虽极神奇，终是初学，火候未到，本就难于掩藏，何况再为专破此法的异宝一照，自然现出行迹。互相查看，果然每人都有一线浅浅的剑光影子现出，不曾隐起。可恨沙红燕心毒可恶。又听燕儿已被困入水宫方塘以内，更是骇异。

二人话未听完，面前光景忽变，眼前倏地一暗，只听阴风怒号，万木悲鸣之声，宛如狂涛暴涌，震撼天地。身外一片沉冥，只两边暗影中各有一个圆洞，一青一紫，色甚鲜明，却无甚光华，好似暗雾昏夜之中，悬有两个青紫色的大灯笼，内里烟雾溟濛，什么迹象也看不出。暗忖："事已至此，辛凌霄所说似是真情，不如听完再作打算。反正行迹已显，索性收法现身，双剑合璧，一面防身戒备，仍听下去。"

及至听完以后，估量禁制阻隔，不知辛凌霄被困何处，没法还言，又恐妖尸警觉听去，也未回答。认定此时万无退理，水宫法物关系燕儿存亡，人不救出，虽不能破，但是灵泉发源之所的方塘却须寻到。深悔适才未入西洞之愚。当初去往东洞取宝，引发禁制，出时匆迫。这条道路虽说不曾默记，就是英琼自觉记得多半，一则秘径纵横交错，不能稍差；又经妖尸挪移禁制，大显神通，所有门户途径全都变易。除了硬冲乱撞，更无良策。辛凌霄虽说得凶，尚幸二人均持有防身法宝，心尚坦然。当时也查不出哪是门户途径，略微商议，径照先前现出青色圆门的一面，双剑合璧，往前冲去。

先还以为前面必有阻力，哪知冲了一阵，仍在暗雾之中，剑光以外，只是一片氤氲,冥黑如漆。休说妖尸妖党,什么也未遇上。轻云暗中算计:"照此迅速飞行,如在平时,少说也有四五百里途程,多长的甬道也应该走完。就说身入伏地,也应触动禁制,发生险阻,怎会飞了这些时刻,人物、洞室全未遇上,连先前风雷之声俱听不到? 直似暗夜飞行辽海之上,到处虚空,渺无涯际。妖尸阴毒诡诈,越是这等情景,越觉可虑。"便把英琼止住,用本门传声之法悄声说道:"我们飞了一阵,毫无动静,敌人突一发动,必定厉害,不必说了。最可虑的是,彼暗我明,彼逸我劳,妖尸知我们双剑威力难敌,不出明斗,只在暗中运用圣姑所设埋伏闹鬼。我们只管加急飞驶,其实并未离开原地。妖尸断定我们落了圈套,守在一旁,耗得我们时日一久,心中焦躁,气懈神疏,或是双剑分开,然后猛下毒手,我们就不免吃亏了。如今燕弟尚在困中,听辛凌霄之言,妖尸对他别有奸谋,暂时虽无大害,终须寻到才能放心。还有卫氏夫妻恩将仇报,始终视我们为敌,她的话本不可尽信,必有深机在内。幸她误以为同门师兄弟必知此间禁忌,男的不会前来,没想到燕弟是我们一路,提醒我们戒心。虽还不至于被她利用,误用双剑斩断灵源锁链,使燕弟遭池鱼之殃,但是目前我们连方向途径都辨不出,如何能冲到那灵泉发源的小池边去呢?"

英琼愤道:"我也如此想法。上次我们往紫云宫,在离明岛玄龟殿吃韦青青道友用阵法困住,不能冲出,便与今日情景相似。本心想用神雷、法宝一试,但师父不许损毁此洞。又听易师姊说,这类颠倒乾坤五行挪移大法,误入它的阵地,最需小心。不把出户查明,如若妄用法宝雷火,往往无效,有的还要生出极强反应,转伤自己;再不便是你攻得越猛,它的阻力也越大,生克变化更加厉害。所以踌躇不决。妖尸不肯明斗,分明借着洞中仙阵软困我们。照此下去,多么难受! 我想圣姑和我们有缘,既许我们来此承受她的仙府,又赐我们许多法宝,以她神通广大,法力无边,今日之事,必已早在算中。长此相持,也不是事,莫如我们先向圣姑通诚求助,然后试用太乙神雷和你我的法宝试上一试。成固可喜,如真触动禁制,反应厉害,尚有白眉师祖的牟尼珠可以护身,当无大害。你看如何?"轻云略一寻思,答道:"只好如此了,别的不说,但能发现一点水道,就有望了。"

说罢,二人刚向圣姑祝告完毕,忽听辛凌霄远远急喊道:"我适才所说的话,已被妖尸用邪法偷听出几句,你们已被困在圣姑混元无极阵内,任你们上下四外无论如何飞驶,只能在阵中方丈以内。妖尸算计你们决不能脱,又以全力向我三人进攻,适才之言已无甚用。此阵须人主持,妖尸现与我们对

281

敌,你二人身侧必有妖党。可乘妖尸不在,速用法宝、飞剑向其左右两边连发出去,也许发现主持此阵的妖党。只要将他杀死,或使其败逃,门户立现。那时可速往有红色的门洞甬道飞入,你我两下里合力夹攻妖尸,就不能除害,人总可以逃出毒手了。"

二人听辛凌霄初发话时已似吃力,说到后来竟似力竭声嘶,在彼强挣之状。情知卫仙客等三人必在危急之中,因想自己出力往援,故此改变适才先破水宫的方略,教自己破阵以后,由红色甬道穿入火宫,名为夹攻妖尸,实是助她脱险。不禁心中好笑。先前口气那样狂妄自尊,到了急难之际,仍以巧语求助。但是所说必有道理,二人本来说要发动,便故意说道:"停在这里,如何是个了局? 还是加紧朝前猛冲,终有遇敌之时。"口中互说着话,暗中早准备停当。话未说完,各自冷不防把手往左右两旁一扬,太乙神雷首先连珠发出,同时,又各把新由师传的几件法宝往侧发去。霹雳连声,雷火光中果然发现英琼右侧不远,甬道口上立有一个披发仗剑禹步掐诀的妖人影子,似为神雷小伤,神色仓皇,待要遁去。二人飞剑何等神速,一眼瞥见,立似电掣一般,连人带剑一齐飞上前去。

那妖人行法之处本在甬道口内,外有一层极神妙的禁制,便是神雷也难伤他。只为心贪好胜,一味想要逞能立功,以博妖尸欢心。先以敌人双剑神奇,还自小心;及见二人只顾在阵中急飞,状甚焦灼,好似别无伎俩,渐渐大意疏忽起来。暗忖:"此阵现在由己主持运用,上下四方任敌所往,均可随心变幻,使其永在圈中,无计逃脱。双剑厉害,能奈我何? 如能乘机加上自身法力,将敌人生魂摄去,岂不也叫玉娘子看重?"越想越对,便走出甬道口外,正赶周、李二人停住剑光在彼计议。妖道不知自己忘了妖尸之嘱,一出甬道口外,便入险地,不特易被敌人发觉,急切间甬道中所伏的木火之禁也难于应用,一心还在妄想伤人。见敌人二次前飞,心方高兴,待下毒手暗算,猛瞥见敌人手朝自己这面一扬,立有震天价的霹雳雷火,夹着一道梭形金光同时打到,骤出不意,隐身闪避,均所无及,仗着玄功变化,未遭惨死,只受了一点伤。又惊又怒之下,便把法宝放出抵御,同时准备法宝,如若无功,退回甬道,发动木火二遁威力,去伤害敌人。

峨眉镇山之宝紫、青双剑乃天府奇珍神物,不比寻常,周、李二人近来功力又深好些,身剑合一,来势比电还疾。妖道正在雷火环攻之中张皇惊愤,瞬息之间,青、紫两道光华已如飞虹电射,卷上身来。那准备运用的是面尺多长的妖旗,也就刚刚展动,一片殷红如血的妖光邪焰方由旗上飞起,狂风卷云一般朝前飞去,势甚神速。这面妖旗专一污损正教中法宝、飞剑,敌人只要被血光罩上,立即失心昏迷,倒地晕死,原极阴毒厉害,为那妖人平生祭炼的一件性命相连之宝,费了许多心血光阴,连经几次险难阻碍,才得成功。用以防身御敌,就是敌人太强,至多不胜,本身也从未受过甚伤害。此时受伤之后,明知双剑神奇,仍欲肆毒,不曾遽然遁却,一半也为恃有此宝之故。谁知恶贯满盈,紫、青双剑来势更快,非但不畏妖邪,并还似以石击卵,一触即碎,血光未及展布,剑光已罩向妖人身上。青、紫二色会合的长虹,只闪了一闪,血光首被绞散。妖人方始心寒胆裂,待运玄功变化逃命,无奈当时情势急迫万分,连容他悔恨痛惜转念的空隙都没有,如何能再抵御施为。妖旗分裂,血光消散,尚还未尽,紫、青双剑紧跟着往前一压一卷,一声惨号过处,血肉纷飞,残骸四散,就此了账。

第二四二回

穹顶舞寒星　　沧海蹄涔迷鬼主
祥宫伤炼士　　珠光剑气护仙娃

　　周轻云、李英琼见妖道伏诛,果然除妖道立处的青色圆门甬道外,左侧又有一个红色圆门现出,只是和初见青、紫二门一样,壁上虽有门的形式,不能飞入。轻云知道事机瞬息,急不如快,方欲联合英琼,仍用前法往那红门中冲进,破壁而入。英琼忙道:"姊姊,我们此时正好避实就虚,办自己的事,为那恩将仇报的人效力做甚?"轻云猛被提醒,忙答道:"忙中几乎失了算计,此言甚是有理。快走!"随说,二人随催动遁光,电一般拨转头,便往青门甬道以内飞去。身才入门,遥听辛凌霄挣扎着厉声喝骂道:"无知贱婢,好心指点你们得了便宜,却不照我的话行事。你们那双剑决不能抵挡圣姑禁制,妖尸和两个有力妖党原吃我三人绊住,贱婢才能得手,竟敢违命取巧,以为乘隙可以盗宝,不知良机已失。我只要几句话,略微松手,妖尸便即追来,使你二人死无葬身之地。再不回头与我会合,管教你们悔无及了。"

　　这时,二人已将甬道中禁制触动,遇到极强的阻力。一听辛凌霄又在传声喝骂,越料出她实须自己相助,此时必被妖尸和诸妖党所困,正在拼命支持,一心盼望自己攻入红门,与之会合,情势必甚危险迫切,否则,何至如此情急?所说绊住妖尸的话,也必实情。但她和妖尸必均认定,自己此行是为盗那上次遗留未得取走的藏珍,不知是为救人而来。听那口气,纵不致向妖尸屈服合力对己,也必拿话打动妖尸,使其转戈相向,以保洞中藏珍,为己坐收渔人之利,并假手妖尸报复前仇与今日不依她言往援的新怨。暗忖:"卫仙客夫妻也是昆仑派中长一辈的有名人物,怎贪妄忌刻,一至于此?这等居心为人,如何配为修道之士?有心反唇嘲骂她几句,因道路不同,不在一地,传声未必能到;就能传到,妖尸也必听去,有损无益。并且前途险阻甚多,必须急速觅到复壁水道入口,始能去救燕儿。不如乘其犹豫,等候回音之际,赶办自己的事为妙。"便不去理她,各以全力运用飞剑法宝,朝前猛进不已。

原来那甬道中禁网密布，便是无人主持，也是一触即发。妖尸起初原因今日两起均是劲敌，后来二人飞剑尤其厉害，有此防身，非五遁齐施不能制敌死命。又看出二人身畔另有祥氛宝气隐隐外蕴，急切间难操必胜，本日正当圣姑预言，不敢大意。敌人又恰在乙木正宫以内，惟恐遽然发动埋伏，相煎太急，敌人持有太乙精金炼成的神物利器，正是本宫克制，身边还藏有别的至宝。并且上次盗走大批藏珍的，便有这用紫、青双剑的二女在内，一个还是主体。如今两拨强敌分在两方，顾此失彼，不能统筹兼顾。圣姑禁制固然神妙，无如安心与己为难，事早算定。稍一疏忽，吃这两人将木宫破去，五遁不全，不能正反相生，随心变化，便要减少大半威力。以后法力稍强的敌人，便难指顾成擒，岂非大错？偏生先前疏忽，误疑后来敌人与先来的是一党，同时混进，在外攻破出口，准备引了同逃。心又太狠，想全数引往火宫正位上去，二次正反五行，生化合用，使其同化劫灰，形神俱灭，永除后患。没料到会是两起，于是失了算计，既要顾先，又要防后。而先来四敌中，有一个偏生又是丌南公前生宠妾，今世爱徒，比卫仙客夫妻还要不可放走。

　　妖尸没奈何，只得双管齐下：一面困陷先来四人；一面发动混元无极阵法，把后来两人困在东洞甬道入口外面，命一同党代为主持运用。自己赶往南洞火宫应敌，准备先把这四人引入火宫正位，以真火之力克制敌人弱点，再把五洞合用，炼到形神皆丧以后，再回东洞杀敌。以免发难早了，木宫遁法被真金之宝破去。行时，还力嘱主持阵法的妖党：对这后来二人，只可用转变挪移之法软困，不可轻易出手。万一敌人法力高强，识得此阵奥妙，被其攻入甬道，而自己又在南洞应敌紧急，不能即回之时，切不可单用本宫乙木，须由乙木化生丙火，暂时抵御，以待自己事完来援。这后天之火虽然稍弱，未必便能克那真金至宝，本宫乙木却可无伤。说完，匆匆飞去。想不到主阵妖党骄横自恃，以为二女只此双剑，无甚法力，心生轻视，自遭惨死，还给妖尸铸成大错。

　　妖尸赶到南洞，虽将敌人困住，但是抵御之力极强。先认为对方正宫真火必抵不住，转眼即可消亡。哪知敌人早有准备，真火一发动，又有先前未用过的法宝出现，将身护住。急切间非但奈何不得，自己转成了骑虎难下，非将敌人杀死，不能离开。尤其自己认为最是可虑、万万不能放走的老怪物丌南公的爱妾沙红燕，竟在自己将到以前，用她师传极厉害的玄阴摄神大法和一件异宝，冷不防附在一个同党妖人身上，在法力强迫役使之下逃了出去。此举因出于意外，同党妖人近日均有自己传授，可以出入禁地，做梦也想不到对方会有这等神妙不可思议之举,连肉身带元神均能附在敌人身上,迫令夹带同逃。受制的人为敌所用,并还全然无觉,心甘情愿,听其驱遣,无不如意。等到自己赶来,觉那妖党无故自退,方一心动,又发现敌人少了一个,喝止不听,忙即行法追赶,并下毒手,发动素来不敢轻试,还是初次运用的乾罡五神雷,想将敌人和同类一齐殛死时,哪知敌人逃得十分神速,人已脱离禁地,禁法未及阻截。那昔年曾将自己殛死的神雷发将出去,只将同党殛成灰烟,敌人并未遇害,仍被逃出洞去。白白葬送了一个心爱得力的未来面首,反吃敌人在洞前恶语奚落了几句,说是此仇必报。并说洞中之敌为除自己,夺取藏珍,先后用了数年心力,这次前来,一切均有准备,至多被困一时,结局必获全胜。

妖尸心神受了禁制潜力羁困,不能追出,空自暴跳怒发如雷,无计可施,只得赶回南洞。一则激怒太甚,凶焰愈高;二则卫仙客夫妻和那同道法力均非恒流。妖尸看出对方处心积虑而来,果然应付有方,不是随便可以伤害,一个也放松不得。尤其这时卫仙客等三人和妖尸互有伤害,斗法正急之际,妖尸连用全力,刚占住了上风,可是对方带有不少防身法宝,件件高明神奇,层出不穷,身侧有力妖党竟有两个受伤,连妖尸本人也几遭重伤,中人暗算。尽管看出对方受了五遁合攻的重压,抵御勉强,相形见绌,终是不敢疏懈。又以诱迫卫仙客降服,不合用了狐媚惯技,敌人不特未为所惑,反以恶声相向,辱骂刻毒。益发勾动妖尸怒火,倒行逆施,忘了利害轻重,誓把三敌杀死,才肯罢休。明知东洞主阵妖党已死敌手,东洞木宫要地现被敌人侵入,急切间竟会举棋不定,不曾回身应付。等到少时被人提醒,暂舍南洞之敌,赶了回来,周、李二人已然离开东洞,白便宜南洞之敌喘了口气,转危为安,还生出许多不利于妖尸的事。如非恶贯已盈,伏诛在即,不会如此颠倒。因妖尸暂未赶回,所以周、李二人虽遇阻力,并无大碍,仍能奋力往前进攻。后来得了门路,妖尸方始赶回,又过于重视藏珍,忧疑惊惶之中,竟未及跟踪追索;一心又恐南洞有失,再有强仇继至,越发乱了步伐。二人未受其祸,实由于此。这且不提。

二人初入甬道,便见青光潮涌山压而来,威势极盛。知是乙木妙用,也不管它,仍然循径向前疾驶。仗着洞中无人主持,又因双剑属西方金精,正是乙木克星,圣姑又预先算定当日情势,加了暗助。乙木禁制既阻不住太白金精之质,五洞原本相通,师传道书曾示大概,只要把途径走对,自能循序穿行。遁光迅速,不消一会,便被飞完乙木甬道,穿入北洞下层的幻波池灵泉发源重地。二人先见四外青光势如潮涌,飞行其中,直如鱼游大海,无有穷尽。知道此时阻碍不大,全仗妖尸不能分身之故。如被追来,必难将燕儿救出险地。心正愁急,忽然甬道尽头似有门户,未容寻思,人已双双飞将出去。刚刚飞过,一声轻雷过处,来路玉石小门忽然隐去。同时眼前一亮,身外一轻,适才四外环涌的青碧烟光已无踪影。

轻云谨慎,匆迫中不知就里,心疑妖尸赶来,转变禁法闹鬼,或将原有埋伏触动,生出变化。方喝:"琼妹,且缓前进!"第二句话未出口,英琼已立定喜道:"在这里了!"轻云上次随李宁来探幻波池,只到西洞妖尸寝室,后来便往东洞取宝,北洞下层原未到过。闻言定睛一看,一片薄薄的五色祥氛正往上顶升起,晃眼消失,面前奇景立即呈现。

这地方乃是除新辟建的峨眉五府以外,从来未见的一个大洞。其高约有数丈,地广百亩,四壁明滑精莹,非晶非玉,上下四外,多半平坦若镜,却包含着上千万的大小乳珠,奇光内藏,精辉外映,密若繁星,汇为异彩,照得全洞通明,耀眼生缬。另外地上还有许多突出之处,形式不一,大小各异,经洞中主人就着原形雕刻成云床、丹灶、几案、屏风等数十百件陈设用具,上雕奇禽怪兽之类,多是古雅精工,意态灵奇,生动欲活。看那质地,颇似钟乳石膏之类凝结修饰而成,五光十色,纷然罗列。另有两三座形似石碑的光华环立地上,若隐若现。耳听波涛之声起自地底,宛如海上潮生,洋洋盈耳。

轻云料是到了北洞要地,忙喜问道:"这里可是琼妹上次旧游之地么?"英琼道:"正是。只入口不是原走过的路。那中心池塘,便在那座玉壁前面。前听爹爹说,这里乃洞中命脉要地,埋伏甚多。燕弟现困池中。你看前面近中心处,有三片奇光分三面环立么?那便是师父道书上所说的玉壁,各洞都有,只是为数不等。禁制埋伏的枢机全在上面,不转过去,看不清它的全形,隐现无常。有的地方,连妖尸本人虽能转变利用,将来为恶害人,也不能使其随心隐现。上次我们往东洞取宝,所见翠玉石壁便是此物,上面还有圣姑的仙容法像,你不也见到的么?此是北洞下层,我和易师姊上次同到这里,只见到灵泉发源的方塘,这玉壁却未见过。如今忽然现出三座,定是圣姑恩佑无疑。余者我全认得,和上次一样。燕弟失陷的方塘,便在这三片奇光的中间。此时妖尸不曾追来,北洞埋伏竟似未发,不知何故。师父曾令慎重行事,我们留点神绕将过去,一到塘边,燕弟就能救出险地了。"轻云闻言,才知那三片光华,竟是圣姑所设玉壁,好生欣慰。

二人边说边驾遁光,看准四外形势,戒备着缓缓朝前低飞绕越。等话说完,人已由那奇光中间穿将过去,且喜不曾触动禁法,从从容容到了塘前。身才立定,还未及朝那中心方塘查看,猛又觉一片祥氛闪过。抬头仰望,那三片奇光忽然敛去,现出三座三丈多高、八尺来宽的玉壁,上面各有不同图像。内有两座所现均是圣姑仙容:一座仍和东洞所见玉壁仙容相似,是个云鬟雾鬓,貌若天仙的少女,仪态万分,雍容华贵,目注二人,微笑嫣然,神情欲活;另一座却改作佛门装束,白衣如雪,玉跌双裸,闭目合睛,盘坐其上,只是额束金箍,香发如云,尚未剃去,宝相庄严,妙丽绝伦。

二人一见圣姑仙容连在两壁出现,知获默佑,妖尸已难肆其毒锋,不禁心生敬畏,惊喜交集。不顾细看第三壁上所现是何形迹,忙朝第一座立像拜倒下去,首谢上次赠宝之德,再代师长致意。然后禀告:"妖尸猖獗淫凶,如被逃出,贻祸无穷。今奉师命,仰体圣姑遗偈仙示,来此诛戮。明知时机尚还未至,但有同门师弟赵燕儿被困在此,虽是男身,犯了洞中禁忌,但他本心非欲妄涉仙府,只为追一妖妇,被妖尸用计引入,困陷在此。望乞大发慈悲,神通赐佑,能将妖尸就此除去,固是绝妙;即令数限未终,不到伏诛之日,也望怜宥,使燕儿出险。"通诚之后,圣姑仙容终是凝眸微笑,无所表示。二人又朝坐像拜倒,重又如前通诚。那坐像原本双手附膝,二人拜罢起立时,忽改作了一手抚心,一手朝下,二指向地斜指。二人情知中有机密,不是无因而作,急切间偏无从解悟。已然两次通诚,不便再渎。因第三壁不是人像,光影频频闪动,以为可以有得,转面一看,不禁失望。原来前两玉壁色均墨绿,此独白如玉雪,晶明若镜,上面俱是水流影子,纵横交错,盘舞其上,如走银蛇,极似塘中水光反映。

二人还待仔细看时,忽听地底风鸣涛吼,塘中隐隐有人厉声疾呼:"琼妹,快到塘边来,只管等在上面做甚?"二人静心一听,竟是女神婴易静的口音,大吃一惊,不暇再作推详,忙去塘边查看。那十亩方塘在这三座玉壁环拱的中心,二女初走到时,本是云雾溟濛,波涛澎湃,千百根水柱罗列起伏,雪滚花翻,势绝汹涌。便是二人慧目法眼,急切间也看不见塘底多深,是否有人被困在内。又以圣姑仙容现出,未暇观察,便即拜倒通诚默祝。就这两次祝告耽延的一会工夫,再走近前看时,地底风涛之声依旧猛烈,塘已变作一泓清波,平明若镜,可鉴毛发。乍看去仿佛清绝,细一往下注视,内中却是云光荡漾,深不见底,也看不出易静和赵燕儿被困所在。

二人心中着急,正在循塘查看,忽又听易静疾呼:"我那面法牌已不能再用,为救燕儿师弟,身在癸水禁内,传音吃力。二位师妹可到南面那片玉壁之下,背壁而立,由正子午方位上朝塘底侧面细看,见到我二人存身之所以后,用牟尼珠将水遁镇住,便能随意传声问答。只不可动那链子。"英琼闻言,猛想起此塘原是一个外方内圆,上窄下宽的形式,只顾往水中心寻人,却忘了向四壁查找。立和轻云走到那有水影的白玉壁下,对好正子午方位,朝对面塘中圆壁上一看,果见易、赵二人已变作两个焦侥小人,隐藏在一个盘有银链的凹槽之内。看去水面颇深,比起卫仙客夫妻上次被困,身形觉要大些。身外又有宝光环护,知道人虽被困,本性未迷,尚无大碍,心才略放。忙照所说,把牟尼珠取出,将手一指,一团栲栳大的祥光直射下去,塘中云光立即停止,上下停匀如一。易静一说前事,才知也是刚来不久。

原来易静自带上官红回转玄龟殿省亲,并向父母说起幻波池失挫之事,自觉扫了颜面,要父亲易周为她设法指示机宜,并借用两件至宝前去除妖雪恨。说了一阵,易周只是微笑不语。对于上官红却极奖勉,颇多指点,老夫妻二人还各赐了一件法宝。易静看出老父不以为然,不敢多渎,负气辞出要走,吃两位庶母林明淑、林芳淑姊妹将她师徒强行留住。第三日上,林氏姊妹代向乃父求说,回告易静说:"妖尸气数未终,任用何策均是徒劳。你命中还有一次小挫,但是为人不是为己,与上次不同。妖尸邪法厉害,凭借圣姑一切设施法力,不到时机,谁也没奈她何。此时回去无益,好在离有事之日尚长,与其回转依还岭坐视仇敌猖狂,不如在此与家人团聚。到了时候,我二人必少尽心力,就令岛主不肯借宝,也有法想,决不使你失望回去。"乃母也勉徇爱女之情,又赐了一件专御五遁的防身法宝元象圈,如与兜率宝伞同用,多厉害的五遁禁制,至不济将身困住,人却不能伤害。易静方始安心住了下来。

上官红对于圣姑所赐先天乙木遁法,原未登峰造极,自经易周指点,功力已是大为精进。易氏全家自两老夫妻以次,如林氏姊妹、易静的兄长易晟、长嫂绿鬓仙娘韦青青,全都对她期爱异常,又是尊长,各有法宝赐予。上官红不多日子,便增加了若干法力。尽管喜出望外,一点也不自满,反倒益发谨畏精勤,博得全家老少越发嘉奖。易静见初收门人如此用功向道,根器又好,觉出增光,好生欣慰。

光阴易过,一晃数月。这日师徒二人偶随易周燕坐,忽然想起离开依还岭日久,不知妖尸是何情景,可曾往静琼谷扰害也无?虽料谷中如有紧急之事,癞姑纵不亲来,也必传音告急,当是无事的居多,心终悬念。加上连日所炼防身法宝已然成功,不禁生了思归之念,便请老父代为占算。

易周取出一张柬帖,笑道:"此事在多少年前,圣姑早已算定,水到渠成,时至自了,一毫不能更改,心急何用? 静儿如若想走,此时倒也正好。但要除去妖尸,却非你一人之力所能。不过你有元象圈、兜率宝伞和新炼成的金刚神砂,她也无如你何罢了。我本心不过问此事,因你此次回家,满心望我相助,不能不稍指示。你今此去,索性连静琼谷也无须回,径直带了红儿,直飞入池。这时昆仑派卫仙客夫妻,约了卭南公的爱徒沙红燕,另外还有两个同党,正与妖尸恶斗方酣。李英琼、周轻云为救赵燕儿,也在你到以后,乘虚而入。她二人此行,只杀死妖尸一个有力妖党,略探明一点道路,以为异日之助,无大功效。你却关系重大,如能应付得宜,虽为救护你师弟赵燕儿,要在灵泉发源之地水困些日,但乃是未来除妖开府之关键。

"你到了那里,可照我柬帖上所画阵图方位和破阵之法直赴中洞,与红儿师徒合力,即以圣姑所传乙木遁法,乘着妖尸无暇兼顾,骤出不意,将中央戊土禁制法物和土遁枢纽的玉壁暗中破去,另设一个戊土禁制代替。妖尸只顾用那南洞真火困炼卫仙客夫妻,急切间未必有警觉。五行失位,破了一处,固然圣姑道法神奇,五洞五宫均可化生出五行妙用,但根本已失,威力自然大减。尤其异日事急之际,妖尸心横发狠,想将五宫五遁一齐倒转,铤而走险,已办不到。此举无异她的致命一伤,关系非小。红儿学道未久,只乙木遁法是她专长,别洞便无甚用,你带在身旁反多牵挂。你成功以后,速带她照我图径,由中洞转入乙木甬道,乘着主持妖党对付英琼、轻云,人在外面,仍由红儿行法,以木制木,使其相克,减去功效,以便英琼、轻云少时通行,减少阻力。此处事完,红儿便无用处。

"幻波池五洞,除地底灵泉上下萦回,盘绕全洞的水道而外,每洞另外还就本身方位,设有一条出口。虽只能通到中洞前面,但因众妖党俱奉妖尸之命,分防各地,独于中洞,认为洞门自圣姑封闭之后,一直未开,谁也难于攻入;并且前层法台所在,稍有动静,便有朕兆,立时警觉。做梦也想不到,圣姑妙算前知,早算出今日情势。和英琼、轻云所进洞门一样,妖尸只当头批仇敌被诱进洞时,已经行法封禁,不会再开,她却到时自行开放。红儿由此退出,决无人觉。

"你看红儿顺着秘径遁出险地,再循图径绕往北洞下层。你同门师弟赵燕儿早被困入池内。妖尸与他有夙孽,自从初见,便生迷恋,故而未下毒手。只为燕儿道心坚定,不受媚惑,妖尸正用妖法诱逼之际,忽来卫仙客、英琼等先后七个强敌,急于大肆凶焰,想致仇敌死命,将五遁禁制一齐发动。燕儿自挡不住，眼看形势危急，还算命中有救。妖尸那么淫毒的天性，独对燕儿恋恋不能忘情，竟在应敌百忙之中，特地倒转禁法，将他移往北洞水宫，困入方塘以内。这五宫五行，只有金、水二宫最为阴毒，专一迷惑修道人的本性，主持人却具有生杀之权。不似木、火、土三宫，只要陷入，便遭惨死。道法高的，元神或能负伤逃遁，但本身决难保全。妖尸困他此宫，仍为想遂淫欲，并防乘隙遁走，或是有人来救。

"燕儿元神、身体已然受创，又被困入水宫重地，身有法水束缚，暂时虽不致命，神智也仍坚定清明，但要想脱身却是很难办到，不特本身无力出险，而你也救他不得。如若妄动水宫法物，意欲救了他冒险冲出，纵不致连你一起遇害，玄阴癸水妙用一经发动，你尚可仗法宝护身遁走，他的功候远不如你，必不能当，虽不一定形消神灭，本身必化为乌有。可是妖尸不久仍要赶来，重加诱逼，见他执意不肯降服，也许激怒，猛下毒手，或用妖法使他受诸般痛苦。必须你在旁暗中应付，始可无害。所以你虽不能把他救出，还不能离开他一步。

"此举看似艰难，要陪燕儿被困数日，益处却大。那方塘灵泉乃全洞命脉所在，如能乘此数日时机，寻到昔年圣姑潜藏的总图，悟彻玄机，不特救出燕儿不在话下，全洞五行禁制均可由你运用，异日除妖建府容易得多。所可虑者，你以前诸生身在旁门，今世虽可望成仙业，但是凤孽未消，成道以前还有好些周折，我也难为明言。你只记准，到了幻波池方塘灵泉之下，将燕儿寻到，切不可自恃法力，去他身外水气，应速将人移往正北方塘壁凹槽以内。这些凹槽蜿蜒如带，盘绕方塘上下四壁之间，隐现无常。幻波池上飞瀑奇景妙用，便生于此，另具极大威力。凹槽看似纵横盘曲，密如蛛网，实是一条整的脉络通连，通体一贯，宽深才得一两寸。并有一根形如银链之物，与它一样长短，嵌在里面。你二人入了禁域，就是心神湛定，身子缩短，也长尺许，如何能容？且喜北方正位有一个尺八圆孔，原是被困人的葬身化形之所。你持有法宝护身，却不怕它，敌人也决想不到人会藏在那等奇险之地。妖尸、妖党如来，切忌迎敌现身。可把尔嫂用本岛神泥所炼小人带两人去，幻出燕儿替身，放在原处，以为疑兵之计。妖尸如看不出最妙，立作被困人支持不住，强用法力护身，引起金水威力反应，形神消亡，使其绝念退出，以便搜寻总图，参悟玄机。

"圣姑道法也实神妙莫测，我为此事，默运先天易数，连推算了三日，只查出图藏北洞下层水宫要地以内，究在何处，仍难指明。圣姑昔年留此一图,必是为了日后相助你们诛戮妖尸而设。妖尸何等机警狡诈,圣姑必也防到,故此难于寻见。你藏身之处的小洞,正对子午宫位,必有深意。以我推详,此图不在洞内,必在与洞相对之处,神秘已极,不是人对时对,不会出现。此时我算不出它准地方,也由于此。那根银链乃真水精英所萃,除非机密尽得,人决不能救出险地,万动不得。你在塘中潜伏,如将遗图得到,便可悟出撤禁之法,燕儿自可无恙。只是成功以后,最好不要就走,可乘机将水宫禁制收去,另照你所悟阵图,重设一癸水之禁,好使操纵随心,由你主持,而妖尸暂时也能应用,先将她稳住,以为后日之计。

"此事要耽延七日,在此期中,任遇何人到来,不可理睬,只藏水底听其施为,来人自去,便免后患。否则,建立仙府以后,事便多了。固然定数难免,如若慎之于始,也非不可挽回。你们入居以后,应勤修为,终以少事为妙。在你寻到燕儿不久,英琼、轻云也必相继寻来。她二人本在你到以前入洞,因受妖党邪法所愚,在东洞甬道以外耽延多时,故而后到。如非二人先前用法宝攻那乙木玄门,妖尸觉着变出非常,急于安置所爱的人,燕儿真元必受重创无疑。你见了二人,速将燕儿暂难脱出之故告知,令其寻路速去,七日后相见,再作计较。"

易静闻言,才知老父老谋深算,为己煞费苦心,并非置诸不理。当时欣喜非常,接过柬图,要了应用符宝,率领上官红,一同拜别诸尊长,起身往幻波池飞去。到后一看,当中金门正在徐徐外开,知是圣姑妙用,并非妖尸作怪,立照老父所言行事,放心大胆径飞了进去。机宜早得,胸有成竹,一点不费事,便将中央戊土正宫破去,略一施为,径飞东洞。因由中洞穿行,与周、李二人取径不同,故未遇上。却将乙木真气耗散好些,减少若干威力,为周、李二人去了好些阻滞。成功以后,上官红还要随行,不愿离开。易静因老父料事如见,初到时奉行维谨,执意不许,立逼上官红退出,一直看着她遁走,方始赶往北洞下层方塘前面。旧地重游,又得乃父预示先机,自无阻隔。只是那三面玉壁尚未现出,塘中云雾蒸腾,波涛险恶,具体而微,甚是惊人。知道厉害,忙将法宝取出,护身水遁而下。初意小小十亩方塘,纵然圣姑仙法神妙,凭自己的法力慧眼,还不易于将人寻到?哪知方塘虽小,一旦置身其中,竟无异于鱼游沧海,漫无边际,深亦莫测。费了好大心力,才将燕儿寻到。只见燕儿并不曾沾水,只被一团水雾包住,燕儿在内守定心神,毫未摇动,身外只有剑光围护,人来竟如无睹。

易静也不去和他问答,忙照老父所说,默运玄功法力,连人带身外水雾缓缓往北移去。玄阴癸水之禁威力甚大，虽在水中行法移动，也甚艰难，同时自身还得抵御四外水遁重压，吃力非常。好容易将人移到地头，略微歇息，运用耳目往上察听时，忽然对面岸上现出一片玉壁，水光隐隐，好些灵符，宛如龙蛇飞舞。易静修炼多年，见识自高，才一入目，顿悟玄机。知道那是水宫阵图，虽非全图，如能悟彻，妙用已是不小。一心默记壁间图形和上面符箓方位，以便少时仔细推详，如法运用。刚把图形记熟，周、李二人也自侧面绕来，忙即出声力唤。

双方隔水相见，略说前事。祥光略一变灭之间，三座玉壁忽全隐去。英琼、轻云俱都关心燕儿过甚，见他虽然也在易静法宝精光防护之下，耳目俱似失去知觉。易静算计妖尸就要寻来，时间匆促，说得又甚简略。李、周虽信易周妙算前知，当无差错，心终不放。又以自己既可随意出险，燕儿许能同行。又恃有牟尼珠护身，恨不得将燕儿先救出去。只把易静留在塘底，寻取总图，以为除妖之计。连问易静有无善法将燕儿先救出险，不觉稍微耽延了些时候。

易静见玉壁忽隐，断定妖尸必来，恐被撞见，不特二人脱身较难，恐更另生枝节，英琼又是胆壮心热的人，只得故作不悦，力言水禁厉害，不到解悟出了个中玄妙，将他身外玄阴真气收去，稍微失当，人即废命，并还大费手脚。并说她二人必须速行，不可逗留。

轻云见易静有了怒意，方始强劝英琼从速退走。英琼无奈，便和轻云一同遁走。本意若从原路退回，要经过乙木甬道和东南二洞交界之处，南洞正在恶斗，难保不惊动妖尸、妖党，或与相遇狭路，好些险阻。此时北洞甚是安静，只要不触动埋伏，便可从容出险。打算由上次和易静同出入的故道退往前洞，不问外层门户开否，凭着飞剑、法宝威力妙用，均可冲将出去。主意打定，俯视水中，易、赵二人身已隐去，说了句："易师姊和燕弟小心应敌，日内再见。"便纵遁光一同飞出。

不料这一耽延，竟然生出波折。二人正往出口一面飞去，忽听一片极低而又迅急的霹雳之声，密如贯珠，由洞壁之内响将进来。乍听去，雷声似在昔日通道里面，由外而内，成串急响，声音也由低而洪，甚为神速猛烈。英琼以前原尝过这滋味，知道禁法神奇。又听老父说，好些紧要所在和出入口，多半伏有玄门中最厉害的大五行绝灭神光，稍微不慎，便无幸理。尤其这甬道出口，地势最是狭窄，以为那乃是妖尸或是妖党由外飞入，雷声迅烈，不知闹什么伎俩。这一飞出，正好撞上，虽有双剑、宝珠护身，到底深入重地，虚实尚未全知,与其狭路相对,不如隐身暂待。踪迹如若未泄,妖尸是为燕儿到此,还可偷窥她一点行动。否则,妖尸决想不到来人事完要走,早想好了退步。这出口侧面,恰又立有一片石钟乳,正好掩藏,就便隐身无效,急切间也不致被她看破。等妖尸或妖党一走过,立由她身后,顺她来路悄悄遁出,岂不更较容易稳妥?

轻云尤其稳重,听出壁中雷声有了警兆,早想止步。英琼再一打手势,两人不谋而合,同往石钟乳后掩去。说也真快,二人身刚立定,觉出雷声虽然由外而内,起自壁间,并非甬道出口。心中奇怪,雷声已由下而上,到了洞顶,往中心方塘响将过去。二人随声注视,洞顶上面本现有许多水光流走的影子纵横交错,宛如百千道细水泉源倒嵌上面。随着雷声过处,内中一道水光中间,忽现两点碧绿精光,发出急密的炸音。前头环有一串青色火花,流星过渡般顺着水源,在洞顶之上盘旋疾驶。因那水光影子正是藏有灵泉妙用的源脉,每一道俱是往复回环,不是直线,由下望上,宛如一串碧绿火花,带着两点绿色寒星,贴着洞顶盘旋飞舞,接连数十绕,便飞到方塘上空。

二人见洞中埋伏不曾发动,来人既能用这等神妙的水遁,犯着奇险,由圣姑所设灵泉源脉中穿行至此,当然不是妖尸党羽。但是幻波池建立仙府重任,全在自己这几个人身上,此是何人,有此法力,又知洞中底细?心疑癞姑候久,不见人回,或是自来,或是另约能手来助。光作青绿之色,看不出有邪气,就许连上官红也同了来。便把行意打消,想看清是甚来路再走。只见那盘飞洞顶的碧火星光到了中心,顺着源脉转了两转,又蜿蜒着往南壁飞行下去,晃眼飞近壁脚,忽然停住。星光前面的碧火炸雷之声,越发强烈,好似寻觅出口,到此遇见阻碍,故用法力猛攻,想将水光炸破,以便飞出情景。似这样约有半盏茶时,火花忽隐,雷声顿息,两点星光聚停一处。又略微静止了一会,那粗才如指的泉脉忽冒起一个茶杯大小的水泡,也未散裂,只听啪的一声,星光跟着穿射出来落到地上,立即暴长,现出一男一女,俱是青光环绕。英琼一见,不由吃了一惊。原来女的一个,正是先在东南两洞逃走的丌南公爱徒紫清玉女沙红燕。那男的一身青色道装,是个矮子,生得豹头环眼,狮鼻虎口,大耳如轮,颜如朱染,相貌甚是威猛。只是身材太矮,好似十三四岁幼童,头大身小,上下不称。二人面色均微带沮丧,现形以后,互看了一眼,走向塘侧稍微观望了一会,意似有些作难。

矮子忽然作色道:"适才已向主人通白,既放我们到来,当已默许,师妹只管顾虑做甚?不把这根本要地破去,令兄等三人出险便难,大仇更难报了。"沙红燕道："主人玄机奥妙，道法高强，远胜你我二人。水遁尚难通行，几乎被困，那根玄阴神链乃水宫埋伏枢纽第一件法物，不试探明了深浅，如何可以造次行事？不过现在时机紧迫，那阴魔分神之法恐绊不住妖尸，我们已耽延了好些时，迟早必被识破，如若警觉追来，事更棘手。师兄精于水遁，下去无妨，但忌冒失，只可试探着先把这件紧要法物移将上来，然后量力行事。如不能破，只好多费点精力，仗你大力相助，径往南洞和妖尸硬拼了。"

矮子愤道："我只说这里法水灵源，只要穿入北洞夹壁脉络，便可用本门五遁玄功，水遁到此，想不到这么细一点水源，人在里面直如置身江海。前行虽是顺溜，水面却比多少丈厚的精钢还要坚硬，白费了好些碧霆珠，不能攻穿分毫，并且越到尽头之处越难。后来师妹向主人通白几句，才得脱出。你说的话固然有理，但是适才我们通白以后，并未似前猛冲，但自然离水而出。可见主人恨极妖尸，巴不得我们来此除她，此来用意当无不知之理。破这水宫要地禁制，自必也有默许，否则，还放我们出来做甚？难道还怕我们被困情急，用乾罡神砂将这北洞震破么？"

沙红燕道："先我也和你一样想法。现在忽然想起，主人法力高强，言出必践。男身入洞，最犯她的禁条。我未来以前，一则不信传言如此之甚，二则和卫氏夫妻交厚，又想分得法宝和师父想了多年的毒龙丸。觉着这座仙府连同许多遗珍，昔年早已算定有了传人，但是峨眉派自恃人多势盛，欲乘旺运生心夺取，故为此说。卫氏夫妻说是洞中遗偈应在他们身上，也不甚可靠。试想主人成道尸解多年，在世时行迹至隐，极少同道来往，化去多年，也无人知她底细和藏珍埋骨之所。近数年间，方始有人提起，所有灵迹异事，均出传闻，认定此乃无主之物，捷足先登，便可有份。因辛道友说，她夫妻上次来时，吃了点亏，反代人开路，吃峨眉门下三个贱婢将东洞宝鼎中一些无足轻重的宝物盗走了些。那最要紧的几件至宝，因对头年轻识浅，又是无心中来此，不知底细，既未乘机探索，又未转入洞中寝宫要地，依然尚在。我问毒龙丸如何，答说据她所知，是和那几件至宝藏在一起，当不致被贱婢盗走。

"等我来时，向师父请问，始而不答。等我二次请问，忽然眉头一皱，冷笑了一声，仍未置可否。我不敢再问，迫于辛道友姊妹之交的情面，又代约了我兄长，一切准备停当，才同了来。和妖尸对敌之际，辛道友和妖尸相对嘲骂，忽提起遗偈与毒龙丸之事。我听妖尸口气，不特毒龙丸被峨眉贱婢全数取走，并且主人遗偈实与峨眉有关。他夫妻二人也早知此事，只因想我相助，欲以此丸引我相助，不肯明言。等我同去，又觉不该欺瞒好友，故意向妖尸喝骂，令其献出，借口吐实，作为她也不知。

"由此看来，分明主人一切早已算定。同时我又看出这里禁法之妙，颇悔多此一举。如非势成骑虎，妖尸太已可恶，气不过峨眉门下这些小狗男女，又看出师父别有深意，直想就此罢手了。因恨妖尸欲以全力使我形消神灭，才去找了你来。因在愤急之际，又不知主人法力竟有如此惊人威力，以为仗师兄的法力，纵不颠覆全洞，也能闹个地覆天翻，稍出这口恶气。并未想到男身之忌，主人言无虚发，男子入洞，不死必伤，迟早定有应验。据我观察，她已把此洞赠与峨眉门人，如何肯容别人毁她灵泉奇景？放我二人出水，想必别有用意，仍是造次不得。不如先移法物，试上一试，如见不行，索性专寻妖尸报仇，比较稳妥。"

矮子听沙红燕说了这一套，面色本已不快。听到后来，忽然激怒道："我生平喜见真章，除非和当年师父一样，制得我力绌计穷，生死都难，永不服低。我先见你通白不几句，便即脱禁出水，认作主人与我们同心，才有这等说法。适才我们虽不曾破禁而出，但我一些法力、法宝均被师姊劝住，也未使用。你当我真怕她么？我既犯她忌讳，倒要试她一试，到底看她癸水禁制有多大的威力。"

沙红燕想是知道矮子脾气不好，把话说错，闻言略一寻思，把两道细长柳眉一皱，面上立现煞气，插口急道："这样也好，反正我们决不致落于妖尸之手，试试无妨。只是水底尚有一少年，被妖尸软困在内，照辛道友所说，并非峨眉门下，修为不易，素无嫌怨，又是妖尸仇敌，此人宁死不屈，也算难得，何苦伤他？我们乐得借着救他，一试这里深浅。好在他已落于妖尸之手，决无幸理，如若因此触发禁制而死，那是命数当然；如若得救，岂不也好？"矮子道："这厮虽非仇敌，也决非我们一路，哪有闲心管他死活？"说罢，青光一闪，飞入水底。

欲知后事如何，请看下回。

第二四三回

双脱重围　无心铸错
独寻良友　巧意逢真

英琼、轻云偷听完了矮子与沙红燕的对话,也看出矮子法术颇高。知道那根银链乃水宫埋伏枢纽,上次初入幻波池,英琼在水里只略拉得一拉,便生巨变,埋伏一齐发动,几遭不测。如若被矮子断去,燕儿必死无疑。虽有易静暗伏水内,到底可虑。正在犯愁,想不到矮子性情凶暴,说下就下,如此迅速。自来事不关心,关心则乱。周、李二人见状大惊,一时情急之下,百无顾忌,忙纵遁光,同往方塘之上飞去。说时迟,那时快,二人刚刚飞到,矮子已带了那根银链飞上岸来,上面还附有一个奄奄待毙的少年,正是燕儿。塘中立时雷鸣风吼,波涛汹涌,震撼全洞,似有巨变将临之象。

二人也不想想那银链乃全宫的命脉枢机,第一件厉害法物。玄阴癸水遁法何等威力,稍差一点的道术之士,稍微沾上,便即陷身;就是道高的人,道心坚定灵明,持有防身法宝、飞剑入水,尚觉艰险异常,不敢分毫大意。矮子纵精水遁,适才穿行洞顶源脉脱出时何等艰难,主客道力相差已见一斑,此时如何这等容易出入,取那水宫法物直似探囊取物一般?并且燕儿是在易静宝光护持之下,燕儿被人带出水面,竟会毫无动静,焉有是理?也是为时太骤,英琼、轻云关心过切,一见燕儿出水,越发情急,既不暇寻思和查看沙红燕的神色以及四外情势,也未现身发话,又都觉出矮子是个劲敌,惟恐下手太慢,不及救人,两人不约而同,竟把双剑合一,疾逾电掣,朝那矮子卷去。

旁立沙红燕先见矮子骤然入水,不及阻止,情知发难在即,吉凶莫测,方在小心戒备,猛瞥见矮子已经得手飞出,觉着奇怪,出于意料。猛觉剑气森森,异常劲急,由斜刺里刺来,不禁大惊。那矮子也是该有此劫,一向自恃法力高强,玄功变化,多厉害的法宝、飞剑均难加害,万想不到会遇见这两口得有峨眉真传的紫郢、青索双剑合璧,冷不防突然飞到。百忙中一觉有人暗

297

算,还在妄想用他擅长的身外化身戏侮敌人,就势还手,给他一点苦吃;不料法术无功,身子迎将上去,竟变假为真。方觉不妙,已是无及,一声怒吼过去,当时绞成两段,尸横就地。这时沙红燕已将宝镜取出,照见敌人正是初来所遇二女,不禁急怒交加,怒喝一声,便即飞起,避开来势,便要施为,报仇雪恨。

英琼、轻云杀了矮子,才想起易静没有动静,又见银链带了燕儿,忽同沉入水底,方在惊疑,待向水中观看。猛听易静传声疾呼:"妖尸已来,燕弟无恙,再不速退,就无及了。"语声急促,似甚吃力。二人方悟出方才那一幕是易静捣鬼,捉弄矮子,猛瞥见沙红燕已然飞出老远,一手扬着初遇时所见镜光,另一手握着一件三角形的法宝,待向自己发出,面容已是惨变。刚一入目,还未看真,忽然面前一暗,全洞风雷暴作,光景顿变黑暗,隐隐似有排山倒海一般的压力,自适才东甬道小门一面急涌过来。同时瞥见暗影中小门已开,一幢其白如电的光华,拥着妖尸,披发赤足,背插三面妖幡、七支长箭,右额角上还钉着三支银叉,一手托着一个毫光四射茶杯大小的黑色晶丸,一手握着一口比人还长的宝剑,目中凶芒闪闪,面带狞笑,停在小门前面,张口似要发话神气。那么亮的白光出现,全洞依旧沉黑如漆,妖尸以外,一片浓雾氤氲,不见一物。晃眼之间,风涛雷声越发猛烈,上下四外一齐震撼。凭空现出无数水柱一般的白影,齐往中心挤压上来。头上又有大片灰白影子罩落,因太黑暗,虽是慧目,竟会看不真切。犹幸二人见机,一听易静传声示警甚是急迫,未敢停留,立时飞离中央要地。妖尸先只看见沙红燕,全神贯注在她一人身上,侥幸减却好些危害。就这样,阻力也不在小。

二人一见埋伏发动,癸水威力如此厉害,只退时看了一眼,便把双剑合一,慌不迭夺路往出口一面飞去。哪知禁法发动,如响斯应,神速无比。二人又在暗中飞遁,门户出口全凭记忆,心中发虚,不知有无变化移转。那么快的峨眉剑遁,刚离中心方塘,还未到达出口,那无数白影已经出现,挟着无边压力,由前、左、右三面疾涌上来,当头灰白色的幕影又正下压,形势甚是险恶。二人以前来此曾经尝试,虽持有飞剑、法宝护身,因知此是圣姑仙法为妖尸利用,不比寻常,也未免有些胆怯。心中一急,便把剑光加紧,硬往前冲。当头遇到两根自相撞来的白影,两下里方一接触,只听惊天动地的连声大震,身上立似有无数迅雷打到,虽因身剑合一不曾受伤,也被震得头晕耳鸣,连晃了好几晃。那两根白影也被飞剑冲散,果是两根大水柱。

轻云比较英琼胆小心细,知道这类五遁禁制生生不已,随灭随生,威力越来越大，声势越猛。紫、青双剑虽是本门第一至宝，自身功力恐还不济，初次接触已有如此猛恶之势，以后如何抵挡？再被妖尸追来，或再加上别的花样，更是不了。瞥见英琼已取法宝施为，惶急之下，忙取法宝备用，暗中祝告圣姑，乞赐默佑。二人虽吃水柱挡了一挡，一震之后，耳听全洞俱是癸水神雷暴发，直似万千天鼓急播交鸣，震耳欲聋，以为前途必更艰险，依旧奋力前冲，并未少停。满拟四面癸水神雷必定生生不已，环攻而来。哪知轻云心念才动，已到上次易、李二人所通行的出口，除身外阻力甚大外，身后癸水神雷声势虽烈，却未追来。同时英琼牟尼珠也化为一团瑞彩祥辉，悬在当头，宝光照处，看得逼真。二人喜出望外。这牟尼珠佛光难于掩蔽，索性将隐形法收去，现出青、紫合璧的一道长虹，在祥辉笼罩之下一纵剑遁，加紧往前驰去。刚入出口，那无边压力立即消失，身上为之一轻，面前现出一条高约百余丈、宽只丈许的曲折甬道。暂离险境，前途难料，无暇喘息，仍催遁光，循径疾驰。

二人飞出不远，忽见前面现出三条甬道，上、中、下三层斜行分列。相隔岔道附近左右相去不远，各有一个紧闭的小石门，左黑右红，滑润如玉，闪闪生光。这条路，英琼上次虽和易静走过，但是来去匆促，记忆不真。这时回忆前情，觉着上次来时，虽也有此两门，但是左右门色与此相反；甬道也只有斜行向上的一条，那是绕往北洞上层的秘径。老父曾说，未来妖窟凶险，不令前往。当时误拉方塘水链，已将埋伏引发，急于出险，也顾不得。记得入时行径与此甬道相背，老父催走，不曾回顾，并未看见。回时虽然发现，因相隔出口尽头之处尚有里许，甬道弯曲，急于出去，无心细察，好似无此歧路。尤可怪的是，尽头黑色小门，记得是在右壁凹进之处，左壁红门突出在前，还有半里，如何前后左右和门色一齐变作相反？心中好生奇怪。同时又想起黑门前面地较狭小，无此宽大，此门大小凸形却是不差。

英琼匆匆和轻云一说，俱觉癸水门户应是黑色，洞中五遁虽多变化，据以往经历，门户颜色从未变过。尤其这门一出去，便是一条极窄门道，宽只尺许。再前不远，照着师父道书上的开门之法，略一施为，那外洞方门柱立即缩入夹壁，两下合榫，现出小门。飞将出去，便是外洞，共总相隔没有多远。就便遇阻，或仗法宝、飞剑之力破壁飞出，或再缩退回来，另走左门。难得妖尸遇上劲敌，不曾追来，别的妖党遇上也不妨事，何不姑试一下？哪知英琼途径未全记下，只知尽头黑门在右，是个突出之形，与此略异，甬道只有斜行向上的一条，并无歧路。竟忘了上次出入匆促，入时一直向前，未暇回

299

顾所行甬道居中，上下两条歧路均在身后，不曾发现。出时埋伏引发，后有仙法追袭，逃遁迅速，甬道黑暗异常，只凭剑光映照，一面默忆来路，居中飞驰，这两条歧路又复错过，以致来去均未发现。现在向北洞退出之时，隐身法已被沙红燕宝镜照破，显露出些行迹。

英琼、轻云脱困如此顺利，实有点凑巧。妖尸崔盈发觉北洞有警，赶来稍迟了一步。又认定峨眉诸女弟子眼前虽极可虑，毕竟初出茅庐，只凭着一些飞剑、法宝。只要自己多添能手，还未必便把上风占去。惟独沙红燕却是来头太大，十分难惹，此时如不除去，异日脱困出去，也有无穷后患，因此全神贯注于沙红燕。又以为埋伏已发，周、李二人宛如鱼游釜中，决难逃脱，就不为玄阴癸水神雷震成粉碎，形消神灭，等自己杀了沙红燕，再擒她们，也必手到成功。却未料上次二女来时，曾经进入水宫，不特识得出入门户，并还有圣姑暗助。另一面，沙红燕天性深刻乖僻，觉出此次同伴惨亡，追原祸始，全由妖尸而起，对她恨入切骨，故拼命缠住妖尸不放。英琼、轻云又退得极快。等到妖尸百忙中瞥见水雷为二女所破，心虽一动，无奈沙红燕法力高强，自己欲以全力发挥水遁威力，想制强敌死命，不暇兼顾。妖尸如此首鼠两端，便给了英琼、轻云脱空的机会。

周、李二女见北洞甬道甚是安静，以为可以照路走出，少了顾虑，一见小门正对，却不知地头还未走到。原来南洞诸妖人照着妖尸行时意旨行事，见神火无功，仅只将人困住，不能成擒，想把卫仙客等四人引往北洞下层水宫重地，用金水之禁一举除去。特意变化地形，放开一路，此乃诱使入网的生死二门。那真正尽头处的出口小门，还在前面，须由当中甬道照直前飞，约有三里始能到达。虽然门外已有妖党堵截，但绝不是二人双剑之敌。这一疏忽，把路走错，却引出许多事来。

周、李二人略微计议，便用师传启门灵符，如法施为，朝那左壁上黑门连划了几下，一口真气喷去，把手一指，一声轻雷过去，小门立开。二人都是心急出险，立纵遁光飞入。飞了一阵，英琼见那道路甚宽，壁上时画有烈焰之形，越往前，越觉不对。方唤轻云暂停商议，别寻途径，忽听烈火风雷之声，心疑妖尸邪法。抬头一看，前面拐角飞来四道青白光华，后面紧紧带着一片烈焰，似潮水一般急涌而来。沿途上下弯曲甚多，拐角相隔甚近，先未警觉，突然出现，料定是妖党发动火遁，迎头堵截。两下里来去之势都快，退避无及，一下撞了个迎头。英琼性急，做梦也没想到来人会是卫仙客一行。二人因为一路平顺，先又行法开门，剑光恰在此时分开。英琼领路当先，大喝：

"姊姊快上前,与我一齐杀了这个妖党再说。"声到剑到,话未说完,连人带剑已往那四道光华中射去,紫虹如电,当头一道白光首先相遇。来人正在觅路飞遁之际,猛瞥见前面青紫两道剑光衔尾相连,在一团佛光笼罩之下,迎面疾驰而至,未及出声答话,两下里业已撞上。

紧随英琼身后的轻云乍见之下,也误认来的是妖尸党羽。再定睛一看,内中只有一道青光微带邪气。刚看明来人相貌,忙喝:"琼妹且慢,不是妖党。"话未说完,一声厉啸,当头一人已经负了重伤,白光也被紫光绞为两段。犹幸那人是个能手,同伴法力也颇高强,一见变生仓猝,立即上前救护。同时英琼也认出这四人正是卫仙客夫妻和两同党,虽然双方也有嫌怨,终觉不应如此。继一转念,对方恩将仇报,也实该受此报。偏生受伤的人是个长髯道者,素昧平生,已然误伤,那也无法。正想对方一翻脸责难,索性将错就错。

说时迟,那时快,双方相对时,后面火潮即将涌到。辛凌霄因见后有烈火,前有强敌,既要救护受伤同伴,又要御火,百忙中咬破舌尖,向后喷去,一片红光飞出,才将烈火阻住。但略一缓势,又涌了上来,势更较前猛烈。英琼正僵得想不出好主意,见火涌到,立即乘机上前,把圣姑所赐抵御丙火的法宝先天水母坎金丸发将出去。扬手只是酒杯大小一丸精芒电射的金光,一经近火,立生妙用,化为数十百丈大小一片乌光玄雾,那怒潮飞涌一般的烈焰立被阻住,不得上前。众人身上也立转清凉,先前炎热烤炙之势,一体冰消。

英琼素来不善辞令,又以适才飞剑虽是误伤,但对方视己也无异仇敌,不甘输口赔话。当转身施为之际,本就防到卫仙客等人不肯甘休,一面用法宝抵御烈焰,一面暗中戒备,偷觑四人神色。心想:"卫氏夫妻虽然昧良,终是正教出身,无甚恶行。误伤之事实出意外,并非成心。如肯相谅,一同对付妖尸,再好没有;否则反正成仇,只好和妖尸一样,当作仇敌看待,事后再作计较了。"

她这里心念才动,卫仙客瞥见同党忽为英琼飞剑断去一臂,不禁勃然大怒,一面上前救护,一面方欲喝骂还手,英琼业已发觉错下了手,由身侧飞越上前,与辛凌霄相继抵御后面火攻。那受伤道者,正是卫仙客旧日同门师兄、银泥岛主东方皓,如非玄功奥妙,应变神速,命也不保。但他为人机智非常,初念虽也恨极,欲以全力与仇敌拼个死活。但转眼之间,便看出来人是无心铸错;又认出了长眉真人昔年炼魔镇山之宝紫、青双剑忽同时在此出现,知道厉害,敌人有此双剑合璧,决难伤她们分毫。心想:"一行四人,正当势穷力竭,受尽危害,难于脱身之际,无端得此生力军,又非有心为仇。与其做那徒树强敌,决难如愿的无益之举,何不就势利用,仗以出险,日后再打复仇主意,岂不高明得多?"念头一转,瞥见同伴天煞真人沙亮已运玄功,化作一缕青烟,由敌人身侧,将自己在百忙中用作替身的一条断臂抢到手内。那剑伤自己的仇敌也飞越到身后,剩下一个青衣女子喊了一声,未将同伴止住,便身剑合一停在左近,目注自己一行,似在待机而作,也不发话,也不动手。卫仙客夫妻本在最后,见同伴受伤,立即抢将上来。东方皓见卫仙客就要出手报复,忙使一眼色,喝道:"卫贤弟,来人也是受了妖尸之愚,无心之失,我们莫认错了。"

一言甫毕,天煞真人沙亮人更阴险,诡诈百出,冒险抢出同伴断臂,并非全是为友情长,只恐其少时为烈火焚化,无法接续,因而残废,乃是另有深谋。因他练就一种极阴毒的邪法,觉着当时前后皆是强敌,除了拼舍原身,至少也须舍却一段肢体,行那邪法,始有脱险之望。适在南洞水宫陷入重围之际,便曾想到。无如自私之心太重,心想:"此次受妹妹诱劝,为人出力,满拟分润两件奇珍异宝和毒龙丸等修道人用的圣药,谁知所谋未遂,反而伤折了两件心爱法宝。一行四人枉具神通,妖尸恃有圣姑原设禁制埋伏,一毫也奈何她不得。就此逃出,都太失算,如何还舍得自残肢体? 如令同伴自舍,以供己用,一则法由己施,不好意思向同伴说;二则圣姑五遁禁制神妙无穷,是否有效,也还不敢一定拿稳,万一不行,更是贻笑,只得权且隐忍。真被迫到危机一发,再择一人,出其不意,突然下手借用,如同脱险,自有话说;否则自身总可保住,日后再作打算。不过卫仙客、辛凌霄与妹妹交好,又是夫妻二人,伤一个便是伤两个,并且昆仑派同道中的能手颇多,稍一失措,立树下好些强敌。算来只有东方皓,自离昆仑以后,自觉无颜,孤身一人,僻居辽海,独自修炼,不与外人交往,其势最孤,伤了他无甚大患。"主意打定,一直就注意在他身上。适才见他独自向前开路,刚过甬道拐弯,便有一道紫电飞来,知难躲避,赶紧戒备时,东方皓已运用玄功,拼舍一臂,保了活命,遁退回来。现成法物,再好没有。又自持玄功奥妙,竟化青烟上前,将断臂拾起。

沙亮原想,后有妖党紧追,到处遇伏,无不险恶异常,对面偏又来了这等劲敌。本想与新来二敌略微交手,稍见不利,立即下手,用东方皓的断臂行法,外役丁甲,内驱诸般神魔,并发自炼神煞阴雷,拼耗一点元气,裂山破石而出。及见来人一个停立未动,并还出声喝止;另一个伤人以后,不与他们四人对敌,反倒越向身后,相助辛凌霄御火。这两人的一紫一青两道剑光,已是从来未见之奇,头上又有佛家祥光照护,那厉害的丙宫真火,竟吃一粒小金丸所化玄雾阻住,大有受克之势,不禁大为惊奇。沙亮又看出来人便是入洞不久,由东洞退出时所见峨眉二女弟子,与卫氏夫妻双方结怨。不由暗忖:"前听妹子红燕说过,对方原无恶意,实是卫仙客夫妻量小心窄所致。自己兄妹为想坐收渔人之利,加以怂恿,未曾劝阻。看此情势,分明误伤,只是面嫩,又有以前过节,不肯赔话而已。久闻峨眉新收男女弟子颇多异材,果非虚语。即以二女而论,适才木宫被困,原也是她攻破。后被妖尸倒转门户,诱入火宫以后,辛凌霄两三次传声诱为己用,均未答理。嗣见妖尸愤怒,连向同党斥骂,暴跳非常,好似二女已然攻入重地,因与二女苦斗,脱身不得之状。辛凌霄屡用言语激动妖尸,当时虽未离开,神情似更忧急。妖尸去后,满拟二女必遭毒手,哪知竟由东北二洞要地从容到此,不特人未受伤,身后也未见妖党追赶。所用法宝、飞剑,无不具有极大威力妙用。既非有意为仇,今正需人相助,合力出险,如与为敌,岂非至愚?"

沙亮想到这里,见卫仙客神色不善,方想点醒,东方皓已先开口,随插口道:"东方道友玄功奥妙,虽受误伤,少时即可复原。五遁禁制中枢是在水宫,此宫不破,多大法力也是徒劳。最好先离此地,想好破法除妖之策,再来不迟。据我观察,妖尸分明又使故智,倒转火宫,诱我们去入水宫埋伏。这里当离水宫不远,这二位道友适由木宫进攻,今忽至此,想由北洞水宫转来。如我料得不差,由此破洞出去,就不难了。"东方皓立即乘机附和。卫仙客闻言虽被提醒,无如大难不久将临,仍在固执成见,耻于转口。

轻云知道峨眉与昆仑原有渊源,但盼不与结仇最好。一听沙亮说完,颇有事急求合之意,正如所愿,立即接口笑答道:"愚姊妹果由北洞攻出,已将近把甬道走完。因闻风火之声,一时好事,循声窥探。刚进门不远,便见四位道长飞来,仓猝之间,误认为妖尸妖党发动火遁追来。李师妹见来势猛恶,未免心急了些,致有此失,愧歉万分。此时也无暇多谈,如蒙鉴谅,且先合力攻出洞去再说,如何?"

东方皓和沙亮刚觉同仇敌忾,自应如此,忽见前面乌光玄雾荡漾中,一声断喝,飞来两个通体烟光环绕,赤身露体的男女妖人。才一对面,手各一扬,首先飞出两团血焰红雾,脱手展开暴长,潮涌一般朝众人身前飞来,还未近身,便觉血腥奇秽之气刺鼻难耐。东方皓大怒,喝道:"无耻妖孽,猪狗不如!凭着一点秽血余腥,也敢猖狂!"说时迟,那时快,话才出口,独手一扬,一片玄雾夹着数十点酒杯大小晶莹奇亮的青色精光，当先飞起，迎着血焰只一裹，那数十点青光便纷纷爆裂开来，声甚清脆，不似雷声猛烈。每有一点爆散，便化为百千青色光芒，雨箭一般四下飞射，光却强烈。那血焰红雾立即燃烧，化为暗赤色的浓烟，四下飞散。东方皓手再一指，外面那片玄雾立即将他包没在内。女妖人披发赤身，一丝未挂，身白如玉，粉腻若酥，生相妖艳已极。虽在对敌，仍是媚眼流波，巧笑盈盈。见妖法破去，也未发急，一声媚笑，喜孜孜望着东方皓和卫仙客、沙亮三人，口诵邪咒，待要施为。那男妖人身后，背着一个大黑葫芦，生相却极丑陋：肤作紫黑，身材高大，狼面鹰目，颔绕虬须，身上青筋怒凸，宛若蚯蚓，胸前一簇黑毛，直达下部，臂腿等处也是长而黑硬的汗毛，手足十分粗大，神态凶野，望去直似一个怪毛人。此人见状却是大怒，振起手臂往上一扬，身后大葫芦中便有无数极亮的箭形黑光飞出。同时女妖人樱口一张，一股温香起处，飞出一片粉红色的香雾。双方恰是一齐发动。

当妖人血焰初破未破时，天煞真人沙亮已然发觉危机密布，就要发作。又认出男女二妖人的来历，知道再不脱身，就与周、李二人合力，恐也艰难。眼前两起人，自己这一起先前几乎上当，被妖尸诱入重围，此时虽已识破机关，但是法宝威力不如那双剑一珠；她们虽得峨眉剑术真传，剑、宝威力并极神奇，但又看去年轻识浅，未必深悉洞中禁制玄妙和门户的向背。如在平日，这两个女子一样也是敌人，自然容她们不得。当此危急之际，却是不然。一则二女并无为仇之意，先前误伤东方皓，实出无知，如同脱困出去，至多分道扬镳，各行其是。纵然全是想夺池中藏珍，也是各凭法力，捷足者先登。只有自己这面暗算对方，对方决不至于一出困便即反戈相向。二则二女有此双剑一珠，脱困既较容易，就算误进为退，深陷重围，仗以防身，决保无害。自己这一起人，除了昧良负义施展毒法，拼葬送一个同党，只顾自己一人脱身或可办得到而外，想全数逃走，多半无望。为今之计，只有权且化除私见，两家合力，速急遁走，才可彼此保全。就是这样，迟了仍恐无及。

沙亮念头一转，立用传音之法，向众说道："这两个无耻妖人，定是昔年赤身教下犯规被逐的两个孽徒。虽然不堪我们一击，但是后面火遁被我们一挡，立即退去，未生变化，二妖人忽来兴妖作怪，看似拦阻去路，实是妖尸诱敌诡谋。此时门户必已倒转，妖孽邪法无功，必要诈败，我们稍微一追，便入重围。你们听上下两面风雷之声已起，发动必快。我们不可再冲过去一步，就在此地除这两个无耻妖孽，表面相持，暗中准备。妖尸性暴，不耐持久，必先发难。只要稍现迹象，便可料出门户向背。我一说走，便请峨眉二位道友与我一起，仗她双剑一珠和我法力，当先开路，东方道友与卫道友夫妇紧随断后，定必冲出无疑。只是说走便走，人随声起，愈速愈妙。稍微延误，圣姑禁法神妙无穷，妖尸党羽又众，再想脱身，便要多费心力了。"

说时，男女二妖人邪法已经发动。东方皓法力本高，见识也多，初见妖人赤身而来，用极污秽淫毒的邪法，已疑心是赤身教下妖徒。继一寻思："鸠盘婆门下弟子俱是少女，休说男弟子，连妇人都没有，教规管束甚严。近年因为劫数将临，心中内怯，恐与正教中人结怨，轻易不许一人下山。并且所有门人，无论相貌美恶，见了外人，俱是冷冰冰的。所习魔法尽管邪恶，对敌时，除了行法时不免赤身，从无上来便是这等赤裸无耻，又施出这等妖淫荡态。如说是别派中妖邪，又多不似。"心甚奇怪。

及将血焰破去以后，又听沙亮传声警告，猛想起昔年鸠盘婆初创赤身教时，曾收过几个男弟子，后以这些男弟子相继败于色欲，犯了第一条教规；有的还勾引同门，犯了奸淫，在外淫恶，更不必说。由此大怒，把这些孽徒十九处死。内中只一个叫胡览的，原是汉人，最为刁狡。他先勾引好一个生性淫荡而又得宠的女同门，名叫阴四娘，见众孽徒相继犯规惨死，做了魔头，心畏本门法严，彼此会心，没敢成奸。却故意先后犯些小过，等互相逐出门墙之后，再行结合。照着教规，犯这类小过的门人虽被逐出，只要自己愧悔，仍可请求师父开恩收回，只是一种形式上的惩罚，但是必须本人虔心祝告，方获恩允。鸠盘婆那么高的法力智慧，竟为所愚，自是生气。无如她那规例，如当时不加重处，未将法力、法宝收回，活着逐出教外，师徒之谊虽绝，余情犹在。无论多么可恶，只要在教中不曾发现，除了犯上，或与本门结仇修怨，便听其自去，无故不再伤害。天性又极好胜，觉着受了孽徒愚弄，再如计较，越发坐实自己愚昧，心虽恨极，只得听之。为此迁怒，收徒越发审慎，男的更是不要。胡、阴二人也知此事犯恶太甚，当时色胆如天，事后却极胆寒，离开师门不久，便自隐匿，不再听人说起。一般传说，已在暗中受了鸠盘婆戮神之诛。事隔多年，久已遗忘，想不到会与妖尸一气。闻言不禁也生了几分戒心。

东方皓一见妖人二次施为，便不再攻敌，一面暗摄心神，以防邪法潜侵；一面又由身畔取出一件法宝，化为一片青色光墙，将那黑光妖箭和粉红色妖雾一齐隔断，相机进止。这一面周、李二人表面虽与四人相合，一则因为卫、辛等四人本是对头，此时急难联合，实出无奈，决非本心，况又误伤了他一个同党,不得不加小心;二则想就便观察这四人的法力深浅,以防脱困出去,突又反戈相向时可为应付。同时却又惟恐夜长梦多,或是辛、卫等四人不是妖党之敌,暂时旁观,虽未上前,实在暗中戒备,跃跃欲试。嗣见东方皓突然破了邪法,妖党又有施为,那赤裸淫邪形态实在看不下去。二人俱都疾恶,英琼尤甚,见东方皓二次只能应付,并未占上风,本就按捺不住愤火,待要出手。再听沙亮那么一说,观察神情语意,实非虚假。

英琼心想:"卫、辛二人虽然以德报怨,私心太重,到底是昆仑派中知名人物,不能过于昧良无耻。那和男女二妖人动手的一个,剑光法宝,神情动作,均不似左道中人。只说话的这个人,急切间看不出来路,说话却极中听,法力也似不弱。圣姑禁法,妖尸已全能运用,在此相持,终是可虑。转不如听了此人的话,合力往外冲出为是。好在卫、辛等四人即或乘隙暗算,自己双剑合璧,加上牟尼珠佛门至宝,也不怕他。"想到这里,觉着男女二妖人可恶,意欲除了害再走,也没把沙亮前半的话放在心上。

周、李二人互相略微示意,猛把紫郢、青索两道剑光一紧,化成一道长虹,朝前飞去,径由青光穿过,连妖人带妖箭、妖雾,迎头圈住一绞。二妖人用心果如沙亮所料,暗用诡谋,诱敌落网。一见有人纵剑光飞来,虽觉来势强烈,不比寻常,仍恃赤身教中玄功变化,妄以为不能杀他们。但也恐敌人飞剑厉害,有甚损耗,不顾再等全数落阱,忙即发动妖法,诱敌入网时,哪知恶贯已盈,来势比电还疾,双剑正是克星,未容施为,已经卷上身来,方知不妙,已经无及。女的还惨叫一声,男的直连声也未出,连人带妖箭、妖雾,一齐葬送,剑光略一揩动,立化烟消。

周、李二人意犹未足,还在扫荡余氛。沙亮见二人不听己言,飞剑直上,方觉要糟,一见这等形势,不禁惊喜交集。心中盘算未来,眉头一皱,耳听风雷轰隆,蕴怒欲发,东方皓已把青光收回,周、李二人剑光仍在残氛中上下飞舞。沙亮知道危机瞬息,非此二人合力,不能脱身。此时已不暇再想别的,忙喝:"二位道友,前面癸水遁法已然袭来,四外想必还有应合,快请回来,认明方向出去。"

周、李二人也听出风雷有异,闻言警觉,不顾扫荡残氛,忙即退下。刚把剑光撤回,两下会合,沙亮举目四望,未及发话,眼前光景倏地一暗,紧跟着五色电光接连闪了几闪,入了黑暗世界。众人虽是慧目法眼,也只在护身宝光、剑光之内能看得见。沙亮、东方皓情知不好应付,同声喝道:"五遁禁制将全发动,妖尸未现,不是更有凶谋,便是被人绊住。诸位道友必须合在一起,各施法力,等她五遁禁制一齐发动,再行设法冲出,不可妄自行动。"

话刚说完,倏地青光一亮,再看存身之地已非原处,上下四外一片青蒙蒙,更无边际,不知有多少根两三抱粗细的青色光柱,互相挤轧,正在浓淡相间的青色烟雾环拥之下,四方八面,怒涛一般急拥上来。周、李二人在静琼谷看上官红演习乙木遁法,曾经易静劝说向其学习,身边恰又带有克制乙木之宝。

英琼首先想道:"新结合这四人本是对头,内中只卫仙客夫妻出身昆仑正教,另外两道人便摸不清他们的路数。尤其屡次发话警告的一个,仿佛法力识见颇高,相貌神情却不像是一个正经修道之士。此时彼此相识,由于势迫危临,未必本心,知他含有什么用意? 再照他说话的口气,处处显出他比人高出一头,对于自己无形之中带出轻视口气。如若完全依他,不能脱出,自是一同失陷;如若一举出险,必认为是他的识见功劳。对方本来是仗着自己和轻云的法宝、飞剑相助,一同出险。仅仅修炼年久,多点识见,略知五行生克,能辨出入门户而已。自己和轻云为人利用,出了大力,结局还使对方以识途老马自居,全仗他知机指点,始得脱险。如是正经前辈修道之士,或与师长有点渊源,也还罢了。如是左道妖邪一流,人心难测,到了外面忽生异志,或是被他说上几句便宜话,不特冤枉,且失师门体面。现在双剑、宝珠护身,更有圣姑所赠克制之宝,自信什么厉害的局面也能脱身。至多费上加倍心力,由此洞深处,硬行穿山破壁而出,也不是一定办不到。与其有力不施,听其驱遣,结局还许不免被其轻侮,何不施展自身全力,试硬冲它一下? 事情如济,使对方看看峨眉门下威力,自为本门争光;即或不济,该怎么仍是怎么。这几件宝剑、法宝既全用到,再如无效,料对方也是无计可施。假若仍要仗他指点,才可济事,那时再依他也不算晚。到底有所自见,比那一味依随强些,譬如不遇此人,又应如何?"

英琼想到这里,也没随声应和,暗向轻云使了一个眼色。轻云本具同情,比起英琼还要老练周到,意欲反从为主。一面点首会意,准备与英琼一同发动;一面向卫仙客等四人微笑道:"愚姊妹虽然年幼道浅,对于洞中埋伏禁制,也还略知一二。适才二位道长之言,固是智虑周详,老成持重。但是圣姑禁法已被妖尸窃用,神妙非常,事机瞬息,千变万化。常言一人计短,二人计长。应变贵于当机,不宜拘执成见。我看不限定谁为从主,反正彼此一心,同仇敌忾,无论是谁,只要发现可乘之机,或是辨明门户,便可当先开路,余人随后相助,合力出去便了。"

众人俱知五遁神妙,除了真能破它,抗力越大,反应之力越强,变化也快。为想少时减少一点阻力,以易脱出,见那四方乙木真气所化乙木神雷挤压上来,只各凭法力防御,不去破它。周、李二人更是欲攻先守,别有成谋。天煞真人沙亮自与周、李二人相遇,便加意留神观察,始终认定二人学道年浅,功候不深,只仗根器天赋和几件法宝、飞剑之力,本身法力必是有限。又见二人一味附和,无甚主见,益发狂妄,自居先进,虽想利用二人法宝、飞剑,并未把二人看在眼里。见周、李二人只用剑光防身,一直未敢硬抗,方料二人震于乙木神雷威势。忽听轻云发话,以为是年轻人好胜,恐已轻视,故意说出这些依违两可的话,来遮盖颜面。暗骂:"贱婢,你们入门才得几年,便敢与老前辈对等说话?如非恐你们年轻易受刺激,话已说出,无法改口,妄自猛抗,致将五遁威力一齐引发,而你们那法宝、飞剑又有用处的话,我只略施小计,拿话一激,你们就休想脱身了。"

沙亮正寻思间,周、李二人已然准备停当。当时紫、青双剑合璧,化为一道长虹,一面放出牟尼珠将身护住,同声喝道:"诸位道长,姑且随愚姊妹试上一试如何?"说时迟,那时快,二人话才出口,轻云早施展上官红所传以木制木的收遁之法,手指处,那四处势如潮涌而来的乙木光柱前面,忽起了大片青霞,将自身乙木光柱逼住,不但不得上前,反倒往后逼去,给众人空出大片地方。最妙的是,先前互相挤轧排荡,胜似万雷怒震的巨音,也已寂然。只是乙木光柱威力较大,退了一段,又复拥上,但与先前不同,两下里忽进忽退,光焰万丈,闪烁不停。似这样相持,不过极快几个进退。另一面,英琼早把牟尼珠运用停当,一片祥光将众人一齐护住。跟着取出太白金戈,朝前面连指了几指,戈头上立飞出千万道银白色的精光,向那乙木光柱丛中飞去。本命克星端的灵效神速,偏巧木遁又受了本身禁制,妖尸被人绊住,不在当地,变发太骤,急切间乙木不能化生丙火,五行失御,全部不能运行化生,精光到处,真气全消。

众人定睛一看,那被困之处乃是一间广大石室,左右两边墙下立着两个木屏风,上绘风雷五行各种图形,隐闻水、火、风、雷、金刀、飞石之声起自屏上,声甚繁碎紧密。前后两头各通着一条甬道。周、李二人上次来过,一眼瞥见这甬道正是旧游之地,知道前面便是西洞第二层的出口要路。上次来时,李宁曾嘱谨记,二人记得甚真。英琼记得当初石室之内并没有这两架木屏,料是妖尸移来。禁法已破,穿出前面这条狭长甬道,便可脱身,乐得说上几句大话。忙喝:"我们已吃妖尸行法倒转,困入西洞。现在乙木已为愚姊妹所制,前面便是出口,诸位道长还不随同快走!"二人知事紧急,五遁失效,洞门正开,再迟冲出,吃妖尸发觉追来,重施五遁禁制,脱出之艰难,便不可以道里计了。口里招呼众人,自身也就往前飞去。卫、辛、东方、沙亮等四人,做梦也没想到二人竟有这等法力,骤出意外,不禁又惊又佩,又喜又忧。知事紧急,不宜迟延,忙同飞起,紧随二人身后,在牟尼珠佛家祥光笼罩之下往前飞去。甬道虽长,遁光何等神速,晃眼便已飞到出口。

周、李二人遥见前面小门正与甬道出口相对,直不费一点事便可飞出,心中大喜。忙喝:"前面便是西洞出口,此时妖尸想已觉察,难保不发挥全力追来。出口外面尚有一层门户,内藏庚金神闸,如被关闭,妖尸追到,仍和困在里面一样,出去虽较先前容易,到底费事。但那出口一带甬道狭窄,不宜速行。我二人略知门径,且先开路,请诸道长鱼贯相随,并请一位断后。如见妖尸运用禁法袭来,可以法宝阻挡,不可力敌,妄想伤她。只要退出前面木柱中心小门,便无妨了。"说时迟,那时快,二人说完,人也当先飞起,身剑也早合一。卫、辛等四人各运用玄功,化一道光华,外加法宝护身,宛如一道各色光华合成的长虹,紧随二人之后,鱼贯飞驰。

周、李二人毕竟正直无私,居心纯善。因与卫、辛等四人已然讲好合力脱险,觉着起初没摸着门径之时,本怀着互相扶助之心,想不到一时负气好胜,冒险试探,无意中竟将禁法制住,现出西洞要口。照此情势,怎么也能平安脱出。但是自己是在前面开路,这急难联合的四个对头,不问将来是否以怨报德,心存狡诈,总算同仇敌忾,同路之人。各位师长和几位先进同道同门的平日口吻,均不愿与昆仑派中人结怨为仇。倘如自己当先脱出,后面四人因为妖尸神通广大,洞中禁法厉害,被她追来重又困住,或是落下一两个,不但失了义气,并还易起猜疑。那两个道人不知来历,卫、辛二人终是昆仑知名之士,两派以前本有渊源,救了他们也不冤枉。那年已救过他们一次,因为当时易静小心太甚,急切间又实未测知微妙,下手稍迟,人虽救出,却坏了他夫妻的道力,也致以德为怨,虽是负心,一半也由于误会。此时正好以义相结,也许解却前嫌,岂不是好? 二人都是一般心理,念头一转,知道那木柱与门最关紧要,身才飞出,英琼立将那柄太白金戈取出,化为一道精光钉向门上,将那木柱钉住。

当众人快要飞到出口之时,后面已是异声大作,风雷轰隆怒震之中,杂着万千兵锋相击之声,由远而近。回顾身后来路,银光如电,急转起千重光云,万支银箭,怒潮暴涌一般追袭而来。沙亮断后,因见周、李二人法力高强,大出意料,心中惊愧。看出庚金禁制已然发动,晃眼追上,如若无力抵挡,要想脱出那小门,决赶不上。以自己法力而论,五遁之中,只此西方庚金最为难敌。无如先前向人夸口,妄以前辈自居,周、李二人又在发话指点,其势不能示弱。没奈何,只得拼着伤损一两件法宝,先照周、李二人之言挡它一下,只要稍阻住来势,一出小门,便可无碍。

妖尸先是和沙红燕在水宫苦斗,忽听一个最心爱得力、代为主持遁法的同党传音告急,说是两处敌人已然合而为一,不特未中诱敌之计,那奉命诱敌的夫妻二人恐还不保。自己不能分身,如令别人前往应援,决非诸敌人的对手。那北洞水宫下面是灵泉发源所在,原与圣姑寝宫同为全洞枢机之地。妖尸闻言,急怒交加,忙将北洞法图现出一看,男女二妖人刚巧身死敌手。怒火攻心之下,忙即倒转禁制,想将众人困住,五遁齐施,等杀了沙红燕,再用凶残毒手报仇雪愤。

妖尸也是气运将尽,元神暗中受了圣姑极微妙的禁制,一味倒行逆施,任意而为,想到便做,不假思索。自己不在北洞水宫,沙红燕暂时又不能脱出,本该运用玄功变化,亲自飞往;或将阵图倒转,将敌人困入北洞水宫,以免身难兼顾,才是正理。因恨沙红燕刺骨,必欲杀之为快,心神专注在这一人身上,不知怎的会把这六个强敌看轻了些,竟然错了主意,以为五遁之中庚金威力最大。

自从那年由一个误入仙府法坛的不知来历、姓名的少女手中夺下了多少年梦想未得的道经以后,因末几页被那少女夺去,独缺乙木一章,费了若干心力苦练,对于洞中原设五遁禁制,仍只能如法运用,不能有所损益。独对西方庚金,新近悟彻玄机,增加了极大威力妙用。又以先前诱敌深入水宫之计未成,竟自改了原计,不惜运用全力,倒转禁制,欲将众敌人困入西洞,并施毒手,反用五行,先使敌人饱受苦虐,最后再去从容消遣,凌迟碎剐,化炼形神。谁知天夺其魄,众人按理本难脱身,此举却给周、李二人莫大便宜,法宝既用得恰是地方,又是轻车熟路。

那反五行藏有先后天妙用,是由相克化为相生,五行逆用,威力本极猛烈,不可思议。妖尸心肠刁狡,意犹未足,因觉敌人中颇有内行,分明是万无脱逃之事,仍恐被敌人看破,不肯上当,守而不攻,虽吃困住,却不会受甚苦难,不能消恨。又加上指鹿为马的诡计,西洞本身本是庚金,故意先由乙木发动,以致出手便吃李、周二人一个以木制木,所用禁法正是妖尸所缺的几页,恰好攻着弱点;一个再施展太白金戈,乃木宫的克星。这反五行禁制,上来遇见本命本宫的克星，偏又是二人合力，一珠一宝同时运用，只管威力至大，开头被人制住，底下的庚金、丙火、癸水、戊土各宫禁制全数失御，不能再用。幸而李、周二人不知内中玄妙之机，如换了另外两个深知底细的强敌，再以法力一逼，还可激出巨变，反客为主，去伤行法之人，或将当地震成齑粉。固然圣姑五遁禁制妙用循环，能自为消长，而妖尸神通也大，但未必如此之甚，且变生仓猝，到底不易应付了。

妖尸一面与沙红燕相持，一面行法运用，目注总图，准备快意，看得逼真。方断定敌人必定遭殃，猛见法屏总图之上乙木神雷青色烟光环拥正急之际，忽由当前光柱中冒起一片青霞，自己将自己往外逼开，真是从来未有现象。反五行逆用，非同小可。金、火、水、土四宫本身反制，妖尸虽然通晓，独于木宫不甚精通。情知对方来了行家，这以木制木神妙无穷，急切间不但不能再施前法困敌，并还须防他反击，毁损总图。这一惊自是非同小可，当然是顾总图要紧，无暇再顾追敌之事。于是，李、周二人万般凑巧，不费一点心力，容容易易遁逃出去。

妖尸见状，自是愤怒填胸，知这六人如被逃走，定是日后心腹之害。又看出众人没有运用五遁反击之力，心中略放，匆匆将总图还原。情急之下，连适才最痛恨的沙红燕也只得暂且放下，忙即亲自追来，出手便施展全力。

沙亮抵挡一阵未始不能，可是因为应敌耽延，稍缓一步，被她追上，或是出口一被封闭，妖尸又是情急拼命，咬牙切齿，再被困住，定必不惜一切，非制自己于死不可，想要脱出就难极了。这后面四人，只辛凌霄一人在前，已到出口，就要飞过。但后面光云光箭已然卷到沙亮身后，只要再往前一罩，辛凌霄比较可免，卫仙客已在未定之天，而东方皓和沙亮便非失陷不可了。那来势神速异常，才一望见，便已飞临头上，甬道上下四外洞壁已经摇撼，各色光华已似雨箭一般出现。

就在这危机不容一瞬之间，还算好，英琼的太白金戈恰是无心巧合，将那出口木柱小门首先钉住，占了机先，妖尸想将出口封闭，先未办到。同时牟尼珠所化祥光，本已随同主人当先飞出。轻云一听甬道来路风雷刀兵之声，忽触灵机，忙喊：“妖尸来了！琼妹速放宝珠，护那四人出险。”一言未毕，甬道内光云光箭已似潮涌飞来。同时英琼也已警觉，深知此珠不会被外人夺去，乐得救人救彻，一经提醒，不等话完，手指宝珠，重又飞进甬道中去。佛门至宝，果自不同，看去并没对方势速，可是珠光一到里面，突作长形，将卫、辛等四人护住，恰巧迎向沙亮的身后，将庚金神光挡住，相差不过分寸，看去险极。沙亮、东方皓二人的法宝也正放出，还未与对方接触，四人晃眼工夫，同在祥光断后之下飞出。

周、李二人更不怠慢，因见四人身后光云电转中夹有辱骂之声，语甚污秽，料是妖尸本人追来。一面伸手招回宝珠，将六人一齐护住，故意后收太白金戈。就在这略一缓手之间，妖尸也已追到。二人且不先收法宝，双双扬手，便是一太乙神雷。妖尸急怒攻心，杀敌心切，本在暗中施为，只等钉门法宝一收，便将外层庚金神闸放下，先困住众人再说。做梦也没想到，英琼恨她毒口秽骂，为想借着收宝延迟之机，不问能否打中，且冷不防给她一雷试试；轻云也是同一心理。二人只见金闸就在面前，悬而未下，以为有宝珠、双剑可以防身冲出，一时大胆，欲少出气愤，并不知道金戈钉得正是地方，那木柱小门与金闸互相关联，木门不闭，金闸便难随意运用，无意之中又占了极大便宜。震天价连着两声霹雳过去，妖尸骤出不意，竟被打中。这玄门正宗上乘法力，妖尸又是全无防备，一任神通广大，变化玄机，不及抵御，也是难于禁受。当时形神全都受创不轻，只听一声尖锐的厉啸，对面甬道光云电射，电火横飞中，一个披发赤身、美艳无匹的妖妇影子一闪不见。雷火初过，霹雳之声震撼全洞，四壁摇摇，似要崩塌。那甬道也成了一条火衖，庚金光云仍在腾涌，受了神雷激荡，宛如怒涛起伏，并未消灭。只暂时无人主持，不再进出罢了。

事情原只瞬息之间。二人见妖尸受伤遁退，好生欣喜。正收法宝，猛瞥见光云电转中飞射出一溜青光，初出时来势看去不快，似颇吃力。英琼心疑妖尸又出甚花样，手方欲扬，猛听身后喝道："道友住手！是自己人。"说时青光忽然加紧飞出，身侧沙亮也早迎上前去。刚听得一声娇叱，底下便没有声息。同时沙亮口皮好似微动了动，那青光便往他袍袖之中投入。轻云知道妖尸不是一雷可以打死，必不甘休，连声催走。英琼也知不是善地。匆促之间，那青光并未现形，二人俱以为是四人落在后面的同党，均未想到别的，立即一同飞出。到了洞外，果听洞中怒骂厉啸之声，紧跟着洞门便已紧闭。

众人一同由池底飞升，一晃眼，遁光飞近池面水层，就要冲波直上，猛听池中心那根水柱下面霹雳连声。同时瞥见白光一闪，那铺盖池面的一片水面忽焕奇光，一圈圈晶澈莹流疾转若电，往下压来。水柱也齐顶断落，化为千万道丈许长的银光，乱箭一般往上射到。众人已然脱险，未免大意，万想不到人已脱出，敌人还有伎俩卖弄。加以变生仓猝，事起太骤，周、李二人恰正在前，更是不及退避，目光到处，人已飞入光圈水漩之中，当时觉着身外一紧,力大非常,上面不知多高,急切间竟冲不过去,不禁大惊。犹幸紫、青双剑神奇,出时虽然分开,人却并肩同飞,相隔不远。一觉身外阻滞之力绝大,似被那光漩裹住,待要深深陷入光景,百忙中又听沙亮在下大喝:"卫道友,速住遁光。此乃水母五癸神光,不是妖尸师徒。二位道友暂莫上升,等行法人占了上风,势稍减退,我自有法冲过。"

二人话未听完,英琼首先情急,扬手便是太乙神雷连珠往上打去。轻云见自己青索剑几乎被光漩裹住,行动迟滞,心中惊异,恰欲双剑合璧,也跟着连发神雷。光漩稍微震开了些,空隙一现,二人剑光立即合为一体,这一来,威力自然大增,身外阻力便减去好些。可是光漩飙轮电转,本来薄薄三数尺的池水,竟变作不知多高多厚,双剑虽然合璧,依然不能透出池面。又听出下面四个对头仍和自己同床异梦,内中一个方得出险,立现本相,以自己失陷为利。英琼愤急之下,暗骂:"妖道,昧良负义。洞中那么厉害的五遁禁制,尚困我们不住,何况区区一点邪法。我定破法冲出,叫你们见识见识,峨眉门下弟子是好惹的不是?"想到这里,仗着身剑合一,邪法不能侵害,便不问青红皂白,招呼轻云,一面连发神雷,一面把各人身边法宝取出,准备一一施为。

二人原以为这五癸神光并不在洞中癸水禁制以内,平日并未听说过,一点不知它的来历奥妙,只仗法宝、飞剑之力,试探着往上硬冲,就能冲出,也必艰难。哪知这行法相困的人,并非水母亲来,乃是水母门下爱徒,妖尸心腹妖党,未来面首之一。除却此法是他本门真传,比较厉害,真和二人拼斗,便非对手。加以双剑威力不比寻常,先前少为遇阻,原是出其不意,一经合璧,便无失陷之理。二人初次经历,不知深浅,又是小题大做,太乙神雷之外,再加上所有法宝,如何能阻得住? 也是水母孽徒背师党邪,迷恋妖尸,一味急切讨好,全不查看利害轻重。一见为首两个强敌紫青剑光一合,法术功力大减,势更急骤,尽管运用神光加功施为,全无效用,知道稍微延迟,终被敌人冲破重围出去。自己出战时向心上人夸了海口,无功回去,不特无颜,还许被其看轻,因而失宠。好歹也要将两个人擒回,代报一雷之仇。一时色令智昏,竟然现身迎敌,意欲施展法宝,猛下毒手,先将敌人打成重伤,以便乘机生擒。却没想到单是敌人这两道剑光,先就无可奈何,况又加上一些至宝;而英琼这次下山,又正是各异派妖人的照命煞星,遇上便难幸免。

水母孽徒刚一现身,对面周、李二人正往上冲,忽见前面光漩层层、飙轮电转中现出一个头戴束发金冠,身着一身雪也似白短衣短裤,面如冠玉的赤足白衣少年，手持一个羊脂玉瓶，一把短剑，迎面飞来。英琼本就怀着满腔怒火，无从发泄，先见来人相貌灵秀，看不出什么邪气，又是由上而下，还拿不定是甚路数。微一迟疑，还未及答问，来人口喝："贱婢纳命！"手中玉瓶举处，瓶口内忽冒起两个色彩鲜明的大水泡，迎面打来。英琼见状大怒，扬手一雷打去，两下里撞个正着，同时爆裂，雷火横飞，水泡也化成一蓬彩网，向二人罩来。英琼先想仍用牟尼珠护身脱出，也恰在此时飞起。祥光上升，彩网恰巧飞到，眼看罩下，并未见甚异状，彩网忽然自行消灭，无影无踪。

水母孽徒见把由师父那里偷盗来的本门镇山之宝失去，异日回山如何交代？心中忧惊愁急，微一疏神。英琼见敌人面带惊惶，似有技穷之状，不假思索，立和轻云同纵遁光，飞将过去。水母孽徒瞥见剑光飞临，猛想起这五癸神光已不能阻挡来势，如何这等大意？心中一急，知借水遁逃走已是无及，恶狠狠把牙一错，左手朝剑光一指，拼舍一条臂膀，待运玄功水遁逃走。哪知紫、青双剑不比寻常，疾逾电掣，未容施为，剑光已绕身而过，连腰带臂断为三截。轻云方喊："琼妹，此人身有异宝，快将尸首抓住，莫令下落。"说时正要伸手，忽由尸腔里飞出一股白气，内里隐现一个小白人影，裹住这手中一瓶一剑，冲波破空而去。英琼见状，扬手就是一雷。那白气人影飞遁神速，晃眼无踪，并未打中。水母孽徒一死，法术也自失效，雷火到处，只打得水波四溅，飞洒满空，树枝树叶纷纷随流坠落，上面立见天光。二人忙纵遁光飞出一看，池水已然复原。

英琼本不知那两个道人的来历，更不知后由甬道中乘隙遁出并隐形投入沙亮袖内的是沙红燕，心愤向时所闻负义之言，必欲等那四人上来，向其质问。轻云却较见机，觉着易静尚陪赵燕儿困在北洞水池之内，易静为人素又自信太过，虽说在池底乘机隐身，探查圣姑秘藏的总图，事出有心，但照这洞中经历那等险恶，妖尸邪法又极高强，能否成功，实难拿稳。癫姑与众门人未来池上接应，连神雕均也未见影子，静琼谷中是否平安如旧，尚自难料。而救出这四五个对头，法力俱非寻常，所说的话固是可气，刚刚合力出险，只管貌合神离，无缘无故，总不至于上来便当时翻脸成仇。自己正当势孤虑重之际，乐得借着适才助他们出困的好处，暂保这一点虚情假面，何苦揭穿，除又除不了他们，徒自增加仇怨，多生枝节阻力？忙用本门传声之法，劝诫英琼不可如此。英琼也觉有理，便不再等四人上来，径往静琼谷中飞回。

周、李二人刚刚离开池畔，便听剑遁飞行之声，三青二白五道光华，疾如电射，破空飞去。二人回顾，见多一道青光，看去眼熟，这才想起，那后逃出来的女子,竟是妖姬沙红燕。此女本已被困北洞水遁以内,照起初所见惊慌应敌,与妖尸斗法相形见绌情势,当无幸免,不知怎的竟会被她脱出?看她一出,便和那道人一起,听他们称呼,恰与此女同姓,不特是同党密友,多半还是一家。怪不得出时似要喝骂神气,经妖道上前一打招呼,连面都不肯现,便入妖道袖中藏起。早知如此可恶,转不如遇时不与合流,至多不在洞中相斗,听其自行应付。这样自己一样脱身,这五个对头决难一同逃出,岂不少却几个强敌和阻力?事已过去,悔之无及。

第二四四回

厉啸落长空　电射屠龙驱丑魅
祥云封圣域　花开见佛拜神僧

　　轻云、英琼由幻波池安全脱出后,飞到静琼谷上空,见谷口外禁制依然,心方略宽。忽听一声雕鸣,烟光分合之中,神雕先自谷口飞出,跟着袁星、上官红、米鼍、刘遇安相继迎来,纷纷礼拜。二人见状,料知无事,越发欣慰。轻云首问:"你的二师伯呢?"上官红、袁星同声说道:"师叔、师父,请进谷再说吧。"二人闻言,心中一动,料知有事,忙同飞入。米、刘二人先将谷口禁制如法封闭还原,一同赶到里面。

　　英琼性急,不等入洞,先唤袁星询问。袁星答道:"二师伯往大雪山去了。行时留话,说是因见师父、师伯入洞救人,一去不归,与那日眇师伯用佛家心灵感应传语,有了出入,心中忧疑,独往后洞,向屠龙太师虔诚祝告。正欲以禅功入定,默运玄功通灵,请示机宜,眇师伯忽然飞到。说起上次心灵传意,屠龙太师共说不几句,也并未教她代为传示,只因她本身于二师伯此次雪山之行有一点关联,心又想念二师伯,因而转告,所说多是按着屠龙太师的语意加以揣测。今番来意,专为催促二师伯早日起身,以便代向一位佛家老前辈求说一事。并告以师叔、师伯今日黄昏以前定必出险,只大师伯一人在内,暂时是办一件要事,为异日除妖破法关键,并非真的被困。不过大雪山去所请相助的人,便是仙都二女,与师父、师伯也极交厚,最好一同前往,始能如愿。无如这一双姊妹所居小寒山,非外人足迹所能轻易走进。只有今日,她们为寻求一件佛门至宝,离山他出,去见一位入定多年的圣僧,那地方就在大雪山中,也是难寻。去前,为示对仙都二女的师父小寒山忍大师诚敬求告,不论允见与否,还须先往,望山祝告求见。错过今日时机,更难见人。为此二师伯必须先往,吩咐师父、师伯回时,将话照说,即速随后赶去。这里除原有各层禁制外,又加二师伯向眇师伯借来的一道灵符和一件佛门至宝。弟子等如一同守在谷中,不到谷外走动,外人决不至于上门。来者如

316

是自己人,有弟子等轮流守望,人就藏在谷口以内,由里望外,看得逼真,自会开门延入,也不致禁闭在外。只令见师禀告时,务要谨秘,进了谷口再说,以免外人听去,又生枝节。眇师伯已然先行。二师伯说完前言,也便飞走。所以弟子等无人在外,适才出迎,不敢妄陈,便由于此。"

二人听完,才知癞姑已去小寒山。平日本就思念仙都二女,自然希望她们来。一看天色已近黄昏,眇姑、癞姑这等说法,谷中料无甚事发生,惟恐去迟,错过时机,人见不到。立嘱众门人依言谨守谷内,连洞也未进,便自起身。刘遇安当值,一见师父要走,忙走向前收了灵符封锁。二人忙同破空飞起,催动遁光,电转星驰,往滇西大雪山飞去。

二人遁光迅速,不消多时,便由川边打箭炉上空飞过,到了大雪山边界。二人因大雪山幅员辽阔,仙都二女所居小寒山名为偏居山后,实是主峰后面,自己从未到过。当地又有忍大师的佛法禁制,外人不得擅入一步。便是癞姑此行,原是乘着仙都二女今日出山之便,前往迎候,或往所去之地寻找,并非入山相见。不过事前先往小寒山外通诚,向忍大师先打一招呼,把礼尽到而已。如若真飞小寒山,不特寻找不到地方,即使找到,也无法入内,弄巧人还不在那里,觉着无须多此一番跋涉。但是癞姑行时,并未说出仙都二女去的是甚地方。这么大一座雪山,天又深夜,急切之间,何从寻找这二人的踪迹?

二人互一商议,最后轻云说道:"癞师姊曾说谢家姊妹所寻圣僧,本在此山入定多年,难于寻到,定是一个极隐僻的所在,连癞姑师姊也是现找,所以行时不曾明言。记得昔日玉清大师曾对我说,滇西境内有不少苦行的高僧。他们静修之所,有的是在那荒凉无人的冰天雪地,随便搭一个仅可容身的石龛居住;有的是在山腹地底,掘一极简陋的洞穴,闭关入定;有那戒行最苦,道力最高的,简直就在亘古无人的山顶高寒之处,孤身一人在上面,一打坐便是多少年,往往全身俱被雪封冰冻,人在里面竟如无觉。这类戒行艰苦卓绝的高僧,多半是在大雪山中偏僻高险的山顶峰头之上。我们可分成左右两路,先尽这些高险的危峰绝顶挨次寻去,一面暗中再用本门传声之法向癞姑师姊询问。虽然我们功力尚差,传声不能太远,寻起人来到底容易得多。只要她一答话,彼此相见就好办了。这样绕寻过去,加上我二人的剑光,不问是癞师姊还是谢家姊妹,见了定必寻来无疑。还有癞师姊,她既知我二人今日黄昏脱出幻波池,当然断定我们必要寻来,她既未先说出准地方,岂有不加留心之理?雪山地广,寻此二人看似艰难,实则并不尽然。只是此山冰雪荒凉，妖人怪物料也有不少藏伏，我们剑光太显，易被发现，还须小心一点罢了。"英琼道："妖人怪物倒不怕。现在也想不出别的善法，姑照师姊所说试寻一遭吧。"

于是议定：英琼往左，轻云往右，各往一边，纵遁光往那许多高险山峰找寻过去，末了再向中间会合，交错绕驰回来。为想使癞姑和仙都二女易于发现自己踪迹，竟把剑光加大，一青一紫两道剑光，宛如经天长虹，往冰雪乱山顶上飞驰过去。似这样时高时低，满空飞驰，每经一座山峰，为了便于观察，相隔下面山顶不过丈许。二人俱都心急寻人，飞行绝迅，却没想到那些危峰峻岭，冰雪积成的居多。到处是冰山雪壁，当年穷阴凝闭，惨雾溟濛，静荡荡的。除了绝顶罡风，轻易见不到一点风气，只是干冷酷寒。有时人兽呼啸，便能将整座冰崖雪壁震撼坍塌，好些地方均禁不住一点震动。那紫、青双剑飞行起来，何等威力，何况又格外加长，发出极强烈的光华声势。休说剑光冲荡起的绝大风力，便那破空之声也非小可，二人飞行又低，剑光过去，下面的冰崖雪壁多半相继崩塌。每有数十百丈高大的危峰峭壁，倏地整座倒将下来。当时雪尘高涌，冰雨横飞，上及天半，声如雷轰。一座崩塌，附近各处的冰崖雪壁也各受震反应，相继崩塌。一时轰隆之声，震撼天地，远近应和，越延越多，响成一片巨震繁音，声势猛恶异常。

二人飞驶特快，也未留神后面，不知是剑光震动，还当事出偶然。及至飞行了一半，见到处冰崖雪壁纷纷倒塌，只要自己刚一飞过，下面必有变动。轻云首先觉察，不由想起昔年众同门大破青螺峪，合力诛八魔时，行在玄冰凹上空，因英琼座下神雕两翼风力扇倒崩雪，致将女妖神邓八姑惊动，如非有异日同门这段渊源，几成仇敌之事。暗忖："此山地域广大，峰崖众多，山岭杂沓，异人修士枭鸾同寄，隐居在此者颇不乏人。又是佛门苦行高僧持戒坐关常住之地，常人足迹绝少到此，平日最是静寂，难得有甚响动。现在因为自己寻人，却闹得崖倒山崩，天惊地撼，扰人清修，实非修道人所应为。再如遇见性暴自大的旁门修士出头责问，言语稍不见机，立树强敌。就算宝、剑神奇，不致吃亏，于理也说不过去。并且所寻圣僧就住在此山中，就许震倒的山崖便于他所居有关。听癞姑留话的口气，说不定还有借助人家之处。人还没有见到，先就使人家存了厌恶之念，也非所宜。好在声势已闹得够大，如今全山都被骚动。崩塌之声四山回应，又有这么长两道剑光满空飞舞和传声呼唤，癞姑和仙都二女如若在此，必能听到，跟踪寻来。这等行径，实不应再继续下去。"

轻云念头一转,立将剑光升空缩小了些,以免再有波及。一面忙向英琼传声,令将剑光缩小,势子放缓升高,不可和前一样。哪知千万年冻积的冰雪,多半酥脆,势更高陡,一有震动,便如铜山东崩,洛钟西应。那崩崖坠峰之势,自比二人剑遁在空中冲荡猛烈不止十倍。一处崩塌,四面挨近的全受了剧烈的震撼,于是逐渐波及蔓延过去。加上二人飞得过快,连震倒了十好几处,闹得天惊地动,远近相闻,宛如万雷暴发,又似数十百万天鼓同时怒鸣。碎冰残雪迷漫横空,互相激荡飞舞,冲击而下,更增加了不少威势。越往后,势越猛恶,急切间怎能停息?连轻云这等有道力的人在空中俯视,也觉目眩神摇,声势可怖。照此行径,凡是在本山隐居的,不论邪正敌友,决无好感。因此一面留神寻人,一面还须防到有人突起为仇作对。深悔适才粗心,剑光放大尚可,万不该用极猛的势子,贴着沿途山岭峰崖加急飞行,致有此失。

轻云连用传声唤了英琼两次,未听回应。心本疑虑要生枝节,越料有变,忙运慧目向英琼所去山左一面定睛遥望。适才未升空时,还曾看见的那道紫色长虹,就在自己略微寻思的转眼之间,忽然失踪,传声又未见她回答。暗忖:"英琼就遇到什么有力对头,同在一山,彼此剑光俱能望见,并非太远,传声决能听到,也不应没有一句回答。"不禁忧疑起来。觉着反正凭着目力满山寻访,没有一准地方,哪里都是一样。双剑分合,威力相差太甚。英琼法宝虽比己多,人太刚直,疾恶如仇,胆子既大,煞气又重,容易生事树敌。上来不合冒失,错了步法,弄巧所寻的人已生厌恶,不肯相见。此时还是先顾英琼要紧。

轻云念头一动,随口又用传声呼唤:"琼妹,你在哪里?怎无回应?有甚事没有?"一面呼唤,一面拨转遁光,正要照英琼那一面寻去,忽听英琼回唤:"姊姊快来!"随见左侧去路,远远雪尘飞涌中,紫光重又出现,又听出英琼语声似颇欢喜。料是有甚踪迹线索寻到,心中高兴,忙催剑光再往上升,掩去破空之声,经天疾驶,向前赶去。刚一起飞,猛瞥见紫光在一处岭头上虹飞电舞,掣动不休,知已遇敌,并非将人寻到。只是英琼剑光那等势子猛急,敌人却看不出一点影子,好生奇怪。正催遁光疾驶,猛又瞥见一蓬五色光雨略现即隐,紫光也是一闪不见。同时忽听癫姑、英琼和仙都二女谢琳、谢璎一齐传声相喊。这一来喜出望外,连忙回应,晃眼见到。

轻云一看当地乃是一条冰雪堆积的大岭,因是附近群山并列,地势均昂,显不出它的高来,地却广大。一面是峰峦环抱,罗列满前;另一面却是一个其深莫测的无底深壑。临壑有一方圆几及百丈的一座峰崖,已然崩坠坍塌,连岭畔也倒塌了一大片。壑中雪雾迷茫,寒烟滚滚,尚未停歇。

癫姑、英琼和仙都二女同立岭畔崩雪之处,见轻云飞到,仙都二女首先满面笑容,迎前相唤。轻云见她们仍像以前那样天真,只是光艳照人之中,别饶一种静逸绝尘之概,装束较以前还要淡雅。一身冰绡雾毂,云裳霞帔,宛如松风水月,良玉润珠,清丽高华,迥出尘表。

峨眉这一班女弟子,俱和仙都二女交好,互相爱重,与癫姑、英琼、易静尤为亲厚,良友重逢,好不欣喜。轻云随问经过。癫姑道:"我三人还有事,少时再说。"英琼接口道:"我飞到这里,遇一怪物,正和它打得热闹,便遇癫师姊和谢家两位妹妹赶来,助我将怪物逐走。刚见面谈不两句,你便飞来。璎妹说这里不是讲话之所,我们又不合飞行太猛,剑光振荡起疾风巨响,致将好些冰崖雪壁震塌,到处骚然。这里原有不少人在此隐居静修,被我二人无意中惊扰。内有二三位前辈神僧还不致与我们计较;余者大都散仙炼士,还有几个红教番僧和些隐匿多年的旁门僧道,俱已愤怒。适才所遇怪物,便是他们一类。因见我们飞剑神奇,三位姊姊法力高强,尚未妄动,久留在此,必有事故。她姊妹又须回山一行,不能就随我们去幻波池,意欲约我师姊妹三人同往小寒山侧新建别业之中,小聚畅谈。现在好些话都未得说,只等二位姊姊和癫师姊用法力将四面崩雪之势止住,就起身了。"

说时,癫姑和仙都二女早脸朝外三面分立,各自施展法力。癫姑首先手掐了前师屠龙师太所传佛家法诀,往外一扬,冰雪震撼崩塌之势便由近而远逐渐停止,其势甚速,晃眼工夫,面前这一片峰岭山崖便归宁静。仙都二女动作较缓,侧顾癫姑已然行法,方始各向一面转过身去,静静地将脸朝外,也未见怎掐诀施为,只把一双明眸注定前面,嘴皮微动了动,各伸纤手向空一弹,立有两粒圆豆大祥光飞入上空冻云密雾之中,电也似急,倏地展开,化为淡薄到常人目力所不能见的一片祥氛,布散遥空,一闪即灭。紧跟着一阵奇寒之气飘过,仙都二女立处正对英琼、轻云二女分立的来路,冰崖雪壁震势正越猛烈,经此一来,一切繁响尽止。有好些初受巨震,将倒未倒的峰崖,也似有什么极大力量扶持;有的晃了两晃,仍旧兀立;有的眼看坍散,忽然自行凝固,不再摇动。

英琼、轻云见状,方在惊奇,忽听来路极远天空传来一种极尖锐凄厉的异声。众人立处,正是大雪山特杰尼尔峰绝顶旁侧,一片高盆地当中的山岭上面,除却周、李二人来路,三面俱是高峰插云,远远环抱,上空冻云密覆,暗雾低沉。那异声来处极远,为天空中云雾所遮,急切间竟看不出丝毫迹象。英琼回顾二女施为已毕,正转过身招呼癫姑向自己走来,意似相约偕行。二女闻声,面色忽变,秀眉微皱,立时同现怒容。谢琳刚唤得一声:"三位姊姊,暂退一旁。"

话还未完,众人慧目望处,猛瞥见远远天边,冻云昏雾之中,现出一片乌金色的云光,潮涌一般铺天盖地而来,声更凄厉,势猛且速,从来罕见。方在惊奇,同时听到身侧不远一座孤峰后面,隐隐起了两声梵唱,鼻端似有一股旃檀异香飘向前去。仙都二女似见那乌金色的云光过于神速,不暇多说,俱在准备应敌,各自住口。谢琳首先一声清叱,一片祥光在身侧闪了一闪,待要抢先迎上,那梵唱和旃檀异香也已发动。二女面上立现笑容,同时止住,遥指空中骂道:"无知妖孽,你当我姊妹还像上次那样让你吗?此时我们急于回山复命,又加良友重逢,还要叙阔,你不能冲破大智禅师的大旃檀神光,我便不值和你这狗妖孽计较。有本领的,日后只管到小寒山寻我;如不敢去,早晚我姊妹有了闲空,也必寻你和你那妖师轩辕老怪,一并除去,以免留在世上害人。"

癫姑、周、李三人知来的竟是方今左道中数一数二的有名人物轩辕老怪门下毒手摩什,曾听玉清大师说过他师徒的厉害,闻言好生骇然。再往空中一看,那比电还急的乌金云光声势,本来晃眼即可飞到,这时竟停滞在前面,两下里相去约有百十里远近。空中仍是暗雾沉沉,别无所有,既不见有人物、法宝在前阻隔,也未见甚别的行迹。那乌金云光只管上下纵横,似钻窗纸的冻蝇四处乱窜,盘空飞舞,终似有一道极隐秘的长墙横空隔断,到东东挡,到西西挡,无论飞势多快多高多远,一任想尽方法,闪变冲突,终归无效,宛若鸿沟之隔,决不令再进一步。

癫姑幼入佛门,适又拜见过大智禅师,知是佛家最上乘的伏魔法力大旃檀如意神光,早在意中,还不十分惊奇。周、李二人却是初见,暗赞佛家法力不可思议。只因来晚,未能拜见这位圣僧,方在可惜,忽听谢琳骂道:"智老禅师不肯再开杀戒,却容这妖孽猖狂,如此不知进退。我们叫他先尝一点厉害何如?"话才脱口,随听空中有一女子口音,从容唤道:"琳儿又要多事么?由他自生自灭,你两姊妹快回来吧,理他做甚?"说罢,癫姑等三人猛觉面前祥光一闪,仙都二女踪迹不见,同时似听二女同唤:"师父,还有三位新来的姊妹呢。"底下便没了声息。

周、李二人方在惊顾,癫姑恨道:"忍大师就这样一点不留情面?二位师妹,快随我追。"说罢,三人忙同飞起,由癞姑当先,追踪上去。癞姑前来时,只是照着昔日仙都二女所说途向,遥望小寒山,下拜通诚求请,并未寻到地头。后在大雪山青莲峪地底遇见二女,加以指点,比起峨眉开府时二女由小寒山匆匆往来,自然详细得多。不料小寒山神尼不愿二女加入群仙劫运,欲令专修佛法,参悟上乘正果,再出度世,所居方圆百里内外,均有法力封禁,便是走到地头,也进不去。一则癞姑心性坚决,每事期于必成,决不中途而罢;二则又得眇姑预告机宜,幻波池除妖尸开府,如无二女相助,便要艰险得多。尤其易静一时好胜急功,误投罗网,也不免于吃亏。二女又极重故交,已然应诺,回去向师求告,必践前约,不是无望。但恐忍大师坚持成见,二女有心无力,不敢强违。眇姑又有必须与之同行的话,周、李二人同往相求,便较容易。拿定主意,去向忍大师软缠,不问能见与否,一味苦求,不能如愿不止。

飞遁神速,不消片刻,便到了小寒山前面。癞姑见前途山形地势,俱与二女之言如一,知道前面就是小寒山。无如山口现有佛法封闭,再追已是徒劳,便停了下来。先率周、李二人同往前面参拜,重述来意之后,起立等了一会,不见人出。又去左近寻找仙都二女新近自辟的一座洞府,哪知寻遍左近,也未寻到。气得癞姑直抱怨说:"佛门弟子最重度世,如今幻波池群邪猖狂,多容他们在世一日,便有无数生灵遭殃。自来除恶贵速,夜长梦多。忍大师纵不念令高足与愚姊妹是知己之交,也应念在生灵无辜,大发慈悲,免被妖尸日久道成,率了妖党遁出幻波池,为害人间。"说了一阵,仍不见回应,又用言语激将说:"佛家最重因果,更戒诳语,言行必践。谢家姊妹前允相助,已然种因于前。忍大师道行高妙,法力无边,自不便令门人言而无信,使人有所误解。"周、李二人见癞姑庄谐并作,时杂微讽,语多激将之词,觉着忍大师是前辈神尼,既与二女交厚,便是尊长,言语不应如此,有失敬意,相继劝解,并各通诚乞求。

癞姑道:"你们不知忍大师,真个名副其实,有多坚忍啊!我先前来此,诚心诚意求告了多少话,通没一句回应。没奈何,照眇姑所说,去寻大智禅师,居然将谢家两位姊姊等到。见面一问,才知忍大师好似不管那件闲事,并还不令谢家姊姊与我相见。来时眇师姊不肯明言地名,由我自来寻找,想也与此有关。忍大师早有前知,知大智禅师在雪山地底坐关静修十二甲子,每六十年中,只有今日一夜与有缘人相见。若非谢家姊妹必须与之一见,不能错过今日机缘,简直连适才雪山这一面都恐难呢。我们已然约定,同回小

322

寒山侧琳姊日前新辟的洞府中，从长计议，由她姊妹去向忍大师先容，许我入见，再同恳求准她姊妹往幻波池一行。刚由大智禅师那里拜辞出来，忽听轰隆之声，震动天地，到处冰山雪崖纷纷崩塌，随即发现李师妹的剑光。我们五人才一见面，偏生毒手摩什这个妖孽前来作梗，以致忍大师施展佛法，将她姊妹召回，却把我们抛下；否则，如与谢家姊姊同路，何至于这等无门可入呢？"

英琼也气道："久闻轩辕老怪师徒是邪教中的巨擘，这多年来不知造了多少恶孽。这次的事，无形中又坏在他们手里。本来幻波池除妖开府，是我们自己的事，无论多么艰险，也在必行。为想早日成功，借重外人固无不可。但肯帮忙，是人情；有碍难不能相助，也是人情。我们也决不能因少帮手，就此歇手。忍大师在此清修多年，自来不与外人交往。她想谢家姊姊静参上乘佛果，暂时不令下山，人各有志，修为不同，原难相强。不过是谢家姊妹与我们一见如故，情分至厚，久别思念，恰巧此事又须她二人相助，好友重逢，正可作一良晤，谁知会被这妖孽所误。此时妹子也无此法力，径去寻他师徒算账。异日妹子功力稍进，定寻他拼个高下，好歹也非除去这个大害不可。现在忍大师闭门相拒，谢家姊妹料也是有心无力。易师姊和赵师弟尚在困中，静琼谷只有几个新收弟子，我们俱都远出，空虚无力，尽管守在这里做甚？还是回去，看易师姊日内能否得了总图，将赵师弟救出，再打主意吧。"

癞姑知道此事非仙都二女相助不能顺手，心料忍大师别有深意，并非坚决不见；二女交厚多情，也必设法力求，不致辜负一行来意。英琼匆匆相见，不知底细，一味负气，也未悟出自己志在激将，竟要真走，有好些话又不便细说。故作无奈之状，答道："其实谢家姊妹热肠高义，一闻易师姊被困池中，非她二位相助不了，直恨不能当时飞往，拔刀相助，只因师命难违，必须禀明得允而行。想不到主意打得好好，会遇妖孽生此枝节。照此情势，恐她姊妹求说，也必不准，下山相助已是无望，我们只好回去了。只是我们和谢家姊妹深交，忍大师前辈道长虽然不屑赐教，后辈之礼终不可废，拜别完了再走吧。"

轻云为人谨慎，先听癞姑、英琼均说气话，便觉不应如此说法。以癞姑先前经历来说，人又精明，智计周详，平日尽管嘻嘻哈哈，遇上事来，一言一动，均有分寸，决无丝毫疏漏，心疑所说必有用意，便未开口。这时听她口说着话，眼却望着自己，益发省悟。忙笑劝道："佛家以度世救人为务，虽然忍大师戒律谨严，参的是上乘妙谛，只以无边佛法，绝大愿力，普度众生，不开杀戒,决无坐视妖邪猖狂为恶之理。休说三教同源,佛家舍身度世,尤重因缘;我们与二位姊姊至交情厚,便是外人来此诚求,也必施展佛法,弭厄消灾。我看此事决不恝置。忍大师纵以二位姊姊不到下山时机,或是毒手摩什之辈正在处心积虑,伺隙寻仇,中途不免相遇恶斗,因而互相报复,扰及清修,坚持不令前往,对于我们的事,也必暗中助力,怎能以此时莫测高深,便自失望?我想谢家二位姊姊既令我们去她新居小叙,忍大师或许因为灵山静地,不欲我辈庸俗登门渎扰。二位姊姊交厚在前,决不以三年之别遽判仙凡,虽是俗客,必不靳此一面。当是远出新回,复命未完;或是忍大师鉴怜虔诚,已允所请,正在指示机宜,也未可知。求人的事,怎便如此心急?还是在此恭候二位姊姊出面,能允相助与否无妨,似应得一回复再去,方显彼此交厚;便是爱莫能助,也系迫于不得已。数千里专程到此,何须忙此一时半时呢?"

癫姑闻言,暗忖:"轻云素来温和忠厚,想不到也如此善于辞令。"知道仙都二女尽管屡世修为,得道多年,以前只在仙都山中清修,从未出山一步,上次峨眉开府,还是第一次与外人相见,所以人极天真。后来小寒山勤修佛法,共只三年,昔时好胜疾恶心情,必还未曾去尽。和自己这几人既是至友,又有昔日之约,不论如何,决无坐视。她们和忍大师又非寻常师弟,怎么软语求告都行。便忍大师对于此行,也决非坚决不允,内中总还有个隐情,适与二女相见所说语气,已可想见。自己三人问答,不会不闻,那么天真好胜有肝胆的姊妹,本就拿定主意,好歹都要践约;再听这一番婉语微讥,更必动心无疑。英琼闻言,也已明白过来,见癫姑首先附和,英琼也转过了口风。三人彼此相视,以目意会心。

又等了一会,仍是音信杳然。三人虽觉于理不会如此,心中终拿不稳。一面渴盼二女出见同行;一面又惦记静琼谷只几个法力浅薄的门人,山中空虚,经过连番出入,幻波池妖尸必已知道敌人就在她的近侧居住,焉知不来侵犯?失望之余,想到定数难移,妖尸气运已终,师父仙示决无差池,便二女不助,不过事要艰险得多,终可功成除妖开府。对方不愿,何必苦苦纠缠,结局闹个没趣?继又想到二女上有师长,不得自专,纵然袖手,也难怪她们。真要坚决不去,也必明言相告,不会就此置之不理,其中当有过节。并且轻云话已那等说法,不便就走。

三人正打算再忍耐片时,到底二女能否同行,讨个回复,好定行止。忽听空中飓飓两声,那声音非常奇怪,劲急凄厉,从未听过,比起适才妖云又自不同。乍听来路，是在东南天际，相隔少说也在二百里外。颇似远方飞来一支响箭，只是快得不可以道里计，才得入耳，便已飞到头上，其来势之神速猛烈，简直无与伦比。说时迟，那时快，随着怪声飞堕，立有两条丈许长的绿气由空中电一般斜射下来。三人俱知小寒山灵境乃忍大师驻锡之所，万没想到妖邪竟敢前来侵扰，变起仓猝，大出意外。

癫姑终是法力高强，久经大敌，一闻怪声疾驶而至，因适才雪山所见，想起两个妖人，心中一惊。知道这两个邪魔与轩辕老怪师徒同是一类人物，出了名的神速辣手，稍一防御不及，便为所伤，伤了还难解救。因差一点的法宝、飞剑不能抵御，周、李二人虽有双剑、宝珠，变生太急，招呼使用，已未必来得及；如纵遁光闪躲，又决无敌人神速，更是自找苦吃。匆促之间，急不暇择，竟把峨眉开府师父命己改拜妙一真人为师时，承矮叟朱梅从旁指教，蒙眇姑师姊慨然相让的那口不到万分危急时轻易不肯应用的降魔至宝屠龙刀施展出来，将身一纵，闪在周、李二人前面，口喝："留意妖孽！"一句话没说完，迎着怪声自空飞堕之势，左肩摇处，一声龙吟，一弯四边金芒如雨、形如新月的寒碧精光立即电掣而出。晃眼暴长，神龙剪尾一般，两条芒尾各自伸长数丈，射出无限奇光，金碧交辉，冷气森森，朝那两道绿气兜去。说也真险，两下里势均绝快，就这怪声入耳，微一警觉，便放宝刀飞起，共总没有两眨眼的当儿，屠龙刀金碧寒光飞起，也就到了三人前头不过丈许，仅仅将前面挡住，光华刚自暴长，那两条绿气已经飞到，两下里恰迎个正着。

这一临近，三人慧目法眼才看出绿气之中，裹着两个形如鬼物的妖人。一个尖头尖脑，比较高些，头上短发稀疏，根根倒立，眉毛好似没有，一双圆眼怒凸，碧光闪闪，凶芒四射，高颧削鼻，尖嘴缩腮。上穿一件绿色对襟紧身，胸前挂着一个小人骷髅，下穿短裤只齐膝盖，赤着黑瘦如铁的双足。背上斜插着三口短叉，腰悬葫芦。手如鸡爪，作出攫拿之势。直似一个猴怪，而丑恶狰厉过之。周身绿气裹得又紧又匀，似是一体。另一个身材矮胖，头秃无发，面上浮肿，色作惨白，在绿气之中，直比六月里发胀的死尸还要丑恶难看。眉毛作一字形，却是断断续续，好似大小几撮粘在上面；一双猪眼，胖得成了一条缝，似睁似闭，一闪一闪放着绿光；胖鼻肥口，血唇板齿，时作狞笑。身子胖得像个直桶。背插一把板刀，手持一柄三环骨朵。也是短装赤足。生相看似肥蠢，行动神情却与瘦的一样灵活。

二妖人想是知道屠龙刀的来头和威力，但没想到会在这一个小女尼手里发出，意颇惊惶。略一接触，金碧光华已然两头交剪，绕身而过，将二妖人

325

剪作四段。癫姑更不怠慢,扬手太乙神雷,震天价的霹雳连珠般发将出去。同时周、李二人早觉出妖人厉害,只比癫姑出手稍缓,妖人一到,因见癫姑辞色紧张,忙将紫、青双剑合璧飞出时,妖人仗着邪法厉害,玄功变化,虽被屠龙刀断作四截,出其不意吃了大亏,仍想复仇。四半截身子在绿气密绕之下,各自怒吼一声,正待施展邪法伤人,忽见双剑合璧而出。这两样飞剑昔年均曾尝过滋味,冤家路窄,竟会同时撞上;又看出英琼身畔佛光隐隐,知不是路。二妖人照例是一击不中,便自远扬,见势不佳,立即收势,互相一声厉啸,连身子也未合拢,竟带了四条绿气,往来路破空遁去。端的来得也疾,去得也快,周、李二人那么快的紫、青双剑,竟被他避去。

癫姑知怨结已深,留下隐患,不乘其势衰不敌之际将他们除去,以后防不胜防。大喝:"无耻妖孽,既敢前来,逃走则甚?你们多少年的威风煞气,哪里去了?"说时把手一挥,声随人起,手指屠龙刀,身纵遁光,加紧向空追去。周、李二人也忙跟踪飞起。前面二妖人逃势本极神速,似为前言所激,愧怒难禁,顿了一顿,势便稍缓。癫姑因自己这面持有好几件克制之宝,胆气甚壮,意欲斩草除根。见状知被激动,心中一喜,边追边喊:"这妖孽可恶,非比寻常。今日恶贯满盈,遇见我们,万万不可容留!"两下里飞遁俱速,晃眼之间,已快到达雪山上空。

二妖人因屠龙刀专诛妖孽,被斩以后元气大伤,不似别的法宝、飞剑,受伤之后可以立时复原。心本打算飞往远处施为,因吃三人追骂,自觉多少年的盛名威望,败于无名后辈之手,愧愤交加,恼羞成怒。暗忖:"此是仇敌穷追不舍,不算改变旧例。反正仇敌追赶不上。"便把飞行放缓,就势把四段残身各自凑合一起。运用玄功,施展邪法,接连在空中几千个滚转,便已复原长合。跟着各取身后法宝,待要与人一拼。后面癫姑早已留意,见妖人残躯已合,飞行越缓,已快追上,不敢大意。忙喝:"二位师妹,妖孽厉害,来势甚快,速以全力夹攻,防身要紧。"周、李二人闻言,忙准备时,妖人已纵绿气转头迎来。

双方眼看对面,忽见适才众人相见的岭侧孤峰后面,匹练也似飞起一道白光,其长经天,抢在三人前面,将二妖人两道绿气挡住。癫姑忙令周、李二人暂住。见那白光分明是一位玄门中的前辈真仙,来路却起自大智禅师所居青莲峪冰穴一面,但又看去眼生,好似从未见过。暗忖:"峨眉开府,海内外正经修道仙真全都下有请柬,除却几位正在坐关入定的,无不应约而至,似未见此公赴会。自己修道多年,平日常听师长指示各派群仙法力深浅,姓名行径,此公却怎看他不出?"

三人略一停顿,正待赶上,猛觉遁光微微有些停滞。同时便听下面喝道:"大胆妖孽,妄听妖徒蛊惑,无故寻人生事。你可知今日乃雪山大智长老第九甲子开辟结缘之期,能容尔等在此猖狂撒野吗?追你的这三人,俱是峨眉齐道友门下高弟。尔等虽为左道妖邪,也曾得道六七百年,平日仗着机智灵敏,长于引避灾劫,又不甚为害常人,因得渡过两三次难关。平时那等自负,今日遇见正教中几个后起人物,当时不能取胜,日后再去寻人纠缠,已是没脸;况此三人持有紫郢、青索峨眉双剑、白眉定珠、屠龙宝刀,休说再遇必无胜理,即或卖弄诡诈,暗算她们,也难得稍占上风。这三人与尔等并无仇怨,乃尔等自取其辱。再如寻仇不舍,也与尔等信条不符,有失体面。我本意代行天诛,只为今日大智长老开关结缘的吉日善地,方圆千里以内,凡属生物,皆在慈云广被之下,不容妄启杀机,姑且略缓诛戮。现在峨眉门下诸高弟,正值奉命行道济世之时,无暇与尔等这些妖孽纠缠。照尔等自负规例,每当作恶害人之际,只要中途有人出头干预作梗,便是尔等大仇;如不能奈何这强出头人,对方无论有多大仇怨,除非自来寻你,无故决不再去生事。尔等在各左道妖邪中独树一帜,浪得虚名,也由于此。此时回首反噬,因她三人追你而起,固可曲为掩饰。现我不容尔等猖獗,如不服输,可往太湖莫鳌峰新居寻我便了。"

此人说时,那两条绿气疾如闪电,忽东忽西,忽上忽下,往来冲突了一阵。无奈那白光横亘天半阴云之中,虽然宽只数丈,一任二妖人如何分合冲突,终被挡在前面,休想飞越过去一步。似这样十多次过去,话还未完,二妖人忽厉啸了一声,刺空遁去,晃眼只听余响凄厉,摇曳遥空,更不见有形影。

癫姑等三人循着光前语声注视,早见左侧岭上站定一个羽衣星冠、丰神若仙的道人,在下将手连招,三人的遁光便似有潜力吸住,前进迟滞。认出是峨眉开府时,送还灵翠峰的前辈散仙中有名人物玉洞真人岳韫。知有缘故,忙同飞下,以后辈之礼参见。

岳韫一面含笑还礼,把话说完,二妖人也已破空遁去。手向空中一招,白光立隐,方始笑对三人道:"你们三人胆子不小,这是蚩尤墓穴的有名三怪中的两怪,竟敢穷追不舍吗?"

癫姑躬身答道:"弟子原也知妖孽厉害,只为弟子等四人奉了家师之命,前往幻波池诛戮妖尸,就便在内修炼,免得灵山仙境又被别的妖邪觊觎盘踞。无如妖尸仗着圣姑原有禁制,甚是猖狂,加上好些有力妖党,事情棘手。

想起仙都二女谢家姊妹，曾有前约，特来小寒山求助。不料第一次通诚叩关，忍大师拒不肯见。事前因有眇姑师姊指点，去往大智老禅师雪洞之中相候，果得遇见。谢家姊妹对友热肠，极愿相助。因忍大师早知此事，屡请不答，正约弟子等同往相机求告，忽遇轩辕老怪的四妖徒毒手摩什寻仇。谢家姊妹吃忍大师佛法召回，弟子等忙又赶往叩关求告，久不答理。这两妖孽忽来加害，被弟子警觉，用屠龙刀将他们斩为两截。因知仇怨已成，必不甘休，妖党二人来去如电，又极神速，此后防不胜防。万一再要有人走单遇上，更难免于毒手。反正早晚是拼，转不如乘他们挫败，仗着紫、青双剑和定珠、屠龙刀之力，激令回斗，弟子三人合力先除去这两个，还比较上算一些。妖孽神通广大，这四宝虽是他们的克星，实无全胜之望，幸得老前辈出头相助。妖孽平日自恃玄功变化，行动飘忽，好为夸大之词，照他们的规例，以后无故更不会再寻弟子等纠缠。否则，隐患真难料呢。适见白光由青莲峪中飞起，老前辈可是来寻大智老禅师的吗？"

岳韫微笑点首道："我与大智老禅师原是旧交，每隔六十年必来访晤一次。你们来意，我已尽知。忍大师原因璎、琳二女虽是禅门中人，过去生中曾有一些因果，初意欲令早参上乘功果，方使出山修积。最好能效法乃师，以无上慈悲度化众生，永除妖孽，对于恶人亦以佛法度化，无如各有因缘，不能勉强。适我来时，路遇寒月大师、谢山道友，谈起此事，说忍大师经谢道友代天蒙禅师向其传语，说她多少年门横巨木，寒山静修，已然悟超玄外，正果将成。忽然情魔来扰，虽然仗着道力高深，没跳到外头去，却被璎、琳二女没费甚大事，由大雪山起一路升堂入室，只用两滴泪水，便化去她的独木严关，直冲到圈子里来，是甚缘由？为此已迟却好些年正果。当初门横巨木，便非真如，璎、琳二女自有她们的来去道路，只把暂留这些年的世缘了却已足，何必再多甚事，又生出别的魔障？忍大师闻言，微笑未答。此事颇有玄妙。她那小寒山二三百里内事，尚难推算。只照我此时推测，她如坚持不令二女下山，你们适和二女在此相见，当已谢绝。后来妖人来犯，也不会抛下你们，使二女不辞而去，愧对良友。两次闭关相拒，必还另有原因。或许与蚩尤墓中三怪有关，也未可知。我料你们第三次去，当能见到。不过谢道友此时正在那里，他对二女更是情长。便今日雪山求宝，也出于他和一音大师的指教。他与忍大师自从小寒山更易禅服，劫后重逢之后，久已不落言诠，此行必为二女下山之事，前往指示机宜。你们不妨稍晚片时再去，便能如愿以偿。我与大智上人尚有话说，等你们幻波池除妖建立别府之后，遇机再相见吧。"

三人闻言,好不欣喜,忙同拜谢不迭。岳韫仍纵遁光,往来路峰后青莲峪中飞去。英琼便问所追两妖人的来历,怎便如此厉害?癞姑道:"事情真险。这妖孽来去如电,适才非我见机得快,几为所乘。话说太长,好在这三人脾气太怪,有玉洞真人这么一挫,已不会再寻我们。且由他去,回去再行细说,还是先谈正事。"说完,随择一石同坐,再谈经过。

原来癞姑自得眇姑指点,照着昔日仙都二女所说途向,寻到大雪山后,运用慧目一看,只见前面到处冰峰雪岭,乱山杂沓,休说是人,连鸟兽都不见影迹,全是一片荒寒景象。与二女所说,前半来路山形尚还约略相似,后半简直迥不相同,景物相差更是天地悬殊。知是忍大师法力封禁,外人不得其门而入。只得停步,朝前下拜,恭敬通诚,说了来意。等了一刻,不见回应。这原是在意料之中,便不再久停,径往来路雪山去寻眇姑所说的圣僧。先因眇姑和那圣僧原有一段夙因,又以这等福缘不是容易得到,更防走漏机密,只令癞姑自往雪山寻找,并未告以真确地址,到了雪山上空,二人便即分手。因为癞姑知道眇姑素日为人和心性,向来不愿使人不劳而获,表面故作畏难,也不设词向其探询,暗中却早防到眇姑到了雪山上空,必要不辞而别,时刻都在留意。加以同师学道多年,眇姑行性本所深悉,雪山上空雪雾又厚,无论遁法多么隐秘神速,多少可以看出一点行迹。二人正并肩飞行间,癞姑忽觉眇姑遁光微微落后,知道就要遁走,不但不为叫破,反故意唤住,说道:"圣僧坐关之处,听师姊口气,以前并未来过,想必急切间还难找到。我想先行一步,并将遁光隐去,免致遇见附近隐迹敌党,又生枝节。以便早到小寒山,把礼尽到,急忙赶回,与师姊一同分途寻找,岂不要容易些?"

眇姑戒律谨严,不打诳语,平日沉默,又极少开口。先对癞姑只说自己今生和这位圣僧尚未见过,此乃初次登门,再问便不言语。癞姑知她性情如此,也就住口。眇姑始终未说不知对方法号、地址的话,闻言虽未回答,也未识破癞姑欲取先与巧谋,只当是想早去早来,以便合力寻访,图个容易。本来正准备撇下癞姑,独自往前。癞姑一走,立纵遁光往侧面山北飞去。飞时因吃癞姑提醒,惟恐与左近隐迹的左道中人相遇,并还隐了身形。哪知癞姑早具成算,先催遁光抢到前面,遁光一隐,立即停空回顾。见眇姑往北一改道,也不穷追,只运慧目法眼遥望前面乱云涌动中,尾追过去。直到望见前面云雾凝空,不再动荡,知眇姑已落了下去。然而癞姑跟踪下去一看,不禁有些失望起来。原来这一带尽是山岭杂沓,冰雪纵横,冻云迷漫,暗雾昏茫,形势异常险峻,四山静荡荡的,休说人迹,连个生物影子都休想见到,分明是个亘古无人的冰雪穷荒。地广山多,峰高壑深,不是上插玄穹,便是下临无地,多是千万年以来冰雪积成。天气酷寒奇冷,冻得又坚又厚,多半转成了玄色。适才只是空中尾随,为防眇姑警觉不快,没敢逼近,前面遁光又先隐去,只凭目力遥望冻云微微波动来做线索,那下落之处原出揣测。那地方虽然寻到,看去形势既极险恶荒寒,死气沉沉,又多是冰雪倾覆,多年累积而成,并无一处洞穴,不似圣僧驻锡坐关之所,简直无从觅踪。时机贵速,千山万壑,偌大一片地方,其势不能一一遍寻。没奈何,只得就地跪拜,望空通诚,求圣僧赐见,慈悲指示。

待了一会,不见回应。暗骂:"这瞎子太已情薄,既做好人,便该做彻。何况来时还说此行于她将来御魔成道大有助益,为何到了紧要关头,不说圣僧住处,使我为难?如是寻常所在,还可施展法力搜索。偏生此间主人又是前辈圣僧,万万不可当门卖弄,做出失礼之事。"越想越有气,连骂了好几声瞎子。

正打不出主意,忽听隐隐梵唱之声,起自来路不远的孤峰后面。料定峰后必是圣僧闭关之所,已然允许入谒,心中大喜。忙转过身,二次望峰礼拜通诚,述了来意。然后恭敬起立,往峰后走去。那峰原自一片大山岭上突起,由前面望过去,孤立突兀,高刺云表。等由峰侧绕过,形势立变。一看地势,那山岭至此忽然分裂,直下千百丈,成了一个极险峻的大峡谷。因是对崖比这面低下五六十丈,不近前不易看出。离顶百丈以下布满云雾,阴沉沉,惟有寒风呼啸,吹得谷中寒云似狂涛一般起伏不已。但只谷中有风,上面却连一点风气俱无。那梵唱之声便自谷底穿云而上,已然停止。正观察间,又听一声清磬,飘出云上。随着云涛浮涌,下面云层忽现一洞,越断定是有心接引,忙把心神一定,恭恭敬敬纵遁光缓缓穿云而下。先是白云蓊莽,一片浑茫,云层约有数十丈厚。等把这上层云带穿过,身外忽然空旷,只有朵云片片自然舒卷,甚是悠闲。眼界却极宽阔,比起峨眉后山锁云洞云路又自不同。低头一看,来路上空那座峰崖竟是直插到底,峰脚两旁奇石苍古,翼然森列,当中现出一座广崖。崖外有百十株旃檀树林,宝盖璎幢,龙伸凤翥,无不瑰丽灵奇,森秀特出。林外不远,又是一片阔大无垠的湖面,湖水清深,一碧千顷,只是静荡荡地看不见一个生物影迹。那崖形虽极灵秀,当中并无洞穴,也不见人。

癞姑慧目法眼,老远看得逼真,只觉湖水有点异样。暗忖:"此崖奇石翼立,檀林高拥,背后高峰入云,前面旷宇天开,平湖若镜,分明是神僧驻锡坐关的洞府。也许洞门未开,佛法神妙,肉眼难窥。"为示虔敬,越把遁光放缓,澄神定虑,徐徐下降,不敢直落崖前,先往湖边飞堕。落地一看,湖水深碧莹滑,与寻常清波迥不相同,知是圣泉灵乳。方想等少时拜谒禅师出来,畅饮一回,忽然瞥见旃檀林内,有两个白衣人影一闪。心中一动,忙即回身注视,不禁大喜。原来两白衣人,正是仙都二女谢璎、谢琳,由林中对面迎出。忙迎上去,执手相见,彼此亲热非常。

谢琳道:"我们早知你要来,周、李二位妹子随后也快来了,心中亟想一见。只为有点别的缘故,必须先来此地拜谒圣僧大智老禅师。日前家师谈到三位姊姊相继来寻之事,虽经我姊妹力请,并未回答,不敢强违。知道我们来后,你到小寒山必要错过,休说下山往幻波池帮你们同除妖尸,恐连见这一面都难。三位姊姊数千里远来,我姊妹却失约,一面不见,多难为情呢。适才在禅师座前遇见你那位眇师姊,依然冷冰冰的不爱理人神气。出来时,我两次与她相见,别前曾拿话引她,只说今日湖上开花,奇景不可不看,对于你们,一字不提。其实她和你差不多是同时来到雪山,幻波池之事断无不知之理。就算途中相左,不曾相遇,见我二人以后,也应乘着我们在此停留的时机,抽空赶往小寒山将你引来,至少也该说上几句,才见同门姊妹义气,她竟漠不关心。后来我和大姊直对她说你们三位将要来寻,她依旧一言不发。连这湖上花开的奇景都不曾看,径自走了。我们须在此等候,又不能离开,心料你必还在小寒山叩关求见。心正难受,忽见你自上空飞下。眇姑刚走不久,大姊还说她素来冷面,口里不说,心却有数,也许她见我姊妹在此,故去将你寻来。我力说不会,便迎出来。你便是她指点的吗?"

癫姑不便深说,只得答道:"这次来时并未相遇。眇师姊天生冷面,其实心肠仍是热的。暂时不必提她。二位姊姊因何至此?我来意既已早知,你看令师能允许二位姊姊下山,往幻波池相助一臂吗?"谢璎道:"看那日家师意思,我们还拿不定。不过我姊妹二人总尽心力向家师苦求,能否如愿就难说了。"谢琳道:"怎么难说?我想事在人为。癫姊姊与周、李诸位姊姊事正紧急,远来不易。休说我们交同骨肉,不是泛常;就是外人有事相托,照着妖尸那等猖狂淫凶,修道人原以济世度人,降魔除妖为务,也不应袖手旁观。如真不能前往,怎对得起诸位姊姊?朋友相交,重在彼此扶持;一旦有事相须,便置之不理,那还要朋友做甚?我看师父并未明言不许,即便以我二人的功力尚浅,不许下山,好歹也向师父婉言求恩。哪怕此行无多补益,好歹也把心力尽到,才对得住三位姊姊的盛意。"

谢璎笑道："琳妹，你倒说得容易。我们皈依佛门，拜在师父门下，已非一年半载，难道师父心性还看不出？法力高深也不知道？你不过见师父老是容态祥和，又恃着前世夙因，慈恩深厚，遇事一味软磨，师父从未现过疾声厉色。常因强求，侥幸允准，便以为诸事都和上次学那有无相护身神光一样容易，那就错了。以师父的法力，真要坚持成见，不令前往，你便飞上一年，也跳不出小寒山圈子外去。她老是微笑默坐，一言不发，或是闭目入定，任怎求说，置之不理，你便没有法子。即以今日之事而论，老禅师开山结缘，应在寅初，我们本可早来，却令午后来此，那正是癫姊姊赶到小寒山的时候，好似有意错过，不令相见神气。老禅师这青莲峪，深藏大雪山最隐秘的绝壑之下，相隔上面一万九千七百余丈，比起峨眉凝碧崖更为幽僻难寻。每隔一甲子，又只有今天这一天开辟，与有缘人相见。平日上有冰雪掩覆，下有祥云封锁，无论仙凡，均进不来。知道底细的人固是寥若晨星，就算听人说过，也无法寻觅。先前我直未想到癫姊姊也会来此，师父此举如是有意参差，要想往幻波池去，多半是无望了。"

谢琳道："我何尝不知师父心性法力，如能随意走动，我们拼着回山受点责罚，此时便偷偷赶往幻波池去，不更好吗，还只管磨缠师父做甚？实对姊姊说，先前我也和姊姊一般想法，恐不能去的居多。现在一想，师父事事前知，既不愿我们与三位姊姊相见，不是癫姊姊不能到此，便应将彼此来的时辰错过，如何会容我们在此相见？既令相见，当然有望。尤妙是这里是西域六大圣地之一，不是福缘深厚之人，不能擅入一步。癫姊姊固然福缘深厚，但她先也是佛门弟子，今已改投到峨眉门下；此来本心又是专为寻访我们到此，原意虽未明言，不是受甚前辈高人指点，便是适才老禅师大发慈悲，自行接引无疑。你看她这里情形尚属茫然，只以寻见我们为喜，便可想见。如是原定拜谒禅师到此，遇到这等难逢难遇的盛典，又是只要有缘得履圣地，便可各按心愿乞求，她既怀有难事，现应顺路先来这里拜谒，也不会先去小寒山，耽延这些时了。适才老禅师第二次说法完毕，除我二人有事，须俟第三次升座传授宝幢，暂留在外，众人俱已拜恩辞别。忽然一声清磬，上面祥云便自收敛，不多一会，癫姊姊便由上面飞降。此来如若出诸老禅师的心意，我们幻波池之行，更非有望不可。你如不信，回去师父一定答应。"

谢璎道："琳妹此言果然有理。现我被你提醒，也许师父日前屡问不答，以及适才不令我们在小寒山相见，别有一番深意，俱未可知。佛家并非不讲人情，又重种因，想不致强我二人违约，愧对良友。且等这里事毕再看。周、李二位妹子想也快来,听那日爹爹口气,幻波池还须经过一次大闹,妖尸才能伏诛,稍微延迟,想必无碍。莫如将周、李二人一齐寻到,同返小寒山,如若师父佛云未撤,我们便同去新近开辟的别洞之中,请她三人暂候。我二人去向师父复命,就便求说,请许来客入见,指示玄机。你看如何?"谢琳说:"这样自然是好。"

癫姑见二女极重交情,欲向乃师力求,意甚坚诚,益发欣慰。此时还不知当地底细和圣僧来历,不便明询,便问二女:"湖上花开是何奇景? 老禅师如何可以拜谒?"二女同声笑道:"照你这问法,果是大智禅师清磬梵唱接引到此的了。如是经人指点而来,怎会都不知道呢? 这里正对当中禅关宝座,花开见佛,虽然还有些时,也不宜在此说笑放肆。且去左边旃檀宝树之下,觅地坐好,一面叙阔,一面静候花开拜佛吧。"

谢璎、谢琳二女说罢,随引癫姑走往左边第三株形如宝盖云幢,璎珞四垂,异香飘引的大旃檀宝树之下,就着地上盘曲如龙的一段树根,面向着前面千顷平湖,并排坐下。

第二四五回

有相无生　七宝幢中呈瑞彩
先机若悟　小寒山上谒神尼

谢琳才说道："大智禅师乃我佛如来座下第四十七尊者阿阇修利罗,在北宋末年转世。起初慈悲度世,广结善缘,功德本将圆满。只为降生之初发下宏愿,于此生中所遇恶人恶物,悉以佛家无上愿力,慈悲度化;虽具无边佛法,降魔本领,决不妄开杀戒。起初数十年中,也不知度化了多少恶人,抛弃恶业,皈依净土。但终于仍是众生好度人难度,遇到一个与他渊源极深的恶人,最前生是个有道行的女散仙,因为一时任性,做下一桩大错事,为仇家所杀,兵解转世。本具夙根,今生忽迷本性,刁狡穷凶,无所不为。

"禅师度化此女已然六次,终归无用。当时总是恍然若悟,不久又复重蹈覆辙。又擅左道邪术,几次制服,俱以善言解悟放却,因此积恶甚众。禅师最后一次,将她堵在一个山洞以内,因她屡不悛改,害人太多,欲以佛家法力,为她伐毛洗髓,去尽恶根。哪知此女恶孽太重,已为魔头所持,不能自制,所以每次省悟俱只一时。禅师不合以法力强迫,首违当年誓愿;这末次会面之时,又有不度此女回头,决不证果西归之誓。当时劝诫一番,便各以背相向,面壁入定,连施佛法七日。此女先颇感动,痛自悔悟,誓欲回头向善。无如身为魔头暗中挟制,道浅魔高。禅师又与以前不同,因她屡次违约失信,已不信她所说,不单是劝诫警醒便罢。事出强求,此女受不住佛光昼夜灼照,魔头又在暗中蛊惑播弄,竟由苦痛生出怨愤来,骤然激怒,忘恩反噬,妄想乘着禅师入定之际,以所有邪法、异宝全力发动,暗下毒手,占据禅师法身。谁知禅师法力高强,平日不轻施展,悉以苦心感度,看不出来。那护身佛光厉害非常,此女此举无殊以卵敌石,法宝固是无功,人也因为魔头受不住佛家圣火威力,临化以前,突然向她反克,人魔同归于尽。本来再过三两个时辰便可圆满,禅师行法到第三日,便已发现此女身上附有邪教中极厉害的神魔。本意是想故作不知,依然循序渐进,到了紧要关头,猛施佛家极大法力,先将神魔除去,那时此女自然也会大彻大悟。谁知嗔念一动,立启杀机。眼看功成在即,魔头突然发难来拼,动作又是绝快。禅师因见此女反复多次,积久成嗔,一时不及收法,致令自投罗网。神魔虽除,此女也成了一堆白灰。禅师知道一时把握不住,违了昔年宏誓愿力,延误证果。尚幸法力高强,将此女元神保住,未致形神俱灭。

"此女罪孽深重,生前既未放下屠刀,再世自然备诸恶孽。重新诫勉之后,说她夙根本厚,自堕迷途,现已孽重难返,令其先转轮回,受完孽报,仍皈净土。自己为践昔日誓愿,去往大雪山青莲峪,候她一十二个甲子。从此每隔六十年开关一次,接见有缘。因她元神已有佛家偈印,此去虽然备诸苦孽,但是一灵不昧,以后未来诸生无论变人变物,均自修积善行,减消罪孽。每到六十年禅师开关结缘之期,必须头一个赶到雪山,陈述自身功过,并受佛法点化。算到现在,已到第九个甲子。

"此女在第一个甲子上,苦孽最重,几把六道轮回历尽。仗着禅师偈印,真灵不昧,虽化畜生,宁可饿死,永没伤过一个生物,甚或舍身救人。第一甲子未满,居然重投人身。

"第一世,便是个土豪人家独子。幼受父母钟爱,家更富有,他却谨记师训,守着佛门戒条。到十二岁上,屈指一甲子期满,到了约会之期,便写了一封长信留别父母,详述过去生中之事,便独自私逃出去,赶往雪山。受尽千辛万苦,百折不回,终于在期前半日,赶到禅师所说的西藏佛家圣地大雪山青莲峪后峰崖之上。地方虽幸寻到,但是雪窖冰天,下临无地,一个毫无法力的凡人,如何能下得去?细一查看当地峰崖形势,以及到时所现朕兆,俱与昔年所约相符。只是绝壑万丈,陡峭削立,冰雪坚滑,云雾沉冥,休说寻径而下,连个攀援之处都没有,简直无计可施。求告了一阵,也无回应,不禁放声大哭起来。眼看将到约定时刻,终不见有人来接引,益发心寒气短。自思前生本是极好根器,不合误入歧途,致为魔鬼所乘,宛如附骨之疽,形影相随,不能摆脱,以致造了许多罪孽,堕入轮回。犹幸禅师眷念旧情,大发慈悲,以极大法力保住慧根,仍转人身。中间受了无限苦难,好容易如约寻到地头,方拟从此渐入佳境,不料为山九仞,功亏一篑,灵山佛地,就在眼前,偏是没法下去,时辰一过,热望全休。以禅师的慈悲,终始救拔,决无违约相拒之理。不是自身之孽太重,人力难以回天,便是过去生中,无意之间又做了甚恶事,故此寻不到下去的路径。当时伤心悔恨到了极处,咬牙切齿,把心一横,决计要在期前到达,若寻不出下降之路,便以身殉,随往壑底云雾之中硬跳下去。

"初意必死无疑,哪知禅师佛法无边,不特早已算到此一着,连他数千里冰雪崎岖,晓夜奔驰,所经诸般厄难,以及最终如期赶到,俱是禅师法力暗中解救,加以接引。否则,从未出过门的娇生独子,一个人跋涉数千里虎狼冰雪的荒山绝漠,八条小命也早送了。此举一则为他减消一层罪孽,二则坚其向道之志。他这奋身一跳,才到半腰,正赶禅师一甲子坐关圆满,开了洞门出来,见他翻滚云雾之上,人已晕厥,随用一朵祥云托他下去。到了旃檀林前,禅师自回洞中升座。那恶人醒来,发现佛家灵境,四顾无人,还不知是被禅师救下。心神恍惚,追忆前情,觉着就到地头,所约时辰也必过去。悔恨之余,便朝前面那湖跪下,誓发宏愿,虔诚叩拜,不见老禅师不起。

"谁知这湖本是一片汪洋的圣地灵泉,他这一跪拜下去,立时满湖都是青莲花,上空祥云潋滟,香雾霏微。随听清磬、梵唱之声四方和应,立时神智一清,大彻大悟,便拜谢完了佛恩,往湖中跳去。等到脱却皮囊上岸,洞门大开,禅师已现出宝相法身,召将进去。与他摩顶受戒之后,仍令入世行道。并对他说:'你因夙世根深,此番虽以虔心毅力返本还原,但是解脱太快,所有以前罪孽仍须历尽偿完,决不能再转一世便了。此去入世,务以极大愿力,虔修善果。我已说过在此坐关相待,以后每六十年今日,你可来此一面,随时指点。你尽管孽重魔高,有我在此,当可解免。但能逆来顺受,自可免却许多烦恼牵缠。你自去吧。'

"由此那恶人重去转世。对于以前所造孽因,有的仗着佛家法力,先以诚心毅力设法解免;有那不能解免的,便以身命偿还孽报。法力尽管甚高,对方是个常人,也决不相抗引避,从容听人酷虐杀害,自去投生。在二三两甲子中,差不多被冤孽杀害了十次以上。内有几次,才活了七八岁,便遭惨死。可是她暗中修持,道行日高,所积善功更是不可数计。每来赴约谒见,禅师对她也极嘉许。到了第七甲子上,忽然遇一良机,积了一件极大善功,同时减消了不少冤孽。自这次起,一切冤孽完全消尽。

"内中只有一个夙仇,原是一个女散仙,在快成道时被她所害,死得极惨。这位女散仙也因夙根夙慧,转世以后,真灵未昧,仍旧出家修道。只是怨毒太深,苦苦寻她报复,已经纠缠了好几世,终是不舍,立誓定要毁却她的功行。内中并还牵涉这位女散仙的两个好友,都是具有神通的人物。她知这位冤家十分厉害,以力相抗,既违誓约,并且冤仇越深;如以一命还她冤债,对方法力高强,罗网周密,不似常人复仇,拼着再转一世,便可解消,一落

336

人手,必定形神皆灭,连想转世也不可能。并且过去诸生,曾有一次自甘偿此冤孽,听其杀害。冤家心计太毒,竟想令自己身经百死,饱受荼毒,方算复仇了愿。幸而时时韬光隐迹,故作痴呆,未被仇人识破。一见不好,便自乘隙脱窍,弃了肉身,冲出罗网,远遁高飞;稍缓须臾,元神便被禁锢,纵令法力高强,不致被冤家炼化,也必被其禁闭地底,永受地水火风之厄,不知何年月日方得出头。事后想起,还自胆寒,由此时刻在意。

"冤家偏是穷搜不已,并且声言:此仇深如山海,不共天日,无可化解;宁甘舍弃天仙位业,与之同归于尽,也是在所必报。这场冤孽,直无法解消。迫不得已,只可望影先逃。若干年中,为了此冤家,也不知受了多少烦恼,耽误了多少功行。两次叩问禅师,并乞佛法化解。禅师只答以'在你自己',仍是无计可施。最后一次狭路相逢,不能再避,迫于无奈。又知对方法力越高,更有专为复仇而炼的法宝,厉害非常,一落其手,这屡世修积的功行,至少被其毁去一半,心实不甘。欲以法力先将仇人制住,再以善言感化,既可市惠,又可使其知难而退。哪知冤家仇怨太深,性如烈火,心志坚定已极。一见被她占了先机,始而以全力拼命。继见她在大金刚佛法卫护之下,所有法术、法宝全失效用,自身反被佛光困住,挣扎不脱,觉着百计皆穷,仇报不成。又听了几句讥嘲之言,不由怒火中烧,恶狠狠咒骂了几句,冷不防自行兵解。

"双方冤仇固然更深,无意之中又背了禅师训诫。到了开关之期,再往求见,便遭拒绝,不能入门,再三求告,也无应声。一想解铃还是系铃人,除却仍寻冤家设法消冤解孽,更无良策。没奈何,展转寻访到冤家转生踪迹。一看冤家已因性情所激,复仇念切,入了魔道。这一来不特下手更难,并因冤家误入歧途原是由她而起,此后任造何孽,皆是自己促成,正应昔年禅师道浅魔高之言。而这一次,冤家与前生虽有邪正之分,法力却更加厉害。一面须要防到冤家的暗算,一面还要时刻留意暗中守伺,以便冤家为恶,或遇正教中人诛戮时,代为化解。苦恼之深,直难言说。

"似这样暗中护持者数十年,中间曾救过冤家十几次大灾大难。对方始终以怨报德,只要见她影迹,必定拼命,终于仍遭暗害。总算事先早有准备,拼舍一命,不与相抗,先期元神遁走,未遭毒手。可是她这一转世,初生十数年中,冤家因无人随时暗中护持阻她为恶,更造了不少的孽。她认定冤家一切恶因均由她种成,决计以救冤家自任,使其化去夙孽,重返本来。于是重又如影随形,暗中守定冤家,一面为她解消恶孽,一面为她抵御灾害。冤家树敌又众,多是各正教能手,危机四伏,时有不测之忧,到时俱仗她以全力解救脱险。中间为了强护冤家,还得罪了两位前辈散仙中有名人物,转而与她为难。对方法力极高,所用法宝尤为厉害,因她屡次作梗援助冤家,嫌怨已成,几欲除去为快。她此时法力虽非寻常,真要与那两位散仙相拼,却非敌手,何况对方又看出她的深浅,有了准备而来。照当时情势,纵然不死,也必重伤,坏去许多功行。幸仗灵机智慧,知难力抗,又无可避免,对方还未寻到,先默运玄功,算好适当时间地点,迎上前去。才一对面,不等对方发作,先就自述苦衷,说:'二位道友怪我护庇恶人,理原无差。但是此女过去生中并非恶人,实是自己先种恶因,激使致此。为恶的虽是她,造因的却是我,理应将她度化归正,反本还原,责无退避。故此历尽艰危,饱尝苦恼,终日相随救助,不敢稍有疏忽。无奈此女仇念太深,自己道浅力薄,至今未能感化。自知屡次开罪,但都是为救一根器极厚,误入迷途的女仙,不得不尔。现与道友狭路相逢,幸值此女不在,情愿二罪归一,只求道友不再与之为难,我甘一人受罚,以解孽报,死而无怨。如以法力相加,不特决不相抗,也决不防护逃避,任凭二位道友处治便了。'

"那二位前辈散仙因每次只要妖女一被正教中人所困,她立即在附近现身,将人救走,法力既高,设计又巧,防不胜防。虽看出不是邪魔外道一流,行径偏生如此悖谬离奇;并且踪迹飘忽,异常诡秘,好似随时都在此女身侧,施展法术隐秘行迹。自己和各正教中道友,先后被她作梗多次,竟无一人查算出她的来历,以前也无人见过。尤妙是专在暗中救助妖女一人,如未脱困,不论多么艰危,必以死力来拼,不将人救走不止。妖女一逃,她只断后,等到远逃不能追上,立即遁走。在这时候,不论谁阻挡其前进,决不还攻,也不对敌。可是从不与妖女一起,彼此之间直如陌路。至多妖女在脱困时看她一两眼,并无感德之意,多一半还带有怒容。断定其中必有隐情。又愤妖女作恶多端,屡伤正教中门下,只碍着她,不能除害。原意先将她擒住,问明情由,发落之后,再去同除妖女。本欲加以重惩,如系佛门中有道之人自入歧途,与妖邪一党,便与妖女一同诛戮。行到中途,忽遇东海三仙中的苦行头陀和白眉禅师,将两散仙唤住,告以此中因果,这才知道底细,更改初念,遇时已不想伤她。只内中一位性情古怪,素不服人,因苦行头陀说对方百折不回,想试验佛门中人的愿力。听她说完,故意笑道:'此言不差,果然妖女罪孽由你而造,理应代她身受。'随用禁法将她制住,使其备诸苦痛。她只端坐,口宣佛号,任凭荼毒,果然连护身之法都没有用。那位散仙本只要她略微输口便罢,见她逆来顺受,全不理睬,不由犯了刚愎天性,连用许多方法迫令服输,只不伤她元神和性命。所受端的比死还难受得多。始而还在端坐不动,嗣后禁法制得倒地乱滚,死去活来不知多少次,终无悔恨神色。另一位散仙受了白眉禅师暗示机宜,有意要他如此,不时并以言相激。那散仙平素本不喜佛门中人,意欲另施辣手禁制她的元神,发话警告,迫令开口。

"谁知冤家自从上次杀她报仇之后,知她先以元神遁走,不特余恨未消,反到处搜索仇人踪迹,欲乘她初生不久,元神未固之际,将人寻到,猛下毒手,使其形神皆灭。哪知她多生苦修,功力甚厚,早已防到,投生之地早有布置防备。并且生具智慧,法力不似初生婴童,便有减退,即便寻到,也无可奈何。冤家却因少此一人护持,到处遇见强敌为难,吃了许多的亏。过了十多年,渐渐结怨树敌太众,步步荆棘,骑虎难下。而同党中几个靠山能手,也被正教中人诛戮殆尽。眼看形势日非,难于长保。

"这日冤家又遇到强敌围困,正当万分危急之际,忽然救星天降,解围而去。那救星行动神速,自己又是得隙即逃,未见寻来,匆促之间不知何人,也不知是否为了自己被强敌所杀。心正悬念,不久又连遭两次危难,均是那救星之力。每次均未看出相貌来历,心疑仇人转世所为。细一推算,偏算不出仇人来历。又觉仇人已是功行将满之时,两次为己所杀,以德报怨,似乎不应如此之甚,心中迟疑,便留了神。第四次又遇危难,细一观察,果是仇人死力来援。当时也颇动心,再一想最前生的仇恨,又复愤怒,本心实不愿由她手里脱险。无奈强敌太多,羽翼早尽,每值被困之际,见了对方法宝威力,深知正教中人疾恶手辣,想起形消神灭之惨,由不得心寒胆落,巴不得救星飞降。念头还未想完,只要真是敌人太强,无计可施,仇人定必现身出来。当时自然有些感念,可是脱险以后,仇恨又复勾起。似这样接连十多次,蒙那仇人解救回数一多,虽然平日仍想遇机报复,无形中怨毒已消去大半,不似以前日夕切齿,刻不去怀了。

"这一次也是双方该当孽满。当那仇人去迎两散仙时,冤家独坐洞中,始而想起近年所有师长同党被正教人诛戮净尽,只剩自己一人,日处危境,朝不保夕。屡次遇难获救,又都出诸凤世深仇之力,异日如报此仇,还要落个恩将仇报,岂不冤枉?越想越难受,渐渐想起以前诸生本是正经修道,只为仇念所激,误入歧途。如今仇未报成,反树下许多强敌,正教中人已动公愤,日虑危亡,偏又孤立无援,不知何时便遭毒手。仇人多次解围,俱是事完即隐,不顾而去。如为借此解怨,怎不与己相见?现在处境日危,中土已难容身,与其在此束手待斃,不如遁往海外,觅一荒岛隐匿修炼,异日再作打算为是。

　　"主意打定,便弃了旧居,为防路遇强敌,特意隐身飞行,往海外逃去。行至中途,越一高山,当顶遥望,只见下面山坡上有两人施展禁法,侮弄一个女尼,因是惊弓之鸟,不敢造次。定睛一看,正是两个大强仇,所处治的正是屡救自己脱险的凤世仇人。知两散仙厉害,稍微走近,隐身法必被看破;如再飞行,破空之声一被警觉,立被发现追来,也是不了。又看出敌人行径,分明是想先制住自己的仇人帮手,再寻自己下手。有心逃退回去,眼看救过自己多次的人在彼遭难,置之不理,就不为本身利害设想,良心上也过不去。哪怕以前仇大,今生总有多次救命之恩,理应还报一次。念头一转,不忍就走。始而自顾不敌,还不敢过去。继一想,仇人法力甚高,这次必是一时疏忽,为人所乘,只要能冒险救她脱网,二人合力,必能应付。照着二强敌如此穷追不舍,本就难逃毒手,再要去掉这一个大帮手,以后更无幸免。再四寻思,反正早晚难逃公道,转不如死中求活,将这帮手救下,或可得一生路。冤家本具神通,当时勇气一壮,就在那散仙将要行法禁制冤家元神之际,猛出不意,施展全力冲上前去,将人救起便逃。那两位散仙何等高明,内中一位更是早知就里,焉能容她将人救走,只一举手,便同制住。冤家自问已无生理,那仇人却开了口,把冤家积恶全揽过去,保其以后一定弃邪反本,愿代一死。哀求了好一阵,冤家也已天良发现,不特前仇尽解,并自认罪争死。到此地步,另一位散仙才做好人,诚勉了一番,将二人放脱。于是这一对多世冤家对头,结为方外之交。并一同尸解坐化,再去转世,各修善果,同偿前孽。直到这一甲子,二人都来拜见禅师,方始见面。

　　"当时我正在侧。这些经过详情,我姊妹本不晓得。也因来时尚早,禅师还未升座,遇见一位来此听经的道友说的,所以对她留意。我看她和你那位瞎子师姊相见情景,好些可怪之处。乍相见时,好似并不相识,走出禅房时也是各走各的。我们因求禅师相助,借取我佛门中一件降魔至宝,领受机宜,最后走出,离她二人辞别,已有小半个时辰。如不是等候禅师二次升座传经说法,按说她二人应该早走。哪知别人俱已走去,只她和令瞎师姊对坐在前面那株树下,说得十分有兴。我知令瞎师姊为人,前在峨眉相遇好几天,开府盛会那么多的人,难道就遇不上一个投机的朋友?又是那么好的仙景。别人都是命俦啸侣,三五成群,欢聚游玩。尤其是我们同辈道友,因俱年轻,或是下山不久,初次遇到,这等胜游佳会,分外显得兴高采烈。她却始

340

终冷着一张脸子,睁着一双要瞎不瞎的眼睛,偶然向人翻个白眼都是难遇的事,直没开过笑口。又永远随定屠龙大师,不与众姊妹合群,仿佛她道行太高,不值与别人一起说笑似的。临分手前,我气她不过,想质问她这样冷冰冰地不爱理人,是甚原由,为何不和癞姊姊一样,莫非都是屠龙大师门下,独她有甚不同之处?心里虽这样想,走到她面前,又不好意思遽然开口。因见别位姊姊及你和她说话,不是十问九不答,便是冷冰冰答上一两句,使人没法再说,意欲先问她两句不相干的话,等她不理我时,再行数说她的不对之处。哪知她和对付旁人迥然不一样,仿佛预先知道我要和她为难一样,虽然面上未现笑容,居然有问必答。只是所答只一两句,答完便罢,永不反问,话又十分简明,使人底下无法再问。一会你和我姊姊、易姊姊、琼妹诸位便来将我唤走,先想质问的话,始终没好意思出口。反把嫌厌减去多半,以为她天性如此。似这样和人相对长谈情景,又是如此亲切,休说是我,照你平日所说,恐你和她同门这么多年,也未必能遇见过吧?越想越怪。

"因我和姊姊刚往外走,人尚在洞门以内,禅师尚在座上,佛光未敛,由外不能见内。她二人又是并肩向湖,背朝我们,看得逼真。只语音甚低,隔得又远,听不清说些什么。我因此事奇特,便施展我新炼成的有无相神光,把我姊妹俩的身形隐去,掩向前去。哪知你这位瞎师姊目力竟比好人还强得多;那位由恶人转世的道友,也和她一样机灵。我们如在门内观察静听,倒许能得一点底细。这一近前,我二人的无相隐身竟会被她二人警觉。我原料她不是寻常人物,惟恐惊动,缓缓由林外绕向前去,并没快走。最可笑是,她们已知我们要去掩听,表面仍作不知,照样密谈。等我走近,见她们只是互相嘴皮乱动,一句听不出。我姊姊这回比我聪明,首先发觉踪迹已露,这等掩人不好意思,将我拉住,不令再进。折向旃檀林内,用心声传语,说她们已有警觉,应速收法现身,不可再去。我正疑信参半,忽听她们语声传来,甚是清晰,这才相信。一听那话,竟似为我而发,虽然不曾指明。大意是说:今日在此相见,俱是有缘,他年有事相访,当不至于见拒。令瞎师姊还回头向我们看了看,回答的话,好似关着另一个人,我没听出是谁。跟着那道友又向禅师遥拜默祝,然后升空飞去。令瞎师姊与她别时,执手叮咛,意更关切,却未随同行,只低头略微寻思,向对林走去,一会走远。

"等我姊妹二人在林中绕了一转,因禅师那次升座须在满湖青莲齐开之际,虽然花开以前应有祥光涌现奇景,并非说开就开,估量还早,终难断定何时出现。尤其祥光彩云一现,便须望湖礼拜,我姊妹恐防错过时机,不肯走远。正商量往回绕,就在左近湖滨一带,赏玩旃檀宝树的奇姿,望着前面那一大片灵乳澄波相候,忽见她急匆匆,似有意又似无意地由对林迎面走回。姊姊招呼了一声,她便立定,向我二人致贺,说再有半个时辰,千余年来只此一次花开见佛的奇景奇缘便要遇上。

"我先以为她既知底细,又是千年难遇的大福缘,必定在此相候。想起为时尚早,她只是随缘瞻仰,与我二人不同,禅师今日广结善缘,来人只要寻到,有求必应,按理,她应抽空往小寒山去,将你接来一同参拜。我们如得家师允准,能往幻波池一行,固可多得禅师法力遥庇,使事情格外顺手;万一家师不允,你如到此,禅师也必另示机宜,或使我姊妹能够践约成行,或使诸位姊姊化险为夷,变难为易,均是极好的事。她却若无其事神气。我忍不住拿话点她。她虽然不似平日那么冷冰冰十问九不答,但仍故作不解,抛开正题不答,却关心我们取宝的事。并说花开见佛已是灵景佛缘,屡世难逢;那件七宝金幢更是西方嘛罗揭波提尊者千年前所用降魔至宝,具有无上威力,非同小可。除上面降魔七宝以外,幢顶之上有一镇幢舍利,务须先期戒备,不可令其飞返西方,此宝方可随时随意发挥它的妙用。否则,威力固是极大,一旦施为,至少三百六十里方圆以内的精灵鬼怪,如若躲避不及,或是藏伏之处不在地底十丈以下,必受此宝精光灼照,要将功行消去一半。这类异类修成的精怪,多半苦练多年,并不一定为恶害人,岂不有违佛家度化众生慈悲之意?这么一来,不到万不得已,便不能轻易使用,遇事便要斟酌轻重,多费心力,岂非美中不足?此宝又系经揭波提尊者佛法封锁,在池中心灵泉穴内,此间又是佛家六大圣域之一,离上面平地数十丈,再加禅师佛法封闭,多高道行的前辈神僧仙长,也未必能算知它的底细。禅师自从降世,便持苦戒,这类至宝奇珍,自不使人得之太易。所以适才虽然详示机宜,对此一层独未明言。少时升座出来,已无说话时机,此事全仗自为。她也是刚刚得知底细,因知我二人福缘甚厚,恰巧二次相遇,不然也不敢饶舌。

"我因她答非所问,对多年患难相共的同门姊妹视若路人,却对外人的事关心,老大不以为然。她似觉出我有不满之意,未再往下深说,便自辞去。我倒没想到她会不等花开见佛便走,所说的话也未留心细听。还是等她走后,姊姊埋怨我说:'此人面冷深沉,但是功力极深。今日看她情景,与前判若两人。尤其我们对她貌合神离,她焉有不知之理?忽然如此关切,大改常度,内中必有深意。她乃有道之人,表面对人虽冷,与常人刻薄寡情自不相同。我们也是修道多年,如何把看待常人的情理和她计较,岂不可笑?照她走时情景,分明特为我们而来,所说定有助益。这一犯小孩脾气,对她轻慢,以致话未说完,便即辞去。花开奇景,旷世难逢,既然知底,不应先走。我们怪她对癫姊姊淡漠寡情,她素来沉默寡言,此去匆匆,焉知不是抽空往小寒山寻癫姊姊呢?'我一回想,也觉稚气得可笑。

"我和姊姊同胎而生,名为姊妹,不过生时略有先后,平日行止动静,以及现在皈依佛门,诵经修道,全都一样。至于容貌、身材、性情、衣饰,更是无不相同。仅仅面上这点记号,一左一右,稍微有点分别。以前,连说话都几乎是一同张口,即便她说时我没开口,或是我说她没开口,那心思词句仍都是一样的。近来不知怎的,别的仍是一样,心思言语便常有不同。好些地方,我仍未免稚气任性,她却沉静得多,有时简直像一个大人,你说多怪?"

癫姑听她说到末了,仍是以前天真神态。眇姑来时曾嘱保密,任遇何人,不可提起是她指点前来,知她所说实是好意。细察二女,好似成竹在胸,并不十分看重。眇姑这人又一向不肯说空话,惟恐二女疏忽,便探询道:"二位姊姊对于取宝之事,想具成算的了?"谢璎答道:"成算虽不敢说,仗有禅师指示玄机和所说语气,多半有望。不过令师姊所说也关重要,舍妹不合心粗轻慢,虽令师姊未必见怪,如何防那舍利飞返西方,却未明言。匆匆作别,不及请教,先时颇觉可惜。继一想,禅师既不愿我们得之太易,承令师姊指点,如能留此舍利,固是佳事;否则,以后不能轻用,有此一层顾虑,使我姊妹多受阻难,增加修为,以免有所倚赖,也是好的。只好凭着福缘运命,到时惟力是视,由它去吧。"谢琳语意,也与相同。癫姑见二女天真犹昔,语意却寓有至理,与前大不相同,知其道行、法力必更精进,故能不以得失萦念,并非有所拿稳。平日修为,即此已见一斑,好生钦佩。

癫姑正待称赞,忽然一阵香风起自湖上。当地原在大雪山广壑之下,上面布满一层层的密雪,雪山上面又是终年阴云低垂,暗雾迷漫,永见不到一点晴空。而青莲峪简直另是一个天地,总是终古光明如昼,祥云片片,永无黑夜。比起上面雪山荒寒阴晦之境,大不相同。及至香风起处,眼前倏地一亮,大地愈发光明。转瞬之间,上空云雾齐收,那香风便一阵接一阵地由湖上吹来。三人知道灵景将现,互相噤声,以目示意,各自澄神定虑,端己正容,缓缓起立,去至湖边,一心念佛,虔敬等候。

隔了不多一会,和风止处,湖上一片淡微微的香光飘荡。跟着便起了极柔和鲜明的祥雾,宛如一片其大无垠的五彩冰绡,将全湖笼罩。雾下面,万顷清波一起腾涌,浪并不高,却甚整齐。隐闻涛声汤汤,音若笙簧,令人神智为之清宁。三人处此境界,俱觉心身上说不出的一种爽适空旷。正在虔心守望间,鼻端忽又闻到一股旃檀异香,比起适才香风中的香气又有不同。同时远远传来几声清磬,跟着断断续续又传来几声梵唱。三人静心一听,那梵唱之声并非起自禅师洞中,来路好似极远,也估计不出相隔里数。青莲峪深居雪山之下,平湖空旷,并无寺观僧尼之迹。磬声、梵唱如自外来,按理应由上空飘堕,听去却又不似,入耳偏是清晰非常。方在不解,梵声忽渐稀微渺茫,似在若有若无之间,那发音所在又不似移向远处。三人凤根、功力本都深厚,具有极大智慧,见此情形,知道玄机微妙,细一寻思,忽渐醒悟。谢璎首先顶礼匍匐在地,癫姑、谢琳也不约而同相继拜伏地上,重又屏除杂念,虔心向佛。一会,梵唱之声忽然大起,上下四方一齐应和。乍一入耳,还在若远若近,似有似无之间。三人无论是谁,只要心神稍一把握不住,微起杂念,声音便即微远渺茫。似这样随着各人念头动息,起伏隐现,所闻各不相同。到了后来,三人悟彻玄机,一任梵音琅琅,响彻天宇,只顾安定心神,不生一念。刚刚反虚生明,到了物我相忘境界,又是一声清磬过去,繁声尽息,彩雾全收,眼前倏地祥辉万丈,大放光明。满湖清波,忽变作一片莲花世界,只是花叶均与寻常大不相同,每柄莲叶都有丈许大小,色白如银。叶底挺立着一根金茎,花却纯青,大约尺许,俱尚含苞未放,其多不可数计。金茎、银叶与翠萼、碧波交相掩映,结成无限祥霞,壮丽绝伦。

　　三人已悟色空境界,知道花开见佛就在俄顷。内中癫姑只是随缘参拜,虽然衷心虔敬,还不十分看重。仙都二女处境却是至难,因为佛法微妙高深,不可思议,相由心生,亦由心灭,有相无相,互为因果,差之毫厘,谬以千里。此时志在取得七宝金幢,事前预受神尼、禅师指示,先已着相,如使一念不生,自非容易。如若一心取宝,既失虔敬,杂念一生,便不能见到诸佛菩萨庄严宝相。而宝幢起落快慢,全系本身。开始时如不恰到好处,占了机先,便如石火电光,稍纵即逝。二女在小寒山皈依佛法,仗着凤根智慧和今生百余年的修道功力,又得忍大师真传与寒月、一音随时指点,道行精进,固然远非昔比;但毕竟在外经历尚少,又是初次遇到这等关系重大的不世佛缘,惟恐疏失,未免胆小情虚了些。一开始,一味宁神定虑,意欲不令着相。单等花开见佛,宝幢由湖心涌现,再照预计,以极大愿力,上前求取。以二女这等物相生灭有无,悉由自己主宰,论起功力,原非寻常。但是这次取宝,内有佛家无上妙谛,关系二女屡世修为及最后一次成道证果的成败关头,其中精微奥妙之处,不落言诠,也不是师友所能传授,人力所能勉强。便小寒山神尼、大智禅师先前那番指点，也不过告以宝幢出现时间、情景，上面七宝有何妙用，以及一些避忌之处，并非传授取用之法，依言行事便可到手。事之成否，仍仗二女自己。二女也知此事不能倚仗别人，信心愿力均颇坚强。无如屏除杂念，由于平时修道功力的强制，这一矜持太过，有念生于无念，依然着相，未能上来先臻化境，以致延误时机，落个美中不足，日后多生好些枝节。这且不提。

这时仙都二女、癫姑三人，已然通诚跪拜之后，起身趺坐湖边，端的虔心息虑，一念不生。正当静观自在，物我交忘之际，忽听身后大智禅师大喝道："诸佛菩萨已现宝相，俱在眼前，尔等可见着吗？"一语未终，三人猛被提醒，心方微动，一阵异香起处，满湖斗大青莲，一齐开放。湖心上空立现出一圈佛光，中间一朵极大青莲花上，立着一尊身高丈六的金身佛像。紧跟着，随同目光到处，每朵莲花上面俱现出一尊佛菩萨，看去何止百千万亿。一时霞光万道，花雨缤纷，宝相庄严，不可言说。三人忙即合掌礼拜，五体投地，重又匍匐地上。

待了一会，二女暗忖："禅师曾说花开见佛以后，跟着湖中祥光涌现，宝幢便要升起，此时怎无动静？"心正寻思，忽听湖心清波分流之声，抬头一看，不禁大喜。原来佛像、莲花俱已隐去，只湖中心翠涛滚滚，四外分流，当中现出一个亩许大的深水漩涡。晃眼工夫，水底忽有精光上射，随升起酒杯大小一团五色祥光。紧跟着，又涌出一丈六七尺长、七尺方圆一座宝幢。那宝幢似幡非幡，略似华盖，共有七层，四周璎珞垂珠。每层上面各现出一种不同形式的宝光：头层上，是两个连环宝圈；二层是一朱轮，四周烈焰环绕，熊熊欲燃；三层是一钵盂；四层是一金钟；五层是一慧剑；六层是一梵铃；七层是一宝镜。全宝幢上，本就宝气精光上烛霄汉，这七层七宝又各具一色，光华分外强烈，精芒射目，不可逼视。共是七色光华，融会成一幢彩霞，庄严雄丽，气象万千，一望而知具有无上威力。

谢氏二女虽是修道多年，新近又得佛门上乘法髓，见了这等异宝，也由不得惊喜交集。因这宝幢出现以后，逐渐长大，光华强盛，只管继长增高。二女来时虽获明悟，怀有成算，禅师并未传授收用之法，只是具有信仰愿力，期于必得，更没料到此宝如此伟大。又以时机不再，说错过便错过，不禁心慌。匆促之间，欲以本身法力上前求取。姊妹二人面向宝幢，一同拜了九拜。随同起立，略定心神，施展师传佛法，一面用有无相神光护身，一面手掐诀印，口诵六字真言，朝那七宝金幢冲去。初意此宝虽具无上威力，但无人

345

主持，又是佛家之宝，自己应有这层佛缘，再以本身法力强制，必可手到成功。不问此宝如何长大，且先擎回山去，再作计较。自己离宝幢不过三数十丈远近，光遁神速，本是不消瞬息，便可飞到。哪知事情竟出预计，那宝幢上面发射出来的七色霞光，精芒所及，四周俱在十丈左右，并且还在逐渐增长。二女遁光飞至中途，还未到达，刚与宝幢精芒接触，便被阻住。二女心急，又自信此宝对本门弟子决不至于伤害，去势太猛。这一硬冲上去，当时猛觉着迎面遇见一种极大阻力，人虽未伤，竟被撞退回来。

二女心方一惊，仰望在宝幢顶上徐徐滚转的那一团五色祥光，已似要离顶飞去。谢琳猛想起眇姑所嘱之言，一时情急。二女素来言行心意大半相同，至多发动略有先后，这还是近年小寒山修道以后，才行如此，大致仍是相同。彼此临机应事，多想到便做，极少商议，已成习惯，也永没有甚大差误之处。惟独此举却是谢琳一人动念，因知幢顶宝光便是镇幢舍利，如被飞返西方，不特七宝金幢不能随意施为，有了缺陷，并料宝幢也必更难到手。时机一误，被其沉入湖底，永无到手之日。当时急不暇择，竟施展全副神通，上前夺取。随身飞起，扬手一个诀印发将出去，欲以金刚定力，先将那粒舍利子定住，同时以玄功变化与之合为一体，将其收下。那金刚诀印也具有极大定力，功候再如精纯，无论多厉害的法宝也可定住，何况乃是无主之物。满拟舍利虽是镇幢之宝，宝相祥和，不似宝幢威力强烈，只要占得机先，总不致被它滑脱，谁知又未如愿。诀印将发未发之际，那舍利不过在宝幢顶上徐徐自转，祥光晶莹，流辉四射，看去似要飞腾，势却缓慢。及至金刚诀印一发动，人也将要飞近，只听一声极轻微的雷音，那团舍利祥光忽然隐去。谢琳玄功所化一片光华，竟又被那雷音震退回来老远，比起头次势更猛烈。如非近年功力精进，几乎禁受不住。同时舍利祥光一隐，宝幢立即大放光华，七层法宝各显威力，水、火、风、雷、金铁、沙石之声，隐隐交作，知道不妙。这后半宝幢出现情景，三人闻见相同，休说谢琳恐惶，便连癞姑也觉要糟，自知此举非比寻常，爱莫能助。正代二女着急忧惜，紧要关头，忽现转机。

原来谢璎先听眇姑之言，虽也动念，后来想到功行须仗自己修为，法宝只是不得已时用作降魔脱难之助，所以本心没有全得之念，只是急切间想不出取那宝幢之法。头次撞退下来，一时无计，决以毅力信心战胜，二次又冲上前去。不料谢琳看出舍利祥光势欲飞走，忽然舍此就彼，没有同行。二人一上一下，差不多一同飞到，谢璎飞近宝幢，正值谢琳震退下来。谢璎正觉这次飞近宝光，并无阻力，只是若远若近，不能飞到。就在这心念微动之际，祥光忽隐,吃这雷音一震,猛想起初见佛像时情景,以及禅师"佛在眼前"之言。顿触灵机,恍然大悟有无相因,人宝分合之妙,此宝与自己本是一体,何须强求?适才花开见佛,分明是悟境,一开始如不矜持,此宝早已到手。灵机一通,当时智慧空明,自在非常,人也仍在原地,含笑趺坐。另一面,谢琳被雷音震退,心中一急,侧顾乃姊正在含笑趺坐,也自如梦初觉,万虑全收,快活非常。

说时迟,那时快,先后不过瞬息间事。旁坐癞姑见二女和那宝幢忽然无踪,忙一回看,二女仍在原坐之处,面带微笑,双双入定,那玉雪双颊上,一左一右各现出一个小酒窝,于美丽庄严之中,又带出无限天真,端的仪态万方,迥绝仙凡。乍看除却神仪内莹外,别无异状。细一谛视,通身俱似有一层祥光外映。情知大功已成,宝幢已然取到,正以玄功运用,不久便可仗以施为,好生代她们欣慰。癞姑暗忖:"自己原是佛门弟子,屡世修积,凤根颇深。只因恩师屠龙大师前在本门犯规被逐,起初因心性刚强疾恶,同门中如晓月禅师、风火道人吴元智均有嫌隙,一时负气,羞于重归,中间几乎入了旁门。幸遇神尼点化,皈依佛法,如今正果将成。只是本门长眉师祖师恩未报以前,心愿未了。有一年谈起自己从小便蒙教养,传授道法,始有今日,师恩深厚,无以为报。又见眇姑在旁一言未发,便向师父力请代完心愿,一任愿力多么宏大,均由自己担承,免得延误恩师证果。初意不过和师父一样,由此起暗助峨眉发扬光大,多积善功,尽心尽力,不避艰险而已。哪知师父心意,竟是要令自己代她复归峨眉一二甲子,俟积完当年拜师时所许三千善功,才算了愿。当时说过便罢,师父一直十多年不曾再提。心料师父看出自己有了悔意,不肯勉强。因话已出口,并蒙师父奖勉,意甚欣慰,不应后悔,辜负恩师。平日想起便觉内愧,几次想要请命,俱以心中不舍离开师门,没有出口。后来峨眉已然开府,师父仍未提说,心还在想双方无异一家,不重拜师也是一样,如只暗中宣力,最合心意。哪知到了众弟子行礼授法之时,师父忽然旧事重提,自然说不上不算来。仙、佛两家虽然殊途同归,一则自己过去生中已然皈依,今生又是自幼便投佛门,修为颇有根底,向往尤切;二则本门前辈剑仙中,如白云、元元、餐霞以及苦行师伯等十二三位师长,几有一半是佛门中人。自己也只开府行礼时换了一身装束。今见谢家姊妹三年之别,如此精进,佛法高深,果然另一境界。不知将来自己功行圆满以后,是否还能重换初服不能?"

癞姑正在寻思,忽听身后有人喝道:"你自有你的来路,羡慕旁人做甚?"

癞姑知道说话的必是大智禅师，这才想起只顾瞻仰奇景，还忘了参拜禅师。回身一看，身后不远站着一位老和尚，相貌甚是清癯，身材也极瘦小，疏眉细目，满面慈祥，颔下无须，手握一串念珠，穿着一身黄葛僧衣，头上隐隐环着一圈佛光，身上皮肤又是金色，活似唐、宋遗留的名塑、名画罗汉形相。知他是我佛坐前尊者转世，宋时已然成道，只因愿缘未了，在此佛家圣地坐关结缘，得与相见，缘福不浅。忙即五体投地，虔诚跪拜。却因身已改投在峨眉门下，想不到说甚话好。禅师微笑道："起来，起来。幻波池之事，有谢氏二女足可为助。妖尸结果，我虽得知，但是这类杀孽，我已不再参与。好在到时自有人去设法，无足为虑。你此次见我，不过认认门路，且等下一甲子我临去以前，你再来吧。"

癞姑闻言，重又拜谢不止。同时谢氏二女也已用完定功，起身走来。刚同拜跪下去，抬头一看，禅师已然不见，对面佛光朗照，洞门大开。二女知道禅师二次升座，一会便有不少人来听经说法，先已垂示事完即行，无须再留，便和癞姑说了，同向洞门遥拜，告辞起身。

这时上空云层已经布满，三人各纵遁光，飞身直上。刚穿过两层祥云，入了上半云雾之中，忽听上面冰崖雪壁崩坠之声，轰隆大震。暗忖："此是大雪山中最为高寒隐僻之地，冰雪多自千万年前堆积，甚是坚厚，又没有风，又无大力震动，怎有如此猛烈声势？如是人为，决非常人。禅师开关结缘之期，下面是灵区圣域，何人大胆，敢于在此惊扰？"

三人方寻思间，忽同想起周、李二人此时正该到达，忙催遁光穿云上去。首先瞥见的便是李英琼驾着紫郢剑光，如长虹经天，由峰崖北面绕飞过来，飞得低而又快，破空飞行之声毫未收敛。所过之处，天空密云浓雾纷纷四散，震荡如潮，云层起伏，当中成了一条极长的巨衖，蜿蜒天半。下面冰峰雪崖，便跟着纷纷震塌，冰花雪雨随着山峦倒塌，布散高空，宛如银雾，轰隆之声震撼天地，甚是惊人。英琼仍如未觉，只管在空中左旋右转，像似搜寻人物情景。

癞姑知是寻找自己，同时又听英琼传声相唤，方欲应声赶去，口还未张，忽见来路侧面岭脚下光华一闪，紫光随即飞下。仙都二女见状，倏地想起一事，说声："快走！"三人刚把遁光掉转飞上前去，说时迟，那时快，三人到时，英琼已和那光华中变化出来的一个形如火焰的怪人影子斗将起来。怪影身外光华已敛，极似一朵火焰结成的人影，焰色极淡，动作又极神速，如非三人是慧目法眼，真看不出一点形相。那么厉害神奇的飞剑，居然敢于随同飞舞,毫无畏意,急切间英琼竟奈何他不得。癫姑看出不是寻常,正待出手相助,仙都二女已同声喝道:"今日大智禅师开关结缘之期,不容大启杀机,难道近在咫尺会不知吗?"谢琳手扬处,首先飞出一团金光,晃眼加大,电一般往前飞去。英琼也觉出厉害,将牟尼珠放将出来。怪影见状,似知不妙,一声未答,忽化作一溜墨绿烟光,往岭脚深洞中遁去。真是来得也速,去得更快,目光一瞬,无影无踪。癫姑神雷已然发出,竟丝毫也未打中。

四人匆匆见面。仙都二女对癫姑道:"这一带冰山雪岳,俱被琼妹剑光震塌,那妖人便是为此惊动,余波蔓延,永无终息。我们三人且将震势止住,等轻云寻到,同往小寒山洞中,再作详谈吧。"说不几句,轻云也已寻到。本来约定同去小寒山二女洞中,不料毒手摩什记恨二女,赶来寻仇。二女正要迎御,忽被神尼召回,毒手摩什被佛光惊退。癫姑、周、李三人又往小寒山求见神尼,久候无音,正负气要走,又遇两厉害妖人受人蛊惑,电驶飞来,猛下毒手。冷不防为癫姑屠龙刀所伤逃走,三人穷追不舍。二妖人在逃路上运用玄功变化,将身复原,回头反噬。恰值玉洞真人岳韫正在青莲峪访晤大智禅师,出来解围,并指示三人机宜,三人才知神尼别有用意。因还有些时候,送走玉洞真人之后,癫姑抽空说了前事。

又停一会,算计到了时刻,三人重又起身,往小寒山飞去。因知神尼终年多在入定中,灵境幽秘,封锁严密,去了必是先见二女。哪知遁光飞过雪山,折向东南方去路,飞不多时,首先发现高山前横,上有林木森森秀列。猛想起二女前在峨眉,曾说小寒山前还有一座高山,上有森林,正是这等情形。先那两次,虽均照她所说途向、里数飞行,前半经历都对,此山独未见到。此时忽然出现,分明适才白跑两趟,不特不曾升堂入室,连这座高山俱未越过。照此情形,当是禁法已撤,事可如愿,好生欣喜,忙催遁光前进。为示敬意,打算一过此山,便即下落,步行入内求见。

刚一同飞到那山顶上,猛觉遁光前面有了阻力,心疑主人仍有见拒之意,不便向前强进。就这遁光微一停顿之际,面前金光一闪,倏地现出一个相貌清秀的少年禅师。定睛一看,认出是新近皈依佛门,改名寒月的武夷散仙谢山。知是师门至交,又是二女义父,好生欣慰,忙同拜倒。

禅师含笑唤起,说道:"忍大师适才两次杜门谢客,并非故作不情,内中实有原因,日后自知就里。璎、琳二女已在准备起身。你三人此去,忍大师当可相见了。我适由她那里起身回去,见你三人到来,忽然想起一事。妖尸罪在必诛,不必说了。只是沙氏兄妹与丌南公情谊至厚,再与相遇,不妨让他一二。如真为势所迫，沙亮还在其次，沙红燕乃老怪前生宠姬，今之爱徒，情如夫妇，乃旁门中有数人物。此女精通玄功，邪法颇高，使其形神俱灭，颇非容易。此女爱她容貌甚于性命，到时不可毁她容貌。否则此仇一结，便老怪自负前辈，不肯亲自出马，为了此女日常哭请报仇，明知胜之不武，不胜为笑，也必亲来寻仇。你们仗着得了圣姑所留总图和全部道书，了悟玄秘，能将原设五行妙用尽量发挥，比起现在胜强十倍，敌人莫可如何，很难攻进为害。但是老怪法力高强，来去无踪，神速如电。你们又当奉命收徒行道，创立分支之际，其势不能常守洞门，一旦离开，必受侵害，防不胜防。就有异宝护身，时刻留意，到底添出许多麻烦。乘着此时仇怨未深，可告知英琼令尊李道兄作一打算。如真不能避免，便须事先早做准备，就在幻波池内以逸待劳，不问能否就此除去，先给他一个重创。老怪天性好胜，自恃法力，不肯服软，是他短处。明知敌人有备，也必前往相拼。如遭挫败，再有人出来讥嘲他，他与令师祖长眉真人为同时人物，觉着老前辈多少年的盛名，败于后辈末学之手，定必负愧而去。或是迁怒此时助敌和那笑他之人，或是径寻令师长生事，至多使他门下徒党炼了法宝再来寻仇。本身去前，已被你们的话扣住，一举不胜，只恨在心里，无颜再来，何况还败。此老虽极凶横强霸，却是言出必践，只要事前话说得妙，临机能把他挡住，即可省却多少麻烦。此事关系你们不小，不要忘了。你们自去见忍大师，日后遇机再相见吧。"

三人方在领命拜谢，金光一闪，人已不见，天空云雾依然，毫无痕迹声息，竟没看出怎么走的。只得望空拜谢起身，往下飞去，到了山脚落下。那小寒山就在对面一座山谷之中，相隔约十多里。本山不高，可是四面高山环抱，口外双峰对立，凤翥龙伸。上面苔藓肥厚，苍润欲流。下面现出一条极平广的谷径，看去气势已极雄浑奇秀。等走进谷中一看，地势愈发开展，平原绣野，树树繁花。小寒山位列其中，峰崖苍古，灵秀天然。身才走进，气候立变，天气固是日丽风和，景物更是清淑明丽。到处花开似锦，草软如茵，白云撑空，飞泉若练。另有芳塘百顷，嘉木万株。环塘一带树林以内，时有珍禽奇兽与恶虫毒蛇出没游行，枭鸾并集，鹿虎同眠，各不相扰。加上一路树色泉声，花香鸟语，岚光云影，石韵松涛，端的灵境无边，观赏不尽。

三人以前原听二女说过小寒山景物灵奇，终古清淑祥和，琪花瑶草，四时皆春。并且所有生物，无论多凶恶的毒蛇猛兽，俱受主人佛法感化，并育同游，而不相悖，共跻仙域，永息杀机。果然气象万千，话不虚传，佛法精微，不可思议。

再向前四五里,过了一片芳塘,望见对面一山突起平地之上,宛如天柱矗立,通体莹洁,无殊翠玉。山势雄峻,却又孔窍玲珑,峰峦奇秀。只是全山仅半山腰上有一块突出的平石,此外都是嵯峨削立,无可着足。石大亩许,祥云环绕之下。左右两边各有一条瀑布贴壁斜下,玉龙飞舞,灵雨飘空,界破两边山谷。当中夹着一个空敞虚立的茅棚。棚内蒲团上坐着一个妙年女尼,含笑合目,端然趺坐,神光外映,妙相庄严,一望而知是一位有道神尼。

正待通名拜见,忽听有人低唤癫姑、琼妹之声。循声注视,正是仙都二女由山侧梅花林中喜孜孜赶了出来。二女各穿着一身白衣,人既天真美丽,再由那一片粉红色的梅花林中走出,玉貌花光,相与辉映,越显丰神绝世,艳丽如仙。英琼爱极,忍不住说道:"真好看!这等美景,才配得上这等人呢。"话未说完,二女已经近前。谢琳笑道:"琼妹,又笑我们么?"英琼笑道:"我说二位姊姊真比天仙还美,见了由不得心里便喜欢,真想永不离开才好呢。"

轻云因神尼就在面前,见英琼笑语忘形,便忙使眼色止住,对二女道:"大师似在入定,可容我们进谒?"谢璎道:"家师适才已有吩咐,本可无须见面,但是三位嘉客远来不易,且随愚姊妹上去吧。"癫姑道:"这样似不恭敬,我们在下面行完了礼再上去吧。"谢琳道:"你和轻云妹子拦住琼妹,一样都是多余。休看家师长年静修,又不大肯见外人,实则人极和易。我们虽是她老人家徒弟,连句重话都未说过。平日也无甚拘束,任凭我们行止自如,慈爱温和已极。对你三人,必和我们一样,只管同我上去便了。"三人闻言,便随二女飞身上去。

那片突石平如镜面,一尘不染,清洁异常。因都惦记着幻波池被困的两人和静琼谷中诸弟子,无心观看景致,各自恭恭敬敬随着仙都二女,朝前面茅棚走去。行抵棚前,刚刚下拜,神尼忽然睁开一双静如澄波的慧目,含笑唤起,说道:"适才并非有意慢客。此举不特小徒,于你们三人也有关系,日后自知就里。幻波池妖尸已知强敌就在她的近侧,不可轻视。适才又以多年苦搜未得的总图藏处突然发现,图却失去,惶急万分,益发不敢妄动,去向静琼谷生事了。她和毒手摩什本有孽缘,只为性太凶狡,起初仗人相助才得脱困,便觉对方难处,设词用计将其气走。如今丧败之余,总图失盗,明知来日大难,无奈劫数将临,尽管忧危,仍不舍圣姑宝库中所藏天书和那两件至宝,心神又受圣姑法力潜制,天天想要脱身,偏是死不肯去。此时妖党零落,自觉势孤力弱,断定先走脱的敌人必要大举重来,难于抵御,没奈何,又向妖人求助。毒手摩什已为妖尸所迷,先虽负气舍去,心仍恋恋,终将必往。妖人得有轩辕老怪嫡传，虽非寻常，你们和二小徒已有抵御他的法宝，到时小心应敌，自可无害。事定以后，在外行道，如再相遇，虽得圣姑天书，妖人来势神速，不在蚩尤三怪之下，切不可以疏忽呢。此时静琼谷不会有事。

"易静得了总图以后，不合贪功，没等与众商议，只送赵燕儿由秘径遁出，便即退回幻波池，暗入妖尸寝室，意欲就手除去。没想到总图虽得，另外尚有圣姑当年留存的法宝，以致误蹈危机。既是她命中应有无妄之灾，难于避免，但能因此增加道力。你们如若回去太急，反而于她无益有害，他年与鸠盘婆对敌时，便不免于吃亏。就是早回山去，也须到癸未日，妖尸数尽以前入池，一切方可如愿。

"你们此后功力日益精进，只是英琼煞气颇重，虽是劫运当然，所杀十九为极恶穷凶，但可稍微原恕，终以宽厚为宜。此去详情，已另有人指示小徒，不消说了。这类杀孽，我本不愿饶舌，因你三人远来不易，今日之见亦是前缘；而英琼将来降魔法力甚高，性又刚烈，疾恶太甚，误生杀孽，致稽证果，多费心力，还有小灾，故此又附带说上几句。如能遇事谨慎，宁失宽厚，勿令操切，自然独秀英云，早成正果。言尽于此，请自与小徒商议行止。"

说罢双目垂帘，重又入定。

三人忙即拜谢告辞，一同退下山来。谢璎喜道："家师从来和人少说话，连我爹爹和叶姑，自从初见，算是作了一次长谈外，以后再来，彼此便无甚话说。有时直到人去，眼都未开。偶然开口，只一句半句。来人直似专冲着我姊妹而来。琳妹因茅棚内只有我师徒大小三个蒲团，别无长物，地方又窄，爹爹、叶姑每来多是立谈，要不就和我们到下边去，连个好坐处都没有，才新辟了一个别业。家师今日这等说法，尤其对琼妹语意十分关切，缘分真不浅呢。"

谢琳接口道："以前我姊妹说话，多半同时开口，虽不一齐争着说完，也叫人看了可笑。近已改掉，她说我便不说。我姊妹还没说我们新辟洞府是甚情景呢。那里虽然地方不大，只有依梵窟、瑞云居、小潮音、灵石小筑四处小景，比不上你们峨眉仙府百分之一，但经叶姑一再相助点缀，还将就可以待客。现离癸未日期还早，且到我们那里长谈叙阔，吃两杯玉乳灵泉，再走如何？"

第二四六回

款仙宾　清谈灵石筑
参慈父　同上武夷山

周、李二人虽信神尼之言，总想早回静琼谷去，比较放心。但又不便拂二女的盛意，相继笑答道："二位姊姊灵境新居，自应观赏。不过静琼谷中只有几个新收门人，我们只坐一会，到了依还岭再作长谈吧。"谢琳笑道："你们怕什么呢？家师一按灵光，便知前因后果，她说无妨，一定平安，早去也是无用，忙去做甚？"谢璎道："琳妹也是多余。三位姊姊数千里远来，所居就在妖尸近侧山中，只有几个新收门人，纵然无事，众弟子见师长久出不归，也必忧念，当然以早归为是。来日方长，这次认明地点，以后便可时常往来。此去又是同行，到哪里叙谈不是一样，何必非此不可呢？"谢琳道："也好。"说时，五人已由山侧梅花林中穿出，连经过了好些灵奇景地，最后离开中央主山，往西北方外围大山走去。

一会到了山脚，走入一条平衍空旷，花树林立的峡谷之中。三人随了二女正走之间，忽听涛声洋洋，由前侧面花林掩映的高崖之中传来。英琼笑问："这是泉瀑之声么？"谢琳道："这是小潮音，我姊姊偶然独坐用功的地方。你没听地名与名字相同吗？本想领你们去都坐上一会，因姊姊一说，只好到我一人用功的地方小坐片刻，吃完灵乳就走，改日再请你们来了。"英琼笑道："如此说来，那灵石小筑是二姊的了？"谢琳笑道："你真聪明，那不是地名与我名字音同吗？"

说罢，便领众人循坡而上。坡上面尽是千百年的松杉古木，各树枝干上寄生着许多不知名的茑萝异花，苍苍翠色中缀以繁花，五色缤纷，灿然娱目。松径两旁又是香草离离，清芬馥郁，沁人心脾。间有奇石挺立，温润如玉，孔窍玲珑，上生紫色灵芝，都如斗大。更有灵猿仙鹿，出没游行，一个个毛色鲜明，轩轩神旺，比起小寒山，又别有一种灵奇清丽境界。

轻云笑问道："忍大师佛法无边，小寒山前鸟兽虫蛇，六道众生，一齐皈依向化,这里怎只有这两种生物?"谢璎笑道:"我姊妹从小就厌恶蛇虫,尽管那些猛恶凶毒之物俱受佛法感化,怪模怪样的,看在眼里,终究讨厌。这里只我姊妹两人静修固好,平日没些生物点缀,也嫌寂寞,少了生趣天机。所以把那素性生活很驯善,长得干净灵巧好看的,连飞带走,稍微选了几种来。它们都在小寒山前听经多年,久已通灵,闲来调教,也颇好玩。我们闲时各炼一些降魔法术。因奉叶姑姑之命,炼法时必须隔开,除我在小潮音,琳妹是在灵石小筑各居一处,日常行止仍在一起。我二人一同坐禅用功之处,是在依梵窟内。本应请你们都去看看,因忙着要走,只好作罢。琳妹自来好胜,我们几个地方,只依梵窟专为坐禅之用,是一高大石洞,无甚修饰陈设。我那小潮音,虽非灵籁天生,也无多点缀。惟独灵石小筑本来景致绝妙,再经琳妹磨着叶姑一同兴建,就着原有形势,踵事增华,方圆九里以内,由那嵌空楼台起,下自一草一木之微,差不多都用了心思。本山特有的灵玉乳,也在当地,用以奉客,恰好就便。故此请你们到那里去小坐一会。那里还有一些鹤、鹭、翠鸟之类;像那许多生相丑恶之物,一个也没有。你们见识多,且请到时加以品题吧。"

癞姑见二女引了一行从容走来,便知二女尽管法力精进,童心犹在,一定近年用了巧思建此别业,又难得良友重逢,欲使一路观赏前去,看这沿途景物,也委实灵妙清丽非常。闻言,便夸赞道:"二位妹妹慧心巧思,即此途中美景,已见一斑。到了地头,更不用说是好到极点了。"谢琳眼望癞姑,把小嘴一撇,似嗔似喜,微笑道:"你尽嘴甜,心却奸猾,不似琼妹实在。地方还未走到,先就夸好。你得道多年,多好的仙灵境界没见过,会把我这小地方看在眼里?我知你是哄人呢。琼妹你说到底如何?你要说好,我才信呢。却不许拿你们凝碧崖来作比。"英琼笑道:"妹子年轻,学道日浅,到的地方太少。灵石小筑还没到,难于预料。如论此来所见小寒山佛法灵区,不能以景物论。只那伟大庄严,慈悲祥和的境界,决非别处所能仿佛。就拿二位姊姊别业来说吧,要比紫云宫、陷空岛两处晶阙珠宫,金庭玉柱,富丽堂皇,气象万千,自然难与相比,但那是海底景致。此地的奇石古松,灵芝香草,以及花光岚影,树色泉声,无一样不是灵境天然,清绝人间。甚至一猿一鹿,都带着几分仙气。比之凝碧仙府,也只小大宫室之分。至于两地的泉石花树,也只能说是各擅胜场,两无逊色。除此之外,便只能说是第一次见到的了。"

谢琳含笑道:"这话还有几分可信,不似癞姊姊,因为心不与口同,所以相貌也不与心同。以她为人法力和心里那么灵,要与琼妹长得一般美貌,多

354

好呢!"癫姑道:"阿弥陀佛!谢谢你的美意。我还是长得丑八怪的样子好些。按说琼妹美虽极美,平时相处说笑也极天真,令人怜爱。但一遇上事,便觉英气太盛。不似你们二位,美到骨髓里去,活泼天真,美丽温柔之中,偏又别有一种清出云表之致,那容光直照人的面目。本来你们是天仙化人,不能拿这句来形容你们。可是清丽温柔都到了极处,此外又无可形容。一见你们,便自惭愧,不敢和你们过分亲热。心中分明爱极,却又不知如何爱法。只一遇上,便舍不得离开,好似暗中有大力量将人吸住,任令我如何都不忍心舍。可惜我不是个妖人,若是妖人,便想粉身碎骨在你两姊妹手里,才对心思。何必像琼妹,像了你二位,不更叫人看了赞好怜爱么?一则没有那大福气和多生修积的玉骨冰肌,仙根灵质;二则我们杀孽本来就多,一班同门都借此修积外功,我若生得像二位姊姊这等仪态万方,我驾着佛门中的心光遁法,四处一游行,把异派妖邪全引了来,不必十分费力,只叫他们引颈就戮。他们休说和我一样心思,只要稍微还有一点人心,必定甘心听命,死而无怨,决不敢逃,于是全被我一人杀光。对于那些遇灾遇害,穷苦无告的千万人民,一人救起来也费事,只向上方神佛求告一阵,撒娇软磨,缠得诸天神佛一生怜爱,于是准如所请,把他们的罪孽一齐赦免。以后,无论多大难题,俱用此法,不消多年,众生全登乐土,永无苦难之人。我固然是功德无量,众同门见其功德都被我一个包揽了去,他们无功可立,不招恨吗?"

这一席话,引得众人都笑了起来。仙都二女笑骂道:"你这癫尼姑,还想说些什么?你不是前生造了口孽,还不至于今生长得这么丑怪。还要刻薄人,看堕拔舌地狱呢。"癫姑绷着一张丑脸,笑道:"你们不信,我说的是真话。真要阎王与我说理,我要问他:把两间灵气钟于一人,已是该打;为什么故弄狡狯,又化生出两个来,显得有权力,却害我们投胎时少了灵秀之气,变得这等丑八怪?要匀一点与我们,这些丑人就不能美到极处,走在人前也顺点眼不是?"

说完,周、李和二女听着已极可笑,再见她一本正经的丑怪神情,忍不住又是一阵大笑。谢琳笑骂道:"你这丑尼姑,实实怄人。我就拿你当回妖人,看你是死是活?"说罢,故作微愠,便要伸手。癫姑赶忙摇手道:"好妹妹,只可嘴说,我不是手指头都不敢挨你们吗?我死容易,你那好朋友易姊姊还要我呢。嫌我口直,我赔个礼儿如何?"谢琳扑嗤一声笑道:"我真拿你没法。一别数年,以为你道力精进,哪知顽皮也加了倍。"轻云笑道:"癫师姊自来滑稽,这次我由依还岭相见,还是第一次见她这样。定是二位姊姊能够同行,

355

心中欢喜呢。"谢璎说:"癞师姊,休再取笑,前面到了。"

众人已早闻到桂花香味,一看那一带松径已将走完,地势也逐渐低平。前面坡下绿草如茵,芊绵一碧,当中现出十里方圆一片湖荡。环湖俱是参天桂树,金果缀满枝头,繁花盛开,妙香袭脑。左岸大片平地,奇石如林,高低错落,千形万态,拔地而起。琪花瑶草,纷列其上,远远望去,宛若锦绣。当中一座高约十余丈、广约二亩的平顶石峰,形势尤为奇特。近前一看,乃是一座天生的怪石,石质坚莹,润如美玉,形似一朵灵芝,挺生芳原平野之上。轮困盘屈,到了近顶之处,忽然伸展,成一芝盘。上下四外孔窍甚多,玲珑剔透。尤妙是里面连顶共分七层,每层均有隔断,其平如掌,四壁孔洞既众且多,近顶一层更甚。本来就似天生的一座七层奇石楼阁,主人再以法力巧思因势兴建,布置点缀,越发巧夺天工,妙不可言。

癞姑和周、李二人随同二女,由底层起,一层层拾级上升。见里面陈设用具,样样古雅精丽,一层胜似一层,各有各的妙处。内中第五层,乃主人独居练习法术之所,却甚简朴。左右两边各设有两种旗门,壁间还挂着许多法物宝器,以及刀剑葫芦之类。当中地上,设有一座大炉鼎,炉火已成青色,内有五金精英合炼的依罗喃法火神兜。另外有大小三个蒲团,一个小金钵,一个七尺长的大玉瓶,炉鼎对面有一长案,上陈法轮、如意、宝塔、金莲等佛家八宝。其余宝物甚多,大都精巧玲珑,形制奇古,珠光宝气,互相流照,五花八门,美不胜收。一问谢琳,这些法宝也有炼成的,也有未炼成的。

英琼笑道:"琳姊参的乃是佛家上乘真如妙谛,到此不过三数年,哪里收罗来的这么多法宝?又哪有这许多闲空炼它呢?"谢琳笑道:"这虽是我自找麻烦,说起来却也有趣。此话太长,且等看完我这荒居,坐定再谈吧。"谢璎笑道:"舍妹妄想将来创立禅宗,广收弟子。恰巧机缘凑合,叶姑溺爱,传了她一部炼法的书,近来论起降魔法力,她自通晓得多,但也分心不少。听家师口气,好似定数,早已料到,因于成败无关,只是平日多上好些麻烦,以及证果迟早之分,所以未加阻止。叶姑先本不想全传舍妹,由于巧取强求而得,因此时常笑说舍妹自寻烦恼。舍妹却说她把这部法诀学全之后,虽不一定便能完遂以前那位著书人的遗志,但到此时,所有禅门与各异派中最厉害的法术、法宝,无不洞悉微妙,随意便可抵御消灭。即便多惹麻烦,能除去许多为害生灵的邪魔外道,使其无所逃避,岂不也是极大功德吗?连家父当初助她读全此书的本意,也是如此。叶姑尽管说她,仍乐此不疲。你们没见先前我姊妹心性言行无不如一,这次见面,大致虽仍不差,心意和说话便稍有出入了吗？"谢琳道："姊姊这等有头无尾的说法，有甚意思？她三位听了，也不甚明白，还是到顶落座再说吧。"

说时，众人已上了第六层石阁。由此往上，一共两层，俱是主人精心布置，准备将来待客延宾之所。石牖宏敞，四望通明。陈设用具比起底下诸层，尤为华美珍奇。跟着便到顶上。癫姑等三人先在下面已然望见上面花木葱茏，苍烟欲活。这时走到一看，竟似一座具体而微的神仙园囿。不特玉树琼林，琪花瑶草，缤纷绮错，更有鹤、鹿、灵猿游息其中，到处灵香细细，沁人心脾。加以四外碧城遥拥，翠岭绵延，近侧是绣野平铺，芳林疏秀，镜湖浩淼，天水相涵。三人凭临其上，觉着别有一种清空灵妙的况味，比起别处仙山福地又自不同，不禁齐声赞妙。

谢琳笑道："这里地方不算甚小，但是好景无多，哪似你们峨眉仙府熔山铸水，妙夺天工呢！"谢璎笑道："你还想要什么？你真要能有峨眉那等洞府，哪里去物色那许多仙灵修士去住呢？那么大神仙宫室，只我两姊妹在内，又有什么意思？"英琼笑道："琳姊原要创立禅宗，将来普度有缘，多收高弟，不就有人住了吗？"谢璎又道："你说得倒是容易，不知众生好度人难度吗？你看舍妹这一念之因，将来不知要出上多少事呢。"轻云道："二位姊姊得忍大师与一音大师真传，今日又得佛门至宝，日后再加以精进，法力日益高强，何致有甚为难之事？姊姊未免多虑了。"谢璎道："学无止境，异派中也大有能手。绝尊者那么高的法力，尚且不能完成尽灭诸般魔法的宏愿，并还因此沉滞证果五百年，终于自家忏悔，方得成就正果。舍妹准备学他，难道比他还强吗？"

癫姑惊道："如此说来，这部炼法的道书，便是梁武帝的神僧绝尊者住一禅师所著的《灭魔宝箓》了？"谢琳接口笑道："姊姊多虑，我又不曾发下绝尊者那样为灭群魔不令异派存留的宏愿，学成之后只不过惟力是视，因人而施，把那造孽太多恶行昭著的妖邪除去；别的左道旁门，只要他不甚为害生灵，便不去理他。这也值得如此担心吗？"谢璎微笑不语。

癫姑道："前听家师说，绝尊者自因诛戮异派邪魔太多，犯了杀孽，一面异派邪魔也应运而生，不特不因绝尊者的法力诛戮消灭减少，反倒人数越众，声势越盛，尽管不是绝尊者的对手，无如对方层出不穷，孤掌难鸣，防不胜防。闹来闹去，闹得几个有法力的门人因习绝尊者这部以魔制魔的法诀，求胜心切，竟然为魔头所乘，误入歧途，倒戈相向。如非法力高深，几遭不测。因为这先后种种因果，竟沉滞五百年方得正果。当绝尊者向我佛座前

357

引咎忏悔之时，曾经求告，说那叛师背他的弟子，平日修为精勤，向道诚毅，生平修积善功至厚，一时受了魔头暗算，致迷本性，事后省悟，立即痛哭自焚。

"这段因果未了，此书尚须留待他历劫转世，完了他自焚以前的凤愿，将那阴险诡诈万端的魔头除去，始能收回，所以这部法诀并未消去。但那魔头机智绝伦，法力又高，只有此书能够除他，势必处心积虑，百计夺取。为此绝尊者特地在川边倚天崖对面一座石腹内，用极大法力，开了一个三千尺深的石洞，并还制了一个宝幢，将书藏好，放入洞内，外用符咒封锁，以待转世之人来取。那魔头自知孽重和未来因果，仗着运数未终，意欲挽盖。由此匿迹销声，整顿门户，对于门人也分别去留，重加约束，以图苟免。表面看去，好似放下屠刀。无奈所习不正，又是魔法，第一所炼魔头，便非害人不可，门徒更是习与性成，积重难返。久了，大约看出收效甚难，于是犯险往盗此书。因知佛法神奇，封锁严固，难于到手，迫于无奈，又以故智，施展最阴毒的魔法，开始攻山。哪知山未攻开，却将禁制触动，几受重伤。同时洞前现出偈语，才知那是佛家大金刚不坏法，到了时限，取书人来，自然开放；否则，休想能动一片山石，只得绝望而归。

"因此书差不多集正邪各派法术之大成，选择既精，每种均有绝尊者所留解破之法，反正两面俱都齐全，各异派中最厉害神奇的法术、法宝均载其上，只要精习以后，任他多么神通的左道妖邪，也绝非其敌。这多年来，正邪各派修士，不知有多少人生心觊觎，休说到手，连那藏宝地方俱找不到一点线索。而对崖龙象庵，乃芬陀大师驻锡之所，又是一个极难惹的正经修道人，左道妖邪自不敢去，久已无人提起。不意竟会落到琳姊手内，莫非你便是绝尊者的高弟转世不成？"

谢琳笑道："我倒不是。真情此时不能说，我只说练这书的经过吧。"说罢，随邀癫姑等三人往左侧一片开着形如昙花，其大如碗的花树疏林以内，就着林中所设的翠玉桌墩环坐，谢琳从容述说经过。才知谢山、叶缤、小寒山神尼以及仙都二女，过去生中俱都有极深切的渊源因果。自从谢、叶二人在峨眉开府时皈依佛法，改了法号，同往小寒山，与神尼忍大师劫后重逢，换了忍大师所备的佛家装束以后，谢、叶二人眷恋凤世伦好，又都钟爱二女，由此时往看望。经过详情，以后交代，这里暂时不提。

且说忍大师虽知二女将来承受自己衣钵，但是各有因果，殊途同归，修为各异，并不强其仿效。不过二女学道虽已多年，皈依佛法入门尚浅，又是生性好动，天真喜事，当此群仙劫运，异派猖獗之际，如稍放纵，不免多生杀孽，自添烦恼。于是在二女功候未到以前，表面仍借参修上乘佛法为由，轻易不令下山一步。二女至性天真，依恋乃师，又以夙根深厚，具大智慧，功力异常精进。虽然忍大师入定时多，但是灵山佛地尽多胜境，可供流连，每值禅功余暇，只在山中游玩，指点山林泉石，调弄珍禽异兽为乐。谢、叶二人又常来看望。端的山居清娱，一点不觉寂寞。似这样过了两年。原本谢、叶二人至多间月一到，到第二年内分手，一晃过了四个多月，均未见来，也无信息。二女思念异常，正赶这日忍大师向二女说法完毕，将要入定。二女知道师父和自己不是寻常师弟情分，人又慈祥和易，平日亲热已惯，从未受过嗔责。于是双双涎着脸皮，投在忍大师怀里，软语求告，要往武夷省亲，便道访看叶姑，问其何以数月不来。

忍大师先以二女此行，易与强仇相遇，不是敌手，不肯答应。嗣吃二女一味软磨，不忍坚拒。随以佛家心光查知就里，笑对二女道："你爹爹正想你们去呢。只是你们前往峨眉所结强仇毒手摩什，恨你二人切骨。上次寒月、一音二位道友送你们来时，正值仇人先在峨眉所受重创不曾全好，又值轩辕老怪聚众炼法，他正带伤随侍，无暇及此，所以沿途无事。小寒山佛法封禁，休说查看踪迹，连算也算不出来。仇人因查看不出你们的踪迹下落，心中奇怪。轩辕妖宫有一异宝，妖人能以心灵所注，遍查宇内人物动静，随时都在留心观察。本来疑你们也是峨眉门下女弟子，深居凝碧仙府以内，所以查看不出形影。如非自知不是妙一真人对手，轩辕老怪又再三告诫不许冒失，几乎犯险往试。

"近以峨眉男女弟子凡是法力稍高的，俱已奉命下山行道，仍不见你姊妹踪迹，渐觉料错。没有多日，便遇见一个曾借观礼为由前往窥伺，欲行暗算，结局震于峨眉威力，未敢妄动，腼颜终席而出的异派中人，问出你二人的踪迹。我独自在此隐修多年，同道往还极少，只有一二人，一向坐关，并非眼前正邪各派中知名长老人物。大雪山中，正经佛道两家法力最高深的，只有一位老禅师，也是在地底坐关，每六十年才开关说法一日夜，这位自然不是。余者，道家虽有两位，一则各有畏忌，并无仇怨，又都是男的炼士。那异派中人，只知你们被寒月、一音二位送往大雪山。这一回来，虽听说有小寒山拜师之言，但不知详情，连运玄机占算，法宝查看，自己又亲来雪山四处搜寻踪迹，并向一些隐居山中的妖邪访问，俱无下落。越发认定你们是未来隐患，始终没放下复仇之念。

359

"你二人在此，他固茫然无知。只一离开小寒山境，出了禁地，立被觉察。此人来去如电，邪法甚是神通，你二人此时尚非其敌，弄巧还要遇上别的妖邪。本不想你二人前往，一则孺慕情殷；二则你父亲又正向我以心灵传意，请我准你二人前去，适才我已应允了他。不过就此前往，必遇险阻。你二人已然拜我为师，我虽持有极大愿力，永不杀生开戒，但我门中佛法无边，具大无畏，也决不容甚邪魔外道侵害欺凌。此番不比上次，可以我的符诀、法宝救急。就是不与他计较，至多使其不知不觉，或是遇上，莫奈你们何，断无似前望影而逃之理。去是可去，但在三日之后，由我先传你二人有无相护身神光，方可前往。有此神光护身，仇人法宝固难查见，即无心相遇，也是不能稍伤毫发。此时你父亲正在武夷相候，此去必能相见。而你叶姑新近代人经办一事，须要十日之后方能有暇。她在川边倚天崖西双杉坪，你们只听说过，尚未去过。那地方就在雪山边界，虽然不远，境却幽秘，又有法力禁制，终岁云封，外人足迹甚难走进。你们当归路西南，回时可顺雪山边界往西绕去，先寻到了倚天崖上芬陀大师驻锡的龙象庵，再朝西方直飞，约有三十里便是。她见你二人往访，自必欣喜，开云相见。由武夷小住，回来再去，也正是时候。途中不可违戒，也不可故现行迹，收了神光生事。否则，将来纠缠便更多了。"

二女早受叶缤指教，说像乃师的愿力、修为太不容易，并且取法太高。二女素来情热，中间稍失坚忍，便易弄巧成拙。将来下山行道以前，务要将这有无相护身神光或是大小旃檀神法学会，方可有备无患，不畏妖邪暗算。但又说二女功力、年限均浅，此法神妙不可思议，还不到学的时候。故二女未敢遽然求告。不料得来如此容易，不禁喜出望外，忙即拜谢领命。

要知后事如何，请看下文分解。

第二四七回

灵石筑　五女谈心
古杉坪　二仙盗法

话说忍大师随即向谢璎、谢琳传授了佛家有无相神光，二女聪明灵慧，练习了两天，便运用自如。到了第三天，便拜别起身，遵从师命，由小寒山起，便用无相神光隐去行迹，起身往武夷飞去。

到了武夷山一看，山顶全是白云铺满，氤氲浩荡，岚光映日之外，竟看不见下面景物。暗忖："父亲既知女儿要来，又在念女之际，如何这等光景？"方在寻思，待要行法穿云而下，云岚倏地腾涌如山，朝上卷来，四顾身已没入云海之中。谢琳性子较急，刚唤了一声："爹爹！"忽见一道金光自下方射来，立时冲开一道云衢。二女认出乃父法力，低头一看，云衢下面梅花林外，乃父身着黄葛僧衣，正朝上面含笑招手。连忙争先飞落到地，方要开口，寒月大师将手往上一招，岚光云影重又封合。二女已经双双拜倒在地。寒月一手一个扶起，一同走进屋内，笑道："你们这次可在此住四五日，要少说话，不问不可开口。"说罢，将手一扬，手上立现出一片白光，光中现有不少字迹，令二女细看。大意是说：

　　一音大师叶缤为助一友人成道，特地费了许多心力，在倚天崖对面千寻石壁之内，将东晋时神僧绝尊者的一部伏魔炼法的真诀取到手内。但是此举，那友人固是得益不少，叶缤异日成道却必定因之迟滞，甚或有害。自己又有约在先，不便违约相强，一同参与。再四筹思，只有二女资禀既厚，法力日渐高深，留世又久，可以勉为其难。但是叶缤法力与己差不多，事前如无防备，彼此行踪均可查算明悉。事前如被知悉，她平生最爱二女，惟恐将来连带受累，素性清傲，又不喜人相助，此举决所不愿。为此暗中运用法力，乘叶缤在川边倚天崖双杉坪新居闭门习法，内外隔绝之便，与忍大师以通灵商议，令二女到来，指示机宜。等到叶缤日内尽通诸法，然后一同赶往。这部降魔真诀，以二女此时法力，学之甚易，只要记下，便能依此通解。二女之中，不论何人，凭着各人的愿力、缘法，将那部真诀默记下来。叶缤先前自是不肯，但她爱极二女，又知忍大师欲以禅门无上正法传授二女。此时只当多时未见，往遂孺思，又经法力掩饰，匆促之间，决想不到有此密谋。等到记下以后，已无法补救，只好听其自然了。

谢琳看完，甚是欢喜。谢瑛却道："爹爹设想如此周密，又得师父允准，此行自无不成之理。只是练习降魔真诀，乃于女儿修道有益之事，叶姑怎会如此坚决不肯相授？难道此举于女儿将来修道上还有甚弊害不成？"

寒月大师原以叶缤此事在所必办，但是将来好些险阻艰难。如论交情，自己便为她停滞些年飞升，原非所计。无如中有许多因果，不便相助，心里又放她不下。想来想去，只有二女成道较晚，比较合适。但二女所修不是佛家上乘正觉，如若明了这部真诀，将来法力虽高，但于成道上不免要多添枝节，增加困苦。以此易彼，于心又是不忍。算来只有使一人习此真诀，便可面面皆顾。偏生二女同胞孪生，不特形影不离，连言动心意也是如一。习法的将来成就，自有许多魔扰，其势又不能有所偏厚，任指一人往习。还有，忍大师也不知能容与否。试运心灵一通，竟未坚持成见，对于所虑一节，也说无妨。可是二女来时，寒月心尚踌躇，本想言明，设法选中一人，再行起身。哪知二女平日心性言动如一，这时意念竟有不同，分明各有因缘。此去定只一人习法，免却许多顾虑，再好没有。听完谢瑛之言，不禁大喜，答道："佛家原以清静寂灭为宗，本来无魔，何有于降？出世入世，相由心生，自以不习此法，少去许多烦恼。"

谢琳不等说完，插口说道："爹爹说的是习了此法以后，容易招致魔头，为异日修为之阻吗？女儿先已想过，一则叶姑疼爱女儿恩厚，为她之事，义不容辞；二则只要道心空明，具大定力，任甚魔头，无足为害，自能战胜。还有师父只女儿两个徒弟，又有凤世因果，真如有害，便爹爹肯，师父也绝不肯，怕他何来？女儿此行，既体亲心，并报叶姑多年厚恩，异日还可发大愿力，扫荡群魔，一举三得，再好没有。"寒月大师闻言颇喜。又听到末句荡魔之言，细察谢琳双眉隐现一些煞气，谢瑛却是依旧心光湛然，神仪如莹，不禁惊喜交集，暗中称幸。当时眉头微皱道："琳儿今日怎的失了故态？莫把此事太轻看了。"谢琳微笑不答。谢璎自从问过前言以后,始终静立在侧。

寒月大师随道:"从此你们不要再开口了。你叶姑近来益发神通广大,此间虽经我法力掩蔽,仍是不可不防。今日是她习法第二日,我们在此说话,倒不致被她警觉。惟恐万一她在无意之间向我通灵,或按神光查听出这种真情,便不肯中我们的计了。"说罢,仍用法力现出金字,令二女归座,指示一切。教以去时如何应付,以及见时如何说法,时机稍纵即逝,不可丝毫大意。谁先记下,便算谁的,各凭机缘,不可强求。叶姑对你二人一样爱重,也本可故意畏难,不尽心力。二女一一应诺。

果然第二日,叶缤便与谢山通灵问答,说道:"近三日因炼《灭魔宝篆》真诀,为求慎重,并试诸般法术威力妙用,在本日通晓之后,一一加以演习。但是此举关系重大,除却内有几种威力异常厉害,不能无的放矢,非遇上事不能演习外,全部演完尚须九日。就这样,仍幸仗有佛门至宝心灯镇压,才敢放胆施为。末了谈到为取此宝,费却许多心力,久未往小寒山探看二女,适才忽生想念。算计事完还得四五十天,欲请道兄日内往小寒山一行,就便劝忍大师不要固执成见。二女虽然凤根深厚,未来成就远大,但她们过去诸生尚有因缘未了,就参佛家上乘大法,也须了完一切因果以后,不可勉强。本心想与忍大师通灵一谈,就便查看二女近日修为如何。偏生忍大师不知何故,竟以轻易不用的佛家大须弥不动尊法,将全山封闭,与外绝缘,接连叩关两次,均无回应,内里情形,已查看不出一点端倪。料是二女功力精进,正在传授大法,恐防分心魔扰,或有甚人前往求见之故。道兄近日可曾去过?武夷仙居,为何也用法力封锁?我在事完以前,不想再扰忍大师禅修。道兄如有清暇,日内可往探看。"谢山答道:"近受天蒙老禅师之教,山居静修,久未往看二女,也颇思念。忍大师决不固执成见。此时尚有他事,难作长谈。等你大功告成,见面再说吧。"叶缤想是抽暇询问,谢山答语虽然模糊,以平时相期甚深,彼此诚信已久,本是一时思潮忽动,略谈即止,也未往下盘诘。

双方通灵问答过去,谢山笑向二女说完前情。又道:"你叶姑忙于炼法,由此起,不到事完,是不会再向我通灵了。我父女可以随意谈笑,只是上空禁法仍不能撤去罢了。我从未向她打过诳语,今番还是第一遭呢。"谢琳笑道:"爹爹答话含糊,并未提到女儿。将来闹穿,为好则有之,各尽其心,哪能说是诳语呢?"谢璎笑道:"琳妹乃是巧辩,心与口违,怎说不诳?不过略迹原心,叶姑也不能怪罢了。"

谢山道:"你看绝尊者法力何等高强,她那里习法日期,我竟会不曾算出。否则，令你们晚来数日，也省得耽误功课。"二女同声笑道："毕竟佛门中人情薄。爹爹以前多爱女儿，极愿常在膝下承欢，不愿离开，才对心思。自从师父与爹爹换上僧衣，往往一别多日，不往探看，就去也无多时停留。这次违颜日子更长，女儿们日夕都在思念，难得有这机会，可以在此承欢些日，共总八九天，一晃就过的光阴，爹爹还嫌女儿来得太早，不是心肠硬吗？"谢山笑道："痴儿，痴儿。你们这等口吻，你师父偏想你们学她，不是难吗？"谢璎道："那也不然。师父幼遭孤露，屡世艰厄，万缘已断，自然修上乘功果比较容易。要似女儿这样，又有爹爹，又有师父和叶姑，恐也一样是不免思恋呢。"谢琳道："我佛无缘无故，时以无上愿力普度众生，便是最情长的人。你看师父法号忍大师，坐关那么多年，一旦前生爱女再劫重逢，金刚不坏的门横巨木，为何只凭女儿两滴泪珠便化乌有呢？这是女儿们先见到她老人家，省了些事；要是爹爹和叶姑同去，想起前情，同声一哭，不也照样开门相见吗？"

谢山微笑不语。因已指示机宜，二女尽管天真，法力既非寻常，智慧尤高，一点就透，无须再说。加以老的初证禅修，爱根未断；小的天性纯厚，孺慕依依；又是平日各有修为，父女三人难得如此聚首，互相述说过去未来之事，谢山更对二女温言教勉，言笑晏晏。

天伦之乐，光阴易过。一晃便到了叶缤习法的第八日深夜。谢山才对二女道："你叶姑明日申初大功告成。你们飞行甚速，本无须乎早往，但如算准时刻前去，途中恐有阻碍，时机一误，再也休想。最好黎明起身，就便可绕道倚天崖上龙象庵一谒芬陀大师，不问人在与否，总算把礼尽到，以免过门不入，有些失礼。并可得一落脚之所，不致在双杉坪前呆等，还惹叶姑疑心。就这样，路上无论遇见甚事，仍以不理为妙。固然你们炼有神光，起身又早，足可了当。到底事关重大，必须照我所说，申初时分你叶姑法刚习完，《宝箓》不及收藏的当儿，叩关求见，才恰到好处。差之毫厘，谬以千里；多一事不如少一事。虽有不平，无妨俟诸下回。那《宝箓》非比寻常，习后功力，尚视各人修为，来定高下。你叶姑真个精习，发挥它的全力，尚须时日，何况你们。可是只要当时谨记全书，自能循序渐进。再过二三年，异派妖邪极少敌手。那时无论什么极恶穷凶，除之均非难事，何在今日？如若因此延误，悔之无及，我对叶姑也白用心了。以我计算，事固不会如此，终是谨慎些好。"

二女领命，候到天色甫明，便即拜别起身，同往川边倚天崖飞去。遁光神速，不消多时，便入川境。也是二女一时高兴，经过巫峡上空时，偶然目注下方,瞥见层崖峡峙,江流如带。那么萧森雄奇幽险的川峡,空中俯视,直似一条蜿蜒不绝的深沟。水面既窄,当日天又晴和,江上风帆三三两两,络绎不绝。过滩的船,人多起岸,船夫纤拉着抢上水,动辄数十百人拉着一条长缆,盘旋上下。于危崖峻壁之间,看去直似一串蚂蚁在石上蠕动,那船也如儿童玩具相似。二女难得出外,觉着好玩,左右还早,所御遁光无形无声,外人又看不出,便把遁光降低,沿着川峡西行。人一降低,景物显大,觉出江山之胜,与空中所见别是一番景象。

二女俱有山水之癖,并发动了夙好。可是这一临近,才看出那些纤夫之劳无异牛马,甚或过之。九十月天气,有的还穿着一件破补重密的旧短衣裤;有的除一条纤板外,只拦腰一块破布片遮在下身。余者通体赤裸,风吹日晒,皮肤都成了紫黑色。年壮的看去还好一些,最可怜的是那年老的和未成年的小孩,大都满面菜色,骨瘦如柴,偏也随同那些壮年人前呼后喝,齐声呐喊,卖力争进,一个个拼命也似朝前挣扎。江流又急,水面倾斜,水的阻力绝大。遇到险滩之处,齐把整个身子抢仆到地上,人面几与山石相磨。那样山风凛冽的初冬,穿得那么单寒赤裸,竟会通体汗流,十九都似新由水里出来,头上汗珠似雨点一般往地面上乱滴,所争不过尺寸之地。看情景,每过一滩,少说也须两三个时辰。上下起载,还不在内。二女越看,越觉得这些纤夫实在劳苦可怜,不由动了恻隐之心。

说也奇怪,二女因是孪生灵婴异质,未到武夷以前,不特言动如一,连心意也都一样,从无相左。及至武夷出来,表面上还不怎显异样,心意却在无形中有了出入。一开始都还记着父亲别时不令多管闲事之诫,虽可怜那些苦人,只是心里动念,没有一定打算出手,遁光却缓了好多。有两三次谢琳看不下眼,意欲施为,俱为谢璎阻住,并道:"巫峡有名的浪恶滩险,终年如此。沿江土人以此为生,已成习惯,我们助他一时,济得甚事?何况来时爹爹再三叮嘱,甚事都不许管,如何可以违背?我们真有好心,何在今日?将来再从长计较,为行旅造福,作一长久之计,不更好吗?"谢琳只得罢了。

二女说着,渐渐飞过峡中最著名的苏、摄二滩。见江波渐平,风势已正,既不想管闲事,便想催动遁光,升空急飞。彼此正问答间,忽听前面喧哗之声汇成一片。往前细看,原来上流三四里纤道上,有三队纤夫,每队三五十人不等,所拉的船却只是三条轻载的客船,每船相去十余丈,正同抢着上流。船并不大,江上看去又那么风平浪静,一条小船,平均四五十人奋力扯纤,竟会抢不上去。这还不说,最怪的是对岸有一危崖,纤夫们背着纤板上来,似不费力,可是船一驶近崖前,便如钉在水上一样;一任纤夫们拼命前挣,汗流如雨,把全身都挣仆到地上,兀自不能再进一步。船头系纤的将军柱,已被拉成了弓形。可是江波粼粼,平稳无风,看不出一点有阻力的异兆。后两船上人见前船这等情景,俱都不敢再上。三船上人都在忙着点香烛祭神许愿,惊惶万状。

二女方觉有异,猛听哭喊之声,那头一条船倏地易进为退,顺流倒驶下去。那些纤夫们吃不住劲,事出意外,纤得又紧,不及放脱身上纤板,纷纷随同往后倒跌地上,被那船带着在山石上往回乱滚,身多不由自主。纤道本窄,有的已被带落断崖之下,幸有纤板套住,人未落江,身却虚悬空中。全都吓得心惊胆战,惊叫悲号,江峡回音甚是凄厉,看去惨极。

二女心慈好善,怎能看得下这等惨状?事有凑巧,就在此时,谢琳先前本在四下查看,哭声一起,同时又发现一件可疑之事,不禁省悟。怒喝:"姊姊,你快去救那些可怜人,先把船定住。我往前面看看是甚东西闹鬼。"谢璎心急救人,也没听完乃妹的话,便即飞起,首施法力,先把那船定住,再把落岸的人托上,人却没有现身。就这晃眼的工夫,那头条船已倒退了好几十丈。二、三两船见此异变,吓得连忙扳舵退避,侥幸没被倒退下来的船撞上。这两船纤夫把纤板慌不迭地取下,总算见机得快,只随船溜退了二三十丈,便吃谢璎把船定住。船住以后,落岸的纤夫又似被人托了上来。未落岸的因都工于此道,这类事均有经历防备,百忙中各把纤板活扣拉脱,全都受了轻重伤,幸而均非致命。船人见忽转危为安,又有些异迹,俱当神佑,自去叩谢江神,纷纷猜疑。

谢璎见受伤人多,大都不轻,本心还想施救。回顾谢琳,已往前面危崖凹中飞去,猛想起行时父亲之言,不禁心动,无暇再顾受伤诸人,赶紧过去查看。只见谢琳正处治一个小妖童,业已现出原身。妖童似知不敌,破口大骂:"狗丫头,无故上门欺人,是好的,随我见我娘去。"谢琳已用法宝将妖童罩住,闻言叱道:"无知妖孽,竟敢为祸行旅。你那父母、师长决非善类,正好一起除害。想要我放你,却是休想!你自在前引路,我仍用宝光押着你,寻往妖穴便了。"

谢璎虽觉谢琳不应多事,但见这妖童形态丑怪,一身妖气,无故害人,所行之事又极阴毒可恶。除非适才见死不救,既救人便须救彻,留此妖邪,不知以后为害多少生灵。又见妖童虽在宝光笼罩之下,仍似有恃无恐,不住厉声辱骂,也实可气。暗忖:"自有护身神光,身形说隐即隐,百邪不侵,如有纠缠,给他一走,料也不致误事。但是爹爹既有预诫,仍以小心为是。自己且不露面,隐在暗中总好一些。"便向谢琳传声示意。谢琳却甚托大,答说:"区区幺么小丑,他那父母、师长也必有限,除他容易,不必顾虑许多。"谢璎仍未将身现出,妖童竟似有了警觉,手指谢琳骂道:"狗丫头,我知你还有同党,无须鬼鬼祟祟,放光明些,有本事,只随我去。"随说随试探着斜飞而上。谢琳立意扫尽妖邪,为川峡行旅除害,一面还骂,一面指定宝光,随同沿崖而上,往崖后飞去。

谢璎忙追近前,传声悄问谢琳与妖童争斗经过。

原来谢琳因风平浪静,而纤拉不动,心疑有异,先向四外查看,并无异状。也是合该有事。江船倒退时,二女遁光正停在那危崖的近侧江岸之上,纤夫们往后一倒,谢琳目光恰也扫向对崖,一眼瞥见危崖壁立千仞,都是上下如削,沿江而西。惟独纤夫经行的对面,好似昔年曾崩塌过,空出半里长一大段,日受风日雨水侵蚀冲刷,成了一片大崖坡,由上斜行向下,直与水面相接。赤石童山,寸草不生。虽可上通崖顶,山石荦确,势极险峻,上面也无人家。近水滨处却立着一个年约十五六岁的道童,生得豹头虎项,浓眉如帚,一双突出的鱼眼直泛凶光,嘻着一张阔口;鼻子大得出奇,只是横扁不高;前额、下巴与两腮齐向外凸,更显得脸往里凹;一双大耳,左边戴着一枚两寸大小的金环;手足粗短而大,穿着一身白麻布的短衣裤,赤着双足。通体肤黑如漆,相貌丑怪,神情甚是诡异。一手戟指下流的船,口中念念有词。看见船人惊惶号叫,对岸纤夫倒跌受伤,哭喊惨状,哈哈大笑,好似以此为乐。

谢琳知是妖童闹鬼,不禁怒从心起,更不寻思,忙招呼谢璎速去救人,径直当先飞去。在有无相神光护身之下,身已隐去,妖童原不能见。只为谢琳疾恶心甚,去势忒急,未免略带破空之声。妖童虽是童装,年纪并不在小,又得过厉害妖人传授,邪法颇高。因是日前有土人侮慢了他,特意在此生事。先已暗用妖法,使那些拉纤的土人出了许多臭汗,意犹未足,末了竟施毒手,将船迫得顺流而下。看见船人纤夫狼狈滚跌之状,正在得意,忽觉疾风飒然,由斜空中迎头飞堕,便知来了敌人。仗着家传护身邪法,慌不迭忙纵遁光闪开来势,同时张口一喷,周身立在墨云笼罩之下。大头摇处,左耳金环忽化一圈红光飞起,戟指骂道:"何方无知鼠辈,敢来暗算小祖师爷!有本领,现出原形,与小祖师爷见个高下,看你是甚东西变的。鬼头鬼脑,掩藏则甚?"

谢氏姊妹素来行事光明，此行隐身，乃为省去途中遇敌耽延，原意也是将妖童擒到无人之处，问明来历，盘出罪状，再行处治，并非有意暗算。吃妖童一骂，再忍不住，立现身形。方要还口喝骂，不料妖童自负练就一双怪眼，差一点的隐身法决隐不住，竟看不出来人丝毫踪影，心中也是有些惊奇。素日机巧变诈，手下又毒又快，忙先行法护身，口中喝骂，暗打主意，准备敌人一现身，立下毒手，几面夹攻。人才照面，没等谢琳开口，早急不如快，双手齐扬，左手一蓬五色飞针，右手一道赤暗暗带有焰头的刀光，暴雨闪电一般发出。同时耳上金环所化光圈，也向谢琳当头罩下。妖童以为这三件法宝俱非寻常，来势又是极快，骤出不意；而对方赤手空拳，连道剑光都不曾有，好似轻敌太甚，隐身法初收，决无防备。心想任你多大神通，也难经我三宝齐施，哪知遇见对头克星。

妖童原准备来人一现身，立即发动。及至瞥见来人是个美如天仙的少女，心方一动，三件法宝的光华已然到了敌人身上。正觉着收势不及，杀死可惜，猛见敌人一声清叱，也未见有甚动作，飞针首先消灭无踪；飞刀和金环也似被甚东西挡住，不能再进。不禁大吃一惊。伎俩止此，敌人如此神通，别的邪法自更无效。知道情势危险，恐将这二宝又复失去，赶忙回收时，果然敌人一声叱罢，指上一道金碧光华飞出，先把金环一斩一绞，立成粉碎，洒了半崖星雨。飞刀虽幸勉强收回，人还未容破空飞起，少女扬手又是一道金光，当头罩下。那护身墨云竟似抵御不住，暂时虽未受伤，身已被人困住，逃遁不得。妖童急怒惊恨交加之下，把心一横，左右凶多吉少，索性破口大骂，欲用激将之计，诱敌入巢。谢琳天性好胜，又觉得妖童小小年纪，敢于如此为恶横行，其师长可知，有意除恶务尽，正想押了同去。

这时谢璎也已赶到，匆匆略说经过，仍用法宝押着妖童飞行。沿着巫峡崖顶连赶了四五座峰头，约飞行了二百余里，眼望前面危峰刺天，峭壁排云，山势益发险恶。谢璎见久未到，心早不耐，方欲就地拷问，杀了妖童，异日再寻他的巢穴和师长。忽听妖童连声厉啸，响振林谷。谢琳料想已到地头，因愤妖童恶口伤人，惟恐万一逃遁，忙把宝光止住，喝道："该死妖孽，你嗥什么？怎还不到你的妖窟？我们还有事，不耐烦了。现容你再叫三声，你那妖娘如不迎来，我便先取你的狗命！"

妖童连受宝光侵削，身外墨云已去大半，早就不支。闻言知道不妙，心中还想巢穴就在前面，乃母如在洞中，必定出救，心虽胆怯，仍想延挨待救。故意厉声答道："我娘便在前面乌树岭墨云峰洞中打坐。她名乌头婆，说出来,吓破你的狗胆。你如害怕,不敢前去,我便依你唤她三声。"谢琳冷笑道:"我先前因不知你巢穴,意欲一网打尽,故而押你到此。现既知道地头,自会上门,何必你喊?"妖童原以先前连唤未应,心疑乃母海外未回,虽有同门党羽,恐非敌人对手,本意欲借说话耽延,以便洞中同党乘机向乃母行法求救,只消挨上一会,以乃母的法力,多远都能赶回,不料弄巧反拙。闻言知无幸免,可是仍不肯说软话,意欲再以话激。口方喝得一声"狗丫头",底下话未出口,谢琳自经佛法重炼的碧蜈钩已化一道金碧光华,龙飞电掣而出,围向妖童身上。妖童护身妖云将散,怎禁得住两道宝光齐施威力,接连绞了两三绞,当即毕账,化为一摊紫血,狼藉地上。

妖童一死,那飞刀倏地乘隙往前飞去。谢琳先未防到,不及阻止,知道飞刀所去之处,必是妖窟,还想赶去除害。谢璎拦道:"妹子,你忘记爹爹的话吗?照这沿途耽延,赶到川边,也正是时候了,我们还要拜望芬陀师伯呢。日后得便再来,仍旧隐身走吧。"谢琳本和乃姊一样天真和善,一时激怒疾恶,动了杀机。妖童一死,心气便和,又想起乃父之言,毕竟叶姑事关重大,一面应诺,便同起身。

二女刚纵有无相神光飞起,猛觉眼前墨绿光华一闪即灭,知有妖人暗放冷箭。仗有神光护体隐身,不曾受伤。谢琳的怒火重被勾动,又想往妖童所说的妖窟寻去。谢璎拦道:"这妖孽看她孽子被人杀死,只放冷箭,不敢出头,就上门去,能寻到吗?我们地理不熟,只听地名就在前面,但刀光越峰而过,未见落处。山峰林立,知道何处方是妖窟?就便寻到,妖人也早逃走。除非她记仇迎敌,自不甘休。看情势,妖人业已知道我们难惹,不敢明对,暗算无功,立即逃遁。去了白费心力,耽延时刻,所为何来?老妖名叫乌头婆,少时向叶姑一问,自知底细,除她容易,何必忙在一时?"谢琳也觉此言有理,大声喝道:"该死妖妇,暂时容你偷生。以后如不痛改前非,我们事完回来,你那儿子就是你的榜样!"说罢,也无回应,二女便同催遁光往川边飞去。

因在巫峡流连,又与妖童斗法,押同往寻妖窟,虽然为时不久,路却不是先前去向。前后算来,也有一个多时辰耽延。谢璎心料妖妇决不如此易于甘休,更恐途中再遇上别的枝节,父亲话已有些应验,估量决不止此,觉着早到倚天崖才妥。于是只催遁光,由高空中向前疾驶,不再往下观看景物。行到午正时分,前面雪山矗立,翠嶂云横,倚天崖已然在望。心方一喜,忽听身后来路遥空密云层中,隐隐传来一种极尖锐悲愤的怪声,叫道:"何方贱婢,敢乘我老婆子不在山中,将我两生爱子杀死?快快回头与老身说个明白,要是我儿不好,只要理对,老身还可容你们活命;要是你们无故欺人,莫怪老身心狠。我知现今峨眉、青城两派,收了许多无知小狗男女,惯在外面无故欺人。休看你们师传隐身法神妙,人看不见,如与老身为仇,并无用处,上天下地,一样能取你们的狗命。再不回头与我理论,我一下手,就后悔无及了。"

二女遁光何等神速,急切间妖妇虽还不曾追上,但那怪声既是若远若近,听去又极凄厉酸楚,刺耳难耐。依了谢琳,便要停身相待,吃谢璎一把拉住。谢琳刚喊得一声:"姊姊!"声才出口,又听妖妇哭喊:"仇人,你回来呀!"谢琳底下话未出口,吃妖妇远远一喊,猛觉心神皆颤,似欲飞越。身在有无相神光护身之下,尚且如此,不禁大惊。幸是近来修炼佛法,功力精进,迥异往昔,一觉有异,忙运禅功把心神定住,方得无事。先前骤出不意,没料妖妇邪法如此神通,人一出声,立有感应。毕竟佛法真传,与众不同,一加戒备,便即无事。谢璎虽未出声,也已有些惊觉,情知是个强敌。暗忖:"无论多厉害的妖人,一到芬陀师伯那里,便可无事,好在龙象庵就在眼前。只是妹子今日心性较暴,不似往日,恐有疏失。"忙用手拉住谢琳,加急同飞。

哪知乌头婆乃邪教中有名人物,练就独门邪法,专一摄人生魂,对方只要出声,生魂立被摄去。便是道力较高的人,如若事出不意,也都难免。不过妖妇虽然凶恶,除非人先犯她,或是爱子受了人欺,无故决不伤人。自己也知所习不正,乃子又喜在外为恶生事,平生钟爱只此一子,舐犊情深,视若性命。乃子偏不争气,百年前已因为恶太多,被仇家杀死,几于形神皆灭。乌头婆费了许多心力,将他元神炼好,重又转世,收回山去。因知乃子江山易改,本性难移,最喜在外惹祸,习法却不用功,浅尝辄止。现当正邪各派群仙四九重劫之期,如稍放纵,不特爱子自取灭亡,多半还要累及自己。盘算之下,特意带同爱子、门人隐居在巫峡群峰最隐秘荒寒的无名乱山之中,闭洞隐修,不问外事,准备躲那四九大劫,平日直不许孽子离开她一步。

孽子因当地僻陋荒凉,山又童秃,终年愁云惨雾笼罩,仅有正午前后略见晴明,而且险阻幽深,风景全无,自然不耐岑寂。每欲出外,总是乌头婆跟着,以防在外树敌结怨,居然隐避了将近百年,因她管束得严,并未生事。可是年月一久,未免疏懈下来。乃子又再三向母求说,想起前生受祸之惨,心胆已寒,就娘不在,也决不敢胡为。乌头婆虽然半信半疑,但疼子的心盛,知乃子天性好动,山中荒凉,委实无可游玩,口虽不曾明允,暗中却渐放任,只不准离开巫峡山境之外。

孽子日常无事,每去江边闲游。也是凤孽太重,运数当终。前日偶往附近村集闲游，忽思饮食。土人见他相貌丑陋，出口不逊，已极厌恶。又见道童穿着道装，当是山中道观逃出来的道童，身边未必有钱，便要他先钱后酒，于是争吵起来。蘖子正待行法白吃，还要作些恶剧，恰值乃母寻来，将他带回，一口恶气不出，才有当日之事。事更凑巧。乃母因算计四九重劫越来越近，连日心神忽动，若有警兆。这等景象从来罕有，心中疑虑，欲往海外寻一多年未见的同党商议。偏那同党也是一个左道散仙，宫中美女甚多，惟恐乃子生心贻笑，没有带去。行时，也曾叮嘱：自己未回以前，不许离山一步。蘖子本已应允，那天乃母去后，忽想起日前土民欺侮之恨，欲往报复。赶到一看，因非集期，只是一片空地。一时气无可出，见那些纤夫俱是当日指说嘲笑自己的土民，立生恶念捉弄，不想引出杀身之祸。后被谢琳制住之时，一看日影，乃母应早归山，心中还在打点复仇之念。做梦也没料到，乃母一生言行必践，所约时限永无差错，这日竟会在归途被一久别重逢的同类至好强行约往山中，小聚了半日。

蘖子死后，乌头婆在外忽觉有了警兆，跟着接到妖徒的警报，忙即赶回。当时悲愤已极，匆匆略问仇人情景、去路，便起身急追，同时施那七煞形音摄魂大法。二女幸仗神光护体，本身道力又高，没有吃亏。乌头婆见魂未摄到，大是惊异。痛子情殷，决计拼命，仍旧加急前进。快追上时，这里二女也快飞到倚天崖上，耳听身后怪声越来越近。觉着被妖人追往庵中，不大好看，心正盘算应敌与否。忽听霹雳一声，由头上越过。忙回头一看，一道金光，光中现出一只亩许大的金手，挟着千重雷火金星，其疾如电，正往身后怪声来路飞去。同时又听一声厉啸，发自遥空，这次却是由近而远，晃眼间只剩一缕余音摇曳天边。那大手和金光雷火，连同妖人怪声，全都消灭，无闻无见。

二女也已飞抵庵前，刚按遁光落下，现出原身，忽见庵中走出一个老佛婆来，说道："芬陀大师师徒现往南海，令我在此延款二位道友。行时留有柬帖一封，请至里面再看吧。"二女见这老佛婆道气盎然，相貌祥和，料知是位前辈高人，忙即敬礼，请问法号。老佛婆道："我姓丘，素无法名。近在这里代主人看守庙宇。适才惊走乌头婆的，乃是大师化身妙用，与我无干。"随说，随引二女去到禅堂坐定，袖中取出柬帖。大意是说：二女前途远大，功德无量，可喜可贺。丘道友是我昔年至交，但她屡世苦行，今生尚有一难，方得正果。到时，务望相助，玉成其事。另外附有一个小简，上记开视日期，令到时再看。二女一算，还有不少日月，便由谢琳收起。

老佛婆道："道友理会得吗？"二女同声答道："师伯之命，焉有不遵？只是后辈道浅力薄，不知能否胜任，老前辈何妨先为指示机宜呢？"老佛婆道："如论此时，二位道友自难为谋。可是将来，二位道友只一举手，便可为我解厄，绝非今日之比了。事情还早，说之徒乱人意。可惜一粒灵珠被它飞去，否则老婆子得益更多呢。"二女知她不肯深说，便改谈别的。谁知这老佛婆竟是法理精微，妙谛如珠，只身世来历不肯明言，二女好生敬佩。又把乌头婆的来历深浅谈了一阵。老佛婆又说二女凤根深厚，回山不久，便有旷世佛缘遇合，以后更无足虑，不必在心。谈了一阵，二女见时将到，便起身辞别。老佛婆并不留客，送到庵外，便自作别回身。

二女立往双杉坪飞去，到的时刻原早算准，二三十里之遥，晃眼飞到。见当地乃是一片危崖，崖顶有一小峰，峰前一片平地，崖顶地势十分平坦。因当时雪山边界气候高寒，山风劲疾，草木稀少，疏落落生着一些杂树，都不高大，形态也均欹斜瘦硬，偏向一方的多。惟独孤峰前面一左一右生着两株大杉树。峰在崖顶当中，高仅十多丈，孤零零矗立其间，玲珑奇秀，势绝生动，石色也与崖石迥不相同，直似何方移来的小山，不是原有。那两株大杉尤为奇特，其高约在二三十丈，大约十围，亭亭勃勃，直上十余丈才生枝叶，虬枝纷披，形如翔凤。全崖草木黄落，生机将瘁。独这双杉铁干撑空，荫被十亩，枝叶葱茏，翠色欲流，直似两幢极大华盖张在小峰前面。最难得的是这两株大小如一，雄奇伟秀，汇为奇观。二女虽然久居仙山，似此灵杉古木，也所罕见，互相赞赏了几句。再走向峰前一看，这峰远看虽是洞窍玲珑，通体却是一块整石，最深的洞穴不过丈许，均不甚大。知道叶姑就在里面，只是无门可入。

二女心想："武夷行时，虽未说到如何入门，爹爹曾有叩关之言。细观全峰上下，到处层峦叠嶂，奇石若飞，惟独近峰顶处有丈许大一块圆形石壁，玉色匀细，又圆又阔，映日回光，熠熠生辉。前面山原林木，影照其中，宛如一轮明月悬在上面。估量这圆石许是洞门，经叶姑行法封闭。"正在商议飞往石上叩关求见，忽听一女子声音笑道："璎、琳二女来得真巧。你二人速退双杉前面，待我放你姊妹进来。"二女一听声由圆石发出，正是叶缤的口音，久别依恋，不禁动了天真，喜得拍手争唤叶姑，一面飞退双杉前面。身刚立定，忽听地底殷殷雷鸣，好似的轴正转，小峰也在往前移动。晃眼声止，便听叶缤唤道："峰移洞现，你姊妹快进来吧。"这次话声却由地底传来，听去甚深。

二女边答边往前赶，这座小峰倒退了十多丈，正当峰底现出一个洞穴，方圆约有丈许,看去深约千丈。近口七八丈,悬着一团碗大银光,照得洞中明如白日。知是叶姑用来接引自己的宝光,忙把有无相神光一变,现身往下飞降。才落十丈,地轴又鸣,一片殷雷响过,再看上面,小峰已复原位,压向洞口。那团银光也似飞星下坠,赶向脚底。二女便随银光飞落,转瞬快要到底,银光忽往横里飞去,同时看到壁间现出一个圆门。二女以为里面地方必大,忙赶进去一看,洞并不大,迎面是间大只方丈的石室,当中一个矮圆石墩,空无余物。方一迟疑,忽又听叶缤在石壁中笑道:"今日大功告成,你姊妹便寻了来。只顾欣喜,竟忘将内层门户开放。我也如此粗心,岂非笑话?"话还未毕,一片奇光闪过,正面石壁忽隐,全洞大放光明,叶缤已在面前出现。

二女忙抢过去,谢琳首先拉着叶缤的手,喜跳道:"叶姑,几时炼此妙法?快教我吧。"叶缤道:"这些下乘法术,有甚稀罕? 你要学时,闲来我再传你,忙它做甚? 你二人怎会寻到此地?"谢琳笑道:"叶姑神通广大,还算不出吗?"说罢,又道:"啊! 今天不许叶姑算,你猜,我们怎会寻来的? 估中便罢,估不中时,须把移山之法传我。"叶缤一手一个,拉着二女往里走进,笑道:"这还有估不到的? 这一打赌,只怕你法术却学不成了。"二女同笑道:"却不许你按神光占算呢。"叶缤笑道:"我最爱你姊妹天真,须和常人一般说笑,才有意思,占算出来就无趣了。我还有部书未收拾,事完再长谈吧。"

谢琳早已瞥见,发现这间石室甚是广大,中设法坛,坛上立着一座金光灿烂的宝幢,坛前有一矮石案,案上陈着一本道书,旁有一堆金砂,案前一个石墩。闻言,故作不知,含笑将头连摇道:"叶姑,不收书有甚要紧? 莫非还不许我们看吗? 你不知我姊妹这几个月来多么想你,出门有多难呢。"叶缤闻言,立被打动,笑道:"此书以前乃神泥封合,被我化成散沙,方得取出。现须还原,并非易事,我已忙了些日。久别思念,先谈一会也好。我习此书,关系非小,你们却是习它不得。莫非你们此来,还不知底细吗?"谢琳笑道:"姊姊先不说,一说,叶姑就猜中了,叶姑探我们的口气呢。"说时,叶缤因无坐处,便拉二女同去石墩上落座,笑道:"那么,我先猜吧。"

二女见叶缤一味欣喜,毫未生疑,越发高兴,故意互相争唤叶姑,各要传授一点有趣味的法术。叶缤笑道:"没见你姊妹都不小了,仍是当年童心稚气,习法只为好玩。你们可是由小寒山来?"二女拍手笑道:"这头一估,就估错了。"叶缤笑道:"我答还未完呢。那么,你姊妹必是武夷省亲,听你父亲说的了?"谢璎闻言,微笑未答。谢琳却拉着叶缤的手,笑道:"全估不对。我们倒是往武夷看望了爹爹，爹爹只说叶姑想念我们，前日还曾通灵，别的并未怎提说。我们现由龙象庵来，叶姑想不到吧？"

叶缤也是爱怜二女太甚，又当大功告成之际，心中高兴，全未想到别的。事情偏极凑巧，谢琳灵慧异常，这次巫峡途中与妖人结仇，事本无心；后往龙象庵听人说起乌头婆的厉害，便留了心。及听叶缤一问，猛想起此事现成资料，如加上去，岂不比爹爹所教还圆得多？故意愤愤答道："我二人是让一个名叫乌头婆的妖妇，追到那里去的。"叶缤惊道："那老妖妇邪法厉害，最为狠毒。不过她已匿迹多年，久已无人见到；并且她虽妖邪，向不无故寻事。你二人怎会与她为敌？"谢璎正要开口，谢琳抢口说道："姊姊莫插话，由我一人来说。我姊妹不能白受人家欺负。师父所传佛法，只是防身御魔，遇见厉害一点的妖人，便难除他。说完，我还要求叶姑传授仙法，破妖妇的形音摄魂邪法，报仇除害呢。"

谢琳说罢，随即添枝加叶，假说："久不见爹爹和叶姑，日夕思念，昨日苦求师父允准，去往武夷。本心省亲之后，问明叶姑行踪，再往问候。哪知爹爹见面不久，便说有事他去。命即回山，日内当同叶姑往小寒山相见。我和姊姊问叶姑师徒何往。爹爹说叶姑近有要事，独自一人在此炼法，连门人都未带一个。此时正在闭关，谁也不见，你二人便去也见不到，还是回山等候我们来吧。今早分手，觉着好容易出一次门，师父惟恐有人欺侮，还传我们有无相神光护身，本心想和爹爹、叶姑聚上十天半月，一同回去，不料如此，岂不冤枉？特意绕着路走，想就便看看山水景致。身为神光所隐，外人原看不出，也没想到多事。哪知行经巫峡，见一妖童用邪法无故残害苦人，是我不忿，将他追往深山之中杀死。这厮死前，说他娘是乌头婆，还叫了两声，也未见人来救。除去之后，正往回走，老妖妇忽然追来，先用形音摄魂邪法，如非神光护身，差点没吃她亏。姊姊看出是个劲敌，下山时师父又曾叮嘱，不许与人交手。先杀妖童，已然忘诫，又听妖妇一喊，心神便乱。更恐毒手摩什发觉寻仇，众寡不敌，本意飞回小寒山去。谁知妖妇厉害，三面俱有怪声呼应，恐有疏失。双杉坪只听说在雪山附近，不知何处。倚天崖却知不远，心料芬陀师伯必能相助，正好是这一方，便往倚天崖龙象庵飞去。妖妇飞行竟比我们还快，我们才到庵前，她已追近。方觉被人追上门去，不是意思，待要回身一拼，忽由庵中飞出一只大金手，将妖妇赶走。随走出一位姓丘的老佛婆，将我们接进庵去。才知芬陀师伯已然他出，早算就妖妇追来，用化身将她逐走。随给我们一封柬帖。丘老前辈谈起妖妇的厉害，以后不免相遇，吃她的亏，只有叶姑能有法力制她。又问出了地点，因而寻来。叶姑怎估得到呢？叶姑自然不愿妖妇欺负我们，传法破她那不消说。现又打赌输了，请连那移山之法一齐传授了吧。改日寻到妖窟，一出手便先把她巢穴行法移去，再与交手，有多快心呢。"

叶缤以为忍大师欲令二女承她衣钵，自己炼法断无不知之理，万不会令二女来向自己学步，闻言果然深信。略微沉吟，答道："那妖妇既与你们结下杀子之仇，委实是你二人隐患。此人神通变化，邪法高强，便我亲去除她，也是难极。尚幸机缘凑巧，我近炼此书，乃东晋神僧绝尊者《灭魔宝箓》，内中恰有制她之法。不过习了此书，虽具无上降魔威力，但亦利害相兼。尤其是习后不慎，妄肆威力，不特多造孽因，于本身修为上害处更大，必须慎重。妖妇和轩辕师徒、蚩尤坟中三怪，都是来去如电，声到人到。你二人不久便要下山，虽有佛法护身，一则皈依佛门未久，遇上寻常妖邪自然不在话下，似这类强敌，却是难料；二则你二人经历甚浅，无甚机心，妖妇捷如响应，仇恨又深，说来就来，随时随地都可侵害。你们毕竟不能终年均在神光护身之下，一个不曾防备，变出非常，吃她骤然暗算，便难抵御。固然你们累世修为，福缘深厚，不致遭她毒手，但吃亏却所不免。这部《灭魔宝箓》，你二人完全习去，无益有害；并且你们将来成就远大，到时自具佛家上乘法力，也无须乎此，本来万不能传。我想你二人此时功候未到，妖妇毒害不可不防，只把破她的法习去，以为目前防身之计，也还无碍。只是你二人俱是天资灵慧，此书注释详明，一见即可通晓。只要当时记下，日后自能练习应用。传授不难，但只许习此一法，不许窥读别章，若是那样，便不传授。不要贪多好奇，少时学完，又来缠磨要学别的。"

二女闻言，知已上套，好生欢喜，同声应诺不迭。叶缤随将桌上那本《宝箓》检出一章，令二女同阅，并加讲解。二女见这《宝箓》长约一尺三寸，宽只三四寸，非纸非绢，色作金黄，异香芬馥，不知何质所制。上面满是篆引符箓，并且另有注释和偈咒用法，果然详明，一见即可通晓。于是故意装作老实听话的情景，不去翻动，静听讲解。眼看一章习完，叶缤待要将书合上，重新叙谈，忽见洞顶白光连闪。叶缤笑道："你父亲不知有何要事与我通灵，时间也不知久暂。现用法力将此书禁制，你二人不许淘气，设法偷看。"谢琳将小嘴一撇，故作顽皮神气，答道："叶姑既不放心我们，请收起来吧。放在桌上，我们是要偷了逃走的啊。"叶缤急于和谢山问答，微笑了笑，也未答话，将手一指，案上那堆金砂立化成一幢金花宝焰，将书笼罩。跟着双目垂帘，便在座上入定。

二女知道是其父暗助她们，并且调虎离山之计已成，方在欣幸，不料叶姑有此一着。见那金花宝焰强烈异常，《宝箓》就在其内，连施法力，不能移动分毫。心知时机瞬息，稍纵即逝，正干看着发急。谢璎比较沉稳，见伎俩已穷，只师传有无相神光不曾施为。传时师父曾说，此法不特护身神妙，并能制压敌人法宝，何不姑且一试？佛家妙法，果然不可思议，那桌上金光宝焰吃那有无相神光一压，立即光华锐减。谢琳见状大喜，知道宝焰乃神泥所化，佛光既可克制此宝，自可随意取携。适才匆忙，只见宝焰威力甚强，没想到运用神光，几乎误事。当下更不怠慢，忙在神光护身之下，一伸手便把书取到手内，纵向一旁，从头往下默记。谢璎见神光生效，本想伸手去取，一见妹子捷足先登，想起父亲来时语气，以及妹子近日言动与前稍异，知是定数，只得罢了。

那《宝箓》共是正反各五十三章，谢琳已是神仙中人，本书既易通晓，先前叶缤又曾指教，早得玄珠，一通百通。谢琳阅看迅速，不消片刻，便即默记胸中。见叶缤仍在定中，忙把书仍放原处，并朝谢璎打手势，告以已全记住，书已还原，叶姑许可瞒过，少时说是不说？谢璎见她喜形于色，笑道："你今日怎这粗心？叶姑怜爱我们太过，只是一时疏忽，她是能瞒的人吗？你看神泥宝焰虽仍放光，经过有无相神光一照，已无先前强烈，分明是破绽。乖乖认错吧。"

谢琳含笑点头，方去叶缤身侧跪下。叶缤已经醒转，似已觉察，面有愠色，也不答理谢琳，只向谢璎道："我起初只当你二人孪生姊妹，平日言行心性无不如一。今日看来，还是你好得多。"谢璎也忙跪下道："此事休怪琳妹一人，叶姑此时料已得知详情。这也是爹爹惟恐叶姑故交情重，来日多事，无人驱策，朱鸾、朱红二位师妹又难胜任，特意商准师父，设下此计。知叶姑疼爱我们，算准时刻，乘虚盗习《宝箓》。原定我姊妹不论何人先到手，便算她的，只着一人学习。璎儿也未始不想学习，只被琳妹抢先，慢了一步。叶姑不要生气，都是璎、琳不好，没先禀告，请叶姑降责吧。"谢琳因从小便受叶缤爱怜，从未受过一句重话，叶缤这等辞色，生平从未受过，不禁动了童心，眼圈一红，几乎要哭。

叶缤见她玉颊红生，泪珠莹然，星波欲流，先前嗔怪半属装乔，见状不禁生怜。忙用双手将二女一同拉起，揽向身旁坐下，笑道："痴儿，我岂不知此是你师父和你姊妹对我的好意？可是你们知道习法的弊害吗？我是为了前生与黄道友同门患难至交,并有好些渊源因果,不得不完此愿力。你们却是何苦?尚幸习法只琳儿一人,适与你父通灵,他算计琳儿已将此书默记,对我明言。并说天蒙老禅师已示先机,你二人不久还有奇遇,虽习《宝箓》,决可无害,我才放心。就这样,琳儿异日正经修为,仍不免于延误。璎儿自然也被连带,延迟证果。可笑你师父虽修佛家上乘大法,玄功超妙,情关依然不能全尽。对你二人破关相见,不必说了。即以此次而论,她先前连你们降魔行道均所不愿,恨不能和她一样清净无为,专以慈悲愿力度世,才对心思。这次为了助我,却许你们学此下乘降魔之法,不也是为情之一字所摇动的吗?固然佛家重在因果,随缘自如,无损于明,可是她那强欲你们学她的念头,经此一来,想必不致坚持的了。"

谢琳吃叶缤一抚慰,早已破涕为笑,只是玉颊仍泛红潮,娇羞未退。闻言乘机笑答道:"爹爹和叶姑至今还不知师父用意。我看师父本来就无成见,有甚坚持之处?她平日那等口气,好似另有深意在内;如真令我姊妹学她的样,这有无相神光也不会就传授了。还有,我们和师父同在一处参禅学道,我们的功课与师父所习,好多不同之处。并且拜师不久,师父还曾说过,她那禅功最难,以前初坐关时,不知受了多少魔扰和诸般苦难。相由心生,心即是魔。休看禁制严密,外魔易御,内魔难消,一样受它侵害。并说:'你二人凤根缘福深厚,取法乎上,固是佳事;但与性情不合,不如先固根本,循序渐进。因为一是先难后易;一是先易后难,却是功力与日俱深,无甚弊害。好在殊途同归,姑先往容易路上走吧。事尚未定,能够学我更好,且等二三年后,看修为如何再定,先不要说。'我二人谨遵师命,见了爹爹、叶姑,不知怎的,从未想到禀告,这时才得想起。照此情形,定不会固执甚成见了。"

叶缤闻言,好似恍然若有所悟,随笑道:"你师父对我真个故人情重呢。"谢璎接口问道:"叶姑和师父几生至交,不必说了。今日忽说此言,内中当有文章。还有叶姑这次习练《宝箓》,为的是一位姓黄的老前辈,他与叶姑到底是何渊源因果呢?"叶缤道:"详情此时不便明言,时至自知。只是琳儿已将《宝箓》盗习,事已如此,我索性再指点她一番,使她更易习练。此事于正经修为上实有弊害,璎儿以后却须谨记我诫,万万习它不得。这样,你二人长短互补,彼此均有大益。如你也同学会,不特将来你不能助她,反而同受连累,那就更为不值了。"谢璎忙答:"叶姑如此叮嘱,爹爹也曾说过,怎敢违背?"

叶缤道:"你爹不是不知,只因事关重大,不得不如此。连你师父也是如此。不然的话,那西方八功德池中神泥何等威力,你们怎伸得进手去? 也是定数。我为行事谨慎,明知这里邪魔不敢来犯,依然戒备甚严,除绝尊者原设禁制外,又在峰顶悬起一面宝镜。此宝功能传声照远,方圆数十里内人物动静,我在地底均可一望而知。你们初来时,因有神光隐形,我并未见。嗣在峰前突现身形,方使得知。久别欢叙,竟没想到你们神光已然练成,更忘了神泥受它克制。你父要我通灵,心虽微动,恐你姊妹好奇淘气,以为神泥宝焰威力胜于雷火,又无多时耽延。哪知稍微疏忽,错便铸成。我爱你姊妹,反使你们为我迟延证果,心如何安呢?"

叶缤说罢,便令谢璎立向一旁。手指处,先收了桌上金花宝焰。跟着面前飞起一片金霞,谢璎便被隔断,再也听不见叶缤、谢琳说话声音了。

378

第二四八回

喜得先机　良友关心辞小住
忧深末劫　妖尸失计召淫魔

待有个把时辰,金霞敛处,仍复原状,谢琳神色似颇欣喜。叶缤对二女道:"我本意留你姊妹在此,聚上两日再去,因你爹爹还约我去同谒天蒙禅师,必须前往。离约期虽还有些时日,但我还有好些事未完,加上重炼神泥,使其复原,封闭洞穴,均非容易。不特不能留你姊妹在此,并还要你姊妹速急回山,以免延误事机。

"因你姊妹中途多事,毒手摩什之外,又树下了一个强敌。乌头婆辇子虽然天性乖戾,极恶穷凶,妖妇近以四九重劫将临,却极害怕,敛迹已久。彼时辇子安心报复,也不过想使拉纤土人吃场大苦,观其狼狈受伤,引为快意,并非真要全数杀害。等气一出,必现出身形,施展邪法,以示神仙显灵,迫使土民向他叩拜求饶,再贡献他一点平日想吃而乃母不许的酒食,便即了事。纵然有所伤亡,妖妇也必赶往救治。偏是他夙世恶孽太重,虽经乃母用尽心力,使其转劫重生,无如恶根难尽,夙孽未消,他母子注定劫数终逃不过。妖妇爱子如命,寻常闲气尚且不受,何况被琳儿连施佛法异宝,使其形神皆灭,连再转一劫都万办不到,如何不恨?妖妇对你二人仇深似海,决解不开。此虽是她昔年积恶太重,恶贯满盈,劫运将到,不自警悟;但是妖妇邪法厉害,自成一派,不在当年鬼母朱樱以下。除那七煞形音摄魂大法,一旦遇敌,施展起来,对方只要被她窥见一点形影,或是听到一点声息,真魂元神立被摄去,狠毒无比;更还炼就鬼爪抓魂和那独门哭声鬼啸,无一样不是修道人的致命凶星。并且邪法、异宝甚多,周身俱是利器,一眉一发之微,均有极大凶威。尤其人随声到,来去如电,防不胜防。

"适才自被芬陀大师化身惊走,暂时退去,越想越恨。因被丘道友所愚,只算出你们在附近岩洞之中访友,不知一定地点。此时正在方圆二三百里之内,狂施邪法毒手穷搜,你们飞出不远,定与相遇。休看琳儿学了制她之

379

法,但你现时功候尚差,妖妇毕竟苦练多年,人又机诈绝伦,她虽伤你姊妹不了,要想就此除她,不特不是容易,时限也还未至。务要听话,勿为过分,以免穷途中她诱敌之计,纵不吃亏,也生枝节。

"你们上路,稍有警兆,可故意出声引她,一面作之字形盘旋急飞。身有佛光隐护,她难于追扑,必将妖法埋伏发动。你们入伏之后,她立警觉,必定现身追来。你们可即分开,发声诱敌。等她运用全力发出抓魂鬼手,琳儿已将事先准备停当、适才学会的灭魔神符发将出去。妖妇必受重创,逃遁无疑。你们也各自回山便了。

"还有,绝尊者在此间所藏《灭魔宝箓》,最犯妖邪左道之忌。只为佛法威力神妙,不可思议,千余年来,为了盗取《宝箓》丧生败道的,不知多少。近百年来,才无人敢生心觊觎。便我也仗着一半机缘和十二分的至诚,才得到此,防卫行动尤为缜密。她初追你们时,本应发觉,幸有芬陀大师事先算定,将她惊退出数百里外;我又恰巧发现你们,开闭神速;加上禁制严密,她知绝尊者藏宝之地,多高法力也难入门,妖妇遍处穷搜,独未想到会在这里。再如移山出去,她知所藏《宝箓》已为人得,不免又要生事。我虽无虑,此时无暇与妖邪纠缠,只好费点事。峰头宝镜原是我初来时通路,我大功告成,本应取下,自知妖妇寻仇,我便收回,但通路并未封闭。你姊妹就由此出去吧。到了外面,先不要往回飞,反正相隔二三百里内,她必警觉,索性压低声音,迎前叫阵倒好。"

二女一一领命。叶缤随即手掐灵诀,口诵真言,向上一指,笑道:"由此上去,到头望见侧面圆洞,出去便是。我不送你们了。"说罢,洞顶金云急漩若轮,突然高起,直上千丈。

二女立纵神光往上升起,晃眼到顶,果见前壁有一小圆洞,也是金云电转。二女一到,忽然开放,赶紧飞将出去,只数丈远,便已通过。到了外面一看,时已入夜,月光如昼,天宇澄清。回顾来路出口,仍是先来所见圆形石壁,只是一片顽石,光华已隐。古木萧萧,空山寂寂。远望大雪山,连岭重山,静荡荡地矗列于归路天际。

寒烟杳霭之中,方觉无甚迹兆,彼此悄语。忽听哭声凄惨尖厉,若断若续,起自倚天崖附近。二女近年功力精进,已非昔比,又在有无相神光保护之下,因见出时无甚朕兆,略微疏忽,出了声音,立时觉着心旌摇摇,真神欲颤;仿佛静夜空山夜行,突遇云低月暗,阴森怖人之境,四周鬼物来摄,心神惊悸之状。二女知道厉害,忙即加紧戒备,并运用禅功镇定心神,同时谢琳暗中如法施为。准备停当，互相打一手势，照着叶缤指教，姊妹二人并肩一起，忽左忽右，作之字形加急迎上前去。

妖妇原是明知芬陀大师他出，不在龙象庵内，但又不敢树此强敌，寻上门去。而且算出仇人已然离庵他往，就在左近一带，不曾远去，偏算不出其落脚之所，心中惊疑。断定仇人决非易与，只奇怪正派门下从未听说过有此人物。尤其那隐身法异常神妙，不特自己竟会破它不了，也看不出分毫迹象。看那形势，摄魂法虽不为神尼芬陀所阻，也未必能生甚大效。此时即便报了杀子之仇，仇人既与芬陀相识，仇人的师长也必是个非常人物，对己决不甘休，后患也在所难免。不过，杀子仇恨太深，便拼一劫，也说不得了。越想越横心，二次重来，便在倚天崖方圆二百里内先飞行了一转，施展妖法，布好网罗，只要仇人一过，立即警觉，以防不出声息，隐身遁去。哪知忙中有错，因双杉坪偏在倚天崖之西，虽只二十里之遥，妖妇知那地方险恶，草木不生，从古无人来往停留。以为二女既不在龙象庵，附近山中颇多洞穴和苦行修道人的茅棚石窟，也许访甚同道。没想到双杉坪绝尊者两处石穴通路，已被人开通入内，《宝箓》业已取出，制她的法术就在其内，也被仇人学去。只以为对方法力太高，算不出来罢了。

及至二女一出声音，妖妇只稍微有点警觉，而且二女飞行又快，一出来便是左旋右转，妖妇并未听真。二女闻得哭声，便生戒心，住口不语。妖妇呼声摄魂，又未生效，只得加紧寻来。其实二女飞行不远，便入妖妇的埋伏，虽因神光护身，邪法无功，妖妇已经警觉。这次却被认准去路，赶将上来，可是仇人影子仍看不见。二女正飞行间，忽见前面一团愁云惨雾，拥着一个妖妇飞来，忙照预计，分向两旁闪开。定睛一看，那妖妇又高又大，脸似乌金，一头乌灰色的乱发披拂肩背之上，两边鬓角垂着一蓬白纸穗，穗下垂着一挂纸钱。生就一张马脸，吊额突睛，鼻孔深陷，两颧高耸，阔口厚唇血也似红，白牙森列，下巴后缩。长臂赤足，手如鸟爪，掌薄指长。身穿一件灰白色短麻衣，腰悬革囊。肩背上斜挂着七个死人头骨，并非骷髅，都是相貌狰狞，獠牙外露，口眼鼻子乱动。背上钉着三叉一刀。正是妖妇恨极仇人，特现原形，全身披挂而来。二女出世不久，只在峨眉开府略有见闻，几曾见过这等丑恶穷凶，一身鬼气的妖邪？

谢璎方在暗笑见了活鬼，谢琳业已准备应付，笑骂道："瞎眼鬼妖妇，你睁着一双鬼眼，连人都认不清，乱找些什么？"话才出口，人也同时加紧飞行，忽左忽右往斜刺里飞去。妖妇正在咬牙切齿，仔细查看仇人来路，闻声一声

381

厉吼,两手一挥,便往发声处凭空捞去。哪知对方早已防到,又在暗处,一见妖妇手上发出十条黑灰色的暗影闪电一般扫来,早纵神光避开。妖妇鬼爪抓魂之法竟未用上,不禁大惊,立用邪法施展全力,又发出一声极尖锐的凄厉哭声。她这妖法非同小可,只要对手一出声,再听到她的哭声,心神便即不能自制,将魂摄去。谢琳心恃敌明我暗,本意还想侮弄,及听哭声入耳,竟比上两次所闻还要厉害,尽管有了戒备,依然机灵灵打了一个冷战,才知叶姑再四叮嘱不许轻敌,果然妖妇不是易与。因此不敢怠慢,忙照《灭魔宝箓》所传破法,也以全力运用真气,将手一扬,连同灵诀发将出去。当时好似一个极大的皮泡当空爆裂,震得天摇地动,四山皆起回应。

妖妇猝不及防,立受重创,元气耗散。她原先见邪法无功,仇人不曾现形,又看不出是何来历门户,心已惊疑。不料还有极大神通,才一照面,没看出一点动静,便破了摄魂之法。这一震之威,竟将自己元气击散,耗掉好些,不禁心魂震悸。一想仇人这等年轻,从未听说,会具有如此法力,不是灵峤仙府那些地仙,也必是那些同类人物。再斗下去,只白吃亏,尽管仇深,也不宜自寻苦吃。当时又恨又痛,又急又怕,决计逃退,等访问出仇人来历,再作报复之计。不敢恋战,长啸一声,就此破空遁去。谢琳看出妖妇受伤,还待再取法宝,乘胜给她一下,没料去得这么快,才听啸声,已然化黑烟遁去,只听尾音摇曳遥空,更无形影。忙与谢璎会合,正要开口,吃谢璎摇手止住,想起叶缤之言,点头会意,拨转遁光,同往小寒山飞去。

刚飞出不多远,忽又听异声再起遥空,十分耳熟。循声一看,来路天边现出大片乌金色的云光,势如潮涌,正由东南方飞来,往适才妖人斗处铺天盖地一般横扫过去,其疾如电,飞得又低又广。二女一见,便认出是强仇毒手摩什的妖云,颇似发现自己踪迹,仗着他乌金光幕飞行神速,展布又广,赶紧追来搜索情景。自己除龙象庵、双杉坪两处外,并未现出行踪,怎会仍被妖人觉察? 好生惊异。幸而适才见机,没有穷追妖妇;又先进后退,起初由北向南往前迎敌,末了却改作从东往西往回飞驶,神光飞行,无形无声,致使妖人无法追踪。否则,毒手摩什正照适才飞行途径向前追赶,也许就是妖妇引来,如稍迟延,岂不正与相遇? 二人方在寻思,那乌金云光已然追出老远,忽又由极远处飞将回来,势子比前更急,展布也更广大,天被遮黑了半边,似因扑空暴怒,光中发出极猛恶的厉啸。这时来路上晴空万里,片云不生,皓月明星之下,只见天边乌云万丈,弥漫遥空,中夹千万点小金星,彗雨流天,星驰电掣,向妖妇去路疾驶而过。晃眼之间,只剩极小一片乌金色的云影,没入青旻杳霭之中，端的神速已极。

二女虽恃神光护身，百邪不侵，见此猛恶声势，也甚骇然。途中只是回顾，原未停歇，一会便由大雪山顶飞越过去，小寒山已然在望，心越放定。二女出入灵境本无阻隔，便催遁光直飞茅亭前面落下。见师父尚在入定，一同走向蒲团前拜倒。行完了礼，待要退下，忍大师忽然启眸微笑道："琳儿自寻苦恼，杀机一启，从此多事，你看如何？为了叶姑，又有你父之命，便多受点辛苦，迟延证果，也说不得了。乌头婆早知运数将终，隐匿已有多年，不料仍误于孽子之手，此乃夙世因果。纵无此行以启其端，异日终须相遇。除非你姊妹此时能学到我的境地，专以慈悲度世，化尽一切孽冤，她或者能够幸免。想是她以前恶孽太重，任凭如何机智狡诈，防范周密，终归徒劳。可见恶因是造不得呢。妖妇将来必为琳儿诛戮，形神皆灭。邪法虽然厉害，琳儿已有制她之法，又有神光护身，此时即使狭路相逢，她也侵害你们不得。时至自能除她，无足为虑。往常你姊妹每不自量力，好胜贪功，今日却甚知机。

"那毒手摩什与乌头婆本是素识。你姊妹虽在龙象庵、双杉坪两地现身，因这两处俱有佛法封闭，毒手摩什先并不曾发现。可是此人自峨眉开府不久，访问出你姊妹踪迹、姓名以后，虽找不到我这来，想起前仇和未来隐患，时刻都在留意访查窥伺。

"事有凑巧。昔年赤身教主鸠盘婆初创教宗时，曾收有一个男徒，名叫胡览。因与她教下女魔徒阴四娘勾结，犯规被逐。先恐乃师行诛，一同逃到滇、缅交界荒山中隐伏多年。近听同党之劝，投到乌头婆门下。乌头婆虽是邪教中有名人物，比起赤身教主，自然不如远甚。胡、阴二妖人本意实是想学那独门形音摄魂之法，并非真个拜师求庇。乌头婆也知二妖人来意，始而谦谢；后因二妖人再四求请，勉强应诺，却只管延宕，不肯真传。二妖人自是不悦。新近又想投到轩辕门下，因知老怪近已不肯收徒，便由阴四娘用邪媚之术勾引毒手摩什。乌头婆本把二妖人认为祸水，只是不便明拒，见他们改图，自然乐意。可是毒手摩什也有顾忌，只为魔女所迷，近日时往巫山相会。琳儿杀死乌头婆孽子乌蛮时，胡览早已闻声赶来。因愤乌头婆不肯传法，又知是个劲敌，没有现身相助。乌蛮死后，才照你二人答话之处，寻声施展邪法，暗放冷箭，试了一下。继见你二人隐身神妙，邪法无功，未敢再试。

"此时魔女与毒手摩什在外幽会，琳儿现形，毒手摩什并未觉察。后来乌头婆自警，赶回追踪。隔了一会，毒手摩什也送魔女回来。一听胡览说起琳儿相貌，并说还有一少女，只听问答，不见人影，便料定是他仇人，当时大怒,也追了去。路遇乌头婆败回,问知仇人飞行途向,立施毒手,加紧追赶。他算计邪法神速,必能追上。妖光所照之地,任何隐身法也失灵效。哪知你姊妹受了叶姑指教,设下疑兵之计,途向颠倒,并未追上。

"毒手摩什邪法已得轩辕老怪真传,你二人虽有神光护身,因是初习,功候尚浅,如被妖光照住,纵然不被所伤,也必被困。再如不知厉害,一现身出手,便不免于吃亏。妖人又极机警神速,从此多事,你姊妹除他不了;我又发大愿力,只以佛力度化,终身不开杀戒。何况又是一个淫凶冥顽,丛恶如山的妖邪。你姊妹这一退避,没有撩拨,甚为合宜。此人终究放你姊妹不过,相逢狭路,为时已近,有好些事不能预言。我再入定,为期甚长。日内,你父与叶姑同来,也不交谈,无暇再考查你姊妹的功课。

"新居兴建以后,务照我传勤习,以期精进。琳儿习练《宝箓》,也是要紧。璎儿除与琳儿在双杉坪同习佛法以外,每值琳儿习练《宝箓》一诸法时,务要避开,不可在侧。暂时御敌降魔,琳儿自较擅场。将来成就,仍是璎儿占先。以后表里为用,各有补益。如若见猎心喜,非徒无益,且有损了。"

说罢,又指示了一些功课,便即入定。

二女自拜师以来,师父的这等口气尚是初次听到。俱料下山期近,益发用起功来。过了八九天,谢、叶二人忽同飞到,好像早就知道忍大师在入定中,不能相见,一到便和二女同去后山看好新居,择定几处好风景,互相商议,由一音大师叶缤代为布置兴建。并把太湖东洞庭缥缈峰和武夷谢山那里存放的陈设用具,取了些来,一一安排停妥。以后叶缤又来了几次,每次必在二女新居流连,踵事增华,别开生面。本是灵境,经此一来,益发成了神仙宫室。虽不如峨眉仙府那么壮阔宏深,气象万千,却也幽丽清华,美景无边。二女生来爱好天然,又料下山在即,新居迁入以后,便在里面分别用功,日夕勤奋,进境异常神速。

叶缤本不想谢琳全习《宝箓》,以防耽误禅修。经不住谢琳再三缠磨求请,说:"全书已然记下,如不肯指教,不过习时难些,早晚仍要学会。叶姑如不加指教,习时艰难,反倒多延时日,转不如一气将它学会,以免正经功课因此分心。"叶缤笑道:"我是恐你贪多嚼不烂,如欲分清界限,非有极坚定的道力智慧不可,你当真能勉为其难吗?"谢琳力说早已想过,必能说到做到。叶缤只得允了。因此不消数月光阴,谢琳便将全书习完,一切伏魔诸法,均可随意运用。虽还未到炉火纯青境地,法力高强,已远胜往昔。禅门基本功夫,却比谢璎逊了一筹。谢琳自料决可追上,并且有了姊姊在前,还可得她指点,学时也较容易。异日下山行道,修积外功,诛戮妖邪,却有了极大威力,满心高兴,未以为意。因这几月中谢璎一意禅修,毫不外务,不特心光湛然,灵慧独超,便是护身神光以及平日经佛法重炼的飞剑、法宝,也同增了威力妙用,这却不是谢琳所及。二女恰巧各有胜场,不过内外功夫各有深浅,言行心性不觉也有动静之异,只大体不差罢了;不似以前,姊妹二人一言一动,连心意都是一样。

这日寒月大师谢山忽然来传天蒙老禅师之命,说:"大雪山绝壑之下,有一佛家灵境,地名青莲峪,有一神僧大智禅师,又名智公禅师,在彼隐居。这位神僧原是我佛座下第四十七尊者阿阇修利罗,因在南宋末年转世,有许多愿心未了,为此闭关苦修,以完当年愿力。每隔一甲子开关一次,普度有缘人。他那莲池底下灵泉穴内,有西方嘛罗揭波提尊者千年前封藏的一件至宝,名为七宝金幢,上附七宝奇珍,威力神妙,不可思议。这次禅师开关,正当此宝期满出世。当时并有花开见佛灵异之景。尽管智公禅师广结法缘,非有极大缘福的人,仍是不能参与。禅师曾发宏愿,当他六十年一次开关之日,只要是有缘来谒与他相见的人,有求必应。此事一则无人知道底细;二则此宝曾经揭波提尊者佛法封禁,上有九字真言,四句偈语,非能理解持诵,也无法相授。除智公禅师外,知底细的神僧、神尼仅仅数人。二女如在期前赶到,向禅师跪求,必能蒙其相助。此宝一得,不特将来万邪不侵,并可宏宣佛法,光大禅宗,成就远大,功德无量。

"只是另外还有一个与禅师渊源甚深的人想得此宝,并还有一个极有法力的佛门弟子从旁相助,代向禅师求说。但这两人虽知此宝来历,而不知详细和那真言佛偈,数中也不该为他所有。二人也有自知之明,先本不是一路。前一个是为己打算,后一个是为友热肠,勉为其难,均是存着万一之想。无如事前定数,一任二人设想周密,一个是起身虽早,枝节横生,到晚了一步;一个是过去诸生难孽太重,今生操行坚苦,戒律甚是谨严,他和那至友今生尚未会过面,又是背师行事,姑试为之,不敢轻率妄为,种种顾忌迁延,到得虽是不晚,阴差阳错,终于徒劳。不过此人法力颇高,已算就此行如若无成,金幢玉宝必为二女所得,虽不如自有的好,他日仍可借用,打着万一不行,仍可退一步打算的主意。

"此外,去参谒的人虽多,俱都于此无关,在禅师第二次开山升座之后,便各先后散去。还有许多人,均在当日子夜禅师末次升座时再来。宝幢出现是在第三次升座以前,在场的共只寥寥数人,连花开见佛的福缘盛况,十九均遇合不上，佛门至宝更毋庸说。二女可在期前持诵偈语真言，照着预示机宜，在禅师第一次升座时赶往，必能到在前面。到时，不问那两人在否，可照师传默运真灵，心向禅师虔诚求告，无须口说。好在小寒山在忍大师佛法封禁之下，外人推算不出一点动静。去时，又是忍大师佛法相送，无迹可求，神速异常。那两人即或有一先到，仓猝之中定想不到有此举动。再者，一是辇重，一是代人为谋，与你二人受人指教，依言行事不同，全部恭谨万分，兢兢业业，决不敢如此轻率从事；一旦见已被人捷足先登，立即退让，决不再争。虽然事所必成，但是金幢顶上有一个十色宝光舍利，可能飞返西方，如能收下，更是再好没有。天下事无有万全，琳儿近习《宝箓》，又分了一点精神，璎儿独力难任，只恐十九不能如愿。姑试为之，惟力是视，无须勉强。佛家上乘法宝，迥异寻常，心灵一通，便与相合。回山再用些功，便可如意运用了。"

二女闻命大喜，忙照所示机宜，日夕用功准备。来前又得师父相助，由小寒山起身，晃眼便达雪山上空，往青莲峪照直飞降，毫未受到阻滞。这时，禅师还未升座，青莲峪上空还有七层祥云封锁，加上冻云紧合，冷雾如雪，外人休说下去，连地方都找不到。许多有法力的男女修士，俱在附近静候，虔心礼佛，等候禅师开山，争先下降。二女因早有人算准时刻，到得恰好，人刚飞落，云层封锁也自开放，本是第一个到达。余人一见云开，也各争先飞下。二女虽是先到，因刚开山，禅师还未升座，上面到的人全都相随同下，聚集洞外，一同跪伏地上。跟着，禅师开洞升座，现出法身，算是同时参拜。禅师升座，说完几句偈语，向众略微晓谕，便自讲经说法，指点上乘妙谛。来的人多非初次，俱为请求指点迷途，结缘传道而来，专有所求的人并没几个，俱在说法以后陈请。第一次参拜，人数太多，二女在众人中，只认得一个眇姑。下余还有两个道装的男女看去面熟，似在峨眉开府时见过的海外散仙，此时和众同辈道友一起，未与交谈。此外全都素昧平生，也不知有无那两人在内。二女天真自然，心虽诚敬，并无顾忌，只知遵照师父所说行事，不似众人那等拘谨，就在说法之际，便向禅师虔心默祝起来。

第一次说法完后，禅师含笑，首唤二女近前，先嘉勉了两句。没等跪下开口求说，禅师便说："你二人多生福慧，凤根深厚，此宝本和你们有缘。不过，昔年揭波提尊者曾有愿语，不是容易可以得到，你们已备知底细，毋庸多言。事情尚须自己勉力为之，千载一时，佛缘良机，稍纵即逝。既有天蒙师兄之嘱，我必相助一臂。你二人暂退一旁，尚有别人待我指点，等我发付完了他们,还有话说。"二人自是欣喜,拜谢领命,退俟一旁。

禅师随命众人无事自退,有事的依次上前答话。说完,众人俱各口宣佛号,膜拜谢恩,退将出去,眇姑也在其内。留下的,只两男女散仙和一两个不相识的僧尼。二女为示肃敬,没敢窥听,退得颇远。禅师和那五人问答,语声均低,没听出说些什么。五人退时,俱都喜形于色。那女散仙走近时,并朝二女合掌示意。跟着禅师命二女再向座前,指示几句,对于如何取宝,只略示玄机,并未明言传授取法。二女二次拜谢退出。

行到门外,那女散仙已早在彼相候,迎将上来,向二女极为周旋,甚是亲热。自称沈薇,乃西海女散仙。上次峨眉开府,并未接到请柬,乃是自往观光。因此一会,始觉正宗修道之士,毕竟高超得多。此次也是受一前辈神尼指点,来求禅师指点迷途,解化未来灾厄,已蒙慈悲恩允。前在峨眉开府时初晤二女,便即倾慕,只为彼时身是不速之客,恐被主人门下轻视,未便亲近。今日在此相逢,可见有缘,异日尚望下交,不吝赐教。二女素喜交友,看出这女散仙不似旁门左道中人,貌既清丽,话更温雅谦和,越谈越投机,便订了交。

沈薇无意中谈起禅师坐关,以及禅师门人历劫多生的经过,并把那转劫门人指与二女观看。二女先未理会。第二次禅师升座,随众听经,禅师说天蒙禅师适与通灵,又命留住。依旧众人先退,二女留后。这次说的话,多关未来之事,不许外泄。接连两次,始终也未见有人向禅师提起取宝之事。等二次退时,忽然发现沈薇所说转劫多生的禅师旧徒,竟和眇姑异常交厚,心中奇怪,意欲窥听,微一疏忽,竟吃觉察。沈薇订了后会,已先辞别。不久,眇姑和那转劫门人,也忽然相次无踪。

底下便是癞姑赶到。等二女取宝回来,癞姑和英琼、轻云三人,第三次同上小寒山,拜见过忍大师。二女约往新居灵石小筑小坐,饮那灵泉玉乳。谢琳谈完前情,癞姑等三人闻言,自是十分欣慰。

癞姑等三人心中均记挂着依还岭静琼谷中留守的门人,尽管忍大师曾说日内不会有事,幻波池除妖之行不宜早去,恐于易静将来有害,终恐上官红等悬念忧虑,便请二女同去静琼谷中等候,以免心悬两地。二女本是想尽地主之谊,及见三人坚欲先行,便不再留,随同起身。三人又去前山向忍大师亭前下拜告辞。行时,谢璎说:"毒手摩什记恨前仇,日常都在窥伺,难保不相遇。固然此时他已不能奈何我们,但照师父平日所说口气,还是多一事不如少一事,能不与这妖孽见面,总较省心,何况我们又忙着往静琼谷去。

眼前反正除他不了，何必白费力气，与他纠缠？我们五人都用神光隐形飞遁吧。"

谢琳笑道："姊姊如今怎的怕起事来？休说今非昔比，我们已有敌他之法，他不寻我们，我们不久还要寻他，为世除害；并且幻波池妖孽势在必去，终须交手，不能避免，转不如此时相遇，试探一下深浅，等幻波池再遇时，也好准备。先前青莲峪回时，这妖孽赶来生事，彼时七宝金幢新得到手，不曾用过，只凭叶姑所传绝尊者《宝箓》，尚想斗他一下，因被师父召回山去，未得施展。自从得到七宝金幢回来，又蒙师父指教，当面试演，已能运用自如。有此佛门至宝在手，莫非还输与他？师父令我姊妹隐身避道，不与见面，乃是半年以前的意思，今日又是别有原因，加以智公上人传经结缘，开山盛会，不应在当地妄启争杀，故此阻止对敌，将我姊妹召回，并非真个怕他。否则，这次出山，师父早有预示了。这妖孽凶恶猖狂，越不与见，越当我们怕他，似这样闹得我们行动都难自如，岂非笑话？索性遇上，给他一点厉害，纵不能就此除害，也好使这妖孽稍见风色，以后不敢正眼相觑。我们仍由明走，从容上路，妖孽不来相犯，也不故意寻他生事；如若遇上，或他来寻晦气，就说不得了。"英琼闻言，首先鼓掌称善。

谢璎笑道："琳妹只顾说得高兴，固然你习《宝箓》诸法，法力大长；但照你目前功力，寻常妖孽自非你的对手，轩辕师徒却是难操胜算。七宝金幢虽有无上威力，无奈上面十色舍利已飞返西方，容易多伤无辜异类。智公禅师和师父、叶姑均曾再三告诫，不许轻易施为，又岂是一遇妖邪，不论在甚地方，便可冒失取用的么？我也知幻波池必与妖孽相遇，那时我们人在地底，不致伤累别的生灵，又有李老伯父在彼，好些便利之处，一举可以成功，给他一个重创。不比此时撩拨，胜既难必，徒多麻烦，强得多吗？"谢琳仍不谓然。

癫姑和李英琼，一是受了眇姑之托，想先见识七宝金幢威力；一是天性好胜，疾恶如仇，觉着二女此行必可成功，早晚要与妖人交手，既无可畏，何须掩藏，示敌以怯？二人以为就算二女金幢不能妄用，还有牟尼宝珠、紫青双剑和屠龙刀，哪一件都是妖人克星，三人新得的几件法宝，还不在内。自信无差，同声赞成。轻云却是两可。

谢璎原意，照现在的功候法力，便与轩辕老怪相对，也未必便吃大亏；只是妖人凶狠毒辣，一与为仇，永不休止。自己姊妹在有无相神光护身之下，隐现进退，悉可自如，自无伤害。癫姑等三人如与妖人结下深仇，便多一后患，不胜其扰。如到幻波池再行交手，有李宁在前出面，纵然结仇，也较轻些。再如途中相遇，三人一旦不敌，岂非更糟？因有先入之见，只想仇敌厉害，所以这等说法。及听癞姑、英琼俱都附和妹子，不愿隐秘行踪，才想起三人同样也非昔比，各人均有极神妙的法宝；再者，三人此次幻波池结仇树敌，必所不免，跟着建立别府，在外行道，也委实怕不了许多。

谢琳知道乃姊心意，是为癞姑等三人着想，再如坚持隐形，三人必疑轻视，对于良友也非所宜。故意拿话点道："我不问姊姊愿否，决计明里飞行。就算七宝金幢不能妄用，还有癞姊姊屠龙刀和周、李二妹的双剑一珠呢，蚩尤坟中妖鬼便是榜样。我倒要看看这邪孽能有多少伎俩。"谢瓔会意，口风立转，笑道："我是想早到静琼谷，看看琼妹所说的易姊姊高弟上官红如何可爱，惟恐遇上纠缠，耽延时刻。既是大家都愿明走，我自难违众意。不过这妖孽来势神速，捷如雷电，一出小寒山，我们五人便须把遁光合在一起，随时准备，免有疏失。"癞姑笑道："自然如此。"随同起身。

五人心意一样，俱算计这等走法，一到雪山，必有警兆，非与妖人遇上不可。虽然忍大师事前不曾警戒，料来可以无事，终是一个罕有的强敌。彼此交情虽极深厚，谁也不愿失闪丢人，俱都暗中准备，存有戒心。飞行一入大雪山境，过了青莲峪上空，越发警戒。起初谁都以为，二女少露行迹，妖人便会立即追到，况是明张旗鼓，公然飞驶。途中有一段路并还是在妖窟附近，不知何时变生仓猝，怎么也不会无事。不料平平顺顺飞过大雪山境，途中一个妖人也未见到。一会行经妖窟附近，虽然相隔也有二三百里，如以毒手摩什而论，直似跬步之间，说至即至。五人心情由不得又振奋起来。哪知慧眼所到，妖宫楼观已然在望，依旧一点动静没有，五人俱觉奇怪。

谢琳笑道："我说如何？索性不把他看重，倒没有事。要隐形掩迹，白白落个怕他，岂非冤枉？"癞姑笑道："也许这妖孽有自知之明，看出贤姊妹法力日高，知难而退吧？"谢瓔道："断无此理。这情形奇怪，连乌头妖妇均未出现。这两妖人不是另有诈谋毒计，便有甚事被人绊住，无暇及此，恰巧这时没有查看我们踪迹，因而错过，也未可知。"英琼道："前听人说，这妖孽功夫还不算十分到家，飞遁虽极神速，千里外查看仇敌行踪动止，宛如对面，他并无此本领。因轩辕老怪宫中有一异宝，一经如法施为，多老远的敌人动静全可查知。以前窥伺二位姊姊踪迹，大约全仗此宝。休说别处，只要离开老怪妖宫同他自己妖巢，便不能见。我想妖尸连遭挫败之余，自知劫运将临，有力同党凋残迨尽，只此一个好帮手奥援，急难求助，势所必然。这妖孽本来对她迷恋，自然一呼即至。此时我们经过，不来侵袭暗算，多半是到了幻波他，没有那观察敌踪的法宝，所以无法知悉了。"

癞姑道："琼妹之言，大是有理。这妖孽如与妖尸相合，一则幻波池深居地底，圣姑禁制神妙，近来又在暗助我们，与妖尸作梗，不走出洞，恐不易推算观察；二则这妖孽久已迷恋妖尸，加以妖尸事急求人，必定打点全副精神，施展邪媚之术，使之效命，双方正在情热之际。那毒手摩什虽是邪法高强，极恶穷凶，看他为人好似又骄又愚，好色如命，蠢得可怜。昔日负气而去，心本不舍；今日重叙旧欢，益发迷恋，惟命是从，死都不顾，哪有心肠再记二位姊姊仇恨？妖尸又受有圣姑法力暗制，只知迷住对方，以便到日效死，助她脱难；或者以为二位姊姊不是我们一起，在这万分紧急的当儿，自不许他出来寻仇多事，别生枝节。据此推断，这妖孽漫说不曾查见，就便看出仇人行踪，也顾不得呢。"

五人一路说笑，居然一路无事，飞到依还岭前。癞姑心细，遥望岭上山光如沐，花草明秀，幻波池一带也极安静，不见一丝妖气。暗忖："神雕钢羽时在上空隐形守望，见我们一行回山，理应迎来，怎的未见？虽然妖尸运数将尽，到底神通广大，更有毒手摩什等强敌为辅，途中相遇，自不妨与之一斗，现已回到山中，静琼谷密迩妖窟，在未发难以前，还是谨秘些好。"

癞姑想到这里，忙令众人同隐声形，避开正面，由后山往静琼谷绕去。癞姑等三人见谷中禁制依然，才略放心，一同飞落。方始现形，见只神雕独立洞外崖角之上，偏头向上观听。众弟子一个不在洞外。神雕见众现身，忙迎上来，喜啸了两声。二女见五人均在有无相神光之下，降时神雕竟似有些觉察情景，心方惊赞。洞中诸人已闻雕啸，赶迎出来，纷纷上前礼拜不迭。轻云、英琼见赵燕儿也在其内，好生惊喜欣慰。

彼此匆匆礼叙，同入洞中落座。才知眇姑刚离开此处不久。在此之前，眇姑的一位友人曾经前来，说毒手摩什已受妖尸蛊惑，来此助纣为虐，邪法厉害，吩咐众弟子连同神雕，在癞姑等三人未回以前，不许离谷一步。眇姑和那朋友也在此坐镇。当时，燕儿方脱难出来，元气大伤，吃神雕、袁星接入谷内。眇姑对人似乎温和一些，不似以前冰冷情景。那同行道友只说姓程，未说名字、来历，人较眇姑随和得多，眇姑对她似极亲切。直到五人回山前一时辰，方始一同飞去。行时，也未告知众人。二女一问，才知眇姑同来那人，正是青莲峪所见智公禅师门下历劫多生，尚未满难的孽徒。她与眇姑到达静琼谷的时间，恰恰是此人在青莲峪末次见到眇姑之后不久。方觉眇姑果是外冷内热，对于癞姑仍是关心，不特法力甚高，机警细密，行事也令人难测。不禁改了初念,渐渐生出好感。

跟着英琼又向燕儿询问脱困经过,以及易静何故出而复入,自投罗网。燕儿说,后半易静入伏,自身已然出险,并不得知,只知前半同由北洞逃出情形。

原来女神婴易静自从轻敌孤行,不听众人之劝,初探幻波池,受了一点挫折。回谷以后,因身是一行表率,不合贪功轻敌,首次出场便吃亏,素来好胜的天性,越想越愧愤。经此一来,知道妖尸已将圣姑所遗禁制全部运用,以此时自己的法力,决难胜她。可是此仇非报不可,纵然不能独竟全功,至少事前给妖尸一个重创,或将道书、法宝盗出一两件,稍微挽回颜面。

易静盘算定后,也没和众人细商熟虑,径携上官红赶回南海玄龟殿去,向父母求助。易周道法何等高深,早已算出前因后果,知道爱女此行吉凶祸福参半。反正早晚有此一难,此时如若强行阻止,将来和鸠盘婆对敌,也是一样要应验。再者,爱女此时法力大进,已非昔比,固然危害较少,被困仍所不免。前途危害虽多,因妖尸数尽在即,爱女必得圣姑暗助,形势看去险恶,终无大害;还可因此折磨,早悟出许多玄机要旨,于异日修为上颇有补益。权衡轻重,实差不多。爱女性又坚强,必不肯听劝阻。当时听了易静请求的话,不置可否,也没允借法宝。老夫妻对上官红倒极奖勉,各赐一件法宝为见面礼。易静也该有这场磨难,那么修炼多年得有师门真传的人,竟会妄动贪嗔,按捺不住怒火。一见父母不以为然,不敢多说,负气欲走。后被林明淑、林芳淑两庶母再三劝住,勉强留易静师徒住了些日。嗣因易静固执成见,并在岛上把昔年炼未完功的金刚神砂,仗着林氏姊妹协力相助,炼成一件具有极大威力之宝。屡动归思,急欲回去。乃母杨姑婆终是心疼爱女,勉徇其请,赐了一件专御五遁之宝元象圈,同时又代向易周求说。行时,易周才取出一封束帖,说:"我本不想管此事,因你万里远来,渴望相助,心意已决,不能不稍指示。既然事在必行,此时却正是时机。"随指示了一些机宜,命其直飞静琼谷,到后照这束帖行事。

易静师徒领命起身,到了幻波池,便照乃父所指阵图方位,破了中洞戊土。再用乃父传授和灵符,以伪代真,急赴东洞。由上官红运用木遁立功,以木制木,减去东洞乙木灵效,以为后来的人开路。跟着,送出上官红,自往北洞下层灵泉发源的全洞命脉之地。到后,首先把赵燕儿救出险地。因此时总图未得,尚难一同脱身,池中禁制变化又多,埋伏重重,置身其中,如在刀圈火窟以内,休说妄动法物,便被妖尸警觉,发动禁制,也是难当。既要救人,防御池中原有阻力侵害,更要防妖尸警觉,事关未来破阵除妖,尤为重大。易静功力虽深,久了也自不耐。所幸北方正位上有一小洞,恰可容身,只要有法宝防护,便可不致受害;不似池中,看似平静,实则变化相生,具有无边奥妙,道心稍不坚定,随念动处,立有灾害袭来,防不胜防。就这样,仗着乃父预示,得知底细,水中阻碍仍多,寸步难行。一鉴方塘,无殊沧海,仍费了许多心力,才带了赵燕儿藏入洞内。同时用代形法,幻出一个假燕儿禁在原处,愚弄妖尸,以防察觉。

等诸事停当,圣姑忽显灵异,在对岸上现出一片玉壁。易静识见灵悟,当时悟出那是父亲所说的水宫要地的阵图,为破全洞禁制的枢机,只是全图尚未出现。心中大喜,忙即澄神定虑,潜心默记。图刚记熟,周轻云、李英琼二人也已寻来。同时一左一右,又添出两座法屏,各现圣姑法身:一是道装,一是禅装。周、李二人方一拜倒,内一法身本是双手拊膝,趺坐其上,忽改作一手拊心,一手斜指池内。易静猛然想起先见图形所得的源脉奥旨,不禁恍然大悟。忙运慧目,定睛往所指之处一看,果看出一点异兆,知无差错,惊喜交集,大出望外。水宫险地,断定妖尸放不下赵燕儿,早晚寻来。见周、李二人同在上面,恐有差池。自己总图难知线索,尚未得到,无力兼顾。忙即传声,令二人用牟尼珠将水遁镇住,隔水晤谈。因已先把癸水全图解悟,稍有警兆,立可发觉。

正谈说间,猛觉有人进入北洞。因自己这面此时决无人来,就来也无此容易,断定来者不是妖尸,也是妖党,忙把周、李二人催走。不料二人还未出险,先是沙红燕和一妖党顺泉脉飞行潜入洞内,周、李二人误认来人要加害燕儿,紧急回身,立将妖党杀死。刚省悟出真假,沙红燕已急怒交加,欲为妖党报仇。双方正待相拼,妖尸也在此时赶到,与沙红燕斗在一起。周、李二人也乘机逃出水宫险地。易静乘着双方交锋恶斗之际,早把总图寻到,得时也极容易。因想妖尸机智绝伦,突然前来,也许发觉池中有警;如今总图虽得,还不知能否携走。不料沙红燕来得恰巧正是时候,两下里争持,于己大是有利。至不济,也可在双方争斗未完以前,将图记下,然后设法消灭或是毁去,免落妖尸之手。主意打好,无奈燕儿元气受伤,法力又浅,必须随时照护。上面斗势又极激烈,妖尸随时可发动水遁去伤沙红燕。自己水遁要旨虽不深悉,也可以勉强运用,只是为燕儿所累,总图又尚未记全参悟,不能公然现身。为想多延时候,熟记总图,尚须釜底抽薪,减低水遁威力,暗助沙红燕与妖尸久斗。

那总图藏在小洞下面池底泉眼中凹槽以内，如非圣姑显灵指点，并在池中现出异兆，事前又得水遁之图，多高法力的人也休想寻到。可是那图乃是一面玉板，厚约五寸，有五尺见方。此时虽已悟出上面妙用，只要照先前玉壁水图所悟奥妙之处施为，便可按着五行化生，分先后天，连同总图，共是正反十一层，依法变化隐现，却尚未全通微妙。这么大一块玉板，能否如意携走，也自难料。如其不能，便须连分带合，通体一一记熟，丝毫也差不得。这几面皆关紧要，通须统筹兼顾。易静委实功力深纯，迥异恒流，似这样耳目并用，研精极思，不消多时，竟将总图全部通晓。

同时，上面敌人也斗到互有损伤紧要关头，眼看沙红燕势将不支。易静心想："无论如何，总是妖尸可恶得多。并且妖尸此时如胜，急切间总图便难销毁；如令仍藏原处，我能往，彼亦能往。何况妖尸曾得圣姑传授，苦心参悟，寻求已历多年，留在这里，终是可虑。"意欲冷不防假托圣姑显灵，倒转阵法，或是作为妖尸自不小心，触动圣姑隐伏未知的五行反克，暗助沙红燕，给妖尸吃点苦头。正在斟酌情势，如何下手，好使不疑。不料妖尸连接东南两洞警报，说仇敌厉害，冲破各处埋伏禁制，跟着又伤了两个最得力的帮手。

妖尸心性淫毒，对于别的同党，不论新知旧交，表面如何亲密情厚，不特一死便罢，决不挂念；有时为了利己，或是日久稍生厌恶，并还故意借刀杀人，驱诸死地。这次因为同党已多凋残，新死二妖人，胡览不过未来面首，还无关紧要；那阴四娘与她一样淫凶恶毒，不特是妖尸平生决无仅有交中第一情投意合的淫魔和极有力的羽翼，并且还有两层最关紧要。一是双方各精淫邪术，只是各人家数作法不同。阴四娘更精最淫毒的天魔吸髓之法，专能吸取修道人的元精真阳；而妖尸别的法力都比阴四娘高，淫欲邪媚也不在其下，但只能采补常人精髓，遇上法力较高的人，仅能互逞淫欲，摄取真元便非易事。二是毒手摩什，近与阴四娘勾结，十分迷恋。妖尸现在急需毒手摩什相助，无奈以前得罪太多，话已说满，尽管对方酷爱自己，仍可请其相助，急难求人，到底面子稍差。最好仍使自投上门，永维自己尊严，以免日后违言，才对心思。此人上手容易，将来却难打发。自己一向喜新厌旧，面首非多不能快意，如被霸占，也是难耐；如与反目，便是一个没奈何的强仇大敌，稍一不慎，便吃大亏。难得胡、阴二人因觉乌头婆难以庇护，又不肯传形音摄魂之法，负气离去，自投上门来相交结。胡览房中之术已是绝伦，而阴四娘既可传授邪术，又可由她居间，把毒手摩什引来相就。异日脱困出去，略施小计，便可移花接木，令其弃此就彼。自己没有求他，也可明言相告，不令霸占,真是再好没有的事。

妖尸先前原因受了圣姑暗制,一味和沙红燕苦斗,恋战不休,忘却利害轻重。及知二妖人被杀,形神皆灭,敌势又极强盛,立时觉察情势不利;加以痛惜魔女,怒火攻心,又急又愤,不耐久与沙红燕纠缠,忙即施展玄功,遁出水宫。接着发动水遁,意欲困住沙红燕。先收拾了前洞几个强敌,再赴北洞擒住对头,残酷报仇。哪知沙红燕早已得到沙亮和卫仙客夫妻传音相告,说要冲逃出去。又见妖尸情急暴跳之状,早已防她舍此而去。一见万千水柱电转中,妖尸身形忽隐,随听厉声长啸,知已离去。如不乘隙随同遁走,身已入伏,妖尸再回,便难脱身。同时易静也愿沙红燕跟踪逃出,妖尸自然不容,双方再一相拼,自己又可延一些时候。估量妖尸已然飞入水宫甬道去远,无暇虑后,立将禁制倒转,把已闭门户重新开放。

妖尸动作神速已极,沙红燕尽管先有准备,一见妖尸隐形遁出,立即跟踪追赶,无如身在伏中,不似敌人可以随意运用,五遁禁制进退自如,终是慢了一步。等赶到先前周、李二人逃出之处,出口已被妖尸行法隔断。先入水宫所循灵泉水脉,也早吃妖尸看破。这一来,所有出路全被闭塞。而且癸水遁法也随妖尸一走同时发难,比前威力还要加增,上下四外亮晶晶闪着玄色奇光的大小水柱,直似倒海崩山一般,压了上来。沙红燕知道癸水神雷一转玄色,更是厉害难当。幻波池禁制重重,里外隔断,不能向丌南公等师父同党求救;同来党羽也在困中,无力应援。只得拼命奋力抵御。

沙红燕心正愁急,忽听身后好似有一女子口音冷笑道:“你不要害怕,我放你出去。以你法力,决非妖尸对手,急速知机认输,逃回山去吧。”沙红燕听出语意讥嘲,料定又是峨眉门下,不知怎会久伏重地,竟未现形被妖尸看破,并还这等从容,不禁惊奇,愧愤交加。方欲喝问姓名,又听低声喝道:“水宫遁法已被我倒转还原,再不见机速逃,妖尸警觉,又难于脱身了。彼此门路来意虽然不同,想杀妖尸却是一样心思,谁还害你不成?”沙红燕话未听完,眼前光华如电,连闪两下,四外水柱忽然一齐倒退,现出一条道路,直通出口。先前天摇地动的猛恶水电声势,也暂停息,身上立时为之一轻。发话女子竟有如此法力,不禁大吃一惊,情知所说不虚。时正危急,还口徒遭人讥笑,白受羞辱,还要延误脱身。

沙红燕暗忖:“小不忍则乱大谋。自己如被妖尸所擒,定是受尽酷毒,形神齐销。屡劫修炼,也非容易,何苦为了一时之愤,将它断送?不问此女是否峨眉门下对头,有意奚落,并卖弄她的本领,且先逃将出去,保得一身,日

394

后查明来历，再作计较。反正我又不曾向她乞怜求助，不去睬她，日后相见，还有话说。此时开口，有损无益。"心念一转，更不答话，立纵遁光，在法宝、飞剑护身之下，往出口内急窜出去。飞到前面，妖尸正追周、李、卫、沙、东方诸人，没有防到她会逃出，竟吃运用玄功变化，乘隙遁走。又被乃兄沙亮接应，藏入袖内，在周、李二人引导开路之下，逃出幻波池去。不提。

沙红燕一逃，易静忙又行法复原阵图。一任癸水神雷自行排荡挤压，震得全洞摇撼，自己却在池中静听观察，欲竟全功。这时，易静已把先后天五宫五遁，连同总纲十三层图形和用法符篆，依次默记胸中，已可运用。心犹不放，恐有遗漏，乘着妖尸、沙红燕一走，洞中无人，先把池底水遁封闭。仗着全局在握，妖尸一到立可警觉，或逃或敌，或是仍旧隐伏，全来得及，乐得松动一下。便把燕儿援出水面，将身隐去。二番入池，手捧玉板总图，意欲由尾到头再行复看一次。哪知圣姑仙法神妙无穷，刚刚一层层反看过来，第一面总图才现形复原，猛瞥见玉板图上图形全隐。银光亮处，板上现出圣姑适才禅装跌坐微笑法身，宝相庄严，仪态万方，神情欲活。

易静和圣姑前生虽然结有宿嫌，到此境地，也不禁心折，敬服无已。当时触动灵机，虔心祝告道："此图留在池中，后患堪虞。还望圣姑慈悲，成全到底，赐予弟子，以为日后镇山之宝，并免此时被妖尸看出弟子此来破绽，搜索了去。"语还未毕，只见圣姑微笑点了点头，玉板上二次禅光一闪，踪影全无。同时手上一松，几乎坠落。易静心中一惊，忙把双手由大而小往里一紧。目光到处，那玉板总图已化作一个只三寸见方，厚仅数分的一块透明青晶，内里隐有图形、字迹流动。再细一查看，才知那是一个青晶宝匣，内里放着一本玉册。由横面注视，那玉册只有十三层，看去薄如蝉翼，层次分明，只是通体浑成，暂时没法开视。这才省悟，先前总图便在晶青玉匣以内，每层详图随着符咒，自在匣中翻转呈现，故此图形隐隐流走，看去如在镜中，又似隔着一层玻璃。此行不但备悉全洞禁制微妙，并且有此奇缘遇合，自信所知尚在妖尸以上。这一喜真非小可，忙向圣姑拜谢，飞身上岸。

易静心想："总图已得，反正到处埋伏禁制的收发运用无不如意，异日在此建立仙府，不免有异派中仇敌来此骚扰，乐得将这现成的设备保全，以为后用。再者，内中还有好些圣姑当年遗留下的法物，将来都是一行诸人承受的宝物，就此连带毁去，也实可惜。只是妖尸万分可恶，此时胸有成算，更无可畏，正应寻她报仇雪恨。即或妖尸气运未终，好歹也给她一点厉害，少出多日恶气。还有圣姑遗书、藏珍，也乐得顺手牵羊，先行取去。然后归约静琼谷中师弟诸人,同来尽扫妖氛,就此迁入仙府,岂非快事?"当时想好,便改了初计。

易静此时虽然自恃太甚,到底吃过两次亏来;又曾目睹妖尸神通变化,邪法高强,不是寻常。总图虽得,终是初习,恐带着燕儿动手时有了累赘,不能行动自如;更恐妖党人多,难于兼顾,受甚邪法暗算。决计先送燕儿脱出险地,回来再戮妖尸、妖党。其实,这次开府以后,允许下山的弟子便无一个差的。燕儿此时虽因误入罗网受禁,元气伤耗,看去疲敝,但照他近年坐关,秉着本门真传,修为勤奋,法力精进,已远非昔比。当时固未复原,人却机警小心,上当只是一次,又持有两件合用之宝,如若留在身旁,正是一个好帮手。

易静被陷时,只要稍微有点警觉,或是有人在侧提醒,或代抵挡一下,便可窥破诡谋。以易静的法力,只要当时不上套,便可无害,甚至可能独成大功,在毒手摩什未到以前,便将群邪诛戮,取出天书、玉宝,召来周、李、癞姑诸人,即日建立仙府。无如定数所限,始终轻敌,自信甚深,看事太易。燕儿人又谦和,虽然年轻好奇,未始不想随同见识,附骥成功,可是深知易静和邓八姑差不多,乃女同门中领班弟子之一,学道年久,先进功深,不是自己末学后进所能望其项背;又在周、李二人未逃出以前,便听出易静觉他累赘之意。况且命是易静所救,曾为自己在池中费了许多心力,受了许多阻难,方得出险,怎好违她,执意偕往?并且易静探索总图,愚弄妖尸,好些神奇之处,均经目睹,委实无须相助。有己随行,兴许遇上强敌,还要分她心神。因而对易静惟命是从。

易静随令燕儿告知谷中诸人,三二个时辰,如听雷声,速来接应,同杀妖党。随照图中施为,护送燕儿出去。

说也真巧。妖尸适因连遭挫败,所来两起强敌,一个不曾困住,看出情势日非。加以魔女伏诛,去一臂膀,不得不由自己去请回毒手摩什。心慌意乱,神智已昏。以为北洞敌人只一沙红燕,业已逃走。失望之下,欲念冰消,竟没想到去查看池中囚人,经过先前那等恶斗,水遁已全发动,如今是死是活。连北洞禁制也未复原,便往西、南两洞去寻一班残余妖党,查问完了当地情势,同往中洞会集计议。所以易静容容易易,毫未受到一点阻碍,便把燕儿送了出去。

燕儿只见易静神通广大,已然出入无阻,满心欢喜。等到了静琼谷,由袁星、神雕接进洞去,方知癞姑、周、李三人先后去往小寒山约请仙都二女,已然离开。听三人所说的话，好似易静不特无此容易，尚有灾难。心中还想："总图已得，怎会如此？"静俟易静太乙神雷信号一发，立率众门人先行赶往。哪知等过两个多时辰，并无信号，心方疑虑。忽然眇姑和一位同道飞来，禁止众门人出外，说毒手摩什少时就到幻波池了。

后来癞姑、周、李三人约了仙都二女同来，这五人俱与易静交厚，虽然明知定数，问起前情，也颇忧愤。英琼最是情热；谢琳自习《宝箓》以后，越发好奇喜事。依了她二人，直想仗着神光隐形护身，先往一探虚实，才合心意。经谢璎、癞姑二人苦口力阻，方始作罢。二女俱爱上官红美秀灵慧，甚是嘉勉。因为易静被困，虽然良友重逢，少此一人，有点美中不足，总算池中妖尸自顾不暇，未上门来纠缠；连毒手摩什，也被妖尸用媚术缠住，不曾出洞一步。因此双方均无动静。

众人俱盼时至，除妖救友。好容易挨到癸未日的前半夜，时正壬午，子夜刚过。依了谢璎，天明后再同起身。英琼、谢琳俱都不愿晚去，力主此时已癸未正日，易姊姊应该难满，理宜早往，早救出人多好，何苦令其又多受半日苦难。还有妖尸数尽今日，去晚了，就许错过时机，被她逃走。谢璎和癞姑、轻云一想此言不为无理，便同起身。行时燕儿为报救命之恩，也要随行。英琼笑道："你不知昔年圣姑禁约吗？在我们未承受仙府以前，凡是男子入洞，必吃大苦。仅我爹爹一人除外，仍被卫仙客夫妻打了一千斤铊。你是男子，如何入内？要不，你上次还许不致失陷呢。易姊姊请你先回，想也为此。我们这些门弟子，是男的全都不去，只带红儿一人。你且权代留守，等仙府迁入以后，我们做了主人，再请你去，便可随意往还，都无妨了。"燕儿素听英琼的话，只得罢了。临行前，轻云忽向英琼道："大伯父不要来吗？现已到了妖尸伏诛之日，怎未见到？妖尸有毒手摩什相助，如虎生翼，莫如仍依谢大姊姊，稍候一会大伯父，比较稳妥吧？"英琼接口答道："你也真多虑。照着掌教师尊密令和爹爹所说口气，时机已至，事情断无不顺之理。再照这次忍大师所示之言，明说妖尸应在今日数尽，便我们一回山赶了去，也能成功。只不过易姊姊灾难未满，彼时往援，虽早脱困，异日和鸠盘婆对敌，却有害处罢了。爹爹想必要在紧要关头赶来。我们又要除妖应敌，又要分头救人，好些耽延，早去为是。定数必成，还怕什么？再说徒自耽延时候，我们快走吧。"说完，众人更无异言。好在如何下手，连日业已计议停当，无须再有商量，说走便走。

众人一出静琼谷，便隐身形，往幻波池中飞去。这是因为妖尸多了一个

397

毒手摩什,邪法厉害;而且易静尚在困中。又因易静已将总图到手多日,洞悉全洞禁制埋伏的微妙,并能如意运用,如先将她救出,自己方面便可增加极大力量,少去许多阻力危害。妖尸所恃最重要的,便是圣姑遗留的五遁禁制诸般埋伏,有了易静,立可反客为主,势如破竹,一切迎刃而解,全局已然在握。只剩毒手摩什,玄功变化邪法高强,较难对付,遇时须仗有无相神光护身,方较稳妥。

　　一行六人,照着预计行事,势须分为两起:一起绊住妖尸和毒手摩什;一起乘隙去救易静出困。这一来,仙都二女便应分开,以防毒手摩什侵害,才保万全。可是易静出险,又应在二女身上,恐分开减了力量。还有英琼、轻云均是轻车熟路,知道好些地方的门户途向,易静被困之处,更是旧游之地,紫、青双剑也必须合在一起。英琼牟尼珠乃佛门至宝,能制五遁,具有极大威力妙用,也必须随同救人。去敌妖尸的人,未免吃重了些。癫姑、谢璎、轻云三人行事,均极谨慎持重,事前商议,煞费斟酌。最后癫姑觉着救人一层,注重佛光和牟尼珠的威力去冲破禁制,开那宝鼎。妖尸必以为此鼎乃圣姑当年至宝,连自己当日也是乘隙凑巧,能合而不能开,决无人有此法力。何况当地禁制神妙,变化无穷,外人也难擅入,纵有一二妖党防守,也易除去。这一路无须多人,有谢璎、英琼二人同往,必能济事。倒是对付妖尸,似易实难。谢琳不特有神光可以护身,近习绝尊者《宝箓》,专能伏魔诛邪,用在这一路上,正可一展所长。于是决定英琼引了谢璎,由中洞潜入,再转东洞去救易静。轻云引了癫姑和谢琳、上官红,自西洞潜入,转赴妖尸寝处炼法的密室,相机行事。

　　妖尸近来功候日深,虽早复体,但极爱她的肉体。知道大劫将临,日内必有强仇大敌来寻她的晦气。加以那日追赶敌人到前洞出口处,吃周、李二人冷不防打了一太乙神雷。幸是事前发觉北洞水宫重地有敌深入,估量来者不是易与,特意放下肉身,改用玄功变化,元神往敌,虽为神雷所伤,尚易复原;如是肉身,便许有甚伤残,纵能痊愈,正教中太乙神雷威力甚大,就许不是原质。为此更加警戒。又恐毒手摩什纠缠不休,万一为其所迫,玷污圣姑仙府,益发不了。因此决计暂时不再以肉身出动,专以元神应付,既免伤残艳体,并免毒手摩什纠缠。那肉身本在西洞寝室玉榻上停放,已历多年。因为妖尸复体不久,便发现对榻玉牒上面所现圣姑遗偈,每一想起,又是心寒,又是厌恶,近日已把寝宫移向北洞下一层。因是天生淫荡邪媚之性,一面防人法力比她高,强迫淫污仙府;一面闲中无事时又喜用那肉身卖弄风情荡态,撩拨妖党。等引逗得对方发了急,再以软语柔声,说自己功亏一篑,只待取到藏珍,离开此洞以后,无不任便,此日却万动不得。说时,元神也自离开,榻前禁制重重,人不能近。闹得一干妖党全是中心痒痒,抓挠不得,妖尸却以此为乐。

众妖党自然愿她早日破去圣姑寝宫禁制,搜取藏珍,毁了洞府,一同离去。哪知妖尸虽然复体脱困,心神暗中仍被圣姑法力禁制,一到进退关头,便不能自主。总觉时机未至,寝宫中禁制也实厉害,有关存亡成败,由不得迟疑起来,老是迁延,委决不下。新近毒手摩什应召而来,与妖尸合力,将所炼几件破寝宫的法物分别炼好,方始议定癸未日下手,破了寝宫,搜出藏珍。东洞宝鼎能开更好,不能便看事行事:或同携走,或连圣姑遗蜕带幻波池仙府一齐合力毁灭,更觅新巢,以供长此淫乐。

这些情事,癞姑等经各位师长和眇姑等先后指示机宜,已明大概。因妖尸爱那一副淫躯媚骨无殊性命,为想声东击西,以救易静,入洞以后,不问妖尸是在何处,先就潜入她的停尸之所,相机先戮她的躯壳。妖尸自不甘休,毒手摩什也必出手相助,等动上手,立以本门传声发出信号;另一拨潜往东洞待机的谢、李二人接到传音信号,立即下手救人。易静一出险,首先止住各洞禁制埋伏,再同赶来夹攻。这样,一任妖尸、毒手摩什多么厉害,亦难幸免。至多毒手摩什数限未终,被他遁走。妖尸已应圣姑遗偈,断无生理。众人计策想得甚是周密稳妥,只是妖尸连遭挫败,洞门禁闭必严,其势又不能上来便以强力明攻进去。虽然听忍大师口气,入洞好似不难,但如去时稍早,机缘未至,便不能照着预拟,由中、西二洞分头入内。好在中洞禁制已为易静师徒所破;上官红所习木遁在妖尸以上,又经易周指点,恰是中洞戊土克星。如由中洞进去,再行分开,这样走法,上来戊土虽被制住,但须强闯庚金,比起上来冷不防由西洞偷偷穿过,一转即是北洞,自要难而多延时刻。但除此以外,又无门可入,别洞又不是上官红之力能开,别人一出手便要惊动敌人,多受点艰难,也说不得了。

癞姑正和众人密语不几句,幻波池已是飞近,晃眼就要穿波直下。众人猛瞥见池面上灵木交错,飞泉激射中似有乌金色云光闪动,忙按遁光暂缓前进。定睛一看,就在众人目光到处,又发现两道青白光华,由池底冲波而上,已然快出水面,高起仅得尺许,便吃那乌金云光由下方急追上来,势比青光迅速得多,一闪之后超向前去,似光网一般,将两道青白光一齐罩住,立时便被兜压下去。疾如电掣,又出不意,连众人的慧目法眼也只三四人看得较真。跟着，便听毒手摩什的怪声哈哈狂笑，自洞底深处传来。同时，又有两声怒吼，声甚惨厉。底下声息便自寂然，只听泉声汩汩，飞瀑长鸣，仍和以往一样。

癞姑见状，猛地心动，忙打手势，令众追踪而下。众人也已省悟。尤其周、李二人觉那青白光眼熟，必是日前卫、沙等逃人二次重来，不料遇见毒手摩什，斗败欲逃，又吃邪法擒回，不死必伤。照此情势，下面洞门必被来人攻破，现已开放，妖尸便要重新禁闭也必无及，更想不到有人来，正可乘虚而入。当时全都会意，一同往下飞降。落地一看，果然洞门竟有两处大开，恰是众人想进的中、西两洞，真个再巧没有。知道时机瞬息，稍纵即逝，忙照预定，各奔前途，分两路急飞入内。刚一进门，外层洞门首先徐徐自行关闭，跟着内洞门也闭。众人两路都是加紧前驶，惟恐迟则生变，入门直往里飞，毫未停歇。等内外两层门户一齐闭上，人已深入险地。

也是妖尸过信毒手摩什，又知他妄自恃，不欲过分示怯。不料事情如此凑巧，擒杀敌人以后没有立即闭洞。天夺其魄，行事疏忽，反把两层禁制止住，以免情人触动埋伏，恃强下手，万一吃亏，使其难堪。直到毒手摩什大模大样从容走入，才将各层禁制复原。一面卖弄风情，妙目流波，作了一个媚笑，昵声说道："我自上次为两贱婢暗算，元神尚未复原，今夜子时便可功行圆满。事前和你破法，搜索天书、藏珍，也须多用心力。有你在此，料他大罗神仙走进也是送死。我想此时回转卧室，调练元神真气，约有两个时辰耽延。却不许你跟着进来，又发猴急扰我。承你的情，明日起再长久补报，凭你把我怎样吧。"说时，媚眼中现出无限荡意。说完，故意笑吟吟往北洞寝宫走去。

此时毒手摩什迷恋已深，见状直恨不能抱着咬上两口，也不知她所说的是托词，还是畏惧圣姑威灵不敢妄为。无奈先有禁约，已然应诺，不便反悔。一想："此非情人胆小，照连日所见圣姑法力和她以前身受，确实难怪。"只是心痒难搔。又见妖尸已然扭着娇躯行到转角，又回身斜睨，媚笑道："你还不到中洞坐镇，去熬上这一日夜，只管看我做甚？"毒手摩什闻言，再也忍耐不住欲火，怪吼一声，一纵妖光，便要追扑上去。不料妖尸想他今日为己出死力，故意施展邪媚之术，有心撩拨，好使卖命，此着早已防到。含着媚笑只一闪，元神便即飞遁，紧跟着洞门便自闭上。毒手摩什却被她逗得啼笑皆非，急恼不得，欲火难消，发了野性，暴跳如雷，叫嚣起来。

妖尸这等捉弄，意犹未足，又在内传声媚笑道："你枉自法力高强，修道多年，我这块肥肉，迟早是你的，共只还有一夜工夫也熬不过。真个要害我时，我豁出毁了多年功力，也自由你。上次如非怕你行强，不顾别人死活，也不会气走你了。今番急难相求，也曾想了又想，以为你既爱我，总可哀怜。哪知仍是这等强暴，分明仗恃法力，乘我危难，在你掌握之中，有意欺逼人呢。"说到末两句，便自哽咽，渐渐啜泣起来。

毒手摩什听了，爱极生怜，转悔鲁莽，急急分辩道："我实爱你，生死皆所不计。我也知你怕那贼尼，必定如约，决不相犯，只是我不愿一时不见面。依我脾气，如换别人，我早破法入内了。惟恐你不愿，权且隐忍。此时别无所望，请容我到你卧室中相聚，不问你是否调养元神，我先略微亲热真身，或是守在一旁，你总可答应了吧？"半晌，妖尸方始收悲，微笑道："好在凭你良心，真要逼我，你也未始不能破法进来。如若真心怜爱，你且在外放安静些，不要生气。到了时候，我自放你进来。只不许催，也不可违背日前来时之约，我便可容你亲爱一会，如何？"毒手摩什闻言大喜，连声应诺不迭。

二妖孽这一调情逗弄，众人却占了便宜，入时毫未受到一点阻力。

第二四九回

密室觑浓春　玉软香温惊绝艳
祥云消煞火　金光宝相走神婴

　　暂且放下谢、李二人不提。先说癞姑等一行刚飞抵北洞上层二妖孽调情的石室附近,便听毒手摩什厉声叫骂。依了谢琳,便要硬冲进去。癞姑听出二妖孽调情,妖尸全是假话,摩什却很相信,暗忖:"这两妖孽均不好斗,难得他们自己疏忽,在此纠缠,乐得多延一会,趁便行事,等易师姊出险,七人合力下手,岂不更妙? 对方真警觉时,再动手也不为晚。此时能不惹他最好。"忙打手势,止住众人,暂在当地伏伺,相机进止。一面暗发传音信号,催谢、李二人即行下手,救出易静;一面暗中窥听对方言动。

　　妖尸那么邪法高强,机警灵敏,行起事来,竟会愚昧颠倒。妖尸并不是不知道圣姑道法高深,威力灵异,男子入洞首犯禁约。偏只炼到元神刚刚回生复体,仅能在洞内随意行动,实则孽难尚犹未满,休说远走高飞脱困他去,连洞门都未得走开一步。竟然忘了利害轻重,开头便号召同类妖邪,男女不论,一体勾结。继见情势日非,方始惊惶。按说妖尸本是圣姑逐出门外的孽徒,劫中沉沦已历多年,受尽苦难,在末劫未临以前,如能放下屠刀,自知悛悔,昔年师徒一场,多少总还有点香火之情;仙、释两门,又俱都愿人自新,事并不难。只要立志断去贪嗔淫欲,向圣姑虔诚悔过,弃了盗取藏珍、道书的妄念,离开幻波池,另觅仙山隐修,脱难并非无望。纵令宿孽太重,挽盖又难,到底逃过现劫,有了生路年月,总好得多。至不济,将来再经一次兵解,仍可转劫,重修正果。何致形神皆灭,万劫不复啊!

　　这也是她恶贯满盈,天生凶狡淫邪之性,蕴毒多年,久而愈烈,一起头便倒行逆施。自从圣姑玉牒示警以来,便日在忧危之中。她所勾结的妖党,除女的本来不多,还乘隙借故溜去两个一去不来而外,便是男的,照例到后百日以内必遭横死,不为仇敌所杀,便是自相火并,再不便是久处生厌,故意自出阴谋暗算;或以淫情媚态,双方离间,使其残杀;或是故用言语巧激,令其妄犯圣姑禁网,欲毁法物,驱上死路。奇怪的是,妖尸事前一意孤行,真觉非此不能快意;事后想起也知不对,偏生到时又不由自主。再一算死者来的日期,死己手的,多是将近百日边上,分明来人这一关决难渡过。即以上次而论,死的那几个同党全是有力助手。为了屡次党羽遭祸俱都不满百天,想起圣姑禁条胆寒,格外小心,决计不再以喜怒杀人。平日并还多方调处,以防再有内争,又应百日死限。眼看这几个党羽差不多到了百日将近期限,尤其胡览和阴四娘这两个最得力的,当日便是第一百天,并无甚事。自己最爱重这两人,不会害他们,与别的同党又均和好;加以各擅玄功变化,本领甚高。怎么想,也不会当日就死。心方暗骂圣姑:"老鬼贼尼,纵令你灵气还未尽丧,至多也只愚弄我一时,我一留心,便不上套。似胡、阴二人,连鸠盘婆那么恨他们叛教,逃出赤身教多年,尚没奈何他们,何况你这般伎俩,可见遇见真有神通的,你也害他不了。"

妖尸哪知念头才动,先是卫仙客夫妻、东方皓和沙亮、沙红燕兄妹相继攻入,跟着又有周、李二人隐身潜袭,结局是把这几个快满百日的同党分别杀死,哪一个也没过了百日期限。尤妙的是妖尸近日功候更深,弃此而逃并非不能,竟然始终没想起一个走字。连那残余的一班妖党也是如此,尽管代为愁急,却无一个劝她走的。妖尸本心不想招惹毒手摩什,但胡、阴二人死后,再一计算,残余妖党不济的多,又多同时到来,相差只二三日。准备孤注一掷,应在本月癸未,恰巧是一班妖党的百日限期。痛定思痛,越发忧急,万般无奈,只得把毒手摩什招来。二妖孽全都淫凶胆大,无所不为。虽以圣姑法力暗制,未污仙府。但是妖尸过信情人法力,有时想到高兴,几连圣姑也不十分在意。毒手摩什又极骄狂,不知身犯禁条,当日虽得漏网,死期仍在百日之内,心神也受暗制。口发大言,夸说法力高强,敌人休说入洞,只要在池边经过,立可警觉。话又果然应验,到后连来两次敌人,俱是才一隐身入洞,妖尸还未警觉,便为他所杀。这一来,妖尸越加信赖,未免大意了些。而当日又是二妖孽成败生死关头,在圣姑暗制之下。妖尸固是神智不清,虽料到当日必有变故,决不平安,偏生心念一动,便自撇开,忘却厉害;毒手摩什邪法原高,虽不像在妖宫有宝可以查形照影,观察仇敌踪迹于千百里外,但只要略按灵光,百里内外的动静行迹,也立可查知。也是色欲蒙心,一意想和妖尸缠绵,心不在焉,加以大难将临,所受暗制更甚,神智时复昏迷,人已不由自主。

可是癞姑久听师长前辈和玉清大师、邓八姑等告诫,心有成见,以为二妖孽凶狡异常，如今见此情形，转觉出于意外，渐疑是诈，不敢冒失。一面暗嘱众人加意戒备，一面暗寻入口。反正此行只为牵绊妖孽，不问对方真假，心计已遂；对方如真欲令智昏，不知警觉，更是再好没有。现在毒手摩什为色所迷，奉命惟谨，如能乘其分开之隙，由别处绕向寝室，即使除她不易，先将她肉身毁去，岂非绝妙？因是素来处事谨慎，心虽盘算，依然强止谢琳，不可轻举。

待了一会，见毒手摩什仍守候在室内，目光注定妖尸去路甬道，意似情急焦躁，又无可奈何之状。方在心中笑骂："毕竟妖邪还是妖邪，枉自修炼多年，那么厉害的邪法，竟会如此昏愚无耻。"猛觉轻云扯了一下衣襟，心疑有变，忙一回顾，见谢琳正要往另一条夹壁衖中走去，连忙上前拉住。一打手势，才知谢琳不耐久候，也和自己一样心思，欲别寻门路，去斩妖尸。癫姑觉着谢、李二人尚无回音，强敌机警异常，只是一时疏忽，为色所蒙。适发信号便担着心，相隔这么近，只能以手势达意，传声遥问恐有警觉，生出绝大阻力，不到十分紧急，最好不向谢、李二人发声。又料救人也非易事，谢琳不耐久候，双管齐下，就便相机除妖，未为不可。只是沿途不知何故，未遇阻碍。事固此顺手，也许凑巧走得恰对，这一路无甚埋伏，故未触发。身居重地，步步皆有危境，如何可以为例？因此，仍主慎重，少安毋躁，看清道路再去，免致打草惊蛇。

二人正以手势问答，忽听妖尸发话道："你果是真心爱我。不过我此时正要运用玄功，以备今夜元神复体。并且这里还有几人相聚多日，承他们爱重，都是一样痴情，如稍分爱，你决不容，过了今日，势难再见。人均为我出过死力，恐怕比你还认真，分手以前，也应假以辞色，说上两句中听的话。少时，我还要先把他们逐个唤来，谈说几句，说完再来请你，你尚须多等些时。我一则为和你长久恩爱；二则今夜还须他们出力相助，免你一人势单。但在和你同行以前，却不许你管我闲事，也不许你多心呢。"说完，跟着一声媚笑。毒手摩什好似听了生气，又不敢发作，刚厉声说了一个"你"字，把牙齿一错，便自忍住。妖尸也不再说。

这地方原是西、北两洞相接之处的上层几大间石室，外有几条甬道夹衖，四通八达，门户途径交错分列。妖尸北洞新巢，轻云并未来过。因来时未遇阻碍，照着以前师示大略，顺西洞甬道而飞，闻得二妖孽说笑叫骂，循声而至。洞中千门万户，途径繁复回环，即便先有人指示，也难免走错。所以癫姑见此情势，不肯冒失。先前毫无把握，不知如何走法，方可绕向妖巢。

妖尸这一发话，才听出相隔尚远，似在西北角上一带。一面揣摸，正待试探前行，忽见一条黑影由身后来路急飞而来，自左侧越过，往前面通西北的夹衖中飞去。因众人隐身在侧，来人并未觉察。料是妖尸所召妖党，便跟踪寻去。方幸途中仍是平顺无阻，一看前途又迟疑起来。原来事出仓猝，妖影飞行甚速，癞姑又太小心，停了一会，无甚动静，方始追踪，这一耽延，前面现出上下三条歧路，所追黑影已早无踪，看不出是何道路。只得照着意拟，往左边小甬道中走去。

癞姑拿定稳健主意，稍遇可疑，便自停下，试探明了再进。始终也没想到，妖尸断定敌人只有由外入内，忘了先前疏忽，死星照命，强敌已然乘隙隐形飞入，只把外洞两层加上严密禁制。这一带虽是腹地，但灵泉发源的枢机重地是在北洞下层，敌人不把头两关攻破，决不能深入此间。如和上次沙红燕一样潜行侵入，只要一入洞门，立时警觉。现时水道已闭，无须戒备。况且，毒手摩什和自己在此，来了人只是送死，不足为虑。只有停尸寝室戒备尚严，以防万一因事离开，为人所算，不过多一半还是防备同党。自己现在室中，自然不必介意。此时妖尸又因先来两个强敌才一进洞，被毒手摩什不用一点原有埋伏，便将其困住，凌辱个够，故意放他逃走，再行追回惨杀。法力既高，行为又与己心相合，觉出有此一人，足可济事，余党全是废物。这班妖党又各许有甜头，自从新情人毒手摩什来到，虽然胆怯，不敢与争，背后对自己全发过牢骚。明日脱难和毒手摩什弃众一走，全成仇敌，日后还须防人报复。不觉故伎复萌，又生恶念，欲乘前半日闲暇，挨个试上一试。除非试出真对自己尽心尽力，日后又悉凭己意，招之即来，挥之即去，不敢丝毫违忤的，还可容其存活；如若怨望不逊，或是暗中要挟，反正有他不多，无他不少，索性便假手毒手摩什将他除去，以免后患。为想激发毒手摩什妒火，那几个同党行经处，禁制全撤。

癞姑等总想，当日乃妖尸脱难紧要关头，戒备必严，陷阱必深。有谢琳一路虽可无害，毕竟易静未出，尚不能反客为主，自以少遇阻力为是。敌方的这等情形，如何得知？路又走错，走向往圣姑寝宫的中洞后殿要路，差一点没将正反五行埋伏触动。等到发觉走错途向，忙退回来，又耽误了些时候。及至赶回原处，正遇上一个由妖尸室中退出来的妖党，忙即闪开一旁，再照来路迎去，这才寻到地头。

原来妖尸所居之处，乃北洞最上一层，相隔上面依还岭地面只数十丈，为全洞最高之所在。这也是妖尸日前打算，事如不佳，便来此室复了原身，倒反五遁，自行震破上面石层，拼犯奇险，裂山而逃。主意打好，迁入以后，觉着此举太险，又复丢开。这里不似西洞内俱有好几层的禁制，威力要差得多，白白便宜仇敌易于下手。癞姑、谢琳、轻云、上官红四人一点事没费，便轻悄悄掩到地头。

那寝室共是两大间，通连着石室。室外又有一大间敞堂，有门无户。洞中所有门户通道多是穹顶形式，门均高大。惟独妖尸这间寝室，外作大半圆形，壁上开有两个六角形的小门，为别处所无。那敞堂之外，是一条蜿蜒如蛇的甬道，堂当中段弯曲之处，由甬壁上开一圆门。这一来，敞堂便成了新月形式，地系北洞上层最高之处。四人来路口外，途径门户上下纵横，棋布错列。甬道复壁，大都曲折低昂，势如旋螺，外表道路纷歧，实则中含九宫八卦奇门妙用，诸般禁制。发动时，稍一不慎，便堕罗网。只要道力稍差，不识其中妙用，误入歧途，也休想走得出去。又均就原来整石凿成的居多，虽是洞中高处，相隔上面还有数十丈，所有石壁均经禁制，坚逾精钢，更非寻常法力所能动它分毫。除了束手待擒，决无幸免。

这条甬道的入口尤为诡秘狭小，内中复多歧路，端的隐僻异常。其实相隔二妖孽适才对谈之处，仅隔里许之遥，可是极难发现，即便撞上，无心走入，也易迷糊。尚幸四人多精悉五行阴阳生克之妙，先虽没有找到，却认明来去向背和此中妙用，稍觉不对，立即回身，既未把路走迷，也未误入禁地。恰巧遇上一个新由妖尸室中退出来的妖党，略微用心观察，便已寻到。这还不算，并因此途中阻延，把妖尸先招去的一些妖党全数错过，使妖尸完遂自残羽翼的毒计，无形中占了若干便利。

四人先进敞堂时，见对面圆壁上有两个六角小门，一红一白。外壁色如黄金，内壁色如青玉。堂中无甚陈设，只当中有一个石鼓形的大墩，上铺极厚皮毡，石质如墨，黑而且亮。内室外堂又作日月环抱之相。四人不知此是昔年圣姑意欲创立教宗，为备召集门人，传授道法开讲之用，后来设备未完，便即舍旧从新，改了初念，后成洞中闲置之地，一直不曾用过。近日妖尸心情首鼠，因西洞旧停尸处有好些危机，心又厌忌，觉着此地僻静，离顶较近，万一大难临头，可多作一种逃计。再往好里想，如能平安无事，仗着毒手摩什之力，破了圣姑法物，毁去法体，取出藏珍，连走都无须时，居此密室之中，更有好些可供利用之处。迁入以后，虽然圣姑全洞禁制只此一处独付缺如，但是灵泉发源和五遁枢机均在北洞下层，诸般禁制可以随时移用。又恃地势隐秘幽僻，径路复道回环往复，不须再加禁制，便具奇门妙用。自己却是四通八达,出没神速;敌人必难走进,也决不知会移居于此。又恃自身邪法甚高,不以为意。除把各通路甬道入口,暗中加上极厉害的五行禁制,以阻同党随意闯入窥见阴私而外,只在里间寝室内略作万一之备,安置了些又阴毒又厉害的邪法、异宝。

主要用意仍是防同党吃自己侮弄鱼肉太过,生了怨毒,或因争风内叛,一时没有识破,于谈笑淫乐之时突然翻脸,倒戈相向。凭己法力和玄功变化,自不能十分受其伤害,无如肘腋之变,起势绝骤,最可虑的便是这具肉体。何况这类刺客大都为色而起,看出自己对他一味玩弄凌践,由爱生妒,由妒成仇,因由美色情欲种的怨毒比甚仇恨都重都切,不特情急拼命,不计死生,而且深知无如何,上来定是先对肉体猛下毒手。万一如愿更好,如其不能,也可少泄愤恨。凡能与己亲近的,皆非庸常之流,深心暗算,不易防范。以为有这几样埋伏,便可万全,高枕无忧。

哪料到昔年圣姑早已算定妖尸将来移居,数尽于此,并还开出几条通路,使与各洞要地相连。妖尸只图隐秘方便,却上了当。这内外两间虽设有埋伏,外表形势布置看去却极启人疑虑。越是仇家眼里,越认作内中必定隐藏着极厉害的埋伏陷阱,何况又是妖尸藏尸炼法,打算会集亲信与情人相聚淫乐的卧室重地,自比别处罗网严密,埋伏厉害。

癞姑、轻云本来小心谨慎;上官红更是末学后进,自不必说。谢琳近习《宝箓》,虽稍好胜轻敌,但她修道多年,平日常受谢、叶二人指点解说,遇敌经历虽少,对于正邪各派的法术、施为以及各种阵法、禁制的深浅强弱,形势虚实,却多知悉。加以圣姑昔年设而未完的又是最有威力的阵势,道法稍高的人一望即知。所以才一进门,便看出那是一种极厉害的五遁禁制。谢琳又见除两仪内外环抱而外,内室未进,不知如何;外室空空,只以五色暗寓五行,未设别的法物,更看不出一点异状和行法的痕迹。照着平日师父、尊长之教,越是这等情形,对方法力越高,阻害越大。并想起日前师父又有"现习《宝箓》,功候尚差,七宝金幢,非可轻用。异派中几个厉害的妖邪,因峨眉开府,正教昌明,或恐见诛,或因忌愤寻仇,行将分别报复。你与峨眉诸弟子颇多交厚,幻波池只是开端,将来他们都有灾劫,你姊妹必要仗义相助,早晚遇上这类妖人。休当你姊妹屡世清修,大的灾劫已过,失利小挫之事仍所不免。此行便须谨慎"等语。幻波池本未到过,初入洞时,因为痛恨二妖孽,又是预有成谋,这次助友除妖,师父早已算好,应在今日,已成定局,加以洞中未遇甚阻力,益发把事看易。屡欲乘机一试近来法力深浅,均吃癞姑力为阻

407

止。先还觉她过于小心，及至后寻妖尸密室，方由所经途径门户发现许多奇门妙用，跟着又误走禁地，差一点没有触动埋伏，这才知道圣姑法力果然厉害。她又想起："癞姑也是从小修道，曾在屠龙师太门下多年，新近又得峨眉真传，法力高下姑且不论，终是久经大敌，比已见闻得多，人又机智灵敏，所见决无差谬。看这外间敞堂形势，明是叶姑昔日再三详说指点，嘱咐遇上不可大意的道家最厉害禁法五遁真形图的外貌。现在几个至交良友，俱以我姊妹为重，休说败于妖尸之手，就是妖尸虽戮，而因行事冒失，进止失措，中间无论何人有甚伤害损毁，都是不好看相，如何可以大意呢？"想到这里，适才好胜自恃之心，立为一变，决计谨慎行事，不问当地有无埋伏，强弱深浅，给他一个有备无患。既为寻斩妖尸肉身而来，事前便不应使其觉察，不观察清楚，决不妄进。

这一来，四人成了同一小心，谁也不肯疏忽一步。好在谢琳、癞姑二人均是行家，识得微妙，先辨明了门户向背。觉着一墙之隔，久候也不是事，正打算姑且按着虚拟而未现出的方位蹰度，试探着往六角小门走去。忽听室中起了艳歌之声，音细而长，于万分柔媚之中，隐含无限幽怨，意思似在苦忆一个情人。词句尤为缠绵悱恻，尽管情深一往，却无一句淫荡之言。四人那么痛恨妖尸，也觉情致动人怜爱，声更十分娱耳。知道妖尸正用此歌召一同党，人来必定放进，立可跟踪而入。毒手摩什又不在此，正是一个绝好时机。互相打一手势，闪退在圆门右侧的乙木方位上去。用意是妖尸对圣姑所遗五遁禁制中，只乙木遁法因昔年被上官红误入仙府巧得了去，总图又未寻到，是个缺点，上官红却精悉此法正反相生之妙，万一被妖尸、妖党识破，发动埋伏，木宫方位已被占住，不特以木制木，并可乘机遁入室内，去斩妖尸肉身。

初意这些妖党把妖尸奉如天人，又爱又怕，一呼即至，来必迅速。哪知歌声过后，待了一会，妖尸又在室内曼声长叹道："朱道友，你怎还不知我的苦衷？为明我的心曲，已和那厮说明，与你一见，明早便许分手，此别久暂难定。我日前并非不纳忠言，也是形势所迫，万不得已。你尚不谅，何况别人？就不愿再理我，难道背人说两句心腹话，略说我不得已的苦况，你也不屑听吗？"边说，连又哽咽起来，声甚凄婉，益发动人怜意，比起先和毒手摩什哭诉，又自柔媚恳切许多。可是那同党仍无回应。

妖尸说时，癞姑觉其对新情人毒手摩什，公然连用艳歌和委婉哭诉向旧情人勾搭，送媚通情，好生奇怪。乘话未完，忙打手势，令众少候，走向门外去查听。才知妖尸邪法果具神通,只此圆门之隔,门内听去那么清晰,门外竟是那么寂然,不闻一字。只奇怪妖尸既能以邪法和意中指定的人分别传声,不令第二人所闻,何以人在敞堂也听得见?不特与本门传声有异,并且于理有好些不合。

癞姑心正奇怪,忽见妖尸由左边六角小红门内现身走出。众人中只有轻云一人以前两进幻波池,均和妖尸对过面,看得最真。这时见她容貌仍是以前原样,并非不美,只是星眼含嗔,柳眉斜竖,满面上带着狞笑,眉梢眼角威棱隐隐,时闪凶光,好似蕴蓄着无限杀气。平日那么艳冶柔媚的姿容体态,竟变作了冰冷薄情,一脸狞厉之相,令人望而生畏。方料是所召同党不来之故,果然妖尸才一出现,便戟指向前空画了七八下,立有一片符箓形的轻烟现出,浮空停立在她面前。妖尸再以左手掐诀,照符烟一扬,张口一喷,那符烟也一闪即隐。妖尸随又曼声悲叹道:"朱道友,既有今日,何必当初?既然见拒,我已无颜再见你面,今日死路由我自去,许应你那日之言也说不定。我不劳相助,情爱在前,不似对别人那样恐坏我事,不会无故除去。休当我有甚恶意,我已止住前洞埋伏,开放门户,请自便吧。"四人见妖尸一边说,一边侧耳静听,面色越发狞厉难看,语声却更觉柔媚凄婉,分外动人。如非眼见,几疑说话的乃是另一个痴情少女,绝不是她。妖尸话刚说完,忽似接到回音,那人要来情景。可是妖尸不但不曾息怒消恨,反倒咬牙切齿,恶狠狠狞笑了一声,随手朝白色小门画了一道妖符,然后戟指门外,又咒骂了几句,方始退入门内。

四人先想乘虚入室,但因妖尸就立小门前面,恐有警觉;又想看看背了毒手摩什,连召这些妖党,所为何事,有无别的阴谋毒计。反正已入虎穴,理应拿稳下手,不争此片刻耽延。本来四人不知室中是否易于走入,想等妖党来了,跟踪混入,比较稳妥。妖尸也是死星照命,举措全非,只顾阴毒设阱残害同类,做梦也没想到诛她的仇敌已然深入庭户。她这一用妖法封闭白门不要紧,却被仇敌看出敞堂虚有其表,并无禁制埋伏,更可放心大胆。室内虽还不知底细,妖尸既召妖党,纵有埋伏,多半也要撤去,断无禁制住了情人,再与谈爱之理。

说时迟,那时快,癞姑当先一打手势,早有谢琳神光立即隐形,四人一同乘虚随了进去。佛家神光灵妙,不可思议,无形无声,便是妖尸、毒手摩什二孽不以邪法玄功查看,也不会有警觉。妖尸正愤恨妖党违忤不来,分明已悟到自己淫毒凶狡,妖党生了二心,满腔怒火,想诱来室内细加考查。如已生心怨恨，索性连手段都不必用，就在当地酷杀，摄取他的生魂，以备夜来用以行法。妖尸这一分心，使癫姑等钻了空子。

妖尸生平为恶多端，残杀同党宛如游戏，行事永无后悔。这次死期将近，居然回光返照，初念阴毒狠恶已极，及至罗网布就之后，忽想那姓朱的同党本是海外一个散仙，所习道法虽非玄门正宗，人却甚好，同道之交也多。自己在未遭难以前，便与相识。此人以前并不好色，因是夙世孽缘，一见钟情，不特为己丧失真元，并因自己天性淫凶，喜新厌旧，树敌太多，使他连带受了许多艰难苦厄。为了屡次救助自己脱难，曾吃大亏，几乎丧命。可是自己并不知感，反因他情痴纠缠太甚，生了厌恶，欲以阴谋毒手制之于死，他却仍始终没有一毫怨恨，这多年来，为想救己脱难，虽然深知五遁禁制威力神妙，以及男子不得擅入的圣姑禁条，便强进来也是白白葬送，未敢造次。却是时时刻刻都在营谋，费了极大心力，炼成一件法宝，意欲助己脱难。又因深知自己孽重，敌人过于厉害，非到时机不能有望，比别的同党来得较后。一到，便以苦口相劝，欲令自己向圣姑服罪求免，舍下法宝、道书不要，随他同去海外觅地清修。自己虽然不肯听从他说的话，为念他的深情；又当用人之际；他又不似别的同党，只一见面便一味垂涎美色，恨不能当时苟合，毫无忌惮，固然也爱自己如命，但他处处为我打算，就有所图，也在将来脱困以后：故此对他一改初念，也颇引以为重。后来因他日常苦口絮聒，劝我遇有敌人，适可而止，只惊走了事，此时切勿树敌；命他出手，又不怎用力：方始有些不快。

近因自己已为毒手摩什霸占，以后难于分身兼顾，一班旧情人中只他一心在己身上，难于打发。论法力虽非毒手摩什之比，比别的同党却高。照他以前相待情形，虽未必会生恶念，倒戈相向，时常纠缠也是惹厌。尤其自新情人毒手摩什一到，便似怀生醋意，虽未拂袖欲行，神情却甚淡漠，面有愁愤之容。这些日来，已不似日前那等亲切，也不再背人寻己密谈。适才想起这些累赘，最好脱难以前去掉。并且今晚子前取宝，必须先破圣姑所设五行法物。近年为了此事，曾炼有一件法宝，所须生魂，均系以前设计残杀的那些不知进退的同党。日前虽幸勉强炼成，无奈仇敌厉害，今日之事，必早被算定，事尚难知。此宝威力至大，万一不成，毁去可惜。破那些法物时，最好每样能有一人舍命犯险，拼着万死，引使发动，下手既较容易，并免亲身入伏，稍有不妙便难脱险。因而想起这班同党可以利用，又恐其不肯自寻死路，为己葬送。这才想下毒计，借故挨个引来，对那知进知退，不曾生心背叛的，便

410

姑缓其死，以观后效。对那心怀怨望，或是苦苦纠缠不舍，便以媚惑之术，连愚弄带激将，使其自趋死路，为己犯险。同时激起新情人毒手摩什的妒火，以防警觉逃走。

独对此人尤念旧情，只想明言利害，使其绝念，本心还不想害他。哪知妒念甚深，连番勾引，俱不肯来。平日自负古今仙凡中从未有的美艳之质，一颦一笑，均可使人心神迷恋，不知死生。连毒手摩什那高法力，上次决裂，理无再合，尚且一呼即至，此人竟会屡召不理。不特对方心寒意变，而自己媚术无功，更是从来未有之辱，犯了平生的大忌。于是动了恶念，一面布好罗网，仍以媚术唤他，再如不来，便即翻脸成仇。妖符发后，已然准备再无回音，便亲身赶往，径下毒手，先行杀死，摄取生魂。

随即接到回音，说他适才算出，今日必有敌人潜入，所主持的埋伏须俟有人接替，方可离开，少待即至。先前何故闻呼不至，却未提到。本已决计杀死，回房想起前情和此人现在情景口气，对己虽然冷淡，内里仍是情热忠实。回忆昔年结交经过，如以常理来论，委实辜恩负德，薄情寡义，对他不起。对别的同党尚可，在他怎以一时之愤，便下毒手？

想到这里，怒火渐渐平息。正想等人到后，先盘诘出了真实心情，再定去留。这一寻思，心神注向别处，仇敌容容易易随了进来，一毫也未觉察。

癫姑等四人到时，妖尸已走入里间帘幕之内，虎穴重地。适才妖尸邪法飞符，又在门上施法，不知使甚诡谋。室内埋伏，虚实未悉，加上好奇心重，见妖尸虽然淫毒凶狡，姿态容貌却是极美绝艳，比起灵峤诸女仙和各派中素负美名的女弟子，又是不同。俱想一面观察室中虚实，小心下手，以防有失；一面也想看看妖尸平日颠倒仙凡，为迷恋她而葬送道行性命，至死不悟的先后不知多少，死的又均非常人，内有好些并还是异派中有名人物，虽是左道旁门，功力均颇深厚，何以人人如此甘趋灭亡，到底有何特异之处？为此，不肯当时发难，先把外半间仔细观察，觉出虽有可疑之处，如不叫明惊动妖尸，或去触动，均可避开无事。看明形势以后，再试探着走近，站向帘侧往里一看，俱都暗中惊奇不置。

原来这间卧室比外间还大，通体作正圆形，分成内外两个半间。当中隔着一道帘幕，质类五色鲛绡，云锦双悬，流苏下垂，看去鲜艳绝伦，华贵无比。妖尸卧榻便设在里面的半间。内外合计约有十余丈方圆，这一隔开，成了两个半圆。外半陈设坐具，已是精雅富丽，巧夺鬼工，宝气珠光，辉映全室。而内半陈设之绮丽新奇，尤非笔墨可以形容。除当中放着一个腰圆形的碧玉榻外,和寻常富贵人家红闺绣阁一样,一切镜台衾具以至衣履被褥之类,无不齐备,应有尽有。只是所有物品珍奇异常,尘世上多富贵的人家,也不易见到一件罢了。

就在这妖尸回房俄顷之间,先前行动强悍,极恶穷凶,满脸狞厉的本相,已收拾净尽,连容貌神情都似变过。如非深知底细,又曾目睹亲见,几疑另是一人,决非妖尸本身。妖尸先出现时,元神本已复体为一,这时正做出闺中美眷午梦初回,睡眼惺忪,春情荡漾,所思不至,无可奈何,娇慵欲堕之状。一副娇躯半卧半坐,靠在榻头玉屏风上。那腰圆形的玉榻,只近头一面的两边,有近二尺长雕镂精工的扶手矮栏,余者三面全都空着。榻上铺陈着极厚而软的锦茵,华丽自不必说,人卧其上,身体便陷没了小半。妖尸身上半盖半裹着一床质胜纨绮,色作淡青,看去又轻又软的被单。上半身只双肩、前胸和手臂露出在外,一手微搭胸前,另一手臂懒洋洋支向右侧玉栏之上。身穿一件薄如蝉翼,雪也似白的道衣,前胸微敞,露出雪白粉颈和半段酥胸,下面乳峰隐隐坟起于冰纨锦被之间。那没盖着的地方,固是肌肤玉映,琼绡不掩,隐约可以窥见。还有那双手臂,因为右手支颐默坐,露了半截臂膀和那十指春葱,说不出的粉铸脂合,圆滑朗润。下半身虽被盖住,却在有意无意之中,由被角边半隐半现地露出一段丰盈柔细的玉腿,以及半截底平趾敛,粉光致致,柔若无骨的白足。面上神情是星波莹明,如蕴妙思,黛眉微颦,隐含幽怨。再加玉颊春生,樱唇红破,瓠犀微露,欲语不语之状,好似半嗔半喜之中,蕴藏着万种风流,无限情思。端的秋纤合度,体态妖娆,从头到脚,直无一处不撩拨人的遐想。容光既如此妖艳,神态又那么淫冶,加上服饰华丽,迥绝人间。上面淡雅的衣被与下面铺陈的锦褥文绣,再互一陪衬,越显得貌比花娇,人如玉琢,光彩照人,不可逼视。尤其厉害的是,人还不曾走近榻前,首先鼻孔中闻到一缕温香,其味非兰非麝,仿佛由榻上人肌肤中隐隐透出,闻之令人魂销魄落,心神欲醉。

癫姑先见榻旁绿玉案上,摆着好几件闺阁中人所用粉奁妆具,细一注视,多半蕴有奇光,隐隐似有邪气透出。只是邪法颇高,若不是自己一双慧目法眼,决不易看出。同时谢琳一双经过芝仙灵液沾润过的神目,也已发现。二人正同向轻云、上官红打手势指点,连同壁间别的陈设,令其留心戒备时,人已一同趑向帘前。猛闻到一股妖香,骤未及防,立觉心神微微一荡,知道厉害,忙运玄功把心神镇住。癫姑觉着自己和谢琳、轻云无妨,上官红年幼道浅,却禁不住邪法潜侵。方欲行法防御,谢琳的有无相神光近日已能随心御敌，只一动念，立可屏御，先是不曾防到会有这类香气迷人的邪法，一经发觉，随着心念动处，神光发出威力，早将香气隔断。此是妖尸白骨锁魂香，厉害非常，道力稍差一点的人，无论男女修士，只要闻到这香气，立被迷惑，魂消魄落，人也软醉如泥，任她尽情摆布，决无幸免。固然像癞姑、谢、周三人的道力，尚不致被她迷倒；如出不意，骤为所中，也不免于心旌摇摇，神魂欲荡，决不会只有像先前那一点感觉。尤其上官红入门未久，尽管天生美质，用功勤奋，毕竟火候尚差，即便事后能够振作，静摄心神，不为所算，当时必要昏晕一下。因身在有无相神光护身之下，诸邪不侵，尽管疏忽，念不及此，未曾防到，至多也只遇上外邪加害时，照例有的微微一点感觉。休说癞姑、谢、周三人，连上官红也不过心神略微动荡，并无他异。

四人急切间不知就里，只觉神光护身之下，还会如此，妖尸邪法阴毒，可想而知。癞姑又见上官红闻到妖香，竟和自己一样，不怎在意，神色自如，小小年纪，入门不久，居然有此定力和功候，足见天资超越，用功勤奋，易静有此高弟，足可自豪。

癞姑方代她师徒欣慰，忽听门外有人说道："玉娘子，容我进来吗？"连问两声，妖尸通未答理。四人料定那是姓朱的同党，初意物以类聚，必又是一个淫凶丑恶，比毒手摩什等妖邪长相好不了多少的左道中无耻之辈。及至回身一看，却大出于意外，来人竟是一身仙风道骨，羽衣星冠，仪容秀朗，通体不带一丝邪气，举止神情也极文雅从容。休说左道妖邪，便是海外那么多散仙也少此种人物。而且黑发玉貌，外表年纪仿佛甚轻。四人心中奇怪：此人并非妖邪一流，怎也会为妖尸所迷，甘为奴仆，受其玩弄？

妖尸仍未答话，只在里面微微叹息了一声。那姓朱的少年道者刚来时，本是面有忧色；及至连唤玉娘子未应，忽闻妖尸微叹之声，好似有甚感动，又似突然变计，凡百不顾神情，倏地把牙关一咬，面上立转喜容，从容款步走入。当道者初来在外唤玉娘子时，妖尸一面装作负气不理，一面手持两寸大小晶镜隔着帘幕往外照着，面上微有愠色。等到道者入室，口角边忽又带着一点冷笑。四人看得逼真，那道者好似常做入幕之宾，一进门便直往帘内走去，目光却四面注视，意似查看室中有无可疑形迹。到了榻前，便向妖尸身侧坐下。妖尸也不起立招呼，只媚目流波，斜睨了一眼，便自将目合拢，不再理睬。道者似知妖尸必要做作，说道："玉娘子，你真错怪我了。"妖尸不答。道者也未再往下说，只把双目注定妖尸，从头至脚仔细领略端详，大有秀色可餐，爱极忘形之意。渐渐由上而下，看到脚头，一眼瞥见那只欺霜胜雪，胫腿丰妍，纤细柔滑的白足，微露被角之外，竟情不自禁俯身下去，在那绵软温柔，无异初剥春葱的纤指上亲了一亲。偷觑妖尸面色，似嗔似喜，看去只更爱人，并无真怒。于是道者便又伸手下去，竟将那只美妙无双的白足握住，抚摩了一会。又跪将下去亲了又亲，手也渐渐往粉腿上摸去。

　　众中别人还不怎样，谢琳早看不惯这等淫昵之状，意欲就此下手。继一想："那少年道者分明非左道妖邪，也许受了妖尸邪媚迷惑，莫要连带波及，误杀好人。"心正盘算未决，这时妖尸元神早已离身飞起，现出一副满头鲜血狼藉的恶相，正站在道者身后。起始神情狞恶，大是不怀好意。嗣见道者对她肉体温存抚摩，委实爱到极处，面上神色才略为和顺了些。那道者直似始终不曾觉察。谢琳两次要想动手，均被癫姑止住。妖尸元神忽然不见，知已复体。方和癫姑打手势如何发难，妖尸冷不防把足一缩，用力稍猛，竟将下半身盖的那床锦被掀开了些，那一双脂凝玉润的粉腿立即呈现。道者也就势扑将上去，双手搂紧，不住温存抚爱。

　　妖尸由他玩弄，毫无躲闪，只睁眼冷笑道："你初来时，屡和我说，仇敌法力厉害，人虽坐化，并未飞升，元神必还留在百宝龛中入定修炼。这里一切事情前因后果，必早被她算定。又说我以前杀孽太重，虽然被困多年，幸得劫后回生，仍出勉强。从此改头换面，虔心静修，尚恐不能免难，怎敢再犯她的禁制？因此平日相对，只是口头亲热，不特不似昔年那么极情尽致，真个销魂，所说也都是些正经的话。有时谈到脱难以后，同隐仙山，欲结神仙眷属，以图与我长在一起，终古不离，也是将来打算，尽管爱极，也仅常想背人相聚，密谈片时，并无一点轻狂。承你爱重关切，我虽不能尽听，论心也颇感谢，足见老友不比别人。总共数十天的光阴，怎今日会变了个人，始而招之不来，来了又是这样急色儿的丑态？莫非你把以前所说的话全忘了吗？"

　　妖尸有一特性，自负美艳绝于古今仙凡，即使中心蕴毒，决意要加杀害的人，只要在下手以前对她爱极颠倒，便自心喜。哪怕日后仍是不免毒手，当时却能博到她片刻之欢。道者这一急色，正触所好，虽以圣姑法力暗制，中心畏祸，不敢像昔年那样纵情淫欲，肆无忌惮，但说时满面微笑，媚波莹活，斜睨着俯伏在她身上的旧欢，眉梢眼角，春情荡意，自然流露。那搭在胸前的纤纤玉手，渐渐伸向道者头上，轻轻抚弄，好似柔情款款，芳心自同，相爱相怜，不能自禁之状。道者却似极爱欲狂，除了尽情抚爱，领那怀中暖玉，一片温香外，耳目已然失去知觉，对于妖尸所说的话，一句未答。

　　谢琳见此邪情丑态，忍不住又要出手。癫姑到底心细多识，觉得道者功候、法力不是寻常，虽然迷恋妖尸，面上并无邪气，人也不带分毫奸恶之相，不像已被邪法所制，这等放浪无耻情形，实在可怪。正在留意查看，忽由侧面窥见道者闻言未答，眼角似有泪痕。情知有异，忙止谢琳先勿下手，徐观其变，此人既非妖邪一流，何以如此情景？谢琳随手指处，也看出道者不特眼含泪珠，面上忽现爱愤愁急之容。照着适才热情奔放不可遏止情景，不应有此，知有缘故，方息初念。

因道者上身已全俯压在妖尸腿际，妖尸元神已复，只能看见他的脑后，面上愁苦容色出于意外，并未看出。妖尸说完，未听回答，还只当旧欢重拾，心醉魂销；又正问到他的短处，以致无言可答。想起以前恩爱情深，加以多年久旷，回生以后，长日虑祸忧危，玷污仙府，恐犯大禁，不得不按捺欲火，强自忍耐。但是天性奇淫，蕴蓄愈久，其力越大，一旦奔放，便成狂流，色胆如天，不能再制。只图一时顺心遂意，哪怕刀山在前，火海在后，也是过后甘任其祸，决非所计。何况双方凤鸾甚深，道者又道骨仙风，丰神挺秀，法力亦非寻常，遇合之初，本就彼此恩爱缠绵，情深似海，并无丝毫勉强，出于片面相思。如非当时乐极情浓，越来越甚，也不至于彼此都失了真元戒体。妖尸暗想："自己专门采补，失却真阴，还能补偿。对方本非左道，又和别的情人面首不一样，一任自己水性杨花，终是情有独钟。自己也因此才生出厌恶，久遂成仇。这次劫后重逢，非但不念旧恶，反而关切敬爱，不似别人专以色欲为事。"

妖尸纵极淫凶，也不能一毫不通情理。稍一寻思，前尘往迹立上心头，觉着此人终是情深义重，与众不同，旧情已自勾发。加以前此妖尸为了防人防己，惟恐欲念难制，每遇人来，必先约法三章，好合须在脱困之后。尽管平日喜以媚术淫情颠倒来人为乐，一则心存玩弄，未把对方看重；二则本是邪法化身，偶然故现色身，也只使对方略沾肌肤即止，一切引逗出于伪作。似此温香在抱，经人怜爱，抚摩不已，回生以来尚是初次。对于圣姑，本是又恨又怕到极点。自从毒手摩什二次重来，锐身急难，口发狂言，半信半疑之下，畏心便已摇动。再经此几回夹攻，满腔欲火立被引发，媚笑说道："怎么不答话呢？一双脚腿有何可爱，也值如此？枉自修道多年，竟和婴儿恋母一样，只管装乔，不理人则甚？莫非还要想吃口奶吗？"

四人虽不知这是昔年双方淫乐时隐语，可是妖尸说时，粉颊红晕，媚目春情淫荡之态，益发不堪。可是对方依然不曾抬头答话。妖尸也似觉诧异，一面淫心已然大动，正欠娇躯，抬起左边一条粉腿，待要夹向对方头上；一面樱口微动，吐出一丝粉红色的轻烟，正要飞向对方头上。那道者忽似骤然遇到毒蛇猛兽一般，倏地舍了妖尸两条粉腿，慌不迭飞身纵退出两丈以外，也把口一张，一股青色的道家内元真气立喷出来，护住全身。带着满脸愁苦之容，悲声说道："我不足计，请你念在前情，暂且宽缓一步。此举并非为我，仍是为你。等我说完了话，死活由你如何？"这等变出非常，大出妖尸与四人意料之外。

妖尸正在发动春情，喷出香雾迷惑对方，本心拼着犯禁，同作淫乐。不料道者突然跃起，已是拂意惊疑。再一眼看到那等愁眉泪眼情景，怒火欲焰一起点燃。当时毒念重生，不顾发话，首先把手一指，那右方垂的半片帘幔，立化一大片血赤色的火焰，火网一般电驰飞堕，将对方罩住。一面目射凶光，注定对方，听其发言，那双淫凶眼里直要冒出火来。先前玉艳花娇，柔情蜜爱，全化乌有。艳色美人顿成罗刹变相，重又恢复了适才由小门中出现时的凶恶狞厉神情。同时身子往后一仰，也睁着一双含蕴无限淫毒的媚眼，冷冷狞笑道："你不知我性情吗？还有甚说的？"

道者长叹一声道："玉娘子，你先不必发怒，听我把话说完。我也深知你孽重难挽，但我知你本是美质。只为当初在圣姑门下不合自作聪明，心志太高，以致背师下山，受了妖邪引诱，陷入淫邪。天生尤物，本具特性，一朝失足，遂如洪水横流，不可收拾。否则，你如自来万分不可救药，圣姑也决不会欲以人力挽回定数，再四宽容。即以后来在此雷劫而论，以圣姑灭度时的法力，一切后果前因早都算定，本不难当时使你形神俱灭，何必再保全你的元神，连肉体也未加伤害？窥其用意，也无非使你在这百年患难之中，多经苦难，痛定思痛，万一能悔前愆，回头修省，便任你功成自去，不再行诛，也不枉当初苦心度你，师徒一场。

"至于我呢，因有夙世孽缘，昔年与你一见钟情，爱逾性命，只图与你长久厮守，你我合籍双修，同证仙业，便把多年苦修功力以及性命全数为你送掉，也在所不计。初定情时，还有妄想，尽我心力，以至情感动，导你弃邪归正。嗣见你江山易改，本性难移，造孽日深，无可自拔。我屡次为你出死入生，苦心相援，助你脱难，你至多不过暂时稍微感动，不久又是故态复萌，变本加厉。后且因此视我如仇，正欲加害，毒计未成，便因来此盗宝，身受雷劫。这些年来，我无一日不在为你痛惜打算。你虽辜恩薄情，我仍放你不下，恩爱之情，至今不变。深知此间禁制厉害，期前入洞，白白送死，无济于事。只得一面炼下法宝，准备应用；一面静盼时机到来，冒险相助。这里内外隔绝,非我这法力所能算出底细。初意你经此百年困苦,创巨痛深,必知悔祸;还有圣姑既肯留你元神在她洞中虔修,也必有点指望。为此展转探询,默运玄机,费了许多心力,仅仅占算出你应在本月癸未子夜难期终了,但无飞腾之象,并且运数已尽,吉少凶多。明知圣姑禁条严厉,男子入内,不出百日,必有凶忧,生路极少,哪怕当时脱出,也决过不了百日死限。终以爱你太深,自信平生除犯色戒以外,并未行一恶事,圣姑想能稍加宽恕。就算犯她禁条,也只遭上一次兵解。你自来怙过任性,不纳忠言,只我说的话,偶然还能信从。大难之后,劫后重生,也许性情磨炼好些。

"昔年曾对你说过,我对你的情爱,一任地老天荒,海枯石烂,永无尽期。只要能助你脱难归正,我便身化劫灰,亦所甘心。区区一劫,仍可再世,何足介意?哪知到此一看,你经此大劫,不特未知悛改,反更倒行逆施。虽承你犹有故剑之思,又当用人之际,未再视我为仇,可是我连番苦劝,仍似秋风过耳,毫不为动。后来我见劝说无用,只得拼以一死相代,到了日期,尽我全力,助你脱难,姑作万一之想。我因连日筹思,想把全力用在最后紧要关头;更不愿助纣为虐,加重罪孽,使你多树强敌,多造恶因,眼前难以脱险,我再世也受恶报。而你不明我苦心,反认我应敌不力,屡加嗔怪。我想时至自明,终有使你省悟感动之日,也未分辩。眼看日期将近,惟恐力有不胜,我真元已亏,仙业无望,决以此行报你昔日相爱之情。受此巨创,他生也知自徼,或者不致重陷情网,又蹈覆辙。一死原无足重,所怕的是各有因果,身死由于犯禁,依然代不了你。你如应了圣姑遗偈,形灭神消,岂不痛心?

"日前方在愁思,不料你竟引鬼入室。我虽不才,也曾修道多年,颇知顺逆、善恶之分,已料决无好果。昨夜二次默运玄机,详加推算,未来之祸,竟是凶不可言。益以内邪自招,真是万无幸免。我本不难舍你一走,一则数已注定,幸免只是一时;二则临难相弃,又背初心,我决不为。百思无计,只得仍以一死相报,但能保得你残魂剩魄,不致全数消灭,便是万幸。谁知你数限将临,又想施展以前残杀同类的毒手,一心只倚妖孽为重,想把一班受你迷惑挟制的同党一齐驱上死路,连我也在算计之列。承你还有一点香火之情,对我意在两可,尚无必死之念,足见我对你用情,尚属不虚。适才唤我,本不想来。嗣因你一再呼唤,后竟行法相制。其实我之爱你,由于凤孽与情痴,并非迷于你的媚术。真要来时,不假法力,我也必来,何须如此?我毕竟爱你太甚,虽知你对我不怀好意,但我决不愿你无故为我愤怒疑忌。又以真心苦意,你尚不知,反正你我必死,难逃今日,与其目睹心爱人死时惨状,与之同尽，转不如死于你手，还好得多。我如不来，必误以为我因妒生愤，耿耿此心，终难表白，为此变计前来。否则，如论邪法、异宝，玄功变化，固不如你远甚；但别后百年，苦功却未自用。除了凤世深孽不能断念，本心也没打算摆脱外，你那本身足能令我迷恋，至死无悔；至于你那媚惑人的惯技，对我反倒无用。

"我来时，本想作一最后忠告，将你激怒，便死你手，了此一段情孽。及至一见，重又勾起旧情。心想以前你我相见，必定亲热缠绵些日。一别百年，劫后重逢，理应情爱更深。只为圣姑禁律森严，难得你那么迷途罔返，尚且不敢玷污仙府，如何因我误你？故此相见如宾，连戏言均无一句。虽然事已至此，也不敢再增罪孽，只想死前略亲肌体，少解百年相思之苦，再和你实话明言。你竟误以为我必受迷，忽动欲念，我这才害怕离开。你因此竟施展毒手，不特杀我，竟欲用血焰销魂之法迫我生魂入网，供你夜来破法之用。实对你说，我逃虽难望，也不想逃，要想杀我，除非自甘就死，也非容易。就你把所有法力齐施出来，取我性命元神，也须十日之后。但你此时外面强敌已然深入肘腋之间，祸发顷刻，至多不过今晚，必受恶报，决等不及称心快意，身已先亡。我前已说过，愿意死在你前，免见你死时身受炼魂之惨。你如稍念旧情，便请容我兵解。能否摄我生魂为用，那要看你法力与我情孽之报如何。死活仍然由你，只不愿这等死法。言尽于此，你意如何？"

妖尸欲念一起，便难终息。心虽恨极，必杀此人，仍想先遂淫欲，再行残杀。道者说时，妖尸先还在留神细听，只是面带冷笑，意似不信。一面仍在频抛媚目，暗施邪法，欲以暴力胁迫，兼施邪媚，双管齐下，强令就范。后来越听口风，越不受用，益似火上浇油，急怒上攻。口中连连狞笑，随手指处，由床头短屏上面发出万千缕其细如针的五色光华，朝火焰中射去。只见火焰大盛，飞针彩光闪闪，猬集如雨。道者意似有些苦痛，依然强忍，述说下去。

旁边谢琳见此淫凶，又可怜那道者，益发愤怒，暗忖："天底下竟有这样痴情的人？"第三次又要动手。又是癫姑强行止住，连打手势，告以时犹未至，妖尸元神一会必要离体。果然，妖尸怒火毒焰越往后越炽，话刚听完，突似暴虎一般，元神离体，飞身而起，戟指厉声喝道："你说外敌已然深入？休说这是你惯喜以虚言为仇敌张声势，此时内外各层埋伏毫无动静，决无此事；便有狗男女偷偷入洞，也是送死，自有人去应付，不用我操心。我已决心与毒手摩什道友作一神仙夫妻，只等报仇取宝，明日起便同他去大鲁山共享

418

千年之乐。适才挨个考查，心服知退的，还能活命；否则我自有道理，一个也难逃我夫妻二人之手。你当是真可怜你吗？我适才试他爱我情义深浅，故意令他在小琅玡室中相候，为时已久，并未逆我心意。以他法力与阅人之多，正见深情。我不忍让他再久候，现便将他请来，偏先在此洞中快活一回，看老贼尼能把我如何？你不是说我一时难摄你的生魂吗？我在他未来以前，先以玄功变化亲手擒你，倒要看看你近来伎俩如何。"

话还未了，花容已经大变，现出在北洞下层与沙红燕斗法时所见恶相。方要挨上前去，道者已先笑一声，抢着说道："玉娘子，我今日初次见到你劫后变相，我明白了，也不枉来此送死一场。你不信那外来的强敌吗？就在你……"底下话还未出口，说时迟，那时快，当双方抢着争说之前，四人觉着外面似有微声飞入，随见帘外有乌金色影子一闪。妖尸却如未见，更肆毒口，神情愈恶。四人知是毒手摩什妒火中烧，潜踪窥伺，只不知他隐身法入门会有声形，方觉奇怪。妖尸已然纵身飞起，化作一片碧阴阴的光影，朝道者扑去。

癫姑知是时候了，再不下手，便许错过。立即把手一挥，照着预定，上官红暂立原处不动。癫姑等三人各把飞刀、飞剑、法宝、神雷冷不防一齐发动，先朝榻上妖尸肉身飞去。只见白、金、红、青各色光华，七八道一齐飞射，同时霹雳连声，打得满屋俱是星光雷火。妖尸死星照命，全未防到。室中虽埋伏有邪法、异宝，无奈敌人有神光护身，所用法宝、飞剑、飞刀均具极大威力，况又加上三人的太乙神雷，势疾逾电。妖尸既恨极旧情人道者，又发现新情人毒手摩什愤怒，潜来窥伺，意欲故作不知，抑此扬彼，表白自己专爱之意，博取毒手摩什的欢心，一味做作，心神已分，一任玄功变化飞腾多快，也来不及回救。刚一发觉有警，心中大惊，慌不迭返身回救时，那一副千娇百媚、粉铸脂凝的艳骨香肌，已被三人的剑、宝、神雷连绞带炸，成了一堆焦黑糜烂的血肉，狼藉满地，四下飞溅，玉榻也已粉碎。这还不说，妖尸万分情急之下，只顾抢救那具肉身，未及发动埋伏禁制，忙中有错，又忘了仇敌飞剑、法宝厉害。这一猛扑上去，癫姑等三人早料有此，便妖尸不动，也要随同下她的手，何况自迎上来，只一举手间，妖尸元神也自扑到。谢琳恨极妖尸，立即移锋相向，势极猛恶。妖尸原身没有抢救成功，反迎着中了谢琳一雷。癫姑因对方是两个劲敌，出手便用屠龙刀，连同轻云青索剑，一齐电掣般飞绕上去。妖尸纵然神通广大，也禁不住这三人的几面夹攻。总算练就玄功，变化神奇，元神虽受创不轻，还不妨事，见势不佳，咬牙切齿厉啸一声，遁向一旁，晃眼无踪。

也是四人该当有几个时辰的小困。如听谢琳上两次出手,妖尸肉身虽不一定消灭,迟早仍是成功。只为癞姑老谋深算,始而发觉道者神情有异,想要观察详情;并因妖尸元神复体,榻前尚有埋伏准备,此时下手,一个杀不了她,打草惊蛇,转有戒备,再想下手便难。又以谢、李二人往救易静,久无音信,而妖尸、毒手摩什两个强敌俱未警觉,可知无事。日前小寒山来时,忍大师复有"开鼎甚难,妖尸前因易静只是偶然触发,乘机下手,至今不能随心启闭"之言,想是开鼎艰难,不是一时半时所能成功,这里乐得稍迟下手,以免救人这一面生出枝节阻力。所以谢琳三次想下手,均被阻止。

毒手摩什在别室候久,不听心上人唤他,又知妖尸淫荡无比,这伙妖人全是他的面首,越候越起疑心,不由妒火欲焰一齐高涨,暗中隐形前往窥探。妖尸恰在此时欲心大炽,想把毒手摩什勾来,当着旧日情人,尽情淫乐个够,再下杀手,以图快意。刚把毒手摩什来路禁隔撤去,未及相召,毒手摩什便自掩来。那密室内外俱都设有禁制,无论来人多高明的隐形法,只一进门,必要现出一点声形。却没想到佛家有无相神光神妙莫测,以妖尸、毒手摩什的法力,也须先有警觉防备,否则决难发现。道者告以强敌已入肘腋,妖尸轻率不信,也由于此。

四人这一耽延,毒手摩什恰正掩来,并不知他一进门,便已发现四人,故意做作叫骂,向他卖好,四人仍当自己隐形神妙,潜伺在侧。毕竟毒手摩什乃旁观的人,胸无成见,邪法又较妖尸高强些,一听道者说外敌深入,便向四下查看。急切间虽还未及施展煞光,暗中已在留心,自向满室寻视。猛瞥见七八道光华射到玉榻之上,雷声大震,当时连尸带榻齐化劫灰,妖尸赶救不及,反而受伤遁走。内中一道光华,正是昔日所遇两个少女之一,不禁勾起前仇,急怒攻心,怪吼一声,立即发难。

这原只是一瞬间事。当四人成功,妖尸一照面受伤遁走时,毒手摩什也已动手,首先发出一大片乌金光华,将里外室一齐布满。接着施展邪法,迫令敌人现形。那乌金光华乃是妖人所炼七煞玄阴天罗,为轩辕老怪独门邪法,与赤身教主鸠盘婆所炼诸般魔法有异曲同工之妙,厉害无比。一任隐形护身法宝如何神妙,均有感觉,不必见人,便可围困,威力绝大,神速异常。并且妖人自身也在妖光笼罩之下,法宝、飞剑决难伤他。四人虽仗神光护身,没有受伤,离身两丈以外却被四面逼紧,离头丈许也受到了重压。这时全室充满妖光,只四人立处空出不到两丈大小一团。照此情形,隐不隐也一样。谢琳佛法功力又较乃姊稍次，有无相神光抗御之力比较强些。反正隐已无用，又感到情势严紧，便把身形一同现出，一面运用神光抵御，一面把飞刀、飞剑、法宝、神雷发将出去，向妖人夹攻。哪知这类邪法、异宝不比寻常，剑光、宝光上去，便觉出有了阻力。妖光更是随分随合，力量越来越大。总算改用有无相神光以后，已能冲光进退，压力阻力均较前轻，不似先前难于行动。可是神雷发出便消，不能近身，那么厉害的屠龙刀与青索剑，竟伤妖人不得。第一次刀、剑、宝光飞到妖人身前，眼看分明绕身而过，妖人只怒吼了一声，妖光闪处，重又复了原形，气得妖人厉声咒骂，暴跳如雷。以后妖人许是觉出仇敌刀、剑、法宝厉害，已不再使其近身，只见乌金色妖光频频闪动明灭，随着刀、剑、宝光飞驰绕射，变幻不已。一任四人全力夹攻，竟奈何妖人不得，妖人也伤害四人不得。

癞姑见长此相持不是件事，妖人如此厉害，妖尸又先遁走，谢、李二人又不知成功与否。再见室中还有埋伏未曾发动，估量此是停尸重地，发必难当，方想冲到外面再作计较。谢琳觉刀、剑、法宝全未奏功，只所习降魔诸法还未出手；英琼未来，紫、青双剑不能合璧。来时师父又嘱，此地乃未来好友仙府，不可毁损。室中玉榻以及好些陈设已被波及，再毁可惜。也想到了室外，寻一宽大所在，再行施为。

二人正在互相传声商议，妖尸忽然出现，披头散发，满面血污狼藉，状甚凶厉。毒手摩什一面分光放出空隙，口刚唤得一声："玉娘子！"妖尸已投向怀里，匆匆说了两句，互相一声狞笑。妖尸戟指跳足，向四人厉声喝骂："该万死的贱婢！竟敢暗算仙姑法体。少时擒到，不教你们受我一千年炼魂磨身之刑，誓不为人！"说罢，不俟答言，转身又向道者大骂："你这死有余辜的狗贼道！你既对我有情义，发觉仇敌进门，就该明说。偏只顾向我乞怜，尽说一些又酸又腐的陈言废话，将我激怒，分去心神，致为贱婢暗算。杀身之仇，不共天日，你虽不与同谋，我却为你所误。你这贼道已不免于死，反正舍此一命，何如将生魂借我一用，以报今日之仇？你意如何？快些回答，将来还能放你转世。否则我夫妻已将仇人困住，一样也能报仇；你却要受炼魂之惨，早晚形神皆灭，连转劫再世都无望了。"

要知那道者如何回答，以及幻波池能否攻破，妖尸结局如何，且看下文。

第二五〇回

轻敌蹈危机　暗袭阴魔迷幻象
转安凭定力　内莹神智返真如

上回说到的那位道者,名叫朱逍遥,因为情痴,误迷妖尸,死而不悟,致被妖尸邪法困住,戟指咒骂,逼令献出生魂,不然便用邪火妖光,使其受炼魂之惨。那道者先见双方恶斗,仍颇忧急,闻言略一寻思,在火焰中高声答道:"我本想以此一身了完这孽债,现和你孽缘已尽,百年迷梦,也已觉醒。我话出口,决不反悔。可是你须明白,大劫已然发动,这才开始。你那新欢尚有些日苟活,你却断无幸免。你要我命,想用我生魂行使妖法,却是未必。但我必允所请,只需依我兵解即可听从。你应知我死后法力大逊,不似你们妖邪,能以元神变化,一样作怪,且又甚之。如有差失,那却不能怪我食言。反正此时我已在你们掌握之中,妖光煞火布满全室,决走不脱。如以为然,可将妖火撤去,随便一刀一剑,均可杀我。你下手吧。"

四人本就觉这道者可怜,又听出夙世深孽,俱想救他。后来癫姑听出此人因为毁了戒体,自忏前非,欲以一死了此孽缘,心志甚坚,方改主意,决定助其兵解,再救他元神脱险,只为妖光厉害,无暇顾及。嗣听他和妖尸对答的话,知已觉醒迷梦,救他之念更切。谢琳素性任侠,更是早抱不平。二人同一心理,正在算计如何解救,妖尸已经发动,冷笑道:"你休把老贼尼奉如天神,我夫妻今晚定要将她化骨扬灰,以解百年仇恨。既然愿意兵解,量你也逃不脱我夫妻的手内。我倒要看看,还有甚外贼敢闯进这里送死?"随说把手一招,先前赤红火焰立即飞回。那道者仍在真气护身之下,昂立不动。妖尸怒喝:"狗贼道,你还在卖弄伎俩,怎能杀你?"道者也冷笑道:"今日之事,昨夜我已算出大半,只是先前过于情痴,惟恐到时举棋不定;又自信生平无多过恶,不致毁灭,本身之事并未十分推求。人心难测,还有你那新结交的妖人,俱是极恶穷凶之辈,知道有无暗算?你只把刀剑放来,我必无抗拒,一准兵解就是。"

妖尸冷笑道："我想你也不会食言。实对你说，你以为只要死于兵解，便可不致损伤你的元神，那是在做梦呢。这是你自愿如此，兵解以后，法力更差，更易由我摆布，莫又后悔，怨我心毒。"道者哈哈大笑道："玉娘子，你看错了。你那用心，分明是一时不能致我于死，又知仇敌厉害，妖光虽毒，莫可奈何，这才想下毒计，知我自来言出必行，有意拿话套我。等我自甘兵解，一为你所杀，立用极阴毒的邪法禁制住我真神，增加你的邪法凶威，欲以此致敌人的死命。不知人家已具仙佛两家上乘法力，此举不特徒劳，连我也未必便如你意。事已至此，不必多言，是否如我所料，到时自知。请下手吧。"

末句还未说完，妖尸已怒火上攻，口中厉声喝骂："狗贼死在眼前，还敢信口开河，教你知道仙姑厉害！"随说，左肩一摇，立有尺许长一口飞刀向前飞去。那道者瞥见刀光临头，哈哈一笑，护身真气立即收敛，毫不闪避。刀光往下一落，将头斩断。紧跟着便见一团青气，裹住一个小人疾飞而起。妖尸也真歹毒，人一杀死，扬手便是一蓬黑纱般的妖雾，朝那小人当头罩下。

当双方斗口问答时，旁边癞姑等四人故意以全力和毒手摩什苦斗，一面装作往外逃遁之势，以使其不疑。实则声东击西，早就打好主意，准备道者一死，立即舍此就彼，猛冲上前解救。事有凑巧，谢琳所习《灭魔宝箓》，专破这类摄魂邪法，一眼瞥见妖尸手上放出黑色烟网，正好拿她把降魔法力试演一下。随同三人倏地转身，冲荡开乌金妖光，往道者身前赶去。一面手掐灵诀，往外一扬，手上立现出一团明如皓月的寒光，先照过去。妖网便有似泼雪向火，一闪即消。谢琳跟着再把寒光罩向小人身上，那小人好似喜极，连在光中稽首不已。双方本只三两丈之隔，小人刚得脱险，四人也已冲破妖光赶到。癞姑、轻云惟恐妖尸又有别的邪法，也在此时指挥法宝、飞剑，向妖尸攻去。

妖尸万想不到敌人被困妖光之内，还有这等法力，竟被闹了个措手不及。只得先运玄功变化，抵御躲闪，设法还攻。同时，毒手摩什猛觉敌人百忙中忽然舍此即彼，去救情敌的元神，不禁怒上加怒，怪吼一声，连忙赶去，已是无及。四人往前只一凑，那小人早在有无相神光以内，益发无如之何。妖尸、毒手摩什见此情形，愤怒欲狂，一面合力转攻，一面把妖尸预定毒计如法施为起来。

四人救了道者元神，正想转身往前面冲逃出去，猛觉天旋地转，顿成了黑暗世界。身外妖光并未撤退，反倒加了力量。只是光景昏黄，乌金云光不住明灭闪变，较前更急，混乱目光。连癞姑、谢琳的慧目法眼，均看不出眼前景物,仿佛存身之所已非原处,换了一个地方。上下四方无边无际,妖光以外一无所见。

四人多未经过这等局面。轻云虽然三人幻波池,但为妖光所混,急切间也未看出端倪。谢琳出手得利,一上场便满心想要施展降魔法力。哪知妖尸情急拼命。妖尸自知起初不合自恃,只把自炼法宝埋伏室内,未将原有禁制移来,以为室居前洞最秘密曲折深邃之地,由前洞门至此有许多层埋伏,敌人如来,首先触动各层埋伏,不等进门,早就有了警觉。不料变出非常,铸成大错,毁去肉身,悔恨无及。凭自己和毒手摩什的法力,竟会毫无所觉,不知仇敌怎么进来的。那么厉害的重重埋伏,竟被仇敌隐形潜入。又见敌人所用法宝、飞剑无不神妙绝伦,威力至大,惟恐法宝无功,反而断送。此时一见形势不妙,便强忍奇愤,乘着仇敌为妖光所围,赶忙遁出,把五遁禁制全移了来。又以仇敌入内,未受五遁阻困,恐仍无效,又想下一条毒计:准备再如无功,便拼犯大险,诱敌入网,孤注一掷。先就疑心七煞玄阴天罗未必能将仇敌擒杀,到后一看,果如所料。虽幸妖光厉害,暂时已将仇敌困住,但那佛家神光威力甚大,所用法宝、飞剑也厉害得出奇。毒手摩什竟不敢撄其锋,和仇敌硬对,只用玄功变化躲闪。这些都是大出意想之事,越把对头看重,估得过高,已然决定改用诱敌之策。偏生才把朱道遥杀死,生魂眼看入网,仇敌只一举手,便吃强行救去,把用生魂去引发禁网的原计,无形中破去。除却亲身犯险,更无良策。不禁又惊又急,只得把心一横,招呼毒手摩什加重妖光威力,暗中颠倒禁法,变换地形门户。

就在这天旋地转,妖光明灭甚急之际,四人已被移出室外。洞中原有禁制埋伏,本就厉害非常,况又加上二妖孽全力施为,自然其力更强。谢琳初次经历,和癫姑、轻云一样,只知妖尸已用五行大挪移法换了地方,身已不在原地。至于五遁,妖尸既恐无功,又恐仇敌因以警觉,打草惊蛇,转生枝节,不来上套,意欲一举便致死命,虽然移来,隐忍未发,只仗妖光掩护,阴施毒计。妖光以外一片混乱,暗影昏沉,渺无边际。谢琳如何知道厉害,还以为这类妖术邪法破之甚易,便把《灭魔宝箓》上的三阳降魔神焰和五火神雷相继施展出来。只见金光宝焰、五色神雷火花似雹雨一般发将出去,再加上原发出去的刀、剑、法宝,电掣虹飞,威力立时大增。初意这一发动正法,纵令妖光难破,别的妖术、邪法定必失败。哪知妖尸用的是圣姑所遗诸般禁制,谢琳所施二法不特未能得手,反倒引发内中妙用。

癫姑毕竟经历得多,见谢琳所施诸法毫无反应,妖光依旧强烈,知道自来遇上妖术邪法,最可怕的就是这等测看不出对方虚实动静,而自方所用法术、法宝不能见到实效的混沌景象。再者洞中原有五遁禁制,何等神妙,妖尸断无不用之理,怎会不见行迹?越想越觉形势不佳,忙对谢、周、上官三人道:"妖光甚强,圣姑禁法不显行迹,破法的人尚未见来,不应有此景象,定是二妖邪有甚阴毒诡谋。我们法宝、飞剑多在外面,固然妖邪收它们不去,但圣姑禁制现被妖尸窃据为用,却是不可轻视。好在妖尸今日伏诛,定数难逃,二妖孽决不能侵害我们,也不争此一时半时。莫要中了她的诡谋,人虽无碍,出甚别的意外,却不上算。快将各人法宝、飞剑收回来吧。"

谢琳经时一久,也自生疑,闻言立被提醒。想起下山以前父亲所示机宜,说得洞中禁制那等厉害,尚是大概,详情未便先泄。自己因见进门容易,消灭妖尸肉体那么顺手,又恃有伏魔神通,因而把事看易。照眼前形势观察,单是二妖孽已够应付,何况父亲所说景象尚未现出,分明不是易与,如何轻敌起来?谢琳本是机智绝伦,心念一动,立把先前轻敌之念去了多半。轻云、上官红虎穴重往,深知厉害,更不必说。忙照癞姑之言,四人各把飞剑、法宝假装势衰,徐徐收回,不再似前追逐往来,疾驰远去。

谢琳再以传声暗向癞姑道:"癞姊姊言得极是,伏魔诸法连用无功,妖光之外必然伏有禁制。家父虽有'五遁精一,红儿业已占其先机,后必无害'之言,但是圣姑所设禁制,未见妖尸运用,无迹可寻。先前被她用五行大挪移法倒转地形,急切间分辨不出门户方位。纵有制胜之策,也不可造次先发,致令警觉,自以谨慎为是。不过这等相持,也非善策。妖尸擅长玄功变化,诡诈百出,万一另有阴谋,生出枝节,不讨厌么?反正她也伤不了我们,可将法宝、飞剑集合一处,暂不进杀妖邪,移作前锋。再各用神雷合力当先,专一冲荡妖光,姑且随意前进,试上一试。我想七煞玄阴天罗纵然厉害,以我四人的刀、剑、法宝和神雷威力,如此猛烈攻击,又是化分为合,避开前面,专攻击一面,怎么也必有点伤损。听叶姑说,此是轩辕老怪平生得意的邪法异宝,本是有形之宝,以极高邪法炼作无形。只说不易毁损,并未说是无法可破,试试何妨?"

癞姑知谢琳虽已觉出形势吃紧,心仍好胜,惟恐救人的一拨成了功,自己这一拨尚为妖光禁制所困,少了光彩,欲用全力,再拼一下试试。七煞玄阴天罗乃妖人师传性命相连之宝,必极重视,哪怕不能全胜,如将妖光破去一些,也好争点面子。本想劝她,少时易、李、谢三人一来,大功即可告成,至多把七宝金幢施展一回。好在此洞深居地底,不怕累及无辜异类,已期必胜,无须如此哑哑。继一想:"五行大挪移法乃洞中原有埋伏,加以奇门五遁,化生妙用,易静不出,决不能破。至多埋伏发动时现出迹象,辨明门户生克,或者不致陷入死地而已。可是妖尸设计阴毒,此时全局在她掌握之中,妖光以外无迹可寻,便不前冲,一样被引入伏内,不是自守可保无事。转不如听从谢琳,姑且试试。万一宝、剑、神雷威力略挫妖光,妖人不舍重宝,败退下去,因而现出五遁迹象,岂不也有利些?"心中寻思,便即应诺。

四人随把飞刀、飞剑、法宝聚向护身神光之处,同时癞姑和周、谢二人各掐灵诀,运用玄功,合力发动神雷。这时那乌金色云光越来越盛,势也越疾,似排山倒海一般,闪变起无限金星,飞花电舞,四方八面潮涌而来,正当万分猛恶之际。三人为想增强神雷威力,原是同时发动,只听霹雳连声,一片震过,金光雷火纷纷爆散。妖光似惊涛骇浪一般腾涌中,刚觉出雷声沉闷,妖光各为排荡,立即合拢,未怎击散,势转加强。倏地眼前一暗,四外妖光忽然一闪全隐,妖尸和毒手摩什也不见踪迹。阻力虽去,神光以外仍是一片沉冥,宛如置身黑暗世界之中,什么也看不见。试将法宝、飞剑放将出去,探查远近,只见一道道的剑光、宝光在暗影中向前疾驶,既无止境,也不能照见别的人物影迹。谢琳施法由手上放出两道光华,照向前去,也是如此,身上却是轻松得很。

本来三人以为身已入伏,恐有疏失,只得将法宝、飞剑招了回来。先前道者朱道遥元神自从遇救,到了神光里面,朝四人拜谢之后,便由口中喷出一股青气,将身托住,趺坐其上,仿佛入定神气。三人见他兵解之后尚有如此功力,外有神光保护,不畏侵害,应敌正急,无暇多言;又当他炼气凝神之际,未便相扰。一心对外,均未顾及和他说话。及至眼前形势骤变,正想方法应付,忽听道者发出极微细的声音说道:"诸位道友此时已被移向中洞。圣姑禁法神妙无穷,贫道道浅力薄,本也莫测高深,乃是连日在此暗中留意,观察五遁生克变化与颠倒挪移之妙,约略得知一点大概。照着日前见闻,全洞禁制枢机虽然发源于此洞下层灵泉癸水,但是中央戊土乃圣姑生化之地,中宫主位所在,与此洞癸水相克相生,同为命脉,变化无穷,威力至大。贫道早知崔盈气数已尽,少时戊土威力必要发动,甚或生出许多幻象。诸位道友功力既深,法宝尤为神妙,更有佛法护身,只要身在光中,不出光外,以适才眼见法力之高,一任她五遁齐施,也无可如何。时机一至,便可转败为胜了。"

三人方觉道者所说虽是好意,除指出地系中洞以外,俱都无关宏旨。并且中洞戊土禁制之力的外层法物，已被上次易静师徒破去，换了乃父易周一道灵符代替。固然圣姑法力无边，各洞各层的五遁禁制均能自行变化，往复相生。但这中宫主位所设法物颇关重要，预先被人暗中破去，威力到底要差得多。何况上官红未拜师以前，先就得了乙木全诀，后随乃师玄龟殿一行，又得了师祖易周的指点传授，加以生就仙骨仙根，灵悟绝伦，用功更勤，早已深悉微妙，纵令戊土发生妙用，有上官红乙木克制，也可无虑。当初易静重入幻波池时，易周曾示机宜，命由中洞入内，五遁之中独破戊土法物，并令以灵符代替，设下一样可以生出妙用的赝鼎，以防妖尸事前警觉。今日妖尸将一行四人移向中洞，此老精于先天易数，千百年内过来因果，默运玄机，加以推算，立即洞悉本源。洞中禁法阻隔，难不倒他，今日之事，必和各位师长一样，早已推算详明，此举定必含有深意。这位朱道友功力似非寻常，新遭兵解之余，又被妖网一罩，元气伤耗，理应调神静养。适才听他元神说话声音微弱，十分吃力，患难同舟，自应关切。只是他强力嘶声，多劳心神，所说怎会无关痛痒？此人深浅虽未尽悉，即以适才所见情形而论，也似乎不应如此平庸，难道还有别的用意不成？

想到这里，三人再一回头注视，见道者说完前言，便自四面张望，神情似颇紧张。心疑有故，方欲设词探询，猛瞥见左侧暗影中飞来一团邪雾，中现妖尸，披头散发，满面鲜血狼藉，目射凶光，口角微带狞笑。神光以外，暗雾沉沉，一片昏黑。妖尸身上又无光华，只笼着一团绿色浓雾。如非四人慧目法眼，妖尸又穿着一身素白，直看不真切。其来势特快，仿佛暗夜荒郊，突由侧面飞来一个厉鬼，神态比前还要凶恶得多。到了近侧，便咬牙切齿，戟指厉声咒骂不已。癞姑、谢琳先当妖尸隐而又现，不是布置停当前来诱敌，便是自己一行身已入伏，妖尸故意激怒自己出手，以便五遁禁制生出反应。事已至此，终须一斗，出手不出手俱是一样。不过妖尸玄功变化颇不寻常，既敢对面，必有所恃，多半出手也伤她不了。不愿徒劳无功，意欲稍停，徐观其变，以静防动，看她到底有甚花样。暂时仍守在神光以内，只在暗中准备，乘隙出击，并推测门户方向，相机而作。咒骂之声，视同犬吠，先未理睬。后来听出妖尸竟为那姓朱的道者而来。

原来妖尸穷凶狠毒，基于天性，生平睚眦必报。一与为仇，不将对方酷虐残杀，决不罢休。加以素日自负奇美绝艳，独超仙凡，所有情人面首任其玩弄，死生惟命，百死无悔。那姓朱的道者虽为她而死，但是死前先已悔悟警觉，只以一死了却孽缘，为转世重新参修正果之计。死后又和仇敌一路，

427

情同背叛，由此可见仍有由迷网中跳出的人。似此绝无仅有的事，已认为大逆不道。再加上道者元神所说的话，在癫姑等四人听去无足重轻，在妖尸却重又激发其灭尸销骨之痛。于是回想道者初见面时的情景，分明早知强敌深入，近在肘腋。如真迷恋自己，不记前仇，没有怨愤，又深知卧室中的设备埋伏，只需在一进门时，出敌不意，先将埋伏引发，防护好了自己的肉身，再行详说来意，敌人任是多高法力，也难伤害，弄巧还要入网受擒，那是多好。即使他知自己心毒，平日所说埋伏恐有不实，防误犯险，不敢冒失引发，预先也应报警。一经喝破，敌人自必发动，自己也无不信之理，如何会遭仇人荼毒，闹得全身粉碎？若是就连这样也恐敌人厉害，先下手来伤他，不敢公然喝破，那么只要上来不和自己纠缠，做那酸腐丑态，勾动蕴蓄多年的欲火，同时又假惺惺作态，当人情急之际纵身引避，说上许多逆耳之言，激动自己暴怒，一意杀他炼魂，也不致元神离体，授人以隙，使敌人乘虚而入。追原祸始，姓朱的实是罪魁。

再查看仇敌，对己及自己的同党无异水火之不相容，独对他却在身陷七煞神光、奇险百忙之中，尽心尽力，不惜犯险，奋身相救。事后各无一言，直到强仇大敌将入罗网，忽然脱口一说，便泄自己机密。前后情形，诸多可疑，不特和仇敌似有成约，就许是他因妒生愤，因此生真元已破，为想转劫成真，拼遭兵解，了此前孽。一面心怀怨毒，不令别人快活，特地勾引外贼，乘隙加害自己。故此仇敌易于潜入。否则他先被烈焰困住时，仇敌明可救他，却不出手，他也不求人救，直到兵解以后，方救出险。

可恨自己糊涂，先听他说仇敌深入肘腋，因其言多闪烁，又在被困反目之时，既未背信，兵解前，又曾露出有外人相救之意，怒火头上，又认为强仇业已被困，欲逃不得，何力及此？也未稍加思索。一生数百年来，惯以诡诈阴谋随意致人惨死。自从脱困复体，法力愈高，除对老贼尼心犹顾忌外，别无所畏。平日认为此外谁也无奈我何，谁知容容易易，败于几个无名贱婢之手。而同谋勾引最关紧要的，却是她这旧情人。越想越疑，越疑越恨，越觉所断不差分毫。

妖尸此时恶贯将盈，心神已被圣姑暗禁；加以艳尸被毁，骨化形销，终身未有之痛，较诸前受雷劫怨毒更甚。等到布就罗网，待要复仇之际，因对头一句话，想起后果前因，痛定思痛，急怒交加，凶焰更炽，不禁犯了有生俱来的凶野残暴之性。神智已昏，处事益发颠倒悖谬，一味任性，不计利害。尤其对于旧欢的仇恨郁怒难消，不先暴跳发泄一场，宛如骨鲠在喉，万分难耐。

本意恨极仇人，虽已有了成算，只是怒不可遏，想先恶毒咒骂一场，然后再引这几个去上死路。这一来，却又平白多吃了亏。

癫姑先只当她故意骂阵诱敌，以为法宝、神雷伤她不了，不愿无的放矢。嗣听妖尸专指道者元神毒口咒骂，对于四人只偶然随口带上一半句，五遁和原有埋伏并未发动，并且越骂越凶，渐渐听出妖尸认定情人内叛，引敌上门，毁她那副艳骨。此举直动了真气，并非伪装，仇深恨重，只顾毒口泄愤，欲使对头闻说少时所受奇惨，心神震悸。不料对头只是微露怜悯之色，默然相向，丝毫不以为意。于是怒火越发上攻，咒骂不已。敌人又未有动作，遂致忘乎所以。按说妖尸何等凶狡，不应如此稚谬，癫姑实在不解。而谢琳早就准备好伺机一击，不问成功与否，且先试试，能伤妖尸更好，至多引发埋伏，也比长此对耗强些。见癫姑一味注视妖尸，迟疑不动，便扯了一把。癫姑忽然心动，想起妖尸此举出乎常度，也许恶贯满盈，情不由己，忙即点头会意。跟着一个暗号，冷不防，四人把飞刀、飞剑、法宝、神雷齐朝妖尸猛发出去。

妖尸也是背运当头，中心首鼠，不知如何是好，更不知中洞外层法物早被仇敌破去。虽有圣姑遗留的环中世界，仇敌被自己倒转禁制，移向小须弥境禁圈以内，上下四外混乱昏茫，急切间分辨不出方向门户，难于走脱以外，那戊土禁制，只是易周灵符妙用所化幻象，并无实效。误以为敌人只要出手，不特伤害不了自己，必将戊土禁制勾动，外五行禁制随以相生。如能就此杀敌，省却往中洞内寝宫涉险更好；否则，便仍用前策，豁出相拼，也报此仇，径引仇敌去犯内洞。总之认定眼前仇敌全成了网中之鱼。正骂得起劲头上，做梦也没想到毒手摩什煞光一撤，失了防御。对方那些神物利器虽不能冲向禁圈以外，在圈内照样具有极大威力妙用。本未防到，忽然同时夹攻，焉能禁受？如非修炼多年，擅长玄功变化，又是炼就元神的话，只此一击，不必李宁再用佛光化炼，便已伏诛，形神皆灭了。

癫姑等四人因先前刀剑、法宝无功，也未想到妖尸会受重创。大家出手原快，癫姑的屠龙刀尤为神妙迅速，一道红光当先而出。说时迟，那时快，妖尸瞥见敌人突然发难，先犹轻敌，并未逃遁远避，一意行法，只将身形飞向一旁，手掐灵诀往外一扬，满拟戊土禁制必要发动。谁知黄光一闪之下，仇敌刀光已然临头，这才觉出不妙，忙施玄功变化逃遁，已是无及。癫姑屠龙刀首先拦腰而过，跟着周、谢、上官三人的飞剑、法宝也急如闪电，相继飞到。除轻云出手最迟，青索剑只扫中一点芒尾外，下余全部奏功。谢琳更是心灵手快，神目如电，瞥见这次妖尸居然受伤，一面欣喜，一面不问能中与否，觑准逃路，又补了一神雷。妖尸连受重创之下，身形已被飞剑、法宝分裂，当时不及复原，接连两声厉啸，化为几缕飞烟，投入暗影之中遁去，一闪即隐。

癫姑等四人见此情形，心气愈壮，立纵遁光，姑试往妖尸逃路冲去。刚一起飞，猛又觉出天旋地转，光景越发黑暗。四人不知妖尸经此一败，越认定仇敌太强，外层五行禁制不能为功，以为适才不该大意，没有察出戊土被人反制，转中诱敌之计，连受重创，耗伤了不少元气，如非精于玄功，几遭灭亡。悔恨急怒交加，决计冒险，专施前策，不再发动外层埋伏禁制，便宜四人省了许多心力。易静等三人也因此空隙，无人阻挠，从容出险，寻到洞中灵秘之地，终于两下里合力，完成大功。不提。

癫姑等四人一见又是适才初斩妖尸肉体时景象，方恨先前疏忽，不曾留意观察，以致方向门户难于推测，只得听任妖尸行法，挪移倒转，无计可施。正戒备间，倏地眼前一亮，毒手摩什的七煞玄阴天罗又闪现出千万层乌金云光，排山倒海，四方八面潮涌而来。四人觉着，还是煞光妖法厉害，照例不进则退，越逼越紧，难于相持固守。

谢琳忙即运用有无相神光，任择一面，奋力前冲。冲了一会，癫姑见妖光虽极强烈，妖尸、毒手摩什全未现形，方觉有诈。眼前光景忽又一暗，随着煞光变灭之间，面前忽转清明，现出一片实在景物。定睛一看，这地方乃是一处高大庭堂，通体似一大块美玉，由内里挖空凿成的宫室，上下四壁俱是浑成整玉，不见一丝缝隙。温润光滑，焕影浮光，祥辉自生，明如白昼，更见不到丝毫妖氛邪雾。那玉宫通体作长方形，横阔约十五六丈，外壁是一圆门，不知如何走进。门外煞光邪雾依旧浓烈，却不能侵入门内一步。左半壁前设着一个大蒲团，旁列钟、磬、木鱼，各有栏架，似是主人参禅诵经之所。右壁空无一物，只玉壁当中有一大圆圈，色黄如金，深入玉里，仿佛天生成的玉斑，不类人工法力所为。只是圈作正圆，整齐已极，并无分毫晕痕。乍看颇似玉壁上凿一个大洞，再将一块黄金嵌入，严丝合缝。此外，全室空旷，更无别物。只当中地上现出丈许宽一条淡青色的界痕，由身后圆门起直达里面，其直如矢，也是十分整齐，估计约长在二十丈以外。尽头处又是一个极高大的圆门，看去甚深，气象庄严，甚是雄伟。门内两旁似有空室，却看不出实在景象。知已到了中洞内层圣姑灵寝所在。

四人除上官红功候尚浅外，俱有高深造诣，上来匆匆，还未十分觉察，及至细一谛视，立悟圣姑法力的精微奥妙。原来当地共是内外两层宫室，连同外间广堂，共是三层。头层长方形，长仅十丈左右。再往前去，便是通寝宫正门的甬路,但比外间窄不了许多,长却有数十丈。乍见前面乃是虚景,随人心意自生幻象,非宁神定虑,仔细观察,看不出它实在远近。四人因是适才妖光中运用法宝、飞剑全力向前猛冲,忽然到此,又见门外妖光邪气尚在蒸腾暴涌,却不能侵入雷池一步,心疑误打误撞,无心中撞来此地。邪不胜正,一行脱出七煞玄阴天罗,二妖孽不是被正法隔断在外,便是不敢闯入。

忽听妖尸隐隐叫嚣之声,由门外传来,似在和毒手摩什争论。大意是说:

　　仇敌已经入网,眼看倒转禁法迫其入伏,为何自己仅仅离开这一会的工夫,便被冲破玄阴天罗逃走,不见形影?毒手摩什答以仇敌擅长隐形,此时必然尚在网中,将身隐起,如被冲逃去,以自己的法力,断无不察之理。妖尸力说仇敌颇有伎俩,可恨适才误为所算,受了点伤,施为稍慢。敌人所冲逃的方向正与自己相反,等她运用玄功复原赶来,敌人已不见,这事奇怪。

妖尸说到这里,忽又失惊道:"糟了!这里正是老贼尼的寝宫正门,因总图未得,此洞只此一处,不能随意封闭,莫要被敌人无形中误撞进去。那天书、藏珍俱在五行殿百宝龛内,万一失去,如何是好?"毒手摩什闻言,忙即阻止,似怪妖尸话不留神,如被仇敌听去,岂不等于提醒?

妖尸笑道:"你看得倒容易。可知老贼尼法力甚高,这一门之隔相差天地,人在门内,多高法力也休想听见什么。这正门连我也不敢走进,弄巧仇敌就许入伏被陷,进去容易,出来难呢。不过,近日我觉出老贼尼处处暗助外人,事情难料。这正门之内藏有极厉害的禁制,并能生出诸般幻象,诱人入阱。休说我们冒失走进,触动埋伏,难于脱身;便在门前往内窥视仇敌行踪,也易上当,陷入危境,简直分毫大意不得。仇敌如在网中,一任隐形神妙,多少也能查看出一点端倪。你对此中玄妙尚不深知,有老贼尼预留下的禁法暗中作怪,不能以常理来论。我与仇敌仇深似海,被她们逃走固然可恨,最关紧要的还是那半部天书和所藏法宝,如被巧得了去,我夫妻便今夜能脱出此地,以后也休想活命。正门以内,是万去不得。尚幸前两月我因日夜搜索总图,探寻老贼尼的缝隙,仗着昔年在她门下多年,久居此洞,略知底细,居然被我无心中发现出一条秘径,可以避开正门奇险,只是通行也非容易。我想你暂时仍守在这里,我独自由那秘径入内,乘其未觉,飞入仇人停尸之所，索性不等今晚，就仗你借我这件法宝，去往神灯后面，先把那半部天书取下，并把禁制引发，以免天书被仇敌得去，永受其害。百宝龛中藏珍，且待擒敌报仇之后，今夜子时再行下手。此行即与仇敌相遇，一则骤出不意，我玄功变化，飞遁神速，决难阻挡；二则里面埋伏甚多，层层相生，一触即发。如与狭路相逢，仇敌必仍用飞剑、法宝夹攻，一味猛追，决想不到照着我飞行的途向方法追逐，只要一步走错，步步荆棘，阻力横生，非被陷在内不可。万一她们知机，得了老贼尼的暗助，仍由此门退逃出来，有你在此防守，我又早将全洞禁制一齐发动，任他大罗天仙，也难脱身。这样，夜来行法，取宝毁尸，虽较艰难，却可立于不败之地。你看如何？"

毒手摩什好似自恃邪法，意欲径由正门入内搜敌，先试一试；如其不能，再照妖尸前言行事，免得又生枝节，夜间多费心力。妖尸力言正门禁法太凶，坚持不可涉险。并说："此时正门因仇敌无心闯入，禁制已被触发。非我小看你，实则门户就在眼前，除我深知虚实，近又悟彻玄机奥妙，尚能寻到而外，你初来不知深浅，休说由此深入，恐这眼前门户你就寻不着，如何可以犯险妄进？"毒手摩什似仍不服，欲施邪法搜索门户。因此煞光闪变愈急，势更猛烈，两番在门前疾驰而过，却未进门；而且敌人相隔这么近，竟如不见。

癞姑等四人在门内看得逼真，因听妖尸这一派话，俱料她们四人由于圣姑法力暗助，她们在门内的言动，妖尸竟一点也不知悉。方各寻思盘算，忽又听妖尸笑道："我的情郎，你看如何？老贼尼实是厉害，这不是负气好胜的事。幸她元神坐着死关，她那玄功先机任怎神妙，也只能算出那大纲节目，不能巨细不遗，一一预留下防御暗算之法，毫无疏失。我能脱困复体，又先得到上半部道书，也由于此。否则你这等鲁莽，她元神稍能随意行动，以她往昔为人，此时便有花样对付你了。还是少安毋躁，乖乖由我一人前去，看似犯点险难，实则知进知退，比你同去稳妥得多呢。"底下便不再说。

癞姑等四人知道妖尸要由别的秘径入内，多半还许是在面前出现。又听出那半部道书是妖尸的催命符，藏在寝宫一盏神灯后面，妖尸为防落于敌手，不等子夜大举，冒险先来窃取，不由全动了心。却不知数应有此小困，中了妖尸阴谋暗算，心神一动，立受禁法反应。否则四人之中只谢琳一人不知中洞寝宫情景，上次女神婴易静来此入伏，被李宁佛法救出，一切经过，癞姑等三人均曾听说起过，这时分明见外间景物，壁上黄圈，与易静所说入伏前情景一样，怎会茫然无觉？虽见前途深杳，目力难穷，偶然省悟，看出圣姑禁法神妙，震摄心神，免为所困，也只一时之明。及听妖尸故意唱隔壁戏，好胜

432

贪功之念太切，心一旁注，依然又入幻境。如非功行深厚，法力高强，加以妖尸数尽，种种凑巧，才入陷阱便自警觉，四人纵有天大法力，本性已迷，除了反害自身，更难施为。就算功候精纯，不致灭亡，本元损耗也必难免了。

癫姑等四人等了一会，不见动静，心疑妖尸已由秘径入内，意欲犯险试探着往里壁圆门中走入，窥伺妖尸进来也未。总算知道当地埋伏重重，一直未敢大意，又防妖尸捷足先登，取去天书，准备堵截。各把飞刀、飞剑以及一切应用法宝准备停当，刚待缓缓飞进，猛瞥见左壁那团金色圆圈忽似电光一闪，全圈立隐，现出一个同样大小的圆洞门。青光电漩中，妖尸突由洞内斜飞而出，势甚神速，却不向里壁圆门直飞，先由左壁斜飞出来，到了前面青色界画的甬路之上，然后沿着左边界线，时高时低，燕子戏水势般接连三个起落，往前面圆门飞去。明知仇人对面，竟不再顾，一味前飞，好似十分匆迫，惟恐被四人抢了先的情景。四人先闻二妖孽门外密语，已有先入之见。再见妖尸那等飞法，慧目注处，又看出几分趋避。谢琳首喝："快进！"癫姑、轻云也均未及寻思，径在神光护身之下，四人一同急追上去。双方势子都快，原是首尾相衔，等到门前，妖尸忽然一晃无踪。妖尸前进之势甚疾，四人未免追得也太急了些，加以觑准妖尸起落之处紧紧追逐，不差分毫，沿途并无阻力和甚异兆，便把前言信以为真，惟恐妖尸先将道书夺去。情急势猛之下，暗中又将禁制引发，不容瞬息，便已入门。

妖尸虽和妖党打定主意，当夜以全力去破灵寝前五行交会的诸般法物，跟着盗取道书、藏珍，相机毁坏圣姑法体，报仇雪恨，但是畏威已久，心仍有些内怯。加以先拟施展邪法，利用修道人的生魂去引发灵前禁制，使其占住五行中任何一宫，减却一些威力妙用，然后亲身诱敌入陷。不料被仇敌救去，势又紧迫，别的妖党根行功力不够，再说也来不及。以前所炼生魂，又均炼成邪法、异宝，准备夜来大举，各有用处。事情难料，惟恐小不忍则乱大谋，到时功亏一篑，满盘皆误。更以种种巧合，把仇敌法力估得过高，势非拼犯险难，不能成功。及至飞抵门前，瞥见里面五遁法物各蕴奇光，闪幻不息。妖尸本来深悉中洞五行殿灵寝的先后天五遁交会妙用无穷，威力无上。自从出困复体以来，全洞设施均已精悉微妙，随意运用；独此中枢奥区，因后半部道书不能得到，怎么静心参悟推详，也只略知皮毛。屡次巧使有法力的同党试验，全遭惨死，形神皆灭。圣姑又素恨恶自己，今日肉身受戮，已应玉牒最后所现遗偈。此时只剩元神，不论怎样情急报仇，难道连几个时辰都等不得，又来犯此奇险？适和毒手摩什故意漏话，说完分手时，已想起可怕。再

433

见今日寝宫法物无人入内，便焕威光，猛忆前情，不寒而栗。

妖尸仗着机诈绝伦，尽管临危却步，望门而止，心念一动，忙运玄功，先隐身形，再往门侧闪开，其间不容一瞬。以为仇敌不会看出自己的行迹，又恐因法宝、飞剑生出反应，不是易与，又不肯冒失施为，所以易于入阱。不过妖尸闪退时，还想仇敌厉害，未必上套。又以不消多时便要大举，只要仇敌不致走脱，复仇便自有望，本无须乎如此急急。素日行事均甚沉练，并且越是仇深恨重，志在必杀，设计格外周密准狠，一发必中。怎今日会如此烦躁，神志不宁，举棋不定？

妖尸正打算先把外层埋伏引发，不问能否生效，且先绊住仇敌，再作计较。忽见四人带了所救生魂，已然一拥入门，不禁大喜。妖尸也真恶毒，见仇敌入网，断定万无幸免。又知道四人法力甚高，必能挣扎些时。心想："就此剪除一些未来叛逆，并可激动仇敌怒火，使其死前多受苦厄，正好一举两得。事完也到子夜了。"当时目蕴凶光，朝门内微狞笑了一声，立由原径退出，先往前面召集同党自来纳命。不提。

这里四人先还不知中了妖尸毒计。及至飞入门内一看，那门高约九丈，宽约两丈，作长圆形，外观已极壮丽，内里更是祥光瑞彩，静美庄严。当地乃是一间极高大的玉室，上下四壁通是整片碧玉，甚是空旷。只当中地势微微隆起，成一方台，有两级不到半尺高的台阶。台上有一个三丈大小圆形的白玉榻，四边无栏。榻上端端正正坐着一个妙龄少女，身着一件薄如蝉翼的白色禅装，头上却有又长又黑的秀发披拂于后，沿及两肩。一手指地，一手掐着印诀，十指春葱也似。下面赤着一双其白如霜，看去柔若无骨，而又瘦如约素的玉足。安稳合目，趺坐其上。口角微带一丝笑容，面上容光更似朝霞，玉朗珠辉。宛如华鬘天人现真妙相，光彩照人，望之自然生敬，不敢逼视。那白玉榻后环立着十二扇黄金屏风，隐现风、云、雷、电、水、火、刀箭、林木、黄沙之形，金光灿烂，闪变不停。榻前立着一盏白玉灯檠，佛火青莹，光焰若定。灯侧地上插着一柄金戈，长只尺许；一根树枝，仿佛刚折下来，晨露未干，青翠欲滴；此外有一个盛水的小金钵盂和一堆金黄色的沙土。为物俱都不大，一样接一样做一圈环起。

四人一进门来，见妖尸不见踪迹，室中景象十分祥和安静，知榻上坐着的就是圣姑，不禁肃然起敬。身在禁中，以为那十二扇金屏中蕴五行和风、云、雷、电，便是寝宫中的禁制埋伏中枢。但是那五行法物却一样也未看见，一心还想同去榻前，向圣姑礼拜通诚之后，再去寻找妖尸所说榻前神灯和灯后所放天书。危机四伏，一触即发，却丝毫也未觉察出来。不过一行四人到底凤根深厚，不似寻常，尽管入网，仍存戒心，进门便即收势，并恐变起仓猝，加紧防备，并按着神光，缓缓前进，并未冒失。

四人正往前走，癫姑、谢琳、轻云三人在前，忽听上官红低唤："二位师叔，请看这位朱道长为何如此？"三人忙即回顾，见那道者元神本和上官红并肩在后，这时忽然满面惊惧之色，做出奋力强挣、大声疾呼之状，手也往后乱指，偏是有形无音，一字也听不出。情知有异，忙向所指之处回头看去，这才发现那五样法物陈列在身侧不远，自己业已走过。这么空旷通明所在，明显地放着五样奇怪东西，尤其那座神灯有一人多高，兀立在中，凭四人的目力，竟会一人未见，直似本来隐起，突然出现光景，心已奇怪。再往前一看，先前分明行离玉榻前面台阶仅丈许远近，就这闻声回顾略一掉头之间，竟会远退出了好几丈。谢琳心还有恃无恐，癫姑等三人久为圣姑先声所夺，成见甚深，俱都惊疑起来。

轻云首先向谢琳道："二姊留意，此是五行法物，与易师姊上次所见一般无二。当初易师姊陷身在此，如非李伯父施展佛法，亲救出险，几遭不测。我这时想起适追妖尸入门，妖尸失踪，五行法物先隐后现，莫非中了妖尸诱敌之计，陷入埋伏了吗？"一句话把众人提醒。癫姑终是久经大敌，蒙昧只是暂时，一经警觉，忙即一面震摄心神，一面忙唤："琳妹、师妹、红儿，先勿妄动，我们陷入伏内，已无疑义，少时五遁威力便要发作。我们务要震摄心神，再打出困主意。如若求逃太切，心神一分，便受禁制，神智昏迷，多高法力也无所施了。谢家二妹近年禅功坚定，大家倚赖不少。少时变起，千万运用禅功，勿令神光有甚疏漏。此举关系不小，稍微疏忽，便要多费我们一二百年功行，还是便宜的事，再坏就不堪设想了。今日之事，原已定数，功成早晚，时至自解。千万各人守住心灵，不可自恃。"

谢琳一则不知圣姑暗助，发作不快；二则无甚经历，人又十分天真好胜。见癫姑连声疾呼，众人面上全现惊惧之色，而那五样法物依然安安静静环列地上，并无异兆，心中暗笑众人胆小张皇，微笑答道："事真可怪。但是我想圣姑既恨妖尸，又注定我们今日成功，怎会遇甚险难？如其不然，家师、家父、叶姑，总有一位嘱咐我了。妹子虽然皈依日浅，但这有无相神光，照家师说，却是诸邪不侵。毒手摩什那等厉害的煞光，尚且冲破，何况圣姑正在坐关，只是遗留的禁法，并非真与我们为难，怕它做甚？你看这五行法物不还是好好的么？"癫姑方觉谢琳口气太大失检，想要设词劝阻，已是无及，末句话还未说完,倏地一片祥光闪过,地上五行法物全都失踪,忙喊:"不好!"令众戒备时,忽又眼前一暗,紧跟着便听水、火、风、雷、刀兵之声与扬沙、拔木之声,宛如天鸣地叱,海啸山崩,四方八面一齐袭来。眼前也不昏黑,只是青蒙蒙一片氤氲,上不见天,下不见地,无边无涯,一任慧目法眼,运用神光四外注视,什么景物也看不见。

这时刚刚开始发难,四人如若守定心神,静以制动,不去引发它,一样也可无事。无如谢琳天性好强,疾恶好胜,一见中了妖尸诱敌之计,困入五行禁制以内,心便有气。觉着困中待救不是意思,又认定有无相神光威力妙用甚大。适在前面也曾遇到与此大略相同的混乱景象,癫姑、轻云先也说得厉害,后来不特一行未受到一点危害阻力,妖尸猖狂了一阵,反而受伤逃走。像周、李、上官三人所说,以前涉险遇到的五遁威力,始终未见发动。癫姑又只耳闻,并未身经,难保不先入为主,有了成见。照着前半情景,不是圣姑禁法不如传言之甚,便是妖尸该当数尽伏诛,圣姑法力超妙,早已算就禁制满了时限,减却威力。否则,果如传言所闻,今日也难必其成功了。固然此是中枢奥区,这灵寝重地比较别处厉害,父亲和叶姑也曾说过。但听师父来时口气,只说临事小心,不要自恃等照例的话,并未十分看重,又无此行还要受困之言。圣姑本想我们同诛妖尸,料无为彼张目之理。妖尸不知去向,何必枯守在此? 莫如退将出去,至多禁法不曾失效,引发五遁威力,现有神光护身,也必无害。再如真个不妙,豁出违背叶姑告诫,将来被她说上几句,拼耗一点元气,多用四十九日苦功,施展新由《灭魔宝箓》中学来的诸天元会九遁神功,带了众人,由地下遁走,也可无事。省得又和先在前面一样,一见妖尸倒转禁制,光景昏黑,便自惊疑,不敢妄动,白让妖尸猖狂了好一会,岂不冤枉?

谢琳想到这里,见癫姑、轻云连上官红和那道者元神,都在运用玄功,守定心神,神情十分肃静,心又暗笑众人过虑。就算禁法真具极大威力,身在神光以内,各人都持有两件防身御敌的至宝奇珍,怎么也不致受甚危害,何用如此矜持? 忍不住脱口笑道:"此时情景,和先在外面妖尸闹鬼差不许多,五行禁制威力尚未发动。我想许是圣姑早算到此,所遗禁制已满时限,失效了吧? 现在一点动静俱无,何必胆怯? 枯守无益,如不就此觅取天书、藏珍,我们索性退将出去,等易姊姊她们三人来了,再同下手。此时先寻二妖孽,将他们绊住,免他们有了闲空,去和家姊、琼妹作梗。癫姊以为如何?"

癫姑虽觉谢琳不应看事太易,还没想到当时形势,宛如森林黑夜,四面伏有极猛烈的地雷,火药引子到处都是,只要见到一点火星,便要点发,人不特不知厉害,手里却持着一个大火把,在那药引丛立的昏林之中乱照,自然稍动便即爆发,神速无比。所以听了谢琳之言,忙即劝阻。谢琳一想:"空自从小修炼到今,极少遇到大阵势。癞姑法力并非庸流,平日口气也颇自负,却把这里五遁禁制看得如此厉害。反正有恃无恐,至不济,照着最后预计,不过吃点小亏。好歹我且经历,看它到底是甚景象,如何厉害,也长一点见识。"因癞姑力说最好震摄心神,静守待机,不可率意行动;自己也看出四外青灵之气,与适才外面一味黑暗沉冥景象不同。但是嗔妄之念一动,必欲一试,情不由己。仗着神光由己主持,笑道:"癞姊姊如此慎重,我们不妨姑往外退几步试试,不能行再作罢。"话到末两句上,也不与别人商议,便遁神光后退。

　　谢琳一半由于好奇,一半好胜,不耐在此枯守,并认定人言太过或是禁法失效。本心不是想和圣姑斗法,故意多事。退时还在揣度那五行法物先前位置,特地往左方绕走,以为能从容退出更好。哪知众人已在五行包围之下,此时静立不动,还未必能保其长此无事;稍一动作,埋伏立被引发,按照所触犯的宫位,生出阻力。紧跟着五行合运,先天后天自相生克变化,发出无限威力。如非早有救星同行,到了万分危急之际,所运有无相神光一出破绽,禁法妙用乘隙侵入,一个防御不及,便为所制。不似初进门时,虽受禁法反应,因在神光之内,四人凤根又均深厚,只稍受制,便自警觉;此时只要稍微疏懈,不特幻象重重,随念起伏,所有法术、法宝全失效用,并还神智全昏,自寻死路。即便功候精纯,凤根深厚,机警灵悟,悬崖勒马,猛然警觉,人已被陷在内,仅能运用玄功,强自挣扎。除非耗到有极高法力的外人来救,或是禁法全部止住,自顾尚且艰难,不敢丝毫松懈,更无余力可以逃出了。卫仙客夫妻乃昆仑派中有名人物,昔日身陷癸水禁制之内,危险万状,眼看形消神灭,后来还是经人解救,仅得死里逃生,到底坏了真元,伏下异日祸根。癸水一宫尚且如此厉害,何况中枢奥区,五行合运相生之地,自更厉害得多。

　　癞姑自从知道中了妖尸诡计,便自提心吊胆。一听谢琳口气不妙,想拦,没等出口,谢琳已运神光返身绕退。方疑有变,说时迟,那时快,简直未容思索,随着神光刚一转动,就仿佛火上浇油,一触即燃,猛瞥见四外青蒙蒙的景色,恰似千万花筒一齐点燃,同时卷动起千万层大小云漩,势子比电还快,一闪即灭。四人还未及看真,就在青气隐灭、光影闪变中,面前景色忽转混茫,先前水、火、风、雷、土、木、金戈轰隆巨震,以及一切吼啸触击、澎湃奔腾的声音全都停止,不再听到一点声息。身子却似包在无边无际的黄色雾海里面,中间只隔着一片神光。

　　四人先前追赶妖尸入门时,谢琳预先把神光往外展大了些,和入口一样高大,约有三四丈方圆的外围,高达九丈。原意是防妖尸将天书窃取到手,上前争夺时易于迎门堵截,不使逃脱,并免四人挤在一处,法宝、飞剑施展不开。入门之后,发觉中计,只管和众人问答盘算,并未将其减低缩小。尘雾一起,犹如万丈黄云中矗立着一座祥光万道的光幢,分外显得佛家法力神妙,不比寻常。

　　这时谢琳已被癫姑一把拉住,意欲力阻,不令再有行动。话还不曾出口,谢琳看出戊土禁制已被触发,只是眼前景色由青转黄,势子仿佛厉害,因隔着一层神光,并未觉出有甚危害阻力。暗忖:"毕竟圣姑正坐死关,法力虽高,不能亲手施为,遗留的法术无人主持运用,似要差得多。这戊土威力尚无毒手摩什的乌金色煞光厉害,先后天五行合运,料也强不了多少。"继一想:"诸姊妹均看得此事奇重,而这些人俱是峨眉之秀,向不怕事。周、李二人并曾身经,日前还在谈虎色变,如是寻常,怎会如此? 兴许刚开始,威力尚未发作,也说不定。尤其这雾奇怪,乍看好似无奇,雾又不甚浓厚,怎晃眼之间,神光在内固仍清明,光外却丝毫也看不远? 不特与前两次昏黑青黄景象不同,便与初见情形也迥乎有异,直似被包没在极厚密的实物以内。莫非真个厉害不成?"

　　谢琳此时心神已受了一点禁制,在未恍然警觉以前,这等想法乃是大难将发时的例有文章。想只管想,仍然仗恃有无相神光威力妙用,毫无畏怯。也幸近年身入佛门,得了上乘传授,心神湛定,功候甚深。本来受禁的人念头一转,有了顾忌,应该越想越怕,神智因之摇惑,而禁法的威力也随着对方气馁而继长增强,乘隙潜侵,使其无法自拔。谢琳却是魔高定力也高,无甚杂念。当反应初起时,依然抱定前念,虽觉出一点厉害,未生畏心。后来得免危难,警觉甚快,也由于此。

　　癫姑到底追随屠龙师太多年,佛、道两家均有极深造诣。更因久经大敌,临事谨慎,虽不似谢氏姊妹有那么厚的佛缘,连得好些千载难逢的珍奇和遇合,行事终究老练得多。谢琳则得天独厚,大成之前该有这场小挫,一上场来便即粗疏自恃,一念之差,几遭大险。如非警觉得快,不特自己,连一行皆为所累。轻云是近来勤修,法力精进,为人行事更比癫姑谨慎。上官红是凤根灵悟,天生仙骨,初当大任,始终谨慎。癫姑适才再一告诫,众人益发守定心神,不敢稍忽。以上官红而言,就算前在依还岭多服灵药,迭经高明传授,但她入门修为才得几时,尚且无害,何况谢琳? 四人数中,应有此难,不过暂时小困罢了。

轻云、上官红均知法力功候尚差,一经警觉身入危境,便专顾自己,不敢随意言动。癞姑却是旁观者清,一见谢琳屡劝不听,心中奇怪,觉着谢琳近年不特功力大进,来前又承师长指示机宜,不是不知禁法厉害神奇,怎会如此情景? 便料她不知何时疏忽,无意之中受了禁法所迷,心情颠倒。一行仗她神光护身,万一真入幻象,神光先散,岂不全败? 数千里将良友请来,有甚挫折,异日何以对人? 想到这里,手忙拉紧谢琳,先不劝说,细察神情。见她面上神光依然焕发,目光灵莹犹昔,只秀眉微扬,似在寻思之状。知她就有迷惘,也还不深,心虽稍放,安危一瞬,仍是大意不得。此时癞姑处境至难,既要顾人,还要顾己,兼顾全局,心神稍失镇定,自己也许一样入迷。如果所料不差,劝已无用,反而有损。只得一面运用玄功震摄住心神,一面把飞刀、法宝齐放出来,在神光中护住四人和所救元神,以防万一神光有了疏失,多加上一层保卫,比较稳妥。同时又盘算应付之法,准备相机再给谢琳一个当头棒喝,使其警觉。轻云见状,情知形势不佳,不敢开口,也将飞剑、法宝放出,如法施为。上官红因未奉命,未敢妄动,仍守在侧。那道者元神见五行禁制已被引发,忧容转敛,双目垂帘,重又入定,甚为安详。

这原是瞬息间事。癞姑正在准备以前所传佛家法力,运用玄功,突向谢琳喝破。不料谢琳正寻思间,忽见癞姑拉紧自己的手,轻云也在禅光内放出飞剑、法宝,对一行五人又护上一圈,不禁又好气,又好笑。因被癞姑拉住,不便强挣。心想:“众人成见甚深,未必肯信。且把有无相神光往外扩大,立可试出戊土禁制威力强弱,免得争论。”随想随施法力,随将神光往外展开。哪知不动时,只是身陷戊土之中,还不甚大妨事;这一施为,戊土禁制立生妙用:四外黄尘看似虚质,无甚阻力,及至神光在外一胀,不特上下四外坚逾钢铁,人和神光被包在内,分寸难移,并且生出极猛烈的重压,往中心挤来,神光竟被逼紧,一点伸张不开。谢琳见状,不禁大惊,才知果是厉害。忙以全力抵御时,上下四外本是一色淡黄色光景,原看不出一点别的景象,倏地黄影一闪,化为千万层黄色云涛,金光电闪,齐往中心压来。内中夹着无量数的暗黄金光,其色较深,暴雨一般打到。始而挨近神光,便即爆炸分裂。末后越现越多,不等到达,便自相排荡冲击,纷纷爆裂。每团黄光,看去最大的只酒杯大小,那威力却极惊人。一经爆裂,便是震天价的霹雳,数又极繁,密如贯珠,渐渐汇成一片连续不断的轰轰巨震。那爆裂出来的火花星光占地甚广,互相激射飞溅,宛如千万花筒,交相发射,合为星山火海,声势猛烈雄奇,难以形容。虽隔着一层神光,兀自震得人目眩神昏,耳鸣心悸。

谢琳自出生以来,未曾见到过这等阵仗。如换功力稍差一点的道术之士,处此境地,必定惊惶失措,不知如何是好。心神再一摇惑,不能自摄,护身神光首先失效,稍有疏隙,五行真气立即侵入,人为幻象所迷,魔念一起,便自不可救药。就算同来诸人明白,未为魔头所乘,也是爱莫能助,至多不受牵累,已万幸了。

此时情势,端的危机系于一发,险到极处。尚幸谢琳仙骨仙根,屡劫清修,都是童贞入道,夙根至厚,元神凝炼。加以此生从小便受仙人抚养传授,取法既高;近随小寒山神尼勤修,又得了师门心传。虽以习练《灭魔宝箓》稍微外务,功候不纯,易召魔头,但受禁制不深,真神迄未摇动,稍微迷惑,只是暂时的事,本身定力依旧坚强。一见情势万分危险,惊念才起,立觉神光为戊土神雷所迫,重如山岳,直往内缩退,大有支持不住之势。想起受人重托,数千里远来,不但未能帮忙,反使良友为己所累,休说身败名裂,只要内中有一人失闪,也应愧死。便拼着性命,运用神光,强行撑拒。谁知戊土威力强烈异常,那万丈云涛已难抵御,戊土神雷尤为厉害,上下四外,一齐往中央打来。身外神光受不住那猛恶威力的震撼排荡,已起了波动,光圈已是越来越小,高下减了一多半,外围也减去了三分之一,所剩不足两丈方圆。照此情势,再如不能支持,不消多时,就算神光不破,人已随同压缩成了一团肉泥了。

可是谢琳仍不害怕。忽又心想:"自己决不至于遭此惨劫,同来诸人自然也是祸福与共。再说祸善福淫,也断无此理,怎情势这等险恶?万一真个逢凶,自己和癫姑、轻云俱擅玄功,元神凝固,或者无甚大害,至多坏却肉身,不会形神皆灭。上官红根骨极佳,学道未久,却是可怜。"心念一动,百忙中往癫姑等三人细一察看。先以变生仓猝,形势奇险,只顾以全力应付;又以不听良言,至有此失,怀着几分内愧;无暇观察众人神色。初意三人定必惊慌失色,无计可施,甚或埋怨自己,谁知目光到处,竟是不然。轻云、上官红正运用飞剑、法宝,在神光内绕上一圈,各自澄神定虑,从容沉着,立在侧面,那猛恶的声势,直如不闻不见。癫姑则把飞剑、屠龙刀,还有一件法宝,齐放出来,与轻云等连成一体,随同环绕在身外;她本人竟在自驾遁光之上,闭目合睛,入定起来。那道者元神更在所运青色罡气之上,安然入定,态甚庄静。

谢琳功候原深,见此情形,忽然想起土遁初发难时,虽然四边阻力绝大,不能行动,但神光尚可抵御,未受压迫冲击,神雷也无此时繁密。只因自己见势不佳,心略惊慌,便立即增加了几百倍的威势。照此情势,眼看不保。后以徒忧无益,又想:"圣姑既然事早安排,不应如此颠倒,尽管自己以全力抵御,势仍如此猛烈。癫姑等先前那么胆怯,此时应更惊惧,不料却运用玄功,暗中戒备,外表反倒从容镇定,毫无畏色。又曾力劝自己,不合轻敌自恃,致有此失。来时父亲曾说,圣姑以前乃旁门中第一流人物,凤根深厚,屡世清修。只因前生不合妄动嗔念,与同道友人打赌,欲试自己定力智慧,特意再生投入旁门。虽以凤因不昧,生具灵悟,未行一恶,终以所习不是玄门正宗,本身虽不曾为恶,却种下好些孽累。及至佛缘遇合,皈依净土,又以生性好胜,所习复杂,空具无边法力,不是上乘佛法。后来功候日深,老是相差一步,不能完满证果。幸遇天蒙、白眉二位老禅师指点,听到几句偈语,恍然大悟,这才知道佛家虽然放下屠刀,立登彼岸,禅修途径却是走错不得。又欲以肉身成圣,这才发愿,以元神坐百年死关,求那上乘正法,就便了却妖尸这段公案。她虽未能即时成真,她那法力却是兼有释、道诸家之长,高妙精微,不可思议。尤其最长于心灵禁制之术,厉害无比。故此所设诸般禁制,五遁诸法,无不层层相生,变化无穷,非得她传授,精于彼法的人,多高法力也难破却。千古修道人而又生具好胜特性,居然做到言出必践,无人能敌。似她这样的,无论佛道、正邪各派,除绝尊者而外,连她不过四五人。其独步当时以此,其不能成就正果,多坐这百年死关,也由于此。父亲吩咐此行不可轻率自恃,当入洞时也颇存有戒心。嗣见事甚顺手,五行埋伏一直未发,加之父亲、叶姑平日常是那等劝诫口吻,既认作了常谈,又误以为妖尸合当伏诛,洞中禁制多半期满失效,所以妖尸连遭大挫。于是把事看易,心神疏懈,不知何时受了禁制。现看三人这等神情,回忆适才所为,不特愚妄自用,并连父师之诫竟会忘却。分明一时不慎,中了圈套,陷入危境。幸而平日功力尚强,否则不堪设想。"

　　谢琳当时思潮如电,一起伏间,猛触灵机,忙即震摄心神。欲待运用玄功,先将心灵之禁克制,护身神光、本身法力自必随以复原增强,免去危害,再打主意。经此一来,虽然醒悟,神智渐复清明,可是禁制威力也随以加大。尤其是杂念丛生,思潮繁乱,尽管学有根底,仍觉甚是勉强,越知所料不差。安危瞬息,心神再稍摇惑,立有不测之忧。于是拼命以定力震摄心神。

　　癫姑本在运用禅功,静候时机。先见谢琳手忙脚乱,指定身外神光,面现急迫之容,误以为入魔已深,一行诸人全在危境。自己虽然发难前未受禁制,此时一样也是疏懈不得,哪敢忧急,致分心神;又恐一发不中,反而激出乱子:只得沉下心去,反虚生明,把本身元灵真气运用纯熟,使其活活泼泼地静以相待。嗣见谢琳看了众人一眼,跟着神态又复转自如,目光内视,面上神采重又焕发;一手仍指定神光,抵御外来重压。知是时机稍纵即逝,一面向圣姑祝告默佑,一面猛将所运元灵真气化作一片光华,往谢琳当头一罩。同时大喝道:"你忘却来处了么?"癞姑深知此举也极危险,元神虽凝炼纯一,但已有人我之相,自己佛家功候又未达到炉火纯青地步,万一谢琳入迷已深,灵光照将过去,不能破禁使其警觉,自身也不免连带受累。无奈四人同舟共济,连所救道者元神,都成了一体,只要内中有一人入迷,均受其害。必须四人一样,先定固了元神,始能运用法力,抵御一时,再作脱身之想。否则顾得了这头,顾不了那头。若照着预计施为,稍有破绽,为魔所乘,牵一发而动全身,难保不皆为一人所误。就算不致如此之甚,同门三人神智未昏,再仗法宝之力脱险出去,谢琳却受了害,也是问心不过,无以对人。因为别无善法,所以事前十分谨慎,先求圣姑默佑,随即施为,进退均极神速。

癞姑一声喝罢,哪敢察看谢琳神情,忙先复原,潜光内照,先保住了自己,觉无警兆,方运慧目法眼往前注视。谢琳本来仍在受禁之中,仿佛常人梦魇将醒情景,心中明白,在彼奋力挣扎,纵无此举,也将清醒复原。经癞姑灵光一照,猛觉眼前一亮,耳听一声大喝,忽然警悟,心神立即复旧如初,重返灵明。谢琳佛门功力原本较高,禁制一解,法力大增,有无相神光随又增强。但戊土威力依然猛烈,神光只恢复到与先前一般高大,便即止住,不能再长。谢琳此时已然想起,小寒山起身前数日,父、师、叶姑先后所示机宜,迥非适才心理,气早平静。五行合运,相生变化,还须全盘发动。运行以后,再以法力制住一宫,始有脱身之望,勉强不得,更忌躁妄。先前神光内缩,由于心灵受制所生幻象,并无所损。因为临危警觉,幸无疏漏,致败全局。但戊土威力至大,所以只能恢复到原来一般高大,不能再长。便不再谋进展行动,只把现状勉力维持,静心待变。

癞姑见她灵智恢复,知已无害。照着掌教师尊下山时所赐法谕,说圣姑生有特性,未来之事早有预定,法力虽然极高,无论何等禁制,只要当时能自解免,人再服低,又不是妖邪一流,以后便不致再由此生出灾害。不过脱禁至难,不是她昔年算就,意在警戒,点到即止;便是预伏助力,自行解免。谢琳法力不应受禁,也许先前稍骄自恃,借以示儆。此关一过,虽仍不可大意,心神料已不致再受禁制。专力抵御五遁,危难便减多了。不禁宽心顿放,勇气大增。为防万一仍有疏失,心中寻思,也未向众人说破,只在暗中打点,相机应付。

癞姑方料土遁无功,必要再生出庚金或是别宫妙用,果然有无相神光刚一复原,黄光一闪,那上下四外的无限云涛忽然隐去。紧随着风雷大作,杂以金戈、刀箭之声,眼前雪亮。先是金光、银光二色奇光,层层相间,闪幻若电,又似狂涛一般,上下四外排山倒海齐涌上来。身外神光才略松动,又受重压,只是还能支撑,不似先前抵挡不住。众人有了先前经历,连谢琳也小心翼翼,只以全力运用抵御,保住原状,不求有功,先求无过。似此相持不多一会,金银光中忽现出千万金戈、刀剑,耀如霜雪,齐向神光飞射而来。一会越紧越密,中杂无量数的大小箭弩、弹丸,宛如暴雨飞瀑,射到面前,彼此互相激击排荡。万顷金银光涛中,闪变起千万点星雷火雨,精芒耀目,难以逼视。一时金铁交响,无限繁响汇成一种极猛烈的炸音,益发声势厉害,惊心眩目,比起先前戊土,犹有过之。

四人始终镇定心神,守在神光以内,听其自然。似这样挨有半盏茶时,金银二光连闪两闪,先前戊土黄云重又出现。方疑来势更要猛恶,不料两下里才一混合,忽自消灭无踪。跟着面前一暗,上下四外全被阴云包没。乍见时还未觉怎厉害,倏地大片玄云起处,隐闻海啸之声自远而近。随见一线白光环绕云外,成一极大圆圈,远远飞来,晃眼之间,化作万丈银涛,发着轰轰发发的巨响异声,泰山压顶般齐往神光上面打到。上方如此,神光下面又突起了几根巨大晶柱,飞泉猛喷,直冲上来。才一挨近,猛然震天价连声巨震,爆裂分开,却不消散,化作千万团大小灰白光华。有的往光外打到,有的自行击撞冲激,二次散裂,重又雹雨一般打到。最厉害的是那些由水柱爆散的灰白光华,才一撞裂,只要有空隙,不遇击撞,也能立即暴长加大。一经撞击,又行分裂,仍是如此,生生不已,越来越甚。本来声势猛恶,比起戊土、庚金,又加胜些。谢琳没有防到有如此厉害,竟连神光几被冲动。方往下方加紧戒备,不料上方四外阴云狂涛中,也起了无数水柱,与下方一样情景。威力之大,简直无可形容,众人虽在神光以内,也几乎难耐那等猛烈的震撼。

癞姑因轻云前在北洞下层与英琼双斗妖尸,尝过癸水神雷滋味,传声询问比那次如何? 轻云答以手势:比前厉害得多。癞姑暗忖:"想不到五遁威力越来越猛,少时顺序运行以后,先后天五行便要合运。如不按照预计制住机先,决挡不住。上官红虽然精习木遁,道力功候尚浅,初上大阵,居然镇定如常,固是可嘉,但到了紧要关头,能否胜此大任,实为难料。并且身在伏中,为时久暂不知。圣姑法力微妙,瞬息万变,局中人觉着时间甚长,实则就许弹指之间,时机稍纵即逝。各位师长虽示机宜,但对此五行合运如何下手,却未明言。且喜适和轻云传声问话,暗中留意,果无警觉,更无差池。莫如先向上官红叮嘱几句。"

癞姑心念一动,忙向上官红传声,告以大任将临,务要留意。可虑的是五遁似须一一应过,木遁居于第四,以木制木,不等五行现完,恐生出别的阻力;不制,又恐木生火旺,不能制火。五行合运,威力过大,一个失措,反有大害。最好在木遁将完,火遁将现之时,姑试为之。是否可行,须看自己手势行事。上官红忙即点头应诺。

这时玄雾忽然又起,幻出黄云和庚金二色奇光,完全出现,也是连闪两闪,便自消灭,随听万木摇风之声。四人不知即此便是五行合运,每生出一行,便要增添出好大威力。可是已现过的戊土以次诸遁,须到五行齐备,方同出现,此时只在暗中加威,却不现形相。任是多高的慧目法眼,也看不出。似此愈来愈烈,到了五行皆备,一齐运行,便不可制。实则木能克土,不必以木制木,只要在戊土发而未收之时,令上官红以木制土,立可无事。偏生错过机会,危机一发,全未知晓。误以道家常理推断,认为是应有现象。幸而癞姑预向上官红叮嘱,稍作戒备,不然,虽不致形神消灭,元神也必受重创无疑。